한국의 근대신문과 근대소설 3

만세보

지은이 김영민(金榮敏 Kim, Young Min)은 연세대학교 국어국문학과와 같은 학교 대학원을 졸업했다. 문학박사 · 문학평론가이다. 전북대학교 조교수와 미국 하버드대학교 옌칭연구소 객원교수, 일본 릿교대학교 교환 연구교수를 지낸 바 있다. 연세대학교 학술상과 한국백상출판문화상 저작상을 수상하였다. 그동안 지은 책으로는 『한국문학비평논쟁사』(한길사, 1992), 『한국근대소설사』(솔출판사, 1997), 『한국근대문학비평사』(소명출판, 1999), 『한국현대문학비평사』(소명출판, 2000), 『한국 근대소설의 형성 과정』(소명출판, 2005), 『한국의 근대신문과 근대소설 1－대한매일신보』(소명출판, 2006), 『한국의 근대신문과 근대소설 2－한성신보』(소명출판, 2008), 『문학제도 및 민족어의 형성과 한국 근대문학(1890~1945)』(소명출판, 2012) 등이 있다.

한국의 근대신문과 근대소설 3_**만세보**

초판 인쇄 2014년 1월 30일 **초판 발행** 2014년 2월 10일
지은이 김영민 **펴낸이** 박성모 **펴낸곳** 소명출판 **출판등록** 제13-522호
주소 서울시 서초구 서초동 1621-18 란빌딩 1층
전화 02-585-7840 **팩스** 02-585-7848 **전자우편** somyong@korea.com **홈페이지** www.somyong.co.kr

값 36,000원

ISBN 978-89-5626-964-1 93810

한국의 근대신문과 근대소설 3

만세보

A Study on the Modern Korean Narratives and Newspapers 3

김영민

● 책머리에 ●

이 책은 나의 '근대신문과 근대소설' 연구 기획물 가운데 세 번째 성과에 해당한다. 첫 번째 연구는 『대한매일신보』(소명출판, 2006)에 관한 것이고, 두 번째 연구는 『한성신보』(소명출판, 2008)를 대상으로 한 것이었다.

이 책은 제1부 연구편과 제2부 자료편으로 구성되어 있다.

연구편의 제1장은 『만세보』의 간행 서지를 정리하고 그 성격을 살펴본 것이다. 『만세보』의 성격에 대한 정리는 대표성을 띠는 여러 영역의 논설들을 선별해 다루는 방식으로 접근했다.

제2장은 『만세보』의 문체에 대해 다룬 것이다. 그동안 『만세보』가 사용한 부속국문체에 대해서는 비판적 시각이 우세했다. 일본의 후리가나 표기를 모방한 것이 부속국문체라는 주장이 오랫동안 성행했기 때문이다. 하지만 이는 잘못된 주장이다. 『만세보』가 사용한 부속국문체는 후리가나 표기와는 전혀 다른 차원에서 구상되고 전혀 다른 방식으로 구현된 문체였다. 부속국문체의 본질은, 문체가 독자의 신분과 계층에 따라 결정되던 상황에서 그것을 하나로 통합하기 위해 고안된 것이라는 점에 있다. 『만세보』의 부속국문체는 원문이 한글인 경우와 원문이 국한문인 경우로 크게 나눌 수 있다. 『만세보』에 부속국문체로

수록된 글 가운데 소설은 모두 원문이 한글이었다. 반면, 사설은 모두가 국한문이었다.

제3장은 『만세보』 소재 단편들에 대해 정리한 것으로 「소설 단편」과 「백옥신년」을 여기에서 다루었다. 「소설 단편」은 『만세보』에 게재된 최초의 서사문학 작품이면서, 근대문학사 최초로 부속국문체로 발표된 작품이다. 지금까지 학계의 논의와는 달리, 「소설 단편」은 미완의 작품으로 규정해야 한다. 「백옥신년」은 근대신문 최초의 신년소설이라는 문학사적 의미가 있는 작품이다. 「백옥신년」은 근대 초기의 일화형 단편의 전형이라 할 수 있다. 여기에서는 『만세보』 이외의 여타 근대신문에서 볼 수 있는 신년소설들의 계보에 대해서도 정리했다.

제4장은 이인직의 생애에 대해 정리한 후 그의 대표적 장형소설이라 할 수 있는 작품 「혈의루」에 대해 논의한 것이다. 이인직의 생애에 대해서는 아직까지 논란의 여지가 남아있기는 하나, 최근 수년 동안 많은 새로운 사실들이 밝혀졌다. 특히 그의 유학 시기를 고증하고, 그가 사비 유학에서 출발해 관비 유학생으로 전환되었다는 사실 등을 밝힌 것도 학계의 주요 성과라 할 수 있다. 이 장에서는 이인직의 생애와 「혈의루」의 새 판본 발굴을 통한 서지 수정 등 학계의 최근 연구 성과들을 최대한 수용하고 반영했다. 「혈의루」는 비관적 계몽소설이다. 작가 이인직은 줄곧 진행시켜오던 계몽의 서사를 마무리하면서, 조선의 미래에 대한 등장인물들의 기대가 부질없는 것임을 지적한다. 그들이 제나라 형편을 모르고 외국에 유학한 소년 학생들이기 때문에 미래를 희망적으로 바라본다는 것이다. 「혈의루」의 결말은 친일적 계몽소설의 한계가 무엇인가를 여실히 보여준다.

제5장은 「귀의성」에 대해 정리한 것이다. 「귀의성」의 가치에 대해서는 근대소설의 선구적 작품이라는 평가와 고소설의 답습에 불과한

작품이라는 상반된 평가가 공존한다. 이는 「귀의성」이 그만큼 양면성을 지닌 작품이라는 사실을 말해준다. 「귀의성」에 대해 정리하면서는, 이 작품의 서지에 대해 품었던 그동안의 궁금증을 대부분 해소할 수 있었다. 연재 도중 단행본이 먼저 출간된 작품이라는 잘못된 주장을 바로 잡고, 작가가 장지연으로 잘못 표기된 판본이 학계에 유통된 이유 등을 밝히게 된 것도 성과라 할 수 있겠다. 독자들이 작품 속 비극의 주인공인 춘천집에 대해 관심을 갖고 있는 것에 반해, 작가 이인직은 희극적 인물 김승지를 주인공으로 삼아 소설을 써나갔다는 사실도 확인할 수 있었다. 이 작품의 결말이 독자들의 기대 혹은 예상과 다른 방향으로 전개된 이유가 여기에 있다.

제6장은 『제국신문』에 수록된 「혈의루 하편」에 관한 것으로, 작가의 진위(眞僞) 논란부터 판본의 위상에 이르기까지 그동안 제기된 여러 가지 의문들에 대해 의견을 제시한 것이다. 여기에서는 이인직이 『만세보』의 주필로 재직하면서 왜 『제국신문』에 소설을 연재했는지, 그리고 연재 시작 11회 만에 중단한 이유는 무엇인지 하는 점들에 대해 차례로 논증했다. 작법상의 특질 비교를 통해 「혈의루 하편」과 이인직의 다른 작품들과의 관계도 살펴보았다. 이 장은 『한국 근대소설사』(솔출판사, 1997)를 쓰면서 풀지 못하고 남겨두었던 숙제에 대한 접근이라는 점에서 내게는 적지 않은 의미를 지닌다.

제2부 자료편에는 「소설 단편」과 「백옥신년」, 그리고 「혈의루」와 「귀의성」을 『만세보』 연재 당시의 원문 그대로 실었다. 작품에는 모두 연재 일자와 회수를 표기해 연재물의 형식을 확인할 수 있도록 했다. 다만 「귀의성」의 경우는 『만세보』 연재에 이어 단행본 『귀의성』에 추가된 분량을 함께 수록했다.

이 저서는 2012학년도 연세대학교 학술연구비의 지원에 의해 이루어진 것이다. 이번 책을 간행하면서 또다시 소명출판의 호의를 입었다. 총서 간행을 맡아 준 근대한국학연구소에도 감사를 드린다.

2014년 1월

김 영 민

● 차례 ●

제2부 자료편

제1부
연구편

제1장 『만세보』의 서지와 성격

제2장 『만세보』의 문체 연구

제3장 『만세보』 소재 단편소설 연구

제4장 『만세보』 소재 장형소설 연구 1-「혈의루」

제5장 『만세보』 소재 장형소설 연구 2-「귀의성」

제6장 「혈의루 하편」 연구

제1장
『만세보』의 서지와 성격

1. 『만세보』의 서지

『만세보』는 1906년 6월 17일 창간되어 1907년 6월 29일까지 총 293호를 발행한 신문이다. 『만세보』 창간호는 6월 17일에 발행되었지만 제2호는 열흘 이상 지난 6월 28일에 발행되었다. 첫 호를 발행한 후 열흘 이상 휴간을 한 이유는 창간호 「고백(告白)」란에서 "第一号 翌日로붓터 發刊式 及 諸般 準備롤 爲ᄒᆞ야 數日간을 休刊ᄒᆞᆸ"[1]이라고 밝히고 있듯이 발간식(發刊式) 등의 행사와 제반 준비를 위한 것이었다. 그러니까 6월 17일자 신문의 발간은 일종의 시험 발간이 되는 셈이다.[2] 제2호부

1 「告白」, 『만세보』, 1906.6.17.

2 『만세보』의 창간 행사에 대해서는 『제국신문』에서도 "萬歲報發行 텬도교 긔관신문 만세보난 금일부터 뎨일ᄎᆞ 발간이 되난데 명일은 만세보 발간ᄒᆞ난 례식을 거힝ᄒᆞ기 위ᄒᆞ야 각 유지쟈와 각 신문샤원을 청요ᄒᆞ얏다더라"(『제국신문』, 1906.6.16)는 기사를 내보낸 바 있

터는 정기휴간일인 월요일을 제외하고는 대체로 규칙적인 일간(日刊)의 형태를 유지했다.[3]

『만세보』는 가로 33.5센티미터, 세로 48.5센티미터의 배대판(倍大版) 4면 발행 신문이었다.[4] 지면은 대체로 논설, 관보초록, 외보, 잡보, 소설 및 광고란 등으로 구성되었다. 이는 동시대의 다른 신문들과 크게 다르지 않은 지면 구성이다. 「각지론(各紙論)」을 두어 『황성신문』, 『대한매일신보』, 『국민신보』, 『한성신문』, 『한성신보』, 『조선일일신문』, 『대동신문』 등 동시대에 발간된 여타 신문의 주요 기사를 요약 소개하거나,[5] 「국문독자구락부(國文讀者俱樂部)」, 「소서이화(消暑俚話)」, 「청등잡조(青燈雜俎)」, 「홍엽만제(紅葉萬題)」 등 독자투고의 형식을 취한 시사촌평(時事寸評)란을 개설해 운용한 점 등은 특기할 만하다. 이들 독자투고란은 논설을 보완하는 역할을 했다.[6] 『만세보』는 창간호에서 "本報第

다. 참고로, 비슷한 시기에 간행된 『대한매일신보』의 경우에도 본격적인 창간에 앞서 십여 일 동안 미리 신문을 발행했다는 주장이 있다. 이광린은 『대한매일신보』가 1904년 7월 18일 창간에 앞서 6월 29일 이후 『코리아타임즈』라는 제명으로 이미 십여 호 정도 발간되었다는 견해를 제시한다(이광린, 「『대한매일신보』 간행에 관한 일고찰」, 『대한매일신보연구』, 서강대 인문과학연구소, 1986, 11쪽 참조).

3 『만세보』의 보전 상태는 다른 근대신문에 비해 매우 양호한 편이다. 원본을 확인할 수 없는 호수는 다음의 네 호이다. 제8호(1906.7.5), 제245호(1907.5.1), 275호(1907.6.6), 281호(1907.6.13).

4 4면을 기본으로 했으며, 간혹 특별 부록을 첨가해 증면 발행하기도 했다. 증면의 사례는 1907년 1월 1일자 등 참조.

5 「各紙論」 혹은 「各紙의 論」으로 표기되었으며, 1907년 4월 21자(제237호)까지 지속되었다.

6 『만세보』의 독자투고란은 총 14개의 이름으로 운용되었다. 『만세보』의 독자투고란에 관한 상세한 논의는 전은경, 「『만세보』의 〈독자투고란〉과 근대 대중문학의 형성－이인직의 「혈의 누」와 「귀의 성」을 중심으로」, 『어문학』 제111집, 2011, 359~388쪽 참조. 이 논문에서는 『만세보』 소재 독자투고란의 총 명칭 및 게재 일수, 총 투고 개수, 항목별 내용 등을 상세히 다루고 있다. 『만세보』의 독자투고란의 성격에 대해서는 "『만세보』의 〈독자투고란〉이 20~30년대 신문에서처럼 활발하게 이루어졌다고 하기는 어렵다, 독자와 편집자의 경계가 불분명한 부분도 많고, 1907년에는 제대로 실리지 못한 경우도 많다. 그러나 그럼에도 『만세보』의 〈독자투고란〉은 신문 독자 및 근대 문학 독자를 읽는데 매우 중요한 위치를 차지한다. 그것은 이 『만세보』의 〈독자투고란〉이 근대계몽기에 가장 처음 제대로 등장한 〈독자투고란〉이기 때문이다"라고 정리한다. 다만, 이러한 독자투고란에 실린 글들 모두가 실제 독자의 투고물은 아니었던 것으로 보인다. 일부는 투고된 초고를 바탕으로 신문사 내부 필자가 가필 윤색한 결과물로 생각된다.

一号는 數萬枚를 印刷ᄒᆞ야 代金을 受치 아니ᄒᆞ고 都下에 廣布ᄒᆞ오니 購覽코ᄌᆞ ᄒᆞ시는 僉君子는 本社로 請求하시옵"[7]이라고 알린다. 창간호를 수만 부 인쇄하여 무료로 배포했다는 것이다. 『만세보』의 유료 발행부수를 정확히 산정하기는 어렵다. 그러나 이 신문 역시 동시대에 발행된 여타 신문들과 같이 이천 부에서 삼천 부 내외를 평균 발행부수로 유지했을 것으로 추정된다.[8]

『만세보』는 천도교의 기관지로 출발했다. 그러나 『만세보』는 천도교인들만을 위한 종교 신문이 아니었다. 천도교라는 종교적 색채가 없었던 것은 아니지만, 『만세보』는 일반 교양 및 시사 일간지로서의 성격이 강했다. 이는 다음과 같은 발간 청원서에도 잘 나타나 있다.

> 本人이 新聞를 發刊ᄒᆞ야 國民의 風化를 鼓發ᄒᆞ며 智識를 補導ᄒᆞ기 爲ᄒᆞ야 京城南署會賢坊 會洞 八十五統四戶에 新聞社를 設立ᄒᆞ고 萬歲報라ᄒᆞ는 新聞를 發刊코자 ᄒᆞ와 玆에 請願ᄒᆞ오니
>
> 查照ᄒᆞ신 후 認許ᄒᆞ심을 伏望
>
> 光武十年 五月 日[9]

이 발간 청원서에서는 『만세보』의 간행 목적을 '국민(國民)의 풍화(風化)를 고발(鼓發)하며 지식(智識)을 보도(補導)'하는 것이라 밝히고 있다. 즉 국민의 풍속을 개량하고 지식을 넓히는 일에 기여하는 것이 신문의 발간 목적이라는 것이다. 이 청원서는 이인직(李人稙)의 명의로 작성되

7 「告白」, 『만세보』, 1906.6.17.

8 『만세보』의 구독부수는 창간 1개월이 조금 지난 시기에 이천 부를 넘어섰다(최기영, 「구한말 『만세보』에 관한 일고찰」, 『한국사연구』 제61·62집, 1988, 325쪽 참조). 『만세보』 1906년 7월 19일자(제20호) 제1면 서두에는 '신문 발행이 불과 20호인데 매일 구독자의 증가가 평균 80매에 이르고 있다'는 기사가 실려 있다.

9 「請願書」, 『만세보』(영인본), 아세아문화사, 1985, 사진 4쪽.

었다. 1906년 5월 초 내부대신(內部大臣) 이지용(李址鎔)에게 접수된 청원서는 5월 10일에 허가가 된다.[10] 『만세보』 발행에 대한 청원서 제출과 그에 대한 허가 기간은 수일 정도밖에 걸리지 않았다. 이 점으로 미루어보면 이미 내부(內部)와 『만세보』 발행의 주체 혹은 청원인 이인직 사이에 충분한 의사소통이 있었던 것으로 짐작이 된다. 이후 『만세보』는 곧바로 제3종 우편물 인가청원서 및 발간보고서 등의 서류를 제출하는데 이때부터는 신청 및 보고서 작성인이 발행인 겸 편집인 신광희(申光熙)로 변경된다. 신광희가 제출한 제3종 우편물 인가청원서에는 『만세보』 기사의 종류가 정치, 경제, 문학, 종교, 상사(商事), 시사(時事) 및 기타 사회잡사(社會雜事)로 명기되어 있다.

『만세보』의 사장은 오세창(吳世昌)이고, 발행인 겸 편집인은 신광희였으며 주필은 이인직이었다. 『만세보』의 간행은 천도교 교주(敎主)인 손병희의 판단에 의한 것이었다. 1902년 이후 일본에 체류하던 손병희는 1906년 1월 귀국한다. 1906년 2월 8일에 "텬도교쥬 손병희씨ᄂᆞᆫ 쟝차 그 교회 즁 긔관신문을 발힝ᄒᆞ기로 쥰비 즁이라더라"[11]라는 기사가 나간 것으로 보면 그는 일찍부터 신문 간행의 뜻을 주변에 알렸던 것으로 보인다.[12] 손병희가 신문을 간행하기로 결심한 것은 일본 체류로 인해 약화된 국내에서의 활동 기반을 확장하고, 천도교에 대한 대중의 인식을 변화시키려는 이유 때문이었다. 손병희는 이를 위해 인쇄소를 정비하고 신문을 간행하게 된다.[13] 이렇게 해서 설치한 인쇄소가 보문

---

10 감독 관청인 내부(內部)가 보낸 『만세보』의 발행 허가서에는 다음과 같은 내용이 첨부되어 있다. "所請은 認許이건과 新聞을 發布ᄒᆞᆯ 際에 愚蠢輩의 傳說과 巷間의 流言을 揭載ᄒᆞ야 國家의 治安과 士民의 名譽를 無至妨損케 ᄒᆞ고 一字一句라도 審愼下筆ᄒᆞ야 風化鼓發과 智識輔導의 實效가 有케 ᄒᆞᆯ 事."(『만세보』(영인본), 아세아문화사, 1985, 사진 4쪽)

11 「新聞將刊」, 『제국신문』, 1906.2.8.

12 손병희는 일본 체류중이던 1904년 7월에도 『황성신문』에 외국유학생 손병희라는 이름으로 신문의 중요성에 대해 언급한 원고를 투고를 한 바 있다(최기영, 앞의 글, 308쪽 참조).

관(普文館)이고 거기서 발행한 신문이 『만세보』였다.[14] 보문관과 『만세보』 사옥은 한성(漢城) 남서(南署) 회동(會洞) 85통 4호에 자리를 잡았다.

손병희가 『만세보』 발행 과정에 오세창을 참여시킨 이유는 비교적 쉽게 이해가 된다. 오세창은 일찍부터 문명개화의 의지를 지니고 있었고, 1902년 일본에 망명한 후 손병희의 권유로 동학에 입교한 인물이다. 그는 1886년 이후 박문국(博文局) 주사로 공직 생활을 시작하면서 그곳에서 발행한 우리나라 최초의 국한문신문(國漢文新聞) 『한성주보(漢城周報)』의 기자로 참여한 경험이 있었다. 이 점에서 오세창은 천도교 신문 『만세보』의 간행을 책임지기에 매우 적합한 인물이었다.

『만세보』 발간에 이인직이 깊이 참여하게 되는 계기에 대해서는 단정이 쉽지 않다. 이인직은 신문 발간 허가를 얻기 위한 서류에 청원인

---

13 다음의 서술 참조. "天道教 내부에는 文明派・親日派・保守派로 大別되는 세 세력이 존재하고 있었던 것이다. 孫秉熙를 지지하는 權東鎭・吳 世昌・梁漢默 등은 日本에 체류하던 중 東學에 입교한 전직 관리들로, 開化에 관심을 두고 있었다. 李容九・宋秉畯 등은 一進會를 주도하던 친일세력으로 天道教의 지방조직을 장악하고 있었고, 金演局 등의 보수파는 초기부터 東學의 지도자 세력이었다고 생각된다. 孫秉熙는 이들 각 세력을 회유하여 모두 中央總部의 原職과 住職에 임명하였다. 그러면서도 入教한 지 얼마 되지 않은 자파세력을 크게 重用하고 있었다. (…중략…) 여론과 天道教 내부의 문제를 해결하기 위하여 孫秉熙는 대외적으로 국민 계몽에 대한 관심을 표명하며 교세 확장을 시도하였다. 바로 국민의 天道教에 대한 부정적인 시각을 변화시키기 위한 움직임이었다. (…중략…) 天道教가 국민계몽을 내세우며 교육사업 등에 깊은 관심을 보이면서, 동시에 병행한 사업은 인쇄소의 설치였다."(위의 글, 306~307쪽)

14 다음의 서술 참조. "民智啓發과 文明開化의 첩경이 圖書出版의 융성 보급에 있다는 것을 亡命地 日本에서 몸소 느꼈던 孫秉熙는 日本서 歸國時 印刷機와 活字를 구입해 들어왔다. 물론 이것은 장래의 自主獨立을 겨냥한 民衆教育的 布石임은 두말할 필요가 없다. 孫秉熙는 귀국하자마자 다음달인 1906년 2월 27일 宗令 第12號를 공포, 활판인쇄소 博文社를 설치했다. 宗令 第12號에 의하면 「教門에서 人民의 知識을 牖明하며 國家의 文化를 補益하기 위하야 活版印刷所를 另設하니 吾教의 一大關鍵이라……」고 되어 있는 바 그 설립 목적이 단순히 教團的 次元에 국한되어 있지 않음을 알게 된다. 그래서 언론활동을 위한 제반 준비를 서두르는 가운데 同年 4月 26日 宗令 24號를 공포, 인쇄소 博文社를 주식회사 普文館으로 확장 변경하고 천도교 최초의 日刊紙인 萬歲報의 발행을 서두른 끝에……" (김응조, 「천도교의 문화운동」, 『인문과학연구』 제2호, 1983, 67쪽). 당시 인쇄소들은 각기 갖추고 있는 기계에 따라 전문 영역이 있었다. 보문관은 활판전문인쇄소 가운데 하나였다(김봉희, 『한국 개화기 서적문화 연구』, 이화여대 출판부, 1999, 45쪽 참조).

으로 기재되어있을 뿐만 아니라, 이후 총무(總務) 겸 주필(主筆)의 직책을 맡았다. 이인직은 천도교 신자는 아니었던 것으로 알려져 있다. 그가 세상을 떠난 후 장례식이 천리교 식으로 진행되었다는 점[15]으로 미루어 보면 천리교 신자였을 가능성이 높다. 이인직의 유학 시기에 대해서는 몇 가지 다른 의견이 존재한다.[16] 그러나 분명한 것은 손병희가 일본에 오기 이전부터 이인직이 일본에 체류하고 있었다는 사실이다. 이인직이 유학하던 시절 손병희가 일본에 건너갔다는 점을 생각하면, 두 사람 사이의 교류가 일본에서 시작되었을 가능성이 크다. 더구나 이인직이 동경정치학교[17] 재학 중 『미야코신문(都新聞)』에 들어가 견습기자를 했고, 신문이 세계 문명의 가장 급선무가 된다는 사실을 손병희가 인식하고 있었다는 점 등을 생각하면 두 사람의 교류 가능성은 더욱 높아진다.[18]

이인직은 1906년 2월 『국민신보(國民新報)』의 주필로 활동하다가 1906년 6월 『만세보』의 주필로 자리를 옮기게 된다. 『국민신보』는 친일단체인 일진회(一進會)가 1906년 1월 6일에 창간하여 한일병합 직전인 1910년 7월까지 발행한 신문이다. 『국민신보』의 초대 사장은 이용구였던바, 그는 천도교 내에서 상당한 영향력을 행사하고 있던 인물이다. 손병희가 귀국한 시기는 『국민신보』가 창간되고 이인직이 거기에 막 가담

15 『매일신보』, 1916.11.28 참조.

16 이와 관련된 상세한 논의는 이 책의 제4장 1절 참조.

17 동경정치학교는 마쓰모토 쿤페이[松本君平]가 1898년 10월 17일 정치가나 신문기자, 외교관을 양성할 목적으로 설립한 학교이다. 동경정치학교와 이인직과의 관계에 대한 상세한 논의는 함태영, 「이인직의 현실인식과 그 모순－관비유학 이전 행적과 『都新聞』 소재 글들을 중심으로」, 『근대계몽기문학의 재인식』, 소명출판, 2007, 227～230쪽 참조.

18 이인직과 손병희 사이에서 오세창이 역할을 했을 수도 있다. 정치적 사건에 연루되어 1902년 일본으로 망명한 오세창은 거기서 손병희를 만났다. 이 시기 오세창은 국비유학생이면서 신문 제작 실무를 익히고 있던 이인직을 자주 만나 신문 창간에 대해 의논한 것으로 알려져 있다(허경진, 『조선의 르네상스인 중인』, 랜덤하우스코리아, 2008, 222쪽 참조).

하던 무렵이었다. 이인직이 『만세보』 발간을 위한 청원서를 제출한 것이 1906년 5월이므로, 손병희는 『국민신보』에 들어가 일을 시작하던 이인직의 도움을 얻어 『만세보』의 발간 작업을 추진한 셈이 된다.

『만세보』에 수록된 논설의 대부분은 이인직이 쓴 것으로 알려져 있다.[19] 『만세보』는 당시의 다른 신문들과 마찬가지로 탐보원(探報員)을 따로 두고 신문사를 운영했다. 『만세보』가 탐보를 중요시했다는 사실은 창간에 앞선 광고문의 "且每朔에 巨額의 探報費를 支出ᄒᆞ야 神出鬼沒ᄒᆞᄂᆞᆫ 通信의 敏捷ᄒᆞᆷ이 有ᄒᆞ니"[20]라는 구절을 통해서도 알 수 있다. 잡보(雜報)와 외보(外報) 등의 일반 기사는 바로 이 탐보원의 제보를 받아 발행인 신광희가 작성 편집한 것으로 추정된다.[21] 이름이 알려진 탐보원으로는 박승옥(朴勝玉)이 있다. 드문 경우이기는 하나, 이인직 역시 잡보를 직접 쓰기도 했다.[22]

『만세보』 첫 호에는 사장 오세창이 쓴 창간 사설(社說)이 실려 있다. 오세창의 다음 사설에는 『만세보』의 창간 의도가 명시적으로 드러나 있다.

> 萬歲報라 名稱ᄒᆞᆫ 新聞은 何를 爲ᄒᆞ야 作ᄒᆞᆷ이뇨 我韓人民의 智識啓發키ᄅᆞᆯ 爲ᄒᆞ야 作ᄒᆞᆷ이라 噫라 社會ᄅᆞᆯ 組織ᄒᆞ야 國家ᄅᆞᆯ 形成ᄒᆞᆷ이 時代의 變遷을 隨ᄒᆞ야 人民智識을 啓發ᄒᆞ야 野昧ᄒᆞᆫ 見聞으로 文明에 進케ᄒᆞ며 幼穉ᄒᆞᆫ 知覺으로 老成에 達케 ᄒᆞᆷ은 新聞教育의 神聖ᄒᆞᆷ에 無過ᄒᆞ다 謂할지라 是로 以ᄒᆞ야 環球萬邦에 流

---

19 최기영, 앞의 글, 320쪽; 구장률, 「신소설 출현의 역사적 배경」, 『근대계몽기 문학의 재인식』, 소명출판, 2007, 171쪽 참조.

20 「萬歲報新聞發行廣告」, 『제국신문』, 1906.5.16.

21 최기영, 앞의 글, 320쪽. 당시 신문 기자는 외근을 하며 사건을 취재하는 탐보원과 내근을 하며 기사를 정리하는 편집 기자로 나뉘어져 있는 경우가 대부분이었다.

22 예를 들면 1906년 8월 28일~29일자 잡보란에는 이인직이 강연한 내용을 스스로 요약한 기사가 기명(記名)으로 실려 있다.

通ᄒᆞᄂᆞᆫ 近世風潮가 人民의 智識啓發ᄒᆞ기ᄅᆞᆯ 第一主義로 認定ᄒᆞ야 新聞社를 廣設ᄒᆞ고 文壇에 牛耳를 執ᄒᆞ고 袞鉞의 責任을 擔荷ᄒᆞ야 已啓已發ᄒᆞᆫ 人民의 智識도 益益進步키ᄅᆞᆯ 企圖ᄒᆞ거든 況此 未啓未發ᄒᆞᆫ 人民의 教育이야 엇지 一刻一抄ᄅᆞᆯ 遲緩ᄒᆞᆷ이 可ᄒᆞ리오

新聞의 效力으로 言ᄒᆞᆯ진ᄃᆡ 個人의 智識ᄆᆞᆫ 啓發ᄒᆞᆯ ᄲᅮᆫ아니라 一則 國際의 關係와 政治의 挽回와 甚至戰爭을 激成ᄒᆞ며 平和ᄅᆞᆯ 恢復ᄒᆞᄂᆞᆫ 一機關이오 二則 善을 彰ᄒᆞ며 惡을 懲ᄒᆞ고 上化가 下에 浹ᄒᆞ며 下恫이 上에 達케ᄒᆞ며 加之生活上步趣와 開化的階級이 各히 個人의 品性資格을 隨ᄒᆞ야 水의 漸漬ᄒᆞᆷ과 如히 全國을 開導誘掖ᄒᆞᄂᆞᆫ 一槖鑰이니 生存競爭의 時代ᄅᆞᆯ 遭遇ᄒᆞ야 新聞社會의 多數興旺ᄒᆞᆷ이 亦是 人民을 警省ᄒᆞᄂᆞᆫ 處處遒人의 一木鐸이라 謂ᄒᆞᆯ지로다

嗚呼라 我韓의 現今時代ᄂᆞᆫ 果然 何如ᄒᆞᆫ 時代라 稱ᄒᆞ리오 人民의 教育이 一刻一抄라도 汲汲ᄒᆞᆫ 情況을 思惟ᄒᆞ면 全國 二千萬 同胞의 腦髓ᄅᆞᆯ 一朝에 劈開ᄒᆞ고 文明ᄒᆞᆫ 新空氣ᄅᆞᆯ 醍醐와 如히 灌注ᄒᆞ야도 其不足ᄒᆞᆷ을 遺憾됨으로 生覺ᄒᆞᆯ 時代이라

吾儕ᄂᆞᆫ 如此ᄒᆞᆫ 時代에 人民教育의 代表ᄒᆞᄂᆞᆫ 義務로 巨款을 消費ᄒᆞ야 新報社를 設立ᄒᆞ고 精利ᄒᆞᆫ 機械活字ᄅᆞᆯ 準備ᄒᆞ며 新舊學問에 嫺熟ᄒᆞᆫ 記者ᄅᆞᆯ 延聘ᄒᆞ야 公明正大ᄒᆞᆫ 論述과 確的迅速ᄒᆞᆫ 報道ᄅᆞᆯ 一層注意ᄒᆞ야 本月 十七日 日曜에 第一號ᄅᆞᆯ 發刊ᄒᆞ니 此ᄂᆞᆫ 我韓人民教育的으로 刱設ᄒᆞᆫ 萬歲報이라

吾儕ᄂᆞᆫ 新聞事業을 經紀ᄒᆞᄂᆞᆫ 者이로ᄃᆡ 蠅頭細利ᄅᆞᆯ 謀取ᄒᆞᆷ도 아니오 梁楚聲譽ᄅᆞᆯ 希望ᄒᆞᆷ도 아니오 但히 人民腦髓의 文明空氣ᄅᆞᆯ 灌注코자ᄒᆞᄂᆞᆫ 熱心的에 流出ᄒᆞᆷ이니 吾儕의 熱心은 吾儕의筆舌로 自唱키 不暇ᄒᆞ거니와

嗟我二千萬同胞ᄂᆞᆫ 自國의 現今時代ᄅᆞᆯ 觀測ᄒᆞ고 前途影響을 研究ᄒᆞ야 將來奴隷羈絆을 脫ᄒᆞ며 犧牲慘毒을 免ᄒᆞᆯ 一指針은 智識啓發에 在ᄒᆞ고 智識啓發은 新聞에 在ᄒᆞᆫ줄로 思想ᄒᆞ면 吾儕의 刱設ᄒᆞᆫ 萬歲報가 大韓皇城에 刊行ᄒᆞᄂᆞᆫ 新聞中

一指針됨을 覺得홀 것이오 吾儕의 熱心도 贊成홀 것이니 吾儕의 熱心贊成흠은 他에 不在ᄒᆞ고 一般人民이 精神的으로 愛讀흠에 在ᄒᆞᆫ지라

二千萬同胞ᄂᆞᆫ 孜孜愛讀ᄒᆞ기롤 不怠ᄒᆞ며 吾儕ᄂᆞᆫ 烝烝進就ᄒᆞ기롤 不懈ᄒᆞ야 天然ᄒᆞᆫ 善良効果롤 得홀 地頭에ᄂᆞᆫ 人民智識은 自然啓發ᄒᆞ기로 斷言ᄒᆞ노니 此ᄂᆞᆫ 鬼神에 質ᄒᆞ야도 疑가 無ᄒᆞ깃고 聖人을 俟ᄒᆞ야도 惑지 아니 홀지라 善良効果라 謂ᄒᆞᄂᆞᆫ 成蹟은 何에 在ᄒᆞ뇨 學問이 增進ᄒᆞ고 殖産이 發達ᄒᆞ야 國家와 人民의 實力을 養成ᄒᆞ야 國威國光이 萬歲에 奮揚홀지니 此萬歲報ᄂᆞᆫ 國家人民과 共히 永遠光耀ᄒᆞ기로 第一號發刊에 深祝ᄒᆞ노라[23]

오세창이 『만세보』의 창간호 사설에서 가장 많이 반복 사용한 구절은 '인민의 지식 계발'이다. 그는 서두에서 '신문은 우리 대한 인민의 지식 계발을 위해 만들었다'는 말로 신문 창간의 목적을 설명한다. 지식 계발 구절은 이 사설 곳곳에서 반복된다. 이를 통해 오세창이 거듭 주장하는 것은 조선의 백성들이 노예의 굴레를 벗어나는 길은 지식 계발에 있고, 그 지식 계발은 신문을 통해 가능하다는 사실이다. 다음으로 강조되는 것은 '교육' 혹은 '인민의 교육'이다. 현 시대는 인민의 교육이 일각일초가 급한 시대이며, 이러한 시대에 인민의 교육을 대표적 의무로 삼아 신문사를 설립했다는 것이 이 사설에 담긴 또 하나의 주장인 것이다. 여기서 오세창은 신문의 효력을 크게 두 가지로 제시한다. 그 하나는 개인의 지식을 계발할 뿐 아니라 국제 관계와 정치 등을 바로잡고 전쟁을 물리쳐 평화를 회복하는 것이다. 다른 하나는 선을 높이고 악을 벌하며 상하간의 소통을 돕고 개화의 기운을 전국에 펼쳐 인민을 깨우치는 목탁의 역할을 하는 것이다. 이후 『만세보』는 실제로

23 오세창, 「社說」, 『만세보』, 1906.6.17.

일반 대중에 대한 교육이나 계몽뿐만 아니라, 식자층에 대한 교육 및 국제관계에 대한 개안(開眼)에도 적지 않은 지면을 할애하게 된다.

『만세보』의 창간 목적을 밝히는 또 하나의 기사는 제1호 3면에 실린 「국문독자구락부(國文讀者俱樂部)」이다. 이 날짜 「국문독자구락부」를 인용하면 다음과 같다.

▲文明ᄒᆞᆫ 國에 家家이 大學校ᄅᆞᆯ 設始ᄒᆞ얏다 ᄒᆞ니 何이오 新聞社 (南村一人)

▲文明ᄒᆞᆫ 國에 人人이 高等教科書ᄅᆞᆯ 讀ᄒᆞ니 何이오 新聞紙 (北村一人)

▲文明ᄒᆞᆫ 國에 文明ᄒᆞᆫ 人은 飯一時ᄅᆞᆯ 空고ᄂᆞᆫ 出入ᄒᆞ되 新文을 未讀면 門에 出지 아니 ᄒᆞᆫ다 ᄒᆞ니 何ᄒᆞᆫ 事이오 耳目이 昏昏 (愛讀生)

▲文明ᄒᆞᆫ 國에 官人이던지 勞動者이던지 各般社會에 月銀과 雇金中에 新聞紙價을 先 豫算ᄒᆞ고 衣食의 經費ᄅᆞᆯ 숨ᄂᆞᆫ다 ᄒᆞ옵듸다(聽世翁)

▲여보 近日에 新聞 ᄒᆞ나이 ᄯᅩ ᄉᆡ로 낫다 ᄒᆞ옵듸다 무ᄉᆞᆫ 新聞이오 萬歲報 (漁樵人)

▲其 新聞에 무ᄉᆞᆫ 目的으로 ᄉᆡ로 ᄂᆡᆫ다 ᄒᆞ옵ᄯᅳ닛가 全國同砲의 耳目을 聽明케 ᄒᆞ고 知識을 開發케 ᄒᆞᆫ다 ᄒᆞ옵듸다 그러면 我도 ᄒᆞ나 ᄉᆞ셔 보깃쇼(田舍人)

▲우리ᄂᆞᆫ 新聞紙라고 一張도 아니 보왓쇼 왜 錢이 업셔 못 보왓쇼 事이 밧바 못 보왓쇼 아니요 我ᄂᆞᆫ 錢도 ᄆᆞᆫ코 事도 업건ᄆᆞᆫ은 보기가 실여셔 안니 보왓쇼(頑固子)

▲여보 그러면 그ᄃᆡ가 目은 잇셔도 장님이오 耳가 잇셔도 重聽이오 衣冠을 整齊ᄒᆞ야도 벌거벗고 단니ᄂᆞᆫ 野蠻이와 ᄒᆞᆫ가지오(開明人)[24]

「국문독자구락부」는 독자가 투고한 이야기를 요약 전달하는 형식

24 「國文讀者俱樂部」, 『만세보』, 1906.6.17. 『만세보』의 부속국문에는 오자가 적지 않다. 여기에서는 오자도 원문 그대로 인용하였다. 이하 다른 인용문의 경우도 마찬가지이다.

으로 구성된 지면이다. 그런데, 실제 내용을 분석해 보면 이 지면에 실린 대부분의 글은 외부 투고자의 글이 아니라 신문사 내부의 인물이 작성한 것으로 추정된다.[25] 위 인용문에서는 신문사(新聞社)가 곧 대학교(大學校)이며, 신문지(新聞紙)가 곧 고등교과서(高等教科書)임을 주장한다. 이는 『만세보』의 창간 목적이 대중의 지식 계발(啓發)에 있다는 창간사의 내용을 반복해 표현한 것이다. 문명한 나라의 사람들은 밥 한 끼는 굶을 수 있지만 신문 보는 일을 거를 수는 없다. 문명한 나라에서는 관인이건 노동자건 수입 가운데 일부를 먼저 신문 대금으로 책정한 이후 의식(衣食)의 비용을 산출한다. 『만세보』가 생겨난 목적은 '전국 동포의 이목을 총명케 하고 지식을 개발(開發)'하는 일에 있다. 그리하여, 신문을 보지 않는 완고자는 곧 눈이 있어도 장님이며 귀가 있어도 귀머거리이고 의관을 정제하여도 벌거벗고 다니는 야만인과 다를 바 없다는 것이 이 글의 주장인 것이다.

『만세보』는 재정난으로 인해 총 293호를 발행하고 폐간된다. 『만세보』의 폐간일은 1907년 6월 29일이다. 다음날인 6월 30일에는 호외를 발행해 '본사의 신문 기계가 파상(破傷)하여 부득이 정간(停刊)'을 하게 되었다는 사실을 알린 바 있다.[26] 그러나 이는 실제로는 정간이 아니라 폐간을 알린 셈이 된다. 이후 『만세보』의 인쇄시설과 사옥은 이완용

25 「국문독자구락부」에 수록된 대부분 원고의 필자가 신문사 내부의 인물이라는 근거는 여러 가지로 제시할 수 있다. 첫 번째 근거는, 신문 논설의 내용과 「국문독자구락부」에 실린 내용이 시차 없이 일치하는 경우가 적지 않다는 점이다. 이는 곧 논설의 필자가 「국문독자구락부」의 기사 작성에도 관여했음을 보여주는 증거가 된다. 여기에 인용한 창간호 소재 「국문독자구락부」 역시 그러한 사례 가운데 하나이다. 또 하나의 근거는, 「국문독자구락부」에 수록된 촌평들의 필자가 각각 다르게 표기되어 있음에도 불구하고 그 촌평들이 상호 연관성을 지닌 채 자연스럽게 이어지고 있다는 점이다. 위 인용문의 경우에도 어초인(漁樵人)과 전사인(田舍人), 그리고 완고자(頑固子)와 개명인(開明人)의 발언은 대화체로 구성되어 서로 짝을 이루고 있다.

26 최기영, 앞의 글, 329쪽 참조.

내각이 인수하여 『대한신문(大韓新聞)』으로 그 제호를 바꾸게 된다. 1907년 7월 18일 첫 호를 발행한 『대한신문』은 한말의 대표적 친일지로 자리 잡는다. 『대한신문』의 인적 구성은 사장에 이인직 총무·발행·편집에 신광희 등으로 『만세보』와 크게 다르지 않았다.[27]

『만세보』의 사회사상의 핵심은 개화사상이다. 『만세보』는 국민계몽을 주목적으로 하는 일반 시사 신문이면서, 국민들에게 천도교에 대한 관심과 이해를 기대하던 신문이기도 했다.[28] 이러한 『만세보』에 대한 평가는 다양하다. 이를 『황성신문』·『제국신문』·『대한매일신보』와 맥이 닿는 자주독립파(自主獨立派)의 신문으로 분류하기도 하고,[29] 애국계몽운동과 연관 지어 그 성격을 이해하기도 한다.[30] 그러나 한일관계

---

27 정진석, 『한국언론사』, 나남, 1990, 204쪽 참조. 참고로, 『대한신문』의 성격에 대해 최준은 다음과 같이 정리한다. "이는 天道教系의 『萬歲報』가 경영난에 떨어지자 李完用과 밀접한 관계를 가지고 있던 李人稙이 그 시설 일체를 매수한 후 1907년 7월 18일 『大韓新聞』(南署會洞 소재)을 창간하였다. 이것은 친일파로 떨어진 李完用이 언론기관의 필요성을 느껴 李人稙으로 하여금 경영케 한 것으로 李完用內閣의 親日施政을 열렬히 옹호 선전하였다. 말하자면 李完用內閣의 기관지였다. 또 동보는 그해 9월 7일부터 부록으로 매일 순국문판 『대한신문』을 발행하였으나 재정관계로 얼마 계속되지 않았다."(최준, 『한국신문사(韓國新聞史)』, 일조각, 1997, 112쪽)

28 최기영, 앞의 글, 322~323쪽 참조.

29 최준, 앞의 책, 108쪽 참조. 『만세보』의 언론사적 의의에 대한 다음의 평가 역시 같은 입장을 보여준다. "첫째, 體裁面에서 특별히 다른 점은 처음부터 國漢文을 混用하면서 서민 대중이 누구나 쉽게 볼 수 있도록 「루비」 — 漢字 옆에 國文으로 토를 다른 것 — 를 달았다. 이것은 창간사에서 밝힌 바 그대로 大衆教育의 실천장으로서의 역할에 충실했음을 말하는 것이 된다. 둘째, 抗日民族紙로서의 特性을 들 수 있다. 萬歲報는 民族主義的 性向이 강한 天道教를 배경으로 발행되기 때문에 一進會의 賣國行爲를 규탄 성토하고 이들의 黜教事實을 보도하는 등 言論을 통한 救國啓蒙 활동에 앞장섰다. 셋째, 萬歲報는 우리나라 文學史上 중요한 업적을 남겼다. 그것은 제23號(1906년 7월 22일字)부터 50回에 걸쳐 게재된 主筆 李人稙의 小說 「血의 淚」와 第92號(1906년 10月 10日字)부터 다음해 5月까지 連載된 「鬼의 聲」 등이 우리나라 新小說의 효시로서 새로운 文學장르를 개척했을 뿐 아니라 新聞小說로서도 新紀元을 이룩했다는 것은 이미 알려진 사실 그대로다."(김웅조, 앞의 글, 69쪽)

30 다음의 지적 참조. "만세보는 당시 지식인들의 애국계몽운동의 일환으로서 발행되었음을 알 수 있다. 때문에 「準備時代」 「국가학」 「위생개론」 등 정치 내지 사회운동의 기사도 게재되었으며, 범국민운동인 국채보상운동에는 만세보가 적극적으로 참여하여 활동하였다. 애국계몽운동의 일환으로서 만세보의 언론투쟁은 당시의 집권층 그리고 일제통감부의 눈에 거슬려, 만세보의 기사는 자주 삭제를 당하기도 하였다. 위에서와 같은 방향·내용으로 발

를 순치(脣齒)의 동맹관계로 파악하는 등 『만세보』가 취한 민족주권에 대한 태도는 계속해서 논란이 되고 있다.

2. 주요 논설을 통해 살펴본 『만세보』의 성격

1) 「사회」

『만세보』에는 총 280여 편의 논설이 실려 있다.[31] 『만세보』는 창간호에 오세창의 사설과 함께 주필(主筆) 이인직의 기명(記名) 논설 「사회(社會)」를 수록했다. 대부분의 경우 논설은 필자를 밝히지 않는 것이 관례이다. 「사회」에 필자가 밝혀져 있는 것은 이 글이 첫 호에 실려 있고, 글의 내용 또한 『만세보』의 위상 및 역할에 관련된 것으로 창간사의 성격을 띠고 있었던 때문으로 생각된다. 원문은 다음과 같다.

> 社會는 數世에 一社會가 成함도 有ᄒᆞ며 瞬息에 一社會가 成함도 有ᄒᆞ니 昔에 木食澗飮ᄒᆞ든 野蠻에 幾年代를 一社會라 稱함도 可ᄒᆞ며 今에 鐵道列車內에 集合ᄒᆞᆫ 若干人을 一種會社의 團結을 形成ᄒᆞ엿다 함도 可ᄒᆞᆫ지라

행되었던 만세보는, 을사조약 이후의 개화자강사상의 내용 · 성격을 연구함에 있어서, 그리고 그것이 특히 천도교의 기관지로서 간행되었다는 점에 비추어 동학사상과 개화사상의 접목을 연구함에 있어서 기본 자료가 되는 것이라 생각된다."(정창렬, 「만세보 해제」, 『만세보』(영인본), 아세아문화사, 1985, 4쪽)

31 총 293호가 발행되는 가운데 67호 · 182호 · 218호 · 225호 · 234호 · 289호 · 291호에는 논설이 실리지 않았다. 원본이 유실된 호수에서는 논설 게재 유무를 확인할 수 없어 정확한 숫자 파악은 어렵다. 『만세보』 소재 논설에 대한 종합적 정리는 손동호, 「『만세보』 연구」, 연세대 석사논문, 2008, 41~52쪽 참조.

夫社會發達은 經濟發達에 在ᄒᆞ니 何ᄅᆞᆯ 謂함인고 古에 人類社會가 恒常 生活上困難을 因ᄒᆞ야 人種稀小의 景況이 有ᄒᆞ며 或 滅亡의 悲觀도 有ᄒᆞ더니 農業時代에 至ᄒᆞ야 人種이 興旺ᄒᆞᆫ지라

蓋社會學 眼孔으로 人類活動을 大觀ᄒᆞ건ᄃᆡ 經濟學은 社會의 一部門이오 神學은 社會改善의 新宗敎로븟터 設敎함이라 第十九世紀末葉에 創造한 新科學上으로 觀ᄒᆞᆯ진ᄃᆡ 法律及道德은 社會의 眞正ᄒᆞᆫ 基礎를 有ᄒᆞ고 國家ᄂᆞᆫ 社會의 眞正ᄒᆞᆫ 職能을 解ᄒᆞ고 家族은 社會의 眞正ᄒᆞᆫ 意義를 曉함이니 有機無機의 體이오 有形無形의 物이라

今에 人類社會가 發達ᄒᆞ야 環宇의 生靈이 數十億에 至ᄒᆞᆯ ᄲᅮᆫ아니라 ᄯᅩᄒᆞᆫ 其文運의 進化가 郁郁ᄒᆞ도다

目을 擧ᄒᆞ야 世界狀態를 眄ᄒᆞ다가 首를 俯ᄒᆞ야 我國民社會를 思ᄒᆞ건ᄃᆡ 忽然이 悲感을 不禁ᄒᆞ노라

政治社會난 苟祿의 輩가 膏粱을 徒食ᄒᆞ고 人民社會난 愚昧의 徒가 涸轍에 苟活ᄒᆞ니 此二者의 憂됨을 急히 救치 아니ᄒᆞ면 我國民社會난 腐敗로 始ᄒᆞ야 滅絶에 至ᄒᆞ리니 엇지 可히 悲치 아니ᄒᆞ리오

從此로 吾人은 政治社會에 對ᄒᆞ야 諤諤의 警告를 아니치 못ᄒᆞ깃스며 人民社會에 對ᄒᆞ야 ᄯᅩᄒᆞᆫ 諄諄ᄒᆞᆫ 忠告을 아니함이 不可ᄒᆞᆫ지라 吁라 我國民社會가 進化ᄒᆞ면 我子爾孫이 其利益을 均沾ᄒᆞ려니와 若夫社會가 腐敗ᄒᆞ고 人種이 滅絶에 至ᄒᆞ면 彼我가 一轍에 同蹈ᄒᆞ리니 戒ᄒᆞ며 愼ᄒᆞᆯ지어다 吾舌이 尙在ᄒᆞ고 一筆이 不鈍ᄒᆞ니 餘論은 後日에 付ᄒᆞ노라[32]

이 글이 발표될 당시로서는 '사회'라는 용어 자체가 매우 낯선 것이었다. '사회'라는 용어는 근대 초기 일본에서 건너온 새로운 개념어(槪念

32 이인직, 「社會」, 『만세보』, 1906.6.17.

語) 가운데 하나이다. 일본에서도 이 사회라는 용어는 그렇게 익숙한 용어가 아니었다. 메이지 시기 이전에는 일본에서도 이러한 용어가 사용되지 않았기 때문이다. 이와 관련해서는 다음의 서술이 참고가 된다.

> '사회(社會)'라는 말은 오늘날 학문・사상 관련 서적은 물론 신문・잡지 등 온갖 종류의 활자 매체에서 무언가 중요한 의미가 담겨 있는 말로서 많이 사용된다. 이 말은 society를 번역한 말이다. 대략 메이지(明治) 10년대(1868~1877) 무렵부터 활발하게 쓰이기 시작했으니, 1세기 정도의 역사를 갖고 있는 셈이다. society라는 말은 매우 번역하기 어려운 말이었다. 가장 중요한 이유는, 첫째 society에 해당하는 말이 일본어에 없었기 때문이다. 해당하는 말이 없었다는 것은 일본에 society에 대응할 만한 현실이 없었다는 것과 같다.[33]

이인직이 논설의 서두에서 사회의 개념에 대해 설명했던 이유도 이것이 독자들에게 익숙하지 않은 어휘였던 때문이다. 그렇다면, 『만세보』가 창간호 논설의 제목을 「사회」로 삼았던 이유는 무엇일까? 그 답은 오세창의 창간사에서 찾을 수 있다. 오세창은 창간사에서, 사회를 조직하여 국가를 형성함이 시대의 변천을 따라 인민의 지식을 계발하고 야만으로부터 벗어나 문명으로 나아가게 하는 길이라는 사실을 강조한 바 있다. 『만세보』의 발행진들이 바라본 조선 사회의 모습은 '비감(悲感)을 금할 수 없는' 상태에 처해 있는 것이었다. '정치사회에서는 구차스럽게 녹을 먹는 무리들이 온갖 고량진미를 독차지하고, 인민사회에서는 우매한 무리들이 판을 치고 버티는 형국'이 조선의 현실이었기 때문이다. 이를 급히 벗어나지 않으면 조선의 국민사회는 부패로

33 야나부 아키라[柳父章], 서혜영 역, 『번역어 성립 사정』, 일빛, 2003, 14쪽 참조.

시작해 멸절에 이르게 될 것임이 자명하다는 판단 아래, 이에 대한 대응책을 논설 「사회」에 담아내고자 했던 것이다. 이 글에서는 『만세보』가 정치사회에 대하여는 거리낌 없이 나서 경고를 보내는 역할을 할 것이며, 인민사회에 대하여는 애정 있는 충고를 아끼지 않겠다는 의지를 드러낸다. 논설 「사회」는 우리 국민사회가 진화하면 자손 모두가 그 이익을 함께 보게 될 것이며 사회가 부패하고 인종이 멸절하게 되면 모두가 그러한 길을 가게 될 것임을 경계하는 말로 마무리된다.[34] 『만세보』를 통해 처음 제시된 이인직의 '사회'에 대한 관심은 이후 잡지 『소년한반도』로 지면을 옮겨 계속된다.

2) 「의병」

『만세보』의 정치적 입장을 가장 명확히 드러내는 논설 가운데 하나는 1906년 6월 28일자 제2호와 29일자 제3호에 걸쳐 발표된 「의병(義兵)」이다. 「의병」의 전문은 다음과 같다.

> 洪州(홍쥬)의 砲烟(포연)이 熄(식)ᄒᆞ고 泰仁(틱인)의 匪魁(비괴)가 縛(박)에 就(취)ᄒᆞ니 其兵(기병)은 烏合(오합)의 愚氓(우밍)이오 其(기)

---

34 『만세보』를 비롯하여 천도교 관련 매체가 사회라는 개념에 관심을 가지고 있었던 이유에 대해서는 다음의 지적 참조. "아마도 동학교도들을 중심으로 새로운 사회단체를 결성하려 했던 손병희의 시도, 즉 진보회운동이 국가 권력과 구별되는 자발적인 결사의 자유와 그 자율적 활동을 정당화할 필요성을 강하게 느끼고 있었던 때문이 아닐까 생각된다."(박명규, 「근대 한국의 '사회' 개념 수용과 문명론적 함의」, 『개념의 번역과 창조』, 돌베개, 2012, 106쪽) "이인직은 국민사회라는 개념으로 한 국가의 전체를 개념화하고 다시 정치사회와 인민사회를 구분했다. 정치사회는 지배층을, 인민사회는 일반민중을 지칭하는 것으로 이해되는데 그는 양측 모두에게 '경고'와 '충고'를 하겠다는 주장을 펴고 있는 것이다. 이인직은 사회라는 개념이 당시 한국의 정부와 민간의 현상을 서술하고 비판하는 데 매우 중요한 의미를 가질 것으로 보았고 그에 따라 이런 논설을 기고했다고 생각된다."(같은 책, 103~104쪽)

將은 時務를 不識ᄒᆞᄂᆞᆫ 崔益鉉이라

吁라 偏見의 士林을 煽動ᄒᆞ야 誤路에 指道ᄒᆞ고 無罪ᄒᆞᆫ 人民을 誘聚ᄒᆞ야 死地에 驅入ᄒᆞ니 義의 名은 一時口實에 歸ᄒᆞ고 亂의 萌은 目下影響이 何에 至할지 於是乎 朝廷이 不安ᄒᆞ고 國際에 惡感情을 胚胎ᄒᆞ니 誰가 崔氏를 爲ᄒᆞ야 此計를 畫ᄒᆞ얏ᄂᆞᆫ고

崔氏ᄂᆞᆫ 漢文學者로 登科致位ᄒᆞ얏ᄂᆞᆫᄃᆡ 爾來數次上疏의 直言이 有ᄒᆞᆷ으로 國人이 其直을 許할ᄲᅮᆫ이라 엇지 政學이 有ᄒᆞ며 軍略이 有ᄒᆞ리오 彼崔氏의 愚直을 利用ᄒᆞ야 此亂을 起ᄒᆞᆫ 者의 籌策은 吾人이 不知ᄒᆞᄂᆞ 要之컨ᄃᆡ 國內의 義兵을 暴動ᄒᆞ야 內地에 在ᄒᆞᆫ 外兵을 抵抗케ᄒᆞ고 外로 列國의 公議를 招ᄒᆞ야 日本의 保護羈絆도 脫ᄒᆞ고 最其要點은 國權이 彼二三運籌者掌握中에 歸할듯ᄒᆞ야 如彼ᄒᆞᆫ 誤擧가 有ᄒᆞᆷ에 不外ᄒᆞ도다

盖 我國 士民中에 學問 知識이 有ᄒᆞ다 自處ᄒᆞᄂᆞᆫ 者ㅣ 支那 古儒腐論에 慴服ᄒᆞ고 明淸政畧內에 脫魄되야 新鮮ᄒᆞᆫ 空氣가 頭腦中에 不入ᄒᆞ고 固執의 意見이 渾沌을 未劈ᄒᆞ니 如彼ᄒᆞᆫ 耳目에ᄂᆞᆫ 吾人의 議論이 其念頭에 不掛ᄒᆞᆫ 줄로 豫知ᄒᆞᄂᆞ然이ᄂᆞ 余ᄂᆞᆫ 國民의 義務로ᄡᅥ 衆人의 反論을 不顧ᄒᆞ고 大勢를 暫論ᄒᆞ노라

西曆 一千八百八十九年에 杜國이 露人의 敎唆에 陷ᄒᆞ야 英國과 戰端을 起ᄒᆞ야 砲火가 三年을 繼ᄒᆞ도록 列國의 中裁ᄂᆞᆫ 無ᄒᆞ고 杜國의 生靈과 財政이 俱盡ᄒᆞᆷ으로 依舊히 英領을 不免ᄒᆞᆯ ᄲᅮᆫ 아니라 前日의 自治權ᄭᅡ지 反失ᄒᆞ얏스며 一千九百九十年에 淸國이 義和團의 亂을 因ᄒᆞ야 巨額의 金으로 列國에 償與ᄒᆞ고 滿州事件 이ᄯᅩᄒᆞᆫ 此를 從ᄒᆞ야 生ᄒᆞᆫ지라

故로 小國에 兵亂이 一起ᄒᆞ면 利ᄂᆞᆫ 强國에 歸ᄒᆞ고 禍ᄂᆞᆫ 弱國이 受ᄒᆞᄂᆞ니 試思어다 假使今日의 崔氏로 ᄒᆞ여곰 孫吳用兵의 才가 有ᄒᆞᆯ지라도 我國의 財源과 我國民의 團體力으로ᄡᅥ 世界의 强國과 戰爭을 起ᄒᆞ야 數三年繼續ᄒᆞᆯ 能力이 無ᄒᆞᆷ은 天下萬國이 共知ᄒᆞᄂᆞᆫ비라

今에 義兵이 洪州全城을 據ᄒᆞ야 大砲와 小銃의 諸般武器를 持ᄒᆞ고 四五百兵衆을 擁ᄒᆞ얏스ᄂᆞ 日兵一中隊의 攻城을 遭ᄒᆞ야 一卵의 上에 磐石을 加홈과 갓치 手를 束ᄒᆞ고 縛을 被ᄒᆞ얏스니 此로써 觀ᄒᆞ건ᄃᆡ 我國民程度ᄂᆞᆫ 杜國民의 萬分一에 不及ᄒᆞ도다

且 李鳳來 閔景植 閔丙漢 輩ᄂᆞᆫ 何如ᄒᆞᆫ 政治家인지 何如ᄒᆞᆫ 策士인지ᄂᆞᆫ 不知ᄒᆞ거니와 若夫彼輩로 ᄒᆞ야곰 內政外交를 擔任ᄒᆞ고 崔益鉉으로 軍事를 摠轄케 ᄒᆞ면 如彼히 無學無識ᄒᆞᆫ 愚見으로 足히 國家運命을 促홀 ᄯᆞ름이라 然則 我國이 何如ᄒᆞᆫ 政策으로써 國家를 磐石의 安에 置홀고[35].

天下形勢를 察ᄒᆞ고 我國程度를 顧ᄒᆞ야 外隙을 勿生ᄒᆞ며 內政을 自修ᄒᆞ야 國家의 實力을 養ᄒᆞ야 基礎를 鞏固케 할 ᄯᆞ름이라

我韓은 大陸의 半島라 比컨ᄃᆡ 巨人이 一腕을 伸홈과 如ᄒᆞ고 日本은 其地形이 甚長ᄒᆞ야 北의 千島에 起ᄒᆞ야 南의 臺灣에 至ᄒᆞ얏스니 其度ᄂᆞᆫ 北緯二十一度로부터 五十一度에 達ᄒᆞᆫ지라 其形이 長蛇의 蜒蜿홈과 如ᄒᆞ니 假使我國으로 富强에 先進ᄒᆞ얏더면 日本은 其胸腹이 巖石에 觸當홈과 如ᄒᆞ야 首尾가 應키 難ᄒᆞ며 手足을 措키 不能홀지라 반다시 我韓에 對ᄒᆞ야 卑辭厚禮ᄒᆞ야 交鄰의 誼를 先修ᄒᆞ얏슬 것이어ᄂᆞᆯ 不行히 此를 不得ᄒᆞ고 日本이 富强에 先進ᄒᆞ얏ᄂᆞᆫ지라 其地勢를 觀ᄒᆞ고 國力을 論홀진ᄃᆡ 長蛇蜒蜿ᄒᆞᄂᆞᆫ 傍에 一蛙가 病脚을 未振홈과 如ᄒᆞᆫ지라 若夫古戰國時代를 當ᄒᆞ야 彼我의 國境이 如此히 接近ᄒᆞ고 彼我의 强弱이 如此히 顯殊ᄒᆞ얏더면 반다시 强幷을 被ᄒᆞᆫ지가 已久ᄒᆞ얏슬지라 吁라 我國이 今世界文明에 對ᄒᆞ야 可히 怨홀 處도 有ᄒᆞ며 可히 謝홀 處도 有ᄒᆞ니 何를 謂홈인고

假使萬國으로 擧皆我國갓치 未開ᄒᆞ고 衰弱ᄒᆞ얏더면 我가 忌憚이 無ᄒᆞ깃거ᄂᆞᆯ 今也不然ᄒᆞ니 人의 文明을 怨홀 者ㅣ 此也며 今에 萬國의 文明이 地球上에 輝를

35 「義兵」, 『만세보』, 1906.6.28.

爭ᄒᆞ야公法을無視치 못ᄒᆞ며 約條를敢違치 못ᄒᆞᆷ으로 我國이 强者의 幷呑을幸免ᄒᆞ얏스니 此ᄂᆞᆫ 今世文明에 對ᄒᆞ야 萬歲를呼ᄒᆞ고 謝치 아니 ᄒᆞᆷ이 不可ᄒᆞ도다

曩에 日清日露의 兩次開戰時에 日本이 我韓의 獨立維持를 宣布ᄒᆞ얏스니 顧ᄒᆞ건ᄃᆡ 今日形勢가 日本이 萬國에 對ᄒᆞ야 食言키ᄂᆞᆫ 不能ᄒᆞᆯ지라 然則 我國은 맛당히 彼의 保護力을 利用ᄒᆞ야 孜孜히 國家實力을 養ᄒᆞ야 後日의 自强力을 得ᄒᆞ면 彼保護ᄒᆞ던 者ᄂᆞᆫ 反動의 力으로 自退ᄒᆞᆯ것이라 我韓도 小國이오 日本도 ᄯᅩᄒᆞᆫ小國이라 脣齒의 勢ᄂᆞᆫ 何年代를 不論ᄒᆞ고 相離ᄒᆞᆷ이 不可ᄒᆞ도다

彼英米德法은 其位置와 關係가 我國에 對ᄒᆞ야 第二에 在ᄒᆞ거니와 青과 露ᄂᆞᆫ我에 接近ᄒᆞᆫ 關係가 有ᄒᆞᆫ지라 清은今에 비록 自振치 못ᄒᆞ얏스ᄂᆞ 其地가 廣ᄒᆞ며其人이 衆ᄒᆞ며 其富源이 ᄯᅩ 甚大ᄒᆞᆫ지라 有惑其政을 一變ᄒᆞ면 宇內에 雄飛할 祚가有ᄒᆞ나 三五十年을 費치 아니ᄒᆞ면 此에 至키 難ᄒᆞ니 此ᄂᆞᆫ 姑舍勿論ᄒᆞ고 露ᄂᆞᆫ已開未開ᄒᆞᆫ 野心의 强國이라 曩의 戰爭에 大挫가 有ᄒᆞ얏스ᄂᆞ 其强은 依舊ᄒᆞᆫ지라 彼浦鹽斯德의 基礎ᄂᆞᆫ 比컨ᄃᆡ 我頭腦上에 巨岩을 懸ᄒᆞᆷ과 如ᄒᆞ니 我가 豫防의方策이 無ᄒᆞ면 異日에 壓墻에 禍를 不免할지라 然ᄒᆞᆷ으로 我國이 日清의 交誼를失ᄒᆞᆷ이 不可ᄒᆞᆷ은 三尺童子도 可히 知할비라 故로 曰 我國이 外隙을 勿生ᄒᆞ며 內政을 自修ᄒᆞ야 國의 實力을 養ᄒᆞᆷ이 最上策이라 ᄒᆞ노라

今에 我國 朝野의 幾個縉紳이 井蛙의 眼으로 全局을 未見ᄒᆞ고 螳螂의 斧로 傾車의 轍을 拒ᄒᆞ니 其所謂 義兵의 敗ᄂᆞᆫ 可히 論할것 업거니와 國民의 精神을 眩亂케 ᄒᆞ야 進步主義가 此를 因ᄒᆞ야 더욱 緩晩ᄒᆞ리로다 蔽一言ᄒᆞ고 國家의 罪人이라 三尺이 自在ᄒᆞ니 王章의 誅를 不免할것이니 吾人은 其愚頑을 加論치 아니ᄒᆞ노라[36]

논설 「의병」은 의병을 일으킨 최익현을 비난하는 구절로 시작된

36 「義兵(續)」, 『만세보』, 1906.6.29.

다.[37] 그가 사림(士林)을 선동하여 잘못된 길로 들어서게 하고, 무죄한 인민을 속여 사지(死地)로 몰아넣고 있다는 것이다.[38] 「의병」에서 주장하는 한말 의병 궐기의 결과는 '조정(朝廷)이 불안해지고 국제(國際)에 악감정을 일으키는 일'이 되며, '내지(內地)에 있는 병사들의 저항을 불러일으키고 열국의 공론을 불러와 일본의 보호기반(保護羈絆)을 벗어나는 일'이 된다. 약소국에 병란이 일어나면 이익은 강국이 취하고 그로 인한 화(禍)는 모두 약소국이 감당하게 되니, 우리나라의 재원과 힘으로는 세계 강국과 겨룰 능력이 없다는 것 또한 이 글에 담겨 있는 생각이다. 그리하여 이 글에서는 '일본이 청일전쟁과 노일전쟁을 시작하면서 우리나라의 독립 유지를 선포한 바 있으니, 이를 믿고 그의 보호력을 이용하여 꾸준히 국가실력을 양성하고 후일의 자강력을 길러나가면 일본이 스스로 물러나게 될 것'이라는 의견을 제시한다. 「의병」은 마무리에서, 의병의 안목은 세상 물정을 알지 못하는 우물안 개구리에 불과하고 그들의 행동은 사마귀가 수레바퀴를 막아 덤벼드는 것과 같이 무모하여 패배가 당연한 것이라 비판한다. 결국 국민의 정신을 현란케 하고 사회의 진보를 가로막는 의병이야말로 '국가의 죄인'이 아닐 수 없다는 것이다.[39]

---

37 의병이란 정의(正義)를 위해 일어난 군대를 지칭하는 용어이다. 한말의 의병 운동은 정의심과 충의정신(忠義精神) 즉 군신유의(君臣有義)의 의(義)에 입각하여 개화정권을 극복하고자 하였으며, 동시에 일본이라는 외세를 구축하여 국권을 수호하고자 반침략 구국항쟁을 전개한 민족독립운동의 일환이었다(김상기, 『한말의병연구』, 일조각, 1997, 36~37쪽 참조).

38 참고로, 제9호 논설에는 최익현의 의병활동을 부추긴 것이 한말의 정사를 어지럽힌 환관(宦官) 강석호였다는 다음과 같은 구절이 포함되어 있다.

"崔益鉉갓튼熱血直心人을激厲ᄒᆞ야義兵을募集ᄒᆞ던運籌者도姜錫鎬" (「姜錫鎬」, 『만세보』, 1906.7.6.)

39 미국 뉴욕[紐育]의 한 신문에 실린 다음의 기사가 허설(虛說)임을 강조하는 외보(外報)는 『만세보』의 입장을 보여주는 구체적 사례이다.

"京城의 報道를 依ᄒᆞᆫ 즉 日本은 公力으로써 韓國皇帝를 宮中에 閉居케 ᄒᆞ고 궁문을 嚴重히 護衛ᄒᆞ야 許可가 업시면 宮庭에 出入을 得지 못ᄒᆞᆷ으로 韓皇은 內亂을 煽動ᄒᆞ야 日本의

논설 「의병」에서 의병의 궐기를 비판함과 동시에 가장 크게 강조한 것은 '국가의 실력을 기르고 기초를 공고히 하는 일'이다. 약소국 조선이 살아남는 길은 강대국에 대한 저항에 있지 않고, 그들의 보호막을 이용하여 힘을 기르는 것이 최선책이 될 수 있다는 것이다. 논설 「의병」에서 보여주는 한말 의병에 대한 비판적 태도는 이인직의 소설 「은세계」의 결말 부분에서 보여주는 의병에 대한 태도와도 일맥상통한다.[40]

『만세보』는 제6호의 논설 「해분의(解紛議)」에서도 의병에 대한 비판을 이어간다. 「해분의」는 논설 「의병」이 발표된 이후 『만세보』에 밀려온 사림(士林)의 반론에 답하는 형식으로 쓴 글이다. 최익현을 충신이라 옹호하는 사림의 주장에 대해 「해분의」에서는 『만세보』가 '국가학(國家學) 정신과 인종적 진보(進步)를 위주로 하는 언론'임을 밝힌 후, "夫崔氏의 心인 則 忠이나 崔氏의 事인 則 不忠이라 國家 運命을 催ᄒᆞ고 國民前程을 暗黑腐敗 滅亡地에 驅入ᄒᆞᄂᆞᆫ 者라"[41]는 말로 최익현과 의병 활동을 다시 비판한다. 최익현의 본 마음은 충(忠)에 있을지 모르나 그가 행한 행동은 곧 불충(不忠)이 되며 그 행동이 결국은 국

宗主權을 反ᄒᆞ고 外國의 援助을 藉ᄒᆞ야 此羈絆을 脫ᄒᆞ랴 홈을 止치 아니ᄒᆞ고 米國公使館으로 避ᄒᆞ랴다가 亦基意를 得지 못ᄒᆞ얏고 又伊藤統監은 韓皇太子結婚式에 經費百二十万元의 支出에셔 但二十万元에 削除하야 日本皇太子御式時에도 三十万元이 되얏다고 稱하얏더라." (「米人의 中傷」, 『만세보』, 1906.8.5) 『만세보』는 이러한 기사가 잘못 된 것이라는 사실을 7월 31일자 일본 『萬朝報』의 번역을 인용해 전달하고 있다.

40 「은세계」에서는 미국 유학을 통해 신학문을 익히고 돌아온 주인공 남매가 의병들에게 다음과 같은 연설을 한다. "요순갓흔 황뎨폐하 칙령을 거스리고 흉긔(凶器)를 가지고 산야로 출몰ᄒᆞ며 인민의 직산을 강탈ᄒᆞ든가 슈비더 일병 ᄉᆞ오십 명만 맛나면 슈십 명 의병이 뎌당치 못ᄒᆞ고 패ᄒᆞ야 ᄃᆞ라나거ᄂᆞ 그럿치 아니ᄒᆞ면 ᄉᆞ망무슈ᄒᆞ니 동포의 ᄒᆞᄂᆞᆫ 일은 국민의 싱명만 업시고 국가 힝정상에 히만 씻치ᄂᆞᆫ 일이라 무어슬 취ᄒᆞ야 이런 일을 ᄒᆞ시오 / 또 동포의 마음에 국권을 일은 거슬 분ᄒᆞ게 여긴ᄃᆞᄒᆞ니 진실로 분ᄒᆞᆫ 마음이 잇슬진ᄃᆡ 먼져 국권 일흔 근본을 살펴보고 장ᄎᆞ 국권이 회복될 일을 ᄒᆞᄂᆞᆫ 거시 오른 일이라."(이인직, 『은세계』, 동문사, 1909, 138쪽) 요순 같은 좋은 시절에 황제의 칙령을 어기고 흉기를 들어 인민의 재산을 강탈하며 국민의 생명을 위협하는 해를 끼치는 행위를 하는 집단이 의병이라는 것이다.

41 「解紛議」, 『만세보』, 1906.7.3.

가 운명과 국민의 앞길을 막고 암흑부패와 멸망의 길로 몰아넣게 되리라는 것이다.

근대계몽기에 발행된 매체들에서 한말 의병에 대한 비판의 토대를 이루는 것이 이른바 실력양성론이었다. 대한협회 계열의 자강운동론자들이 보호정치를 일본의 한국에 대한 문명 지도로 인식하고, 보호조약은 한국의 문명 부강이 이루어지는 날 자연 취소되면서 국권이 회복되리라는 낙관적 전망을 가지게 된 것 역시 실력양성론에 근거를 둔 것이었다. 실력양성론이 국권회복의 한 방법으로 제기된 데에는 당시 식자층에 널리 퍼져있던 사회진화론의 영향도 크다. 생존경쟁이 하나의 법칙으로 지배하는 20세기의 현실에서 살아남기 위해서는 실력을 기르는 길밖에 없다. 이러한 논리는 '이웃과 선(善)한 관계를 유지하고 내정(內政)을 스스로 갈고 닦아 백년의 덕(德)을 쌓으면 세계에 웅비하는 공(功)을 보게 될 것'[42]이라는 주장으로 이어진다. 『만세보』의 실력 양성에 관한 주장은 해외 유학에 대한 권유로 이어진다. 경쟁이 심화되는 세계에서 살아남기 위해서는 경제 진흥이 급선무이며, 이를 위해서는 학문을 쌓고 지식을 갖추어야 한다는 것이다.

논설 「경제경쟁(經濟競爭)」은 실력 양성 방안에 대해 다음과 같이 상세하게 언급한다.

> 其一은 國中에 聰明俊逸ᄒᆞᆫ 靑年子弟가 縱然 國庫金을 費ᄒᆞ야 官費學生으로 派送치 못ᄒᆞᄂᆞᆫ 境遇가 有ᄒᆞᆯ지라도 各其 私財私力으로 世界文明列邦에 遊學ᄒᆞ야 各般學問을 練習ᄒᆞ야 知識을 涵養ᄒᆞᆫ 然後에 可히 競爭心을 得ᄒᆞᆯ거이오/其二ᄂᆞᆫ 國中人民이 時間經濟ᄅᆞᆯ 尊重이ᄒᆞ야 一時間이라도 浪度泛過ᄒᆞᄂᆞᆫ 獘風이 無

42 「疑山疑雲(續)」, 『만세보』, 1906.12.18 참조.

ᄒᆞ면 自然心頭에 勤懇ᄒᆞ야 念念不忘ᄒᆞᆯ것이오 足底에 活動ᄒᆞ야 洞洞不已ᄒᆞᆯ것이오 手端에 施措ᄒᆞ야 慥慥不息ᄒᆞᆯ것이니 此와 如ᄒᆞ면 一時間全國同胞의 事業이 多大ᄒᆞᆫ 効果를 概言키 難ᄒᆞᆷ을 知得ᄒᆞᆫ 然後에 可히 競爭心을 得ᄒᆞᆯ것이오 / 其三은 國民一同이 游衣游食ᄒᆞ든 惡習慣을 除却ᄒᆞ고 男婦老少가 製造, 販賣, 擔負 等 事業의 從事ᄒᆞ야 蠅頭細利라도 逐逐耽耽ᄒᆞ야 當日朝夕의 憂를 免ᄒᆞ기로 職分上責任으로 認ᄒᆞᆫ 然後에 可히 競爭心을 得ᄒᆞᆯ거이니[43]

조선이 경쟁력을 갖추기 위해서는 다음의 세 가지를 실행해야 한다. 첫째, 청년 자제가 관비 혹은 사비를 들여 해외 유학을 하며 학문과 지식을 함양할 것. 둘째, 모든 백성이 시간을 헛되이 보내지 않고 열심히 일할 것. 셋째, 모든 국민이 여하한 사업에라도 종사하여 작은 이익이라도 얻을 것. 이 세 가지를 실행하고 나면 가난하고 굶주린 자가 모두 배불리 먹을 수 있으며, 개인의 실력 유지를 통해 국가의 실력의 발달을 도모할 수 있게 된다는 것이다.

『만세보』의 실력양성론은 '선 실력양성 후 독립론'을 기조로 하고 있다. 여기에서는 국권의 회복이란 실력양성 이후에나 가능한 일로 간주된다. 이는 역으로 보면 실력양성이 이루어질 때까지는 일제의 한국 지배는 당연한 것이 된다. '선 실력 후 독립론'은 엄밀한 의미에서 국권 회복의 운동론으로서는 성립될 수 없는 것이라는 비판[44]이 나오는 것

43 「經濟競爭」, 『만세보』, 1906.9.21.

44 박찬승, 『한국 근대 정치사상사 연구』, 역사비평사, 1992, 62~64쪽 참조. 『만세보』의 의병에 대한 인식은 『황성신문』의 태도와 유사하다. 선실력양성론을 주장하던 『황성신문』 역시 한말 의병에 대해서는 비판적인 태도를 지니고 있었다. 이에 대해서는 다음의 서술 참조. "따라서 그들은 역시 의병에 대해서는 매우 비판적인 입장에 있었다. 즉 "소위 의병이라 하는 것은 곧 유민(莠民)일 따름"이라면서, 이는 '자촉망국지적(自促亡國之敵)'이니 정부는 속히 이를 진압하라고 촉구했다. 또 이 신문은 "근일 의병은 화국(禍國)의 요얼(妖孽)이오 해민(害民)의 독려(毒癘)"라고 격렬히 비난하고, '의(義)'라는 것은 '의(宜)'로서 시의(時宜)에 맞는 것을 의미하는 것이라면서 오합 무뢰지배를 모아 호미, 곰방메, 창자루 등을 들

은 이 때문이다.

논설 「삼진연방(三進聯邦)」의 서두는 『만세보』가 주장하는 실력양성론의 또 다른 모습을 보여준다.

> 一進ᄒᆞ야 日本을 合ᄒᆞ고 再進ᄒᆞ야 間島를 索還ᄒᆞ고 三進ᄒᆞ야 滿洲를 連絡ᄒᆞᆫ 然後에 東洋에 一大聯邦을 作ᄒᆞ야 經濟上 大進步를 硏究치 아니 ᄒᆞ면 不可ᄒᆞ도다 / 否則 國家ᄂᆞᆫ 滅亡淵에 將陷ᄒᆞᆯ 것이오 人種은 ᄯᅩᄒᆞᆫ 減縮的에 漸入ᄒᆞᆯ ᄲᅮᆫ이라 吁라 我國에 鐵血宰相갓튼 人物이 無ᄒᆞ면 我國民에 悲觀이 日至ᄒᆞ리로다[45]

여기서 『만세보』가 주장하는 실력양성론은 단기적으로는 일본 및 만주와 힘을 합하여 동양에 일대 연방을 만들어 경제적 진보를 이루는 것이며, 장기적으로는 총명한 청년들을 교육해 신지식에 나아가게 하며 완고한 무리들을 몰아내는 것이다. 「삼진연방」의 이러한 서두는 이인직이 『만세보』에 발표한 소설 「혈의루」의 다음 내용과도 일치한다. "구씨의 目的은 공부를 심써 ᄒᆞ야, 귀국한 뒤에, 우리ᄂᆞ라를, 독일국과 갓치, 연방을 삼아셔, 일본과 만쥬를, 한 ᄃᆡ 합ᄒᆞ야, 문명한 강국을 맨ᄂᆞᆯ고ᄌᆞ ᄒᆞᄂᆞᆫ (비ᄉᆞᄆᆡᆨ)갓한 마암이오, 옥연이ᄂᆞᆫ 공부를 심써 ᄒᆞ야, 귀국ᄒᆞ 뒤에, 우리나라 부인의 지식을 널려셔, 남ᄌᆞ의게 압졔를 밧지 말고, 남ᄌᆞ와 동등권리를 찻게 ᄒᆞ며, ᄯᅩ 부인도 나라에 유익한 ᄇᆡᆨᄉᆡᆼ이 되고, ᄉᆞ

고서 잘 훈련되고 우수한 무기를 가진 군대와 대적한다면 그것이 패할 것은 필연지세라고 비판하였다. 따라서 그들은 국권을 회복하는 길은 '무(武)'가 아니고 '문(文)'이라면서, 지금은 국민 각자가 자기 죄과를 참회하고 그 우매함을 각성하여 개명의 길로 분발해서 나아가야 할 때라고 주장하였다. 여기서 우리는 그들이 국권회복운동에서의 무장투쟁노선 자체에 대해 비판적인 시각을 갖고 있었음을 확인할 수 있다."(같은 책, 75쪽)
한편, 한말의 의병활동에 대한 입장과는 달리 『만세보』가 국채보상운동에 대해서는 적극적으로 참여하며 긍정적 태도를 보였다는 점도 주목할 필요가 있다. 『만세보』는 238호(1907.4.23)에 2면의 부록을 추가해 국채보상기성회 광고를 실은 바 있다. 『만세보』의 국채보상운동에 대한 참여와 그 의미 및 한계 등에 대한 논의는 최기영, 앞의 글, 339~340쪽 참조.

45 「三進聯邦」, 『만세보』, 1906.7.20.

회상에, 명예 잇는 사롬이 되도록, 교휵할 마옴이라"[46] 「삼진연방」에서 기대하는 철혈재상(鐵血宰相)이, 「혈의루」에서 독일을 건설한 프로이센의 정치가 비스마르크로 구체화되어 나타난 것이다.

3) 「위생」

『만세보』가 지향하는 개화 세상의 구체적 사례는 위생 강조와 풍속 개량이라는 담론으로 나타난다. 위생 강조와 풍속 개량의 담론은 게재 빈도수에서부터 주목을 끈다. 이 범주에 속하는 논설 가운데 우선 「위생(衛生)」의 전문을 인용하면 다음과 같다.

> 近日天熱이 甚極ᄒᆞ야 署針이 八十七度에 達ᄒᆞ얏쓰니 舊曆으로 言ᄒᆞ면 初伏이 已過ᄒᆞ고 中伏이 又近ᄒᆞ니 日氣가 極熱ᄒᆞᆫ 天候이라
>
> 天候의 極熱ᄒᆞᆷ을 當ᄒᆞ야 人事가 可히 天候를 從ᄒᆞ야 衛生上 必要ᄒᆞᆷ을 適宜히 ᄒᆞᆯ지니
>
> 若其喉渴ᄒᆞᆷ을 潤코자 ᄒᆞ야 冷水를 過飮ᄒᆞ고 氷片을 縱喫ᄒᆞ며 淸凉을 乘ᄒᆞ야 石橋上이나 大道邊에셔 通宵露宿ᄒᆞ야 霧露의 濕氣를 蒙ᄒᆞ며 生瓜酸杏 等 物을 食欲ᄃᆡ로 量을 充ᄒᆞ고 濁酒를 大醉도 ᄒᆞ며 敗肉과 餒魚를 啖ᄒᆞ고 暑氣가 鬱蒸ᄒᆞ고 塵埃가 混雜ᄒᆞᆫ 食料物을 飽食ᄒᆞ니
>
> 衛生이 何件事인지 不知ᄒᆞᄂᆞᆫ 勞動者이나 童稚婦女의 習慣이 署天夏日에 宿食을 顧忌ᄒᆞᆷ이 無ᄒᆞ야 暫時 淸快ᄒᆞᆷ을 取ᄒᆞ며 飢飽가 不節ᄒᆞᆫ 貧家生涯에 妨害利益을 擇取ᄒᆞᆯ 暇이 無ᄒᆞ야 暫時 救飢ᄒᆞᆯ 慾心으로 充腹ᄒᆞᆷ에 不過ᄒᆞᆫ則 一一히 禁止ᄒᆞ기 不能ᄒᆞ거니와

46 「혈의루」, 『만세보』, 1906.10.4.

> 衛生上 妨害로 論홀지면 當場에는 僥倖히 災害가 無ᄒ다 ᄒ야도 土地에 濕鬱훈 蒸氣와 食料에 生冷훈 炭氣가 肌膚에 侵ᄒ며 腸胃에 伏ᄒ얏다가 新秋涼生홀時에 嘔吐 곽亂 泄瀉 赤痢 等과 甚則 腸窒扶斯와 虎烈刺 等 惡疾이 發生ᄒ야 生命의 妨害와 危險을 可히 勝言키 難홀 쑨 아니라
>
> 不幸히 惡疾을 罹ᄒ야 死亡에 抵觸홀지면 臭氣가 熏렴ᄒ야 惡疾이 滋蔓ᄒᄂᆞᆫ 弊害가 起홀 境遇에ᄂᆞᆫ 衛生上에 注意ᄒ든 人도 流行여氣를 幸避키 不能ᄒ니
>
> 其 原因을 硏究홀진ᄃᆡ 流行惡疾은 衛生上에 不注意ᄒ든 者의 毒菌으로 全國生命의 妨害危險을 釀成홈이니 엇지 重大關係가 아니라 ᄒ리오
>
> 衛生의 弊害로 禁止홈은 警察官吏의 責任上에 自在훈 則 贅論홈이 必要가 無ᄒ거니와 人民에게 警告ᄒᄂᆞᆫ 一說도 操觚者의 責任이기로 近日 極熱훈 天候를 當홈이 發狂大叫ᄒᄂᆞᆫ 人情을 推ᄒ야 衛生의 必要를 一述ᄒ노라[47]

「위생」은 연일 계속되는 더위 속에서, 위생을 지키는 일이 왜 필요한가에 대해 역설한 글이다. 이 글에서는, 더운 날씨에는 냉수와 술의 과음을 삼가야 하며 고기와 생선 등 음식이 상하는 것을 조심해야 한다고 지적한다. 위생에 주의하지 않으면 개인적인 고통을 당할 뿐만 아니라, 전염병을 유발시켜 여러 사람의 생명을 앗아갈 위험까지 초래하게 된다. 따라서 위생의 폐해를 예방하기 위해 경찰 관리 등이 적극적으로 나서 책임을 다해야 한다는 것이 이 글의 주장이다.

논설 「청결방법(淸潔方法)」은 위생을 방해하는 요소들을 제시하고 이에 대한 해결책을 제시한 글이다. 「청결방법」에서는 먼저 조선의 청결을 해치는 두 요소로 가옥의 변소와 농가의 비료 문제를 제기한다. 이 둘은 모두 분뇨(糞尿)와 관계되는 것으로 위생을 저해하는 직접적 요인

47 「衛生」, 『만세보』, 1906.7.21.

이다. 청결은 사회 문명의 지표 가운데 하나이다. 이 글에서는 다음의 세 가지를 실천할 것을 제안한다. 첫째, 국가에서 공동 청결에 대한 관심을 기울여 경찰력을 통한 강제 청결을 시행하거나 국가 예산으로 청결비를 마련하여 제도를 개량할 것. 둘째, 자본가가 상업적인 비료회사를 설치하여 가가호호의 비위생적인 비료장 문제를 취합 해결할 것. 셋째, 각 마을에서 자치적으로 비용을 수합하여 청소 도구와 인부를 준비하여 매일 소제(掃除)에 나설 것.[48] 청결에 대한 관심은 바로 다음 호에 수록된 논설 「가옥제도(家屋制度)」로 이어진다. 「가옥제도」에서는 현행 단층(單層)의 건물을 위주로 하는 가옥 제도를 바꾸어 이층 삼층의 건물을 짓도록 권장한다. 단층 건물 위주의 가옥 제도는 경제적으로나 위생적으로 모두 문제가 있기 때문이다.[49] 「자치청결의(自治淸潔議)」는 「청결방법」에서 제안한 세 가지 청결 방안 가운데 첫째 방안에 대한 실천을 촉구한 글이다. 여기서는 정부가 자치청결 제도를 반포할 것을 희망하며, 법령을 지키지 않는 사람들에게는 벌을 주고 이를 잘 따르는 마을에는 상을 내릴 것을 권고한다.[50] 「음료수(飮料水)」에서는 경성의 음용수가 불결하여 전염병을 불러올 소지가 있다는 점을 지적한 후, 깨끗한 물을 가가호호에 보낼 수 있도록 하는 운수(運水) 방안이 필요하다는 점을 강조한다.[51] 「경성음료수(京城飮料水)」에서는 위생을 위해서는 우물의 수질 관리가 필수적이며 이를 위해서는 가정의 변소를 개량해야 하는 일이 급선무임을 지적한다. 이 글에서는, 비록 경성에 수도(水道)를 부설하기 시작하였다 하나 우물의 사용 또한 병행할 수밖에 없는 것이라는 의견도 제시한다.[52]

48 「淸潔方法」, 『만세보』, 1906.8.22 참조.
49 「家屋制度」, 『만세보』, 1906.8.23 참조.
50 「自治淸潔議」, 『만세보』, 1906.10.24 참조.
51 「飮料水」, 『만세보』, 1906.10.25 참조.

「음식점(飮食店)」과 「목욕(沐浴)」은 위생 문제를 사회적 차원뿐만 아니라 개인적 차원에까지 적용한 담론의 사례들이다. 「음식점」은 '음식은 사람의 생명이니 유익한 것을 먹으면 신체가 이익을 얻게 되나 유해한 것을 먹으면 해를 받게 되니 음식에 큰 주의가 필요하다'는 전제에서부터 이야기를 풀어간다. 이 글에서는 경성 음식점들의 위생 상태가 매우 불결하다는 점을 지적한다. 식료를 제조하는 상태뿐만 아니라 건물이 놓인 처소 또한 모두 위생과는 거리가 멀다는 것이다. 논설의 필자는, 생명에 해를 끼치는 것은 마땅히 경무청에서 엄금해 인민이 공동 이익을 얻게 해야 할 것이며, 경찰력이 여기에 미치지 못할 경우에는 각 개인이 불결물을 매식(買食)하지 않아야 함을 강조한다. 가옥을 개량하는 등의 재력을 갖추지 못한 자는 처음부터 음식점을 열지 않는 것이 옳은 일이며, 일반 인민은 각자 자기의 위생을 생각하여 오예(汚穢)한 음식점에는 가지 않아야 한다는 것이다.[53] 「목욕」에서는 신체의 청결이야말로 문명의 상징이 될 수 있다는 점을 설명한 후, 생활에 여유가 있는 자는 집안에 목욕실을 설치할 것이며 그렇지 못한 자는 금전을 지불하고 공중목욕탕을 이용할 것을 권고한다. 이 글에서는 목욕의 절차에 대한 설명과 함께 경성에 목욕탕이 더 생겨날 필요가 있다는 의견도 제시한다.[54] 단, 여기서 주목해야 할 사실은 분뇨와 세균, 그리고 목욕과 관련한 이른바 위생 담론의 전개가 『만세보』에만 국한된 일이 아니라는 점이다. 이는 『독립신문』이나 『황성신문』을 거쳐 『대한매일신보』 등에 이르기까지 근대계몽기의 여러 신문에서 공통적으로 발견할 수 있는 현상이기도 했다.[55]

52 「京城飮料水」, 『만세보』, 1907.6.20 참조.
53 「飮食店」, 『만세보』, 1906.9.7 참조.
54 「沐浴」, 『만세보』, 1906.12.11 참조.
55 『독립신문』 및 『황성신문』의 위생 담론에 관해서는 다음의 서술 참조. "『독립신문』의 경

『만세보』의 위생 담론은 풍속 개량 담론과 관계가 깊다. 『만세보』가 제안한 풍속 개량에서는 복식(服飾) 개량이 우선 중요하다. 이 범주의 대표적 논설 가운데 하나가 「복색(服色)」이다. 「복색」은 우리나라 사람들이 즐겨 입는 현재의 복색이 단점이 매우 많은 미개한 제도 가운데의 하나라는 점을 지적한다. 따라서 지금과 같은 진화(進化)의 시대를 맞아 시행해야 할 급선무에 속하는 것이 복색 개량이라는 것이다.

> 然則(연즉) 我國人(아국인)의 服色(복식)을 如何(여하)히 改良(기량)홈이 可(가)한고 / 一言(일언)으로 斷(단)ᄒᆞ야 가로ᄃᆡ 斷髮(단발)ᄒᆞ고 黑衣(흑의)을 着(착)함에 莫上(막상)ᄒᆞ도다 / 彼歐米人男子(피구미인남ᄌᆞ)의 服色(복식)은 哲學的(철학적)으로 觀(관)ᄒᆞ던지 經濟的(경졔적)으로 言(언)ᄒᆞ던지 如彼(여피)한 衣制(의뎨)가 無(무)ᄒᆞ다ᄒᆞ노라[56]

『만세보』가 제안한 복색 개량의 요지는, 머리를 짧게 자르고 검은 빛깔의 옷을 입는 것이다. 서구인들의 복색이 위생적으로나 경제적으로 효율성에 바탕을 둔 것임에 반해, 우리나라 사람들의 의제(衣制)는 유치한 지식의 산물이라는 것 또한 이 글의 주장이다. 『만세보』의 의제(衣制)에 대한 관심은 총 5회에 걸친 논설 「의제개량(衣制改良)」으로 이어진다. 1906년 11월 22일부터 27일까지 이어진 이 글은 첫 2회에는

우, 근대적 임상의학은 절대적 진리로 제시된다. 서구적 관점에서 볼 때, 조선의 거리와 패션, 습속은 너무나도 '더럽다'. 특히 우물물과 변소의 구조는 대기오염 및 질병의 근원이자 미개함의 가시적 표현이었다. 따라서 근대화를 추진하기 위해선 이 문제들부터 가장 시급하게 개선되어야 했다. 김옥균을 비롯한 급진개화파들이 위생을 문명의 핵심적 이슈로 제기한 것은 바로 이런 맥락에서였다. 그 결과, 『독립신문』에는 도로 개선 및 분뇨 처리에서부터 일상적으로 행해야 하는 청결 매너 등에 이르기까지 임상의학 및 위생과 관련한 글들이 연이어 쏟아졌다. 『황성신문』 역시 임상의학 및 위생적 관점이 지상과제로 제시되는 것 『독립신문』과 크게 다르지 않다. (…중략…) 그런가 하면, 1905년 이후, 『대한매일신보』에 이르면, 위생담론은 다시 폭발적으로 분출하여 모든 담론들의 기저를 장악해버린다. 특히 병리학적 메타포가 계몽 담론의 중심축을 차지하는 '이상열기'에 휩싸이게 된다."(고미숙, 「『황성신문』에 나타난 '위생' 개념의 담론적 배치」, 『근대계몽기 지식의 발견과 사유 지평의 확대』, 소명출판, 2006, 237~258쪽)

56 「服色」, 『만세보』, 1906.11.7.

'여자의제(女子衣制)'라는 부제가 달려있고, 나머지 3회에는 '남자의제(男子衣制)'라는 부제가 달려 있다. 「의제개량」 중 '여자의제'에서 주력한 것은, 외출 시 얼굴을 가리는 장옷을 폐기하자는 주장이다.

古昔禮俗에도 道路上에 男左女右라 ᄒᆞᆷ은 有하ᄂᆞ 女子蒙頭라 ᄒᆞᄂᆞᆫ 禮文은 不見ᄒᆞ얏스니 女子가 男子와 平等ᄒᆞᆫ 權利ᄅᆞᆯ 回復ᄒᆞ야 文明國 婦人과 如히 社會上 交際ᄅᆞᆯ 通行ᄒᆞᆯ지면 衣制ᄅᆞᆯ 改良ᄒᆞ고 長衣인지 蒙頭인지 廢棄하고 露面ᄒᆞᄂᆞᆫ 것이 古今禮俗을 參互通行ᄒᆞᆷ이라/或謂政府命令이 無하면 女子의 長衣를 不着ᄒᆞ기 難ᄒᆞ다 ᄒᆞ되 衣制ᄂᆞᆫ 政令을 從ᄒᆞᆫ다 ᄒᆞᆷ이 似然ᄒᆞ되 長衣ᄂᆞᆫ 原來 政府 命令으로 蒙한다 ᄒᆞᆷ은 歷史上에 無ᄒᆞᆫ 바이니/女子의 自由로 露面ᄒᆞᄂᆞᆫ 것이 國法을 違反ᄒᆞᆷ도 아니오 風俗改良에 第一進步되고 發達되ᄂᆞᆫ 活動力으로 贊成ᄒᆞ노니 婦人社會ᄂᆞᆫ 汲汲實行ᄒᆞ야 文明社會에 叅列ᄒᆞᆷ을 希望ᄒᆞ깃고[57]

여기에서는 특히, 여자와 남자가 평등한 권리를 회복하여 문명한 나라의 부인들처럼 사회적 교제를 하기 위해서는 의제를 개량해야 하고, 이것이 곧 고금(古今)의 예법과 풍속을 모두 취해 따르는 것이라는 점을 강조한다. 「의제개량」 중 '남자의제'에서 강조한 것은 단발 후 갓과 망건과 탕건을 폐지하고, 상하의와 신발을 개량해 새로운 복제를 도입하는 일이다. 「의제개량」에서는 정부가 새로운 의제에 관한 법률을 반포하여 6개월 이내에 전 국민이 의제를 일제히 개량하도록 하고, 이에 따르지 않는 자에 대해서는 엄중한 벌을 내려야 한다고 제안한다. 의제를 바꾸는 것이 곧 우리 이천만동포의 편리함을 도모하고 경제적으로 이익을 가져오며 행복을 추구하는 길이 되기 때문이다. 『만세보』의 복색에 대한 관심은 1906년 12월 20일부터 21일에 걸친 논설 「여자의제

57 「衣制改良(續)」[女子衣制][二], 『만세보』, 1906.11.23.

개량의(女子衣制改良議)」와 1907년 3월 24일의 논설 「모자개량(帽子改良)」 등으로 계속 이어진다. 「늑제삭발(勒制削髮)」에서는 학생들의 머리를 강제로 삭발하는 일부 학교의 행동에 대해 찬성하고,[58] 「혼상제례의개량(婚喪祭禮議改良)」에서는 관혼상제(冠婚喪祭)의 풍속을 간소하게 개량하려는 의안(議案)에 대해 지지를 보낸다.[59] 그런가 하면 「내외법(內外法)」에서는, 남자와 여자를 서로 대면하지 못하게 하는 풍습인 내외법이 불합리하고 시대에 뒤떨어진 것이므로 이를 곧 폐지해야 함을 주장한다. 「내외법」에서는 여자의 동등권(同等權) 회복[60]이라는 문제가 중요하게 제기된다.[61] 「개가법(改嫁法)」에서는 "是以로 國家에 和氣가 損傷ᄒᆞ고 人種이 減縮ᄒᆞᄂᆞᆫ 一大關係를 成ᄒᆞ얏스니 此ᄂᆞᆫ 民族社會의 汲汲히 改良할 風俗이라"[62]는 말로, 과부의 개가를 허용하는 것이 우리 사회가 시급히 개량해야 할 풍속 가운데 하나라는 사실을 지적한다.

『만세보』의 논설을 통해 살펴본 위생 담론의 특색 가운데 하나는 강제성을 동원한 위생 환경의 구현이다. 특히 비위생적 환경의 폐해를 없애기 위해서는 국가가 적극적으로 나서야 하고, 경찰력을 동원해서라도 이를 바로 잡아야 한다고 반복해 주장한 것은 특기할 만하다.

58 「勒制削髮」, 『만세보』, 1907.4.17 참조.

59 「婚喪祭禮議改良」, 『만세보』, 1907.5.28・5.30 참조.

60 이 문제와 관련지어서는, '한국 근대사에서 여성을 개화시킨 중요한 내적 계기는 동학의 남녀평등사상이며, 동학의 남녀평등사상은 수운(水雲) 최제우(崔濟愚)의 인간평등사상에서 출발했다'(박용옥, 「동학의 남녀평등사상」, 『역사학보』 제91집, 1981, 109~143쪽)는 서술 참조.

61 「內外法」, 『만세보』, 1906.8.24 참조.

62 「改嫁法」, 『만세보』, 1907.3.6.

4) 「부인개명」

『만세보』의 개화사상을 드러내는 또 하나의 담론은 여성 교육에 관한 것이다. 『만세보』 제11호에 수록된 논설 「부인개명(婦人開明)」은 이와 관련된 첫 번째 글이다. 원문을 인용하면 다음과 같다.

昨 金曜日 文明上에 有志ᄒᆞᆫ 貴婦人 二百八十餘名이 女子教育會를 組織ᄒᆞ야 養閨義塾內에 開會式을 擧行ᄒᆞ고 女子教育의 贊成ᄒᆞᆯ 義務와 婦人社會의 文明ᄒᆞᆫ 目的으로 趣旨ᄅᆞᆯ 演述ᄒᆞ얏다ᄒᆞ니 從此로 大韓帝國에 男女의 文運이 幷進ᄒᆞ깃도다 東洋 支那 學問에 男女 七歲에 不同席이라 ᄒᆞ고 爲宮室변內外ᄒᆞ야 女子ᄂᆞᆫ 居內而不言外ᄒᆞ고 男子ᄂᆞᆫ 居外而不言內라 ᄒᆞ기로 女子ᄂᆞᆫ 深奧ᄒᆞᆫ 閨閤中의 監獄과 如히 禁錮ᄒᆞ고 衣服裁縫과 飮食供饋의 役을 親執ᄒᆞᆷ이 懲丁과 如히 拘束ᄒᆞᆷ이오 甚히 清國에 至ᄒᆞ야ᄂᆞᆫ 纏足ᄒᆞᄂᆞᆫ 法禁이 大行ᄒᆞ야 肉刑ᄭᆞ지 施行ᄒᆞ얏스니 男子의 女子待遇ᄒᆞᄂᆞᆫ 凡例가 同等權은 姑舍是ᄒᆞ고 人道上으로ᄂᆞᆫ 認定치 아니ᄒᆞ야 一部淫褻ᄒᆞᆫ 機關으로만 視ᄒᆞᆯ ᄯᆞ름이라

如此ᄒᆞᆫ 惡法律이 我韓에 流出ᄒᆞ야 纏足의 肉刑은 施치 아니ᄒᆞ나 其代에 蒙頭의 刑을 行用ᄒᆞ고 監禁과 懲役은 一體 施行ᄒᆞ야 一種 刑法下에 在ᄒᆞᆷ으로 學問을 大禁ᄒᆞ야 知識이 朦昧ᄒᆞᆷ은 一般女子의 資格으로 歸ᄒᆞ야 或 天然的에 流出ᄒᆞᆫ 聰慧女子가 有ᄒᆞ야 一言에 稍異ᄒᆞᆷ과 一事의 稍善ᄒᆞᆫ 者 有ᄒᆞ면 女子品行의 範圍外로 譏刺ᄒᆞ고 又或下等社會에ᄂᆞᆫ 女子ᄅᆞᆯ 勒制ᄒᆞᆷ이 尤甚ᄒᆞ야 歐打死傷의 慘酷에 至ᄒᆞᄂᆞᆫ 者ㅣ 種種히 有ᄒᆞ니 是로以ᄒᆞ야 女子의 知覺은 漸漸 卑劣ᄒᆞ고 見聞은 漸漸 孤陋ᄒᆞ고 事爲ᄂᆞᆫ 漸漸 闇ᄆᆡᄒᆞ야 一部 土蠻에 蠢蠢ᄒᆞᆫ 氣質을 免치 못ᄒᆞᄂᆞᆫ지라

女子의 品行이 是와 如ᄒᆞᆫ즉 其 君子를 輔翊ᄒᆞᄂᆞᆫ 智德이 豈有ᄒᆞ며 其子女ᄅᆞᆯ 養育ᄒᆞᄂᆞᆫ 知識이 豈有ᄒᆞ리오 但 악착ᄒᆞᆫ 偏性과 陰邪ᄒᆞᆫ 局見만 日夜로 萌芽ᄒᆞ야 淫ᄒᆞ고 妬ᄒᆞᄂᆞᆫ 心志ᄲᅮᆫ 十分에 八九되ᄂᆞᆫ 重量을 包有ᄒᆞ얏스니 其 子 其 女의 聞見

ᄒᆞᆫ 家庭學問이 豆를 種ᄒᆞ야 豆를 得ᄒᆞ며 瓜ᄅᆞᆯ 種ᄒᆞ야 瓜ᄅᆞᆯ 收ᄒᆞᄂᆞᆫᄃᆡ 不過ᄒᆞ니 女子社會의 學問이 無ᄒᆞᆷ을 因ᄒᆞ야 全國社會의 病風患性이 種子를 成ᄒᆞᆷ이라 大抵 如此히 須彌山겁運과 阿鼻獄 永世不出의 女ᄌᆞ社會에셔 圈ᄌᆞ 外에 超出ᄒᆞ야 四千年 罪名이 無히 刑罰을 受ᄒᆞ든 冤案을 昭雪ᄒᆞ며 人道上 失敗ᄒᆞᆫ 同等權을 光復코저ᄒᆞᄂᆞᆫ 有志婦人의 勇斷心으로 女ᄌᆞ敎育會를 組織ᄒᆞ야 女ᄌᆞ敎育의 贊成ᄒᆞᆯ 義務ᄅᆞᆯ 確執ᄒᆞ고 婦人社會의 文明을 開進ᄒᆞᆯ 目的으로 是會ᄅᆞᆯ 形成ᄒᆞ얏스니

嗚호라 此와 如ᄒᆞᆫ 高等知識이 我韓 婦人社會에셔 流出ᄒᆞᆷ은 但히 吾儕만 驚訝ᄒᆞᆯ 뿐 아니라 全世界人으로ᄒᆞ야곰 舌을 吐ᄒᆞ고 嘖嘖ᄒᆞ야 硏究키 不得ᄒᆞᆯ 事이로다

女子이 學問이 素無ᄒᆞᆫ 社會中에도 此와 如ᄒᆞᆫ 高等知識이 有ᄒᆞ야 一部 文明의 社會를 組織ᄒᆞ고 女子敎育을 贊成ᄒᆞᄂᆞᆫ 盛擧를 刱立ᄒᆞ얏스니 女子敎育이 全國에 流通ᄒᆞ야 學問이 啓發ᄒᆞᆯ 境遇에ᄂᆞᆫ 女子의 知識이 全世界에 高等될 줄로 信仰ᄒᆞ노라[63]

이 글은 여자교육회의 결성 과정을 알리고, 이로 인하여 조선에서 남녀의 문운(文運)이 함께 진전될 것임을 예견하는 구절로 시작된다. 여자교육회는 1906년 6월에 설립된 여자교육기관 양규의숙(養閨義塾)을 후원하기 위해 조직된 단체이다. 동양에서는 예로부터 남녀칠세부동석(男女七歲不同席)의 예를 가르쳤고, 여자는 안에 있어 밖의 일에 대해 말하지 않으며 남자는 밖에 있어 안의 일에 대해 말하지 않는 것을 덕이라 칭했다. 이 글에서는 청나라 등지로부터 건너온 여자에 대한 구속과 멸시의 풍습이 여자들의 학문을 금하였고, 결국 여자들의 지각(知覺)은 점차 비열해지고 견문은 고루해졌으며 미욱하고 어리석은 기

63 「婦人開明」, 『만세보』, 1906.7.8.

질을 면하지 못하게 되었다고 판단한다. 여자의 품행이 이와 같아 남편을 도울 수 있는 지덕(智德)을 갖추지 못함은 물론, 자녀를 양육하는 지식 또한 부족하게 되니 여자 사회의 학문의 부족은 곧 전국 사회의 병풍환성(病風患性)이 성행하는 결과로 나타나게 되었다는 것이다. 여자교육회의 결성 목적은 여자들의 교육과 부인 사회의 문명을 개진하는 데 있다. 이 조직을 통해 여자 교육이 전국에 퍼져나가 학문을 계발(啓發)하고 지식을 고양할 수 있게 될 것을 믿는다는 것이 이 글의 결론인 셈이다. 비록 여자 교육의 필요성을 '군자(君子)를 보익(輔翊)하는 지덕과 자녀(子女)를 양육(養育)하는 지식'에 두고 있다는 한계가 있을지라도, 여성의 교육을 후원할 조직의 필요성에 대해 공감하고 여성이 성취해야 할 미래의 지식 세계에 대해 전망한 이 글의 논지는 당시로서는 충분히 의미가 있는 것이었다.

『만세보』의 여성 교육에 대한 관심과 지지는 「여자교육회(女子教育會)의 지식정도(知識程度)」에서 더욱 분명히 드러난다. 이 글은 기자(記者)가 직접 여자교육회의 토론회에 참석하여 보고 느낀 바를 쓴 것이다. 기자는 토론회의 광경을 묘사한 후, '우리나라의 풍기(風氣)가 이렇게 크게 변할 줄을 누가 예상할 수 있었겠는가'라고 묻는다. 기자는 먼저, 지난 사천 년 동안 평등한 권리를 잃고 집안에 갇혀 의복이나 재봉하고 음식이나 만들며 바깥세상을 못 보는 죄인처럼 살아온 그들이 여자교육회를 설립함이 우리나라의 풍기의 변화를 보여주는 것이라 지적한다. 이어서 그는 가정교육 문제로부터 국가사상에 걸치는 논제에 대한 열띤 토론을 보면서 부인의 지식 정도가 여기까지 도달해 있을 줄은 꿈에도 생각하지 못했음을 고백한다. 그는 이제 부인들의 학문이 날로 증진하며 지식이 날로 개발되어 그들이 평등권(平等權)을 회복하고 문명사회의 고등부인(高等婦人)의 대열에 섞여 국가의 광휘(光輝)를 발양(發揚)하게 됨을 희망한다는 의사를 표명한다. 만일 이를 이루지 못한다면 여자교육회를 창설하지 아니함만 못하며, 이는 부인사회의 큰 수치(羞恥)일 뿐만 아니라 국가의 큰 수치가 되리라는 것이다.[64] 『만세보』 논설의 이러한 기조는 「부인사회(婦人社會)」 등의 여타 논설로도 이어진다. 진명부인회(進明婦人會)의 창립을 맞아 게재된 「부인사회」에서는 '구미 각국과 일본의 부인사회는 애국을 목적으로 한 것, 자선을 목적으로 한 것, 교육을 목적으로 한 것 등 그 성격이 다양한 바 이들 각종 부인사회의 증진이 곧 문명 풍기의 증진의 근원'이 됨을 강조한다. 그리하여 우리나라에서도 부인사회의 증진이 곧 문명을 증진하는 현상을 가져오게 되니 이는 부인사회뿐만 아니라 전국 문화를 위하여 모두가 축하할 일이 아닐 수 없다는 것이다.[65]

5) 「천도교와 일진회」

『만세보』의 성격을 이해하기 위해서는 천도교와 일진회의 관계에 대한 이해 또한 필요하다.[66] 『만세보』의 입장은 일진회와 분명히 거리를 두는 것이었다. 『만세보』 제76호에 수록된 논설 「천도교(天道敎)와 일진회(一進會)」는 이들 사이의 관계를 명확히 보여준다. 원문을 인용

64 「女子教育會의 知識程度」, 『만세보』, 1906.10.12 참조.

65 「婦人社會」, 『만세보』, 1907.4.25 참조.

66 일진회의 존립 기간은 1904년 8월부터 1910년 9월까지이다. 일진회는 대한제국기의 대표적인 친일단체로, 일본의 시정개선을 적극지지 수용하여 보호통치를 옹호하고 친일 여론을 확산시키며, 나아가 친일정부를 구성하여 일제의 조선지배 정책 수행에 협조할 목적으로 구성되었다. 1904년 8월 18일 유신회로 출발해 1904년 8월 20일 일진회로 개칭했고, 1904년 12월 2일 진보회와 통합했다. 1905년 11월 6일 '일진회선언서'를 발표했고 1906년 12월 13일 시천교를 창립했으며 1909년 12월 4일 '합방청원서'를 발표했다. 19010년 9월 12일 해산했다(친일인명사전편찬위원회, 『일제협력단체사전』, 민족문제연구소, 2004, 3쪽 참조).

하면 다음과 같다.

本報 第六十一號에 天道教令을 載하얏ᄂᆞᆫᄃᆡ 其宗令은 教會의 性質과 位置와 目的과 事爲가 相殊ᄒᆞ니 各히 渾雜이 無홈을 教人의게 命令ᄒᆞ고 會人의게 通知홈이라

吾人은 新聞家라 局外에 立ᄒᆞ야 社會上 大眼目으로 一般公論을 天下에 公告ᄒᆞ며 國民의게 廣佈ᄒᆞ노라 夫宗教ᄂᆞᆫ 四海를 一家로 視ᄒᆞ며 人族을 一體로 認ᄒᆞᄂᆞᆫ 其範圍가 極大ᄒᆞ니 蕩蕩한 道와 郁郁ᄒᆞᆫ 文은 吾人이 能히 名치 못ᄒᆞ며 萬世에 可히 化를 被케 ᄒᆞᄂᆞᆫ 者라.

然而何宗教를 勿論ᄒᆞ고 其宗教를 唱導ᄒᆞ던 當時에ᄂᆞᆫ 矇昧ᄒᆞᆫ 野人들이 能히 人人感化홀 知識力이 不足홀지라 故로 反對가 極多ᄒᆞ며 衝突이 許多홈으로 孔子ᄂᆞᆫ 陳蔡의 困厄이 有ᄒᆞ고 耶蘇ᄂᆞᆫ 十字慘禍을 受ᄒᆞ얏고 我檀君四千一百九十六年에 我國天道教主도 肉體ᄂᆞᆫ 禍를 遭ᄒᆞ얏스나 教의 宗旨ᄂᆞᆫ 後世에 遺傳ᄒᆞ야 發揮케 ᄒᆞᆫ지라

其後歷至三世에 孫秉熙氏가 大道主의 宗을 繼ᄒᆞ야 曰 吾道ᄂᆞᆫ 活道라ᄒᆞ니 盖人種進步的主義是也라 於是에 國民이 教에 輻湊ᄒᆞᄂᆞᆫ 者가 日以百數라 十年之間에 內外國人이 教에 入한 者ㅣ 幾百萬人에 達ᄒᆞᆫ지라

然而多數의 教人이 或 一進會에 傾向하야 政海波瀾의 危險을 不知ᄒᆞ고 政界上에 對ᄒᆞ야 万丈의 氣焰를 吐ᄒᆞ니 來頭禍福은 姑舍 勿論ᄒᆞ고 社會上 公眼을 ᄒᆡ然케홈이 不可ᄒᆞ도다

夫天道教ᄂᆞᆫ 其顯著한 表面를 論홀진ᄃᆡ 德化를 布한 歷代가 不過 四十七年에 全國에 彌滿ᄒᆞᆫ거시 其教人이라 其德의 流行이 致郵傳命보다 速하니 其進運이 盖若是하도다

或曰 天道教가 卽 一進會이오 一進會가 卽 天道教라 하니 此ᄂᆞᆫ 菽麥을 不辨ᄒᆞ

ᄂᆞᆫ 訛言이라 假使向日의 教會分離한 公佈가 無ᄒᆞ더리도 學問家ᄂᆞᆫ 其 教會가 不同홈을 可知ᄒᆞ얏슬거시라

苟或 全國의 許多ᄒᆞᆫ 教人中에 或 幾個人이 茶話會를 開ᄒᆞ야 茶를 飮ᄒᆞ고 閑話가 有ᄒᆞ면 此ᄂᆞᆫ 茶話會로 認홀 거시오 天道教로 認치 아니 홈이 可ᄒᆞ며 且 幾個教人이 賭博會를 設ᄒᆞ얏다가 他人과 鬪공이 起ᄒᆞ야 法에 犯ᄒᆞ얏스면 法律上에 天道教 全體가 其 罪를 被홈이 不可하고 但 個人의 律를 照홀 ᄲᅮᆫ이라

然則 一進會가 法律上에 罪를 犯하야도 天道教의 罪가 아니며 政界上에 功이 有하야도 天道教의 功이 아니라 大小部分은 雖異ᄒᆞᄂᆞ 教도 一社會오 會도 ᄯᅩ한 獨立ᄒᆞᆫ 一社會라 엇지 天道教와 一進會를 一體로 視ᄒᆞ리오

然則 教主가 教人의 政黨에 入홈을 許ᄒᆞᄂᆞ냐 不許ᄒᆞ나냐 曰 不許홀 事理도 無ᄒᆞ며 不許홀 權利도 亦無한지라 何를 謂홈인고 大抵 教主가 一般人類의 道德上 行爲를 實踐ᄒᆞ며 進步的 事爲에 趨向홈을 愛ᄒᆞ며 喜ᄒᆞᄂᆞ니 故로 教人이 勿論 何 社會에 投足ᄒᆞ야 何 事業을 做ᄒᆞ던지 不許홀 理由가 萬無ᄒᆞ며 且人은 天賦自由의 權이 有ᄒᆞᆫ 知識稍優의 動物이라 政黨에 投入홈을 不許홀 權利가 豈有ᄒᆞ리오

然則 一進會長 李容九氏가 本來 天道教人으로 今에 一進會에 在홈이 何等의 不可한 點이 有ᄒᆞ야 李氏等 五十九人을 黜教ᄒᆞ얏ᄂᆞᆫ고

記者ᄂᆞᆫ 其 理由를 一一히 詳探치 못ᄒᆞ거니와 要之컨ᄃᆡ 李氏等이 教主의 教訓을 違反背馳홈으로 必也 教主가 以爲小子ᄂᆞᆫ 非吾徒라 鳴鼓而攻之可也라 ᄒᆞᄂᆞᆫ 是擧에 不外ᄒᆞᆫ지라

今 夫 一進會의 資格을 論하건ᄃᆡ 當局者에 對하야 政治得失를 質問도 有하며 勸告도 有하며 論駁도 有홈으로 政府와 往往衝突이 有하얏ᄂᆞᆫᄃᆡ

世事가 日變ᄒᆞ니 時機를 不可不察이라 戒懼치 아니홈이 ᄯᅩᄒᆞᆫ 不可ᄒᆞ도다

且 前日은 我國行政이 整理의 道가 無ᄒᆞ야 萬頃蒼海에 失路ᄒᆞᆫ 船과 갓치 東西南北에 方向을 不知홀 時에ᄂᆞᆫ 或 船中의 乘客이 船中 事務人을 勸ᄒᆞ되 東에

着ᄒᆞ여라 西에 着ᄒᆞ여라 ᄒᆞ더리도 船長이 蒼荒中에 其言權의 不當ᄒᆞᆫ 事를 責치 못ᄒᆞ얏스ᄂᆞ 만일 向方을定ᄒᆞᆫ 後에 乘客이 再次開口ᄒᆞ면 船長 喝退를 不免ᄒᆞᆯ지라

今也에ᄂᆞᆫ 行政整理의 萌牙가 解氷ᄒᆞᆫ 地中으로 隱隱히 將生ᄒᆞ니 彼綠葉青幹이 長大키 前에ᄂᆞᆫ 普通肉眼에 看破키 難하ᄂᆞ 植物學에 研究가 有ᄒᆞᆫ 慧眼에ᄂᆞᆫ 其萌이 임의 露見하도다

然則 天道教主가 一分子教人이 政界波瀾에 精神을 迷失ᄒᆞᆫ 者의게 急流勇退를 勸ᄒᆞᆷ이 아닌가

否則 全國教人으로 하여곰 政界波瀾에 匍匐하ᄂᆞᆫ 者를 警戒ᄒᆞᆷ인가 蔽一言하고 自今以後로ᄂᆞᆫ 教會를 一體로 認하던 全國疑惑心은 可히 破하리라 하노라

然則 教人이 會에 入ᄒᆞᆷ이 不可ᄒᆞᆫ가 曰 不然하다 學問研究會ᄂᆞᆫ 知識을 增長케 하ᄂᆞᆫ 거시라 此도 可하며 茶話會ᄂᆞᆫ 事務汨沒하던 餘暇에 腦力을 休息케 하ᄂᆞᆫ 거시라 此도 可하며 運動會ᄂᆞᆫ 氣를 活潑케 ᄒᆞᆷ이라 此도 可하ᄂᆞ니 法律範圍內와 政治制限外에 吾人進步的으로 何會를 設하던지 可하다하노라[67]

이 글에서는 무엇보다, 천도교가 일진회이며 일진회가 천도교라 하는 세간의 생각이 잘못된 것임을 지적한다. 이는 숙맥(菽麥)을 구별하지 못하는 그릇된 언사라는 것이다. 전국에 허다히 많은 천도교인 중 일부가 도박회를 설치하였다 하여 그것이 곧 천도교의 죄가 될 수는 없다. 마찬가지 논리로, 천도교인이 일부 속한 일진회가 법률상 범한 죄가 곧 천도교의 죄가 될 수 없다는 것이다. 천도교도 하나의 사회(社會)이며 일진회 또한 별개의 독립된 사회이다. 따라서 이를 일체로 취급하는 것이야말로 오류가 아닐 수 없다는 것이 이 글의 주장인 셈이다. 「천도교와 일진회」에서는 일진회 회장 이용구가 본래 천도교인이

67 「天道教와 一進會」, 『만세보』, 1906.9.25.

었으나 결국 출교(黜敎)를 당한 인물이라는 사실을 상기시킨다.[68] 『만세보』는 별도의 논설을 통해, 일진회를 이끌고 있던 송병준과 이용구에 대해 비판하고 경계하는 태도를 취한 바도 있다. 송병준에 대한 비판은 『만세보』 제56호와 57호의 논설에서, 그리고 이용구에 대한 경계는 제59호 논설에서 확인할 수 있다. 논설 「송병준(宋秉畯)」에서는 먼저, 민권(民權)을 앞장서 부르짖던 그의 목적이 실상 이루어진 것이 아무것도 없음을 질타한다. 오늘의 형편을 돌아 보건대, 망연자실하여 그에게 기대할 것이 전혀 없다는 것이다.[69] 그의 사업은 실패한 것이며 명예 또한 보전하지 못하게 되었으니 원통한 일이 아닐 수 없다는 내용으로 이 글은 마무리 된다.[70] 논설 「이용구(李容九)」에서는, 송병준으로 인해 야기된 일진회의 풍파를 수습하기 위해 경성으로 상경한 이용구가 올바른 개량(改良)을 행하는지 『만세보』가 눈을 크게 뜨고 지켜볼 것임을 천명한다.[71]

『만세보』는 한말의 대표적 친일 단체로 분류되는 일진회와 일정한 거리를 두는 데는 성공했다. 하지만 그럼에도 불구하고 『만세보』의 일부 논설들에서는 친일 성향이 여전히 발견된다. 이는 『만세보』의 발행 실무를 담당하고 있는 인물들인 이인직이나 신광희 등의 개인적 성향과도 관계가 있었던 것으로 보인다.[72] 논설 「의산의운(疑山疑雲)」에서

68 이보다 한 호 앞선 『만세보』 제75호(1906.9.23)에서 「天道教人黜教」라는 기사를 통해 '천도교인 이용구 씨 등 59인이 교에 위반한 사실이 있어 출교하였다'는 사실을 알린 바 있다.

69 「宋秉畯」, 『만세보』, 1906.8.30 참조.

70 「宋秉畯(續)」, 『만세보』, 1906.8.31 참조.

71 「李容九」, 『만세보』, 1906.9.2 참조.

72 이인직의 생애와 사상에 대해서는 이 책의 제4장 1절 참조. 신광희의 행적에 대해서는 다음의 기술 참조. "1907년 6월 『만세보』가 재정난으로 폐간되고 7월에 이완용(李完用) 내각이 이를 인수해 『대한신문(大韓新聞)』을 창간하자 발행인 겸 편집인을 맡았고, 이후 총무를 지냈다. 1908년 1월 사장인 이인직(李人稙)이 사직하자 사장에 취임했다. 『대한신문』은 이완용 내각의 매국정책을 적극 선전하는 역할을 하였는데, 고종 폐위의 정당성을 주장하였으며 통감부 시책 홍보에 주력했다. 1908년 국채보상회 평의원을 지냈다. 1909년 7월 일본

는, 일본을 배척하려는 운동이 있을 때에는 헤아릴 수 없는 큰 화를 당하게 될 것이니 신중해야 할 것임을 강조하고, 서로 어울리면 모두에게 이익이 될 것이나 서로 떨어지면 그 해가 걷잡을 수 없을 것이라고 경고한다.[73] 「대사환영(大使歡迎)」은 일본의 궁내대신(宮內大臣)이 대사(大使)로 특파되어 조선에 오는 것을 환영한다는 내용을 담고 있다. 이 글에서는 조선과 일본 양국의 친교가 갈수록 가까워지는 것을 축하하고, 두 나라의 형세를 '순치보거(脣齒輔車)'에 비하고 지위를 조그마한 차이도 없는 '동등형제국(同等兄弟國)'이라 일컫는다.[74] 그런 한편 『만세보』는 청나라와 러시아에 대해서는 비판적 시각을 드러낸다.[75]

『만세보』는 일진회와 결별하면서 경제적인 어려움에 처하게 된다. 이 무렵부터 『만세보』는 수개월에 걸쳐 지속적으로 다음과 같은 사고를 내보낸다.

> 此社告ᄂᆞᆫ 本報購覽ᄒᆞ시ᄂᆞᆫ 地方士君子의게 布告ᄒᆞᄂᆞᆫ바라 本社ᄂᆞᆫ 同胞의 耳目

식민통치의 당위성과 필요성을 홍보하기 위한 국시유세단(國是遊說團)의 발기회에 참여해 규칙제정위원에 선임되었다. 1909년 11월 이토 히로부미(伊藤博文)를 추도하기 위해 결성된 국민대추도회 위원으로 활동했다. 다음 달인 12월 총리대신 이완용이 중심이 된 국민연설회의 발기인으로 참여했다."(친일인명사전편찬위원회, 『친일인명사전』 인명편 제2권, 민족문제연구소, 2009, 361쪽) "萬歲報社의 관여자들이 대표적인 親日派였다는 사실은 『萬歲報』의 정치적인 입장을 示唆하고 있다"(최기영, 앞의 글, 323쪽)는 견해도 있다.

73 「疑山疑雲(續)」, 『만세보』, 1906.12.18 참조.

74 「大使歡迎」, 『만세보』, 1907.1.23 참조.

75 이에 대해서는 「妄想」(1906.8.15); 「淸國憲法」(1906.9.4); 「淸國憲法(續)」(1906.9.6); 「人種競爭」(1906.9.15); 「疑山疑雲(續)」(1906.12.18) 등 참조. 예를 들어 다음과 같은 「妄想」의 한 구절을 보면 이러한 시각을 쉽게 확인할 수 있다.
"國家實力을 養成하야 國權을 克復ᄒᆞᆯ 熱力的思想이 絶無하고 俄國의 復仇的戰爭이 有하기를 希望도 하며 淸國에 滿洲問題의 最後策이 或有하기를 希望도 하며 英米法德의 新條約反對案이 有ᄒᆞᆯ가 希望도 하야 夢囈病譫을 成하ᄂᆞᆫ 者ㅡ有하니 此를 妄想的精神이라 謂ᄒᆞᆯ지라."
이는 이인직이 소설 「혈의루」에서 반청친일(反淸親日)의 사상을 드러내는 것과도 같은 맥락에서 이해할 수 있다.

되ᄂᆞᆫ 義務가 有ᄒᆞ고 同胞ᄂᆞᆫ 本報經濟上 妨害가 無토록 本報代金을 久滯치 마르시고 傳送홈이 쏘한 大義務라 然而地方에서 每朔에 代金을 付送ᄒᆞ기ᄂᆞᆫ 不便한 慮가 有ᄒᆞᆫ 故로 每二朔條式代金을 聚合ᄒᆞ야 本社로 寄送ᄒᆞ심을 望홈[76]

사고의 요지는 '신문사의 의무는 독자들에게 눈과 귀의 역할을 하는 것이고, 독자들의 의무는 신문사에 경제적 방해가 되지 않도록 신문대금을 밀리지 않고 보내는 것'이다. 경제적 압박에 시달리던 『만세보』는 그동안 한 장에 1전, 한 달에 20전이던 신문 구독료를 1907년 1월 1일부터 한 장에 1전 5리, 한 달에 30전으로 인상한다.[77] 하지만 이 역시 경제적 어려움을 타개하는 데는 큰 도움이 되지 못한다. 『만세보』는 이후 6개월 정도 발행을 지속하다가 결국 폐간을 맞게 된다.

76 「社告」, 『만세보』, 1906.9.21.

77 『만세보』는 다음의 「社告」를 통해 그동안 자신들의 구독료가 타 신문에 비해 월등히 저렴한 것이었다는 점을 피력하고 이를 통상 수준의 대금으로 개정한다는 사실을 알린다. "代金改定 / 本報ᄂᆞᆫ 金額의 大損害를 不計ᄒᆞ고 特別ᄒᆞᆫ 廉價로 半年을 發行ᄒᆞ얏스ᄂᆞ 如此ᄒᆞᆫ 義務ᄂᆞᆫ 長久 繼續할 方針이 無 홈으로 本年 一月 一日붓터 他新聞과 比等한 通常 代金을 定ᄒᆞ야 一朔代金을 三十錢으로 改定ᄒᆞ얏ᄉᆞ오니 購覽 諸君子ᄂᆞᆫ 照亮ᄒᆞ시오."(1907.1.1)

제2장
『만세보』의 문체 연구

1. 근대신문의 문체와 부속국문체의 선택 배경

『대한미일신보(大韓每日申報)』와 『만세보(萬歲報)』의 문체는 근대계몽기 신문의 문체 선택과 관련된 고민을 보여주는 중요한 사례들이 된다.[1] 『대한미일신보』는 1904년 7월 18일 순한글 기사와 영문 기사를 함께 다루는 신문으로 출발했다. 1905년 8월 11일이후 이 신문은 영문판을 분리시켜 *Korea Daily News*로 따로 발행하고, 국문판은 국한문혼용판으로 바꾸어 발행한다. 이 국한문혼용판은 앞서 나왔던 『황성신문』의 경우와 같이 국한문혼용체, 순한문체, 순한글체 기사를 함께 수록했다. 대부분의 기사는 국한문혼용체였으나, 순한문체가 이따금 섞여 있

1 근대신문의 발간 현황과 그 문체에 대한 정리는 김영민, 『한국 근대소설의 형성 과정』, 소명출판, 2005, 68~81쪽(제4장); 김영민, 『문학제도 및 민족어의 형성과 한국 근대문학(1890~1945)』, 소명출판, 2012, 177~205쪽(제2장 2절) 참조.

었고, 일부 서사문학 작품을 순한글로 수록했다는 점이 특기할 만하다. 1907년 5월 23일 이후에는 다시 순한글 신문을 추가로 발행함으로써, 한글판, 국한문혼용판, 그리고 영문판의 세 가지 신문이 존재하게 된다. 중간에 영문판은 사라지지만, 한글판과 국한문혼용판은 한일병합으로 인해 이 신문이 총독부 기관지인 『매일신보(每日申報)』로 바뀔 때까지 지속된다. 『대한미일신보』의 문체 선택 가운데 영문판의 경우는 발행인의 관심 및 정치적 배려에 의한 결과라고 봄이 타당할 것이다. 그러나, 국문판에서 국한문혼용판으로, 그리고 다시 국한문혼용판과 국문판의 병존으로 변화하는 과정은 무엇보다 독자를 누구로 선택하는가 하는 문제와 직결되어 있었다.

『대한미일신보』가 순한글체와 국한문혼용체의 두 가지 신문을 발간함으로써 독자에 대한 계도와 계몽의 문제를 해결하려 한 것과 달리, 『만세보』는 하나의 신문 속에서 이 문제를 해결하려고 고심했다. 그러한 고심의 결과 탄생한 것이 바로 부속국문체(附屬國文體)이다. 부속국문체란 한자(漢字)로 된 본문에 소형 활자를 사용해 한글을 함께 적는 표기체를 일컫는 것이다. 『만세보』의 부속국문체는 문자 사용계층이 확연히 분리되어 있던 근대계몽기 우리 사회의 현실을 반영하며 등장한 특이하고도 새로운 문자 표현 방식이었다. 다양한 계층의 독자를 신문의 독자로 끌어들이려는 노력의 결과로 나타난 것이 『만세보』의 부속국문체인 것이다.

『만세보』는 기본적으로는 순한문 및 국한문혼용체의 신문이었다. 창간 초기 『만세보』에서는 순한글 기사를 찾아보기조차 어렵다. 초기 신문은 순한문체와 국한문혼용체, 그리고 부속국문체 기사만을 수록하고 있다. 『만세보』가 '인민의 교육'에 대한 필요를 강조하며 창간된 신문임에도 불구하고 이 신문은 대중 교육에 알맞은 국문체가 아니라,

지식인의 문체인 순한문 및 국한문체의 신문으로 탄생한 것이다. 『만세보』를 이끌어가고 또 기사를 작성하는 인물의 대부분은 한문 혹은 국한문에 익숙한 계층들이었다. 하지만, 이들은 인민에 대한 교육과 계몽을 목표로 신문을 기획하고 발행했으므로 국문체에 익숙한 대중 독자들을 외면할 수 없었다.[2] 이러한 복합적 국면을 탈피하기 위해 고안된 것이 부속국문체였다. 『만세보』의 발행진들은 부속국문체를 통해 지식인 독자와 대중 독자를 모두 끌어들일 수 있다고 생각한 것이다. 『만세보』가 다른 신문에는 없는 '국문독자구락부(國文讀者俱樂部)' 난을 둔 것이나, 주필(主筆)을 맡은 이인직이 한글 소설을 창작 수록하게 되는 것 역시 대중 계몽을 지향하는 '한문 및 국한문' 신문 『만세보』가 그 한계를 극복하기 위해 고안해 낸 것들이었다.

『만세보』의 부속국문 사용은 창간 전부터 계획된 것이었다. 『제국신문(帝國新聞)』의 다음 기사는 이를 잘 보여준다.

> 萬歲報施設 텬도교쥬 손병희씨가 텬도교 교회 긔관신문을 발간ᄒᆞᆫ다는 말은 향일 긔지ᄒᆞ얏거니와 그 신문 일홈은 만세보라 ᄒᆞ고 쳐소는 남셔회동으로 뎡ᄒᆞ고 긔계와 활ᄌᆞ는 임의 쥰비ᄒᆞ얏고 그 신문 만들기난 한문으로 쥬장ᄒᆞ고 한문 글ᄌᆞ 엽헤 우리나라 국문으로 쥬셕ᄒᆞ야 비록 한문을 몰으난 자라도 그겻히 국문을 보고 알계 만들깃다ᄒᆞ며 신문장광은 외국의 큰 신문과 갓치ᄒᆞ고 갑슬ᄆᆡ우 념ᄒᆞ계ᄒᆞᆫ다난ᄃᆡ 리인직씨의 명의로 일젼 ᄂᆡ부에 쳥원인허ᄒᆞ얏다 ᄒᆞ니 불원간 간힝이 되깃다더라[3]

2 당시 대다수의 천도교인이 국한문을 해독하지 못했다(최기영, 「구한말 『만세보』에 관한 일고찰」, 『한국사연구』 제61·62집, 1988, 316쪽 참조).

3 『제국신문』, 1906.5.11.

이 기사에서는 『만세보』가 원래 한문 신문으로 기획된 것이라는 점과 함께, 부속국문 활용의 이유가 어디에 있는가를 명확하게 제시한다. '비록 한문을 모르는 자라도 그 곁의 국문을 보고 알게 만들겠다'는 것이 부속국문을 사용하는 구체적 이유인 것이다. 『만세보』의 발행에 관여한 주요 인물들인 손병희와 오세창 그리고 이인직 등은 모두가 일본에 장기간 체류한 경험이 있었다. 따라서 이들이 한자(漢字)와 가나(かな)를 나란히 표기하는 일본식 한자 읽기 표기법에 대해 익숙했을 것이라는 점은 분명하다. 그러나, 이것만으로 『만세보』의 부속국문체의 본질을 설명하려는 것은 무리이다. 훈민정음 해례를 비롯하여 다양한 우리 고문헌에서 두 가지 문자를 병기하는 방식은 어렵지 않게 발견된다. 『만세보』 사장 오세창이 역관(譯官)의 집안에서 성장했다는 사실 또한 두 가지 문자의 병기를 자연스러운 현상으로 받아들이게 했을 것이다.[4]

정부로부터 발행 허가를 받은 직후 『만세보』는 몇몇 신문에 다음과 같은 광고를 게재한다. 이 광고 역시 『만세보』의 성격을 이해하는데 도움이 된다.

> 本社ᄂᆞᆫ 京城會洞에 設立ᄒᆞ고 六月一日부터 發行ᄒᆞᆯ터이온ᄃᆡ 本報ᄂᆞᆫ 社會的進步主義로 國民知識發達의 捷徑을 硏究ᄒᆞ야 我國의 未曾有ᄒᆞᆫ 新發明이 許多ᄒᆞ며 且每朔에 巨額의 探報費를 支出ᄒᆞ야 神出鬼沒ᄒᆞᄂᆞᆫ 通信의 敏捷ᄒᆞᆷ이 有ᄒᆞ니 此報를 購覽ᄒᆞ시ᄂᆞᆫ 僉君子ᄂᆞᆫ 社會上 新耳目 新知識을 可得ᄒᆞ실 것이오며[5]

여기서 강조하는 『만세보』 발간의 취지는 '국민 지식 발달의 첩경을

---

4 오세창의 부친은 조선후기 대표적 역관(譯官)이었던 오경석(吳慶錫, 1831~1879)이다. 오경석은 중국에서 여러 서적들을 들여와 번역했고 김옥균과 박영효 등 개화파 사상가를 길러내는 데 중요한 역할을 했다.

5 「萬歲報新聞發行廣告」, 『제국신문』, 1906.5.16.

연구하는 일'이다. 이밖에 『만세보』가 취하고 있는 입장이 '사회적 진보주의'임을 내세우는 것도 주목을 끈다.

『만세보』 창간호에 실린 광고를 보면 이 신문을 인쇄하던 보문관(普文館)은 제반 인쇄 시설을 갖추고 교과서와 족보, 기타 장부와 명함 등을 외부로부터 수주해 인쇄했다. 보문관에서는 특별히 "其他 印刷物도 隨請酬應이오며 且我國의 初有 特異혼 附屬國文을 設備ᄒᆞ얏ᄉᆞ옵고 代金은 與他廉歇홈을 注意홈"[6]이라는 구절을 통해 자신들이 부속국문 활자를 갖추고 있다는 사실을 강조했다. 이 부속국문 활자를 외부에서 수주한 인쇄물에도 사용할 수 있음을 알렸던 것이다. 여기서 보문관이 자신들의 부속국문을 우리나라 초유라고 광고한 것은 이러한 표기법 자체가 처음이라는 의미보다는, 부속국문 '활자(活字)'를 사용하는 것이 처음이라는 의미로 받아들여야 할 것이다.[7]

『만세보』 제25호에 실린 논설 「길성(吉聲)」은 부속국문체의 위력과 효용성에 대해 이 신문의 편집진들이 얼마나 큰 자부심을 지니고 있었는가를 잘 보여주는 글이다. 일부를 인용하면 다음과 같다.

> 昨日ᄭᆞ지 漢文을 不識ᄒᆞᄂᆞᆫ 者가 東方에 日出ᄒᆞ고 飯盂가 充滿ᄒᆞ면 樂世로 認ᄒᆞ던 劣等人物이라도 自今 以後로 國文을 習ᄒᆞ면 上才ᄂᆞᆫ 一日의 工을 費ᄒᆞ야 通ᄒᆞᆯ것이오 비록 下才라도 十數日間이면 必也能通ᄒᆞᆯ지니 然後에 本報를 購覽ᄒᆞ면 外國形勢도 知ᄒᆞᆯ 것이오 我國情況도 知ᄒᆞᆯ 것이라 政治家를 對ᄒᆞ면 能히 政談에도 叅與ᄒᆞᆯ 것이오 敎育家를 對ᄒᆞ면 能히 敎育談에도 生疎치 아니ᄒᆞᆯ지라
>
> 若夫如此ᄒᆞᆫ즉 純正ᄒᆞᆫ 新知識이 오히려 漢文學者찰頑固보다 百勝ᄒᆞᆯ지라 何를 謂홈인고 曰 찰頑固ᄂᆞᆫ 文明的에 氷炭갓치 背馳ᄒᆞ야 劣等地로 陷入ᄒᆞᄂᆞᆫ 者라

6 「廣告」, 『만세보』, 1906.6.17.

7 그간의 부속국문식 표기는 모두 목판 인쇄 등을 통한 표기였던 것으로 보인다.

세계문운　진　　열등인종　감축
世界文運이 進홀슈록 劣等人種은 減縮ᄒᆞᄂᆞᆫ이라

본보　활ᄌᆞ　부속국문　유　문법　언문일치　용　목적
本報의 活字ᄂᆞᆫ 附屬國文이 有ᄒᆞ고 文法은 言文一致를 用ᄒᆞ고 目的은
ᄉᆞ회진보적주의　일일경세종　작　동포　고　길셩　ᄎᆞ　과
社會進步的主義라 日日警世鐘을 作ᄒᆞ야 同胞의게 告ᄒᆞ노니 吉聲이 此에 過홈
무
이 無ᄒᆞ다ᄒᆞ오[8]

이 논설에서는 누구나 수일 동안만 공을 들여 국문을 익히고 나면 부속국문을 통해 『만세보』의 한문 기사를 이해할 수 있다는 사실을 강조한다. 그렇게 해서 이 신문을 읽고 나면 국내외의 정황과 형세에 대해서 알게 될 것이며, 정치가를 만나 정담(政談)을 나누고 교육가를 만나 교육담(教育談)을 나누는 일이 모두 가능해 질 수 있다는 것이다.[9]

천도교를 대표하는 두 경전인 『동경대전(東經大全)』과 『용담유사(龍潭遺詞)』가 각각 다른 문체로 되어있다는 사실도 『만세보』의 부속국문체 연구에 시사하는 바가 크다. 동학의 교조 수운 최제우(崔濟愚)는 자신의 가르침을 『동경대전』이라는 한문본 경전과 『용담유사』라는 한글 가사체의 경전으로 나누어 썼다. 동학 경전의 두 가지 문체 표기에 대해서는 다음과 같은 견해를 참고할 필요가 있다.

이와 같은 시대에 수운이 한문본으로 된 경전 『동경대전』을 저술하였다는 것은, 당시의 시대적인 상황으로 보아, 논리적인 지식의 전달과 사상의 체계화를 위해서는 당연했던 일이라고 하겠다. 잘 아는 바와 같이 당시의 모든 교육 체계는 한문 위주의 텍스트에 의하여 그 교육이 이루어졌다. 따라서 수운 역시 아버지인 근암공(近菴公)으로부터 어려서부터 한문 교육을 받았을 것이며, 당시의

8　「吉聲」, 『만세보』, 1906.7.25.
9　이 논설에서는 『만세보』가 부속국문 활자를 사용하는 일 외에도 언문일치의 문법을 사용한다는 사실을 강조한다. 그러나, 이는 현실과는 거리가 있는 주장으로 보인다.

> 모든 지식인층의 인사들 모두 한문으로 된 텍스트를 중심으로 교육을 받았을 것이다. 그러므로 당시 사회적인 지식의 소통이나 사상의 형성을 위한 경로는 '한문(漢文)' 이외에는 없었을 것으로 판단된다. 따라서 수운이 자신의 사상을 체계화하고 또 이를 논리화하기 위하여서는 필연적으로 한문이라는 문자 체계를 빌리지 않을 수 없는 당위성이 여기에 있는 것이다.
>
> 이와 같은 한문본 『동경대전』에 비하여, 『용담유사』는 우리가 잘 알고 있는 바와 같이, 한글본 가사문학 작품이다. '가사(歌辭)'는 곧 율문(律文) 형식의 시가 작품이다. 이러한 시가 작품에서 가장 중요한 것은 '언어'에 대한 자각이다. 즉 언어의 개념 전달 기능보다는 언어의 표현 기능, 곧 어떠한 의미나 의사의 전달이라는 일상언어의 측면이 아니라, 언어의 느낌이나 감각을 통해 표현하는 기능이 무엇보다 중요한 것이다.[10]

동학 이념의 체계화와 용어의 개념화는 한자와 한문을 통해 이루어졌다. 하지만 그것이 세상 사람들에게 유포되는 단계에서는 이들의 한글화 과정이 필요했다. 이른바 식자층(識者層)을 위한 한문 경전 『동경대전』을 일반 대중과 아녀자를 위한 한글 경전 『용담유사』로 재창조해 새롭게 표기하는 과정이 필요했던 것이다.

---

10 윤석산, 『용담유사 연구』, 모시는사람들, 2006, 18~19쪽.

2. 『만세보』의 부속국문체 연구

1) 부속국문체의 사용 현황

『만세보』의 부속국문체 활용은 그 기획 과정에서 국내외의 다양한 표기법을 참고로 했지만, 실제 활용 과정에서는 전례가 없는 매우 독자적인 방식으로 운용되었다. 『만세보』의 부속국문 활용이 일본의 후리가나식 표기와 어떠한 차이가 있는가 하는 점에 대해서는 사에구사 도시카쓰[三枝壽勝]와 노혜경 등에 의한 몇 가지 주목할 만한 연구가 이미 나와 있다.[11] 『만세보』에 사용된 부속국문체는 일본의 후리가나식 표기와는 분명히 차이가 있다. 외형은 같지만, 실제 부속 활자의 활용법은 전혀 다른 것이다. 일본의 경우 루비 활자는 주로 한자로 쓴 어휘들을 읽는 방식을 보여주기 위해 사용된 것이다.[12] 그러나 『만세보』에 사용된 부속국문체는 꼭 그런 방식으로만 사용된 것이 아니었다는 점

11 이에 대한 대표적 연구로는 사에구사 도시카쓰[三枝壽勝]와 노혜경(魯惠卿)의 글을 들 수 있다. 사에구사 도시카쓰는 이인직의 작품 「혈의루」에 사용된 부속국문체가 일본의 후리가나식 표기와 근본적으로 차이가 있다는 점을 지적했다. 그 차이가 구체적으로 무엇인가에 대한 구체적인 지적은 노혜경(魯惠卿)의 「혈의루에 나타난 '일본식표기'에 관한 연구」를 통해 처음으로 이루어졌다. 노혜경은 이 연구에서 '「혈의루」의 표기는 일본식 표기법의 외형만 빌렸을 뿐 그 목적이나 활용 양상은 전혀 다른 것이다. 「혈의루」에서 루비로 표기된 한글은 한자에 대한 보조적인 것이 아니라, 한자에 앞서 이인직이 의도한 바 본래의 표현이었다. 『만세보』에 연재된 「혈의루」는 국한문혼용으로 쓴 후 거기에 루비를 단 것이 아니다. 그와 반대로, 한글로 쓴 후 거기에 한자를 넣어 신문에 발표하는 형식을 채택한 것이다'라는 주장을 한 바 있다(사에구사 도시카쓰[三枝壽勝], 「이중표기와 근대적 문체 형성」, 『현대문학의 연구』 제15집, 2000; 노혜경(魯惠卿), 「「血の淚」に見られる '日本式表記' についての研究」, 第52回 朝鮮學會發表資料, 朝鮮學會, 2001.10 참조).

12 사에구사 도시카쓰의 논문에서는 이를 다음과 같이 세분화하여 제시한다. ① 일반 한자의 발음을 표시하는 것. ② 두 가지 이상의 발음을 갖고 있는 한자에 대해 읽는 방법을 표시하는 것. ③ 원래의 한자음을 벗어난 습관적인 읽기를 표시하는 것. ④ 뜻은 한자로 표기하되 발음을 지정하는 것. ⑤ 한자어에 해당하는 외래어를 표기하는 것. ⑥ 임시로 지정한 일회성의 한자 읽기 등(사에구사 도시카쓰, 위의 글, 52쪽 참조).

에서 일본의 문체와 근본적인 차이가 있다.

『만세보』의 부속국문체를 분석해보면 외형상 같은 문체처럼 보이는 문장들이 실은 성격이 크게 다른 두 부류로 구성되어 있음을 알 수 있다. 즉 『만세보』의 부속국문체는 그 성격을 크게 둘로 나눌 수 있는 것이다. 하나는 원래 국한문혼용체로 쓰여진 글에 한글을 달아 부속국문체로 만든 문장이다. 다른 하나는 원래 순한글체로 쓰여진 글에 한자를 병기해 부속국문체로 만든 문장이다.

이를 확인하기 위해 다음 두 글을 각각 비교해 보기로 하자.

글 (가 ①)은 『만세보』에 발표된 창간호 「사설」의 도입부를 원문인 부속국문체로 인용한 것이다. (가 ②)는 여기서 부속국문을 뺀 채 국한문혼용체로 표기한 것이다. (가 ③)은 반대로 본문의 한자를 뺀 채 한글체로 표기한 것이다. 마찬가지로 (나 ①)은 「소설 단편」의 첫 문단을 부속국문체 그대로 인용한 것이다. (나 ②)는 이를 국한문혼용체로 표기한 것이고 (나 ③)은 같은 문단을 한글체로 바꾸어 표기한 것이다.

(가 ①) 萬歲報(만셰보)라 名稱(명칭)ᄒᆞᆫ 新聞(신문)은 何(하)를 爲(위)ᄒᆞ야 作(작)ᄒᆞᆷ이뇨 我韓人民(아한인민)의 智識啓發(지식계발)키ᄅᆞᆯ 爲(위)ᄒᆞ야 作(작)ᄒᆞᆷ이라 噫(희)라 社會(샤회)ᄅᆞᆯ 組織(조직)ᄒᆞ야 國家(국가)ᄅᆞᆯ 形成(형성)ᄒᆞᆷ이 時代(시ᄃᆡ)의 變遷(변쳔)을 隨(수)ᄒᆞ야 人民智識(인민지식)을 啓發(계발)ᄒᆞ야 野昧(야미)ᄒᆞᆫ 見聞(견문)으로 文明(문명)에 進(진)케 ᄒᆞ며 幼穉(유치)ᄒᆞᆫ 知覺(지각)으로 老成(로성)에 達(달)케 ᄒᆞᆷ은 新門敎育(신문교육)의 神聖(신성)ᄒᆞᆷ에 無過(무과)ᄒᆞ다 謂(위)할지라

(가 ②) 萬歲報라 名稱ᄒᆞᆫ 新聞은 何를 爲ᄒᆞ야 作ᄒᆞᆷ이뇨 我韓人民의 智識啓發키ᄅᆞᆯ 爲ᄒᆞ야 作ᄒᆞᆷ이라 噫라 社會ᄅᆞᆯ 組織ᄒᆞ야 國家ᄅᆞᆯ 形成ᄒᆞᆷ이 時代의 變遷을 隨ᄒᆞ야 人民智識을 啓發ᄒᆞ야 野昧ᄒᆞᆫ 見聞으로 文明에 進케 ᄒᆞ며 幼穉ᄒᆞᆫ 知覺으로 老成에 達케 ᄒᆞᆷ은 新門敎育의 神聖ᄒᆞᆷ에 無過ᄒᆞ다 謂할지라

(가 ③) 만셰보라 명칭ᄒᆞᆫ 신문은 하를 위ᄒᆞ야 작홈이뇨 아한인민의 지식계발키를 위ᄒᆞ야 작홈이라 희라 샤회ᄅᆞᆯ 조직ᄒᆞ야 국가ᄅᆞᆯ 형성홈이 시ᄃᆡ의 변쳔을 수ᄒᆞ야 인민지식을 계발ᄒᆞ야 야ᄆᆡᄒᆞᆫ 견문으로 문명에 진케 ᄒᆞ며 유치ᄒᆞᆫ 지각으로 로성에 달케 홈은 신문교육의 신성홈에 무과ᄒᆞ다 위할지라

(나 ①) 汗(땀)을 ᄲᅳ려 雨(비)가 되고 氣(긔운)을 吐(토)ᄒᆞ야 雲(구름)이 되도록 人(ᄉᆞ람) 만ᄒᆞᆫ 곳은 長安路(서울길)이라 廟洞(묘동)도 都城(서울)이언마ᄂᆞᆫ 何其(엇지 그리) 쓸쓸ᄒᆞ던지

廟洞(묘동)으로 드러가자 ᄒᆞ면 何如(웃디)ᄒᆞᆫ 夾路(좁은 길)이 此曲(이리 ᄭᅩ부러)지고 彼曲(저리 ᄭᅮ부러)저셔 行間則窮路(가다보면 막다른 길이)오 가셔 보면 ᄯᅩ 通路(ᄯᅮᆯ닌 길)이라 其路(그 길)에ᄂᆞᆫ 晝(ᄃᆡ낫)에 사ᄅᆞᆷ이 잇스락업스락 ᄒᆞᆫ 故(고)로 狗(ᄀᆡ)가 人(ᄉᆞᄅᆞᆷ)을 보면 짓거ᄂᆞ 走(다)라ᄂᆞ거ᄂᆞ ᄒᆞᄂᆞᆫ 寂寂(적적)ᄒᆞᆫ 處(곳)이라

(나 ②) 汗을 ᄲᅳ려 雨가 되고 氣을 吐ᄒᆞ야 雲이 되도록 人 만ᄒᆞᆫ 곳은 長安路이라 廟洞도 都城이언마ᄂᆞᆫ 何其 쓸쓸ᄒᆞ던지

廟洞으로 드러가자 ᄒᆞ면 何如ᄒᆞᆫ 夾路이 此曲지고 彼曲저셔 行間則窮路 오가셔 보면 ᄯᅩ 通路이라 其路에ᄂᆞᆫ 晝에 사ᄅᆞᆷ이 잇스락업스락 ᄒᆞᆫ 故로 狗가 人을 보면 짓거ᄂᆞ 走라ᄂᆞ거ᄂᆞ ᄒᆞᄂᆞᆫ 寂寂ᄒᆞᆫ 處이라

(나 ③) 땀을 ᄲᅳ려 비가 되고 긔운을 토ᄒᆞ야 구름이 되도록 ᄉᆞ람 만ᄒᆞᆫ 곳은 서울길이라 묘동도 서울이언마ᄂᆞᆫ 엇지 그리 쓸쓸ᄒᆞ던지

묘동으로 드러가자 ᄒᆞ면 웃디ᄒᆞᆫ 좁은 길이 이리 ᄭᅩ부러지고 저리 ᄭᅮ부러저셔 가다 보면 막다른 길이 오가셔 보면 ᄯᅩ ᄯᅮᆯ닌 길이라 그 길에ᄂᆞᆫ ᄃᆡ낫에 사ᄅᆞᆷ이 잇스락업스락 ᄒᆞᆫ 고로 ᄀᆡ가 ᄉᆞᄅᆞᆷ을 보면 짓거ᄂᆞ 다라ᄂᆞ거ᄂᆞ ᄒᆞᄂᆞᆫ 적적ᄒᆞᆫ 곳이라

(가 ①)의 경우는 그것을 (가 ②) 즉 국한문혼용체로 바꾸어도 문맥이 자연스럽게 통한다. 하지만 (가 ③) 즉 한글체로 바꾸어 놓으면 문장

이 부자연스러울 뿐만 아니라 무슨 뜻인지 알 수 없는 부분도 적지 않게 생긴다. 예를 들면, '하를' '희라' '수ᄒᆞ야' '로성에' '무과ᄒᆞ다' 등의 어휘는 한글만으로는 그 뜻을 파악하기가 쉽지 않다. 반면 (나 ①)의 경우는 그것을 (나 ③) 즉 한글체로 바꿀 때는 문장이 자연스럽다. 하지만 (나 ②) 즉 국한문혼용체로 바꾸어놓으면 매우 부자연스러운 문장이 된다. '何如ᄒᆞᆫ 夾路이 此曲지고 彼曲저셔 行間則窮路 오가셔 보면 ᄯᅩ 通路이라' 등의 문장도 크게 어색하지만 '走라ᄂᆞ거ᄂᆞ'와 같은 어휘는 실생활에서 통용되는 어휘가 아니다. (나 ①)에서 사용된 '氣(긔운)을 吐(토)ᄒᆞ야'와 같은 구절도 한글체 문장인 (나 ③)에서는 '긔운을 토ᄒᆞ야'가 되어 체언인 '긔운'과 조사 '을'이 서로 어울리지만 국한문혼용체 문장인 (나 ②)에서는 '氣을 吐ᄒᆞ야'가 되어 체언과 조사가 어울리지 않는다.

이 두 예문의 경우 왜 이런 차이가 생기는 것인가? 그것은 두 예문이 외형상으로는 같은 부속국문체이지만, 글 (가) 즉 「사설」은 원래가 국한문혼용체로 쓰여진 것이고, 글 (나) 즉 「소설 단편」은 원래가 한글체로 쓰여진 것이기 때문이다.[13] 그 때문에 부속국문체 (가 ①)은 국한문혼용체(가 ②)로 바꾸어 읽을 때 자연스럽고, 부속국문체 (나 ①)은 한글체 (나 ③)으로 바꾸어 읽을 때 가장 자연스러운 것이다.

부속국문체로 발표된 『만세보』의 원고들은 크게 보면, 논설 및 일반기사는 원문이 국한문혼용체로 쓰여진 것이고[14] 소설은 한글체로 쓰여

---

13 「소설 단편」이 원래 한글체로 쓰여진 작품이라는 사실은 작품의 서두에 첨가된 "이 小說소설은 國文(국문)으로만 보고 漢文音(한문음)으로는 보지 말으시오"(菊初, 「小說 短篇」, 『만세보』, 1906.7.3)라는 작가 주(註)에서도 유추가 가능하다.

14 여기서 말하는 국한문혼용체에는 이른바 현토체(懸吐體)와 전통적 국한문혼용체가 모두 포함된다. 현토체는 고유어까지도 한자화시켜 표현하는 문체이며, 근대계몽기에만 일시적으로 사용되었던 문체이다. 전통적 국한문혼용체란 고유어는 한글로 쓰면서 일상 한자어를 함께 쓰는 문체이다. 이는 현대 국한문체와 유사하다. 이와 관련된 논의는 민현식, 「개화기 국어 문체 연구」, 『국어국문학』 제111호, 국어국문학회, 1994, 37~61쪽 참조.

진 것이다. 따라서 대부분의 일반기사는 부속국문 없이 한자만으로 뜻이 통하고, 소설은 본문의 한자 없이 부속국문만으로 뜻이 통하는 것이다.

『만세보』가 부속국문체를 어떠한 경우에 활용했는가는 초기 몇 호만을 검토해보더라도 금방 드러난다. 『만세보』는 사설(社說)과 논설(論說), 그리고 외보(外報)와 잡보(雜報) 등을 부속국문체로 수록했다. 관보초록(官報抄錄)은 순한문체로 실었고, 외부인이 집필한 축사(祝辭 / 祝詞)는 순한문 및 국한문체로 수록했다. 이러한 사실들을 근거로 하면 『만세보』는 내부 필자가 쓴 글들은 부속국문체를 사용했고, 외부 필자가 쓴 글 혹은 외부 문건은 순한문이건 국한문이건 원문 그대로 수록했다는 정리가 가능해진다. 『만세보』 제2호에 수록된 「移民條例」를 보면 이러한 생각이 더욱 분명해진다. 「移民條例」는 해설 부분은 부속국문체로 되어 있지만, 조례의 원문 부분은 국한문혼용체로 되어 있다.

그러나 여기에 예외가 되는 난이 있다. 그 난이 바로 국문독자구락부(國文讀者俱樂部)이다. 글의 내용으로 미루어볼 때 국문독자구락부에는 내부 필자의 글과 외부 투고자의 글이 섞여있는 것으로 판단된다. 특히 기사 뒤에 나와 있는 '백발생(白髮生)', '분분생(奮奮生)', '비관생(悲觀生)' 등의 다양한 필명을 보면 이 글들 가운데 상당수가 외부 원고일 가능성이 높다. 하지만 국문독자구락부에 수록된 기사들은 그 원문이 무엇이건 모두 부속국문체로 발표된다. 이 난만은 '국문독자구락부'라는 제목이 말해주듯이, 누구라도 국문만 읽을 줄 알면 기사를 읽어갈 수 있도록 배려했던 것이다.

『만세보』는 얼마나 많은 기사들을 부속국문체로 인쇄했을까? 『만세보』는 총4면으로 발행되었지만 언제나 제4면은 전면을 광고로 채웠기 때문에 실제 기사는 3면으로 이루어져 있었다. 이들 3면은 각각 7단으로 구성되었으므로 『만세보』 한 호가 수록할 수 있는 기사의 분량은 총 21단이었다. 창간호는 이 21단 가운데 약 16단을 부속국문체 기사로 채우고 있다. 나머지 5단에 국한문과 순한문 기사가 비슷한 분량으로 수록되어 있는 것이다. 제2호의 경우는 부속국문체 기사가 절반 정도에 그치고 있지만, 3호 이후부터는 대략 15단 이상에 이르는 내용을 계속 부속국문체로 채우게 된다. 제2호에서 부속국문체 사용이 주춤했던 것은 외부 필자가 보내온 축사(祝詞)와 기서(奇書), 그리고 관보초록(官報抄錄)과 이민조례(移民條例)의 원문 소개가 들어있었기 때문이다. 이렇게 보면 초기의 『만세보』는 약 4분의 3에 이르는 기사를 부속국문체로 수록하고 있는 것이다.

『만세보』에는 「소설 단편」, 「혈의루」, 「귀의성」, 「백옥신년」 등 모두 네 편의 소설이 실려 있다. 「백옥신년」에는 작가의 이름이 밝혀져 있지 않으나, 나머지 세 편은 작가가 이인직으로 명시되어 있다. 이들 소설에는 모두 부속국문이 사용되었다. 특히 「소설 단편」이 그러하며, 「혈의루」에도 적지 않은 부속국문이 사용되었다. 여기에 사용된 부속국문은 크게 두 가지 형태를 띤다. 첫 번째 유형은 "日淸戰爭(일청전징)"과 같이 소리[音]로 읽은 것처럼 보이는 부속국문이고, 두 번째 유형은 "一婦人(한부인)"과 같이 뜻[訓]으로 읽은 것처럼 보이는 부속 국문이다.[15] 첫 번째 유형의 부속국문 사용은 일상적인 한자 읽기의 방식과 동일한 것이다. 이러한 유형의 부속국문은 누구에게나 익숙한 방식이므로 여기에서 따로 정리할 필요를 느끼지는 않는다. 두 번째 유형의 부속국문 사용은 비교적 낯선 방식에 속한다. 두 번째 유형의 사례만을 따로 정리해 제시하면 다음장의 표와 같다.

---

15 앞에서 지적한 것처럼 『만세보』 소재 소설들은 원문이 모두 한글이다. 따라서 인쇄에 사용된 부속국문이 실제 원고에서는 원문이었다. 신문 제작 과정에서 한자를 크게 노출시키고 한글을 작은 활자로 나란히 적었기 때문에, 결과적으로는 이 문장들이 국한문에 한글을 음독 혹은 훈독의 방식으로 추가한 것처럼 보일 뿐이다.

호수	발행일	제목	부속국문사례
6호	1906.7.3 (화)	短篇	汗(ᄯᆞᆷ), 雨(비), 氣(긔운), 雲(구름), 人(ᄉᆞ람), 長安路(서울길), 都城(서울), 何其(엇지그리), 何如(엇디), 夾路(좁은길), 此曲(이리꼬부러), 彼曲(저리꾸부러), 行看則窮路(가다보면막다른길이), 通路(뚤닌길), 其路(그길), 晝(ᄂᆞᆺ), 狗(기), 人(ᄉᆞ롬), 走(다), 處(곳), 其路(그길), 人(ᄉᆞ롬), 年(나), 耳後(귀뒤), 步(거름), 食貧宰相(빈곤ᄒᆞᆫ직상), 前(압), 苧周衣(모시두루마기), 烟臺(담빗ᄃᆡ), 何小屋(왼오막ᄉᆞ리), 閉門(다친문), 推(미러), 獨語(혼ᄌᆞ말), 此門(이문), 聲(소리), 三次(세번), 聲(소리), 後(뒤), 聲(소리), 幼兒(어린자식), 乳房(젓쪽지), 晝眠(ᄂᆞᆺ잠), 年小女(졀믄계집), 喫驚(깜짝놀닉이러), 耳(귀), 蚊聲(모긔소릭), 後(뒤), 其女(그계집), 夫(서방), 家(집), 幼子(어린ᄌᆞ식), 他(남), 飯(밥), 得食(어더먹), 其日(그날), 朝飯(아침밥), 飯(밥), 德(들피), 晝眠(낫즘), 死(죽), 汝(네), 破(쎄), 躅(거더차), 如干(좀채로), 破(쎄), 足(발), 躅(거더ᄎᆞ), 破屋(헌집), 折(부러), 開(렬), 何疑(무슨의심), 步(거름), 越房(건넌방), 蛛絲(거믜줄), 絲絲(줄줄), 內房(안방), 人(ᄉᆞ롬), 人(ᄉᆞ롬), 步(거름), 人(ᄉᆞ롬), 聲(소리), 內房(안방), 人(ᄉᆞ롬), 庭(마당), 內房(안방), 晝眠(낫잠), 事(일), 此房(이방), 軒(마루), 開着(여러졋치리), 一(한), 年(나)
7호	1906.7.4 (수)	短篇(二)	此家(이집), 內房(안방), 言(말), 人(남), 人(남), 民(빅성), 其(그), 其(그), 慾(욕심), 十指(열손가락), 其(그), 民(빅성), 積置(싸노), 人(남), 其人(그ᄉᆞ롬), 下(밋), 一(ᄒᆞᆫ), 常(항상), 眼(눈), 鷄(닥), 露(이슬), 單衣(홋옷), 全黑(식거문), 家(집), 其妾(그첩), 其(그), 是日(니날), 其(그), 色(빗), 前(압)
23호	1906.7.22 (일)	血의淚	一(ᄒᆞᆫ), 年(나), 秋(가을)
25호	1906.7.25 (수)	血의淚(三)	男(남ᄌᆞ)
26호	1906.7.26 (목)	血의淚(四)	牛(소)
27호	1906.7.27 (금)	血의淚(五)	年(나), 二十九歲(스물아홉살)
29호	1906.7.29 (일)	血의淚(七)	誰(누), 郎君(남편)
30호	1906.7.31 (화)	血의淚(八)	郎君(남편), 郎君(남편)
31호	1906.8.1 (수)	血의淚(九)	昨日(어제), 朝(아침), 此房(이방), 時(찍), 何物(아무것), 散亂(느러노흔), 今日朝(오날아침), 何物(무엇), 器物(세간), 卽(곳), 何(무슨), 精神(정신), 房內(방안), 狗雛(강아지), 大鼠(큰쥐), 獨世上(제세상), 櫃上(괴우), 其(그), 其(그), 具殼(조기겁질), 鈴(방울), 其(그), 從容(조용), 房內(방안), 足(발), 身(몸), 觸物(부듸치는것), 何物(무엇), 劫心(무서운마음), 初更(초저녁), 夜中(밤즁), 曉頭(설력), 曙色(날식기), 曉頭(설씩), 東邊(동편), 兩翼(두날기), 此夜(이밤), 人(ᄉᆞ롬), 愁心(근심), 一日二日(ᄒᆞ루잇틀), 其(그), 其(그), 一日(ᄒᆞ루), 二日(잇틀), 十日(열흘), 一望(보름), 日(날), 然則何故(그러면무슨까닭으), 一事(ᄒᆞᆫ가지일), 死(죽기), 房內(방안), 器物(세간), 郎君(남편), 跡(ᄌᆞ취), 郎君(남편), 吾(날), 索(찻), 家(집), 幼女(어린ᄯᆞᆯ), 小妻(졀문안히), 何處(어는곳에), 慰(위로), 其日(그날), 郎君(남편), 明日(잇튼날), 又(또), 明日(담날), 人(ᄉᆞ롬), 狗(기), 何處(어는곳), 人(ᄉᆞ롬), 郎君(남편), 何處(어는곳), 兒(아희), 言(말), 郎君(남편), 心(마음), 此世上(이세상)
34호	1906.8.4 (토)	血의淚(十一)	內(닉)
36호	1906.8.7 (화)	血의淚(十二)	血雨(피비), 避亂(피셩), 鄰人(이웃ᄉᆞ롬), 鄰人(이웃ᄉᆞ롬)
44호	1906.8.16 (목)	血의淚(十七)	晝(낫)
45호	1906.8.17 (금)	血의淚(十八)	去處(간곳), 北門內(북문안), 意(뜻), 家內(마누라), 背後(등뒤), 目前(눈압)
48호	1906.8.21 (화)	血의淚(二十一)	市街(저자거리), 蜈蚣(진예)

51호	1906.8.24 (금)	血의淚(二十二)	下婢(계집죵), 玄關(문간방), 婢(죵), 奧(안), 奧(안)
52호	1906.8.25 (토)	血의淚(二十三)	奧樣(앗씨), 御娘樣(ᄯᆞ님), 御孃樣(ᄋᆡ기), 假名(언문), 私(ᄂᆡ), 御孃樣(ᄌᆞ근앗씨), 御宅(어듸), 妹(동싱), 下婢兼(죵겸), 芝居(협률ᄉᆞ), 下婢(죵)
54호	1906.8.28 (화)	血의淚(二十四)	市(져ᄌᆞ), 一枚(ᄒᆞᆫ장), 御孃樣(ᄌᆞ근앗씨), 一寸拜見(좀보갯)
55호	1906.8.29 (수)	血의淚(二十五)	旦那(령감), 旦那(령감), 冷枕空房(찬베기빈방), 愁中(근심즁), 世話(거두어), 氣毒(불상)
59호	1906.9.2 (일)	血의淚(二十八)	番地(통수)
66호	1906.9.12 (수)	血의淚(三十二)	玄關(듸문)
68호	1906.9.15 (토)	血의淚(三十四)	失敬(실례), 掌車(장거수), 下駄(나막신), 出口(나가는어귀)
69호	1906.9.16 (일)	血의淚(三十五)	下女(죵)
73호	1906.9.21 (금)	血의淚(三十八)	貝樣(그듸), 世話(은혜)
74호	1906.9.22 (토)	血의淚(三十九)	貝樣(그듸), 奧樣(부인)
77호	1906.9.26 (수)	血의淚(四十一)	便所(뒷간)
80호	1906.9.29 (토)	血의淚(四十三)	去十三日(지나간열ᄉᆞ흔날), 某(아무), 其(그), 茲(이), 此(이)
92호	1906.10.14 (일)	鬼의聲(一)	松峴(솔기)

가장 처음에 발표된 작품인 「소설 단편」에는 상당수의 부속국문이 사용되었다. 특히 「소설 단편」에는 소리[音]로 읽은 것처럼 보이는 부속 국문보다 뜻[訓]으로 읽은 것처럼 보이는 부속 국문이 매우 많다. 「귀의성」은 예외로 하더라도, 「혈의루」와 「소설 단편」을 비교해 보면 「소설 단편」에 얼마나 많은 부속국문이 사용되었는가 하는 점을 쉽게 알 수가 있다. 「소설 단편」은 단 이틀 동안 연재된 작품이고, 「혈의루」는 약 두 달 반 동안 연재된 작품이라는 점을 염두에 둔다면 「소설 단편」의 부속국문 활용 빈도가 얼마나 높은 것인가를 실감할 수 있게 된다. 「소설 단편」의 경우는 한글에 병기가 가능한 한자를 최대한 찾아내 활용했다고 해도 과언이 아니다.

『만세보』 제6호와 7호에 발표된 「소설 단편」은 이인직이 쓴 첫 번째 한글 원고로 추정된다. 이인직은 『만세보』 창간호에 쓴 기명 논설 「사회(社會)」를 비롯하여 자신이 쓴 국한문 기사의 원고를 부속국문체로 표기하는 일에는 큰 어려움을 느끼지 않았다. 이는 원문의 한자를 모두 한글로 읽은 후 그것을 그대로 부속국문 활자로 인쇄하면 되는 일이었기 때문이다. 그러나 한글 원고를 부속국문체로 바꾸어 표기하는 데에는 어려움이 적지 않았다. 「소설 단편」에 가능한 한 많은 한자를 병기하면서도 거기에 "이 小說(소설)은 國文(국문)으로만 보고 漢文音(한문음)으로는 보지 말으시오"라는 주석을 달아놓은 것은 「소설 단편」의 부속국문체가 여러 가지 문제점을 지니고 있었음을 스스로 인식하고 있었기 때문이다. 이인직이 이러한 주석을 통해 기대할 수 있는 효과는 무엇이었을까? 여기서 유의해 살펴야 할 것은 이인직이 자신의 소설을 국문으로만 보고, 한문의 '음(音)'으로는 보지 말라고 주문했다는 사실이다. 이인직이 이렇게 주문을 한 이유는 명백하다. 그것은 이 소설에 사용된 한자들을 음으로 읽어서는 아무런 효과를 얻을 수 없었기 때문이다. 그것은 「소설 단편」에 사용된 부속국문의 대부분이 첫 번째 유형(소리 읽기)이 아니라 두 번째 유형(뜻 읽기)에 속하는 것이었기 때문이기도 하다. 아래 예문 (가)에 사용된 한자어를 이인직이 우려했던 바와 같이 음으로 읽을 경우, (나)와 같은 결과로 나타나게 되는데, 이야말로 근본을 알 수 없는 난해한 문장이 되어버린다.

(가) 其路(그길)에 엇더ᄒᆞᆫ 人(ᄉᆞ름)이 드러가ᄂᆞᆫᄃᆡ 年(나)ᄒᆞᆫ 五十餘歲(오십여세)쯤 되고 風采俊秀(풍채준수)ᄒᆞ고 耳後(귀뒤)에 玉圈子(옥관ᄌᆞ) 부치고 倨慢(거만)ᄒᆞᆫ 步(거름)거리가 아모리 보아도 食貧宰相(ᄇᆡ곱흔ᄌᆡ상)갓더라 前(압)헤ᄂᆞᆫ 苧周衣(모시 두루마기)입은 床奴(상노)아희가 烟臺(담ᄇᆡᄃᆡ)들고 가다가 何小屋(원오막ᄉᆞ리) 기와집 平大門(평ᄃᆡ문) 압흐로 가더니 閉門(다친문)을 推(미러)보다가 獨語(혼ᄌᆞ말)로 此門(이문)이 걸녓네 하면셔 聲(소리)을 질러셔 여보 門(문) 여러주 門(문) 여러쥬 三次(세번)을 하도록 아무 聲(소리) 업거ᄂᆞᆯ 玉圈子(옥관ᄌᆞ)짜리가 後(뒤)에 셔셔 보다가 하ᄂᆞᆫ 말이 聲(소리)를 좀 크게 질러라 ᄒᆞ나 床奴(상노) 아희가 소리롤 버럭 질러 門(문) 여러라 ᄒᆞ면셔 門(문)을 거더 ᄎᆞ니 門(문)짠 엽헤 行廊房에셔 幼兒(어린자식) 乳房(젓쪽지)물니고 晝眠(낫잠) 드럿든 年小女(졀믄 계집)이 喫驚(깜짝놀니이러)

ᄂᆞ다가 精神(정신)이 아득ᄒᆞ며 房(방)이 ᄆᆡ암을 도ᄂᆞᆫ지 빙빙 도난 것 갓고 耳(귀)에ᄂᆞᆫ 蚊聲(모긔소리)갓튼 소릐가 나더니 後(뒤)에ᄂᆞᆫ 아모 것도 모르고 푹 곡구러 젓더라 其女(그계집)은 夫(서방)도 업고 家(집)도 업고 잇ᄂᆞᆫ 것은 幼子(어린ᄌᆞ식) ᄒᆞᄂᆞ ᄡᅳᆫ이라 他(남)의 집 行廊(힝낭)에 드러셔 팔ᄌᆞ 업ᄂᆞᆫ 드ᄂᆞᆫᄒᆞ고 飯(밥)이ᄂᆞ 得食(어더먹)ᄂᆞᆫ ᄃᆡ 其日(그날)은 主人(쥬인)집에셔 朝飯(아침밥)도 못ᄒᆞᆫ 故(고)로 飯(밥)도 못어더 먹고 憊(들씨)저셔 제 방에 가셔 晝眠(낫좀) ᄌᆞᄂᆞᆫ 터이라[16]

(나) 기로에 엇더ᄒᆞᆫ 인이 드러가ᄂᆞᆫᄃᆡ 년흔 오십여세쯤 되고 풍채준수ᄒᆞ고 이후에 옥권자 부치고 거만ᄒᆞᆫ 보거리가 아모리 보아도 식빈재상갓더라 전헤ᄂᆞᆫ 저주의 입은 상노 아희가 연대 들고 가다가 하소옥 기와집 평대문 압흐로 가더니 폐문을 추보다가 독어로 차문이 걸녓네 하면셔 성을 질러셔 여보 문 여러주 문 여러쥬 삼차을 하도록 아무 성 업거늘 옥권자짜리가 후에 셔셔 보다가 하는 말이 성를 좀 크게 질러라 ᄒᆞ나 상노 아희가 소릐롤 버럭 질러 문 여러라 ᄒᆞ면셔 문을 거더 ᄎᆞ니 문싼 엽헤 행랑방에셔 유아 유방 물니고 주면드럿든 년소녀이 끽경ᄂᆞ다가 정신이 아득ᄒᆞ며 방이 ᄆᆡ암을 도ᄂᆞᆫ지 빙빙 도난 것 갓고 이에ᄂᆞᆫ 문성갓튼 소릐가 나더니 후에ᄂᆞᆫ 아모 것도 모르고 푹 곡구러 젓더라 기녀은 부도 업고 가도 업고 잇ᄂᆞᆫ 것은 유자 ᄒᆞᄂᆞ ᄡᅳᆫ이라 타의 집 행랑에 드러셔 팔ᄌᆞ 업ᄂᆞᆫ 드ᄂᆞᆫᄒᆞ고 반이ᄂᆞ 득식ᄂᆞᆫ ᄃᆡ 기일은 주인 집에셔 조반도 못ᄒᆞᆫ 고로 반도 못어더 먹고 비저셔 제 방에 가셔 주면 ᄌᆞᄂᆞᆫ 터이라

이인직은 첫 작품 「소설 단편」에서는 가능한 한 많이 한자를 써서 부속국문체를 완성했다. 그러나 「혈의루」를 창작하면서부터는 그렇게 하지 않았다. 「혈의루」에 오면 첫 번째 유형(소리 읽기)의 부속국문은 계속 사용이 되지만, 두 번째 유형(뜻 읽기)의 부속국문은 그 사용 빈도

16 「소설 단편」, 『만세보』, 1906.7.3.

가 급격히 감소한다. 제9회와 23회, 그리고 25회 등을 제외하고 나면 이러한 유형의 부속국문을 전혀 사용하지 않거나, 한 두 낱말에만 사용한 경우가 대부분이다.

이인직이 이렇게 「혈의루」에서 한자 삽입과 부속국문 활자 사용의 빈도를 급격히 줄이게 된 것은 「소설 단편」과 같은 방식의 부속국문체 활용 즉 모든 한글을 한자로 변환시켜 표기하는 방식이 별반 효과적이지 않다는 사실을 깨달았기 때문이다. 『만세보』가 부속국문 활자를 사용하게 된 이유 가운데 하나는 "한문 글ᄌᆞ 엽헤 우리나라 국문으로 쥬셕ᄒᆞ야 비록 한문을 몰으난 자라도 그겻헤 국문을 보고 알게 만들깃다"는 데 있었다. 그러나 「소설 단편」에 사용된 부속국문체는 이와는 거리가 있는 것이었다. 국한문 문장에 부속국문을 달아 부속국문체 문장을 완성하는 일은 실리와 명분을 모두 얻을 수 있는 일이었지만, 그 반대의 경우 즉 순한글 문장에 한자를 삽입한 후 그것을 다시 부속국문체 문장으로 인쇄하는 일은 명분은 있을지 몰라도 실리는 별로 없는 일이었던 것이다. 『만세보』가 부속국문 활자의 마모로 인해 부속국문체 사용을 점차 줄이게 될 때, 순한글 문장을 부속국문체로 바꾸는 작업부터 중단한 것 역시 이 때문이었다. 이인직은 『만세보』에 「혈의루」 연재를 마친 후 바로 그것을 단행본으로 출간한다. 『만세보』 연재본과 달리 1907년 광학서포 본에서는 부속국문을 사용하지 않았고 한자 역시 대부분 삭제했으므로 단행본 「혈의루」는 결국 원래 원고의 형태였던 한글체 소설로 돌아가게 된다. 단행본 「혈의루」에 남아있는 한자는 많지 않다. 단행본 「혈의루」에서 한자가 포함된 문장은 총 19개이며, 여기에 표기된 한자는 모두 합쳐야 22개에 불과하다.[17]

17 구체적인 한자 목록은 김영민, 「근대계몽기 신문의 문체와 한글 소설의 정착 과정」, 앞의 책, 2005, 102~103쪽 참조.

2) 부속국문체의 완성 과정

『만세보』의 원문 원고들을 부속국문체로 바꾸는 작업은 누가 했을까? 이는 몇 가지 방향에서 생각해 볼 수 있다. 하나는 필자가 직접 수행하는 것이다. 다른 하나는 인쇄소의 기능공 등 필자가 아닌 제 삼자가 완성시키는 것이다. 그런데 외부 필자가 집필한 원고의 경우는 부속국문체로 바꾸지 않고 국한문체 및 순한문체 원문 그대로 인쇄했으므로 고려의 대상이 되지 않는다. 문제가 되는 것은 결국 내부 필자들이 작성한 원고를 누가 부속국문체로 바꾸었는가 하는 점이다.

한글로 쓰여진 원고에 알맞은 한자 어휘들을 찾아 부속국문체로 바꾸는 것은 결코 쉬운 작업이 아니었다. 따라서 이는 대부분 집필자 자신이 직접 할 수밖에 없었던 것으로 보인다. 특히 「혈의루」 등 소설에 사용된 부속국문체는 이인직 자신이 완성한 것이었음이 확실하다. 「혈의루」 제23회의 한자 넣기 방식을 예로 들어 살펴보면 이를 확인할 수 있다. 「혈의루」 제23회(1906년 8월 25일자)에는 다음과 같은 문장이 있다. (가)는 『만세보』의 부속국문체 문장을 그대로 옮긴 것이고, (나)는 부속국문체에서 한글만을 옮겨온 문장이다. (다)는 1907년에 간행된 광학서포 본에 수록된 한글체 문장이다. (나)와 (다)는 거의 유사한 모습을 보인다.

셜ᄌᆞ 앗씨 ᄌᆞ녀 간 고젹 ᄯᆞ님
(가) (雪子) 奧様게셔 子女 間에 업시 孤寂ᄒᆞ게, 지ᄂᆡ시더니 御娘様이, 싱겻스
이기 슉셩
니 얼마ᄂᆞ, 조흐신닛가, 그러ᄂᆞ, 오날, ᄂᆞ흐신 御孃様가 ᄃᆡ단이 夙成
ᄒᆞ오이다

경 셜ᄌᆞ 옥련 언문
(井) 雪子야 네가 玉蓮이를, 말도 가르치고 假名도, 잘 가르쳐 쥬어라, 말이
학교
ᄂᆞ, 아라듯거든 ᄒᆞ로 밧비 學校에 보ᄂᆡ깃다

(나) (셜ᄌᆞ) 앗씨게셔 ᄌᆞ녀 간에 업시 고젹ᄒᆞ게, 지닉시더니 ᄯᅡ님이, 싱겻스니
얼마ᄂᆞ, 조흐신 닛가, 그러ᄂᆞ, 오날, ᄂᆞ흐신 ᄋᆞ기가 ᄃᆡ단이 숙성ᄒᆞ
오이다
(졍) 셜ᄌᆞ야 네가 옥련이를, 말도 가르치고 언문도, 잘 가르쳐 쥬어라, 말
이ᄂᆞ, 아라듯거든 ᄒᆞ로 밧비 학교에 보닉깃다

(다) (셜ᄌᆞ) 앗씨게셔 ᄌᆞ녀 간에 업시 고젹ᄒᆞ게, 지닉시더니 ᄯᅡ님이, 싱겻스니
얼마ᄂᆞ, 죠흐시 닛가, 그러ᄂᆞ, 오날, ᄂᆞ흐신 ᄋᆞ기가 ᄃᆡ단이 숙성ᄒᆞ
오이다
(졍) 셜ᄌᆞ야 네가 옥련이를, 말도 ᄀᆞ르치고 (假名)언문도, 잘 가르쳐 쥬
어라, 말을 아 라듯거든 ᄒᆞ로 밧비 학교에 보닉깃다

(나)와 같은 한글체 문장에 한자를 넣어서 부속국문체로 완성한 것이 문장 (가)이다. 이 장면의 공간적 배경은 국내가 아니라 일본이며, 내용은 일본인들이 주고받는 대화로 이루어져 있다. 이 대화에서는 국내에서는 사용하지 않고 일본에서만 사용하는 한자들이 등장한다. 그러니까, 인쇄 과정에서 작가 이외의 누군가가 원문에 한자를 집어넣어 부속국문체로 완성했다면 이런 방식으로 한자가 들어가기는 쉽지가 않다. 작가 이외의 인물이 원문에 한자를 넣었다면 '奧樣[おくさま]' 자리에 '婦人'이 들어갈 수는 있었을 것이다. 'ᄋᆞ기'를 '御孃樣[おじょうさま]'로 표기한 것 또한 마찬가지이다. '언문'을 '諺文'으로 쓰지 않고 '假名[かな]'로 쓴 것 역시 작가 이외에는 할 수 없는 일이다.

이인직은 이렇게 순한글체 문장을 부속국문체로 바꾸는 과정에서 원문인 한글 원고의 토씨도 점차 한자에 맞게 조정했다. 이인직이 원문 한글 원고의 토씨를 점차 조정했다는 사실은 「소설 단편」과 「혈의

루」의 문장을 비교해 보면 알 수 있다. 다음은 「소설 단편」의 서두 일부를 그대로 옮겨 적은 것이다.

> 汗(ᄯᆞᆷ)을 ᄲᅮ려 雨(비)가 되고 氣(긔운)을 吐(토)ᄒᆞ야 雲(구름)이 되도록人(ᄉᆞ람) 만흔 곳은 長安路(서울길)이라 廟洞(묘동)도 都城(서울)이언마ᄂᆞᆫ 何其(엇지그리) 쓸쓸ᄒᆞ던지
>
> 廟洞(묘동)으로 드러가자 ᄒᆞ면 何如(웃디)ᄒᆞᆫ 夾路(좁은 길)이 此曲(이리ᄭᅩ부러)지고 彼曲(저리ᄭᅮ부러)저셔 行看則窮路(가다보면막다른길이)오가셔 보면 ᄯᅩ 通路(ᄯᅮᆯ닌 길)이라 其路(그 길)에ᄂᆞᆫ 晝(ᄃᆡ낫)에 사ᄅᆞᆷ이 잇스락업스락 ᄒᆞᆫ 故(고)로 狗(ᄀᆡ)가 人(ᄉᆞᄅᆞᆷ)을 보면 짓거ᄂᆞ 走(다)라ᄂᆞ거ᄂᆞ ᄒᆞᄂᆞᆫ 寂寂(적적)ᄒᆞᆫ 處(곳)이라[18]

이 문장들은 원문에 한자를 추가한 후 토씨를 전혀 손보지 않았다. 따라서 원문인 한글에 토씨를 이어서 읽으면 자연스럽지만, 뒤에 추가한 한자와 토씨를 이어서 읽을 경우 부자연스러운 현상들이 나타난다. 즉, '긔운을' '서울길이라' '좁은 길이' 등은 자연스럽지만, 이를 한자로 표기한 '氣을' '長安路이라' '夾路이' 등은 자연스럽지 않다. 이는 원문인 한글 낱말들은 종성(終聲)이 받침 즉 자음으로 끝났지만, 부속국문체로 만들기 위해 삽입한 한자 어휘들은 모두 받침이 없는 상태 즉 모음으로 끝났기 때문에 원래 있던 토씨와 호응하지 않는 현상이 나타나는 것이다.

그러나 「혈의루」에 가면 작가가 이러한 현상을 의식하고 원문의 토씨를 다시 고친 흔적이 종종 발견된다. 이는 「소설 단편」에서는 발견할 수 없었던 현상이다. 예를 들면 다음과 같은 문장이 이에 해당한다.

> 然則何故(그러면무슨ᄭᆞ닥으)로 世上(셰 상)에 사라 잇ᄂᆞᆫ고
>
> 一事(ᄒᆞᆫ가지일)를 기다리고 死(죽기)를 참고 잇셧더라

18 「소설 단편」, 『만세보』, 1906.7.3.

避亂(피란)갓던 잇튼날 房內(방안)에 器物(새간)이 느러노힌 것을 보고 郞君(남편)이 왓던 跡(ᄌᆞ취)를 아랏다 婦人(부인)의 마음에ᄂᆞᆫ 郞君(남편)이 玉連(옥년)이와 吾(날)를 차저 단니다가 索(찻)지 못ᄒᆞ고 家(집)에 도러와셔, 보고, 쏘 차지러 간 모냥이라[19]

여기에서는 '一事(ᄒᆞᆫ가지일)를' 이나 '吾(날)를'과 같은 표현이 발견된다. 이 경우는 토씨를 한글에 이어서 읽으면 부자연스럽고 오히려 한자에 이어서 읽어야 자연스럽다. 즉 '一事를'이나 '吾를'로 읽어야 하는 것이다. 이는 작가 이인직이 「소설 단편」의 문장들이 부자연스럽다는 사실을 의식한 후 「혈의루」에서 일부 토씨를 한자에 맞게 고쳤음을 보여주는 증거가 된다. 「소설 단편」에 첨부되어 있던 "이 小說(소설)은 國文(국문)으로만 보고 漢文音(한문음)으로는 보지 말으시오"라는 주석이 사라진 것도 이와 무관하지 않다. 즉 「소설 단편」과 달리 「혈의루」에서는 음(音)을 살리는 한자 넣기를 주로 하고 뜻[訓]을 살리는 한자 넣기를 별반 하지 않았다. 그뿐만 아니라, 뜻을 살리는 한자 넣기를 한 경우에도 한자음(漢字音)에 맞추어 다시 원문의 토씨를 조정하는 작업을 거쳤기 때문에 이러한 주석이 필요가 없어진 것이다.

이 부분은 광학서포 본 즉 국문체의 단행본 「혈의루」로 가면서 다시 다음과 같은 형태로 돌아간다.

그러면 무슨 까닥으로 셰상에 사라잇는고 ᄒᆞᆫ가지일을 기다리고 쥭기를 참고 잇셧더라

피란갓던 잇튼날 방안에 셰ᄀᆞᆫ이 느러노힌 것을 보고 남편이 왓든 자최를 알고 부인의 마암에ᄂᆞᆫ 남편이 옥년이와 날을 차저ᄃᆞᆫ니다가 ᄎᆞᆺ지 못ᄒᆞ고 집에 도

19 「혈의루」, 『만세보』, 1906.8.1.

라와셔 보고

즉 '一事를'과 '吾를'이 모두 원래의 상태인 'ᄒᆞᆫ가지일을'과 '날을'로 바뀌는 것이다.

물론, 이렇게 토씨를 한글과 한자에 맞추어 바꾸는 일을 시도했음에도 불구하고 『만세보』 연재본 「혈의루」에는 나중에 추가된 한자와 원래 한글 토씨가 연결되지 않는 경우가 아직은 남아 있다. 그러나, 「소설 단편」에 비하면 이는 드문 편이다. 특히 「소설 단편」에서 발견되던 '行間則窮路(가다 보면 막다른 길)' '何小屋(왼 오막ᄉᆞ리)' 등과 같은 어색한 한자 표현이 사라진 것도 주목할 만한 일이다.

그렇다면 논설이나 기타 기사의 경우는 어떠했을까? 이 경우도 소설처럼 기사 집필자가 한자에 한글로 토를 달아 직접 부속국문체로 원고를 완성했을까? 『만세보』에서 발견할 수 있는 몇 가지 오류 유형은 부속국문체를 누가 완성했는가를 밝히는 중요한 실마리가 된다. 『만세보』의 부속국문체 문장에서는 한자 읽기 및 쓰기의 오류가 적지 않게 발견된다. 우선 오류의 사례를 유형별로 제시하면 다음과 같다.

〈유형 1〉

연즉 변보 성질 하여
*然則 本報 性質이 何如ᄒᆞᆫ고 (1906년 7월 25일자 논설. 本報'를 '본보'가 아니라 '변보'로 읽었다.)

일체 즁싱 제 발원 적멸계 저립 공색산 첨망
*一切 衆生을 濟ᄒᆞ쇼서 發願ᄒᆞ면셔 寂滅界에 佇立하야 空色天을 瞻望하도다 (1906년 12월 15일자 논설. '空色天'을 '공색천'이 아니라 '공색산'으로 읽었다.)

뷰음 구 망상 긔
*福音을 求코자 ᄒᆞ야 妄想을 起ᄒᆞ며 (1906년 12월 15일자 논설. '福音'을 '복음'이 아니라 '뷰음'으로 읽었다.)

기타 쥬ᄎᆞ 병력 경찰 범위 거류민 상권 기술가 ᄉᆞ업
*其他 駐箚의 兵力와 警察의 範圍와 居留民의 商權과 技術家의 事業 등(1906년 12월 18일자 논설. 여기서는 '兵力'을 '병력'이 아니라 '벽력'으로 읽었다.)

〈유형 2〉

려정도치 뎡사 청염경기 품행 구사불쳠 디방인민 구제
*勵精圖治 ᄒᆞᄂᆞᆫ 政事와 淸廉耿介ᄒᆞᆫ 品行으로 求死不贍ᄒᆞᄂᆞᆫ 地方人民을 救濟ᄒᆞ야(1906년 8월 25일자 논설. '求死不贍'에서 부속국문은 '쳠'으로 되어있으나 한자는 '贍(섬)'으로 되어 있다. 문맥으로 보면 '瞻(첨)'이 들어가야 한다.)

완고 빈 소탕 개화당 문명적 만기 일신 국
*頓固의 輩를 掃蕩ᄒᆞ고 開化黨이 文明的으로써 萬機를 一新케ᄒᆞᆫ 國은 반다시
부강 지
富强에 至ᄒᆞ얏스니(1906년 7월 3일자 논설. '頓固'에서 부속국문은 '완'으로 되어 있으나 한자는 '頓(돈)'으로 되어 있다. 문맥으로 보면 '頑(완)'이 들어가야 한다.)

혹 롱락슈단 흔적 ᄌᆞ 유
*或 籠絡手叚으로 痕迹업시 잘ᄒᆞ여 먹ᄂᆞᆫ 者도 有ᄒᆞ나(1906년 7월 7일자 논설. '籠絡手叚'에서 부속국문은 '단'으로 되어 있으나 한자는 '叚(가)'로 되어 있다. 문맥으로 보면 '段(단)'이 들어가야 한다.)

녀ᄌᆞᄉᆞ회 학문 무 인 뎐국ᄉᆞ회 병풍악성 죵ᄌᆞ 성
*女子社會의 學問이 無ᄒᆞᆷ을 因ᄒᆞ야 全國社會의 病風患性이 種子를 成ᄒᆞᆷ이라(1906년 7월 8일자 논설. '病風患性'에서 부속국문은 '악'으로 되어 있으나 한자는 '患(환)'으로 되어 있다. 문맥으로 보면 '惡(악)'이 들어가야 한다.)

〈유형 3〉

등벽 소국 무산이동 ᄌᆞ 계구
*허물며 藤薛 갓한 小國에셔 無筭而動ᄒᆞᄂᆞᆫ 者ㅡ엇지 戒懼치 아니ᄒᆞ리오(1906년 12월 15일자 논설. '藤薛'을 '등설'로 읽어야 하나 '등벽'으로 잘못 읽었다. 이는 '설(薛)'과 '벽(辟)'이 닮았기 때문이다. '藤薛'은 등나라[藤國]와 설나라[薛國]를 지칭한다.)

기서봉 개언 박동 민판서댁 입랍 제용상후서 판서 고관
*其 書封을 槪言컨ᄃᆡ 礴洞 閔判書宅 入納 堤用上候書라 ᄒᆞ니 判書갓튼 高官은
허다 가령 박동 내 민판서 이ᄉᆞᆷ가
許多치 아니ᄒᆞᆫ지라 假令 礴洞 內 閔判書가 二三家 되더리도(1906년 7월 14일 논

설. '磚洞'을 '전동'으로 읽어야 하나 두 번씩이나 '박동'으로 읽었다. 이는 '전'과 '박(搏 / 縛)'이 닮았기 때문이다. 이 시기에 민영환이 거주하던 동네 이름이 전동(磚洞)이었다.)

구역 분장 십분모호처분잡처 완금무결 제뎡 가위
*區域을 分張ᄒᆞ야 十分模糊處分雜處가 업시 完全無缺이 制定ᄒᆞ여야 可謂
개량 위
改良이라 謂ᄒᆞᆯ 것시어ᄂᆞᆯ(1906년 7월 1일자 논설. '完全無缺'을 '완전무결'로 읽어야 하나 '완금무결' 읽었다. 이는 '전'과 '금(金)'이 닮았기 때문이다.

〈유형 1〉과 같은 형태의 오류가 가장 빈번히 일어나는 오류이다. 그러나 이는 특별히 큰 의미를 지니지 않는다. 이는 원고를 활자화하는 작업 과정에서 발생하는 단순한 오식(誤植)이기 때문이다.

우리가 주목해야 할 것은 〈유형 2〉, 〈유형 3〉과 같은 형태의 오류들이다. 〈유형 2〉와 〈유형 3〉 역시 넓게 보면 〈유형 1〉과 마찬가지로 오식(誤植)에 속한다. 그러나 〈유형 2〉와 〈유형 3〉의 경우는 〈유형 1〉과는 오식의 성격이 다르다. 〈유형 2〉는 부속국문은 바르게 달려 있는데 한자가 잘못 들어간 경우이다. 〈유형 3〉은 한자는 바르게 들어갔으나 이를 잘못 읽은 경우이다. 〈유형 2〉에서 잘못 들어간 한자는 원고에 있던 원래 한자와 모양이 유사한 것들이다. 여기서 한자를 잘못 표기한 사람은 필자 자신이 아니라 식자공(植字工)일 가능성이 높다. 그런데, 식자공(植字工)이 잘못된 한자에 음만 바르게 다는 일은 일어날 수 없다. 따라서 〈유형 2〉의 원고는 원래부터 한자와 한글이 병기된 부속국문체로 되어 있었음을 알 수 있다. 이를 활자화하는 과정에서 식자공이 한자를 잘못 표기한 것이다. 〈유형 2〉의 사례들은 국한문 원고의 한자에 한글로 토를 달아 부속국문체로 만든 사람이 필자 자신이라는 사실을 알려준다.

논설이나 일반 기사는 원고 원문의 상태가 대부분 국한문이었다. 그런데, 논설이나 기사에서도 '內(안), 日(날), 月(달), 安(편안), 天(하ᄂᆞᆯ), 外(박), 說(말), 言(말), 家(집), 飯(밥), 人(ᄉᆞ람), 事(일), 民(ᄇᆡᆨ셩), 但(다만), 六時(여섯시), 一日(하로), 銅色(구리빗), 他人(다른ᄉᆞ람), 一言(ᄒᆞᆫ말), 一息(ᄒᆞᆫ숨), 右脚(오른다리), 我國(우리나라), 政學(정치학문), 香臭(향긔님ᄉᆡ), 涇渭(경슈위슈)' 등 매우 다양한 형태의 부속국문 활용 사례가 발견된다. 이러한 부속국문들 가운데 '政學'을 '정치학문'으로, '香臭'를 '향긔님새'로, 그리고 '涇渭'를 '경슈위슈'로 읽은 사람은 식자공이 아니라 필자 자신이라고 보아야 한다. 특히 '경슈위슈'와 같은 부속국문은 한자의 단순 음독도 또 훈독도 아닌 일종의 해설적 읽기라 할 수 있다. 이러한 해설적 읽기를 할 수 있는 사람은 곧 필자자신인 것이다. 논설이나 기사에서 한자를 뜻으로 읽은 부속국문이 적지 않게 발견된다는 사실 역시, 한자에 한글로 토를 달아 부속국문체를 완성한 사람이 필자 자신임을 알려주는 간접 증거가 될 수 있다.

〈유형 3〉은 유사한 한자에 대한 오독(誤讀)이다. 이는 대부분 서둘러 토를 다는 과정에서 일어나는 착각 혹은 실수로 인한 것이라 할 수 있다. 그런데, 필자가 자신이 쓴 원고에 한글로 토를 다는 과정에서는 아무리 서둘러 작업을 해도 '藤薛(등설)'을 '등벽'으로 읽거나, '磚洞(전동)'을 '박동'으로 읽고 '完全無缺(완전무결)'을 '완금무결'로 읽는 일은 일어날 수 없다. 따라서 이는 『만세보』의 논설과 기사를 부속국문체로 바꾸는 작업에 필자가 아닌 다른 누군가가 관여했음을 보여주는 증거가 된다.

다음의 사례 역시 원문의 한자를 읽어 부속국문으로 처리한 인물이 필자 자신이 아니라 다른 사람이었음을 확인시켜준다.

> 夫日本(부일본)의 勢力(세력)이 我全國(아전국)에 洪水(홍수)갓치 汎濫(범람)하야 外交(외교)는 東京外務省(동경외무ᄉᆡᆼ) 措縱(조종)에 付(부)하고 內政(ᄂᆡ뎡)은 京城統監府(경성통감부) 勸告(권고)에 在(ᄌᆡ)ᄒᆞ고(1906년 12월 18일자 논설)

여기서는 '東京外務省'을 '동경외무성'으로 읽지 않고 '동경외무ᄉᆡᆼ'으로 읽었다. 여기에 사용된 한자 '省'은 '성'으로도 또 '생 / 싱'으로도 읽을 수 있다. 하지만 '東京外務省'에 사용된 한자 '省'을 한글 '싱'으로 읽을 필자는 없다. '省' 을 '싱'으로 표기한 사람은 단어의 뜻을 생각하지 않고 기계적으로 한자를 음독하며 부속국문 작업을 한 제삼의 인물이라고 보아야 한다.

결론적으로 말하면, 논설이나 기사의 경우는 부속국문체 완성의 주체가 소설과는 차이가 있었다. 소설의 경우는 작가가 직접 부속국문체를 완성했지만, 논설(및 기사)의 경우는 두 가지 방식이 공존했다. 즉 원고집필자가 부속국문체를 완성하는 방식과, 인쇄 과정에서 제삼자가 부속국문체를 완성하는 방식이 공존했던 것이다. 소설과 논설의 부속국문체 완성 방식이 이렇게 서로 차이가 나는 가장 큰 이유는, 소설은 원문이 한글이었고 논설은 원문이 국한문이었다는 점에서 찾을 수 있다.

3) 부속국문체 사용의 의의

근대문학의 문체 및 표기법 연구에서는 작가와 독자에 대한 관심이 모두 중요하다. 한국 근대문학사의 전개 과정에서는 특히 작가 중심 문체에서 독자 중심 문체로 전환이 중요했다. 지식인 작가들이 한문 사용의 기득권을 점차 포기하고 대중들의 문자인 한글을 활용하기 시작하면서 문학사의 근대가 시작되었기 때문이다. 이 점을 염두에 둔다면 『만세보』의 부속국문체 연구에서도 독자에 대한 배려라는 관점이 중요해진다. 과거의 연구자들이 근대계몽기의 부속국문체 사용에 대해 비판적이었던 것은 이를 이인직이라는 작가 개인의 문제로, 더 좁게는 「혈의루」 등 특정 소설에 한정된 문제로만 접근했기 때문이다.

『만세보』는 대중에 대한 교육과 계몽을 표방하며 창간된 신문이었다. 이 점으로 미루어 본다면 『만세보』는 그 문체를 대중들의 문체인 한글체로 선택해야 했다. 그러나, 『만세보』의 문체를 검토해 보면, 소설을 제외한다면 원문이 한글인 경우는 매우 드물다. 『만세보』 기사의 원문은 순한문체와 국한문혼용체로 쓰여진 것이 대부분이다. 이를 타개하기 위한 방안이 원고를 부속국문체로 변환하여 인쇄하는 것이었다.

이인직은 「소설 단편」과 「혈의루」를 모두 국문체 문장으로 창작한 후 부속국문체 문장으로 바꾸어 발표했다. 그런데 「소설 단편」에 사용된 부속국문체 문장과 「혈의루」에 사용된 부속국문체 문장의 성격이 꼭 같은 것은 아니다. 「소설 단편」의 경우는 한글을 어떻게든 한자로 표기하기 위해 노력한 흔적이 보인다. 즉 원래 한자어가 아닌 낱말들까지 최대한 한자로 표기하기 위한 노력을 하고 있는 것이다. 이는 이인직이 국한문체로 쓴 논설 원고의 한자어에 전부 한글로 토를 달아 읽던 방식을 소설에 역으로 적용한 것이었다. 즉 논설 원고의 모든 한자에 한글을 병기했듯이 소설 원고의 한글에 최대한 한자를 병기해 부속국문체를 만드는 시도를 했던 것이다. 「소설 단편」에 뜻[訓]을 살리는 한자 읽기가 많은 것은 이 때문이다. 그러나 이렇게 하고 보니 「소설 단편」의 부속국문체 문장에는 실제로 사용하지 않는 부자연스러운 표현이 너무 많아졌다. 그뿐만 아니라 한자를 음독(音讀)하는 독서대중들의 관습과도 어긋나게 되는 문제에 부딪히게 되었다. 이인직이 「소설 단편」의 서두에 주석을 달아 독자들에게 음독을 하지 않도록 당부한 것은 이러한 문제를 해결하기 위해 고안해 낸 구차한 방안이었다. 결국 「소설 단편」에서 일종의 시행착오를 거친 이인직은 「혈의루」를 쓰면서 이 문제를 해결하기 위한 나름대로의 적극적 대안을 강구하게 된다. 「혈의루」의 경우는 부속국문체로 옮기는 과정에서 한자의 무분

별한 사용을 자제했고, 될 수 있으면 한글과 음이 같은 한자를 사용했다. 「소설 단편」과 비교할 때 「혈의루」에 소리[音]를 살리는 한자 읽기가 월등히 많은 것은 이 때문이다. 「혈의루」에서는 한글을 한자로 바꿀 때 생기는 토씨의 부조화 현상을 제거하려고 노력한 흔적 역시 엿볼 수 있다. 즉 「혈의루」의 경우는 첫 단계에서 한글로 창작한 후, 다음 단계에서 한자 추가를 통해 부속국문체로 바꾸고, 마지막 단계에서 한자와 한글 토씨의 호응 관계를 검토하는 절차를 부분적으로나마 밟았던 것이다.

『만세보』에 사용된 부속국문체의 완성 과정은 소설의 경우와, 논설이나 기사의 경우가 서로 달랐다. 소설은 집필자 자신이 원고를 부속국문체로 완성시켜 인쇄소로 넘겼다. 그러나, 논설 및 기사는 필자가 원고를 부속국문체로 완성한 경우도 있고 국한문체 원고가 인쇄 과정에서 부속국문체로 바뀐 경우도 있다. 『만세보』 소설의 부속국문체 완성 작업을 작가가 직접 수행한 중요한 이유 가운데 하나는 이들 소설의 원문이 한글이었기 때문이다. 「소설 단편」이나 「혈의루」 등의 한글 원고에 한자를 넣는 일, 그 가운데서도 특히 음이 아니라 뜻을 살리는 한자를 넣는 일은 결코 쉬운 작업이 아니었다. 따라서 이 작업은 작가 자신이 직접 할 수밖에 없었다. 그에 비하면 국한문체로 된 논설이나 기사의 한자를 한글로 읽어주는 일은 비교적 단순한 작업이었다. 이는 필자가 직접 할 수도 또 인쇄 과정에서 제삼자가 처리할 수도 있는 성격의 일이었다. 실제로, 기사와 논설의 부속국문체 처리는 이 두 가지 방식을 모두 활용했던 것으로 보인다. 결국 원문의 문체 차이는 부속국문체 완성 방식에도 차이를 가져온 것으로 정리할 수 있다.

『만세보』의 부속국문 사용은 제 201호인 1907년 3월 8일까지 지속된다. 『만세보』는 3월 9일 "本社所用 附屬國文 活字가 字劃이 磨완ᄒᆞ야 一

新 準備키를 計劃ᄒᆞᄂᆞᆫ 故로 幾許間 附屬國文을 拔去ᄒᆞ오니 愛讀諸君子ᄂᆞᆫ 照亮하십"[20]이라는 공고를 낸 후 부속국문의 사용을 중단한다. 『만세보』는 부속국문의 사용을 중단한 후 소설뿐만 아니라 일부 기사 역시 순한글로 내보낸다. 『만세보』가 부속국문 사용을 중단하게 되는 이유는 편집 방침의 변화 때문이 아니라 경제적 여건의 변화 때문이었다. 일진회와의 결별을 선언한 후 점차 경제적 압박에 시달리던 『만세보』는 창간 2차년도인 1907년 1월에 접어들면서 신문 구독료를 올리는 등 몇 가지 자구책을 시도하지만 별다른 효과를 보지는 못한다. 1907년 2월 이후 부속국문 활자의 마모는 심각한 상태에 다다르게 된다. 이로 인해 1907년 2월 21일자 신문을 휴간하고 정비를 시도하지만 결국은 활자의 재정비가 아니라 폐기 쪽으로 결론을 내리게 되는 것이다. 『만세보』의 부속국문체 활용 기간은 결코 긴 것이 아니다. 이는 길게 잡아도 9개월이 넘지 않는다.

그러나, 근대계몽기의 부속국문체 사용이 『만세보』만으로 종결되었던 것은 아니다. 이후 부속국문체는 짧은 기간 동안이나마 몇몇 매체들에서 간헐적으로 그 명맥을 이어가게 된다. 『만세보』 폐간 이후인 1908년 경성일보사(京城日報社)에서 발행한 『노동야학독본(勞動夜學讀本)』은 『만세보』 이후의 부속국문체 활용을 확인할 수 있는 중요한 사례 가운데 하나이다. 『노동야학독본』은 당시대의 대표적 지식인 가운데 한 사람인 유길준(兪吉濬)이 저술하고, 그 독자를 노동자 혹은 교육받지 않은 일반 대중으로 상정했던 저술이다. 이는 발행의 동기를 교육과 계몽으로 볼 수 있다는 점, 부속국문의 사용 이유가 한자를 모르는 독자들을 위한 것이라는 점 등에서 『만세보』의 경우와 유사한 측면이 있다. 『노

---

20 「社告」, 『만세보』, 1907.3.9.

동야학독본』이 부속국문을 활용하는 방식도 『만세보』의 그것과 거의 동일하다.

그런가 하면 여성들을 상대로 한 저술에서 부속한문체를 사용하는 경우도 발견된다. 1908년 장지연이 편찬하고 광학서포에서 발행안 『녀ᄌᆞ독본』에서는 본문을 한글로 쓴 후 옆에 한자를 나란히 표기하는 부속한문체를 사용한다. 장지연이 직접 쓴 것으로 보이는 제일 장 총론은 "녀ᄌᆞ는 나라 ᄇᆡᆨ셩(百姓)된자의 어머니될 사ᄅᆞᆷ이라 녀ᄌᆞ의 교육(教育)이 발달(發達)된 후에 그 ᄌᆞ녀로 ᄒᆞ여곰 착ᄒᆞᆫ 사ᄅᆞᆷ을 일울지라 그런고로 녀ᄌᆞ를 ᄀᆞᄅᆞ침이 곳 가정(家庭) 교육을 발달ᄒᆞ야 국민(國民)의 지식(知識)을 인도(引導)ᄒᆞᄂᆞᆫ 모범(模範)이 되ᄂᆞ니라"[21] 라는 언급으로 시작된다. 장지연이 이렇게 여성 교육을 중시하는 저술에서 부속한문체를 시도한 것 역시 큰 틀 안에서 보면 『만세보』의 부속국문체 시도와 같은 맥락에서 이해할 수 있다.

결과만을 본다면, 부속국문체는 점차 소멸해간 문체이고 정착에 실패한 문체라 할 수 있다. 그 원인이 부속국문체 자체의 비효용성에 있건 혹은 활자 제조의 경제적 비효율성에 있건 그것이 정착에 실패한 문체임에는 틀림이 없다. 하지만 이를 무국적의 문체로, 그리고 부속국문체 사용을 부끄러운 문체 실험으로 폄하하는 것은 결코 옳지 않다. 부속국문체 사용의 본질은 독자의 신분과 계층에 따라 결정되던 문자 '분리(分離)'라는 상황을 문자 '통합(統合)'으로 이끌기 위한 당시대 지식인들의 힘겨운 노력과 연관된 것이었다. 이러한 시도들이 있었기에 훗날 단일한 문자 표기 체계를 활용한 독서 통합의 시대가 열릴 수 있었던 것이다.

21 장지연 편, 『녀ᄌᆞ독본』 상권, 광학서포, 1908, 1~2쪽.

제3장
『만세보』 소재 단편소설 연구

1. 「소설 단편」

1906년 7월 3일자 『만세보』 제1면에는 단편소설이 1편 실려 있다. 이 작품은 한국 근대문학사에서 흔히 「소설 단편」이라는 제목으로 정리가 된다. 하지만 엄밀히 말하면 이 작품은 소설란에 실린 제목이 없는 단편 작품이다. 이 작품의 작가는 국초(菊初)로 명시되어 있다.

근대계몽기 신문 가운데 최초로 '단편소설'이라는 명칭을 사용해 서사문학 작품을 게재한 신문은 『대한일보』였다. 1904년 8월 12일자 『대한일보』 제1면에는 '단편소설(短篇小說)'이라 명기된 작품 「뇌공(雷公)」이 실려 있다. 하지만 「뇌공」은 성격상 소설보다는 논설에 가까운 글이다. 형식과 내용의 측면에서 모두 그러하다.[1] 『대한일보』 소재 작품

---

1 이와 관련된 상세한 논의는 김영민, 『문학제도 및 민족어의 형성과 한국 근대문학(1890~

「뇌공」의 가치가 '명목상' 최초의 단편소설이라면, 『만세보』 소재 「소설 단편」의 가치는 '실질적인' 최초의 단편소설이라 할 수 있다.[2]

「소설 단편」은 『만세보』에 게재된 최초의 서사문학 작품이면서, 근대문학사 최초로 부속국문체로 발표된 작품이기도 하다. 「소설 단편」은 부속국문체로 발표되었지만 원래는 국문으로 쓰였다. 이 작품에는 유달리 많은 한자가 병기되어 있다. 이는 원문의 모든 한자에 한글을 병기하고 모든 한글에 한자를 병기해 인쇄하려는 『만세보』 발행진의 의지가 반영된 결과이다. 그러나, 한자에 한글을 병기하는 것은 비교적 간단한 일이었지만 그 역의 경우 즉 한글에 한자를 병기하는 일은 실제로는 결코 쉬운 일이 아니었다. 결국 「소설 단편」은 한글 음이 아니라 한글의 뜻에 부합하는 한자를 찾아 쓰게 되었고, 그 결과 읽기에 매우 어색한 문장으로 완성이 된다. 이 작품의 서두에 국문으로만 보고 한문음으로는 읽지 말 것을 지시한 것은 이 때문이다.[3]

「소설 단편」의 서두는 과장된 대조의 화법으로 시작된다. 사람들의 땀이 모여 비(雨)가 될 만하고, 기(氣)가 모여 구름(雲)이 될 만큼 번잡한 곳이 서울길이다. 하지만, 등장인물들이 사는 곳은 이러한 번잡함과는 거리가 먼 동네이다. 서두의 첫 문단을 마무리하는 "廟洞(묘동)도 都城(서울)이언마는 何其(엇지 그리) 쓸쓸ᄒᆞ던지" 하는 문장은 적지 않은 여운을 남긴다. 화려함 속의 쓸쓸함이 곧 등장인물들의 활동 공간임을 암시하고 있기 때문이다. 「소설 단편」의 첫 문단은 근대소설 작가로서의 이인직의 가능성을

1945)』, 소명출판, 2012, 305~307쪽 참조.

2 작품의 길이와 구성법 등에서 이 작품이 진정한 근대 단편소설에 속할 수 있는가 하는 점은 논란거리가 될 수 있다. 이 문제는 '한국의 근대 단편소설이란 무엇인가'라는 본질적인 물음으로 이어진다. 여기서는 일단, 「소설 단편」이 '단편소설 / 소설 단편'이라는 용어를 사용한 작품 가운데 처음으로 논설이 아니라 소설을 지향한 작품이었다는 점에 주목했다.

3 「소설 단편」에 사용된 부속국문체의 특징과 그 의미에 대한 상세한 논의는 이 책의 제2장 참조.

보여주기에 손색이 없다.

「소설 단편」의 서두는 쇠락한 양반 하나가 첩의 집을 찾아가는 광경에서부터 시작된다. 옥관자를 붙이고 거만한 걸음을 걷는 주인공 양반이 상노 아이 하나를 앞세우고, 이리 구부러지고 저리 구부러진 길을 지나 적적한 골목 안 오막살이 기와집 앞에 다다른다. 양반과 상노는 닫힌 문을 두드리다가 아무 반응이 없자 덜컥 의심이 들어 문을 부수고 집안으로 들어간다. 옥관자짜리 양반은 자신의 첩이 젊은 계집인지라 안방에 어떤 놈이 숨어 있어 겁이 나서 못나오고 있는 것이라 짐작을 한다. 하지만, 열기가 버럭 나서 신발을 신은 채 마루에 올라 지게문을 왈칵 여니 그의 예상과는 달리 젊은 부인이 혼자서 그림같이 앉아 있다. 그날 젊은 부인은 아침 양식이 떨어져 밥도 하지 못한 채, 주인공 양반이 오거든 무언가 일을 내려고 잔뜩 벼르고 있던 중이었다. 대문을 부수고 방문을 활짝 열어 젖혀 들어온 주인공 양반의 태도는 불난 집에 부채질을 하는 꼴이 되고 만 셈이다. "主人公(쥬인공)은 妾(쳡)의 긔ᄉᆡᆨ만 보고 안졋고 妾(쳡)은 얼골에 푸른 色(빗)치 ᄂᆞ셔 안졋ᄂᆞᆫ ᄃᆡ, 상노 아희ᄂᆞᆫ 行廊房(행낭상)前(압)헤셔 무엇슬 그리 즁얼즁얼ᄒᆞᄂᆞᆫ지, 목쇼리가 크건마ᄂᆞᆫ, 쥬인공 ᄂᆡ외에 귀에ᄂᆞᆫ, 좀쳬 쇼리가 드러가지 아니할만ᄒᆞ더라"는 장면은 폭풍 전야의 고요함을 떠올리게 한다.

그런데, 「소설 단편」은 의외로 이 장면에서 그대로 마무리가 되고 만다. 이러한 결말은 정상적인 마무리라 할 수 없다. 절정을 향해가던 작품이 갑자기 중단되어 버렸기 때문이다. 「소설 단편」은 1906년 7월 3일부터 4일까지 총 2회에 걸쳐 연재가 완결된 작품으로 알려져 왔다. 그러나, 「소설 단편」은 2회가 아니라 총 3회에 걸쳐 연재된 작품으로 추정된다. 그렇게 생각할 수 있는 첫 번째 이유는 내용 전개상 등장인물들 간의 갈등, 즉 옥관자짜리 양반과 그 첩 사이의 갈등을 마무리할 부분이 적어도 한 회 이상은 꼭 필요하기 때문이다. 두 인물 사이의 갈등이 확대되어 그 사이가 더 벌어지거나, 반대로 그 갈등이 봉합되어 사이가 좁혀지거나 간에 어떤 형태로건 두 회에 걸쳐 제시한 갈등의 마무리는 필요하다. 이 작품을 총 3회 연재물로 추정할 수 있게 하는 또 하나의 근거는, 『만세보』 1906년 7월 5일자의 원본이 현재 일실된 상태라는 점이다. 이 날짜 신문은 실물을 확인할 수는 없지만 발행되었던 것만은 확실하다. 「소설 단편」의 마무리 연재분 즉 제3회분이 7월 5일자 신문(제8호)에 실려 있을 가능성을 배제할 수 없는 것이다.

「소설 단편」은 쇠락한 양반의 지엽적인 개인사를 매개로 해서, 당시대 관리 사회의 타락상을 직설적으로 표현한 작품이다. 「소설 단편」의 주인공 옥관자짜리 양반은 당상 수령을 지내며 백성의 돈도 적지 않게 긁어 먹은 이른바 탐관오리이다. "갈키로 긁고, 찬빗으로 긁다가, 불갓튼 慾(욕심)이 치밧칠 적에는 十指(열 손가락)으로, 사뭇 허븨여파셔, 득득 긁거 드렷스니"하는 구절은 그가 수단과 방법을 가리지 않고 백성들의 돈을 갈취한 타락한 인물이었음을 보여준다. 그가 첩을 얻어 들인 것도 탐관오리 시절이었다. 그의 첩이 호강하던 시절은 곧 그가 백성을 갈취하던 시절이었다. 그런데, 문제는 그가 백성들에게 갈취해 온 돈으로 자신의 재산을 불린 것이 아니라, 그 대부분을 세도가 재상들에게 상납하는 데 써버렸다는 데에 있다. "其(그) 긁키고, 쎄끼던 民(빅셩)의 마음에는, 저 돈을 다 어딕 갓다가 積置(싸노)코 쓰려노, ᄒᆞ엿지만은, 그것은 너무 人(남)의 사졍 모로고, ᄒᆞᄂᆞᆫ 말이라 其人(그ᄉᆞ롬)이 其(그) 돈을 글거다가, 勢(셰)도 직상의 텩下(밋)으로, 다 드러갓다/원을 갈리든 날에 田(전)답 一(ᄒᆞᆫ)마지기도 못 사고, 如干(여간) 돈 냥 잇ᄂᆞᆫ 것은, 눈 녹듯 ᄒᆞ여 업셔졋스ᄂᆞ/泰山(틱산)갓치 밋ᄂᆞᆫ 것은 勢(셰)도 직상을, 비가 터지도록 먹엿스니, 이 ᄉᆞᆺ혜 監司(감ᄉᆞ)를 어더ᄒᆞ려니 自期(자긔)ᄒᆞ고 잇셧더라/宦海(환히)에 常風波(항상풍파)라 그 勢(셰)도가, 박귀니 監司(감ᄉᆞ)ᄒᆞ기 바라든 眼(눈)은 鷄(닥)좃뜬 ㄱ 울

쳐다 보듯 혼다"는 구절이 저간의 사정을 모두 설명해 준다. 그는 세도가 재상을 배가 터지도록 먹였으니 감사 자리라도 하나 얻어 할 수 있을 것으로 생각한다. 하지만, 세상 권력의 향배가 바뀌니 그동안 그가 공들여오던 일 또한 모두 수포로 돌아가게 되고, 그는 이른바 닭 쫓던 개의 형상이 되고 말았던 것이다. 옥관자짜리 양반이 배고픈 재상의 행색을 하고 돌아다니게 된 것이나, 그의 젊은 첩이 아침조차 거르고 양반 오기를 기다려 무언가 사단을 내려고 벼르게 된 것은 모두 이러한 권력의 변화와 관련이 있다. 제2회까지의 내용 전개로 미루어보면, 제3회는 양반과 첩 사이의 개인적 갈등의 증폭으로 상황이 마무리될 가능성이 높다. 하지만, 그럼에도 불구하고 이 작품 속에 당시대 양반 사회의 부조리와 시대상이 내재되어 있다는 점은 주목할 만하다.

2. 「백옥신년」과 근대신문의 신년소설

1) 「백옥신년」

1907년 1월 1일자 『만세보』 제4면에는 「백옥신년(白屋新年)」이 수록되어 있다. 「백옥신년」은 『만세보』에 게재된 두 번째 단편소설이면서, 근대신문 최초의 신년소설(新年小說)이다. 「백옥신년」은 제목에서 알 수 있듯이 가난한 초가[白屋]에서 맞는 새해[新年] 풍경을 그린 작품이다.

「백옥신년」은 다음과 같은 몇 가지 점에서 주목을 끈다. 첫째, 일화(逸話)를 바탕으로 한 작품으로, 논설적 요소가 배제된 단형서사물이라는 점. 둘째, 신년소설이라는 기획물임에도 불구하고 신년의 희망적 요소를 그리기보다는 경제적으로 소외된 가족의 설맞이 풍격을 객관적 필치로 그려내고 있다는 점. 셋째, 묘사의 수준이 당시에 발표된 여타 단형 서사물들과 비교해 매우 뛰어나다는 점.

「백옥신년」의 도입을 이루는 거리 풍경에 대한 묘사는 이인직의 대표작 가운데 하나인 신소설 「은세계」의 서두를 떠올리게 한다. '남산북악을 은으로 장식하였다'는 표현은 눈 내린 세상 풍경을 실감 있게 묘사한 「은세계」의 서두 묘사와 서로 통한다. '장안대로는 유리로 장판을 하였는데, 오늘 하루 그 장판이 다 떨어지도록 사람들이 다니더라'는 표현은 당시로서는 쉽게 보기 힘든 눈길을 끄는 비유이다. 번잡한 장안의 풍경 묘사를 통해 쇠락한 주인공 정서방 집의 곤궁함을 돋보이게 하는 대조의 기법은 「소설 단편」의 그것과 많이 닮아 있다. 「백옥신년」의 전반부는 설 명절을 맞아 바쁘게 돌아다니는 사람들의 모습을 그린 것이다. 대궐에서 진하(進賀)를 파하고 나오는 사람, 남북촌 재상집에 인사 치르러 다니는 사람, 일가친척을 보러 다니는 사람 등이 있는가 하면 큰 길에서 얼음 지치는 아이, 팽이 돌리는 아이, 연날리는 아이, 세배 다니는 아이 등등이 있다. 삼순구식 굶기를 밥먹듯 하던 사람도 이날만은 배불리 먹고, 헌 누더기를 걸치고 다니던 사람들도 이날만은 새로 물들인 옷을 갈아입는다. 빚에 쪼들리던 사람들도 여유를 찾고, 서로 덕담을 주고받게 되는 이날이 바로 설날 명절인 것이다.

남산굴 사는 정서방은 지체가 썩 좋던 사람이었지만 이제는 먼지가 내려앉은 관을 쓰고, 안방 구석에 드러누워 인사 치르러 갈 곳조차 없다. 그는 부인과 자식의 불평을 받아내며, 양력설이 아니라 다음에 찾아올 음력설을 기약하며 하루를 그럭저럭 넘기려 한다. 여섯 살짜리 아들 갑돌이는 떡국을 먹고 싶어 이런저런 불만을 표현하고, 정서방은 아들에게 밖에 나가서 연날리는 구경이라도 하고 오라고 권유한다. 하지만, 남의 집 아이들은 모두 새 옷을 해 입었는데 자신의 아들만 새까만 옷을 걸친 것이 부끄러운 정서방 부인은 갑돌이에게 집안에 그냥 있으라고 말한다. 갑돌이는 안방 지게문 앞에 서서 훌쩍훌쩍 울고, 부인은 갑돌이의 머리를 쓰다듬으며 달랜다.

「백옥신년」에는 가난한 한 가족이 처한 정황과 그들이 맞이하는 설 명절의 침울한 분위기가 매우 잘 그려져 있다. 작품의 후반부에 묘사된 가난한 가족의 우울함은 전반부의 활기찬 배경과 대비되면서 더욱 효과적으로 전달된다. 「백옥신년」에는 작가 명이 표기되어 있지 않다. 따라서 작가가 누구인지 단정할 수는 없다. 다만, 당시의 여러 정황으로 미루어볼 때 이인직일 개연성이 매우 높다.[4] 이 시기는 『만세보』의 주필이었던 이인직이 지면에 「귀의성」을 연재하던 중이었다. 이인직은 「귀의성」 제60회를 1906년 12월 28일자 『만세보』 제154호에 게재한 후, 약 열흘 동안의 휴지기를 거쳐 1907년 1월 8일자 제158호에 제61회를 다시 연재한다. 「백옥신년」은 이인직이 「귀의성」의 연재를 쉬는 사이에 발간된 신년호인 제156호에 수록되었다. 「백옥신년」을 쓰는 동안 이인직이 「귀의성」의 집필을 잠시 멈추었다는 추정이 가능한 것이다. 일화를 중심으로 한 작품의 전개 과정에서 등장인물들의 내면적 심리가 드러나는 「백옥신년」의 창작 수법은, 이인직이 『매일신보』에 발표해 주목을 끌게 되는 단편소설 「빈선랑의 일미인」(1912.3.1)과도 많이 닮아 있다. 「백옥신년」과 「빈선랑의 일미인」은 일화형 단편이라는 점에서뿐만 아니라, 작품 전체에서 느낄 수 있는 분위기 또한 매우 유

---

4 정창렬, 「만세보 해제」(『만세보』(영인본), 1쪽)에서는 이를 이인직의 작품으로 명시한다. 국내외 연구자들도 대부분 이를 이인직의 작품으로 보는 추세이다. 『만세보』에 수록된 여타 소설들의 작가가 예외 없이 모두 이인직이라는 점은 「백옥신년」을 이인직의 작품으로 추정하는 간접 증거로 활용이 된다. 그러나 「백옥신년」을 이인직의 작품으로 단정할 수 있는 구제적 증거는 아직 발견된 바 없다.

사하다. 두 작품에 나타난 공통된 분위기는 등장인물들이 느끼는 경제적 상실감에서 비롯된 것들이다. 『만세보』는 1907년 6월 29일까지만 발행되었기 때문에 신년소설 게재는 이 「백옥신년」 단 한 번으로 그치고 말았다.

2) 근대신문의 신년소설

『만세보』에 이어 신년소설을 게재한 신문으로는 『제국신문』을 들 수 있다. 『제국신문』 1909년 1월 1일자 3면에는 신년소설의 형식을 취한 단편소설이 수록되어 있다. 이 작품에는 단편소설이라는 양식 표기만 있을 뿐, 작품명이나 작가명이 없다. 전형적인 무서명 소설의 형식을 취하고 있는 것이다. 흥미로운 것은, 『제국신문』에 수록된 무서명 신년소설 또한 가난한 집안의 설맞이 풍경을 소재로 삼고 있다는 사실이다. 이 작품에서도 일화의 중심을 이루는 것은 「백옥신년」과 마찬가지로 한 사내아이의 설빔 투정이다. 아홉 살 난 사내아이 경남이는, 남들처럼 설빔을 해주지 않으면 앞으로 밥도 안 먹고 학교에도 가지 않겠다고 말한다. 그러나 『제국신문』의 신년소설은 「백옥신년」과는 달리, 우울한 신년의 분위기를 묘사하는 방식으로 작품이 마무리되지 않는다. 이 작품이 표현하고자 한 것은 가난한 신년의 우울한 분위기가 아니다. 그보다는 가난한 신년을 맞이하는 어린 남매의 다짐과 미래를 향한 기약이라 할 수 있다. 새 옷 투정을 하는 어린 동생을 향해 여학생 정희는 다음과 같이 타이른다. "너 그것이 무슨 지각업눈 소리냐 학교에 단이눈 사롬도 그런 몰을 훈다더냐 나도 학교에 단이기 젼에눈 셜이 되면 어머니께 졸나셔 노랑져고리 다홍쵸마에 도토락과 홍목 당혜를 각가지로 희달나며 긔어히 셜빔을 ᄒᆞ고 물엇다마는 학교에 단인 이후로 교장 교감의 권면ᄒᆞ시ᄂᆞᆫ 말삼과 여러분 교ᄉᆞ의 설명을 드르니 얼골에 분발으로 어미레 기름 발으며 의복졔구를 ᄉᆞ치ᄒᆞᄂᆞᆫ 것은 외양만 치레ᄒᆞᄂᆞᆫ 것이라 속은 닥지 못ᄒᆞ고 외양 치레만 ᄒᆞ면 속담에 쳥보에 긔쫑싼 것과 일반이라 ᄒᆞ시기로 그 물삼을 듯고셔 젼에 잘못ᄒᆞᆫ 것을 ᄭᆡ닷고 이 모양으로 검졍물드린 무명으로 아릐위 의복을 ᄒᆞ야 입엇다 / 너도 그런 말삼을 드럿슬터인ᄃᆡ 속을 닥글 ᄉᆡᆼ각은 안이ᄒᆞ고 외양 치레만 ᄒᆞᆯ 아암을 두나냐"[5] 누나 정희의 말을 들은 동생이 자신의 잘못을 뉘우치는 것으로 이 작품은 마무리된다. 동생은 새 옷 투정을 한 자신의 잘못을 뉘우칠 뿐만 아니라 신년 휴가인 방학 기간에도 학업을 열심히 할 것을 다짐하게 된다.

소재의 측면에서 보면 『제국신문』에 수록된 무서명 신년소설은 『만세보』에 수록된 「백옥신년」과 매우 유사하다. 신년원단의 분위기를 묘사하다가 등장인물의 대화를 이끌어 내는 구성 방식도 서로 유사해 보인다. 두 작품의 차이는 작가가 계몽적 의도를 얼마나 드러내고 있는가 하는 점이다. 「백옥신년」과 달리 『제국신문』의 무서명 신년소설은 계몽의 의도를 직설적으로 드러낸 작품이다. 이는 1900년대 중반까지 『제국신문』에서 흔히 발견되던 '서사적논설'의 연속선상에 있는 단형 서사문학 작품에 속한다고 보아도 무리가 없다.[6] "교과칙을 닉려노코 남미 마죠 안져 문답토론을 쉬지 안이 ᄒᆞ더라"[7]는 이 작품의 마무리 문장 또한 작가의 의중을 드러내는 중요한 부분이다. 여기에는 문답과 토론이라는 형식이 조선의 계몽에 적합한 것이라는 생각이 담겨 있는

5 『제국신문』, 1909.1.1.

6 『제국신문』에 수록된 〈서사적논설〉에 대한 상세한 논의는 구장률, 「『제국신문』 소재 '서사적논설' 연구」, 『근대계몽기 단형 서사문학 연구』, 소명출판, 2005, 127~159쪽 참조.

7 『제국신문』, 1909.1.1.

것이다.[8]

『제국신문』에 이어 신년소설을 수록한 신문으로는 『대한민보』가 있다. 1910년 1월 1일자 『대한민보』에는 단편소설 「화세계(花世界)」가 수록되어 있다. 「화세계」의 작가는 무도생(舞蹈生)이다. 이 작품에서는 한부흥이라는 인물이 주관하는 낙성식이 서사의 중심을 이룬다. 「화세계」는 다음과 같은 묘사로 서두를 시작한다. "포진을 구름갓치 ᄒᆞ고 오색 솟문에 태극 팔괘장 국긔를 교차ᄒᆞ야 바람결에 펄넝펄넝 ᄒᆞᄂᆞᆫ 곳은 한부흥(韓復興)씨가 자긔의 집을 즁슈ᄒᆞ고 내외국 신사를 다슈히 청ᄒᆞ야 낙셩식 ᄒᆞᄂᆞᆫ 것이라 / ᄒᆞᆫ부흥씨의 집은 죠상의 긔업으로 사쳔여년을 전ᄒᆞ야 오더니 여름 장마에 집웅이 새고 겨울 치위에 쥬초가 흔들녀 셕가래ᄂᆞᆫ 썩어 내려 안고 기동은 쓸녀 넘어가니 어언간 장원과 창벽이 동퇴셔락 ᄒᆞ얏더라."[9] 「화세계」는 서두를 묘사로 시작하고, 이후 특정한 장면을 확대해 보여주는 구성법을 택하고 있다. 「화세계」의 서두 묘사는 같은 시기 여타 단편소설들의 수준에 훨씬 미치지 못한다. 낙성식에 이르기까지의 서술이 대부분 설명문 위주로 되어 있다는 점도 이 작품의 한계가 아닐 수 없다. 「화세계」는 작품의 내용으로 보면 『제국신문』에 게재된 무서명 신년소설과 동일한 계열로 분류할 수 있다. 기울어져 가는 국권에 대한 회복의 열망을 표현한 작품이라는 점에서,[10] 주제를 중시하는 계몽적인 작품인 것이다. 작품 속 주인공

8 『제국신문』의 무서명 신년소설은 이해조의 작품으로 추정되지만, 확실한 근거를 대기는 어렵다. 다만, 이해조가 『제국신문』에 소설 전문 기자로 입사한 이래 『제국신문』에 수록된 서사물들의 작가는 모두 이해조였다는 점이 참고가 될 수는 있을 것이다. 이해조는 1907년 「고목화」(1907.6.5~10.4)로부터 시작해 『제국신문』이 폐간될 때까지 끊임없이 작품을 연재했다. 『제국신문』의 신년소설에서 교육의 중요성이 강조되고 있다는 점, 작품이 부분적으로 대화체 형식을 취하고 있고, 인물들이 작품 속에서 토론에 임하고 있다는 점, 여성 화자를 통해 계몽을 시도하고 있다는 점 등도 주목을 끈다. 이는 후일 이해조의 대표작으로 꼽히게 되는 '토론소설' 『자유종』(광학서포, 1910.7.30)에서도 발견되는 특징들이다.

9 무도생, 「화세계」, 『대한민보』, 1910.1.1.

의 이름 '한부흥(韓復興)'은 곧 '대한(大韓)의 부흥(復興)'을 상징한다. 그가 지각 있는 아들과 함께, 무너져 가는 집을 중수하고 잔치를 벌이게 된다는 점 등도 모두 계몽성을 강하게 드러내는 요소들이다. 「화세계」가 보여주는 강렬한 계몽성은 『대한민보』의 발행 주체인 대한협회(大韓協會)가 사회진화론에 기초한 문명개화론을 받아들인 단체였다는 점과도 무관하지 않다.[11]

『만세보』와 『제국신문』, 그리고 『대한민보』 등을 통해 간헐적으로 선을 보이던 신년소설이 확고하게 자리를 잡게 되는 것은 식민지 시기 『매일신보』를 통해서이다. 신년소설은 『매일신보』 소재 단편소설들 사이에서 중요한 하나의 범주를 형성한다. 『매일신보』에서 신소설란은 1912년 7월 번안소설의 등장과 함께 사라지지만, 단편소설란은 『매일신보』가 폐간되던 1940년대까지 존속했다.[12]

『매일신보』에 실린 첫 번째 단편소설은 신년소설의 형식을 취한 작품 「재봉춘(再逢春)」(1911.1.1)이다. 「재봉춘」의 작가는 무도생(舞蹈生)이다. 무도생은 앞에서 언급한 『대한민보』의 신년소설 「화세계」의 작가이기도 하다. 「재봉춘」의 구성 수법은 「화세계」의 그것과 유사하다. 「재봉

---

10 신지영, 「『대한민보』 연재소설의 담론적 특성과 수사학적 배치」, 연세대 석사논문, 2003, 23쪽 참조. 신지영의 연구는 『대한민보』라는 근대적 매체와 거기에 수록된 연재소설의 성격을 이해하는 데 크게 도움이 된다. 다만 「화세계」는 연재물이 아니므로 여기서 자세히 다루어지지는 않았다.

11 1907년 결성된 대한협회는 대한자강회가 변모한 것이다. 주축 인물은 윤효정, 김가진, 손병희, 오세창, 권동진 등이었다. 대한협회는 권력지향적 자강운동 단체로 분류된다. 이에 대한 자세한 논의는 박찬승, 『한국근대정치사상사연구』, 역사비평사, 1992, 47~56쪽 참조. 한편, 『만세보』와 『제국신문』 그리고 『대한민보』 등에 신년소설이 수록된 이유 가운데 하나로는 이들 신문의 주축을 이루는 인사들 사이에 교류가 적지 않았다는 사실을 지적할 수 있다. 특히 오세창은 『만세보』에 이어 『대한민보』의 사장을 맡았다.

12 『매일신보』의 단편소설들은 『청춘』·『학지광』 등의 잡지가 만들어지기 이전인 1910년대 초기에 집중되어 있다는 점에서 특히 중요하다. 이를 통해 1910년대 이전과 이후의 단편소설사의 연계성을 규명할 수 있기 때문이다(이희정, 『한국 근대소설의 형성과 『매일신보』』, 소명출판, 2008, 130쪽 참조).

춘」은 「화세계」와 마찬가지로 밝은 분위기의 서두로 시작해 우여곡절을 알리고 다시 밝은 분위기로 끝을 맺는다. '현재 장면 묘사 → 과거 사연 설명 → 현재 장면 설명 및 묘사'의 세 부분으로 이어지는 작품의 구성 틀도 유사하다. 다만, 「화세계」에서는 몰지각한 인물과 지각 있는 인물의 행위가 각각 분리되어 나타난다면, 「재봉춘」에서는 한 인물이 그 두 가지 역할을 모두 수행한다는 점에서 차이가 있다. 떡가래를 썰며 얼굴에 기쁜 빛을 띠고 있는 라씨부인을 묘사한 다음의 서두는 새해 아침의 밝은 분위기를 염두에 둔 것이다.

> 육간대청에 분합문을 떡떡열어 젓히고 두주찬장이 위치를 찾아 이리저리 놓였는데 의복을 불치불검하게 입은 부인 하나가 행주치마를 가든하게 돌라띠고 앉아서 네모번듯한 대솔도마를 앞에다 놓고 옥서슬 같은 흰떡가래를 어슥비슥하게 쓸며 얼굴에 기꺼운 빛을 띠었으니 이는 그 집 주인 라씨부인이라[13]

'재봉춘(再逢春)'의 사전적 의미는 '불우한 처지에 빠졌던 사람이 다시 행복을 되찾는 것'이다. 신년소설 「재봉춘」은 이러한 사전적 의미를 충실히 구현한다. 「재봉춘」에서는 남편의 몰지각한 행위가 가져온 가정의 불행과 이후의 참회, 그리고 이어지는 행복이 대조적으로 그려진다. 「재봉춘」이 보여주는 불행의 원인은 철저하게 남편의 잘못된 심성 때문이다.

> 라씨가 어렵지 아니한 친정에서 곱게 길려 신호군에게도 시집을 왔는데 시집도 거룩한 부자로 기구범절이 남의 밑에 들 것이 없음으로 남종여종에 침모차

13 무도생, 「재봉춘」, 『매일신보』, 1911.1.1.

집이 갖춰 있어 여률령 거행을 척척하니 라씨는 세상에 어려운 것이 무엇인지 모르고 지내더니 신호군이 초립동이때부터 무단히 라씨를 소박하고 탕자패류와 추축을 하여 주사청루로만 돌아다니며 돈을 물쓰듯 하니 그것만 해도 패가하기가 어렵지 아니할 터인데 우중지 화투골패에 매두몰신하여 남에게 폭폭 잘 속으며 밤을 낮으로 삼고 다니더니 집안이 점점 영체하여 전답노비를 모조리 팔아먹고 집까지 전당에 빼앗긴 후 수간두옥 셋방구석에가 들어있으나 그 버릇은 여전히 놓치를 못하여 한번 나아가면 삼사일은 매양 지내니[14]

「재봉춘」에서 다시 보게 되는 행복의 원인 또한 갑작스러운 남편의 심성 개량에 있다. 잡기에 빠져 가산을 탕진하던 남편은 "뉘우치는 마음이 졸연히 나서" 과거를 후회하고 성실한 사람으로 거듭난다. 하지만, 남편이 "노동으로 벌어 푼푼전전 저축을 하여 불과 사오년에 팔았던 전답을 모조리 무른다 없앴던 기명도 차례로 장만하고 고대광실 좋은 집을 여전히 장만"하게 된다는 서술은 전혀 개연성이 없다. 현실성이 크게 결여되어 있는 것이다. 『매일신보』가 「재봉춘」을 수록한 것은, 새해를 맞이하는 독자들에게 희망을 주기 위한 의도 때문이었던 것으로 보인다. 「재봉춘」은 「화세계」와 마찬가지로 계몽적 성격이 강한 작품이다. 그러나, 「재봉춘」과 「화세계」가 지향하는 세계 사이에는 적지 않은 거리가 있다. 「화세계」에서 작가 무도생이 꿈꾸었던 것은 '대한(大韓)의 부흥(復興)'이다. 쓰러져가는 집을 다시 세우고 내외국 신사를 다수 청하여 낙성식을 하는 장면은 여러 가지 점에서 공적(公的) 혹은 사회적(社會的) 상징성을 지닌다. 하지만 「재봉춘」에서 볼 수 있는 재건 혹은 부흥은 지극히 사적(私的)인 것이며 개인적(個人的) 영역에 속하는

14 위의 글.

것이다. 두 작품의 작가는 동일인이며, 이들 작품이 발표된 시간적 거리는 1년에 불과하다. 그럼에도 불구하고 이 두 작품 사이에 존재하는 간극은 매우 크다. 그 간극 사이에 놓여 있는 중요한 사건이 한일병합(韓日併合)이다. 한일병합이라는 역사적 사건이 동일 작가의 신년소설의 성향을 정치적이고 사회적인 계몽에서 비정치적이고 개인적인 계도로 바꾸어 놓았던 것이다.

1912년의 신년소설로는 「해몽선생(解夢先生)」(1912.1.1)이, 1913년의 신년소설로는 박용환(朴容奐)의 「신년(新年)의 문수(問數)」(1913.1.1)가 발표된다. 이 두 편의 작품은 모두 신년에 문복(問卜)하는 풍습을 비판한 것이라는 공통점이 있다. 「해몽선생」은 사람들이 모여 '신년길흉(新年吉凶)'을 장님 판수에게 묻는 풍속을 작품화한 것이다. 장님 판수는 사람들에게 길한 꿈과 흉한 꿈을 갈라 말하며 미래를 예견한다. 「해몽선생」의 주제는 다음의 마무리 부분에서 명확하게 드러난다.

> ▲ 장님이 여러사람의 解夢하는 것을 들으니 참 靈驗하시구려 나는 꿈을 꾸었는데 惹端스럽고 尋常치 않아어 수선 散亂하게 꾸었소 장안에 그득할 만한 큰통에다 물을 철철넘게 길어붓고 飛硒를 걸쭉하게 풀어서 朝鮮十三道 男女老少를 勿論하고 모조리 한 그릇씩 퍼먹여 보았으니 卜債는 略少하나 仔細히 풀어주오
>
> 장님이 連해 손금을 이리집고 저리집어 보더니
>
> 내가 行年四十에 解夢을 적지 않게 하여 보았어도 이러한 吉夢은 처음 들었소 내 情誠껏 解說할 것이니 虛誕히 듣지 말으시오 飛硒라 하는 것은 때를 씻는 물건이라 여러 사람들이 外樣馳譽만 하노라고 朝夕으로 겉만 飛硒질을 부지런히 할 따름이지 속은 닦지 못하여 無非暗昧함으로 萬事에 밝지 못하였는데 이제 飛硒를 물에 풀어 모조리 먹였으니 新年에는 여러 사람이 속에 쌓여 있던 때를 깨끗하게 닦아 文明한 上等資格들이되겠소

▲그러면 장님도 新年부터는 눈뜬 놈 속이려고 먼 눈을 번쩍거리며 컴컴한 수작을 하러다니지 아니 하겠구려[15]

「해몽선생」에서 글쓴이가 말하고자 하는 바는, 눈먼 장님 판수가 신년길흉을 점치는 행위는 눈뜬 사람들을 속이고 다니는 행위라는 것이다. 이는 결국 백성들이 '문명(文明)한 상등자격(上等資格)'을 갖추기 위해서는 길흉을 점치는 일을 그만두어야 한다는 주장과 연장선상에 있는 것이기도 하다.

「신년(新年)의 문수(問數)」에서는 신년 운수를 점치는 장님 판수들에게 직접 '도적놈'이라는 표현을 써서 비난한다.

ᄒᆡ가 거의 오졍은 되엿ᄂᆞᆫᄃᆡ 남대문안 칠간 안 모퉁이로브터 도젹놈 여섯명이 쎼를 지여 나오ᄂᆞᆫᄃᆡ 대체 이 도젹들은 일월을 보지 못ᄒᆞᄂᆞᆫ 병신으로 눈 뜬 사ᄅᆞᆷ의 ᄌᆡ물을 ᄆᆞᄋᆞᆷᄃᆡ로 속여 쎄아서먹ᄂᆞᆫ 쇼경 부란당이란 됴젹이라 목을 길 쎄이고 노ᄅᆡ도 안이오 울음도 안인 긔묘ᄒᆞᆫ 곡됴로 무인수 — 에 — "아와 ᄀᆞᆺ치 한 곡됴로 돌녀가며 소리를 지르다가[16]

「신년의 문수」에서 장님 판수의 어리석음을 드러내기 위해 도입한 일화는 '장님 코끼리 만지기'의 우화이다. 여섯 장님은 차례로 코끼리의 배, 어금니, 코, 다리, 꼬리, 귀를 만진다. 이들 여섯 사람은 코끼리의 실제 모습과는 거리가 먼 이야기를 서로에게 들려주며 자신의 능력과 지혜를 자랑하게 된다. 코끼리를 끌고 가던 사람은 장님 판수에게 신년 운세를 물어보려던 생각을 접고 다음과 같은 혼잣말을 하게 된다.

15 「해몽선생」, 『매일신보』, 1912.1.1.
16 박용환, 「신년의 문수」, 『매일신보』, 1913.1.1.

셰상에 참 악ᄒᆞᆫ 일도 만타 닉 남직ᄒᆞᆯ 것 업시 텬디도 못보고 일월의 명암을 분변치 못ᄒᆞ며 미츄(美醜)를 분변치 못ᄒᆞᄂᆞᆫ 병신에게 고혹ᄒᆞ야 슈명복록(壽命福祿)을 비러 달나 혹은 질병재해(疾病災害)를 쇼멸ᄒᆞ야 달나 ᄒᆞ야 은특한 소경과 요사한 무당에게 앗가운 지물을 ᄲᅦ앗기니 그런 악착ᄒᆞᆯ 데가 엇의 잇나 길게 말ᄒᆞᆯ 것 업시 소경이나 무당을 물안당이라 ᄒᆞᆯ 것 업시 앗가운 지물 갓다 쥬ᄂᆞᆫ 것들이 텬리에 버셔나ᄂᆞᆫ 도젹이지 금년부터ᄂᆞᆫ 무당 편수를 엄금ᄒᆞᆯ 것 업시 붓구리 하러 단니ᄂᆞᆫ 것들을 모조리 잡아 갈 것이야[17]

그는 장님 판수들에게, 남의 신수를 보고 남의 복을 빌 것 같으면 거지꼴이 다된 자신들의 복이나 비는 것이 좋을 것이라는 말을 남기고 사라진다. 「신년의 문수」에서 1910년대를 "진실로 산무도젹ᄒᆞ고 도불습유ᄒᆞ고 야불폐문ᄒᆞᄂᆞᆫ 태평셩ᄃᆡ"라 칭하는 것은 물론 현실과는 거리가 먼 서술이다. 식민지 조선의 현실을, 산에 도적이 없고[山無盜賊] 길에 흘린 물건을 주워가는 이가 없는[道不拾遺] 풍요로운 세계로 인식할 사람은 아무도 없다. 이러한 서술은 장님 판수들의 해악이 태평성대를 그르치는 매우 중대한 사안이라는 점을 보여주기 위한 장치이다. 미신에 대한 타파를 통해 태평성대를 지켜내야 한다는 과장된 목소리가 작품을 지배하고 있는 것이다.

1914년의 신년소설로는 「쩍 잘 먹는 우리 닉외」(1914.1.1)가 게재되는데, 이는 우화(寓話)적 성격이 특히 강한 작품이다. 「쩍 잘 먹는 우리 닉외」에서는 정월(正月)에 떡 한 조각을 더 먹기 위해 어리석은 내기를 하던 부부가 도둑에게 재물을 도난당하는 과정이 그려진다. 욕심 많고 어리석은 부부는 마지막 남은 떡 한 조각마저 모두 도둑에게 빼앗기고

17 위의 글.

만다.

1915년에는 을묘년(乙卯年) 토끼해를 맞아 이인직의 「달 속의 토끼(月中兎)」(1915.1.1)가 신년소설로 발표된다. 「달 속의 토끼(月中兎)」는 이인직의 마지막 작품이라는 점에서도 의미가 있다. 당시 이인직은 『매일신보』에 「혈의루」의 하편인 「모란봉」(1913.2.5~6.3)을 연재하다 중단한 후 일시 절필한 상태였다. 「달 속의 토끼(月中兎)」는 「모란봉」 이후 최초의 작품이자 그의 마지막 발표작이 되는 셈이다. 「달 속의 토끼[月中兎]」는 『매일신보』가 청탁 제시한 제목에 맞추어 이인직이 집필한 작품이었던 것으로 보인다. 1914년 12월 10일자 『매일신보』의 신년문예모집(新年文藝募集) 공고 중 문(文)의 과제가 "兎에 關ᄒᆞᆫ 滑稽文及 傳說"이었고, 언문풍월의 과제가 "달쇽에 옥토끼"였다는 점이 이러한 추정을 가능하게 한다. 「달 속의 토끼」는 이인직의 다른 작품들처럼 개성적인 묘사로 서두를 시작한다. "밤은 졔셕(除夕)이오 달은 망월(望月)이라 밤이 졈졈 깁허가고 달은 더옥 명랑ᄒᆞᆫᄃᆡ 아직 갑인년인지 발셔 을묘년인지 신구셰를 판단치 못ᄒᆞᄂᆞᆫ 곳에 져울츄를 둘어노은 것 ᄀᆞᆺ치 달이 즁텬(中天)에 둘녓ᄂᆞᆫᄃᆡ 묽고 차고 희고 조촐ᄒᆞᆫ 빗이 인간의 신년 힝복 쉾을 ᄊᆞᄂᆞᆫ 벼기ᄉᆞ가 챵밧게 빗최엿더라."[18] 여기서는 특히, '저울추를 달아놓은 것 같이 달이 중천에 달렸다'는 표현 등이 주목을 끈다. 이는 작품의 서두에서 배경 묘사를 중요시하던 이인직의 작풍(作風)을 드러내는 것이기도 하다. 이인직은 「달 속의 토끼」의 서두를 서정적 분위기로 열어가지만, 점차 그가 「달 속의 토끼」에서 보여주게 되는 것은 장님 판수에 대한 직설적 공격과 비판들이다. 장님 판수에 대한 날선 공격과 직설적 비판은 달 속에 사는 옥토끼의 입을 통해 이루어진다. 선달 그믐

18 이인직, 「달 속의 토끼(月中兎)」, 『매일신보』, 1915.1.1.

날 떡을 먹고 배탈이 난 장님 판수를 목격한 옥토끼는 다음과 같이 그를 비판한다.

> 오냐 그 병 진찰(診察) 다ᄒᆞ엿다 눈먼 것은 션싱 죄라 악ᄒᆞᆫ 마음으로 남의 눈을 만히 속혀셔 남의 눈에서 피눈물이 ᄶᅥ러지게 ᄒᆞᆫ 죄롤 밧노라고 져 병신이 되얏고나 빅탈난 것은 ᄎᆞ싱(此生)의 허물이라 어진 말을 듯거던 황률먹듯이 씹고 씹어서 마음에 먹어두면 유익ᄒᆞ련마ᄂᆞᆫ 자세히 듯지 안이ᄒᆞ고 통으로 ᄉᆞᆯ쩍 싱키ᄂᆞᆫ고로 그 허물을 증게 ᄒᆞ느라고 빅탈이 ᄌᆞ쥬 나ᄂᆞᆫ 것이오 너머져셔 몸을 닷친 것도 ᄎᆞ싱 허물이라 남을 너멋드리고 졔 욕심을 치우려ᄂᆞᆫ 마옴이 잇스면 져런 고싱을 ᄒᆞᄂᆞᆫ 것이로고나[19]

이인직이 「달 속의 토끼」에서 장님 판수를 '남을 속이는 죄인'으로 비난하는 것은, 박용환이 「신년의 문수」에서 장님 판수를 '남을 속이는 도적'으로 비난하는 것과도 일맥상통한다. 연이어 발표되는 신년소설들인 「해몽선생」, 「신년의 문수」, 그리고 「달 속의 토끼」는 이야기의 소재는 서로 다른 것이지만, 작가가 말하고자 하는 주제는 동일하다. 모두가 풍속 개량을 위한 미신 타파의 주제로 이어지고 있는 것이다.

1916년에는 용의 해를 맞아 몽외생(夢外生)의 「용몽(龍夢)」(1916.1.1)이 신년소설로 게재된다. 「용몽」은 몽유록의 형식을 차용한 글로 소설적 요소와 수필적 요소가 혼합되어 있다. 「용몽」의 주된 줄거리는 글쓴이가 용꿈을 꾸고 나서 새해를 맞아 독자들에게 세배를 올리는 것이다. 한일병합 이후 거리의 풍경을 희망적으로 그려내고자 하는 글쓴이의 의지가 담겨 있다는 점은 「재봉춘」 등의 여타 신년소설들과 공통된다.

---

19 위의 글.

다음의 문장에서 작가의 의도를 확인할 수 있다.

홀연 ᄭᆡ고보니 남가일몽… 즉 대졍 오 년 일 월 원죠일 ᄋᆞ참이라 집々마다 굴둑에는 장국 ᄭᅳᆯ이는 연긔와 넘ᄉᆡ가 ᄎᆞᆨ비ᄒᆞ고 양츈이 발ᄉᆡᆼᄒᆞ야 동텬에 욱일이 션명히 올으는 동시 가々호々에 욱일긔는 바람에 흔날이고 물ᄉᆡᆨ이 ᄉᆡ로아 울긋붉긋 셰비군의 왕ᄅᆡᄒᆞ는 광경이 참으로 신년 ᄉᆡ희의 죠흔 긔샹을 보겟더라[20]

1919년에는 윤백남(尹白南)의 「몽금(夢金)」(1919.1.1)이 신년소설로 발표된다. 「몽금」은 성실하게 일을 한 대가로 성공해서 부자로 살게 되는 한 가족의 일화를 그린 작품이다. 「몽금」에서는 생선장사 유서방이 커다란 돈뭉치를 주워온 후 술에 취해 생업을 버릴 위기에 처하게 된다. 하지만, 지혜로운 아내 덕에 부부는 파국의 위기를 잘 넘기고 결국 행복한 삶을 살게 된다. 「몽금」의 서두 또한 희망찬 기운이 느껴지는 새해 아침이 배경이다.

비가 오신 후에라야 ᄯᅡᆼ이 더 굿는다고 유셔방은 웃지 감격이 되엿던지 그 잇흔날부터 아죠 싼 ᄉᆞ룸이 되야 물피풍우ᄒᆞ고 ᄉᆞᆼ화에 열심ᄒᆞᆫ 결과 점점 가산도 부러가고 주변도 느러가서 어언간 삼년되는 ᄉᆡ희를 맛게 될 ᄯᅢ에는 루각동 오막사리집은 녯이약이가 되여바리고 지금은 뎐동 큰길가 집을 사들고 밧갓치에는 유긔뎐을 버리게 되엿다 삼년 넌 ᄉᆡᆼ션장ᄉᆞ가 오날은 훌융ᄒᆞᆫ 유긔뎐 쥬인이 되엿다

오날은 ᄉᆡ희원단일다 유셔방은 가가를 닷치[고] 목욕을 ᄒᆞ고 집으로 도라오니 오날은 마누라가 장속에 깁히 느어두엇던 고흔 옷을 ᄭᅳ어ᄂᆡ 입고 방안도 깨

---

20 몽외생, 「용몽」, 『매일신보』, 1916.1.1.

씃ᄒᆞ게 치어노왓다[21]

「몽금」은 성실한 사람이 결국 복을 받는다는 계몽적 메시지를 담고 있다. "사람으로 ᄒᆞ야금 빈한ᄒᆞ게 ᄒᆞ고 타락ᄒᆞ게 ᄒᆞᄂᆞᆫ 마귀가 암만 발이 저다 할지라도 열심히 버으ᄂᆞᆫᄃᆡᄂᆞᆫ 뒤지 못ᄒᆞ리로다"는 마지막 문장에서는 작품의 주제가 작가의 목소리를 통해 직설적으로 드러난다. 그런데, 윤백남의 「몽금」은 창작물이라기보다는 일본의 전통 대중 연예물인 라쿠고[落語]의 번안물이었던 것으로 판단된다. 「몽금」은 라쿠고 가운데 「시바하마[芝浜]」와 이야기 구조뿐만 아니라 등장인물의 직업 및 주요 일화 등 세부까지 모두 일치한다. 이로 미루어 볼 때, 윤백남이 일본 유학 중 라쿠고 「시바하마」의 공연 속기(速記)를 보았고[22] 그 속기를 바탕으로 「몽금」이라는 작품을 만들어 냈을 가능성이 크다.

1910년대 『매일신보』 소재 신년소설은 대부분 구습에 대한 타파 혹은 개인의 성실한 노력과 그에 대한 보상의 문제를 다루고 있다. 이들은 모두가 신년원단의 새롭고 희망찬 분위기를 조성하기 위한 계몽소설로 기획된 것이었다. 이는 1910년대 『매일신보』에 수록된 현상 응모 단편소설 당선작들의 분위기와 일맥상통한다. 관념적 계몽성으로 일관하면서 총독부 이데올로기를 추수하는 모습이 닮아 있는 것이다.[23]

---

21 윤백남, 「몽금」, 『매일신보』, 1919.1.1.

22 「시바하마」에 대해서는 이건지, 「안국선과 라쿠고(落語)-소설집 공진회(共進會)에 나타난 시바하마(芝浜)의 영향」, 『비교문학』 별권, 1998, 347~362쪽 참조. 한편, 「몽금」은 이야기 구조가 안국선의 단편소설집 『공진회』(1915)에 실린 「인력거군」과도 유사하다. 「인력거군」에서 인력거를 끌던 주인공 김서방이 「몽금」에서 생선장사 유서방으로 변했을 뿐이다. 이들이 우연히 큰 돈을 손에 넣게 된 점, 돈을 얻은 후 생업을 버리려 한 점, 아내의 재치로 인해 파국의 위기를 넘기고 부자로 살게 된 점 등이 모두 같다. 참고로, 이건지의 논문에서는 윤백남의 「몽금」에 대한 언급은 없다. 이건지의 연구는 안국선의 『공진회』와 「시바하마」의 영향 관계에 대해 지적한 것이다. 「몽금」과 관련된 논의는 이유미, 「근대 단편소설의 전개 양상과 제도화 과정 연구」, 연세대 박사논문, 2010, 94쪽 참조.

23 이와 관련된 논의는 함태영, 「1910년대 『매일신보』 연구」, 연세대 박사논문, 2008, 131쪽 참조.

현상 응모 단편소설의 유형을 '첫째, 악습에 빠져 몰락하는 인물을 형상화한 유형. 둘째, 몰락한 인물들이 회개하고 새 사람으로 거듭나는 유형. 셋째, 고난을 극복하고 성공하는 인물들을 그린 유형'[24] 으로 정리할 때, 이 역시 신년소설에 적용해 전혀 무리가 없는 것이다.

1920년대 이후 『매일신보』에 발표된 신년소설로는 이효석의 「달의 파란 우숨」(1926.1.1), 최서해의 「쥐 죽인 뒤」(1927.1.1)와 「어썬날 석양(夕陽)」(1929.1.1), 김동인의 「순정(純情)－부부애편(夫婦愛篇)」(1930.1.1) 등을 들 수 있다. 그런데, 1920년대 이후 『매일신보』에 게재된 신년소설은 1910년대의 신년소설과는 그 성격이 분명히 구별된다. 1910년대 신년소설들이 소재를 새해 첫 날에서 취하고, 계몽적 성격을 지니고 있었던 것과 달리 1920년대 이후 소설에서는 이러한 특징들이 발견되지 않는다. 「달의 파란 우숨」은 남녀의 애정 고백 장면에 대한 간략한 스케치처럼 보인다. 「쥐 죽인 뒤」는 인간의 심성과 연민 그리고 고통의 문제를 다루고 있는 작품이다. 「어썬날 석양(夕陽)」에서는 먹을 것이 없어 자식을 버린 한 여인에 관한 이야기가 소재로 등장한다. 「순정(純情)－부부애편(夫婦愛篇)」에서는 죽은 남편의 유골을 추스르기 위해 제주도에서 백두산에 이르는 고행을 떠나는 아내의 이야기 실려 있다.[25]

1920년대 이후 『매일신보』의 신년소설은 게재 횟수가 급격히 줄어들었을 뿐만 아니라, 기획된 계몽 소설로서의 정체성마저도 사라진 것으로 정리할 수 있다. 1920년대 이후 『매일신보』에서 신년소설이 점차 사라져가게 된 가장 큰 이유는, 신년소설이 독자 현상문예 제도와 만나 신춘문예로 변모해갔기 때문이다.

---

24 한진일, 「근대 단편소설의 형성 과정 연구－1910년대 단편소설을 중심으로」, 성균관대 박사논문, 2003, 78쪽; 함태영, 앞의 글, 132쪽 참조.

25 김동인은 같은 날짜 『조선일보』에 「순정(純情)－연애편(戀愛篇)」(1930.1.1～1.2)을, 그리고 『동아일보』에는 「순정(純情)－우애편(友愛篇)」(1930.1.23～24)을 발표한 바 있다.

3) 신년소설과 신춘문예

『매일신보』에서 신년소설과 함께 1910년대 단편소설란을 장식한 것은 현상 응모 단편소설들이었다. 『매일신보』에서 현상 응모 단편소설이 출현하게 된 것은 1912년 3월부터이다.[26] 현상 응모 단편소설의 등장은 『매일신보』의 지면 개편 작업과도 연관이 있는 일이었다.[27] 『매일신보』의 지면 쇄신의 가장 큰 목적은 좀 더 많은 독자를 끌어들이기 위한 것이었다. 『매일신보』가 지면을 개혁하면서 독자투고란을 활성화시키고 문예 작품 현상모집을 실시한 것은 모두 이러한 맥락에서 이해될 수 있다.[28] 그 외에 『매일신보』의 전신인 『대한매일신보』의 편집 체제의 잔영을 완전히 떨쳐버리는 것도 목적 가운데 하나였다.[29] 『매일신보』는 지면 쇄신을 시도한 첫날인 1912년 3월 1일, 이인직의 단편소설 「빈선랑(貧鮮郎)의 일미인(日美人)」을 게재한다. 「빈선랑의 일미인」을

26 『매일신보』의 현상 응모 단편소설은 1912년 3월부터 1913년 2월까지 일 년 사이에 가장 집중적으로 게재되었다.

27 이 시기 『매일신보』의 단편소설 게재에는 특정한 목적과 의도가 있었다는 해석도 있다. 이에 대해서는 다음의 서술 참조. "1910년대 『매일신보』 단편소설은 대부분의 작품이 전반기 5년 사이에 발표・게재되어 있다. 1910년대 전체 61편의 단편소설 중 55개가 1910~1914년에 발표되었는데, 90% 이상의 작품이 이 시기에 집중되어 있는 것이다. 1910년대 후반기 『매일신보』는 단편소설에 대해 그리 관심을 가지지 않았던 것으로 판단된다. 이는 『매일신보』가 단편소설에 어떤 의도나 목적을 가지고 있었음을 시사한다."(함태영, 앞의 글, 126쪽)

28 『매일신보』의 독자투고란은 '도청도설(塗聽塗說, 1912.3.1~1912.8.23)', '사면팔방(四面八方, 1912.8.24~1912.10.23)', '독쟈구락부(1912.11.6~1913.12.4)', '매일구락부(1913.12.5~1913.12.7)', '투셔함(1913.12.12~1914.1.11)', '독쟈긔별(1914.1.13~1916.2.15)' 등으로 변화한다. 『매일신보』 독자투고란의 게재 내용과 그 변화 과정에 대한 논의는 전은경, 「1910년대 번안소설 연구-독자와의 상호 소통성을 중심으로」, 경북대 박사논문, 2006, 28~41쪽 참조.

29 『매일신보』 지면 쇄신의 가장 큰 특징은 그동안 국한문 신문과 한글 신문으로 분리 발행되던 것을 하나로 통합하는 것이었다. 『매일신보』는 두 가지 신문의 통합을 위해 좀 더 작고 새로운 활자를 개발한다. 이른바 조선 신문 최초로 5호 활자를 사용하게 되는 것이다. 지면 편집 방식도 7단 편집에서 8단 편집으로 바꾸고, 기존의 한글 독자를 위해 신문의 3면과 4면의 대부분을 순한글 기사로 채우는 변화 또한 시도한다. 『매일신보』의 지면 쇄신에 대한 상세한 논의는 함태영, 앞의 글, 123~125쪽 참조.

게재한 것은 『매일신보』의 지면 혁신을 알리기 위한 것이었다. 이 작품은 한글 독자를 위한 지면인 제3면 첫머리에 게재되었다. 「빈선랑의 일미인」에 대해서는, 그것이 새로 도입된 현상 응모 단편소설의 본보기로서의 성격을 갖는 작품이라는 해석도 이루어진 바 있다.[30]

『매일신보』의 현상 문예 공모 제도는 무엇보다 작가군(作家群)을 넓히는 효과를 가져온다. 아울러 그동안 『매일신보』 문예면의 핵심을 이루던 이해조 중심의 신소설 문단을 단편소설 문단으로 확장시키는 역할 또한 하게 된다.[31] 1910년대 중반이 되면 『매일신보』는 독자 문예 현상모집의 시기를 연말로 맞추고, 그 결과물을 새해 첫 날 신문에 게재하기 시작한다. 1914년 12월 10일에 게재된 다음의 사고(社告)는 실질적으로 『매일신보』 최초의 신춘문예 공고문에 해당한다. 그러나 이 시기까지만 해도 『매일신보』에서는 신춘문예라는 용어는 쓰지 않았고, 이를 '신년문예(新年文藝)'라는 표현으로 대신했다.[32]

---

30 김재영, 「1910년대 '소설' 개념의 추이와 매체의 상관성」, 『한국 근대 서사양식의 발생 및 전개와 매체의 역할』, 소명출판, 2005, 248쪽 참조.

31 1912년 한 해 동안 게재된 응모 단편소설 당선작만도 십여 편에 이른다. 참고로 작품 목록을 제시하면 다음과 같다. 김성진(金宬鎭)의 「파락호(破落戶)」(1912.3.20), 「허영심(虛榮心)」(1912.4.5), 「수젼로(守錢奴)」(1912.4.14), 「잡기자(雜技者)의 양약(良藥)」(1912.5.3), 오인선(吳寅善)의 「산인(山人)의 감추(感秋)」(1912.4.27), 김진헌(金鎭憲)의 「허욕심(虛慾心)」(1912.5.2), 조상기(趙相基)의 「진남ᄋᆢ(眞男兒)」(1912.7.18), 김광순(金光淳)의 「청년의 거울(青年鑑)」(1912.8.10.~11), 천종환(千鍾換)의 「육맹회개(六盲悔改)」(1912.8.16~17), 박용협(朴容浹)의 「섬진요마(殲盡妖魔)」(1912.8.29), 김동훈(金東薰)의 「고학싱(苦學生)의 성공(成功)」(1912.9.3~4), 신기하(辛驥夏)의 「픽ᄌᆞ(悖子)의 회감(回感)」(1912.9.25), 김태희(金太熙)의 「한씨가여경(韓氏家餘慶)」(1912.10.24~27), 김정진(金鼎鎭)의 「회긔(悔改)」(1912.10.29~30), 「고진감내(苦盡甘來)」(1912.12.26~27), 고진호(高辰昊)의 「대몽각비(大夢覺非)」(1912.10.31), 박용원의 「손써릇ᄒᆞ다픽가망신을히」(1912.11.2), 김진숙(金鎭淑)의 「련(戀)의 말로(末路)」(1912.11.12~14) 등. 『매일신보』의 현상 문예제도에 관한 상세한 논의는 김영민, 「근대 매체의 독자 창작 참여 제도 연구」, 『현대문학의 연구』 제 43집, 2011, 97~128쪽 참조.

32 공고 문안은 다음과 같다. "新年文藝 募集 / 種目及 課題 / 詩 「屠蘇」 韻 押蘇 / 文 「兎에 關ᄒᆞᆫ 滑稽文及傳說」 / 詩調 「덧업는 셰월」(平調) / 언문줄글 「過去 一年間의 깃겁던 일 슯흐던 일 / 언문풍월 「달 쇽에 옥토끼」 운ᄌᆞ 아, 다, 가 / 우슴거리 「신년에 관계 잇는 것」 / 歌(唱歌) 「우리 青春」 (七五調) / 언문편지 「신년의 경셩에셔 고향의 모친의게」(女子에 限홈) /

이 공고의 결과 1915년 1월 1일자 『매일신보』에는 창가(唱歌), 그림(畵), 언문풍월, 언문편지, 웃음거리, 골계문 · 전설(滑稽文及傳說), 한시(漢詩) 등 여러 분야에 걸친 당선작이 게재된다. 그러나, 1915년의 신년문예 공모에서 단편소설만은 당선작을 내지 못했다. 『매일신보』가 이인직에게 단편소설을 청탁하여 「달 속의 토끼」를 신년소설로 게재하게 된 이유가 여기에 있다. 1916년 12월에도 『매일신보』는 신년문예 모집 공고를 내고 단편소설, 논문, 신조가사(新調歌詞) 등을 모집한다. 이 사고에서 『매일신보』는 "新年元旦을 機ᄒᆞ야 應募諸彦의 學術天才를 本紙面으로 解決코져홈"[33]이라는 말을 덧붙여 이 공모가 신년의 지면을 꾸미기 위한 것임을 강조한다. 그 결과 실리게 되는 작품이 유영모(柳永模)의 「귀남(貴男)과 수남(壽男)」(1917.1.23), 김영우(金永偶)의 「신성(神聖)훈 희생(犧牲)」(1917.1.24) 등이다.

신년문예(新年文藝)라는 용어는 1919년 말에 이르면 신춘문예(新春文藝)라는 표현으로 바뀌게 된다. 다음의 공고가 『매일신보』에서 발견할 수 있는 최초의 신춘문예 작품 모집 광고가 되는 셈이다.

> 新春文藝
>
> 投稿歡迎
>
> 一. 漢詩 賦得田家早梅(不限體)
>
> 一. 新體詩(新春雜咏)

단편쇼셜 「新年의 家庭小說」 / 畵 「兎」(擔任敎師의 證明封印잇ᄂᆞᆫ 普通程度學校 男女生徒에 限홈) / 規定 (一) 詩, 時調, 언문풍월, 우슴거리, 畵의 用紙ᄂᆞᆫ 葉書에 限홈 (二) 文, 언문줄글, 언문편지, 단편소셜은 一行을 三十字로 計算ᄒᆞ야 五十行 以內 (三) 一題에 對ᄒᆞ야 一首, 一件又ᄂᆞᆫ 一文을 限홈 (四)用紙 一枚에 對ᄒᆞ야 一種을 限홈 (五) 住所氏名을 明記ᄒᆞ고 반다시 「每日申報 編輯局 懸賞係」라 記홀事 / 期限 十二月 二十日(其後到着ᄒᆞᆫ 것이라도 二十日의 郵便日附印이 有ᄒᆞᆫ 것은 採用홈) / 賞品(圖書券) 一等一圓 二等五十錢 三等 三十錢."(「신년문예모집」, 『매일신보』, 1914.12.10)

33 「신년문예모집」, 『매일신보』, 1916.12.3.

一. 詩調(題 隨意)

一. 謎語(수수격기)

一. 漫畵(用紙 畵用紙)

注意 締切(十二月 十五日)

▲ 每日申報 新春文藝部로 送付흘 事[34]

이 공고문에서는 신년문예가 신춘문예로 대체되었을 뿐만 아니라, 원고 제출처가 매일신보 신춘문예부(新春文藝部)로 표기되어 있다는 점이 주목을 끈다. 신춘문예부를 신설했다고 하는 점은,[35] 신춘문예가 신년문예의 연속이면서 또한 그것을 넘어서는 새로운 기획의 결과물임을 보여주는 징표가 될 수 있다.[36] 『매일신보』는 이 공고의 결과물인 단편소설 1등 당선작으로 취몽생(醉夢生)의 「동요(動搖)」(1920.1.3)를, 2등 당선작으로 고범생(孤帆生)의 「고독(孤獨)에 우는 모녀(母女)」(1920.1.3)를, 3등 당선작으로 질그릇생의 「임의 써난 어린 벗」(1920.1.3) 등을 발표한다.[37]

이들 작품은 모두 『매일신보』 1월 3일자 부록의 1면과 2면에 수록되었는데, 이 부록의 상단에는 "新春文藝"라는 활자 도안이 있어 부록 전

---

34 『매일신보』, 1919.12.2.

35 이는 실제로 고정된 부서를 신설한 것이라기보다는 업무 분담을 위한 직제를 한시적으로 설치한 것으로 이해된다.

36 1919년 12월에 여러 차례 게재된 공고문에는 단편소설 부문이 빠져 있다. 그럼에도 불구하고 당선작 발표에서는 단편소설이 주를 이루게 된 것은 여타의 방식으로 단편소설을 모집한다는 신문사의 입장이 전해졌기 때문으로 볼 수밖에 없다. 이 점과 관련지어 김석봉은 『매일신보』 1919년 11월 30일자 1면에 '소품문예(小品文藝) 현상모집(懸賞募集)' 공고가 있었다는 사실을 지적한다. 아울러 "이러한 사정을 놓고 볼 때 위의 공지 사항은 '신춘문예'라는 특정한 용어가 사용되고 있을 뿐 실상 이틀 전 게재된 '문예 현상 모집'의 연장선상에 놓여있는 것이라고 평가할 수 있다"는 견해를 보인 바 있다(김석봉, 「식민지 시기 조선일보 신춘문예의 제도화 양상 연구」, 『한국현대문학 연구』 제16호, 2004, 201~202쪽 참조).

37 선자(選者)의 평에 취몽생은 정열모(鄭烈模), 고범생은 이서구(李瑞求), 질그릇생은 주요섭(朱耀燮)으로 그 본명이 밝혀져 있다.

체가 신춘문예를 위한 지면임을 보여준다. 『매일신보』가 공고문과 당선작 발표에서 '신춘문예'라는 표현을 반복해 사용하고, 당선작 발표 날짜를 신년원단과 가까운 1월 3일로 선택했다는 것은 중요한 의미를 지닌다. 이는 1910년대 초반에 시작된 현상응모 제도가 1920년 이후 실질적인 신춘문예 제도로 정착되어 가고 있음을 보여주는 것이다. 2등 당선작인 「고독에 우는 모녀」의 경우는 시간적 배경을 섣달 그믐날로 택하고, 새해맞이를 소재로 다루고 있다. 여기서는 신춘문예를 신년소설과 연관 지으려는 작가의 의도를 읽을 수 있다.[38]

신춘문예 당선작을 공고한 1920년 1월 3일 『매일신보』 부록 2면에는 「고선(考選)을 맛치고」라는 선자(選者)의 평이 게재되어 있어 주목을 끈다. 원래 이 글의 목적은 당선작의 수준을 평하는 것이다. 그런데, 이 글에 포함된 다음의 서술은 『매일신보』가 신춘문예 제도를 도입한 목적이 어디에 있는가를 알 수 있게 하는 중요한 실마리가 된다.

> 지난히 一九一九年은 우리에게 對ᄒᆞ야 永遠히 잇지 못ᄒᆯ 深切ᄒᆫ 印象을 준히이오 더욱 우리 文化ㅡ에 重大ᄒᆫ 因緣을 가진 히이다. 우리ᄂᆞᆫ 이 一九一九年을 보ᄂᆡ고 ᄉᆡ로히 고흔 希望에 싸인 ᄉᆡ히를 마즈며 적으나마 紀念을 ᄒᆞ기 爲ᄒᆞ야 新春文藝欄을 特設ᄒᆞ고 우리 文壇을 사랑ᄒᆞᄂᆞᆫ 諸君의 應募를 敢請ᄒᆞ얏더니 果然 豫想外의 良好ᄒᆫ 收穫을 엇음은 選者 ㅣ 호을로만 깃버ᄒᆯ 바이 안이오 우리 文壇 一同이 歡喜ᄒᆯ 바이며 感謝ᄒᆞ야 마지못ᄒᆞᄂᆞᆫ 바이다[39]

---

38 참고로, 1920년대 이후에 발표된 『매일신보』 신춘문예 당선 작품들에서는 1910년대 초반 『매일신보』의 현상 응모 단편소설들에서 볼 수 있는 계몽적 요소가 크게 중요하지 않다. 이는 전체적인 한국 근대 소설사의 전개 과정 속에서 일어난 자연스러운 변화 과정으로 해석할 수 있다. 이러한 변화를 이해하는 데에는 '계몽'에서 '자아'로 변해가는 소설사 전개의 큰 틀을 적용할 수 있는 것이다. 이와 관련된 상세한 논의는 김영민, 『한국 근대소설사』, 솔출판사, 1997, 496쪽 참조.

39 선자(選者), 「考選을 맛치고」, 『매일신보』, 1920.1.3.

이 글에서 선자는 『매일신보』의 신춘문예 도입이 1919년의 상황 변화와 깊은 관련이 있다는 점을 강조한다. 여기서 말하는 '문화의 중대한 인연'이란 3・1운동 이후 일제가 표방하던 이른바 문화정치와 연결된다.[40] 『매일신보』의 신춘문예 제도 도입은 더욱 많은 독자를 지면에 참여시키고, 매신문단을 활성화시키려는 홍보 전략과도 맥을 같이 한다.[41] 소수의 전문적 작가에 의한 신년소설의 간헐적 게재보다는, 다수의 비전문적 독자들의 집단적 참여에 의한 매신문단(每申文壇)의 활성화는 당시 일제의 문화 정책 방향과도 일치하는 것이었다. 그 점에서 보면, 신춘문예 제도의 도입은 1920년대 이후 다양한 방식으로 독자의 참여를 적극 모색하게 되는 『매일신보』의 새로운 전략 구현의 시발점과도 같은 것이었다. 신춘문예를 담아냈던 부록란이 이후 점차 활성화되는 과정도 결국은 같은 맥락에서 이해할 수 있는 현상인 것이다.[42] 전문적 작가에 의한 신년소설이 비전문적 작가에 의한 현상 응모 단편소설과 결합하고, 그 발표 시기를 신년 초로 확정하면서 정착된 제도가 신춘문예 제도가 되는 셈이다.

---

40 강압 통치를 자행하던 조선총독 하세가와[長谷川]가 1919년 8월에 3・1 운동의 책임을 지고 물러나자, 새로 부임한 총독 사이토[齋藤]는 문화정치를 표방하며 외형적으로나마 통치 방식을 일부 바꾸게 된다. 선전과 홍보 등을 포함한 유화정책은 사이토 총독의 문화정치의 일면을 이룬다. 이른바 문화정치를 실현하는 일에 신문 등을 비롯한 근대 매체는 더할 나위 없는 유용한 도구였고, 『매일신보』의 사장 가토[加藤] 또한 사이토 총독의 정책에 적극 협조하게 된다(정진석, 『언론 조선총독부』, 커뮤니케이션북스, 2005, 99쪽 참조).

41 『매일신보』가 1920년대 이후 현상 문예작품 모집 공고 문안에서 신춘문예라는 용어를 일관되게 고수했던 것은 아니다. 그러나, 1910년대에 비해 대부분의 현상문예 당선작의 발표 시기가 신년 초로 집중되어 있다는 점만은 분명하다.

42 1920년대 이후 『매일신보』는 특히 독자문단의 형성과 그 제도적 정착을 위해 다양한 노력을 기울이게 된다. 이와 관련된 상세한 논의는 이희정, 「1920년대 『매일신보』의 독자문단 형성과정과 제도화 양상」, 『한국현대문학연구』 제33집, 한국현대문학회, 2011.4, 100~111쪽 참조.

제4장
『만세보』 소재 장형소설 연구 1 —「혈의루」

1. 이인직의 생애

이인직의 생애에 대해서는 아직까지도 논란의 여지가 적지 않게 남아 있다. 그의 생애를 객관적으로 드러내 주는 자료들이 많지 않기 때문이다. 이인직의 출생과 학력, 그리고 관직에 나아간 시기 등을 보여주는 기본 자료로는 「대한제국관원이력서(大韓帝國官員履歷書)」가 있다. 이 이력서가 작성된 시기는 1907년 11월 21일이다. 이 이력서에 따르면, 이인직은 본관(本貫)이 한산(韓山)이며 개국(開國) 471년(1862년) 7월 27일 출생하였다. 그는 광무(光武) 4년(1900년) 2월 일본에 유학하였고, 같은 해 9월 동경정치학교에 입학하였으며, 그로부터 3년 뒤인 1903년 7월 16일 그곳을 졸업하였다. 광무 8년(1904년) 2월 22일 일로전쟁(日露戰爭) 때에는 일본 육군성 한어통역(韓語通譯)에 임명되어 제1군 사령부에

배속되었으나, 같은 해 5월 해고되었다. 그 뒤 광무 10년(1906년) 2월 『국민신보(國民新報)』 주필(主筆)을 지냈고, 같은 해 6월에는 『만세보』의 주필로 자리를 옮겼다. 광무 11년(1907년) 7월에는 『대한신문(大韓新聞)』 사장에 취임하였고, 같은 해 9월 19일에 선릉참봉(宣陵參奉)에 임명되었으나 그로부터 6일 뒤인 9월 25일에 의원면직되었다.[1]

이인직이 작고한 직후 발행된 신문 기사에는 다음과 같은 사실들이 제시되어 있다. 당시 발표된 기사 두 편을 인용하기로 한다.

〈기사 1〉

李人稙氏 別世

됴션의 쳣 소셜가

경학원사셩 리인직(經學院司成李人稙)씨는 신경통으로 십일월 이십일일부터 총독부 의원에 입원ᄒᆞ야 치료 즁이던 바 맛춤ᄂᆡ 이십오일밤 십일시에 영면ᄒᆞ얏ᄂᆞᆫᄃᆡ 힝년이 오십오셰이더라

씨의 간단ᄒᆞᆫ 리력

명치삼십삼년 이월 구한국정부의 관비류학생으로 동경에 파견되야 동경졍치학교에 입학ᄒᆞ고 삼십륙년 칠월에 졸업ᄒᆞᄌᆞ 일로젼쟁을 당ᄒᆞ야 륙군셩 한어통역에 임명되고 뎨일군ᄉᆞ령부에 부속되야 죵군ᄒᆞ얏더라 그후 삼십구년에는 국민신보(國民新報)의 쥬필이되며 만셰신보(萬歲新報)의 쥬필을 것쳐 대한신문(大韓新聞) 샤장이 되얏다가 션릉참봉 즁츄원부찬의(宣陵參奉 中樞院副贊議)를 지ᄂᆡ엿고 동ᄉᆞ십ᄉᆞ년칠월에는 경학원샤셩(司成)에 취직ᄒᆞ야 이텨동원에 진력ᄒᆞ얏더라

1 국사편찬위원회 편, 『대한제국관원이력서』, 탐구당, 1972, 68쪽 참조.

죠선 최초의 쇼셜가

씨는 우리 조션문학계의 젹지 안이ᄒᆞᆫ 공로가 잇셧다ᄒᆞᆯ지니 씨의 창작ᄒᆞᆫ 소셜이 문학상 얼마나 가치가 잇는지는 지금 말ᄒᆞᆯ 바이 안이여니와 조션 최쵸의 쇼셜가이며 쇼위 신소설의 원됴가 됨은 확실ᄒᆞᆫ 사실이라 아직 조션의 일반 소셜이라는 무엇인지 아지도 못ᄒᆞ던 명치삼십구년에 씨가 국민신보 쥬필이 되야 비로소 ᄇᆡᆨ로쥬(白蘆洲)라는 쇼셜을 련ᄌᆡᄒᆞ얏스니 이 ᄇᆡᆨ로쥬는 실로 동씨의 처녀작(處女作)이며 죠션 신소설의 효시라 불ᄒᆡᆼ히 그 쇼셜은 츌판되지 안이ᄒᆞ얏고 그 다음에는 ᄯᅩ 혈의루(血의淚)가 츌판되얏는 바 본지에도 일시 련ᄌᆡ되얏던 모란봉(牧丹峯)은 그 하편이요 계쇽ᄒᆞ야 귀의셩(鬼의聲) 치악산(雉岳山)의 각 상하편 쇼셜이 츌판되야 호평을 밧엇더라 그러ᄒᆞᆫ즉 씨는 우리 됴션문학계에 공로가 만은 사ᄅᆞᆷ이며 그의 쥭음에 ᄃᆡᄒᆞ야 우리는 한주먹의 눈물을 악기지 못ᄒᆞ리로다

동씨의 쟝의

동씨의 장의는 금이십팔일 오후 두시에 원남동(苑南洞) ᄌᆞᄐᆡᆨ에서 츌관ᄒᆞ야 오후 셰시반에 마포 화장장에셔 텬리교식(天理教式)으로 장식을 거ᄒᆡᆼᄒᆞᆯ터이라더라[2]

〈기사 2〉

李人稙氏의 葬儀

텬리교식의 쟝의

경학원 사셩 리인직(李人稙)씨의 쟝의는 본월 이십팔일에 고양군 룡강면 아현화장장(高陽郡 龍江面 阿峴火葬場)에셔 거ᄒᆡᆼᄒᆞ얏는ᄃᆡ 쟝의의 졔반 의식은

2 『매일신보』, 1916.11.28.

동씨의 평일 신앙ᄒᆞ던바 텬리교(天理教)식으로 힝ᄒᆞ얏ᄂᆞᆫᄃᆡ 당일 참회ᄒᆞᆫ 인원은 경학원 부뎨학 박뎨빈남(朴齊斌男)이하 경학원 직원 일동과 텬리교 신도 다슈와 리완용빅(李完用伯) 됴즁응ᄌᆞ(趙重應子) 유성준(兪星濬)제씨와 총독부의 다수ᄒᆞᆫ 관리가 호죵ᄒᆞ얏스며 씨의 평일 공로를 위로ᄒᆞ기 위ᄒᆞ야 당국에서ᄂᆞᆫ 상여금이라ᄂᆞᆫ 명목으로 ᄉᆞ빅오십 원의 금익을 하부ᄒᆞ얏고 대뎨학 ᄌᆞ작 김윤식(金允植)씨ᄂᆞᆫ 부뎨학 ᄌᆞ작 이용직(李容稙)씨ᄅᆞᆯ ᄃᆡ리로 명ᄒᆞ야 일반 직원을 ᄃᆡ동ᄒᆞ고 졔전을 힝ᄒᆞ얏더라.[3]

이러한 자료들과 그간의 연구를 바탕으로 이인직의 생애를 종합 정리해 보면 다음과 같다. 이인직은 1862년 음력 7월 27일에 태어나 1916년 양력 11월 25일 총독부 의원에 입원 중 54세로 별세했다. 본관은 한산(韓山)이고 아버지는 이윤기(李胤耆), 어머니는 전주 이씨였다. 집안의 둘째 아들로 태어난 그는, 9세가 되던 해에 큰아버지이자 증조 할아버지 면채(冕采)의 종손인 은기(殷耆) 집안에 대를 잇기 위해 양자로 들어갔다.[4] 이는 당시로서는 흔히 있는 일이었다. 다만, 그의 증조부 면채가 서자(庶子)였다는 점은 특기할 만하다.[5] 이인직은 동래(東萊) 정(鄭) 씨와 혼인했으나, 자손은 없었다.[6] 그의 공식 활동 기록의 첫 장은 관원 이력서에 나와 있는 바, 1900년 2월 일본에 유학하여 같은 해 9월 동경 정치학교에 입학했다는 사실이다. 위에 인용한 『매일신보』의 기사는

3 『매일신보』, 1916.12.2.

4 큰아버지 은기 또한 자신의 큰아버지 집에 양자로 입적해 면채 집안의 대를 잇던 중이었다.

5 그의 생부와 생모는 각각 이인직이 5세와 18세 되던 해에 사망했다. 양부의 사망 연대는 미상이며, 양모는 그가 11세 때에 사망했다. 이인직의 가계에 벼슬이 없는 이유는 증조부가 서자였기 때문이라는 주장도 있다. 그들이 서출이라는 이유로 가문으로부터 멸시를 받았다는 것이다(최종순, 『이인직 소설 연구』, 국학자료원, 2005, 35~36쪽 참조).

6 구장률, 「신소설 출현의 역사적 배경」, 『근대계몽기 문학의 재인식』, 소명출판, 2007, 174쪽 참조. 여기에는 한산이씨(漢山李氏)의 후손들을 면담한 기록이 적혀 있다.

이때의 유학이 구한국정부의 관비유학생 파견에 의한 것이었다고 적고 있다. 그러나, 최근 밝혀진 바에 따르면 이인직이 유학을 시작한 것은 1900년부터가 아니다. 그가 일본에 건너간 때가 정확히 언제인지는 알 수 없지만, 그 시기가 1900년 이전인 것만은 분명하다. 현재로서는, 이인직이 최초로 도일한 시기가 1896년 2월 고종의 아관파천으로 인해 친일 개화파 내각이 붕괴된 직후이며, 그때 법부 형사 국장이었던 조중응과 함께 망명길에 올랐다는 주장[7]이 가장 설득력이 있어 보인다. 이인직은 망명 이후 1898년부터 1899년 사이에 조중응과 함께 동경정치학교에서 고마쓰 미도리(小松綠)의 강의를 청강했다. 망명객 유학생 생활을 시작한 것이다. 그러던 중 이인직의 신분은 관비유학생으로 바뀌게 된다. 『황성신문』 1900년 3월 13일자 잡보란에는 이인직이 사비(私費)로 유학을 하던 중 관비 유학생으로 신분이 바뀌었다는 사실이 실려 있다.[8] 이인직은 동경정치학교 2학년생이던 1901년 11월 25일부터 미야꼬신문사[都新聞社]에 견습생으로 들어갔다.[9] 이때 그는 미야꼬신문에 「입사설(入社說)」(1901. 11.29), 「몽중방어(夢中放語)」(1901.12.18), 「한국잡관(韓國雜觀)」(1902.3.1～2・9・27) 등의 글과 「과부의 꿈[寡婦の夢]」(1902.1.28～29) 등의 작품을 발표했다. 1903년 7월 동경정치학교를 졸업한 이후에는[10] 위 이력서에 나와 있는 바대로 한어통역관, 『국민신보』 주필, 『만

7 고재석, 「이인직의 죽음, 그 보이지 않는 유산」, 『한국어문학연구』 제42집, 2004, 221～252쪽; 함태영, 「이인직의 현실인식과 그 모순」, 『근대계몽기 문학의 재인식』, 소명출판, 2007a, 225～226쪽 참조. 고재석은 한일병합 당시 일본 통감부의 막후 책임자였던 고마쓰 미도리[小松綠]와의 관계를 근거로 이러한 주장을 편 바 있다. 함태영은 이인직이 '무이(無二)의 친우(親友)'였던 조중응과 함께 일본으로 망명했으며, 1895년에 일어난 을미사변에도 관여했던 것으로 추측한다. 조중응이 일본측으로부터 '을미망명자'로 분류되어 있기 때문이다.

8 이 기사의 최초 발견자는 근대문학 연구자인 다지마 데쓰오[田島哲夫]이다. 이는 이인직의 1900년 이전 일본에서의 행적을 밝히는 데에도 중요한 단서로 활용될 수 있을 것이다.

9 이인직이 미야꼬신문사에 견습생으로 입사하게 된 것은 한국공사관(韓國公使館)의 추천에 의한 것이었다. 한국공사관이 관비유학생이었던 이인직의 신문사 사무 견습을 요청했던 것이다(다지리 히로유끼[田尻浩幸], 『이인직 연구』, 국학자료원, 2006, 60～63쪽 참조).

세보』 주필, 『대한신문』 사장 등을 지내게 된다. 그가 국내에서 발표한 첫 작품은 『국민신보』에 연재한 「백로주강상촌」이라고 알려져 있지만 신문이 전하지 않아 확인은 불가능하다.[11]

이인직 생전에 발행된 신문들을 통해서도 그의 거취를 일부 확인할 수 있다. 『만세보』 1907년 6월 25일자 광고란에 실린 「박영효 씨 환영회 취지(朴泳孝氏 歡迎會 趣旨)」에는 그가 환영회의 발기인으로 기록되어 있다. 이 광고와 더불어 6월 21일자 논설란에 실린 글 「박영효 씨 입경(朴泳孝 氏 入京)」도 그의 정치적 성향을 이해하는 데 유용한 자료이다. 이 글에는 한말의 대표적 개화파 정치가들이었던 김옥균과 박영효의 지기(志氣)를 바탕으로 할 때 국가에 자강력(自强力)이 생길 것이라는 주장이 담겨 있다.[12] 이인직은 원각사 극장 개설과 공연을 위해 경시청

---

10 기존의 연구 중에는 이인직의 동경정치학교 졸업에 대해 의문을 제기한 경우도 있다. 이에 대해서는 유봉희, 「이인직 연구에 대한 몇 가지 재고찰—동경정치학교를 중심으로」, 『현대소설연구』 제48호, 2011, 263쪽 참조.

11 이인직은 러일전쟁 종군 이후 1905년 초 일본으로 건너가 일본인 여성과 함께 살면서, 동경에서 한성루(漢城樓) 라는 음식점을 경영한 것으로 알려져 있다. 한성루는 장소를 옮겨 한산루(韓山樓)로 재개업했다. 이인직이 1906년 2월 『국민신보』 주필이 되어 귀국하면서 한산루 역시 폐업한 것으로 추정된다(다지리 히로유끼, 앞의 책, 214~220쪽 참조).

12 「朴泳孝 氏 入京」의 전문은 다음과 같다. "氏가 再昨日에 부山發車룰 乘ᄒᆞ고 卽日 午後 九時에 南門外 停車場에 到着하니 其時에 氏룰 迎接ᄒᆞᄂᆞᆫ 者ㅣ 踏至ᄒᆞ야 人山人海룰 成ᄒᆞ얏더라 / 輝煌ᄒᆞᆫ 火城은 歡迎者의 提燈이오 熱鬧ᄒᆞᆫ 人聲은 觀光者가 國家萬歲룰 齊唱이라 于是에 氏가 帽子룰 脫ᄒᆞ고 歡迎者의게 一揖ᄒᆞ니 觀者가 感淚룰 不禁ᄒᆞ더라 / 吁라 甲申以後에 我國人이 氏룰 去姓ᄒᆞ야 曰 泳孝泳孝라ᄒᆞ며 曰 逆賊逆賊이라ᄒᆞ던 人物들이 今日에 至ᄒᆞ야 氏룰 國士로 知ᄒᆞᆷ은 何也오 曰 昔에 楚가 亡한 後에 楚人이 屈原의 忠을 知ᄒᆞᆷ과 如ᄒᆞᆫ지라 / 然則曩者에 氏룰 去姓呼名ᄒᆞ던 人物이 赧然ᄒᆞᆫ 顔으로 凄然히 淚을 下ᄒᆞ고 氏를 歡迎ᄒᆞ니 若夫甲申十月에 被害ᄒᆞᆫ 所謂六忠신의 靈魂이 有知ᄒᆞ면 氏를 見ᄒᆞ고 亦必赧然ᄒᆞ야 不識時務ᄒᆞ던 公罪를 謝ᄒᆞ리로다 己矣己矣어다 今日이어 嗚乎晩矣라 今日이어 國士ᄂᆞᆫ 焉用이며 英雄은 焉用인고 今日之勢ᄂᆞᆫ 金玉均氏가 復生ᄒᆞ고 朴泳孝氏가 當路ᄒᆞ더릭도 可望의 道가 無ᄒᆞ도다 / 然이나 自今으로 國民이 個個히 金玉均氏와 朴泳孝氏의 志氣를 效ᄒᆞ야 國家를 扶ᄒᆞ면 我國에 自强力이 生ᄒᆞ고 外勢ᄂᆞᆫ 反動力으로 退却ᄒᆞ리니 今日의 策은 此에 過함이 無ᄒᆞᆫ지라 / 朴泳孝氏ᄂᆞᆫ 此時를 當ᄒᆞ야 如何ᄒᆞᆫ 思想이 有ᄒᆞᆫ지 不知ᄒᆞ거니와 吾人은 妄想으로 推測ᄒᆞ건ᄃᆡ 氏ᄂᆞᆫ 南山碧峰을 對ᄒᆞ야 冷淚를 滴ᄒᆞ리로다 其冷淚ᄂᆞᆫ 如何ᄒᆞᆫ 冷淚인고 始也에 熱血이 沸ᄒᆞ고 其次에 熱血이 凝ᄒᆞ야 歲久年深한 海外風霜에 一氷갓치 冷ᄒᆞ얏다가 今日에 南山을 對看하ᄂᆞᆫ 其兩眼을 從出ᄒᆞᄂᆞᆫ 淚이라 氏ᄂᆞᆫ 於家於

에 허가를 신청하는 일을 담당하였다.[13] 1908년 7월 26일에는 원각사에서 개관 공연을 했고, 이어서 바로 신연극 「은세계(銀世界)」의 공연을 위한 준비에 들어갔다.[14] 그는 1908년 8월 3일 연극 시찰차 일본으로 건너갔고,[15] 이듬해인 1909년 일시 귀국했다가 7월에 다시 출국하는 등[16] 분주한 움직임을 보인다. 그해 9월 23일에 귀국한 이인직은 1909년 12월 5일에는 당시 내각의 총리였던 이완용(李完用)의 지시에 따라 원각사에서 국민대연설회를 개최하였고 연설회 당시 연사로 나서 「국민(國民)의 심득(心得)」이라는 제하의 연설을 하였다.[17] 이후 이완용의 밀사(密使)가 되어 도일(渡日)할 것이라는 세간의 추측을 불러일으키기도 하였다.[18] 그의 다음 도일은 1909년 12월 17일에 이루어졌고 이 때 도일의 목적은 동경의 각 신문사와 유학생 접촉 및 일진회(一進會) 반대 운동에 대한 설명 등으로 알려져 있다. 1910년 3월 14일 다시 귀국한 이인직은 이후에도 한 차례 더 도일한 바 있다.[19] 그는 한일병합이 이루어지기 직전 이완용의 개인 비서로 활동하면서 8월 4일 당시 총독부 외사국장(外事局長)이었던 고마쓰 미도리[小松綠]와 접촉하여 병합에 대해 논의한다.[20] 한일병합 이후에는 일제가 성균관에 설치한 경학원 사성으로 임명되었고, 작고할 때까지 『경학원잡지』의 편집과 발행을 담당하게 된다.

國에 此冷淚를 不禁ᄒᆞ리니 吁라."(「朴泳孝 氏 入京」, 『만세보』, 1907.6.21)

13 『대한매일신보』, 1908.7.10 · 7.21 참조.

14 『대한매일신보』, 1908.7.26; 『황성신문』, 1908.7.28 참조.

15 『대한매일신보』, 1908.8.5 참조.

16 『대한매일신보』, 1909.5.14 · 7.28 참조.

17 『대한매일신보』, 1909.12.5; 『황성신문』, 1909.12.7 참조.

18 『대한매일신보』, 1909.12.7 참조.

19 이인직의 도일 시기와 활동 내용에 대한 상세한 논의는 다지리 히로유끼, 앞의 책, 3~38쪽 참조.

20 협상에 대한 구체적 내용은 전광용, 「이인직 연구」, 『신소설 연구』, 새문사, 1986, 61~65쪽 참조.

이인직의 글 가운데 「입사설」과 「몽중방어」 등은 그가 미야꼬신문 견습 기자가 되고 나서 수일 후에 쓴 것들이다. 이들은 일본 유학 당시 그의 사고의 틀을 보여준다. 「입사설」은 이인직이 자신의 이름으로 발표한 최초의 글이라는 점에서도 의미가 있다. 「입사설」의 첫 문장은 "팔베개를 하고서 사십성상(四十星霜) 동안 참으로 잘 잤다"[21]는 구절로 시작된다. 사십성상이란 곧 마흔 살이 되는 이인직 자신의 나이를 가리킨다. 지난 사십 년 동안 자신의 삶이 팔베개를 베고 잠들어 있는 형상이었다는 것이다. 그가 깨어 보니 아직도 우리 이천만 동포는 곁에서 잠꼬대를 하고 있다. 바다 건너 일본에는 아침마다 베개 맡에 종이 한 장이 날아와 떨어지는데, 그 신기하고 새로운 물건의 이름이 곧 신문(新聞)이라 하는 것이다. 신문은 천하의 별별 소식을 가득 싣고 있고, 만기활동(萬機活動)의 원천이 된다. 이인직은 일본의 신문을 보면서 "나는 신문을 가지고 세계 문명을 그대로 옮기는 사진기계(寫眞機械)가 되고 새로운 소식을 말로 전하는 기계가 되겠다"[22]고 다짐한다. 문명의 참모습을 그대로 그려서, 우리 국민에게 충고하는 중계자가 되겠다는 것이다. 그는 미야꼬신문사에서 많은 것을 배우고, 앞으로 우리 이천만 동포들의 베개 맡에 신문을 힘껏 던져 이들이 잠들지 못하도록 할 것이라고 다짐한다. 그 날을 위해 유지제군(有志諸君)들로부터 열심히 가르침을 받으리라 스스로 다짐하는 것이다.

「입사설」이 신문사 견습 기자가 된 개인의 감회와 포부를 담은 글이라면, 「몽중방어」는 여기서 한 걸음 더 나아가 세계사의 흐름에 대한 이인직 나름의 해석을 보여주는 글이다. 「몽중방어」에서는 먼저, 일개 서생(書生)이 마음을 잃고 행동을 잘못한 결과는 단순히 자기 일신을 멸

21 이인직, 「입사설」, 다지리 히로유끼, 앞의 책, 279쪽.
22 위와 같음.

각(滅却)하는 일에 머물지만, 만약 한 나라의 정치가가 일시(一時)의 책(策)을 잃을 때는 곧 바로 그 나라의 소장성쇠(消長盛衰)에 관한 결과를 초래할 것이라고 이야기 한다. 정치가에게는 그만큼 정세의 판단이 중요하다는 것이다. 세계정세에 대한 이인직의 판단은 다음과 같다.

> 오늘날에 있어서 세계(世界)의 대세(大勢)를 성찰하면, 완연히 대몽(大夢)이 교착(交錯)함과 같다. 우리 한국(韓國)은 아무런 사기(邪氣)도 없는 천진(天眞)의 몽(夢)이며, 지나(支那)는 새벽녘의 잔몽(殘夢)이다. 러시아인들은 여순(旅順) 및 만주(滿洲)에 욕화(慾火)의 몽(夢)이 있고 서장(西藏)에서 그 잔몽(殘夢)을 일으키고, 영국인(英人)의 몽(夢)은 향항(香港) 및 해삼위(海蔘威)에 따르고, 독일인(獨人)의 몽(夢)은 교주만(膠州灣)에, 불란서인(佛人)의 몽(夢)은 안남(安南)에 각각 일개(一個)의 괴경(怪景)을 그리고 있다.[23]

러시아, 영국, 독일, 프랑스 등 이른바 열강들의 욕망의 꿈이 펼쳐지는 세계사의 흐름 속에서 우리 한국은 아무런 대비도 없이 순진한 꿈만을 꾸고 있다. 서세동점(西勢東漸)의 시기를 맞아 아시아 여러 나라들은 거의 사분오열(四分五裂)의 상태에 이르려 한다. 하지만 그런 가운데도 오직 일본만이 홀연히 국가의 기초를 굳게 다지고, 동양의 우이(牛耳)를 잡고 보거순치(輔車脣齒)의 의(誼)를 이웃 나라에 두텁게 하고 있다는 것이 이인직의 주장이다. 일본만이 가장 광휘(光輝) 있고 명예 있는 정의(正義)의 꿈을 꾸고 있다는 것이다.

이인직의 생애와 사상은 결국 개화와 친일로 수렴된다. 그가 「혈의 루」 등의 작품을 통해 개화와 친일의 주제를 드러내게 되는 것은, 그의 삶과 사고의 틀을 반영하는 자연스러운 결과였던 셈이다.

23 이인직, 「몽중방어」, 위의 책, 281쪽.

2. 「혈의루」

1) 연구사 정리

이인직의 작품 「혈의루」에 대해 상세히 거론한 첫 번째 연구자는 임화이다. 그는 「개설 신문학사」[24]에서, '이인직의 손으로 비로서 신소설이란 것이 조선문학사 위에 등장했으며 그의 소설의 영향을 받아 다른 사람들도 신소설이란 것을 쓰게 되었다'고 정리한다. 임화는 「혈의루」가 '청일전쟁이 조선인의 생활 가운데 남긴 파문을 그린 작품이며 소설 전체가 청일전쟁의 후일담으로 구성되어 있다'고 보았다.[25] '청일전쟁의 후일담'은 임화가 「혈의루」를 분석할 때 활용하는 가장 중요한 인식의 틀이다. 임화가 생각하는 「혈의루」의 창작 의도는 다음과 같다.

> 작자는 청일전쟁의 평양전(平壤戰)을 이야기함에 있어 조선사람이 받는 정치적인 득실이란 것보다도 행패가 막심했던 청병(淸兵)의 패퇴를 분명히 통쾌하게 기술함에 불구하고 이 전쟁을 그러한 각도에서 본 것은 무엇보다 당시의 조선인이 그 전쟁에 중립적으로 대하였던 객관적 태도의 소치이거니와, 그보다도 직접으로 중요한 것은 이 전란이 조선의 신문화를 수입하는데 하나의 자극이요 측면적인 동력이었다는 점을 알고 있었던 때문이라 하겠다. (…중략…)

---

24 「개설 신문학사」는 「개설 신문학사」(『조선일보』, 1939.9.2~10.31. 총 43회 연재), 「신문학사」(『조선일보』, 1939.12.8~12.27. 총 11회 연재), 「속 신문학사」(『조선일보』, 1940.2.2~5.10. 총 49회 연재), 「개설 조선신문학사」(『인문평론』, 1940.11~1941.4. 총 4회 연재) 등 임화가 여러 매체에 연속으로 집필한 글을 총괄하는 명칭이다(임화문학예술전집 편찬위원회 편, 『임화 문학예술 전집 제2권－문학사』, 소명출판, 2009, 9쪽 참조).

25 참고로, 임화는 「혈의루」와 「치악산」의 발표 시기를 오해하여 「치악산」이 『만세보』에 연재된 이인직의 첫 작품이라고 서술한 바 있다. 「혈의루」는 「귀의성」에 이어 발표된 작품으로 잘못 기록하고 있는 것이다(위의 책, 166쪽 참조).

> 전날의 갑신개화당이 일본의 힘을 빌어 수구당을 박멸하려던 생각처럼 청일전쟁을 이 작자는 조선서 수구파의 정치적 · 군사적 배경이 되어 있는 청국 세력의 구축과 그것의 결과로 정치상 · 문화상의 제 개혁을 수행하는 편의를 얻을 수 있는 기회라고 본 듯하다. 이러한 관찰은 보는 바에 따라서는 여러 가지로 비평할 수 있으나 당시의 개화주의자가 사실상 이와 근사한 견해를 가지고 있었고, 또한 갑오경장에서 볼 수 있듯 어쨌든 조선의 신문화와 근대식 정치가 실시되는 기회를 이 전쟁이 만들어 준 것만은 사실이다.[26]

임화의 판단은 이인직이 청일전쟁의 영향을 기술하기 위해 「혈의루」를 썼다는 것이다. 따라서 「혈의루」의 서사의 전개 과정 또한 '이 전쟁의 진정한 영향을 추구하기 위한 과정'에 지나지 않는다. 청일전쟁은 세 명의 식구를 흩어지게 만들었지만, 그러한 간난(艱難)과 불행 때문에 남편과 어린 딸은 신학문을 배울 기회를 얻어 새 세계의 주인공이 될 수 있었다. 임화는 「혈의루」의 문장과 구성에 대해서 매우 긍정적으로 평가한다. 그는 「혈의루」의 도입부를 인용하며 이것이 '지금 안목으로 보면 거칠고 구문체(舊文體)의 영향이 남아 통일되지 않은 문장이나 당시의 신소설에서는 제1류에 해당하는 묘사'라고 지적한다. 아울러 '낡은 양식을 생채(生彩)있게 살린 것 역시 그의 문학적 재능과 그가 영향 받은 새 문학의 수법인 묘사법을 사용한 소치'라고 정리한다. "비록 현대소설에서 볼 수 있듯이 묘사가 균제(均齊)하고 정밀치 않으나 부분 부분 우월한 묘사와 투철한 서술이 있으며 특히 일점의 비(非)를 찾기 어려울 만치 규격이 정비된 구성은 현대소설에 비하여 부끄럽지 아니할 만하다. 단시일 간에 생기(生起)하는 여러 가지 사건과

26 위의 책, 262~263쪽.

그 가운데를 뚫고서 전개되는 부, 모, 녀 3인의 각이한 운명의 전개는 지나치게 인공적이라고 할 만치 정교를 다 하였다"[27]는 지적이 임화가 내린 「혈의루」에 대한 종합적 평가이다.

해방 이후 「혈의루」에 관해 언급한 최초의 연구자는 김하명이다. 그는 「신소설과 「혈의루」와 이인직」에서 '제재와 소재를 현실에서 구하면서 언문일치 문장을 개척해 나간 신소설'의 효시로 「혈의루」를 거론한다. 김하명은 여기서 「혈의루」의 서지에 대해 상세히 언급한 후 이 작품에 대한 문학사 연구자들의 견해도 종합해 소개한다.[28]

이인직과 「혈의루」에 관한 본격적인 연구가 이루어진 것은 송민호와 전광용, 그리고 이재선 등의 업적을 통해서이다. 송민호는 「혈의루」를 신소설의 효시(嚆矢)를 이루는 작품으로 평가한다. 송민호가 주목한 「혈의루」의 가치는 새로운 인물형의 등장에 있다. 그는 '이 작품에 등장하는 옥련 · 김관일 · 구완서 등이 당시 개화의 방책을 문명한 서구의 지식에만 의존하려는 대다수 개화기의 시대감각에 잘 부합되는 인물들'이라는 점을 지적한다. 이는 대체로 현실성이 희박한 구소설의 인물과는 상당한 거리가 있는 인물들이라는 것이다. 송민호가 보는 「혈의루」의 인물 유형의 가치는 다음과 같다.

> 당시 時流를 탄 人物의 類型이 作品에 投影됨으로써 구소설에 볼 수 없는 人物의 寫實性을 獲得하고 있는 점에서는 분명히 進一步한 人物의 形象化가 이루어진 것이다. 開化期的 性格에 符合하는 이러한 人物의 類型化는, 당시 狀況으로서는 당연한 時代的 要請이라 하겠다.[29]

---

27 위의 책, 264~265쪽.

28 김하명, 「신소설과 「혈의루」와 이인직」, 『문학』, 1950.5, 187~197쪽 참조.

29 송민호, 『한국 개화기 소설의 사적 연구』, 일지사, 1975, 202쪽. 송민호가 「혈의루」에 대해 최초로 언급한 것은 「신소설 「혈의루」 소고」, 『국어국문학』 제14호(1955)를 통해서이다.

계속해서 송민호는 「혈의루」에 나타난 신소설적 요소를 다음과 같이 지적한다. 첫째, 언문일치가 이루어진 점. 둘째, 구성상 서술적 역전이 시도되었다는 점. 셋째, 표현에서 묘사적 문장이 시도되었다는 점. 넷째, 개화기적 사상의 제 요인이 나타나 있다는 점. 특히 개화기적 사상은 이 작품의 주제와도 연관되는데, 이는 근대적 국가관에 입각한 자주독립의식의 각성과 정치·사회의 제도적 개혁을 목적으로 한 신학문 섭취, 자유결혼관, 조혼폐지(早婚廢止), 재가허용(再嫁許容)등으로 구체화 된다는 것이다.[30]

전광용은 「혈의루」의 주제를 '청일전쟁의 틈바구니에서 절실하게 느껴지는 자주의식의 각성, 신학문의 섭취에 따르는 정치개혁 및 자유결혼·조혼폐지·재가허용을 내포한 신결혼관' 등이라고 본다. 그는 이 작품의 가치를 "청일전쟁이라는 동양에서 근대에 드물게 보는 대규모의 전란 속에서 직접 참전국이 아닌 한국 백성이 청일양국 사이에 끼인 간난을 뼈저리게 느낄 수 있게 하며, 치밀한 구성의 짜임새와 장면의 생생한 묘사가 독자를 박력있게 이끌고 나가고 있다"[31]는 말로 정리한다.

이재선은 「혈의루」에 수용된 외래적 요소에 대한 검토를 시도한 바 있다. 이재선은 「혈의루」라는 표제(標題)가 국어 표기 방식이 아닌 일본식 표기임에 착안하여, 「혈의루」 이전에 발표된 일본의 동일 표제 소설들에 대한 비교 분석을 수행했다. 표제가 일치하는 일본 소설 「혈의루」는 세 편이 존재한다. 하지만, 이들을 하나하나 분석해 보면 '이인직의 「혈의루」가 비록 그 표제의 표절이기는 하나, 그 어느 작품의 번안 행위도 아니라는 점'이 드러난다. 그럼에도 불구하고, 이인직의 「혈

30 위의 책, 202~206쪽 참조.

31 전광용, 앞의 책, 102~103쪽. 전광용이 「혈의루」에 대해 최초로 언급한 것은 「「혈의루」 - 신소설 연구」, 『사상계』 제4권 3호(1956)를 통해서이다.

의루」가 일본을 문명개화의 이상상(理想像)이요 인도주의의 준거집단(準據集團)으로 삼은 점만은 분명하다는 것이 이재선의 판단이다. 특히 교육사상과 유학생(留學生)의 등장, 신결혼관의 문제, 정치소설과의 관련성, 표현양식(表現樣式)의 특징 등은 이 작품에 수용된 대표적 외래적 요소들이라 할 수 있다.[32]

최원식은 「혈의루」가 청일전쟁 후의 착잡한 정치적 상황 속에서 옥련의 가족을 이산시킴으로써 평민상층의 의식 변화를 추적한 작품이라고 정리한다. 특히 김관일이 가족의 고난을 통해 민족의 현실에 눈을 뜬 평민상층의 의식 변화를 가장 전형적으로 보여주고 있다는 것이다. 그러나 최원식은, 작가가 마땅히 주인공으로 삼아야 할 김관일을 무책임하게 외국으로 떠나보내고 소설적 흥미의 초점을 옥련에게 맞춤으로써 문제의 핵심에서 벗어나 버렸다고 비판한다. 옥련이를 김관일로부터 분리하여 구완서와 결합시키는 일 또한 주체적 자강론의 계기를 변질시킨 것이라고 해석한다. 그럼에도 불구하고 이 작품이 당시 독서계에서 확고한 위치를 차지할 수 있었던 이유는 새로운 서사의 방식과 인물을 바라보는 작가의 관점이 현실적으로 변화한 때문이다. 이산가족이 고난 끝에 다시 결합하는 이야기와 버림받은 주인공이 파란을 극복하고 뛰어난 인재로 성장하는 이야기는 통속적 구소설의 틀을 교묘하게 재생산한 것인데, 이것이 바로 작품의 대중적 성공을 보장하는 요체가 된다는 것이다.[33]

이인직과 「혈의루」에 관한 연구는 최근 다지리 히로유끼, 최종순, 강현조, 김석봉 등의 박사학위 논문을 통해 각각 특화된 방향으로 진

---

32 이재선, 『한국 개화기 소설 연구』, 일조각, 1972, 108~142쪽 참조.

33 최원식, 「애국계몽기의 친일문학-「혈의루」 소고」, 『한국 근대 소설사론』, 창작사, 1986, 286~305쪽 참조.

행되면서 괄목할 만한 업적을 낳았다. 다지리 히로유끼는 「혈의루」를 사회진화론과의 상관관계 속에서 살펴보고 있으며,[34] 최종순은 담론의 특성을 중심으로 이인직의 작품들을 정리한다.[35]김석봉은 대중성에 중점을 두고 연구를 진행했으며,[36] 강현조는 텍스트의 변화 양상을 체계적으로 고찰한 바 있다.[37]

2) 서지 사항

「혈의루」는 1906년 7월 22일부터 1906년 10월 10일까지 총 53회에 걸쳐 『만세보』에 연재되었다. 연재본 첫 회에는 필자 표기가 없었으나 제2회부터 작가를 국초(菊初)로 표기했다. 국초라는 필명은 이인직이 「소설 단편」에서 이미 사용한 바 있다. 이 작품은 일부 개작 과정을 거쳐 광무 11년(1907) 3월 2일 인쇄된 후, 3월 17일 단행본으로 처음 간행되었다. 출판사는 광학서포이다. 그러나 이 초판본은 현재 전해지지 않는다. 지금 확인할 수 있는 가장 오래된 단행본은 광학서포 발행 재판으로, 융희 2년(1908) 3월 20일 인쇄, 27일 발행된 판본이다. 광학서포 발행 재판은 초판에 수정이 가해지지 않은 동일한 내용의 판본일 것으로 추정된다.[38] 『만세보』 연재본 「혈의루」가 부속국문체로 인쇄된 것에 반해 광학서포 발행 단행본은 순한글로 인쇄되었다.[39]

---

34 다지리 히로유끼, 「이인직 연구」, 고려대 박사논문, 2000.
35 최종순, 「이인직 소설 연구」, 인하대 박사논문, 2003.
36 김석봉, 「신소설의 대중적 성격 연구」, 서울대 박사논문, 2003.
37 강현조, 「이인직 소설 연구－텍스트 및 작품 세계의 변화 양상을 중심으로」, 연세대 박사논문, 2010.
38 이와 관련된 상세한 논의는 위의 글, 23쪽 참조.
39 『만세보』 연재본이 부속국문체로 발표되었다는 점 때문에 이 작품의 원본이 국한문이었으며 단행본 출간 시 순한글로 바뀐 것이라는 주장이 학계에서 통용되기도 했다. 그러나, 이

광학서포 본『혈의루』는 1911년 6월 2일 일제경무부(日帝警務部)에 의해 발행불허가(發行不許可) 처분을 받게 된다.[40] 이후 1912년 11월 10일 동양서원에서 이 작품의 제목을『牧丹峰(목단봉)』으로 바꾸고, 내용의 일부를 개작하여 다시 출간한다. 동양서원 발행『목단봉』은 오랜 기간 동안 행방이 알려지지 않았으나, 최근에 그 존재가 학계에 보고된 바 있다.[41] 동양서원 발행『목단봉』은 1940년 2월 잡지『문장』에「혈의루」로 다시 게재 소개된다.[42]

최원식은「혈의루」의 개작 과정에 관심을 갖고 신문연재본, 단행본(김상만서포 본), 잡지 수록본(문장본)을 비교한 바 있다. 그는 여기서 '「혈의루」의 계속되는 개작은 곧 정치성의 희석 과정과 일치하는 것'이라는 입장을 견지한다. 구체적으로는 '제1차 개작은 후리가나식의 일본식 문체를 한글전용의 우리식 문체로 바꾸는 작업이 주라면, 제2차 개작에서는 정치성이 강한 장면을 집중적으로 변경 삭제하는 작업이 이루어졌다'고 정리한다.[43]

함태영은『만세보』연재본과 광학서포 발행 단행본 사이의 차이에 대해 언급하면서, 기존의 연구자들이 지적하지 않았던 '작품 내 시간적 오류'에 대한 수정을 중요하게 다루었다.『만세보』연재본에서는 최씨

는 잘못된 것이다. 이인직은 원래부터「혈의루」를 순한글로 창작한 후,『만세보』연재 과정에서 한글에 한자를 병기해 부속국문체로 인쇄했을 뿐이다. 이에 관한 상세한 논증은 김영민,「근대계몽기 신문의 문체와 한글소설의 정착 과정」,『현대문학의 연구』제22집, 한국문학연구학회, 2004.2, 67~110쪽 참조.

40 다지리 히로유끼, 앞의 책, 192~193쪽 참조.

41 『牧丹峰』의 발굴자는 함태영이다(함태영,「『혈의루』제2차 개작 연구－새 자료 동양서원 본『牧丹峰』을 중심으로」,『대동문화연구』제 57호, 성균관대 대동문화연구원, 2007b, 203~232쪽 참조).

42 『문장』에 소개된「혈의루」의 원본에 대한 논의 역시 동양서원 발행『牧丹峰』이 발굴됨으로써 일단락되었다. 그동안 추정 선에서 머물렀던 가설들 즉『문장』본「혈의루」의 원본이 동양서원 본일 것이라는 가설이 확인된 것이다.

43 최원식, 앞의 책, 298쪽 참조.

부인이 죽기로 결심하고 대동강가로 향하던 날이 '8월 보름'(9회)으로 되어 있지만, 광학서포 본에서는 한 달 늦춰진 '9월 보름'으로 되어 있다. 이는 실제의 역사적 사실에 부합하는 수정으로 적지 않은 의미가 있다. 함태영은 광학서포 본 『혈의루』가 동양서원 본 『목단봉』으로 바뀌는 사이에 일어난 가장 큰 변화를 '정치적 측면에 대한 고려'로 정리한다. 독립국으로서의 대한제국이라는 내용 또는 이를 암시하는 내용이 전부 변경되거나 삭제되었다는 것이다. 이로 인해 정치적 문제 등 현실적인 문제는 사라지고, 풍속 개량의 측면과 옥련의 고난과 같은 것을 통해 독자의 눈물샘을 자극하는 통속적 측면이 강화되었다는 것이 함태영의 해석이다. 함태영은 『목단봉』에 내용적 측면의 개작뿐만 아니라 형식적 측면의 개작 역시 적지 않게 이루어졌다는 점에도 주목했다. 『목단봉』의 문장은 원작에 비해 간결해졌으며, 문학적이고 감각적인 표현이 많아졌고, 비유를 활용한 극적 효과의 상승을 도모한 측면이 많아졌다는 것이다.[44]

김재용은 『혈의루』를 『목단봉』으로 개작하는 사이에 일어난 변화를 '치환과 삭제'의 두 방식으로 나누어 정리한 바 있다. 김재용은 광학서포 본 『혈의루』가 독립국가의 전망 위에 놓여 있는 것이라면, 동양서원 본 『목단봉』은 일본 식민주의 지배 체제에 대한 협력을 바탕으로 한 것'임을 주장한다.[45]

---

44 함태영, 앞의 글, 2007b, 216～228쪽 참조.

45 김재용, 「『혈의 누』와 『모란봉』의 거리－이인직의 개작의식과 정치적 입장의 상관성」, 『한국문학의 근대와 근대 극복』, 소명출판, 2010, 129～151쪽 참조. 이 글에서는 "『혈의 누』와 『모란봉』은 각각 다른 정치적 입장 위에 서 있다. 『혈의 누』가 비록 '보호독립국론'에 입각한 것이기는 하지만 어디까지나 독립국가의 전망에 기반한 것이라면, 『모란봉』은 독립포기에 기초한 것이다"(144쪽)라고 주장한다.
「혈의루」의 개작 양상과 각 판본 사이의 차이점에 대해서는 조아라, 「이인직의 혈의루 판본 비교 연구」, 연세대 석사논문, 2013, 15～82쪽에 상세하게 정리가 되어 있다. 이 논문에 의하면, 『만세보』 연재본과 광학서포 본 사이에는 12군데 정도의 차이가 있다. 연재본에서

「혈의루」는 두 개의 하편이 존재한다. 하나는 1907년 5월 17일부터 6월 1일까지 11회에 걸쳐 『제국신문』에 연재된 「혈의루 하편」이다. 다른 하나는 1913년 2월 5일부터 6월 3일까지 65회에 걸쳐 『매일신보』에 연재된 「牧丹峰(모란봉)」[46]이다. 이 두 개의 하편은 모두 결말을 보지 못한 채 도중에 연재가 중단되었다.

「혈의루」 서지와 연관 지어 특기할 만한 사항 중 하나는 이인직 사후에 상업적 요구에 의해 변형된 판본들이 유통되었다는 점이다. 예를 들어 1946년 광한서림(廣韓書林)에서 발행한 『혈의루』, 1958년 영화출판사(永和出版社)에서 발행한 『운중 추월색(雲中 秋月色)』 등이 거기에 해당된다.[47] 이러한 판본들은 「혈의루」가 해방 이후에도 비교적 인기를 끌며 대중들 사이에서 유통되었다는 사실을 말해준다.

단행본으로 바뀌면서는 표기상 차이가 가장 크게 나타난다. 광학서포 본과 동양서원 본은 34군데 정도에서 차이가 난다. 여기서는 서사의 흐름 자체가 변한 것을 주목할 필요가 있다. 이는 작가 이인직의 의도의 반영으로 보인다. 동양서원 본과 『문장』 본은 56군데 정도에서 차이가 난다. 그러나 여기서 보이는 차이는 주로 새로운 문장부호 사용 및 오탈자 혹은 오기 등과 연관된 것으로 서사구조의 변화와는 별 관계가 없다.

46 '牧丹峰'은 원래 『만세보』 연재본 「혈의루」에 여러 차례 등장하는 지명이다. 연재본 「혈의루」에서는 이 지명을 '목단봉'과 '모란봉'의 두 종류 부속 국문으로 혼용해 읽었다. 그런데 이 지명의 한글 표기가 동양서원본 『牧丹峰』의 경우는 표지에 '목단봉'으로, 『매일신보』 연재작 「牧丹峰」에는 '모란봉'으로 되어 있다.

47 광한서림 본 『혈의루』는 『조동일 소장 국문학 연구자료 제28권』(도서출판박이정, 1999)에 합철 소개된 작품 가운데 하나이다. 이 자료집에서는 영인된 작품의 제목을 『혈의루』로 소개하고 있지만, 표지 및 본문 2쪽까지가 낙장인 상태이다. 따라서, 이 작품이 실제 『혈의루』라는 제목으로 유통되었는지 혹은 다른 제목으로 유통되었는지는 확인할 수 없다. 『운중 추월색』은 이 자료와 완전히 동일한 지형을 가지고 인쇄한 작품으로 보인다. 『운중 추월색』은 본문에는 제목이 '비극 신쇼설 추월색'으로 표기되어 있다. 『혈의루』는 발행자가 김송규(金松圭)이고 저자 표기는 없다. 『운중 추월색』은 저작 겸 발행자가 강근형(姜槿馨)이다.

3) 구성

「혈의루」의 각 회별 내용을 요약 제시하면 다음과 같다. 「혈의루」는 총 53회에 걸쳐 연재되었으나, 중복 표기된 횟수가 있어 실제 『만세보』상의 최종회는 제50회이다.

제1회 : 옥련의 어머니가 딸을 찾으려고 산 속을 헤매고 다님.

제2회 : 옥련의 어머니가 농군 사내를 남편으로 착각하고 반갑게 손을 잡음.

제3회 : 농군 사내가 옥련 어머니를 겁탈하려 하자 소리쳐 반항함.

제4회 : 부인을 구해준 일본 군인을 따라 헌병부로 향하는데, 집에서 기르던 개가 나타나 따라옴.

제5회 : 식구를 찾아다니던 남편 김관일이 먼저 집으로 돌아옴.

제6회 : 김관일이 천하각국을 다니며 남의 나라 구경도 하고 공부도 하겠다는 마음으로 집을 떠남.

제7회 : 옥련의 어머니가 헌병부에서 집으로 돌아와 정신을 잃고 쓰러짐.

제8회 : 정신을 차린 옥련 어머니가 딸을 부르며 집안 곳곳을 뒤짐.

제9회 : 가족을 기다리다 지친 옥련의 어머니는 남편이 죽은 것으로 생각함.

제10회 : 옥련 어머니가 죽기를 결심하고 대동강 물에 뛰어 들어감.

제11회 : 물에 빠져 떠내려 오는 옥련 어머니를 고장팔이 구해냄.

제12회 : 김관일의 장인이 평양성 안에 있는 딸의 집을 찾아와, 딸이 남긴 유서를 보고 슬퍼함.

제13회 : 김관일의 장인 최항래가 딸을 키우던 과정과, 사위에게 학비를 주어 유학을 가게 한 일에 대한 설명이 이어짐.

제14회 : 최항래가 하인 막동이와 어지러운 세상 일에 대해 함께 탄식함.

제15회 : 최항래가 살아 돌아온 딸 최춘애와 반갑게 해후함.

제16회 : 고장팔의 모친이 최춘애를 따라왔다가 부녀 상봉 장면을 보고 함께 눈물을 흘림.

제17회 : 최항래가 부산으로 내려가고, 최춘애는 집을 지키며 유학간 남편을 기다림.

제18회 : 부상당한 옥련을 일본군의가 치료해 준 후 일본으로 보냄.

제19회 : 옥련이가 배를 타고 일본으로 향함.

제20회 : 옥련이가 나흘만에 일본 대판(大坂)에 도착함.

제21회 : 옥련이가 정상군의(井上軍醫) 집에 도착함.

제22회 : 옥련이와 정상부인(井上婦人)이 서로 대면함.

제23회 : 정상부인이 옥련이를 귀하게 대하고, 옥련이는 6개월 만에 일본말에 능통하게 됨.

제24회 : 정상부인이 대판매일신문 호외를 보고 눈물을 흘림.

제25회 : 정상군의가 죽은 것을 알고 모두가 슬퍼함. 세월이 지나 정상부인이 개가를 하 려고 함.

제26회 : 정상부인이 옥련이를 생각해 개가를 포기하나, 개가를 하고 싶은 마음에 옥련이를 구박하기 시작함.

제27회 : 옥련이가 심상소학교에 입학한 지 4년이 지나 우등생으로 졸업함.

제28회 : 정상부인의 구박에 못이긴 옥련이 물에 빠져 죽을 생각으로 대판 항구를 헤매다 순검에게 발견되어 귀가함.

제29회 : 정상부인이 다시 개가를 생각함.

제30회 : 정상부인이 시중드는 노파와 서로 마음이 맞아 옥련이를 쫓아낼 생각을 하게 됨.

제31회 : 옥련이 집을 나와 다시 대판 항구로 향함.

제32회 : 옥련이 길에서 쓰러져 잠이 든 후 꿈에서 어머니를 만나 죽지 말고 살아있으라는 말을 듣고 다시 대판 시내로 들어감.

제32-2회[48] : 옥련이 대판을 떠나기 위해 기차를 탐.

제33회 : 기차 안에서 조선인 서생(書生)을 만나 대화를 시작함.

제34회 : 옥련이 자목(茨木)에서 내리자 서생이 따라서 내림.

제35회 : 서생이 옥련이에게 미국으로 가서 공부하자고 권유하고, 옥련이 동의하여 함께 횡빈(横濱)까지 가서 배를 탐.

제36회 : 화륜선이 3주일 만에 미국 상항(桑港)에 도착함.

제36-2회 : 길에서 청국 개혁당의 강유위(康有爲)를 만나고, 그의 도움으로 화성돈(華盛頓)을 향해 감.

제37회 : 옥련이가 화성돈 고등소학교에 들어가 다섯 해 만에 우등생으로 졸업함. 아버지 김관일이 신문 기사를 보고 옥련의 학교로 찾아가나 만나지 못함.

제38회 : 서생 구완서가 호텔로 옥련을 찾아와 졸업을 축하함.

제39회 : 구완서가 조선의 조혼풍습을 비판함.

제40회 : 옥련이 홀로 앉아 신세타령을 함.

제41회 : 옥련이 잠을 자다 꿈을 꾸고 가위에 눌림.

제42회 : 꿈을 깬 옥련이 부모의 생사를 걱정하며 탄식함.

제43회 : 옥련이 자신을 찾는 김관일의 신문 광고를 발견함.

제44회 : 옥련이 김관일의 숙소를 찾아가 부녀 상봉하고 어머니가 보낸 편지를 읽음.

제44-2회 : 옥련과 김관일이 구완서를 찾아가 치사하고, 김관일이 두 사람의 백년가약을 희망한다는 의사를 표시함.

제45회 : 구완서가 혼인은 본인들의 의사에 따르는 것임을 강조하고, 옥련이 구완서와 혼인 언약을 맺음.

---

48 원문에 동일한 횟수가 반복 표기되었음.

제46회 : 구완서, 옥련, 김관일이 조선의 미래를 생각하며 기뻐함.

제47회 : 옥련 어머니가 추석을 맞아 옥련의 산소에 갈 준비를 하다 눈물을 흘림.

제48회 : 우편군사가 옥련의 편지를 전하러 옴.

제49회 : 옥련 어머니가 편지를 받아들고 깜짝 놀라 의심함.

제50회 : 옥련 어머니가 편지를 뜯어보고 그동안의 모든 사정을 자세히 알게 됨.

「혈의루」의 서사의 큰 줄기는 가족의 이산(離散)과 재결합이다. 그러나, 정작 이 작품에서 작가 이인직이 독자의 흥미를 끌기 위해 주력한 부분은 이산과 재결합이라는 대서사보다는 그 과정에서 일어나는 크고 작은 에피소드들이다. 연재본 「혈의루」가 단행본으로 출간되는 과정에서 제47회가 누락되었음에도 불구하고 독자들이 이 사실을 쉽게 눈치 채지 못한 이유도 이인직의 일화 중심 소설 구성법과 연관이 있다.[49]

근대소설과 고대소설 사이의 중요한 차이와 변화는 구성의 측면에도 있다. 고대소설이 시간적 순서에 따라 사건을 전개시켜 간 것과 달리, 근대소설은 시간적 순서에 따른 사건의 나열 방식을 점차 탈피하기 시작한다. 이에 대해 이재선은 '신소설의 서술적역전(敍述的逆轉)'이라는 용어를 사용하면서, 서술적역전의 두 가지 유형을 제시하였다. 그 첫째는 짧은 역전으로 이들은 주로 현재의 확대(擴大)나 보충(補充)을 위해서 구조적으로 가담하는 것으로써, 주로 삽입적인 역전의 기능을 한다. 둘째는 보다 긴 역전으로서, 이 경우는 현재의 소재점(所在點)을 포기하고 시간이 과거로 완전히 역전되어가는 경우이다.[50] 시간적 서

49 누락된 제47회는 8월 보름 추석날을 맞아 옥련 어머니가 딸의 무덤에 가기 위해 음식을 장만하다가 눈물을 흘리는 일화를 다룬 부분이다. 이 일화가 생략되어도 48회 이후의 줄거리 전개에는 큰 영향을 주지 않는다. 물론, 이 일화를 읽으면 49회 등의 세부 장면 묘사를 이해하는 데 더 도움이 된다. 47회 분이 생략된 것은 작가나 출판사의 특별한 의도가 있었다기보다는 인쇄상의 실수일 가능성이 크다. 제47회 분 생략에 관한 지적은 함태영, 앞의 글, 2007b, 217쪽; 강현조, 앞의 글, 19~20쪽 참조.

술의 역전은 「혈의루」에서부터 명백하게 나타난다. 시간적 서술의 역전 구조는 작품의 흥미를 배가시키는 기능을 한다.[51] 「혈의루」의 서두 장면은 이러한 서술적 역전의 대표적 사례이다.

> 日清戰爭(일청전ᄌᆡᆼ)의 총쇼리ᄂᆞᆫ, 平壤一境(평양일경)이 떠ᄂᆞ가는 듯ᄒᆞ더니, 그 총쇼리가 긋치ᄆᆡ 清人(청인)의 敗(ᄑᆡ)ᄒᆞᆫ 軍士(군ᄉᆞ)ᄂᆞᆫ 秋風(츄풍)에 落葉(낙엽)갓치 흣터지고, 日本(일본)군ᄉᆞᄂᆞᆫ 물미듯 西北(셔북)으로 向(향)ᄒᆞ야가니 그 뒤ᄂᆞᆫ 山(산)과 들에, 사람 죽은 송장 ᄲᅮᆫ이라,
>
> 平壤城外牧丹峯(평양셩외목단봉)에, 떠러지ᄂᆞᆫ 저녁볏은, 뉴엿뉴엿 너머 가ᄂᆞᆫᄃᆡ, 저 힛빗을, 붓드러 ᄆᆡ고시푼, 마음에, 붓드러 ᄆᆡ지ᄂᆞᆫ 못ᄒᆞ고, 숨이 턱에 단듯이, 갈팡질팡 ᄒᆞᄂᆞᆫ 一婦人(한부인)이 年(나)히 三十(삼십)이 되락말락 ᄒᆞ고 얼골은 粉(분)을 ᄯᅡ고 넌듯이, 흰 얼골이ᄂᆞ, 人情(인정)업시 ᄯᅳ겁게, ᄂᆞ리쪼히ᄂᆞᆫ 秋(가을)볏에 얼골이, 익어셔, 션잉도빗이 되고, 거름거리ᄂᆞᆫ, 허동지동ᄒᆞᄂᆞᆫᄃᆡ, 쪽진머리ᄂᆞᆫ 흘러ᄂᆡ려셔, 등에 줾어지고, 옷은 흘러ᄂᆞ려셔, 젓가슴이, 다 드러ᄂᆞ고, 치마ᄶᅳ락은, ᄯᅡ헤 질질 썰려셔, 거름을 건ᄂᆞᆫᄃᆡ로 치마가 발피니, 그 婦人(부인)은 아무리 急(급)ᄒᆞᆫ 거름거리를 ᄒᆞ더ᄅᆡ도, 멀니 가지도 못ᄒᆞ고 허동거리기만 ᄒᆞᆫ다 (제1회)

만일 시간적 순서에 따라 사건을 서술하는 방식으로 작품을 시작한다면, 위의 장면이 아니라 다음의 장면이 서두에 오는 것이 타당하다.

> 그 ᄂᆞᆯ은 평양셩에셔, 싸홈 결말 나든 ᄂᆞᆯ이오
> 셩 중에 사ᄅᆞᆷ이 진저리ᄂᆡ던, 쳥인이 그림ᄌᆞ도 업시, 다 쫏겨 나가던 ᄂᆞᆯ이오
> 쳘환은 공중에셔, 우박 쏘다지듯 ᄒᆞ고 총소리ᄂᆞᆫ 평양셩 건처가, 다 두려 ᄲᅡ지

---

50 이재선, 앞의 책, 256~259쪽 참조.

51 이러한 구성법은 독자의 호기심을 자극하여 신문을 계속 구독하도록 하는 데도 효과적이다. 이와 연관된 상세한 논의는 임성래, 「신문소설의 입장에서 본 「혈의 누」」, 『신문소설이란 무엇인가』, 국학자료원, 1996, 7~28쪽 참조.

고, 사ᄅᆞᆷ ᄒᆞ나도, 아니 남을 듯ᄒᆞ던 놀이오

평양 사ᄅᆞᆷ이 일병 일병 일병은 엇더ᄒᆞᆫ지 임진 亂離(란이)에 平壤(평양) 싸홈, 이ᄋᆡ기ᄒᆞ며, 별 공논이, 다 나고 별 염녀, 다 ᄒᆞ던 그 일병이 장마통에, 검은 구름 ᄯᅥ드러오듯, 성ᄂᆡ 성외에, 빈 틈 업시 드러와 ᄇᆡᆨ이던 놀이라 (…중략…) 그 부인은 평양성 북문 안에 사ᄂᆞᆫᄃᆡ 몃칠 전에 샨에 피란도 ᄀᆞᆺ다가 샨에도 잇슬 슈 업고, 촌에 사ᄂᆞᆫ 일가집에로 피란 ᄀᆞᆺ다가 단간방에셔, 쥬인과 손과, 여덜 식구가 이틀 밤을 안저 식우고, 하릴 업시 평양성 ᄂᆡ로, 도로 온 지가 불과 슈 일 전이라 그 ᄯᅢ 마음에, 다시ᄂᆞᆫ 쥭어도 피란가지 아니 ᄒᆞᆫ다 ᄒᆞ얏더니, 오날 ᄉᆡ벽부터 총소리ᄂᆞᆫ 천지를 뒤집어 놋코, 사면 산꼭ᄃᆡ기, 들 가온ᄃᆡ에 불비가 쏘다지니, 박기ᄅᆞᆯ 기다려셔 피란길을 ᄯᅥᄂᆞ난ᄃᆡ 아무것도 가진 것 업고 졀문 ᄂᆡ외와, 어린 ᄯᆞᆯ 옥연이와 단 세 식구 피란이라 (제5회)

이밖에도 옥련, 최춘애, 김관일 등의 행적이 각각 다른 배경을 택해 서술되면서 행적들 사이의 역전 구조가 매우 자연스럽게 나타난다. 그러한 사례는 일일이 열거할 수 없을 정도로 많다.[52]

「혈의루」 제50회는 옥련 어머니가 딸에게서 온 편지를 뜯어보고 그동안의 모든 사정을 깨닫게 되는 상황에서 끝이 난다. 거기에 작가는 "아리권은 그 녀학싱이 고국에 도라온 후를 기다리오"라는 구절과 함께 상편종(上篇終)이라는 표기를 해 두었다. 이 작품의 근간을 이루는 서사를 가족의 이산과 재결합이라고 했을 때, 작가는 여기에 약간의 분량만을 덧붙여 완전한 결말을 만들 수가 있었다. 한 회쯤 연재를 더 이어가 김관일과 옥련의 귀국, 그리고 가족의 재회 장면으로 작품을 완성할 수 있었던 것이다. 물론 이 경우에는 이별에서 만남으로 가는

---

52 시간적 서술의 역전 구조가 나타나는 것은 이 작품의 하편인 『매일신보』 소재 「모란봉」의 경우도 마찬가지다.

전형적인 고대소설적 이합형(離合型)의 해피엔딩 소설이 되고 말았을 것이다. 이인직은 최소한 그런 상투적이고도 평범한 결말은 원하지 않았던 것으로 보인다.[53]

흥미로운 것은, 해방 후 유통된 「혈의루」 계열의 판본 『운중 추월색』에 다음과 같은 부분이 추가되어 있다는 점이다.

> 그 후에 옥련이 부친은 구완서에게 옥련이를 구완ᄒᆞ야 불상히 여겨 공부ᄭᆞ지 식혀줌을 사례ᄒᆞ니 구완서는 쳔만의 말삼이올시다 우련히 로즁에서 만나 오날ᄭᆞ지 친절히 지ᄂᆡ는 즁 의외에 이와갓치 부녀상봉하심을 뵈오니 엇ᄶᅥ타 말삼ᄒᆞ오릿가 (김씨)우리 전사는 우리가 몰나셔 가슴이 압흐고 피눈물나는 일을 당ᄒᆞ엿거니와 우리도 이와ᄀᆞᆺ치 외국에 와셔 고싱하는 것슨 우리도 신션한 공부를 ᄒᆞ여가지고 (歸國)귀국하야 우리들도 문명국 사ᄅᆞᆷ과 ᄀᆞᆺ치되기를 바라ᄂᆞ이다 그후 김씨는 미국 화성돈 정치대학을 만치고 구완셔는 법률과를 졸업ᄒᆞ고 옥년이는 경졔과를 마치고 귀국ᄒᆞ니 김씨 ᄂᆡ외는 옥년이를 셔로 붓들고 깁븜을 이기지 못ᄒᆞ야 통곡이 되고 통곡이 지나 깁븜이 되어 젼에 모란봉에셔 지내든 싱각을 다시ᄒᆞ니 ᄯᅢ는 느진봄에 피는 ᄭᅩᆺ경치가 화려하여 가히 한번 볼만한 ᄯᅢ이엿다 무정한 바ᄅᆞᆷ은 ᄭᅩᆺ가지를 후리치니 락화는 유졉이오 유졉은 락화ᄀᆞᆺ치 펄펄 날니다가 모란봉에 은빗ᄀᆞᆺ치 ᄭᆞ라노흔 사이에 옥년과 구완셔는 신식결혼을 맛치고 안락한 가졍을 이루엇ᄶᅥ라[54]

53 이와 관련해서는 다음의 견해가 참고가 된다. "「혈의 누」는 당대의 전기문학과 달리 개방적 구조를 보여주는 소설이다. 전기문학의 폐쇄적 구조가 당대의 변화를 부정하고 민족적 집단의 기억을 부활하는 기능을 보여준다면 「혈의 누」의 개방적 구조는 예측 불허의 변화를 인정하고 개화의 전망을 긍정하는 기능을 보여준다고 말할 수 있다. 그러므로 우리는 「혈의 누」가 구조적 개방성을 지향하며 한 인간의 일대기를 형상화한다는 점을 새삼 주목하며 평가해야 한다. 이 부분을 제대로 해명해야 만이 「혈의 누」는 고소설의 답습이라는 오명을 벗는다."(양진오, 『한국소설의 형성』, 국학자료원, 1998, 93쪽)

54 『운중 추월색』, 영화출판사, 1958, 60~61쪽.

가족 상봉의 장면이 새롭게 추가된 것은 대중들의 욕구를 만족시키기 위한 출판사의 상업적 전략의 결과이다. 출판사는 원작에 없는 내용을 추가함으로써 이산의 서사를 해피엔딩으로 마무리하고 싶은 독자 대중들의 기대를 충족시켜줄 수 있었다. 옥련과 구완서가 신식결혼을 마치고 안락한 가정을 이루었다는 마지막 문장도 독자에게는 커다란 만족을 가져다준다. 이 몇 줄의 내용 추가 작업으로 인해 「혈의루」는 더 이상 별도의 하편이 필요하지 않은 완결된 단행본 상품으로 유통될 수 있었던 것이다.

4) 주제

「혈의루」의 주제는 그동안 많은 논자들의 관심의 대상이 되어 왔다. 기존의 견해들을 종합해보면 「혈의루」의 주제는 자주독립의식의 고취, 사회와 정치의 개혁, 신학문의 섭취와 교육의 필요성 역설, 남녀평등 사상의 고취, 자유결혼, 조혼폐지, 재가허용 등이 된다. 여기서 논란이 되는 것은 이 작품의 주제를 자주독립이라는 문제와 연관시킬 수 있는가 하는 것이다. 「혈의루」에 자주의식과 민족적 각성으로 해석할 수 있는 서술이 전혀 없는 것은 아니다. 이러한 주장의 근거가 되는 예문으로는 흔히 다음의 것들이 제시된다.

(가) ᄯᅡᆼ도 됴션ᄯᅡᆼ이오, 사ᄅᆞᆷ도, 됴션 사ᄅᆞᆷ이라 ᄉᆡ우 싸옴에, 고ᄅᆡ등 터지듯이, 우리 나라 사ᄅᆞᆷ들이, 남의 ᄂᆞ라 싸홈에, 이러ᄒᆞᆫ, 참혹ᄒᆞᆫ 일을 당ᄒᆞᄂᆞᆫ가, 우리 마누라ᄂᆞᆫ, ᄃᆡ문 밧게 ᄒᆞᆫ 거름, 나가 보지 못ᄒᆞ던 ᄉᆞᄅᆞᆷ이오 ᄂᆡ ᄯᆞᆯ은 일곱 살 된 어린 아ᄒᆡ라, 어ᄃᆡ셔 발펴 죽엇ᄂᆞᆫ지, 살은 진ᄒᆰ 되고, 피ᄂᆞᆫ, 시ᄂᆡ 되야, ᄃᆡ동강에 흘러

들어, 여울목 치ᄂᆞᆫ 쇼릐, 무심이 듯지 말지어다, 평양 ᄇᆡᆨ성의 원통ᄒᆞ고 셔른 쇼릐, 이 아닌가 무죄히 죄를 밧ᄂᆞᆫ 것도 우리나라 사람이오, 무죄히 목숨을 지키지 못ᄒᆞᄂᆞᆫ 것도, 우리 나라 사람이라 (제6회)

(나) 평안도 ᄇᆡᆨ성은, 염나ᄃᆡ왕이 둘이라, ᄒᆞ나ᄂᆞᆫ 황천에 잇고, ᄒᆞ나ᄂᆞᆫ 평양 션화당에 안젓ᄂᆞᆫ 감사이라, 황천에 잇ᄂᆞᆫ 염라ᄃᆡ왕은, 나 만코 병드러셔, 인간이 ᄉᆡᆼ가시게 된, 사람을 잡아 가거니와, 평양 션화당에 잇ᄂᆞᆫ 감사ᄂᆞᆫ 몸 성ᄒᆞ고 ᄌᆡ물 잇ᄂᆞᆫ 사람은, 낫낫치 자바 가니, 인간 염라ᄃᆡ왕으로, 집집에 터주ᄭᆞ지 겸ᄒᆞᆫ, 겸관이 되얏ᄂᆞᆫ지, 고사를 잘 지ᄂᆡ면, 탈이업고, 못 지ᄂᆡ면 왼 집안에 동토가 나셔, 다 죽을 지경이라, 제 손으로 버러 노흔, 제 ᄌᆡ물을 마음노코, 먹지 못ᄒᆞ고, 쳔ᄉᆡᆼ 타고ᄂᆞᆫ 제 목숨을 놈의게 ᄆᆡ여 노코 잇ᄂᆞᆫ, 우리 나라 ᄇᆡᆨ성들을 불상ᄒᆞ다깃거던, 더구나 남의 나라 사람이 와셔, 싸홈을 ᄒᆞᄂᆞ니, 질알을 ᄒᆞ나니, 그러ᄒᆞᆫ 그 셔슬에 우리ᄂᆞᆫ ᄑᆡ가ᄒᆞ고 사ᄅᆞᆷ 죽ᄂᆞᆫ 것이, 다 우리나라 강ᄒᆞ지 못ᄒᆞᆫ 탓이라 (제6회)

(다) (崔氏(최씨))ᄂᆞ는 슐이ᄂᆞ 먹깃다, 부담에, 다랏던 슐 ᄒᆞᆫ 병 ᄯᅦ여 오고, 찬합만 글러 노아라, 혼ᄌᆞ 이 방에 안저 슐이ᄂᆞ 먹다가, 밤 ᄉᆡ거든 ᄉᆡ벽길 ᄯᅥᄂᆞ셔, 도로 부산으로 가자, 亂離(란리)가 무엇인가 ᄒᆞ얏더니, 當(당)ᄒᆞ야 보니 人間(인간)의 至毒(지독)ᄒᆞᆫ 일은 亂離(란리)로다

ᄂᆡ 혈육은 ᄯᆞᆯ ᄒᆞᄂᆞ 外孫女(외손녀) ᄒᆞᄂᆞ ᄲᅮᆫ일러니, 와셔 보니, 이 모냥이로구ᄂᆞ

막동아, 너갓튼 무식ᄒᆞᆫ 놈더러 쓸ᄯᅢ 업ᄂᆞᆫ 말 갓지마ᄂᆞᆫ, 이후에ᄂᆞᆫ, ᄌᆞ손 보젼ᄒᆞ고 십푼, ᄉᆡᆼ각 잇거던, ᄂᆞ라를 위ᄒᆞ여라, 우리 나라가, 강ᄒᆞ엿더면, 이 亂離(란리)가, 아니 낫슬 것이다, 셰상 고ᄉᆡᆼ, 다 시키고, 길러ᄂᆡ인, ᄂᆡ ᄯᆞᆯᄌᆞ식, ᄂᆞ점고, 무병ᄒᆞ건마ᄂᆞᆫ 亂離(란리)에 죽엇고나 역질 홍역, 다 시키고, 잔 쥬졉 다 ᄯᅥ러노흔 外孫女(외손녀)도 亂離(란리) 중에 죽엇고ᄂᆞ

(막동)ᄂᆞ라ᄂᆞᆫ 兩班(양반)님네가, 다 亡(망)ᄒᆞ야 노셧지오

常(상)놈들은 兩班(양반)이 죽이면 죽엇고 ᄯᅢ리면, 마젓고 財物(직물)이 잇스면 兩班(양반)의게 ᄲᅢ겻고 계집이 어엿ᄲᅮ면 兩班(양반)의게 ᄲᅢ겻스니 小人(소인)갓튼 常(상)놈들은, 제 ᄌᆡ물, 제 계집, 제 목숨 ᄒᆞᄂᆞ를 위ᄒᆞᆯ 슈가 업시 兩班(양반)의게 ᄆᆡ엿스니 ᄂᆞ라 위ᄒᆞᆯ 힘이 잇슴닛가 (제14회)

그러나, 위의 예문 (가)와 (나)와 (다)의 의미를 자주의식의 각성으로 해석하는 것은 잘못이다. 이는 지나치게 자구(字句)에만 매달린 결과 생겨난 오류인 것이다. 위 예문들을 아래 글들과 연관 지어 함께 생각하면 그 의미는 달라진다.

(라) 이것은 하날이 지흐신 일이런가, 사람이 지흔 일이런가, 아마도 사람의 일은 사람이 진ᄂᆞᆫ 것이라, 우리 나라, 사람이 제 몸만 위ᄒᆞ려고, 남은 망ᄒᆞ던지 흥ᄒᆞ던지, 제 욕심만 ᄎᆡ우려 ᄒᆞ고, 나라가 망ᄒᆞ던지 흥ᄒᆞ던지, 제 벼슬만 잘 ᄒᆞ고 제 살만 ᄶᅵ우려 ᄒᆞᄂᆞᆫ 사람들이라 (제6회)

(마) 입 ᄒᆞᆫ 번을, 잘못 버려도, 죽일 놈이니, 살릴 몸이니, 오굼을 ᄭᅳᆫ어라, 귀양을 보ᄂᆡ라 ᄒᆞᄂᆞᆫ 兩班(양반)님 셔슬에 常(상)놈이 무슨 사람갑세 갓슴닛가, 亂離(란리)가 ᄂᆞ도 兩班(양반)의 ᄐᆺ이올시다 日淸戰爭(일청뎐징)도 閔泳駿(민영쥰)이라란 兩班(양반)이 淸人(청인) 불러 왓답디다 ᄂᆞ리게셔 亂離(란리) ᄯᅢ문에, ᄶᅡ님 앗씨도, 도라가시고 孫女(손녀) 아기도 죽엇스니, 그 원통ᄒᆞᆫ 귀신들이 閔泳駿(민영쥰)이라난 兩班(양반)을 잡아 갈 것이올시다 (제14회)

예문 (라)는 (가)와 (나) 사이에 들어 있는 글이다. (마)는 (다)의 바로 뒤에 나오는 글이다. (가), (나), (다), (라), (마)를 하나의 맥락으로 이어놓고 생각하면, 진술의 의미는 크게 달라진다. 이들 진술의 의미는 자주의식의 각성에 있는 것이 아니다. 이들 진술의 실제 의미와 목적은 다음의 두 가지가 된다. 첫째, 우리나라가 전쟁터로 변하고 만 것은 우리민족 스스로가 갖고 있는 결함 때문이며 그 책임도 우리 스스로에게 있는 것이므로, 남을 탓하기에 앞서 먼저 부끄러운 줄 알아야 한다. 둘째, 우리나라에서 벌어지고 있는 전쟁의 일차적 요인이 위와 같다면, 그 2차적 요인은 청나라에 있다. 청일전쟁은 '민영춘이라는 양반이 청인을 불러왔기 때문'에 발생한 것이다. 문제는, 이 작품의 어느 곳을 살펴보아도 전쟁의 원인으로서 일본의 책임에 대한 언급이 전혀 발견되지 않는다는 점이다. 이인직이 여기서 강조하는 것은 우리나라 사람들이 제 몸만을 위하는 사람들이라거나, 탐관오리의 폐해가 많다는 점이다.

「혈의루」의 탐관오리에 대한 언급은 『은세계』의 경우와도 맥을 같이 한다. 『은세계』는 이인직의 작품 가운데 탐관오리에 대한 비판적 언급이 가장 많이 포함되어 있는 작품이다. 『은세계』에서 이인직이 목표로 했던 것은 탐관오리를 비판해 나라를 바로 세우려는 것이 아니었다. 탐관오리에 대한 비판은 '필연적인 망국론'으로 이어지게 된다는 데에 핵심이 있다. 『은세계』에는 나라가 망한다는 이야기 혹은 망하기를 기대하는 이야기가 여섯 번이나 나온다. 『은세계』에서 필연적 망국론은 이른바 정치대개혁이라 불리는 고종의 양위사건으로 이어진다. 이 작품 전체를 꿰뚫는 작가의 창작 의도는 탐관오리로 인한 필연적인 망국의 길과 그 도정에서 나타나게 되는 고종의 양위사건에 대한 합리화이다. 이는 일본 세력의 조선 정치 개입에 대한 합리화로도 이해될 수 있다. 조선이 주권을 상실해 가는 주요 원인으로서, 또한 일본 세력 개입의 필연적 원인으로서 탐관오리의 횡포를 보여주고자 했던 것이 이 작품 전체에 흐르는 작가의 주제의식이다.

탐관오리에 대한 비판과 조선에 대한 경멸적 태도는 이인직이 일본 유학시절 미야꼬신문에 기고한 글 「한국잡관(韓國雜觀)」(1902.3.1·2·9·

27)에서부터 발견된다. 「한국잡관」에서 이인직이 묘사하는 조선은 가난을 벗어나기 어렵고, 탐관오리가 넘쳐나는 곳이다. 그러한 현실 속에서 조선의 백성들은 어디로 가야 할 것인지 방향을 잡지 못하고 우왕좌왕한다. 「한국잡관」에는 다음과 같은 서술이 포함되어 있다. "소위 탐관오리의 방해 때문에 해마다 쇠퇴하여" "지금 무역(貿易)하는 자는 빚 천원(千圓)을 얻으면서도 자본(資本)이 십만(十萬)이나 있는 것 같이 큰 거짓말을 한다." "고래는 북으로 도망가고 물고기는 남으로 헤엄쳐서 각각 한조난조(寒潮暖潮)를 쫓는다. 그러나 한인(韓人)은 이와는 반대로 그 향하는 데를 모르고 황금(黃金)은 다 흩어져 버린다."[55] 이인직은 조선의 백가(百家)의 마을 중 아흔아홉 집은 걸인과 같은 생활을 하고, 조금 부자인 집은 탐리(貪吏)에게 물릴까 걱정하며 살고 있다고 적는다. 조선인 노동자는 하루 오십 전의 임금을 받아서 그 반은 밥값으로 나머지 반은 술값으로 탕진하며, 조금이라도 여유가 생기면 노동을 쉬거나 도박(賭博)에 탐닉한다고도 적고 있다. 이인직이 미야꼬신문을 통해 일본에 소개한 조선은 피폐한 곳이었고, 조선인은 미개인과 동의어였으며, 조선 상인은 신뢰하기 어려운 사람들이었다.

조선과 조선인에 대한 이인직의 이러한 인식은 「한국실업론(韓國實業論)」(1902.12.20 · 21 · 24)에서 다음과 같은 말로 요약된다.

> 한국의 부원(富源)이 적지 않다는 개요(槪要)는 위에서 말한 바와 같다. 그러나 부원(富源)이 열리지 않고 인민(人民)이 해마다 궁(窮)하여 국력(國力)이 날로 위미(萎微)하는 것은 무슨 까닭인가. 그 원인(原因)이야 많다고 하더라도 세 가지 대폐(大弊)가 있다. 하나는 관리의 폭렴(暴斂), 둘째 화폐제도(貨幣制度)

55 한인(韓人) 이인직, 「韓國雜觀」, 다지리 히로유끼, 앞의 책, 287쪽.

의 불완전, 셋째 한민(韓民)의 타약(墮弱), 헤아리면 더 있지만 먼저 이 폐해(弊害)를 없애지 않으면 한국민 스스로의 힘을 가지고 실업을 진흥시키는 것은 기대하기 어렵다.[56]

관리의 폭정과 백성의 나약함이 조선 국력 쇠퇴의 원인으로 지목되고 있는 것이다. 이인직이 귀국을 앞두고 미야꼬신문에 발표한 「한국신문 창설 취지서(韓國新聞創設趣旨書)」(1903.2.27)에서도 이러한 견해는 반복된다. 다음의 진술은 조선과 조선인에 대한 이인직의 인식 태도를 잘 보여준다.

아아 근래에 세상이 일변(一變)하여 지구상(地球上) 여러 곳에서 다투어 문명부강(文明富强)의 방법에 열심이고 인생의 행복과 안전을 꾀하려 한다. 우리 동양(東洋)만 홀로 그렇지 않다. 그 가장 심(甚)한 자가 지금의 한국이다. 한국이 이처럼 된 까닭은 이미 세상 모두 아는 바 구태여 떠들 필요도 없다. 특히 그 중 한 두 가지 요점(要點)을 들어서 시험적으로 이것을 생각해 보면 첫째 국인(國人)의 몽매(蒙昧)한 지식과 미개함 둘째 재력(財力)이 빈약하고 흥하지 못함 때문이다.[57]

무엇 때문에 빈민(貧民)이 나날이 다달이 늘어나는 것인가. 혹은 말하기를 관리의 탐학(貪虐) 때문이라 말한다. 혹은 말하기를 통상후(通商後) 제반상태(諸般常態)가 변(變)한 것 때문이라고 한다. 그러나 간단히 말해서 우리 나라 백성들의 나태함에서 비롯된 것일 뿐이라.[58]

---

56 이인직 고(稿), 운외(雲外) 교(校), 「韓國實業論」, 위의 책, 302쪽.
57 재동경 한국 유학생 이인직 발기, 「韓國新聞創設趣旨書」, 위의 책, 303쪽.
58 위의 글, 305쪽.

이인직은 조선이 몽매함을 깨우치고 미개함을 벗어날 수 있는 길 가운데 하나가 신문의 발간에 있다고 생각한다. 그가 바라는 신문은 정치외교에 관여하지 않고 단지 '우리나라 인민에게 보통교육(普通教育)을 베풀어 개인생활의 길을 가르치려는 작은 뜻'을 담은 신문이다. 이인직은 '동서양을 따지지 말고 우방(友邦)에게 호소하고 그 감응(感應)의 동정(同情)을 구하는 것이 실로 목하(目下)의 급무(急務)'임을 강조하면서, '지금 사처(四處)를 돌아봐도 이를 얻을 수 있는 곳은 동양의 문명국(文明國) 일본밖에 없다'고 주장한다. 그는 여기서 인간의 활동은 생존경쟁(生存競爭)에 다름 아니고, 그 결과는 곧 우승열패(優勝劣敗)일 뿐이라고 함으로써 사회진화론적인 입장을 드러낸다. 사회진화론적 입장에서는 열등한 조선 민족이 살아남을 수 있는 길은 '이족(異族)인 구미인(歐美人)의 감촉(感觸)을 상하지 않도록 노력하고, 동족(同族)인 일본인과 친밀하게 지내는 것' 뿐이다. 그가 볼 때, '존숭(尊崇)하는 문명국인(文明國人) 즉 일본인에 대해 악감정(惡感情)을 품는 것은 예의에 어긋나는 것은 물론 불이익도 비할 바가 없는 일'이다. 이인직은 "원컨대 선진(先進)한 일본국 인인군자(仁人君子)는 그 동정(同情)을 찬성(贊成)하여 문명의 모범을 가르쳐 주시기를. 이에 따라서 오래도록 양국 인민사회(人民社會)에 연락상보(連絡相補)하는 원계(遠計)를 빌 뿐"[59]이라는 구절로 글을 맺는다. 조선과 조선인에 대한 비하, 그 반면에 일본과 일본인에 대한 존경과 기대를 표명하는 것으로 글을 마무리하고 있는 것이다.[60]

---

59 위의 글, 306쪽.

60 조선의 현실에 대한 이인직의 부정적 인식이 사회진화론의 영향 탓이라는 다음의 해석도 참고가 된다. "이인직은 여기서 당시 조선은 '미개화 상태' '봉건적 유습이 지배하는 야만의 상태'이며, 그 원인은 '관리의 탐학'과 '천성의 게으름'에 있다고 하여 극히 부정적으로 바라보고 있다. 이인직의 이러한 조선의 현실에 대한 부정적 인식은 당시 일본에 만연되었던 사회진화론의 영향 탓이었다. 특히 이인직의 사회진화론의 중요 근간은 국가를 우선시하는 사회유기체론이다. 이인직의 이러한 논리는 결국 일본의 통치를 수용하는 길로 나아가게

「혈의루」에서 전쟁의 책임은 오직 부패한 우리 자신과 청나라에 있는 것으로 그려진다. 이 작품의 주제가 반청친일에 기울어 있다는 지적은 그런 점에서 타당하다. 「혈의루」에 등장하는 청나라 군사는 민간에 작폐하는 경계해야 할 무리들이다.[61]

본릐 평양 셩즁 사ᄂᆞᆫ, 사ᄅᆞᆷ들이, 청인의 작페에, 견ᄃᆡ지 못ᄒᆞ야, 산골로 피란간 사ᄅᆞᆷ이 만터니, 산 즁에셔ᄂᆞᆫ 쳥인 군사를 만ᄂᆞ면, 호랑이 본 것 갓고, 왼슈 만ᄂᆞᆫ 것 갓다 엇지ᄒᆞ야 그럿캐, 감정이, 사ᄂᆞ우냐, 할 지경이면 / 쳥인의 군사가, 슌에 가셔, 절문 부녀를 보면, 겁탈ᄒᆞ고, 돈이 잇스면 ᄲᅢ셔 가고, 제게 슬ᄶᅡ업ᄂᆞᆫ 물건이라도 / 놀부의 심사것치, 작난ᄒᆞ니, 샨에 피란 간 사람은, 난리를 ᄒᆞᆫ층 더 격는다 그럼으로 샨에 피란 ᄀᆞᆺ던 사람이 평양셩으로, 도로 피란 온 사람도 만히 잇섯더라 (제5회)

반면 일본은 어떠한 상황에서나 어려움에 처한 조선인을 구하는 시혜자(施惠者)로만 비쳐진다. 이는 작품 서두에서 옥련의 모친을 일본군사가 구하는 것 외에도, 옥련이 총에 맞은 후 일본인 적십자 간호수의 도움으로 살아나게 된다는 점 등 다음과 같은 예문을 통해서도 확인할 수 있다.

當初(당초)에 玉蓮(옥년)이가 避亂(피란)갈 ᄯᅢ에 牧丹峯(목단봉) 아릭셔 父母(부모)의 去處(간곳) 모르고, 어머니를, 부

된다. 이인직이 사회유기체설에서 강조하는 국가는 곧 통감부(→총독부)이기 때문이다. 이인직은 이를 달성하기 위해 소설가・저널리스트・정치가・연극개량가・연설가 등 다양한 모습과 방법으로 활동했던 것이다."(함태영, 앞의 글, 2007a, 244쪽)

61 그런데, 옥련과 구완서가 미국에 도착해 갈 곳을 몰라 우왕좌왕 하는 과정에서 이들이 화성돈에 정착할 수 있도록 돕는 인물이 '청국 개혁당에 유명한 인물인 강유위(康有爲)'이다. 여기서 강유위가 우호적 인물로 등장하는 것은 그가 개혁파의 상징이며 청나라로부터 핍박을 받아 유랑했다는 역사적 사실과도 관련이 있는 것으로 보인다.

르면셔, 발을 동동 구르다가, 난ᄃᆡ 업ᄂᆞᆫ, 쳘환 ᄒᆞᆫ ᄀᆡ가, 너머 오더니 玉蓮의, 왼편 다리에, ᄇᆡᆨ혀, 너머저셔, 그 날 밤을, 그 손에셔, 목숨이 붓터 잇셔ᄯᅥ니, 그 잇튼날 日本 赤十字 看護手가 보고 野戰病院으로, 시려 보ᄂᆡ니 軍醫가 본 즉 重傷은 아니라 鐵丸이, 다리를 ᄯᅮᆯ코, ᄂᆞ갓ᄂᆞᆫᄃᆡ 軍醫 말이 萬一 淸人의 鐵丸을 마졋스면 鐵丸에 毒ᄒᆞᆫ 藥이 셕긴지라, 마진 후에, 하로 밤을, 지ᄂᆡᆺ스면 毒氣가, 몸에 만히, 퍼젓슬 터이나 玉蓮이 마진 鐵丸은 日人의 鐵丸이라 治療하기 ᄃᆡ단이, 쉽다 하더니 果然 三週日이 못 되야셔 完然히 平日과 갓튼지라, 그러ᄂᆞ 玉蓮이ᄂᆞᆫ 갈 곳이, 업ᄂᆞᆫ 아ᄒᆡ라 病院에셔 玉蓮의 집을 물은 즉 平壤 北門內이라 하니 病院에셔 玉蓮이가, ᄂᆞ히 어리고, ᄯᅩᄒᆞᆫ 졍경을, 불상케 녀겨셔 通辭을 案同하야 玉蓮의 집에 가셔, 보라 ᄒᆞᆫ 즉, 그 ᄯᅢ는 玉蓮의 母親이 大同江 물에, ᄲᅡ저 죽으려고 壁上에 그 事情을, 써셔 붓치고, 간 후이라 通변이, 그 글를 보고 玉蓮을 불상이 여겨셔, 도로 다리고 野戰病院으로 가니 軍醫 井上少佐가 玉蓮의 情境을 불상히 여기고 玉蓮의 姿禀을 奇異ᄒᆞ게, 여겨셔 通변을 셰우고 玉蓮의 意을 문ᄂᆞᆫ다

(軍醫) 이애, 너의 아버지와, 어머니가, 어ᄃᆡ로 간 지 모르ᄂᆞᆫ냐

(玉) ∘ ∘ ∘ ∘ ∘ ∘

(軍醫) 그려면, 네가 ᄂᆡ 집에, 가셔 잇스면, ᄂᆡ가 너를 學校에 보ᄂᆡ셔 工夫 ᄒᆞ도록 ᄒᆞ여 줄것이니, 네가工夫를 잘 ᄒᆞ고 잇스면 ᄂᆡ가, 아모조록, 녀의 나라에 探知하야, 녀의 父母가 살아 잇거든, 너의 집으로, 곳 보ᄂᆡ 쥬마(제18회)

그런가 하면 「혈의루」에는 일본을 호의적인 이웃으로 느끼게 하고 경계심을 풀도록 하는 서술들이 도처에 삽입되어 있다. 다음은 그 한 예가 된다.

그러하던 玉蓮이가 父母를, 일코 萬里他國에로, 혼자 가니, ᄇᆡ 안에, 드러 잇ᄂᆞᆫ, 사ᄅᆞᆷ들은 消日 ᄶᅩ로 玉蓮의 겻ᄒᆡ, 모여 들어셔, 말 문ᄂᆞᆫ, 사ᄅᆞᆷ도 잇고 朝鮮 말을

하지 못하ᄂᆞᆫ, 사ᄅᆞᆷ들은 行中(힝즁)에셔 菓子(과자)ᄅᆞᆯ, ᄂᆡ여 쥬니, 어린 아ᄒᆡ가, 너무 괴롭고, 셩이 가실 만, 하련마ᄂᆞᆫ 玉蓮(옥련)이ᄂᆞᆫ 天然(텬연)ᄒᆞᆯ ᄲᅮᆫ이라(제19회)

위의 장면은 옥련이 일본으로 가는 도중의 배안의 모습을 그린 것으로, 조선말을 하지 못하는 사람들 즉 일본인들의 친절한 모습을 부각시키고 있다. 다음의 서술에서는 일본군사들이 전쟁 중 남의 집에 드나드는 것이 합법적임을 주장한다.

평시절 갓트면, 이웃 사람도, 오락가락ᄒᆞ고, 방물장사, ᄯᅥᆨ장사도, 들락날락ᄒᆞᆯ 터인ᄃᆡ, 그 ᄯᅢᄂᆞᆫ 평양성 즁에, 사던 사람들이, 이번 불소리에, 다 다라ᄂᆞ고, 잇ᄂᆞᆫ 것은, 일본군ᄉᆞ ᄲᅮᆫ이라, 그 군ᄉᆞ들이, ᄶᅡ마귀 ᄯᅦ 다니듯 ᄒᆞ며, 이집 저집, 함부루 드러간다

본ᄅᆡ 戰時國際公法(전시국졔공법)에 戰地(전디)에셔, 피란가고 사람이 업ᄂᆞᆫ 집은, 집도 占領(졈녕)ᄒᆞ고, 물건도 占領(졈녕)ᄒᆞᄂᆞᆫ 법이라, 그런 고로, 군ᄉᆞ들이, 빈 집을 보면, 일삼아 드러간다 (제8회)

일본 군사들이 조선인의 집에 함부로 들어가는 것이 결코 그들의 무례함에서 비롯된 것이 아니라, 전시국제공법(戰時國際公法)에 의한 합법적인 행동임을 강조하고 있는 것이다. 옥련의 어머니가 헌병부로 잡혀가는 장면에서도 "그 밤에ᄂᆞᆫ 군즁에셔 보호ᄒᆞ고 그 잇튼날 제 집에로 돌려 보ᄂᆡ니"(제7회)라는 표현을 통해 일본군의 행위가 '보호' 행위임을 강조한다.

이 작품의 또 다른 주제인 남녀평등의 사상과, 자유결혼, 조혼폐지 등의 경우도 마찬가지로 논란의 여지가 있다. 자유결혼이나 조혼폐지 및 재가허용 등의 주제가 등장인물의 대사 속에서 어느 정도 드러나

있는 것은 사실이다. 그러나 이 경우도 개화사상을 드러내기 위하여 지나치게 조선의 습속이나 가치관을 비하시켜 표현한다. 다음의 구절들이 그러한 예가 된다.

玉蓮의 聰明才質은 朝鮮 歷史에ᄂᆞᆫ 그러ᄒᆞᆫ 女子가 잇다고 傳ᄒᆞᆫ 일은, 업스니 朝鮮 녀편네ᄂᆞᆫ, 안방 구셕에 가두고, 아무 것도, 가라치지 아니 ᄒᆞ얏슨 즉 玉蓮이 갓튼 聰明이 잇드러도 世上에셔, 놀랏던지, 이럿튼지, 저럿튼지 玉蓮이ᄂᆞᆫ 朝鮮 녀편네에ᄂᆞᆫ 比ᄒᆞᆯ 곳 업더라(제23회)

朝鮮 風俗 갓트면 靑孀寡婦가, 시집 가지 아니ᄒᆞᄂᆞᆫ 것을, 가쟝, 잘ᄒᆞᄂᆞᆫ 일로 알고, 일평싱을 愁中으로 지ᄂᆡᄂᆞ, 그러한 道德上에 罪가 되ᄂᆞᆫ 惡ᄒᆞᆫ 風俗은 文明ᄒᆞᆫ, 나라에ᄂᆞᆫ 업ᄂᆞᆫ 故로, 절머셔 寡婦가 되면 시집가ᄂᆞᆫ 것은 天下萬國에, 붓그러운, 일이 아니라 井上婦人이, 어진 남편을, 어더 시집을 간다(제25회)

옥연이가, 도라다 보ᄂᆞᆫ 거슬, 보더니, ᄯᅩ 조션말로, 혼ᄌᆞ ᄒᆞᄂᆞᆫ 말이, 고 겨집 아희, 쏙쏙ᄒᆞ다, 지죠 잇깃다, 우리나라, 계집 아희 ᄀᆞᆺ흐면, 죠러ᄒᆞᆫ 것들이, 판판히 놀깃지, 여긔셔ᄂᆞᆫ 죠런 것들도, 모다, 공부를 ᄒᆞᆫ다 ᄒᆞ니, 조거슨, 무엇 ᄒᆞᄂᆞᆫ 계집아희인지 (제32-2회)

우리나라 사람들이 早婚ᄒᆞᄂᆞᆫ 거시, 올흔 일이 아니라

ᄂᆞᆫ 언제던지 工夫ᄒᆞ야 學問 知識이 넉넉ᄒᆞᆫ 후에, 안히도 學問 잇ᄂᆞᆫ 사람을 구ᄒᆞ야 장가 들깃다 學問도 업고 知識도 업고, 입에셔, 젓ᄂᆡ가, 모랑모랑, ᄂᆞᄂᆞᆫ 것슬, 장가를 드리면, 짐승의 雌雄갓치, 아무 것도 모르고 陰陽配合의 樂만 알 것이라, 그런 故로 우리나라 사람들이, 짐승갓치, 제 몸이나 알고, 제 계집 제 ᄉᆡᆨ기ᄂᆞ 알고, 나라를 위ᄒᆞ기ᄂᆞᆫ 고사ᄒᆞ고, 나라 ᄌᆡ물을, 도적질 ᄒᆞ여 먹으려고, 눈이

벌것케 뒤집펴셔, 도라 단기ᄂᆞᆫ 거시다 어려셔 學問(학문)을 비우지 못 ᄒᆞᆫ 연고라, 우리가, 이갓한 文明(문명)ᄒᆞᆫ 世上(셰상)에 나셔 國家(나라)에 有益(유익)ᄒᆞ고 社會(ᄉᆞ회) 에 名譽(명예) 잇ᄂᆞᆫ 큰 事業(ᄉᆞ업)을 ᄒᆞ자. ᄒᆞᄂᆞᆫ 目的(목적)으로 万里他國(만리타국)에 와서, 쇠공이를 가라, 바ᄂᆞᆯ 맨드 ᄂᆞᆫ 誠力(셩력)을 가지고 工夫(공부)ᄒᆞ야 남과 갓ᄒᆞᆫ 學問(학문)과 남과 갓ᄒᆞᆫ 知識(지식)이, 나ᄂᆞᆯ이, 달나 가ᄂᆞᆫ 이 쎠에, 장가를 드러셔 色界上(ᄉᆡᆨ계상)에 精神(졍신)을 虛費(허비)ᄒᆞ면 有志(유지)ᄒᆞᆫ 大丈夫(ᄃᆡ장부)가 아니라(제39회)

「혈의루」에서 이인직이 조선의 풍습을 비판하고 비하하는 일은 그가 미야꼬신문에서 조선의 풍습을 일본인 독자들에게 흥밋거리로 소개하던 것과 연관 선상에 있다.

미야꼬신문에 일본어로 연재한 「과부의 꿈」은 이인직의 첫 작품이다. 「과부의 꿈」은 남편을 사별한 지 13년이 된 과부가 석양 무렵 난간에 기대어 남편을 만나는 꿈을 꾸는 장면을 묘사한 일화형 소설이다. 이 작품에는 독자들의 흥미를 끌 만한 특별한 서사가 없다. 그럼에도 불구하고 이 작품이 당시 미야꼬신문에 실리게 된 이유는 작품 곳곳에 삽입된 작가 이인직의 해설 때문이다. 이 작품은 원래부터 서사를 중심으로 기획된 것이 아니라, 그와는 반대로 해설을 넣기 위해 서사를 활용했다고 보는 것이 옳다. 작품의 첫 단락을 인용하면 다음과 같다.

서산에 저문 석양은 지금도 조각구름의 주위를 금색테로 두르고, 그 사이를 흐르는 한 줄기의 광선은 어떤 높은 울타리, 높은 지붕의 서쪽 창문 난간을 비춘다. 그 속에 더 눈부시고 흰 색깔을 자랑하는 것은 춘풍의 백모란도 아니고 눈 속의 설중매도 아니고, 소복을 입은 한 부인이 멍하니 난간에 기대어 서쪽 하늘의 구름을 바라보고 있는 모습이다. (조선의 사람들은 남녀의 구별없이 그 부모의 상에는 3년 동안 흰옷을 입는 것이 상례이다. 단 시집간 여자는 그 부모의 상에 흰옷을 입는 것이 1년, 1년 후에는 담청의(淡靑衣)를 입고, 3년 후에는 평소와 같이 화려한 옷을 입는다. 과부만은 평생 흰옷을 입는다.) 나이는 32,3 세 가량, 하얗고 갸름한 얼굴, 기름 바르지 않은 머리카락, 화장하지 않은 눈썹(조선의 부인은 두터운 눈썹을 싫어하여 그 눈썹을 가늘게 한다. 소위 초승달 눈썹이란 것이다. 단 과부만은 머리카락에 기름을 바르지 않고, 얼굴에 화장을 하지 않는다. 또한 그 눈썹을 가늘게 하지 않는다). 너무 살이 빠지면 미인으로 보이나 미인이 아니고, 병든 사람 같이 보이나 병든 사람이 아니다.[62]

인용문 중 괄호 안의 "조선의 사람들은 남녀 구분없이……" 혹은 "조선은 부인은 두터운 눈썹을 싫어하여……" 등의 해설을 주된 목적으로 삼아 이인직은 이 작품을 집필했던 것이다. 그밖에 「과부의 꿈」에 나오는 해설의 사례로는 다음과 같은 것들이 있다. "대부분의 조선 부인은 불가삼생설(佛家三生說)과 염라설을 믿고 있다." "조선인의 지팡이는 너무 길어서 일본 지팡이의 배이다." "용산은 경성의 서쪽 십리 남짓한 데에 있는데, 강상촌(江上村)이 그것이다." "조선 부인은 문밖에 나가지 않고 친척의 집에 경조상문(慶弔相問)의 일이 있으면 지붕이 있는 가마에 타서 가고 남에게 자기 모습을 보여주지 않는다. 따라서 그 낭군의 장례식에도 스스로 가지 못하고, 단지 집에서 전송한다." "조선 사람은 부부간에 서로 경어를 사용함" 등.

「과부의 꿈」에 등장하는 해설들은 주로 조선의 풍속과 관련된 것이다. 이들이 일본인 독자의 이국취미(異國趣味)를 만족시키기 위한 것임은 더 말할 나위가 없다.[63] 「과부의 꿈」은 타자들의 이국취미를 만족시

62 한인 이인직 고(稿), 려수(麗水) 보(補), 「과부의 꿈[寡婦の夢]」 상, 다지리 히로유끼, 앞의 책, 275쪽.

63 이는 미야꼬신문이 정론지인 대신문이 아니라, 흥미본위의 소신문이었다는 점과도 관련이 있다. 이에 대해서는 다음의 서술 참조. "『미야꼬신문[都新聞]』은 창간 당시부터 '정당신문(政黨新聞)에 대항하여 교훈 내지 오락 본위의 지면을 만든다'는 편집의 기본 방침을 내세웠는데, 이 같은 방침은 이후에도 성격이 변하지 않고 지속되었던 것이 사실이다. 그러므

키기 위한 소설이면서, 유학 생활을 거치며 점차 타자화 되어가는 이인직 자신의 시선을 드러내는 소설이기도 하다. 그가 첫 소설의 주인공을 '과부'로 설정한 것 역시 타자의 시선과 관련이 깊다. 이는 「혈의 루」의 주인공 옥련이 일본에 유학하면서, 조선과 구별되는 일본의 중요한 풍습 가운데 하나를 '과부의 개가(改嫁)'로 서술한 것과 같은 맥락에서 이해할 수 있다. 과부의 개가를 개화의 상징 가운데 하나로 인식하는 이인직의 시선에는 조선이 미개한 사회라는 인식이 은연중에 자리 잡고 있었다.

「한국잡관」에서는 조선을 미개한 나라로 인식했던 이인직의 시각이 더욱 명확히 드러나 있다. 이는 「한국잡관」의 서두에 놓인 '조선의 호랑이'에서부터 확인할 수 있다.

> 깊은 산에는 호랑이가 있기 때문에 여행자는 이른 아침에 길을 가면 위태롭지 않다고 하더라도 일찌감치 오후 세 시경(三時頃)에는 여인숙에 머물러야 한다. 산길에 새끼줄로 전선과 같이 나무 위를 이은 데가 있으면 반드시 왔던 길을 돌아가야 한다. 그것은 호랑이를 잡기 위한 기계(器械)를 설치해 놓은 표시이기 때문이다. 만약 잘못하고 그 길로 가면 기계에 목숨을 잃는다. 그 새끼줄은 즉 통행금지 표시이다. 하등사회(下等社會)는 많은 사람이 글씨를 모르기 때문에 이와 같은 표시로 쉽게 알린다.[64]

로 이 신문은 연예 오락지를 지칭하는 이른바 '화류신문(花柳新聞)'으로서의 인상이 강하게 드러나 있었던 것이다."(다지리 히로유끼, 앞의 책, 59쪽) "『都新聞』의 경향은 화류계나 이발소, 대중목욕탕에서 쉽고 편하게 볼 수 있는 신문이었다. 『都新聞』은 가장 대중적인 신문이면서 가장 수익성이 높았던 신문이었다고 한다. 그것은 『都新聞』은 스스로 자신들의 독자를 가장 하층 계층의 독자층으로 대상했고, 대중적인 취향에 가장 알맞게 다가갔기 때문이다. 따라서 『都新聞』은 동시대인과 가장 일치하는 전형적인 대중 신문으로 자리매김할 수 있었던 것이다."(전은경, 「『만세보』의 〈독자투고란〉과 근대 대중문학의 형성—이인직의 「혈의 누」와 「귀의성」을 중심으로」, 『어문학』 제111집, 2011, 377쪽)

64 한인 이인직, 「韓國雜觀」, 다지리 히로유끼, 앞의 책, 284쪽.

여기서 이인직은 조선을 곧 하등사회(下等社會)로 표현한다. '경상도의 물'에서 "경상도는 물이 나쁜 곳이 너무 많다. 그 해로운 물을 먹으면 나쁜 병을 일으키기 때문에 여행자는 결코 생수를 마시면 안 된다"는 서술 또한 유사한 맥락에서 이해가 가능하다. '조선의 맹자(盲者)'에서도 '하등사회'라는 표현은 반복된다. '조선의 맹자'에서는 다음과 같은 서술을 통해 조선의 미개한 현실을 야유한다. "망탄불경(妄誕不經)의 황당설(荒唐說)로 우연히 맞을 때는 곧바로 명성이 자자해져서 맹자(盲者)의 집 앞에 공경사족(公卿士族)의 종과 서민(庶民)의 부인 혹은 훌륭한 남자들이 몰려 맹자(盲者)의 집은 일본의 의학박사의 현관처럼 번성(繁盛)한다."[65] 맹자(盲者) 즉 장님 판수에 대한 비판은 이후 이인직의 작품 「달 속의 토끼」(『매일신보』, 1915.1.1) 등에서도 주요 소재로 등장한다. 「한국잡관」에서는 대중적 흥미를 위해 과장된 서술을 하는 경우도 있다. '일본어 사투리와 지나어 사투리'와 '장수국여호도(長壽國女護島)'가 그러한 사례에 속한다. '일본어 사투리와 지나어 사투리'에서는 "경상도 부산(釜山) 사람은 말에 일본어 사투리가 들어 있기 때문에 일본어를 배우기에 가장 좋다"[66]는 서술이 있다. '장수국여호도'에는 "제주도는 여자가 남자보다 많아서 제 부인이 한 남편을 섬기는 것을 예사 풍습으로 여긴다고 전해진다"[67]는 서술이 있다. 이렇게 대중적 흥미를 위한 과장된 서술들이 등장하는 이유는 미야꼬신문이 대중성을 매우 중시하는 매체였다는 점과도 관련이 있다.

외형적으로만 볼 때, 「혈의루」에서 가장 선명하게 드러난 주제는 신교육을 강조하고 신학문을 익히는 일이다. 이는 김관일의 유학 이유를

---

65 위의 글, 286쪽.

66 위의 글, 285쪽.

67 위와 같음.

밝히는 다음 구절에서 확인할 수 있다.

> 오냐 죽은 ᄉᆞᄅᆞᆷ은 ᄒᆞ릴 업다, ᄉᆞ라 잇ᄂᆞᆫ ᄉᆞᄅᆞᆷ들이나, 이후에 이러ᄒᆞᆫ 일을, ᄯᅩ 당ᄒᆞ지 아니ᄒᆞ게 ᄒᆞᄂᆞᆫ 것이, 제일이라, 제 졍신, 제가 ᄎᆞ려셔, 우리나라도 남의 나라와 갓치 볼근 셰상 되고, 간ᄒᆞᆫ 나라 되야, ᄇᆡᆨ셩된 우리덜이 목숨도 보젼ᄒᆞ고, ᄌᆡ물도 보전하고, 각 도 선화당과 각 골 동헌 우에, 이귀 귀신 갓튼, 손 염나ᄃᆡ왕과, 산 터주도, 못 오게 ᄒᆞ고, 범 갓고, 곰 갓튼, ᄐᆞ국 사ᄅᆞᆷ덜이 우리나라에, 와셔, 감히 싸홈할 ᄉᆡᆼ각도 아니 ᄒᆞ도록 ᄒᆞᆫ 후이라야, 사ᄅᆞᆷ도 사ᄅᆞᆷ인 듯십고, ᄉᆞ라도 산 듯십고, ᄌᆡ물 잇셔도 제 ᄌᆡ물인 듯 ᄒᆞ리로다
>
> 처량ᄒᆞ다, 이 밤이여, 평양 ᄇᆡᆨ셩은 어ᄃᆡ가셔, ᄉᆞᄉᆡᆼ 중에 들엇시며 아귀 갓튼, 렴나ᄃᆡ왕은, 어ᄂᆞᆫ 구셕에 ᄇᆡᆨ엿스며 우리 쳐ᄌᆞᄂᆞᆫ 엇ᄯᅥ케 되얏ᄂᆞᆫ고
>
> 우리ᄂᆡ외 금슬이, 유명이 ᄯᅳᆺ튼 ᄉᆞᄅᆞᆷ이오, 옥년이를, 남달으게, 귀ᄋᆡᄒᆞ던, ᄌᆞ경이라, 그러ᄒᆞᄂᆞ 셰상에 ᄯᅳᆺ이 잇ᄂᆞᆫ, 남ᄌᆞ 되야 쳐ᄌᆞ만 구구히 ᄉᆡᆼ각ᄒᆞ면, ᄂᆞ라의 큰 일을 못 ᄒᆞᄂᆞᆫ지라, ᄂᆞᄂᆞᆫ 이 길로 쳔하 각국을 단이면셔, 남의 ᄂᆞ라 구경도 ᄒᆞ고 ᄂᆡ 공부 잘 ᄒᆞᆫ 후에, ᄂᆡ ᄂᆞ라 ᄉᆞ업을 ᄒᆞᆯ이라 ᄒᆞ고, 발기를 기다려셔 평양을 ᄯᅥ나가니 그 발길 가ᄂᆞᆫ ᄃᆡᄂᆞᆫ 만리 ᄐᆞ국이라 (제6회)

이 장면은 가족의 생사조차 확인하지 않고 '남자가 되어 처자만 구구히 생각하면 나라의 큰 일을 할 수 없다'는 명분을 내세워 갑자기 유학을 떠나버리는 비정한 가장이라는 비난을 불러왔지만, 작품의 주제를 선명히 드러내는 부분 가운데 하나임은 분명하다. 기차 안에서 우연히 만난 청년 구완서가 옥련의 학비를 대고 유학을 도와주는 이유 또한 '부인 교육을 맡아 문명의 길을 열 것'을 기대하기 때문이다.

> 우리들이, ᄂᆞ라의 ᄇᆡᆨ셩 되얏ᄃᆞ가 工夫(공부)도 못ᄒᆞ고 野蠻(야만)을, 면치 못ᄒᆞ면 사라셔

쓸 ᄯᅢ 잇ᄂᆞ냐, 너ᄂᆞᆫ 日淸戰爭(일청전징)을 너 혼ᄌᆞ 당한 듯이 알고 잇ᄂᆞ보ᄃᆞ마ᄂᆞᆫ, 우리나라 사ᄅᆞᆷ이, 누가 당ᄒᆞ지 아니한 일이냐, 제 곳에 아니 나고, 제 눈에 못 보앗ᄃᆞ고 泰平盛世(ᄐᆡ평셩세)로 아ᄂᆞᆫ 사ᄅᆞᆷ들은, 밥벌레라, 사ᄅᆞᆷ 사ᄅᆞᆷ이, 밥벌레가 되야, 셰상을 모로고 지ᄂᆡ면, 몃 ᄒᆡ 후에ᄂᆞᆫ, 우리ᄂᆞ라에셔 日淸戰爭(일청전징) 갓ᄒᆞᆫ 亂離(란리)를 ᄯᅩ 當(당)ᄒᆞᆯ 거시라, ᄒᆞ로밧비 工夫(공부)ᄒᆞ야, 우리ᄂᆞ라의 婦人 敎育(부인교육)은, 네가 맛ᄐᆞ 文明(문명)길를 여러 주어라(제35회)

구완서가 옥련과 혼인을 거론하는 명분 또한 그들이 고국에 돌아가 조선 부인 교육을 맡아야 한다는 점에 있다. 그런데, 「혈의루」의 서사 전개의 중요한 줄기 가운데 하나가 구완서와 옥련의 혼인이라는 사안임에도 불구하고, 이 작품 어디에서도 두 사람 사이의 애정에 대한 서술은 발견되지 않는다. 옥련이 구완서에 대해 느끼는 감정은 오로지 은혜를 베푼 상대에 대한 보은(報恩)의 심정이다. 구완서에게 있어서 옥련은, 구완서 자신의 이상 실현을 위해 잘 조련된 계몽의 도구일 뿐이다. 그 점에서 보면 「혈의루」는 '애정 없는 연애소설'이 되는 셈이다.

옥년이ᄂᆞᆫ 아무리, 조션 게집 아ᄒᆡ이ᄂᆞ, 학문도 잇고, ᄀᆡ명한 ᄉᆡᆼ각도 잇고, 동셔양으로 단기면셔, 문견이 놉흔지라, 셔슴지 아니ᄒᆞ고, 혼인 언론, ᄃᆡ답을 ᄒᆞᄂᆞᆫᄃᆡ, 구씨의 소쳥이 잇스니, 그 소쳥인 즉, 옥연이가 구씨와 갓치, 몃 ᄒᆡ든지 공부를, 더 심써 ᄒᆞ야, 학문이, 유여한 후에, 고국에 도라가셔, 결혼ᄒᆞ고 옥연이ᄂᆞᆫ, 조션 부인 교휵을 맛ᄐᆞ ᄒᆞ기를 쳥ᄒᆞᄂᆞᆫ, 유지한 말이라, 옥연이가, 구씨의 권ᄒᆞᄂᆞᆫ 말를 듯고, ᄯᅩ한 죠션 부인 교휵할 마음이, 간졀ᄒᆞ야 구씨와 혼인 언약을, ᄆᆡ지니 / 구씨의 目的(목젹)은 공부를 심써 ᄒᆞ야, 귀국한 뒤에, 우리ᄂᆞ라를, 독일국과 갓치, 연방을 삼아셔, 일본과 만쥬를, 한 ᄃᆡ 합ᄒᆞ야, 문명한 강국을 ᄆᆡᆫ늘고ᄌᆞ ᄒᆞᄂᆞᆫ(비ᄉᆞ믹)갓한 마암이오, 옥연이ᄂᆞᆫ 공부를 심써 ᄒᆞ야, 귀국ᄒᆞᆫ 뒤에, 우리나라 부인의 지식을 널려셔, 남ᄌᆞ의게 압졔를 밧지 말고, 남ᄌᆞ와 동등권리를 찻게 ᄒᆞ며,

ᄯᅩ 부인도 나라에 유익한 ᄇᆡᆨᄉᆡᆼ이 되고, ᄉᆞ회상에, 명예 잇ᄂᆞᆫ 사ᄅᆞᆷ이 되도록, 교휵할 마ᄋᆞᆷ이라 (제45회)

그러나, 「혈의루」의 비극성은 이렇게 애정 없는 연애소설이라는 점에만 있는 것이 아니다. 이 작품의 더 큰 비극성은, 애정을 대체할 수 있는 획기적 장치로 마련한 계몽의 미래에 대해 작가 이인직 스스로가 매우 비관적이라는 점에 있다. 이인직은 「혈의루」의 계몽 서사를 마무리하는 장면에서 다음과 같은 말로 구완서와 옥련의 기대가 부질없는 것임을 토로한다.

세상에 졔 목적을, 제가 自期(ᄌᆞ긔)ᄒᆞᄂᆞᆫ 것갓치, 질거운 일은, 다시 업ᄂᆞᆫ지라, 구완셔와옥년이가, ᄂᆞ이 어려셔, 외국에 간 사ᄅᆞᆷ들이라, 조션 사ᄅᆞᆷ이, 이렇케 야만되고, 이렇케 용녈ᄒᆞᆫ 쥴을 모로고, 구씨던지 옥년이던지, 조션에 도러오ᄂᆞᆫ 날은, 조선도 유지ᄒᆞᆫ 사ᄅᆞᆷ이 만히 잇셔셔, 학문 잇고, 지식 잇ᄂᆞᆫ 사ᄅᆞᆷ의 말을 듯고, 일를 찬셩ᄒᆞ야 구씨도, 목적ᄃᆡ로 되고, 옥년이도 졔 목적ᄃᆡ로, 조션 부인이, 일졔히, ᄂᆡ 교휵을 바다셔, 낫낫시 ᄂᆞ와 ᄀᆞᆺᄒᆞᆫ 학문 잇ᄂᆞᆫ 사ᄅᆞᆷ들이, 만히 ᄉᆡᆼ기려니, ᄉᆡᆼ각ᄒᆞ고 일변으로 깃분 마ᄋᆞᆷ을, 이기지 못ᄒᆞᄂᆞᆫ 거ᄉᆞᆫ, 제 ᄂᆞ라 형편 모르고, 외국에 유학한 소년 학ᄉᆡᆼ, 예긔에셔, ᄂᆞ오ᄂᆞᆫ 마ᄋᆞᆷ이라 (제46회)

「혈의루」 제46회는 일본과 미국을 거치는 구완서와 옥련의 행적을 마무리하는 부분이라는 점에서 중요하다. 제47회 이후부터는 무대가 다시 조선으로 바뀌고, 마지막 제50회까지는 옥련의 모친이 옥련을 기다리는 내용들로 채워져 있다. 결국 「혈의루」의 계몽 서사는 제46회에서 마무리가 되는 셈이다. 이 마무리에서 이인직은 지금까지 전개된 계몽 서사에 대한 해설자가 되어 작품에 직접 개입한다. 그는 구완서와 옥련이 기대하는 미래에 대해, '조선 사람이 이렇게 야만되고, 이렇게 용렬한 줄을 모르고' 꾸는 헛된 꿈이라는 사실을 지적한다. 구완서와 옥련이 미래를 생각하며 기쁜 마음을 이기지 못하는 것은, 그들이 '제 나라 형편 모르고 외국에 유학한 소년 학생'들이기 때문이다. 이인직은 지금까지 펼쳐온 계몽의 서사를 이렇게 비관적으로 마무리한다. 작가 이인직은, 작품 내적으로는 역경을 헤치고 미래를 꿈꾸며 살아온 인물들인 옥련과 구완서를 기만하고, 외적으로는 개화 세상에 대한 희망의 메시지라고 생각하고 이 작품을 계속 읽어온 독자들을 기만한다. 이인직은 이렇게 등장인물과 독자들을 기만하면서 「혈의루」를 마무리하고 있는 것이다. 그렇게 보면, 「혈의루」에서 강조된 신교육과 신학문의 습득이라는 주제 또한 빛이 바랠 수밖에 없다. 이는 결국 친일 개화론자 이인직의 계몽소설이 안고 있는 태생적 한계를 보여주는 것이기도 하다.

제5장
『만세보』 소재 장형소설 연구 2-「귀의성」

1) 연구사 정리

「귀의성」의 가치에 대해 최초로 주목한 연구자는 김동인이다. 김동인은 「조선근대소설고(朝鮮近代小說考)」에서 이 작품을 '한국 근대소설의 원조(元祖)'라 평한 바 있다.

> 한국 근대소설의 元祖의 榮冠은 李人稙의 「鬼의聲」에 돌아갈 밖에는 없다. 당시의 많은 작가들이 모두 작중 주인공을 才子佳人으로 하고 사건을 善人 被害에 두고 결말도 惡人 必亡을 도모할 때에 이 작가만은 「鬼의聲」으로서 학대받는 한 가련한 여성의 一代를 우리에게 보여주었다.[1]

1 김동인, 「조선근대소설고」, 『김동인전집』 제6권, 삼중당, 1976, 145쪽. 「조선근대소설고」는 1929년 7월 28일부터 8월 16일 사이 『조선일보』에 연재 발표되었다.

김동인은 「귀의성」의 특징에 대해 '재래의 작가는 인성(人性)을 선과 악 두 가지로 구별하려 할 때에 작가는 사람의 성격이 각각 다른 것을 의식하였다'고 정리한 후, 등장인물의 성격이 뚜렷이 그려진 것 또한 이 작품의 특징이라고 지적한다. 「귀의성」에 나타난 대화와 묘사 및 배경 활용의 우수성 등에 대한 언급은 다시 "이 「鬼의聲」만으로도 이 작가를 조선 근대소설 작가의 祖라고 서슴지 않고 明言할 수 있다"[2]는 극찬으로 이어진다.

김동인의 경우와는 달리, 임화가 주목한 것은 「귀의성」이 지닌 구소설적 요소들이었다. 그는 이 작품을 「치악산」과 비슷한 성향의 소설로 분류한다.

> 「귀의성」의 내용은 주로 당시의 지배자와 상층계급이었던 양반층의 부패상과 무력화(無力化)를 그린 작품이다. 이 소설에는 개화된 인물도 등장하지 않고 개화의 세계에 대한 이상도 나오지 않는다.
>
> 그러면서도 이 소설을 한말(韓末)의 오리(汚吏)를 그려 완벽의 경(境)에 달한 「은세계」의 아래에 넣지 아니하고 「치악산」과 더불어 같은 경향으로 평가함은 무엇보다 양식상의 이유가 주(主)가 된다. 「은세계」나 「혈의루」보다는 「귀의성」은 훨씬 「치악산」에 가깝다. 말하자면 더 구소설적이요 그만치 황당한 수법을 많이 썼다.
>
> 이러한 양식상의 특징은 단지 「귀의성」을 구조 위에서만 「치악산」과 비슷하게 만들었을 뿐만 아니라 전기(前記)한 양반층의 무력화와 부패상을 그리는데 그것을 직접의 주제로 하지 않고 '시앗'과 '본처'의 갈등이란 가정소설적인 주제 가운데다가 내포시켜서 표현하였다. 요컨대 '시앗'에 대한 본처의 질투가 주

2 위의 글, 148쪽.

(主) 테마요 양반층의 부패와 무력화 [그것은 양반 가장(家長)의 황음(荒淫)으로 표현되내는 부(副) 테마가 되어 있다.[3]

임화는 「귀의성」의 양식적 특질이 구소설에 가깝고, 이 작품이 오래도록 증쇄(增刷)를 거듭하며 대중들에게 읽힌 이유 역시 구소설적 요소 때문이라고 지적한다. 임화가 찾아낸 이 작품의 주제는 시앗에 대한 본처의 질투와 양반층의 부패 및 무력화이다.

조연현은 「귀의성」을 신소설의 문학적인 수준을 대표하는 작품으로 높이 평가한다. 조연현이 「귀의성」에 접근하는 방식은 일단 임화와 마찬가지로 이를 「치악산」과 같은 계열의 작품으로 파악하는 것이었다. 하지만 조연현은 임화와 달리 「귀의성」의 가치를 매우 적극적으로 인정한다. 그는 '신소설의 가장 중요한 경향이 개화 생활의 취재에 있다면, 그 개화 생활의 합리성을 강조하는 반면에 봉건적인 생활양식의 모순과 비합리성을 강조하기 위하여 봉건적인 생활양식의 상호 갈등을 취재하는 것이 신소설의 또 하나의 유력한 경향'이라고 전제한다. 이러한 경향을 대표하는 작품이 이인직의 「치악산」과 「귀의성」이라는 것이다.

모든 新小說이 事件의 終結, 줄거리의 終末만으로서 作品을 終結지운데 比해 보면 「鬼의聲」의 위와 같은 終結은 讀者들에게 많은 餘韻을 주는 暗示的인 結末이다. 이것은 李人稙의 作品이 줄거리에만 머문 것이 아니라 그 줄거리를 通해서 人間의 抒情的인 요소를 또한 彫刻해 보여주고 있는 一例이기도 하다. 이러한 暗示的인 餘韻과 抒情的인 요소를 그 작품에 內在시킨 新小說은 다른 어

3 임화, 「개설 신문학사」, 『임화 문학예술 전집』 제2권, 소명출판, 2009, 195쪽.

느 作家에게서도 發見할 수 없었던 것이다.

以上과 같이 여러가지 部門에서 指摘된 그 優劣의 比較는 그것이 바로 李人稙의 新小說과 其他의 全 新小說作家들의 作品과를 區別지우는 그 水準의 差異를 說明해 주는 것이 된다. 그러므로 新小說의 文學的인 水準이나 價値는 李人稙의 作品을 除外하고는 거의 問題가 되지 않는 것이며 李人稙의 作品에서도 特히 「鬼의聲」이 다른 어느 것보다도 뛰어나 있음은 위에서 말한 바와 같다. 이것은 그대로 「鬼의聲」이 新小說의 文學的인 水準을 代表하고 있다는 뜻이 된다.[4]

조연현은 이인직으로 인해 한국 소설사의 새로운 길이 열렸고, 「귀의성」으로 인해 한국문학사에서 신소설의 존재가 새롭게 인식되었다고 주장한다.

송민호는 「귀의성」의 가치를 주제에 집중시켜 조명했다. 「귀의성」의 직접적인 제재는 축첩으로 빚어지는 처첩 간의 갈등으로 이는 「사씨남정기(謝氏南征記)」와 같은 구소설의 전통적 계승으로 파악할 수도 있지만, 근본적인 주제 면에서는 구소설과 상당한 차이가 있다. 그리하여 "「鬼의聲」은 당시 典型的인 兩班階級인 金承旨一家가 그들 스스로 自招한 悲劇的 結末에 이르는 일련의 事件進展을 통하여 腐敗한 社會相을 告發함과 동시에, 姜同知一家로 代表되는 常人階級의 抵抗을 통하여 平民意識을 鼓吹하고 있는 것이 主題를 이룬다"[5]는 것이 송민호의 주장이다.

전광용은 「귀의성」의 주제를 '본처와 시앗의 질투 갈등이 빚어낸 가정비극'이라고 보고, 이 작품이 독자의 공감을 얻을 수 있었던 요인을 '사건 진행의 빠른 템포와 내용의 비극성 및 묘사에 노력한 문장의 사실

---

4 조연현, 『한국현대문학사』, 현대문학사, 1956, 107~108쪽(제1부).

5 송민호, 『한국 개화기 소설의 사적 연구』, 일지사, 1975, 212쪽.

성'에 있었다고 정리한다. 이러한 요인들로 인해 「귀의성」이 신소설의 수작 중의 한 자리를 차지할 수 있었고, 미약하나마 신문학사상 최초로 근대소설의 면모를 지닌 작품으로 평가받을 수 있었다는 것이다.[6]

양문규는 이인직 소설의 근대성을 논의하면서 지문과 대화의 분리 표기 방식에 주목한다. 「귀의성」에는 지문과 대화의 분리 표기 방식인 의사희곡적 형식이 많이 사용되었는데, 이러한 방식이 생생한 대화 언어를 구현시키고, 신소설이 근대소설로 나아가는 하나의 계기를 이루게 되었다는 것이다.[7]

권보드래는 「귀의성」이 「혈의루」에 비해 철저하게 전근대적 글쓰기를 복제하고 있다는 사실과 함께, '근대 미달'로 평가되는 이른바 가정소설에서도 근대와 전근대는 날카롭게 대립하면서 그 사이의 균열이 첨예하게 드러나고 있다는 점을 주목한다. 권보드래는 작품 속에 서술된 몇몇 장면을 근거로 들어 「귀의성」의 서사가 펼쳐지는 시간대를 대략 1904년 초에서 1905년 중반까지라고 추정한다. 「귀의성」이 연재의 시점과 별반 거리가 없는 '동시대를 그린 작품'이라는 것이다. 그러나, 「귀의성」은 마지막 부분에서 시앗새 설화를 들려줌으로써 갑자기 과거의 세계로 회귀하게 된다. 「귀의성」에서 다채롭게 보여지는 신문명(新文明)의 면면은 삽화의 수준을 벗어나지 못하는 경우가 대부분이다. 하지만 그럼에도 불구하고 세부의 사소한 변화들은 본질의 변화를 예고한다. 아무리 구태의연해 보일지라도, 신소설이 낡은 세계의 존재와는 구별되는 이유가 여기에 있다. 「귀의성」의 주요 서사는 균열을 봉합하는 방식에서 '전근대'라 불릴 수 있는 방식을 취한다. 「귀의성」이 근대의 '미달' 내지 '결여'로 특징지워지는 것은 이 때문이기도 하다. 그

6 전광용, 『신소설 연구』, 새문사, 1986, 128~141쪽 참조.
7 양문규, 『한국 근대소설사 연구』, 국학자료원, 1994, 34~36쪽 참조.

러나, 균열 자체가 제기하는 문제의 무게에 주의한다면 「귀의성」은 어떠한 신소설보다 다채롭게 균열을 형상화하고 있는 소설로 기억될 수 있다는 것이 권보드래의 주장이다.[8]

「귀의성」에 관한 기존의 평가들은 경우에 따라서는 상호 모순되는 것처럼 보이기도 한다. 「귀의성」의 가치에 대해 근대소설의 선구작과 고소설의 답습작이라는 상반된 평가가 공존하는 것이다. 「귀의성」에 대해 이렇게 상반된 평가가 나오는 것은 이 작품이 그만큼 양면성을 지닌 작품이라는 사실을 말해준다.

2) 서지 사항

「귀의성」은 1906년 10월 14일부터 1907년 5월 31일까지 총 139회에 걸쳐 『만세보』에 연재되었다. 그런데, 『만세보』에 연재된 「귀의성」에는 결말이 없다. 「귀의성」의 결말 부분은 추후 발행된 단행본에만 들어 있는 것이다. 이로 인해 「귀의성」은 『만세보』에서 연재가 중단된 작품으로 정리가 된다. 그러나, 「귀의성」을 연재 중단 작품으로 단정하기에는 석연치 않은 점이 있다. 작가가 연재를 중단하기 위해서는 그에 상응하는 이유가 있어야 하고, 그에 따른 해명도 있기 마련이다. 예를 들면, 「혈의루」에는 하편을 기다리라는 말과 함께 '상편종(上編終)'이라는 표시가 있다. 그러나 「귀의성」 마지막 회가 수록된 1907년 5월 31일자 『만세보』에는 아무런 해명이 없다. 『만세보』 연재본은 단행본과 비교해 볼 때, 200자 원고지로 계산해서 10여 장이 모자란다. 5월 31

8 권보드래, 「신소설의 근대와 전근대－『귀의성』을 중심으로」, 『한국문화』 제28집, 2001, 85~105쪽 참조.

일자 이후 『만세보』에서는 「귀의성」이 보이지 않는다. 그러나 이때 염두에 두어야 할 사실은, 현재 우리나라에 발굴 소장되어 있는 『만세보』가 완벽한 것이 아니라는 점이다. 1907년 5월 31일자(제270호) 이후 가까운 날짜에 일실(佚失)된 것이 두 호(6월 6일자 제275호·6월 13일자 제281호)나 있다. 이들 일실된 신문이 발견될 경우, 거기에 「귀의성」 마지막 회가 들어있을 가능성이 없지 않다. 당시에는 소설이 연재될 때 며칠씩 건너 뛰어 다음 회가 발표되는 경우가 빈번했다. 「귀의성」의 경우, 제60회분과 61회분의 게재 일자 사이에는 10일간의 간격이 있다. 98회분과 99회분의 게재 일자 사이에도 일주일 정도의 간격이 있다.[9]

물론, 이인직이 「귀의성」의 연재를 1907년 5월 31일 갑자기 중단했을 가능성도 배제하기는 어렵다. 그렇게 생각할 수 있는 이유는, 1907년 5월말부터 6월 초에 이르는 사이에 이인직이 이른바 '유고 상태'였기 때문이다. 그 결과 이인직은 소설뿐만 아니라 『만세보』에 집필해 오던 논설도 일시 중단해야 했다.[10] 이인직은 곧 『만세보』의 필자로 복귀해 논설을 다시 집필했다. 하지만, 「귀의성」의 집필은 재개하지 않고 그대로 중단했을 수도 있다. 그가 만일 「귀의성」의 연재를 중단한 것이라면 이 작품의 결말 부분은 단행본을 출간하면서 보완한 셈이 된다.

연재본의 서지뿐만 아니라, 단행본 『귀의성』의 서지에 대해서도 그동안 여러 가지 의문들이 제기된 바 있다. 하지만 단행본 『귀의성』의 서지에 대해서는 과거에 제기되었던 의문들이 지금은 대부분 해소가 된 상태이다.

임화는 단행본 『귀의성』의 서지에 대해 다음과 같이 언급한 바 있다.

---

9 「귀의성」의 상세한 연재 일지는 강현조의 「이인직 소설 연구－텍스트 및 작품 세계의 변화 양상을 중심으로」(연세대 박사논문, 2010) 중 부록에 표로 정리가 되어 있다.

10 이 시기 이인직은 『제국신문』에 연재 중이던 「혈의루 하편」 역시 11회만에 갑자기 중단했다. 이와 관련된 자세한 논의는 이 책의 제6장 참조.

『귀의성』 상권 초판이 명치 45년에 나왔음은 먼저도 말한 바와 같거니와 경성 남부 동현(銅峴)에 있던 박문서관(博文書館)이란 서점에서 융희 2년 4월에 발행한 서적목록에 당시 조선 독서계를 풍미하던 『월남망국사』, 『서사건국지』, 『금수회의록』, 『애국부인전』 등과 더불어 이인직의 소설로 『귀의성』과 『혈의루』가 기재되어 있다. 광고만 났다가 책은 명치 45년에 나왔는지 혹은 융희 2년에 나왔던 책이 있는지는 알 수 없는 일이다.[11]

이에 대해 전광용은 '임화가 명치시대 이후의 초판본은 보지 못한 듯하니 현재까지 발견된 것으로는 융희 2년(1908) 7월 간행의 중앙서관 초판본이 가장 오래된 것'이며 '하권의 가장 오랜 초판 연대는 융희 2년의 중앙서관이나, 이 연대를 앞서는 상권의 초판은 아직 나타나지 않는다'고 언급했다.[12]

백순재는 이인직의 전체 작품 목록을 제시하면서 「귀의성」의 서지에 대해서 다음과 같이 정리한다.

「鬼의 聲」, 1906년 10월 10일부 『萬歲報』 제92호부터 1907년 5월 3일자 제270호 15章 134회까지 연재되었다가 중단되었다. 1907년 10월 3일자 「김상만 책사」(광학서포)에서 上卷 初版이 발간되었고, 1908년 7월 25일자 「中央書館」 명의로 下卷이 발간됨으로써 이 작품은 완결을 이루었다.[13]

단행본의 초판은 1907년 10월 광학서포에서 상권이, 다음해 7월 중앙서관에서 하권이 발행됨으로써 완결되었다는 것이다. 그런가 하면

11 임화문학예술전집 편찬위원회 편, 『임화 문학예술 전집 제2권－문학사』, 소명출판, 2009, 205쪽.

12 전광용, 「귀의성」, 『사상계』, 1956.1, 60쪽; 전광용, 「이인직론」, 『월간문학』, 1969.7, 225쪽 참조.

13 백순재, 「이인직의 「강상선(江上船)」 새 발견」, 『한국문학』, 1977.4, 192쪽.

김하명은 다음과 같이, 단행본 『귀의성』이 신문 연재 도중 먼저 출간되었다는 주장을 하기도 했다.

> 이것은 菊初의 세째번의 作品(「短篇」「血의涙」 다음의) 으로 亦是 氏가 總務로서 編輯을 總轄하던 萬歲報에 連載된 것인데, 光武十年(一九0六年) 十月十四日付 第九十二號에서부터 시작하여 다음해 五月三十一日付 第二七0號에서 十五章 百三十四回로 中斷되었다. 그러나 新聞에 連載中에 이미 單行本으로서 出版되었던 것이니, 萬歲報 第二六八號(光武十一年 五月二十九日)부터 여러十번 「新小說 鬼의聲」의 發賣 廣告가 난 것으로서 알 수 있다.[14]

단행본의 출간이 신문 연재 도중 이루어진 것이라는 주장에는 『만세보』에 수록된 광고가 근거로 사용되었다. 그러나, 신문 연재 도중 단행본을 먼저 출간했다는 김하명의 주장은 자료에 대한 잘못된 해석의 결과이다. 최근에 중앙서관 발행 『귀의성』 상권이 발견됨으로써 이 문제는 완전히 일단락을 지을 수 있게 되었다. 중앙서관 발행 『귀의성』 상권은 그 발행일이 1907년 5월 25일로 되어 있다. 중앙서관의 『귀의성』은 1908년 7월 25일 하권이 발행됨으로써 완간된다. 『귀의성』 상권은 연재가 끝난 부분만을 출판한 것이고, 하권 역시 연재가 완료된 이후 출간된 것이라는 점에서 이 작품이 지극히 상식적인 절차에 따라 출판된 것임을 알 수 있다.[15] 중앙서관본 『귀의성』이 상권과 하권으로 이

---

14 김하명, 「신소설과 「혈의루」와 이인직」, 『문학』, 1950.5, 191쪽.

15 참고로, 박진영은 「귀의성」 연재가 마무리되기 엿새 전에 상권이 곧바로 출판된 뒤 하권이 나오기까지 꼬박 일 년 이 개월이나 걸렸다는 점에 대해 의문을 제기한다. 1907년 5월부터 1908년 7월 사이의 어느 시점에 『귀의성』 하권의 초판이 이미 출판되었을 가능성이 있다는 것이다(박진영, 「주요 신소설 작가와 단행본 출판의 계보」, 『책의 탄생과 이야기의 운명』, 소명출판, 2013, 299쪽 참조)이러한 추정은 개연성이 없지 않다. 하지만, 상권과 하권의 발행 시차가 큰 이유는 다른 방식으로 추정해 볼 수도 있다. 『만세보』에서 「귀의성」이 완결되

루어져 있다는 사실은, 중앙서관 발행 도서 뒷면 광고란에 있는 '신소설 귀성(鬼聲) 전이책(全二冊) 정가 금 육십전'이라는 구절을 보아도 분명히 알 수 있다. 『귀의성』 상권이 1907년 10월 3일 광학서포에서도 출간되었고 저자는 숭양산인 즉 장지연이라는 점 등도 모두 잘못된 것이다. 광학서포에서는 『귀의성』을 발행한 적이 없으며, 장지연은 이 작품과 아무런 연관성이 없다. 현재 학계에서 연구 대본으로 활용하고 있는 광학서포 발행 『귀의성』 상권의 영인본[16]은 중앙서관본 상권의 일부와 동양서원본 상권[17]의 일부를 합친 판본이다. 이는 이번에 새롭게 발견된 중앙서관본 상권과 동양서원본 상권 원본, 그리고 이른바 광학서포본에 대한 확인 대조 과정을 통해 얻은 결론이다.[18] 『귀의성』의 출판사가 광학서포로, 그리고 저자가 장지연으로 되어있는 『귀의성』 판본이 존재하는 것은 누군가가 영인본을 만들면서 『귀의성』과는 전혀 관계가 없는 광학서포 판권지를 끼워 넣었기 때문이다. 광학서포 발행 『귀의성』 상권의 영인본 제작시에 사용된 원본을 확인한 결과 이 책의 판

지 않고 갑자기 중단된 것이라면, 하권 발행은 결말 부분에 대한 이인직의 추가 원고 집필을 기다리다 늦어졌을 가능성이 있는 것이다.

16 한국학문헌연구소 편, 『한국개화기문학총서-신소설·번안(역) 소설』 제1권, 아세아문화사, 1978.

17 동양서원에서는 1912년 2월 5일 『귀의성』 상권을 발행했다. 동양서원은 이미 출간된 타 출판사의 단행본 소설들을 포함하는 기획물 '동양서원소설구락부(東洋書院小說俱樂部)'를 간행하고 있었다. 『귀의성』의 출간 역시 이 기획의 일부로 이루어진 것이다. 『귀의성』 하권도 동양서원에서 연속 출간되었을 가능성이 있으나 현재는 미발굴 상태이다.

18 "조심스러운 추정이긴 하지만 현재 영인된 광학서포본은 실제로는 광학서포에서 발간된 것이 아니라, 중앙서관본 초판본(상편) 1~144쪽과 동양서원본 초판본(상편) 145~146쪽을 합본한 판본일 가능성을 전혀 배제할 수는 없다. 그러나 이러한 추정은 어디까지나 원본의 확인을 통해서만 입증될 수 있는 것이기에 이 논문에서는 최종 판단은 유보하도록 하겠다"(강현조, 「『귀의성』 판본 연구」, 『현대소설연구』 제35호, 2007, 95~96쪽)는 의견도 제시된 바 있다. 강현조, 「이인직 소설 연구-텍스트 및 작품 세계의 변화 양상을 중심으로」, 연세대 박사논문, 2010. 27~31쪽에도 서지 관련 최근 학계의 연구 성과가 정리되어 있다. 본 연구에서는 중앙서관본은 2009년 함태영 발굴본으로, 동양서원본은 서강대 도서관 고서실 소장본으로, 그리고 광학서포본은 아단문고 소장본으로 확인했다.

권지는 본문과는 별도로 분리된 상태로 철해져 있었다. 그러나 이렇게 잘못 첨부된 판권지가 원래 어떤 책의 판권지였는지는 알 수 없다. 1908년 당시 장지연의 이름으로 발행된 서적들을 대부분 확인했지만 이 판권지와 일치하는 책을 발견할 수는 없었다.[19]

3) 구성

「귀의성」의 각 회별 내용을 요약 제시하면 다음과 같다. 「귀의성」은 총 139회에 걸쳐 연재되었으나, 중복 표기된 횟수가 있어 실제 『만세보』상의 최종회는 제134회이다.[20]

제1회 : 길순이가 잠들어 꿈을 꾸다가 가위에 눌림.

제2회 : 강동지 처가 딸 길순이의 신세를 안타까워하며 강동지에게 푸념을 늘어놓음.

제3회 : 강동지와 강동지 처가 길순이의 처지를 놓고 말다툼을 함.

제4회 : 서울에서 김승지가 길순이를 기다리고 있다고 강동지가 거짓말을 함.

제5회 : 강동지 처가 길순이에게 서울 갈 행장을 차리라 이름.

제6회 : 이별을 생각하며 모녀가 끌어안고 눈물을 흘림.

제7회 : 길순이가 어머니에게 지난밤 꾼 악몽에 대해 자세히 이야기 함.

19 김영민, 『문학제도 및 민족어의 형성과 한국 근대문학(1890~1945)』, 소명출판, 2012, 100~102쪽 참조.

20 「귀의성」에는 줄거리가 전환되는 부분에 장(章) 표시를 별도로 하고 있다. 이러한 장 표시는 제1회부터 제8회까지는 없고, 제2장이 시작되는 제9회부터 나타난다. 이로 미루어 보면 분장(分章)의 방식은 처음부터 계획된 것이라기보다, 연재를 이어가던 중 고안해 낸 것으로 보인다. 하지만, 장을 가르는 기준이 명확하지 않고, 분장의 기능 또한 주목할 만한 것이라고 보기 어렵다.

제8회 : 강동지가 길순이를 가마에 태우고 서울 김승지 집을 향해 출발함.

제9회 : 강동지가 딸 길순이를 김승지에게 첩으로 주던 사정과 김승지가 서울로 올라가게 된 사정 등을 설명함.

제10회 : 길순이를 태운 가마가 김승지 집 마당에 도착하고 김승지 처가 앙탈을 부림.

제11회 : 김승지가 강동지에게 길순이를 데리고 계동 박참봉 집으로 가 있으라 이름.

제12회 : 집안에 놓인 가마를 본 김승지는 당황하고 김승지 처는 앙탈을 부림.

제13회 : 김승지 처가 계속해서 앙탈을 부림.

제14회 : 길순이를 태운 가마가 계동으로 이동해 나가고 김승지 처는 침모를 의심함.

제15회 : 김승치 처가 김승지에게 침모를 데리고 계동으로 가라고 말함.

제16회 : 김승지 집 머슴 작은돌이 아내 점순이를 구박하며 여필종부를 강조함.

제17회 : 침모가 김승지 집을 나와 계동에 있는 친정으로 가 모친을 만남.

제18회 : 점순이가 침모의 집을 찾아가 길순이가 숨어 있는지 염탐함.

제19회 : 계봉 박참봉 집에서 길순이가 김승지 오기를 기다림.

제20회 : 길순이가 잠자리에 누워 자신의 신세를 한탄함.

제21회 : 길순이가 죽기로 작정함.

제22회 : 길순이가 한밤중에 박참봉의 집을 빠져나감.

제23회 : 길순이가 우물가로 가 우물돌 위에 올라섬.

제24회 : 우물가에 넘어진 길순이를 순검이 발견함. 박참봉이 김승지를 찾아가 만남.

제25회 : 박참봉이 김승지에게 찾아가 춘천집(길순이)이 한성병원에 입원한 사실을 알림.

제26회 : 박참봉이 한성병원에 입원한 춘천집을 찾아가 위로함.

제27회 : 춘천집이 자신의 앞날에 대해 생각함.

제28회 : 박참봉이 강동지에게 병원에 다녀온 이야기를 들려 줌.

제29회 : 점순이가 박참봉 집에 와 혹시 춘천집이 있는지 탐문하고 돌아감.

제30회 : 남대문 밖 도동에 거처를 정한 춘천집이 아들을 낳고 눈물을 흘림.

제31회 : 춘천집이 죽기로 작정하고 전기 철도에 누워 전차 오기를 기다림.

제32회 : (횟수 표기 건너 뜀)

제33회 : 춘천집에 인력거가 걸려 넘어져 거기에 타고 있던 침모가 다침. 춘천집이 침모를 데리고 자신의 집으로 감.

제34회 : 춘천집을 보러 온 김승지가 침모를 발견하고 깜짝 놀람.

제35회 : 침모가 지난밤에 있었던 일을 김승지에게 설명하고 세 사람 모두 눈물을 흘림.

제36회 : 김승지 처가 점순이에게 춘천집의 거처를 알아오면 옷가지를 모두 주겠다고 꼬임.

제37회 : 김승지 처가 김승지에게 춘천집을 데려와 건넌방에 두자고 거짓으로 제안함.

제38회 : 김승지의 반응을 보던 김승지 처가 버럭 화를 냄.

제38-2회 : 점순이가 남편 작은돌을 꾀어 춘천집 사는 곳을 알아내려 함.

제39회 : 춘천집이 계동에 집을 얻어 머물고 있다는 사실을 점순이가 김승지 처에게 알림.

제40회 : 점순이가 김승지 처에게 계략을 이야기하려 함.

제41회 : 김승지 처가 춘천집과 침모에 대한 증오심을 드러냄.

제42회 : 점순이가 다시 김승지 처에게 계략을 이야기하려 함.

제43회 : 점순이가 김승지 처에게 춘천집과 침모를 죽일 도리가 있다고 꼬임.

제44회 : 점순이가 춘천집의 거처를 찾아감.

제45회 : 점순이가 춘천집과 침모를 만남.

제46회 : 김승지 처가 보낸 물건들을 점순이가 춘천집에게 전함.

제47회 : 점순이가 침모에게 거짓으로 위로함.

제48회 : 점순이가 춘천집에게 자신이 아기 젖도 먹이고 시중도 들겠다고 거짓으로 꼬임.

제49회 : 점순이가 김승지 처에게 돌아와 춘천집을 만나고 온 이야기를 함.

제50회 : 김승지가 김승지 처에게 양자를 들이자는 말을 함.

제51회 : 김승지가 갈피를 못잡고 마음이 오락가락함.

제52회 : 김승지 처가 신세 타령을 함.

제53회 : 유모가 김승지 집을 떠나려 함.

제54회 : 김승지 처와 점순이가 모종의 음모에 대해 이야기함.

제55회 : 늙은 암탉이 우는데 반대로 새로 들어온 암탉을 잡아서 죽임.

제56회 : 점순이가 춘천집에게 찾아가 충실한 노비 역할을 하며 지냄.

제57회 : 점순이가 춘천집의 아이를 김승지 처에게 데려가 보여줌.

제58회 : 점순이가 춘천집의 아이에게 너의 어머니와 한날한시에 죽게 될 것이라고 말함.

제59회 : 점순이가 춘천집에게 아이 키우는 일에 대해 생색을 냄.

제60회 : 점순이가 침모를 꼬여 춘천집을 죽이는 계획에 끌어들이려 함.

제61회 : 침모가 자신이 벌을 받는 악몽을 꿈.

제62회 : 침모가 안절부절 못함.

제63회 : 침모가 자신의 집으로 가 어머니와 대화함.

제64회 : 침모가 어머니에게 점순이의 계략에 대해 실토함.

제65회 : 침모 어머니가 침모에게 가만히 있으라고 타이름.

제65-2회 : 침모가 신세 타령을 하고 어머니를 걱정함.

제66회 : (횟수 표기 건너 뜀)

제67회 : 침모가 어머니의 지시에 따라 김승지 집으로 찾아감.

제68회 : 침모가 김승지 내외에게 자신이 오늘 시집을 가게 되었다고 거짓말을 함.

제69회 : 침모가 김승지 집을 나와 인력거를 타고 남대문 밖으로 향함.

제70회 : 춘천집으로 가던 침모의 인력거가 최춘보가 탄 인력거와 충돌함.

제71회 : 침모가 춘천집에게 작별을 고함.

제72회 : 침모가 짐을 챙겨 춘천집과 점순이를 작별하고 대문을 나섬.

제73회 : 점순이가 최춘보에게 계획이 어긋났다는 사실을 말함.

제74회 : 점순이와 최춘보가 춘천집 모자 죽일 계획에 대해 다시 상의함.

제75회 : 최춘보가 점순이에게 당장 계획대로 실행할 것을 재촉함.

제76회 : 점순이가 최춘보에게 계획의 실행을 내년 봄으로 미루자고 제안 함.

제77회 : 춘천집이 봄을 맞아 마당에 아기를 안고 나옴.

제78회 : 점순이가 춘천집에게 남산으로 꽃구경을 가자고 권함.

제79회 : 춘천집에게 거짓 손님(최춘보)이 찾아옴.

제79-2회 : 춘천집이 손님을 따라 교군을 타고 김승지가 아파 누워있다는 곳으로 향함.

제79-3회 : 춘천집이 도망을 갔다는 소문이 온 동네에 퍼짐.

제80회 : 김승지 처가 점순이에게서 소식이 오기를 기다림.

제81회 : 점순이가 김승지 집에 가서 춘천집이 달아났다고 거짓으로 알림.

제82회 : 김승지 처가 춘천집의 행실에 대해 비난함.

제83회 : 최춘보가 교군을 돌려보내고 춘천집을 데리고 밤길을 걷기 시작함.

제83-2회 : 최춘보가 춘천집과 그 아들 거북이를 살해함.

제84회 : (횟수 표기 건너 뜀)

제85회 : 강동지 처가 악몽을 꿈.

제86회 : 강동지 내외가 딸을 만나보기 위해 서울로 올라감.

제87회 : 강동지 내외가 춘천집 살던 곳에 도착해 노파를 만남.

제88회 : 강동지 내외가 노파에게 딸의 안부를 물음.

제89회 : 춘천집이 사내와 함께 달아났다고 노파가 말함.

제89-2회 : 강동지가 점순이와 최춘보의 이야기를 엿들으며 의심을 품기 시작함.

제90회 : (횟수 표기 건너 뜀)

제91회 : (횟수 표기 건너 뜀)

제92회 : (횟수 표기 건너 뜀)

제93회 : 강동지 내외가 점순이에게 딴청을 부림.

제93-2회 : 점순이와 최춘보가 자기들끼리 이야기함.

제94회 : 강동지가 어렴풋이 사태를 짐작함.

제95회 : 강동지 내외가 박참봉의 집을 찾아감.

제95-2회 : 강동지가 박참봉에게 바른대로 말을 하라 다그침.

제96회 : 강동지가 딸의 원수를 갚겠다고 말함.

제97회 : 강동지가 김승지를 불러내 춘천집이 죽은 사실을 알림.

제97-2회 : 김승지가 강동지에게 돈을 마련해 줌.

제97-3회 : 김승지가 조용한 곳을 찾아 광주 봉은사로 향함.

제98회 : 김승지가 우연히 춘천집 모자의 시체를 발견함.

제98-2회 : 삯꾼이 김승지의 편지를 가지고 박참봉 집에 도착함.

제99회 : 김승지가 편지를 뜯어보고 딸이 죽은 사실을 알게 됨.

제100회 : 강동지 내외가 봉은사로 향함.

제101회 : 강동지 내외가 삯꾼을 놓치고 길을 잃음.

제102회 : 강동지 처가 깊은 골짜기로 굴러 떨어짐.

제103회 : 강동지 처가 신세타령을 하며 하늘을 원망함.

제104회 : 강동지 처가 자신이 굴러 떨어진 곳이 딸의 시체가 있는 곳이라 짐작을 함.

제105회 : 강동지가 김승지와 함께 춘천집 시체가 묻힌 곳으로 옴.

제106회 : 우는 소리 나는 곳을 능꾼들이 찾아 달려 옴.

제107회 : 악행이 탄로 난 것을 안 점순이가 김승지 처와 상의한 후 최춘보와 함께 도망을 감.

제108회 : 점순이와 최춘보가 중도에 돈을 모두 도둑맞고 부산에 도착함.

제109회 : 점순이가 김승지 부인에게 돈을 보내 달라는 편지를 함.

제110회 : 김승지 처가 세간을 팔아 점순이에게 돈을 보냄.

제111회 : 점순이가 김승지 처에게 다시 편지를 보내 돈을 달라 하나 회신이 없음.

제112회 : 판수와 양복 입은 노인이 다투는 것을 점순이가 구경함.

제113회 : 점순이가 판수를 집으로 불러들임.

제114회 : 판수가 점순이에게 신수점을 쳐주겠다고 말함.

제115회 : 점순이가 신세를 한탄하고 판수가 신수점을 침.

제116회 : 판수가 점순이에게 원통하게 죽은 귀신이 뒤에 따라다닌다고 이야기 함.

제117회 : 판수가 여귀는 강가 성을 가졌고, 어린아이 귀신은 김가 성을 가졌다 말함.

제118회 : 점순이와 최춘보가 판수에게 자신들이 죽을 죄를 지은 사람들이라 실토함.

제119회 : 판수가 점순이와 최춘보에게 도망을 가라고 제안함.

제120회 : 판수가 최춘보더러 양복 입은 노인에게 가서 돈을 찾아오라 이름.

제121회 : 최춘보가 양복 입고 변장한 강동지를 찾아 범어사로 향함.

제122회 : 강동지가 범어사 중으로 변장하고 최춘보를 길에서 만남.

제123회 : 강동지와 최춘보가 싸움을 벌임.

제123-2회 : 강동지가 최춘보를 죽임.

제124회 : (횟수 표기 건너 뜀)

제125회 : 점순이가 판수에게 악몽 꾼 이야기를 함.

제126회 : 점순이가 판수를 따라 범어사로 향함.

제127회 : 점순이와 판수가 길에서 범어사 중으로 변장한 강동지를 만남.

제128회 : 강동지가 점순이를 꾸짖음.

제129회 : 강동지가 점순이를 죽임.

제130회 : 강동지가 기차를 타고 서울로 올라감.

제131회 : 강동지가 김승지 처를 찾아감.

제132회 : 강동지가 김승지 처를 죽임.

제133회 : 강동지가 침모의 집으로 향함.

제134회 : 강동지가 침모 모녀의 이야기를 엿들음.

단행본 추가 분 : 강동지가 침모를 용서하고 김승지와 침모가 결혼을 함. 강동지 부부는 해삼위로 도망을 감.

「귀의성」은 구소설이 즐겨 사용하던 소재와 구성법을 차용한 작품이다. 그럼에도 불구하고, 「귀의성」이 「혈의루」에서 시도되었던 시간적 서술의 역전구조를 확고히 정착시킨 작품이라는 점만은 분명하다. 「귀의성」의 제1회부터 제8회까지는 길순이가 춘천을 떠나 서울로 향하게 되는 과정을 그리고 있다. 제9회는 김승지가 춘천 군수로 부임했다가 길순이를 첩으로 삼게 된 과정을 그린 것이다. 시간적 순서로 보면 제9회에 서술된 사건들이 제1회부터 제8회에 걸쳐 서술된 사건보다 먼저 일어난 것들이다. 이야기를 시간적 순서대로 써내려갔다면 이 작품의 서사 전개는 지나치게 지루하고 상투적이어서 독자들의 호응을 얻기 어려웠을 것이다. 그런 점에서 보면 이인직은 대중의 관심을 끌 수 있는 서사 전개 방식이 어떤 것인가를 인지한 상태에서 이 작품을 연재해 갔다고 할 수 있다.

「귀의성」의 구성상 특질 가운데 하나는 앞으로 일어날 주요 사건들에 대해 미리 복선을 깔아 놓는 것이다. 「귀의성」에서 발견할 수 있는 첫 번째 복선의 사례는, 길순이가 어머니에게 지난밤에 꾼 악몽에 대해 이야기하는 것이다.

> (길순) 어머니, ᄂᆡ ᄭᅮᆷ니약이 좀, 드러보시오 / ᄭᅮᆷ에ᄂᆞᆫ, ᄂᆡ가 아들을 나셔, 두 살이 도얏ᄂᆞᆫᄃᆡ, 홈박쏫갓치 탐스럽게 싱긴 것이, 나를 보고, 엄마 엄마 ᄒᆞ면셔, ᄂᆡ 압헤셔, 허덕허덕 노ᄂᆞᆫᄃᆡ, 우리 큰ᄆᆞ누라라, ᄒᆞᄂᆞᆫ 사람이, 쌩긋쌩긋우스며, 어린아희를 보고, 두 숀ᄇᆞ닥을, 톡톡 치면셔 이리 오너라 이리 오너라 하니, 텬진의 어린아희가 벙긋벙긋 우스며, 고사리 갓한 자근 숀을, ᄂᆡ미니, 큰 마누라가 왈락 달러드러셔, 어린아희의 두 억기를 담삭 웅켜쥐고, 븐작 드더니, 어린아희, ᄃᆡᄀᆞᆼ이서부터 몬창몬창 ᄶᅢ미러먹으니, 내가 놀납고, 짬직하야, 어린ᄋᆞ희를 쎄스려 ᄒᆞ얏더니, 큰 ᄆᆞ누ᄅᆞ가, 븐도막짐, 남은 ᄋᆞ희를, 집어더지고, 피가 발갓캐 무든 조둥이를, 싹 ᄇᆞ리고 앙상한 입싸리를 흔들며, 왈칵 둘려드ᄂᆞᆫ 셔슬에, 질긔를 ᄒᆞ야 소리를 지르며, 잠이 ᄶᅢ엿스니, 무슨 ᄭᅮᆷ이 그럿케도, 고약하오
> (모친) 이애 그 ᄭᅮᆷ니약이를 드르니 소룸이 ᄶᅵ치ᄂᆞᆫ고ᄂᆞ (제7회)

길순이가 꾼 악몽은 미래를 예측하는 기능을 한다. 딸의 꿈 이야기를 듣고 소름이 끼친 강동지 처는 길순이에게 서울로 가지 말고 그냥 집에 있을 것을 권유한다. 하지만, 길순이는 좋은 일도 흉한 일도 모두 팔자소관이라며 서울로 올라갈 뜻을 굽히지 않는다.

두 번째 복선의 사례로는 집안에서 우는 암탉을 가려내 죽이는 일화를 들 수 있다. 김승지 집에서 암탉이 울기 시작하자 김승지 처는 흉조

라고 생각하고 그 암탉을 찾아 죽이기로 작정한다.

세상에 구긔 잘ᄒᆞ기로ᄂᆞᆫ 남의게 둘지를 가지안턴 집이라 사흘 밤을 암닭 우ᄂᆞᆫ 소리를 듯고 이 집이 망ᄒᆞ느니 흥하느니 ᄒᆞᄂᆞᆫ 공논뿐이라 / 부인이 자근돌이를 불러셔 우ᄂᆞᆫ 암닭을 잡ᄋᆞ업싀라 ᄒᆞ얏ᄂᆞᆫᄃᆡ 본ᄅᆡ 김승지가 자미 본다고 묵은 닭 ᄒᆞᆫ 쌍을 두엇더니 몃칠 전에 시골 마름의 집에셔 씨암닭으로 앙바틈ᄒᆞ고 맵시 조흔 암닭 ᄒᆞᆫ 마리를 가져왓ᄂᆞᆫᄃᆡ 저녁마다 ᄃᆞᆰ이 오를 ᄯᆡ면 묵은 암ᄃᆞᆰ이 힛ᄃᆞᆰ을 엇지 몹시 쏘던지 묵은 ᄃᆞᆰ ᄒᆞᆫ 상은 ᄂᆞ란히 잇고 힛ᄃᆞᆰ은 홰 ᄒᆞᆫ구셕에 가셔 ᄶᆞ루 ᄯᅧ러저 ᄌᆞ더라 / ᄒᆞ로밤에ᄂᆞᆫ 부인의 영을 듯고 남죵녀비가 초롱불을 들고 우ᄂᆞᆫ ᄃᆞᆰ을 차지려고 ᄃᆞᆰ의 홰 맛헤 가셔 기다리고 잇ᄂᆞᆫᄃᆡ 밤중이 다 못되야 묵은 암ᄃᆞᆰ이 씨씩 운다 / 부인이 미다지를 열며 / 이ᄋᆡ 어ᄂᆞᆫ ᄃᆞᆰ이 우ᄂᆞ냐 / 게집죵들이 일제히 ᄒᆞᄂᆞᆫ 말이 / 고 못된 묵은 ᄃᆞᆰ이 움니다 / 여보 순돌 아버지 어셔 고 ᄃᆞᆰ을 잡아 업싀버리시오

(부인) 이ᄋᆡ 그거시 무슨 소리냐 아무리 날짐승일지라도 본ᄅᆡ ᄒᆞᆫ상으로 잇던 묵은 암ᄃᆞᆰ 을 우ᄋᆡ 업싄단 말이냐 / 고 못된 힛암ᄃᆞᆰ 한 마리가 드러오더니 무근 암ᄃᆞᆰ이 셔러셔 우ᄂᆞ보다 / 네 고 횃[힛]암ᄃᆞᆰ을 지금으로 잡아ᄂᆡ려서 목아지를 비ᄯᅳ러 쥭여버려라

자근돌이가 횃[힛]ᄃᆞᆰ을 잡아 쥭이ᄂᆞᆫᄃᆡ 짐승의 소릴지라도 밤중에 ᄃᆞᆰ 잡ᄂᆞᆫ 소리갓치 쓸쓸한 소리ᄂᆞᆫ 업다 (제55회)

이 일화에서 우는 암탉은 늙은 암탉이지만, 실제 죽임을 당하는 것은 새로 들어온 암탉이다. 여기서 시끄럽게 우는 암탉이 김승지 처를 상징하고, 새로 들어온 암탉이 춘천집을 상징한다는 사실은 두말할 나위가 없다.

「귀의성」은 도처에서 우연을 남발함으로써 구소설의 구성을 답습

했다는 비판을 받는다. 죽기로 작정하고 철로에 누워있던 춘천집에게 걸려 넘어진 인력거에 침모가 타고 있었다는 사실(제33회)은 작위적이다. 침모가 춘천집을 만났던 바로 그 자리에서 다시 인력거 충돌로 마주친 인물이 최춘보임을 알리는 장면(제70회) 또한 그러하다. 광주 봉은사를 찾아가던 김승지가 까마귀를 쫓으려다가 춘천집 모자의 시체를 발견하는 장면(제98회)이나, 강동치 처가 길을 잃고 헤매다가 우연히 딸의 시체가 있는 곳으로 굴러 떨어지는 장면(제104회) 등도 모두 그러한 사례에 속한다.

단행본 『귀의성』에는 연재본 「귀의성」에 비해 원고지 10여 장 분량의 내용이 더 들어 있다. 단행본에 추가된 결말 부분에는 다음과 같은 네 가지의 서사가 압축되어 있다. 첫째, 강동지의 복수담의 마무리. 강동지가 침모를 죽이기 위해 찾아가지만, 그의 복수담은 침모를 용서하는 것으로 마무리된다. 둘째, 김승지와 침모의 결혼. 이는 강동지의 청원에 의해 이루어지는 형식을 취하고 있다. 셋째, 강동지 내외의 행적. 이들은 조선을 떠나 러시아 땅 해삼위로 도망을 친다. 넷째, 전체 서사의 후일담. 춘천집의 원혼이 새가 되어 떠돌며 슬프게 운다.

『귀의성』의 결말 부분은 서둘러 마무리 된 흔적이 역력하다. 134회까지 『만세보』에 연재되던 서사의 진행 속도에 비하면, 단행본 결말부에 담긴 내용이 지나치게 많다. 김승지와 침모의 결혼에 관한 서술은 시간에 쫓긴 듯 써내려간 결말부가 보여주는 대표적 파행 장면 가운데 하나이다.

4) 주제

「귀의성」은 처첩간의 갈등을 소재로 삼은 가정소설이면서, 주인공이 없는 소설이다. 춘천집이 김승지의 첩이 되었다가 희생되고, 강동지가 딸 춘천집의 복수를 하는 것이 작품의 큰 줄기이나, 춘천집을 이 작품의 주인공이라고 보기는 어렵다. 작품의 후반부에서 강동지의 역할이 중요하기는 하나 그 역시 이 작품의 주인공은 아니다.

이 작품에서는 강동지가 악인을 징벌하는 장면들이 흥미를 끌지만, 그것이 권선징악(勸善懲惡)의 주제로 이어지지는 않는다. 「귀의성」이 권선징악적 소설이 되지 못하는 가장 큰 이유는 이 작품에 선(善)으로 표상되는 인물이 단 한 사람도 없기 때문이다. 「귀의성」의 도입부에서는 강동지와 강동지 처가 말다툼을 통해 딸의 혼인에 대한 각자의 견해를 제시한다. 강동지 처는 "초록은 졔 빗치 좃타고 사위를 보거든 갓ᄒᆞᆫ 상사ᄅᆞᆷ씨리 혼인ᄒᆞᄂᆞᆫ 거시 좃치 / 냥반 사위 좋다고 할 비러먹을 년이 잇ᄂᆞ / ᄂᆡ 마ᄋᆞᆷᄃᆡ로, ᄒᆞᆯ 것 갓하면, 가ᄂᆞᆫ한 집, 지차자식이든지, 그럿치 아니하면 부모도 업고, 사ᄅᆞᆷ만 착실ᄒᆞᆫ 아ᄒᆡ를, 골ᄂᆞ셔, 다릴사위를 삼아셔, 평싱을 다리고 잇스려 ᄒᆞ얏더니"(제2회)라는 말로 자기 분수에 맞는 사위감을 고를 것을 제안한다. 사람만 착실하다면 같은 상사람끼리 혼인하는 것이 바람직하다는 것이다. 반면, 강동지는 춘천 군수 김승지가 자신의 딸을 첩으로 달라고 했던 제안을 상기하면서 이는 곧 용꿈을 꾼 것이라고 회상한다. 자신의 딸을 '돈 덩어리'로 보면서, '여편네들이 아무것도 모르면서 집안에서 방정을 떨고 있으니 될 일도 안 된다'고 생각하는 것이 강동지의 현실 인식이다. 강동지 처는 "냥반 사위 보고, 그 덕에 쳥낫치ᄂᆞ, 하여 먹고, 읍ᄂᆡ 가면, 뉵회 접시, 슐잔 어더 먹엇다고, 그ᄭᆞ지 거슬, 덕 본 쥴 알고, 길순의게ᄂᆞᆫ 저러ᄒᆞᆫ, 적악ᄒᆞᆫ 줄은 모르니 참, 답답ᄒᆞᆫ 일이오"(제3회)라고 되받는다. 딸을 양반의 첩으로 보내는 일이 곧 적악(積惡)이라고 말하며 강동지를 비난하는 것이다. 하지만, 강동지 처 역시 선(善)을 표상하는 인물은 되지 못한다. 강동지 처가 자신의 남편을 비난하는 이유는 딸을 첩으로 보냈기 때문이 아니다. 비난의 핵심은 김승지가 비서승이 되어 서울로 가면서 첩인 자신의 딸을 데려가지 않았다는 데에 있는 것이다. 강동지 처가 김승지를 짐승같은 놈이라 부르는 것은 그런 이유 때문이다. "길슌이ᄂᆞᆫ 정절부인이 되려ᄂᆞ 웨, 다른 ᄃᆡ로 시집을 아니가고, 김츈쳔인지 김승지인지, 그 망ᄒᆞᆫ 놈ᄆᆞᆫ 바라고 잇서 / 김승지 김승지, 김승지가, 다, 무어시오, 그런 김승 갓ᄒᆞᆫ 놈이, 잇단 ᄆᆞᆯ이오 / 저의 마누라가 무셔워셔, 쳡을 다려가지 못ᄒᆞ고, 저럿케 둔단 말이오"(제3회)

「귀의성」의 결말부에 등장하는 김승지와 침모의 결합 장면은 이 작품의 주제를 모호하게 만들어버리고 만다. 김승지 처는 춘천집과 김승지의 관계를 비난하면서, 김승지와 춘천집의 관계 또한 의심하고 비난한 바 있다. 작품 전반부에 등장하는 다음과 같은 장면이 이를 보여준다.

> (승지) 져 즁문ᄭᅡᆫ에 교군이, 왼 교군인가, 자네ᄀᆞ 어ᄃᆡ를 가려고, 교군을 갓다 노앗나 절문 녀편네ᄀᆞ, 어ᄃᆡ를 자죠 가면, 탈이니…… / 하ᄂᆞᆫ 쇼리에, ᄋᆞᆫ생에셔, 미닫이를 드윽, 열러젯치며
>
> (부인) 여보 침모ᄭᆞ지, 탐이 ᄂᆞᄂᆞ보구려 / 하ᄂᆞ를, 다려오더니, ᄯᅩ ᄒᆞ나 더 두고시픈가보구려 이ᄋᆡ 츈쳔집, 어셔 드려오라 ᄒᆞ여라 / 츈쳔집은, 이, ᄋᆞᆫ방에 두고 / 침모ᄂᆞᆫ, 저, 건넌방에 두고 / ᄂᆞᄂᆞᆫ 무엇에 ᄂᆞ려가셔, 밥이ᄂᆞ 지흐ᄆᆡ / 령감이 그 교군을 모르시고, 무르신다더냐 (제12회)

이 장면에서는 김승지 처가 남편이 침모까지 첩으로 두려한다고 앙

탈을 부리는 모습이 그려지고 있다. 침모에 대한 김승지 처의 의심은 "츈쳔집을, 침모의 집에, 두고 오늘부터, 령감게셔, 밤낫으로, 거긔 가셔, 파뭇처게실 터이지……"(제14회) "한무릅에ᄂᆞᆫ, 츈쳔집을 ᄋᆞᆫ치고 한무릅에ᄂᆞᆫ, 침모를 ᄋᆞᆫ치고, 마ᄋᆞᆷᄃᆡ로, 호ᄀᆞᆼᄒᆞ고 잇셔보오"(제15회), "그 원수의 침모년도 령ᄀᆞᆷ의 돈님새를 맛고 달려붓흔 거시다 / 령감은 고 남어지 ᄌᆡ물을 죄 싸불려야 다시ᄂᆞᆫ 계집의계 눈을 쓰지 아니ᄒᆞ실 터이다(제43회)" 등 여러 곳에서 반복된다.

김승지 처의 의심에 대처하는 침모의 반응은 주로 억울함을 호소하는 것이다. "침모ᄂᆞᆫ 아무 영문도, 모로고 자다가 벼락 맛 듯, 횡ᄋᆡᆨ을 당ᄒᆞ며 운다"(제14회)거나 "장수가 항복ᄒᆞ고, 싸홈은 ᄉᆞᆺ치, 낫더ᄅᆡ도, 춍 맛고 칼 마진 病傷兵(병상병)은, 싸홈 파한 후에, 압푼 ᄉᆡᆼ각이, 더 나ᄂᆞᆫ 법이라 / 그와 갓치, 침모ᄂᆞᆫ 건넌방에, ᄋᆞᆫ저셔, 여러 사ᄅᆞᆷ을 ᄃᆡ하야, ᄋᆡ매한 몰를 드럿다고 쥭고시푸니 살고시푸니, ᄒᆞ며 구슬갓한 눈물을 ᄯᅥ러트리더니(제16회)" 등이 그러한 예가 된다.

김승지와 침모의 결혼은, 작품 곳곳에서 표현되던 침모의 억울함에 대한 호소를 전혀 설득력 없는 것으로 만들어버리고 만다. 김승지와 침모의 관계를 나타내는 다음과 같은 서술들 또한 이 작품에서 침모의 역할이 무엇인지 전혀 알 수 없게 만든다.

* 츈쳔집은 병이 드러 여러 날 졍신 업ᄂᆞᆫ 중으로 지ᄂᆡᄂᆞᆫᄃᆡ 건일에ᄂᆞᆫ 김승지가 지긔를 페고 당기ᄂᆞᆫ 터이라 츈쳔집을 보러 밤낫 업시 오더니 침모와 ᄉᆡ 졍이 ᄉᆡᆼ겻더라 (제56회)

* 령감이 아무리 날를 귀ᄋᆡᄒᆞ시더ᄅᆡ도 남[내]를 쳡이라 일홈 지여둔 터는 아니오 마마님은 처음부터 령ᄀᆞᆷ이 쳡으로 졍ᄒᆞ야 두신 터이 아니가 / 에그 츈쳔 마마ᄂᆞᆫ 지졍닷네 져려한 아들ᄭᆞ지 낫고 …… ᄒᆞ면셔 긔식이 좃치못한 모냥인ᄃᆡ 본ᄅᆡ

고ᄉᆡᆼ 만히 ᄒᆞ고 셔름 만한 사ᄅᆞᆷ이라 츈쳔집을 부러워ᄒᆞᄂᆞᆫ 모랑이러라 (제60회)

* 네가 김승지와 아모 ᄶᅡ닥 업슬 ᄯᅢ도 김승지의 부인이 너를 잡어 삼치려고 날 ᄯᅱ던 녀편네가 지금은 네가 김승지와 상관ᄶᅡ지 잇ᄂᆞᆫ 쥴 젹실이 안 후에야 오작 미워ᄒᆞ깃ᄂᆞ냐 츈쳔집을 미워ᄒᆞᄂᆞᆫ 마암이ᄂᆞ 너를 미워ᄒᆞᄂᆞᆫ 마암이ᄂᆞ 다를 것 무엇 잇깃ᄂᆞ냐 / 네 ᄉᆡᆼ각에ᄂᆞᆫ 네가 김승지와 상관 잇ᄂᆞᆫ 거슬 부인이 모를 듯 ᄒᆞᄂᆞ 점순이가 아ᄂᆞᆫ 일을 부인이 모를 리가 업ᄂᆞ이라 (제65회)

* 쳐 시ᄒᆞ 되ᄂᆞᆫ 김승지ᄂᆞᆫ 상관 잇ᄂᆞᆫ 침모 오ᄂᆞᆫ 목소리를 듯고 눈이 휘둥구리지기도 고히치 안지마ᄂᆞᆫ (제67회)

단행본이 발간된 후 나온 『귀의성』 광고에서는 이 작품의 주인공을 김승지로 지명하고 있다. 이는 독자들의 감각과는 분명히 거리가 있는 것이다. 아울러 이 광고에서는 작품의 주제를 등장인물들에 대한 경계(警戒)로 정리한다.

本小說은著者가小說主人公의名을匿ᄒᆞ고假托하야金承旨라題ᄒᆞᆷ온聲明키不忍ᄒᆞᆫ故이라然而家庭의警戒ᄂᆞᆫ此小說에過ᄒᆞᆷ이無ᄒᆞᆯ지라大抵金承旨의有妻卜妾도可戒오其婦人의嫉妬惡習도可戒오賴德을希望ᄒᆞ야其女를有妻子에게妾으로與ᄒᆞᆫ美同知도可戒오天下에환夫도不無ᄒᆞ고未成娶者도許多ᄒᆞᆫ거날何必金承旨의妾이되얏다ᄀᆞ遇害ᄒᆞᆫ春川집도可戒오뎜순과崔哥ᄂᆞᆫ利己ᄒᆞᆯ愁浪으로人을殺害ᄒᆞ얏다가其殃을反受ᄒᆞᆷ도可戒라此小說의趣意ᄅᆞᆯ深究ᄒᆞ면全篇이皆是警戒處이오니 讀者ᄂᆞᆫ諒會ᄒᆞ시옵 / 發賣所中署罷朝橋越邊 / 中央書館[21]

김승지를 비롯하여 김승지 처와 강동지, 그리고 춘천집과 점순이와

21 「廣告」, 『만세보』, 1907.5.29.

최춘보 등 모든 등장인물의 행위가 경계의 대상이 된다는 것이 이 광고의 요지인 셈이다.

「귀의성」에는 「혈의루」와 마찬가지로 탐관오리에 대해 비판하는 장면이 들어 있다.

> ᄀᆞᆼ동지가 성품은 ᄀᆞᆼᄒᆞ고, 심은 장ᄉᆞ이라, ᄒᆞᄂᆞᆯ에셔 ᄯᅥ러지ᄂᆞᆫ, 벼락도 무섭지 아니ᄒᆞ고, 삼학산에서 ᄂᆞ려오ᄂᆞᆫ 범도 무섭지 아니ᄒᆞᄂᆞ, 겁ᄂᆞᄂᆞᆫ 것은, 양반과 돈ᄲᅮᆫ이라 / 양반과 돈을 무셔워ᄒᆞ면, 피ᄒᆞ야 다라ᄂᆞ는 거시 아니라, 어린아희 젓ᄭᅩᆨ지 ᄶᅡ르 듯, ᄶᅡ른다 / ᄶᅡ르ᄂᆞᆫ 모냥은 ᄒᆞᆫ 가지ᄂᆞ / ᄶᅡ르ᄂᆞᆫ 마음은 두 가지라 / 양반은 보면 大砲(대포)를 노아셔, 뭇질러죽여, 씨를 업ᄉᆡ고시푼 마음이 잇스면셔, 거죽으로 ᄶᅡ르고 / 돈은 보면 어미 ᄋᆡ비보다 ᄇᆞᆫ갑고, 게집자식보다 귀ᄋᆡᄒᆞᄂᆞᆫ 마음이 잇셔셔, 속으로 ᄶᅡ른다 / 그러케 ᄶᆞ르ᄂᆞᆫ 돈을, 이전 시절에 남부럽지 아니ᄒᆞ게 가젓더니, 츈쳔 부사인지 군수인지 쉽게 말ᄒᆞ려면, 인피 벳기ᄂᆞᆫ 불안당들이, 번가라 ᄂᆞ려오ᄂᆞᆫᄃᆡ, 이놈이 가면 살깃다시푸ᄂᆞ, 오ᄂᆞᆫ 놈ᄆᆞ다, 그놈이 그놈이라, 강동지의 돈은 양반의 창자 속으로, 다, 드러가고 ᄀᆞᆼ동지ᄂᆞᆫ 피쳔ᄃᆡ 푼
> 업시 외자술이ᄂᆞ 먹고, 집에 드러와셔, 화푸리로 셰월을 보ᄂᆡ더니, 셔울 양반 김승지가, 츈쳔 군슈로 내러와셔, 地方政治(지방정치)에ᄂᆞᆫ 눈이 컹컴ᄒᆞᄂᆞ 어여ᄲᅮᆫ 계집 잇다ᄂᆞᆫ 소문에ᄂᆞᆫ 귀가 썩 밝은 ᄉᆞᄅᆞᆷ이라 (제9회)

지방으로 부임해 내려오는 관리들은 부사이건 군수이건 사람 가죽 벗겨먹는 불한당 같기는 '오는 놈마다 그놈이 그놈'이다. 타락하지 않은 관리가 없는 것이다. 이 점에서만 보면, 조선의 관리를 타락의 상징으로 생각했던 이인직의 인식은 「혈의루」와 「귀의성」 사이에 별반 차이가 없다. 그런데 「혈의루」에서는 타락한 관리에 대한 비판이 필연적 망국론이라는 주제로 이어졌던 것과 달리, 「귀의성」에서는 강동지라

는 개인의 행위를 합리화시키는 명분으로 작용한다. 강동지는 양반을 보면 대포를 놓아 죽여 씨를 없애고 싶을 만큼 증오의 마음이 크다. 하지만, 실제 행동은 그의 하수가 되어 따르는 것으로 나타난다. 강동지가 딸을 김승지의 첩으로 보내게 된 것은 그동안 거쳐 간 군수들의 가렴주구 때문이었다.

「귀의성」에는 개화세상을 강조하는 다음과 같은 대사가 포함되어 있다.

> ᄒᆞ나님이 사ᄅᆞᆷ 내셜 쎡에 사ᄅᆞᆷ은 다 맛창가지지 남녀가 다를 거시 무엇 잇단 말이냐/ 네가 힝실이 그르면 내가 너를 버리고/ 내가 두 계집을 두거든 네가 날을 버리ᄂᆞᆫ 일이 올흔 일이다/ 두 셔방이니 두 게집이니 그ᄶᅡ지 소리도 할 것 업지/ 두 내외가 의만 조흐면 평싱을 갓치 살녀니와 의가 좃치 못ᄒᆞ면 ᄒᆞ로밧비 갈라셔ᄂᆞᆫ 거시/ 제일 편한 일이라/ 계집을 두ᄂᆞᆫ 놈도 망한 놈이오 시얏 보고 ᄀᆞᆼᄊᆞᄒᆞ고 잇ᄂᆞᆫ 년도 망한 년이라/ 요식 개화셰상인 줄 몰란ᄂᆞ냐 (제38-2회)

그러나 이러한 대사를 전하는 인물 작은돌의 실제 행동은 개화 세상 타령과는 너무나 거리가 멀다. 그는 아내 점순이에게 '욕이 주먹보다 낫다'는 논리를 내세워 윽박지르고, 강짜를 부리면 한 주먹에 쳐죽일 것이라고 협박한다. 「귀의성」은 서사의 전개 과정에서 어떠한 주제도 명확히 전달하지 못한다. 이는 작가 이인직이 이 작품을 통해 특정한 주제를 전달하려는 의도보다는, 대중적 흥밋거리를 제공하려는 생각 아래 연재를 이어갔기 때문이다.

하지만, 「귀의성」에 근대적 요소들이 전혀 없는 것은 아니다. 특히 이 작품 곳곳에서 보이는 신문물 혹은 신지식에 대한 과시는 독자들의 흥미를 끌기에 충분한 것들이었고, 이를 통해 새로운 세계에 대한 관심을 불러일으킬 수 있었다. 신문물 혹은 신지식이 표현된 문장들을 모두 찾아 제시하면 다음과 같다.

* 그ᄯᅢᄂᆞᆫ, 달그림자가, 지구를, 안고 깁피 드려ᄀᆞᆫ 후이라 (제2회)

* 日露戰爭(일로전징)에 媾和(강화) 담판을 붓치던, 미국 ᄃᆡ통녕이 ᄂᆞ왓스면, 김승지의 ᄂᆡ외싸홈을 中裁(즁직)ᄒᆞᆯ런지, 아무도 말닐 사ᄅᆞᆷ이 업ᄂᆞᆫ 싸홈이라 (제15회)

* 요식갓치 법률 발근 셰상에 ᄂᆡ가 잘못한 일믄 업스면 아무 것도 겁 업네 / 김승지 댁 숙부인노 몰고 ᄒᆞᆫ날에서 ᄂᆞ려온 천상부인이라도 남의 집에 와셔 야단만 쳐보라게 나는 순포막에 가셔 우리 집에 밋친 녀편네 왓스니 ᄭᅳ러ᄂᆞ여 돌라고 망신 좀 시겨보깃네 / 미닫이살 ᄒᆞ나만 분질러보라 ᄒᆞ게 직판ᄒᆞ야 손힘금 밧깃네 (제18회)

* 요식 갓한 ᄀᆡ화셰상에ᄂᆞᆫ 사족 부녀라도 과부되면 ᄀᆞᆫ다더라 / 우리 갓ᄒᆞᆫ 상사ᄅᆞᆷ이 수절이 다 무어시냐 (제19회)

* 종노에셔 밤 열두시 종 치ᄂᆞᆫ 소리가 뎅뎅 ᄂᆞ더니 장안이 적적ᄒᆞ고 김승지ᄂᆞᆫ 소식 업다 (제19회)

* 머리에셔붓터 발ᄭᅳᆺᄭᆞ지 ᄇᆡᆨ노갓치 흰 복식한 일본 간호부가 셔투른 조션말로 츈쳔집을 부른다 (제26회)

* 젼긔 철도에 가셔 치여쥭을 작정으로 경셩 창고회사 압헤 나아가셔 젼긔 철도에 가만이 업듸려서 젼차 오기만 기다리ᄂᆞᆫᄃᆡ (제31회)

* 장안 ᄒᆞᆫ복판 종노 죵각에셔 오졍 열두 시 치ᄂᆞᆫ 소리가 ᄯᅡᆼᄯᅡᆼ ᄂᆞ면서 장안에 사ᄂᆞᆫ 쇠푼 잇고 집ᄀᆞᆫ살이ᄂᆞ 큼직ᄒᆞᆫ 사ᄅᆞᆷ들은 오죵 소리를 듯고 일시에 눈이 ᄌᆞ명죵으로 ᄀᆞᆫ다 (제36회)

* 오ᄂᆞᆯ 식젼 일곱 시 사십 분에 ᄯᅥᄂᆞᄂᆞᆫ 긔차에 림공사가 일본 ᄀᆞᆫ다고 (제36회)

* 고긧고긧ᄒᆞ게 도리 뭉친 셔양 손수건을 숀에 쥐고 (제48회)

* 아셰아 큰 뉵지에 쑥 ᄂᆡ민 반도국이 동편으로 머리를 들고 부상을 바라보고

셰상 밝은 긔운을 기다리고 잇ᄂᆞᆫ ᄇᆡᆨ두ᄉᆞᆫ이 이리 굼틀 저리 굼틀 삼쳔리를 ᄂᆡ려
가다가 중심에 머리를 다시 드러 삼ᄀᆞᆨ산 문필동이 ᄉᆡᆼ겻ᄂᆞᆫᄃᆡ (제55회)

* 가령 사ᄅᆞᆷ이 벅셕벅셕ᄒᆞᄂᆞᆫ (一國政府) 일국졍부에셔ᄂᆞᆫ 손짜락 ᄒᆞ나를 ᄭᆞᆷ작
ᄒᆞ여도 그 소문이 젼보줄을 타고 삽시ᄀᆞᆫ에 쳔ᄒᆞ ᄀᆞᆨ국으로 다 건너가고 (제56회)

* 한참 그런 ᄉᆡᆼᄀᆞᆨ을 할 ᄯᅢ에 인력거ᄀᆞ 남문 밧 졍거장을 썩 지ᄂᆞ면서 창고 회
ᄉᆞ 벽돌집이 눈에 션뜻 보히ᄂᆞᆫᄃᆡ 그 압흐로 올러오ᄂᆞᆫ 젼ᄎᆞ ᄒᆞ나히 쳔동갓치 한
소리가 ᄂᆞ며 남문을 향하고 번ᄀᆡᆺ갓치 지ᄂᆞ가ᄂᆞᆫ 거슬 보고 (제69회)

* 기다리ᄂᆞᆫ 거시 잇스면 셰월이 더된 듯ᄒᆞᄂᆞ 무심중에 지내면 ᄭᅮᆷ결갓한 거슨
셰월이라

철환보다 ᄲᆞᆯ리 가ᄂᆞᆫ [速力] 속녁으로 도루ᄅᆡ미 도라ᄀᆞ듯 빙빙 도ᄂᆞᆫ [地球] 지
구ᄂᆞᆫ (百餘度) ᄇᆡᆨ여도 [自轉] 자젼ᄒᆞᄂᆞᆫ 동안에 젹셜이 길길이 싸엿던 ᄉᆞᆫ과 들에
비ᄃᆞᆫ을 ᄶᅡᆯ라노흔드시 푸른 풀이 욱어지고 (제77회)

* 오고 가ᄂᆞᆫ 공긔ᄀᆞ 마주쳐셔 빙빙 도ᄂᆞᆫ 회호리 바람이 도동 과목 밧헤셔 이러
나더니 그 악ᄀᆞ운 복사ᄭᅩᆺ 가지를 사졍 업시 흔들어셔 ᄭᅩᆺ이 문쳥 ᄯᅥ러지면셔 바
람에 ᄊᆞ여 공중에로 올라ᄀᆞᆫ다 (제78회)

* 봄날이 기다ᄒᆞᄂᆞ 일 업ᄂᆞᆫ 녀편네의 밧고 차ᄂᆞᆫ 잠말이란 거슨 한업ᄂᆞᆫ 거시라
말ᄒᆞᄂᆞᆫ 동안에 [地球] 지구ᄀᆞ 참 도라ᄀᆞᄂᆞᆫ지 [太陽) ᄐᆡ양이 다라ᄂᆞᄂᆞᆫ지 길마ᄌᆡ
우에 셕양이 빗겻더라 (제78회)

* 그 방안에셔 ᄀᆞᆼ동지 코 고ᄂᆞᆫ 소리가 츈쳔집 ᄉᆞ던 도동 압헤셔 밤 열두 시 젼
ᄎᆞ 지ᄂᆞ가ᄂᆞᆫ 소리갓치 웅장ᄒᆞ고 (제85회)

* 허리침에셔 당셩양을 내여 드윽 거어셔 번쩍 들고 ᄀᆞᆼ동지 내외의 얼골을 ᄒᆞᆫ
참 보다가 에그 ᄯᅳ거워 하며 불을 톡 ᄭᅥ지더니 다시 셩양을 거어셔 셕유등에 불
을 켜다가 마참 ᄃᆡ문 여ᄂᆞᆫ 소리ᄀᆞ ᄂᆞᄂᆞᆫ 거슬 듯더니 등피도 ᄭᅵ지 아니ᄒᆞ고 살ᄶᅡᆨ
ᄂᆞᄀᆞᆫᄃᆞ (제89회)

* 솔닙을 시치며 지ᄂᆞ가ᄂᆞᆫ 바람소리ᄂᆞᆫ 귀신이 우ᄂᆞᆫ 듯 ᄒᆞ고 (煤氣炭氣) ᄆᆡ긔

탄긔에 발동되ᄂᆞᆫ [燐光] 인광은 무식ᄒᆞᆫ 사ᄅᆞᆷ의 눈에ᄂᆞᆫ 독ᄀᆡ비불이라 ᄒᆞᄂᆞᆫ 거시라 (제102회)

* 그럿케 은밀ᄒᆞᆫ 편지가 ᄂᆞ는듯ᄒᆞᆫ 경부 철도 즉힝ᄎᆞ를 ᄐᆞ고 ᄒᆞ로 ᄂᆡ에 셔울로 드러닥치더니 우편국을 잠ᄀᆞᆫ 지ᄂᆡ셔 소문 업시 삼쳥동 김승지의 부인의 손으로 드러갓더라 (제109회)

* 풍우갓치 ᄲᆞ리 가ᄂᆞᆫ 긔차ᄀᆞ 철 리 경성을 ᄒᆞ로에 드러가ᄂᆞᆫᄃᆡ 그 긔ᄎᆞᄀᆞ 경셩에 ᄀᆞ갑게 드러갈수록 삼쳥동 김승지 부인의 ᄲᅧ마디ᄀᆞ ᄌᆞ리ᄌᆞ리ᄒᆞ다 (제130회)

5) 묘사

이인직 소설의 특징 가운데 하나는 묘사가 탁월하다는 것이다. 「귀의성」이 「혈의루」에 비해 퇴보적 행태를 보이는 작품이라는 비판에도 불구하고 명백히 주목받을 수 있는 지점이 묘사이다. 이인직은 「귀의성」 첫 회의 서두에서부터 만만치 않은 묘사력을 보여준다.

깁푼 밤, 지ᄂᆞᆫ ᄃᆞᆯ이 春川三鶴山(츈쳔삼학샨) 그림자를, ᄯᅳ러다가 南內面松峴(남ᄂᆡ면솔기)동ᄂᆡ 姜同知(강동지) 집, 건넌방, 셔창에, 드렷더라 / 창호지 ᄒᆞᆫ 겹만, 가린, 홋창 밋히셔 긴 벼ᄀᆡ, ᄒᆞᆫ머리, 비고, 널흔 뇨, 한편에, 혼자 누어잇ᄂᆞᆫ, 부인은, 나히, 이십이, 되락ᄆᆞᆯ락하고, 얼골은, 도다오ᄂᆞᆫ ᄇᆞᆫ달갓치, 탐스럽더라 / 그 부인이, 벼ᄀᆡ ᄒᆞᆫ머리가, 비여셔 적적ᄒᆞᆫ, 마음이, 잇ᄂᆞᆫ 즁에, ᄇᆡ 속에셔 팔짝팔짝 노ᄂᆞᆫ 거슨, ᄂᆡ월만 되면, 아들이ᄂᆞ, ᄯᆞᆯ이ᄂᆞ, 나흘 터이라고, 혼ᄌᆞ 마음에, 위로가 된다 셔창에, 빗추ᄂᆞᆫ 달빗으로 벗을 삼고 ᄇᆡ 속에셔 ᄭᅮᆷ지락거리고 노ᄂᆞᆫ ᄋᆞ히로, 낙을 삼아 누엇스ᄂᆞ 이런 ᄉᆡᆼ각, 저런 ᄉᆡᆼ각, 잠 못들어 ᄋᆡ를 쓰다가 삼학샨 그림ᄌᆞ가, 창을 점점 가리면셔, 방안이 우즁츙ᄒᆞ여지ᄂᆞᆫᄃᆡ 부인도 ᄉᆡᆼ각을, 이즈며, 잠이 드럿더라 / 잠든 동안이, 게른 놈은, 눈도 몃번 못ᄭᅮᆷ저거릴 터이ᄂᆞ, 부인의, ᄭᅮᆷ은 ᄲᅡᆯᄅᆡ쥴갓치, 길게 ᄭᅮ엇더라 (제1회)

「귀의성」은 서두의 몇 문장만으로도 길순이가 처한 상황이 어떠한 것인지를 독자들에게 실감 있게 전달한다. '게으른 놈은 눈도 몇 번 꿈적거리지 못할 사이에, 길순이 빨래줄 같이 긴 꿈을 꾸게 된다'는 비유도 탁월하다. 「귀의성」에서 묘사 문장은 대중소설적 선정성을 높이는 일에도 사용된다. "그 집 안방에셔 잠자던 동지의 ᄂᆡ외가 ᄶᅡᆷᄶᅡᆨ 놀라 ᄭᆡ엿ᄂᆞᆫᄃᆡ, ᄀᆞᆼ동지의 마누라가, 웃통 벗고 너른 속것, 바람으로, ᄒᆞᆫ거름에 ᄯᅱ여왓다"(제1회)거나 "강동지 집 안생이, 굴속갓치, 어두엇ᄂᆞᆫᄃᆡ ᄀᆞᆼ동지ᄂᆞᆫ, 그럿케 어둔 방에셔, 담ᄇᆡᄯᆡ를 차자려고, 방안을 더듬더듬, 더듬ᄯᆞ가, 담ᄇᆡᄯᆡᄂᆞᆫ 아니집피고, 마누라의 몸등이에 손이 닷더라 / 판수가, 계집을 ᄆᆞᆫ지드시 마누라의 머리에셔부터, ᄂᆡ리 더듬어 ᄂᆡ려오더니, 즁늘근이도, 절문 마암이 ᄂᆞ던지, 담배ᄯᆡᄂᆞᆫ 아니찻고, 마누라를, 드러뉘ᄒᆞ려 ᄒᆞ니"(제2회) 등이 그러한 예에 해당한다. 이인직은 독자 대중의 흥미를 끌기 위해 이러한 문장들을 연재 초기에 의도적으로 삽입한 것으로 보인다.

「귀의성」에서는 등장인물의 심리상태를 드러내는 서술 또한 여러 곳에서 발견할 수 있다. 예를 들면, 다음의 서술은 이별을 앞둔 길순이와 강동지 처의 심리 상태를 잘 보여준다.

길순이ᄂᆞᆫ, ᄒᆡᆼ장을, ᄎᆡ린다, ᄎᆡ린다, ᄒᆞ면셔, 경ᄃᆡ의 먼지 ᄒᆞᄂᆞ, ᄯᅥᆯ지 못ᄒᆞ고, 그날 ᄒᆡ가 젓더라 / ᄀᆞᆼ동지의 마누라ᄂᆞᆫ, 허동거리느라고, 길순의 ᄒᆡᆼ장 ᄎᆡ리ᄂᆞᆫ 것도, 거드러쥬지 못ᄒᆞ고, 잇다가, 길 ᄯᅥᄂᆞᄂᆞᆫ 날, ᄉᆡ벽이 된 후에, 문 밧게셔 말 원앙소리 나ᄂᆞᆫ 거슬 듯고, ᄒᆞᆫ편으로 밥짓고, ᄒᆞᆫ편으로 말죽 쑤고, ᄒᆞᆫ편으로 ᄒᆡᆼ

장을 ᄎᆡ리ᄂᆞᆫᄃᆡ, 엇지 그리 급ᄒᆞ던지, 된장을 거르다가, 말쥭 솟헤도 드러붓고, 힝장을 차리다가, 옷틈에 걸네까지, 집어넛더라 (제8회)

길순이는 행장을 차려야 하나 마음이 잡히지 않고, 결국 행장은커녕 경대의 먼지 하나 떨지 못하고 해가 진다. 강동지 처는 행장을 차리다가 옷틈에 걸레까지 집어넣는다. 길순이의 심리상태에 대한 서술은 현대소설의 심리 묘사 수준에도 결코 뒤지지 않는다.

길순이가 김승지 처에게 박대당하며 김승지가 나타나기를 기다리는 다음의 장면 또한 복잡한 길순이의 심리상태를 잘 나타낸다.

그러ᄒᆞᆫ 졍신 업ᄂᆞᆫ, 쇼리ᄒᆞᄂᆞᆫ, 중에 안중문싼으로 ᄉᆞ람이, 들락날락ᄒᆞ고 수군수군하ᄂᆞᆫ 거슬 보고, ᄀᆞᆼ동지를 눈짓만 하고 안중문으로 드러가다ᄀᆞ 니뵈[보니] 교군은 안중문싼에 노히고, 안ᄃᆡ청에셔ᄂᆞᆫ 그 부인이 넉두리ᄒᆞᄂᆞᆫ 쇼리가 들리고, 교군 속에셔ᄂᆞᆫ 츈천집이 모긔쇼리갓치, 우ᄂᆞᆫ 쇼리ᄀᆞ 들리ᄂᆞᆫᄃᆡ 김승지의 두루막이 자락이 우름쇼리 나ᄂᆞᆫ 교군을 시치고 지ᄂᆞᄀᆞᆫ다 (제11회) / 가만이ᄂᆞ, 지ᄂᆞ갓스면 조흐련만, 그 못싱긴, 김승지가, 츈쳔집 교군 엽흐로, 지ᄂᆞ면서, 왼 헷기침은, 그리 ᄒᆞ던지, 너가 여기, 지ᄂᆞ간다 ᄒᆞᄂᆞᆫ, 통긔하듯, 헷기침을 두번을 ᄒᆞ고 지ᄂᆞ가니, 츈쳔집은 긔가 ᄆᆡᆨ혀셔, 쇼리를 싱키고, 울다가, 김승지의, 긔침쇼리를 듯더니, ᄇᆞᆫ갑고도 미운 마음이, 별안ᄀᆞᆫ에 싱기면셔, 우름쇼리가, 커지더라 (제12회)

여기서는 갑자기 나타난 길순이로 인해 온 집안이 어수선해지고 당황한 김승지가 우왕좌왕하며, 김승지를 만난 길순이가 반갑고도 미운 마음에 큰 소리로 울기 시작하는 모습이 현실감 있게 그려지고 있다.

다음 장면에서는 춘천집과 침모와 점순이 사이의 어색한 분위기가 잘 표현되고 있다.

침모ᄂᆞᆫ 닷친 몸을 억지로 이러안진 터이라 드러눕고시푸ᄂᆞ 졈순이 가기만 기다리며 담ᄇᆡ만 먹고 안졋고 츈쳔집은 젓꼭지 문 어린아ᄒᆡ 얼골만 나려다보고 입을 봉ᄒᆞᆫ드시 안졋더라 (제45회)

점순이는 두 사람을 보고 반가운 체하지만, 침모와 춘천집은 갑자기 나타난 점순이의 태도에 의심을 품고 전혀 대꾸를 하지 않는다.

다음 장면에는 갑자기 침모를 떠나보내고 적적해 하는 춘천집의 마음이 잘 나타나 있다.

침모의 마암은 시연ᄒᆞ기가 한량 업스나 츈쳔집의 마암에ᄂᆞᆫ 젼연 겨울에 철도에 업듸려짜가 침모의 인력거군이 걸려 너머져셔 침모를 만ᄂᆞ던 ᄉᆡᆼ각부터 일년을 갓치 졍답게 지ᄂᆡ던 ᄉᆡᆼᄀᆞᆨ이 낫낫치 ᄂᆞ면셔 ᄉᆡ로히 슬픈 마암을 진졍치 못ᄒᆞ야 안방에로 드러가셔 침침ᄒᆞ게 어두어가ᄂᆞᆫ 방에 불도 아니켜고 혼자 안져 눈물만 흘리더라 (제73회)

침침하게 어두워져 가는 방에 불도 아니 켜고 혼자 앉아 눈물만 흘린다는 서술은 춘천집이 느끼는 서운함의 정도를 독자들에게 전달하기에 충분하다.

이밖에도 이인직의 묘사력을 보여주는 문장의 예로 다음과 같은 것들이 있다.

* 어느 틈에, 담ᄇᆡᄯᅵ를 차저셔, 담ᄇᆡ를 부쳐던지, 방바닥에셔, 담ᄇᆡ불믄 반짝ᄇᆞᆫ짝 한ᄃᆞ / 단풍머리, 찬ᄇᆞᄅᆞᆷ에, 이슬이 어려 셔리되ᄂᆞᆫ, ᄉᆡ벽긔운이라 열이 잔득 낫앗던, ᄆᆞ누라가, 몸이 써느럿케 시것ᄂᆞᆫᄃᆡ, 옷을 차져입느라고, 부스럭부스럭 ᄒᆞ고ᄂᆞᆫ 운목에 가셔 혼자 옹고리고, 등걸잠을 잔ᄃᆞ (제4회)

* 창 밧게, 오동나무 가지에셔, 식벽 ᄶᅡ치가 두셰 마듸 짓ᄂᆞᆫᄃᆡ 그 ᄶᅡ치의 소릐가 길순의 벼ᄀᆡ우에 쑥쑥 ᄯᅥ러진다 (제5회)

* 그 부인이, 김승지가 마당에, 드러오ᄂᆞᆫ 거슬 보고, 무슨 ᄆᆞ음인지, 아무 쇼리 업시, 안생으로, 튀여드러가셔, 안졋ᄂᆞᆫᄃᆡ, 눈에셔, 모닥불이 쑥쑥 ᄯᅥ러진다 (제12회)

* 창 박게 부든 바ᄅᆞᆷ이 머리맛 쌍창을 후려치면셔 문풍지 ᄯᅥᄂᆞᆫ 소리에 귀가 소요하더니 방안에 찬긔운이 도ᄂᆞᆫᄃᆡ 츈쳔집이 고슴돗치갓치 옹고리고 안졋다가 (제31회)

* 셔창에 지ᄂᆞᆫ 히가 눈이 부시도록 빗초엿ᄂᆞᆫᄃᆡ 창 밧게 지나가ᄂᆞᆫ 그림ᄌᆞᄂᆞᆫ 나라드ᄂᆞᆫ 저녁 ᄶᅡ치라 (제41회)

* 졈순이ᄂᆞᆫ 눈물은 아니ᄂᆞ나 갓치 슬퍼하ᄂᆞᆫ 입닉를 닉느라고 고긧고긧ᄒᆞ게 도리 뭉친 셔양 손수건을 숀에 쥐고 팔굼치ᄂᆞᆫ 쏘구리고 안진 무릅 우에 올려놓코 조막만한 흔무리 ᄯᅥᆨ덩어[이]와갓치 뭉친 손슈건 든 손은 벌레갓치 살찐 볼ᄲᅢ기를 벗티고 얼골은 사람 업ᄂᆞᆫ 운목벽을 향ᄒᆞ야 안졋ᄂᆞᆫᄃᆡ 방안이 다시 젹젹하얏더라 (제48회)

* 졈순이가 입에ᄂᆞᆫ ᄭᅮᆯ을 발랏스나 가삼에ᄂᆞᆫ 칼을 품은 사ᄅᆞᆷ이라 (제49회)

걱정 업고 근심 업고 아모 경륜도 업고 자지도 아니ᄒᆞ고 쉬지도 아니ᄒᆞ고 밤낫 가ᄂᆞᆫ 것으로만 일삼ᄂᆞᆫ 거슨 셰월이라 (제57회)

* 인력거군이 어느 동내냐 뭇지도 아니ᄒᆞ고 셔슨에 ᄯᅥ러지ᄂᆞᆫ 히를 좃차가셔 붓들쓰시 살갓치 다라는다 (제69회)

* 엉셩ᄒᆞᆫ 바구니 속에 빨ᄀᆞᆫ 고기 ᄒᆞ얀 두부 파란 파롤 요리조리 겻드려셔 욱식 저구리에 불ᄀᆞᆫ 팔비릐 바다입은 팔쑴치에 훔쳐끼고 흔들거리고 드러오던 졈순이ᄀᆞ ᄃᆡ문싼에셔 뒤를 홀긋홀긋 도라다보더니 허리침 속에셔 열쇠를 ᄭᅳ내셔 것흐로 잠ᄀᆞ던 힝낭방 문을 덜걱 열고 쑥 들여다보며 (제79회)

* 안생 지게문이 펠젹 열니면셔 칠팔월 외 ᄭᅩ부러지듯 ᄭᅩ부러진 할미가 문고

리를 붓들고 언문에 기역ᄌᆞ갓치 셔셔 파뿌리갓치 ᄒᆞ얏케 셴 ᄃᆡᄀᆞᆼ이로 체머리를 설셜 흔들며 누가 무어슬 집으려 드러온드시 소리를 지른다 (제87회)

* ᄀᆞᆼ동지가 ᄭᅩ부랑 할미를 흘금흘금 건너다보며 약이 존득 오른 독ᄒᆞᆫ 입담비를 붓처 물고 연긔를 ᄒᆞᆫ 닙 존쓱 무러셔 훅훅 내ᄲᅮᆷ는ᄃᆡ 그 연긔가 ᄭᅩ부랑 할미의 얼골을 뒤집어씨흐니 할미ᄀᆞ 말를 ᄒᆞ다ᄀᆞ 기침을 ᄏᆞᆨᄏᆞᆨ ᄒᆞ는ᄃᆡ ᄀᆞᆼ동지는 모르는 체 ᄒᆞ고 연긔를 ᄲᅮᆷ는다 (제89회)

* 눈에 보히ᄂᆞ니 고목나무가 ᄒᆞ날에 단 듯 ᄒᆞ고 몸에 걸니ᄂᆞ니 가시덤불이 성을 싸흔 듯 ᄒᆞ다 ᄒᆞ늘에는 먹장을 가라부흔 듯ᄒᆞᆫ 식검은 구름 속에서 먹물이 쏘다지는지 손도 검ᄭᅩ 나무도 검ᄭᅩ 힌 빗은 조곰도 업는 쌍쌈ᄒᆞᆫ 칠야이라 (102회)

* 정선릉 산중에셔 간밤에 오던 비는 비 슷헤 바ᄅᆞᆷ 니러 구만 리 장천에 겹겹이 싸힌 구름을 비로 쓸어버린드시 부러 훗치더니 그 바ᄅᆞᆷ이 다시 밧남샨으로 소리 업시 지ᄂᆡ가셔 삼각샨 밋흐로 드리치는ᄃᆡ 삼청동 김승지 집 안방 미닫이 살이 부러지도록 드리친다

맛남샨 밋 도동서부터 바ᄅᆞᆷ을 지고 드러오는 졈순이가 김승지 집 ᄋᆞᆫ방문을 펼적 열고 드러서는ᄃᆡ 눈을 놀란 톡기 눈 갓고 얼골은 파ᄅᆞᆺ케 질녓더라 (제107회)

* 월남을 푸러너흔듯ᄒᆞᆫ 바닷물은 하늘에 단듯 하더니 기우러저가는 저녁볏이 물 우에 황금을 쑤려노흔드시 바닷물에 다시금 빗이 번적거리는ᄃᆡ 그 빗이 부산 쵸량 드러가는 어구 산모퉁이에 거진 다 쓰러저가는 외싼 집 흙벽에 드리빗쳣더라 (제111회)

* 석양은 묘묘ᄒᆞ고 사람의 형체는 점졈 자ᄌᆞ저서 ᄃᆡ 푼짜리 옷뚝이문하여 보힌다 (제113회)

하지만, 「귀의성」의 묘사가 모두 개성적이고 독창인 것만은 아니다. 다음에 제시하는 사례들은 고사를 활용하는 상투적인 서술들로 이루어져 있다.

* 지혜 만흔 제갈공명을 엇고 물을 어든 고기갓치 조아ᄒᆞ든 한소렬도 잇셧스ᄂᆞ 그거슨 사긔상에 지ᄂᆞ간 옛일이라 (제44회)

* 침모의 치마 압헤ᄂᆞᆫ 소상 본죽에 가을비 ᄯᅥ러지듯 눈물이 ᄯᅥ러지ᄂᆞᆫᄃᆡ (제48회)

* 놉직ᄒᆞ게 올라ᄋᆞᆫ저셔 서슬 잇게 가ᄂᆞᆫ 바ᄅᆞᆷ에 녀편네 마암일지라도 소진이 가뉵국을 합종이나 ᄒᆞ러가ᄂᆞᆫ드시 호기로흔 마암이 싱기더라 (제69회)

* 인력거 탓던 사ᄅᆞᆷ들은 박낭사 철퇴소리에 놀란 진시황갓치 혼이 나셔 셔로 ᄂᆡ다보더라 (제70회)

* 중의 복식은 어ᄃᆡ 두엇다고 입고 나섯던지 손빈이가 마릉에 복병ᄒᆞ고 방연이를 기다리듯 손모퉁이 호젓ᄒᆞᆫ 길목징이에서 최가 오기문 기다리다가 (제123회)

전근대적 요소와 근대적 요소가 혼합되어 있다는 점에서 보면, 「귀의성」이 신소설을 표방한 혹은 신소설의 세계를 지향하는 구소설이라는 평가는 적절하다. 그런가 하면 「귀의성」은 비극을 가장한 희극처럼 보이기도 한다. 「귀의성」에도 「혈의루」와 마찬가지로, 작가가 개입해 자신의 의견을 진술한 부분이 있다. 이인직은 작품에 직접 자신의 목소리를 드러내면서, 그가 왜 이러한 소설을 썼는가에 대해 다음과 같이 이야기한다.

셰상에 결긔도 잇고 결단성도 잇고 잇다 목이 부러저 죽더ᄅᆡ도 져 ᄒᆞ고시푼 ᄃᆡ로 ᄒᆞᄂᆞᆫ 사ᄅᆞᆷ과 한번 작졍한 마암이 잇쓰면 작졍한 ᄃᆡ로 ᄒᆞᄂᆞᆫ 사ᄅᆞᆷ들은 김승지의 이약이를 드르면 셰상에 그ᄯᅡ위로 중무쇼쥬한 놈이 어ᄃᆡ 잇깃ᄂᆞ냐 그ᄯᅡ위로 벤벤치 아니한 ᄌᆞ식이 어ᄃᆡ 잇쌔ᄂᆞ냐 ᄒᆞ면셔 핀잔 쥬ᄂᆞᆫ 사ᄅᆞᆷ도 우리 눈으로 만이 보앗고 그 이약이 ᄒᆞ다가 핀잔 밧ᄂᆞᆫ 사ᄅᆞᆷ도 우리 눈으로 만이 보앗스ᄂᆞ 그럿케 고지듯지 아니ᄒᆞᄂᆞᆫ 사ᄅᆞᆷ들은 셰상을 널니 보지 못한 사ᄅᆞᆷ이라 / 만일 김승지 집 일이 남다른 일이 업셧더면 이약이 될 것도 업고 소셜칙 될 겻도 업셜슬 터이라 / 그 날 밤에 김승지의 일은 누가 듯던지 쥬먹으로 방바닥을 칠 만도 ᄒᆞ고 긔가 막혀셔 깔깔 우슬 만도 ᄒᆞ다 (제51회)

김승지의 이야기가 소설책이 될 수 있는 이유는 그가 매우 우유부단한 인물이기 때문이며, 그의 집안에 '남다른 일'이 일어났기 때문이다. 작가 이인직은 이 우유부단한 인물을 이야기의 중심에 놓고 그로 인해 생기게 되는 살인과 보복이라는 사건을 그려내고자 했다. 광고 문안에서도 확인할 수 있었듯이, 이인직의 구상 속에서 이 작품의 주인공은 비극적 죽음을 맞이한 춘천집이 아니라 일관성 없이 행동하는 인물 김승지였다. 이인직이 김승지에게 관심을 가졌던 이유는 그의 행동이 '주먹으로 방바닥을 칠 만도 하고 기가 막혀서 깔깔 웃을 만도 하기' 때문이다. 우유부단한 인물은 비극의 주인공보다는 비난 혹은 웃음의 대상으로 더 잘 어울린다. 이인직은 「귀의성」의 복수담을 마무리지으며, 모든 비극적 사건의 원인 제공자라 할 수 있는 김승지에게만은 아무런 징벌을 가하지 않는다. 징벌이 아니라, 오히려 보상으로도 읽힐 수 있는 결혼이라는 사건으로 그의 행적에 대한 서술을 마무리한다. 「귀의성」이 이렇게 마무리 된 이유는 원래 이 작품이 비극으로 구상된 것이 아니었기 때문이다. 이인직이 「귀의성」의 주인공을 춘천집이 아니라 김승지로 선택했을 때, 이 작품은 비극이 아니라 희극으로 출발한 것이었다. 독자의 관심은 춘천집에게로 기울어져 갔지만, 작가의 의도는 김승지에게 맞추어져 있었던 것이다.

제6장
「혈의루 하편」 연구

1) 「혈의루 하편」의 발굴과 논점의 대두

「혈의루」에는 두 개의 하편이 존재한다. 하나는 1907년 5월 17일부터 6월 1일까지 11회에 걸쳐 『제국신문』에 연재된 「혈의루 하편」이다. 다른 하나는 1913년 2월 5일부터 6월 3일까지 65회에 걸쳐 『매일신보』에 연재 발표된 「牧丹峰(모란봉)」이다. 「혈의루」 판본 논의에서 가장 진전을 보지 못하고 있는 것이 『제국신문』 소재 「혈의루 하편(血의淚 下篇)」과 관련된 것들이다. 『제국신문』 소재 「혈의루 하편」에 대해서는 작가의 진위(眞僞) 문제부터 그 위상에 대한 논의에 이르기까지 다양한 의문들이 제기된 바 있다. 이 장에서는 그러한 의문들이 나오게 되는 배경에서부터 출발해, 그 의문에 대한 답을 찾고, 「혈의루 하편」이 지니는 위상에 대해 정리해 보기로 한다.

『제국신문』 소재 「혈의루 하편」이 학계에 소개된 것은 이재선의 발굴 과정을 통해서이다. 근대계몽기 문학 연구에 선구적 업적을 남긴 이재선은 「혈의루」의 하편을 『매일신보』 소재 「모란봉」으로 단정해 온 것이 오류였다는 지적과 함께 다음과 같이 『제국신문』에 연재된 「혈의루 하편」을 발굴 소개한 바 있다.

이미 앞에서도 밝힌 바 있지만, 『帝國新聞』(1907년 5월 28일자)에 실린 金相萬書鋪의 「血의淚」 廣告文 가운데 틀림없이 "下篇은 帝國新聞에 續載홈"이라고 明記해 두고 있는 점, 또 年代的으로도 「牧丹峰」의 발표 이전인 1907년 5월 17일자에서 동 6월 1일자까지에 이 「血의 淚」 하편이 11회로 발표되었을 뿐만 아니라, 그 작품에 '菊初'란 著作者의 署名이 분명하다는, 周邊的인 여러 이유와 더불어 작품의 내용으로 보아서도 이 「血의 淚」 하편은 玉蓮의 귀국 이전의 생활이 그려져 있어서, 소위 事件時間으로서의 '이야기된 時間' erzähter Zeit의 斷層이 없다는 이유 등으로 보아 그 「血의 淚」 하편이 바로 상편의 續篇으로서의 보편적인 妥當性을 더 지닌다고 할 것이다. 「牧丹峰」은 이 하편의 속편일 수도 있다고 보아진다.[1]

「혈의루 하편」에 '국초'라고 하는 이인직의 필명이 사용되었고, 이야기 줄거리에도 단절이 없다는 이유 등을 들어 이 작품을 『만세보』 연재본 「혈의루」의 하편으로 소개했던 것이다. 그런데, 이재선은 이 논의를 마무리하면서 다음과 같은 말로 이 작품이 실제 이인직의 작품이 아니라 단지 필명을 양도한 작품일 수도 있다는 가능성을 제시한다.

그러나 여기에 하나 疑義를 挿하지 않을 수 없다. 하편에 옥련의 歸國 후를 그

1 이재선, 『한국 개화기 소설 연구』, 일조각, 1972, 68쪽. 「혈의루 하편」의 원문에 대한 소개는 이재선, 『한말의 신문소설』, 한국일보사, 1975, 178~195쪽 참조.

리겠다는 上篇結末의 廣告에도 불구하고, 어찌하여 이 같은 歸國 이전이 다시 그려졌는가? 물론 여기에는 讀者의 人氣 때문에 그리되었을 가능성도 있었을 것이다. 하지만 불과 10개월 정도의 시간적인 隔差밖에 없으면서도 전편과의 文體的인 變異는 다른 作家와의 合議 下에 菊初란 筆名을 讓渡했을 가능성이 전혀 없지도 않다는 점이다.[2]

이재선이 여기서 강조한 것은 『만세보』 본 「혈의루」와 『제국신문』 본 「혈의루 하편」 사이에 문체상의 변이가 있다는 점이다. 이로 인해 「혈의루 하편」이 이인직의 작품이 아닐 가능성이 존재하게 되는 것이다. 이재선의 이러한 문제 제기를 바탕으로, 「혈의루 하편」의 실제 작가 추정에 관해서는 그동안 다양한 견해들이 있어왔다. 예를 들어, 이주형은 '「혈의루 하편」과 다른 두 편(「혈의루」와 「모란봉」)의 관계가 의심스럽다'는 사실을 지적하고 「모란봉」이 「혈의루」의 하편임이 분명하다는 견해를 제시한 바 있다.[3] 그런데 최근 학계의 연구 동향을 보면, 「혈의루 하편」의 작가에 대한 의문점이 없는 것은 아니지만, 그 작가가 이인직일 가능성이 높은 것으로 의견이 수렴되고 있다. 이는 타당한 결론으로 보인다. 하지만 문제는 그러한 결론에 도달하게 된 검증 과정이 전혀 없다는 것이다. 현재 학계에서 「혈의루 하편」을 이인직의 작품으로 보아야 한다는 주장의 주요 근거가 되고 있는 것은 이인직이 이 작품 연재 당시 『제국신문』에 사원으로 있었다는 사실이다.[4] 하지

2 이재선, 위의 책, 1972, 71쪽.

3 이주형, 「「혈의루」–「모란봉」의 시대적 성격 검토」, 『이숭녕 선생 고희 기념 국어국문학 논총』, 탑출판사, 1977, 559~577쪽 참조. 이주형은 이 글에서 '「혈의루 하편」을 필명을 양도받은 다른 작가가 썼든 이인직 자신이 썼든 간에 「모란봉」을 쓸 때의 이인직은 「혈의루 하편」을 잊었거나 무시했을 것'이라는 견해를 덧붙인 바 있다.

4 다지리 히로유끼는 "『만세보』의 주필이던 그가 『제국신문』에다 「혈의 누」 하편을 쓴 것은 아무래도 이상하기 때문에 이것이 이인직의 것이 아니라는 설도 있다. 그러나 이때쯤 그는

만, 이인직이 『제국신문』에 「혈의루 하편」을 집필한 이유가 이렇게 사원으로 근무했다는 주장 하나만으로 간단히 설명될 수 있는 것은 아니다. 더구나, 이인직이 『제국신문』에 사원으로 근무했다는 주장에 대해서도 객관적 검증이 필요하다. 『만세보』 주필 이인직이 동시에 『제국신문』의 사원으로 근무했다는 가설은 상식적으로 수긍이 가지 않는다. 따라서 『만세보』 주필로 재직 중이던 이인직이 같은 시기에 『제국신문』 사원으로 근무했다고 알려지게 된 이유를 포함하여, 『제국신문』과 이인직의 관계에 대해서도 분명한 정리가 필요한 것이다. 「혈의루 하편」이 이인직의 작품이라는 결론이 설득력을 가지려면, 최소한 이재선과 이주형 등이 제기한 「혈의루」와 「혈의루 하편」 사이에 존재하는 문체상의 변이라는 문제에 대해 먼저 답을 해야 한다.[5] 이인직이 「혈의루 하편」을 상편(上篇)의 게재 지면이었던 『만세보』가 아니라 『제국신문』에 발표하게 된 이유와, 연재 개시 11회 만에 갑자기 중단한 이유를 찾아내 설명하는 일 또한 꼭 필요하다. 연재 개시 11회 만의 갑작스러운 중단이라는 사실은 이 작품의 필명 양도(讓渡) 가능성을 높이는 요인으로 받아들여진다. 그런 점에서, 과연 이인직이 실제로 이 작품을 집필했고, 또 갑자기 중단해야만 할 개연성이 있었는가를 검증해볼 필요가 있는 것이다.

이해조(李海朝), 박정동과 함께 『제국신문』의 사원으로 있었다니까 그런 것만 가지고는 부정의 이유가 되지 않는다"(다지리 히로유끼, 『이인직 연구』, 국학자료원, 2006, 33쪽)는 견해를 보인다. 강현조 역시 유사한 근거를 들어, 『제국신문』 소재 「혈의루 하편」이 이인직의 작품일 가능성이 높다고 보았다(강현조, 「이인직 소설 연구－텍스트 및 작품 세계의 변화 양상을 중심으로」, 연세대 박사논문, 2010, 18～19쪽 참조). 다만, 다지리 히로유끼의 경우는 이 부분의 서술 목적이 이인직의 생애와 환경에 대해 개관하는 것이었고, 「혈의루 하편」의 작가를 가리는 데 있는 것은 아니었다. 이인직의 생애 정리와 자료 발굴 및 서지 정리 등에 관한 한 아직도 다지리 히로유끼의 연구를 넘어 선 경우는 많지 않다고 판단된다.

5 이주형은 이재선의 견해를 빌어 '대화문에서의 변이는 「혈의루」에서 쉽게 설명될 수 없는 변이'라고 지적한 바 있다(이주형, 앞의 글, 562쪽 참조).

2) 「혈의루 하편」의 등장 배경

『제국신문』 소재 「혈의루 하편」 등장의 첫 번째 요인은 무엇보다 『만세보』 연재본 「혈의루」가 미완으로 끝났다는 사실에 있다. 1906년 10월 10일자 『만세보』에 실린 「혈의루」는 "아리권은 그 녀학싱이 고국에 도라온 후를 기다리오 (上篇終)"라는 구절로 끝을 맺는다. 작가 이인직은 독자들에게 옥련의 소식에 대한 궁금증을 남긴 채 「혈의루」를 잠시 중단했던 것이다. 독자들에게 '기다릴 것'을 요청했던 이인직으로서는 어떤 형식으로든 이 작품의 연재를 재개해야 하는 부담감 혹은 의무감을 지닐 수밖에 없었을 것이다. 이인직은 「혈의루」 상편의 연재를 마치고 곧바로 같은 지면에 「귀의성」의 연재를 시작했다. 그럼에도 불구하고 독자들은 「혈의루」의 연재 재개를 요구하는 다음과 같은 글을 신문사에 보내기도 했다.

> "小說記者足下 玉蓮의 消息을 왜다시 傳ᄒᆞ지 아니ᄒᆞ시오 金承旨 쏠 밉쇼 [好稗者]"[6]

여기서 독자가 궁금해 하는 것은 옥련의 소식이었고, 「귀의성」의 주요 등장인물인 김승지의 모습에 대해서는 오히려 반감을 드러내고 있다. 『만세보』 본 「혈의루」가 연재를 마친 후 곧바로 단행본으로 출간되었다는 사실이나, 단행본 출간 1년만에 다시 재판을 인쇄했다는 점

6 「小春月令」, 『만세보』, 1906.12.8. 『만세보』 소재 독자투고와 관련된 상세한 논의는 전은경, 「『만세보』의 〈독자투고란〉과 근대 대중문학의 형성－이인직의 「혈의 누」와 「귀의 성」을 중심으로」, 359~388쪽 참조.

등은 모두 「혈의루」 상편의 대중적 인기를 확인시켜준다. 「혈의루」 상편에 대한 대중적 호응은 곧 「혈의루」 하편에 대한 대중적 기대를 의미하는 것이기도 했다.

『제국신문』에 「혈의루 하편」이 연재되기 시작한 1907년 5월 17일은 광학서포에서 단행본 『혈의루』 상편이 간행된 지 정확히 2개월이 지난 후이다. 단행본 『혈의루』 상편이 간행되면서 「혈의루」 하편에 대한 대중적 요구가 상대적으로 이 시기에 더 커졌을 개연성도 없지 않다. 그런데, 여기서 짚고 넘어가야 할 것은 이인직이 「혈의루」 하편을 왜 『만세보』가 아닌 『제국신문』으로 지면을 바꾸어 연재를 시작했는가 하는 점이다.

이인직과 『제국신문』의 만남은 『만세보』를 벗어나 새로운 매체를 찾고자 했던 이인직의 관심과, 대중 소설의 필자가 필요했던 『제국신문』의 이해관계가 서로 맞아 떨어진 결과였다. 『만세보』는 일진회와 결별하면서 재정적으로 점차 어려워지기 시작했고, 1907년 3월 부속 국문활자의 사용을 폐기할 무렵에 이르면 재정 상태가 매우 심각한 지경에 달하게 된다. 이 시기부터는 사원 간의 분열 현상 또한 표면화되기 시작한 것으로 알려져 있다. 이인직 역시 신문사의 주요 구성원들과 갈등을 겪게 되는데, 그 한 사례로 제시할 수 있는 것이 1907년 5월 29일자 『만세보』 제3면에 실린 개인 광고문이다.[7] 여기서 이인직은 자

---

7 광고의 전문은 다음과 같다. "本 新聞 第二百十一號廣告란 內 自治消防團 發起에 對ᄒᆞ야 本人은 初無參涉이기에 本人 姓名을 拔去ᄒᆞ오니 僉君子ᄂᆞᆫ 照亮ᄒᆞ시옵 李人稙 告白." (「廣告」, 『만세보』, 1907.5.29) 이와 관련된 논의는 다지리 히로유끼, 앞의 책, 33쪽 참조. 다지리 히로유끼는 『만세보』가 계속 발간되지 못한 이유를 재정난뿐만 아니라 사원 간의 분열에도 있다고 추정한다.
자치소방단 발기문(發起文)이 게재된 『만세보』 제211호가 발간된 날짜는 1907년 3월 20일이다. 이인직은 기사가 나간 지 2개월 열흘이 경과한 이후에, 기사 내용이 잘못되었다는 사실을 지적하고 거기에 거론된 자신의 이름을 삭제해달라고 요청한 것이다. 이 기사가 다른 매체가 아니라, 자신이 주필을 맡고 있는 『만세보』에 실린 것이라는 점에서 과거 2개월 사

신이 자치소방단(自治消防團) 발기에 전혀 관여한 바가 없다는 사실을 밝히고, 자신의 이름을 삭제하겠다는 의사를 표시한다. 자치소방단 발기인 명단에는 『만세보』의 발행인 겸 편집인이었던 신광희를 비롯해 최영년 등 신문사의 주요 임원들이 포함되어 있다.[8] 이인직은 과거에도 이들과 함께 「호서수재구휼금(湖西水災救恤金) 모집광고(募集廣告)」에 공동 발기인으로 참여한 바 있었다.[9]

이인직이 자치소방단 발기인에서 자신의 이름을 삭제한다는 광고를 내보낸 시점은 『제국신문』이 『혈의루』 광고를 싣기 시작한 바로 다음 날이다. 같은 날짜에 실린 『만세보』와 『제국신문』의 『혈의루』에 대한 광고 문안이 일부 차이가 있다는 점도 주목할 필요가 있다. 『혈의루』 광고의 주체는 두 신문 모두가 김상만서포(金相萬書舖)로 되어 있다. 하지만, 『만세보』 에는 없는 "帝國新聞續載上篇"과 "下篇은 帝國新聞에 續載홈"이라는 두 구절이 『제국신문』 광고에만 추가되어 있는 것이다.[10] 동일한 본문에 이 구절만 앞뒤로 추가되어 있다는 점에서, 이는 광고주가 작성한 것이 아니라 『제국신문』이 「혈의루 하편」을 홍보하기 위해 의도적으로 삽입한 것임이 분명하다. 이인직이 「혈의루 하편」의 연재를 시작할 무렵에는 이미 『만세보』 내부의 분열이 가시화 되어 있었을

이 이인직이 이 기사를 확인하지 못했을 가능성은 전혀 없다. 2개월 이상 이른바 오보(誤報)를 방치하다가 새삼 이를 문제 삼았다는 것은 그가 여타 발기인과의 갈등을 공개적으로 표명한 것이라고밖에 볼 수 없다.

8 『만세보』 내에서 최영년의 직책이 무엇이었는가는 분명하지 않다. 그는 1906년 9월 1일 현재 한성한어학교(漢城漢語學校)의 교관(敎官)으로 재직 중이었다. 최영년은 관직에 있으면서 신문 발행에 관여한 것으로 추정된다. 이와 관련된 논의는 최기영, 「구한말 『만세보』에 관한 일고찰」, 『한국사연구』 제61·62집, 1988, 317~318쪽 참조.

9 1906년 9월 22일자 광고문에서는 발기소(發起所)를 만세보사(萬歲報社)로 하고 오세창, 이인직, 최영년, 신광희를 모집원(募集員)으로 표기했다. 이인직이 이들과 함께 공동 발기인 명단에 오른 것이 처음이 아니라는 점에서, 그가 개인 광고를 통해 자신의 이름을 삭제해줄 것을 요구했다는 사실은 이인직이 『만세보』의 다른 임원들과 같은 지면에 이름이 오르내리는 것을 거리낄 만한 상황에 처해있다는 것을 말해준다.

10 『제국신문』, 1907.5.28 참조.

가능성이 크다. 『제국신문』의 「혈의루 하편」 연재가 이인직과 『만세보』 구성원 사이의 갈등을 더욱 증폭시켰을 것이라는 점도 분명하다.

근대 초기에 발행된 대부분의 신문들이 그러했듯이, 『제국신문』 또한 재정적으로 여유가 있는 편은 아니었다. 창간 이후 『제국신문』은 재정난과 검열 등의 이유로 수차 휴간 및 정간을 반복했다. 이인직의 「혈의루 하편」 게재 직전에도 『제국신문』은 이틀 동안 휴간을 한 바 있다. 1907년 5월 15일부터 16일까지 신문을 발행하지 않았던 것이다. 그러나, 이 시기의 『제국신문』 휴간은 다른 시기의 그것과는 성격이 전혀 달랐다. 그동안의 휴간이 재정난 때문이었던 것에 반해, 이 시기의 휴간은 오히려 재정적 확충에 대한 기대를 바탕으로 한 지면 확대 작업 때문이었다. 『제국신문』의 재정 확충에 대한 기대는 탁지부 대신이었던 민영기(閔泳綺)의 약속을 기반으로 한 것이었다.[11] 『제국신문』은 1907년 5월 17일자부터 지면을 기존의 4단에서 6단으로 개편 확장하고 발행부수도 평상시의 2배인 4,000부로 크게 늘린다. 『제국신문』이 이인직을 필자로 영입해 「혈의루 하편」을 연재하기 시작한 것은 이러한 지면 개편 작업의 일환으로 이루어진 것이었다. 다음의 사고(社告)는 이인직이 『제국신문』에 '보수의 다소를 구애치 않고 자원 근무'를 시작했다는 사실을 전하고 있다.

본샤 편집원은 정운복씨로 츄션되야 금일부터 일반 편즙ᄉ무를 담임시무ᄒ오며 물리학과 소셜은 박정동 리인직 리해죠 삼씨가 담임 뎌술ᄒ는ᄃ 이상 졔씨는 본 신문이 우리 한국 ᄀ명기관에 요졈됨을 싱각ᄒ야 보슈의 다소를 구의

11 『제국신문』의 지면 확충 작업과 관련된 논의는 최기영, 『대한제국시기 신문연구』, 일조각, 1991, 31~33쪽 참조. 최기영은 탁지부 대신 민영기의 지원 약속이 개인적 차원에서 이루어진 것이 아니라 대한제국 황실(皇室)과 관련되었을 것으로 추정한다.

치 안코 다 ᄌ원 근무ᄒ오니 일반 동포는 죠량ᄒ시기 바라오[12]

이인직이 『제국신문』에 「혈의루 하편」을 연재하기 시작했던 것은 이른바 '자원 근무'를 통한 『제국신문』과의 인연 맺기 작업의 일환이었다. 그런데, 이 기사 하나만을 놓고 이인직이 『제국신문』에 사원으로 근무했다고 단정하는 것은 지나친 비약이 아닐 수 없다.[13] 「혈의루 하편」 연재 당시 이인직은 아직 『만세보』의 주필이었고, 평소와 다름없이 논설을 집필 중이었다. 『만세보』의 주필이 동시에 『제국신문』에 사원으로 근무한다는 것은 상식에 어긋나는 일이다. 『제국신문』의 사원 혹은 기자였기 때문에 「혈의루 하편」을 연재했다는 주장은 선후가 바뀐 것으로 보인다. 이인직이 『제국신문』 사원이었기 때문에 작품을 연재한 것이라기보다는, 그가 『제국신문』에 「혈의루 하편」을 연재했기 때문에 사원으로 오인되었을 가능성이 더 크다. 『제국신문』이 이인직의 '자원 근무'를 공표한 시점에도 의문이 있다. 이 기사가 나간 날짜는 이인직이 이미 「혈의루 하편」의 연재를 중단하고 실질적으로 『제국신문』과의 관계를 정리한 후이기 때문이다. 이 기사에서 주된 관심의 대상이 되는 인물은 이인직이 아니다. 이 기사의 원래 목적은 지난 10년간 『제국신문』을 운영하며 논설 등의 집필을 책임졌던 이종일(李鍾一)이 편집 일선에서 물러나고, 그 자리를 정운복이 맡게 된다는 사실을 알리기 위한 것이었다.[14] 따라서 이 기사에 지나치게 큰 비중을 두고

---

12 「社告」, 『제국신문』, 1907.6.7.

13 현재까지는 이 기사 외에는 이인직을 『제국신문』의 사원으로 추정할 수 있는 근거가 발견된 바 없다. 따라서 이인직을 『제국신문』의 사원 혹은 기자로 추정하는 것은 모두가 이 기사를 근거로 한 해석으로 보인다.

14 같은 날짜 『제국신문』에는 「본샤의 힝복과 본긔쟈의 희임」이라는 제목의 사설이 실려 있어, 위 사고(社告)의 내용을 부연 설명하고 있다. 여기서 이종일은 정운복이 신임 편집인으로 부임하게 되었고, 자신은 편집 일선에서 물러난다는 사실을 알리고 그동안의 감회를 상

이인직과 『제국신문』의 관계를 확대 해석하는 것은 옳지 않다.

사정을 종합해 보면 이인직과 『제국신문』의 관계는 사적(私的) 친분 관계를 활용한 수준이었던 것으로 판단된다.[15] 이인직과 『제국신문』의 연계는 『제국신문』 사장 겸 편집인이었던 이종일을 통해 이루어진 것으로 보인다. 1907년 당시 이인직과 이종일은 동지친목회(同志親睦會)의 발기인으로 함께 참여하며 교분을 쌓고 있었다.[16] 다음의 기사를 통해 이 사실을 확인할 수 있다.

> 모모 유지인들이 각 샤회 단톄를 친목ᄒᆞ기 위ᄒᆞ야 동지 친목회를 죠직ᄒᆞ기다 발긔ᄒᆞ얏ᄂᆞᆫᄃᆡ 그회의 목뎍은 각졍당이나 교회나 상회를 물론ᄒᆞ고 그즁에 유지ᄒᆞᆫ 몃몃분으로 회원을 삼으되 회원은 빅명에 지ᄂᆡ지 안케ᄒᆞ고 셔로 련락관텰ᄒᆞ야 셔어ᄒᆞᆫ ᄯᅳᆺ이 업도록 ᄒᆞ기로 맛치 부ᄎᆡᄉᆞ북 모양갓티되야셔 국가의 진보와 샤회의 륭화역 쥬의를 가졋ᄂᆞᆫᄃᆡ 그회 발긔인은 리죵일 리쥰 리인직 류밍 류문환 신희영 심의셩 오셰창 유셩쥰 윤치오 졍진홍 졍운복 한셕진 홍긍셥 권동진 황렬 졔씨더라[17]

이 기사에는 동지친목회가 단지 명목상의 단체가 아니라, 실질적 교류를 중시하는 모임이라는 사실이 특별히 강조되어 있다. 『제국신문』이 이인직을 영입한 가장 큰 이유는 지면 개편 이후 독자 확보를 위한 것이었다.[18] 근대신문의 지면 개편과 독자 확보 과정에서 그 주요 대상이 되

세히 적어 독자들에게 전한다.

15 "朴晶東과 李人稙이 신문사의 직임을 가지지 않은 客員의 위치"(최기영, 앞의 책, 43쪽)였다는 견해도 참고할 필요가 있다.

16 정운복 또한 동지친목회 발기인 명단에 포함되어 있어 이종일, 이인직, 정운복 세 사람 사이에 서로 교류가 있었다는 사실을 확인할 수 있다.

17 「同志親睦會」, 『제국신문』, 1907.2.16.

18 이인직의 『제국신문』 참여를 이해하는 데는 다음의 지적도 참고가 된다. "이인직, 이해조,

었던 것은 대부분 한글을 사용하는 일반 대중 혹은 여성 독자들이었다. 예를 들면, 근대 초기의 일본인 발행 신문이었던 『한성신보』는 일본 외무성에 발간비 증액을 요청하고 지면을 개편하면서 「조부인전」을 연재하기 시작한다.[19] 「조부인전」은 『한성신보』에 실린 최초의 한글 소설이면서 여성을 주인공으로 삼은 작품이기도 했다. 『한성신보』는 「조부인전」을 통해 대중독자를 확보하고 그 수를 배로 늘리려는 의지를 드러냈던 것이다.[20] 『대한매일신보』의 경우도 1907년 5월 23일 국문판의 발행을 재개하면서[21] 거기에 여성을 주인공으로 삼은 번역소설 「라란부인전」을 연재한 바 있다. 「라란부인전」의 번역자는 작품 속 주인공이 '비록 여자였으나 그 품은 뜻과 사업이 남자를 넘어섰다'는 사실을 강조한다. 『대한매일신보』 국문판은 실제로 적지 않은 여성독자를 확보할 수 있었다.[22] 『제국신문』의 지면 개편 준비 작업이 『대한매일신보』의 국문판 준비 작업과 같은 시기에 이루어졌다는 점도 주목할 필요가 있다. 『제국신문』이 이인직의 「혈의루 하편」을 「옥년전」이라고 불렀던 것 또한 여성독자를 염두에 둔 측면이 없지 않다.[23]

박정동은 모두 『少年韓半島』의 기고자였으며, 교육과 계몽에 대한 이들 세 명의 공통된 지향점은 '소년'의 범위를 넘어 여성을 중심으로 한 일반 대중 독자를 포괄하는 『帝國新聞』의 성격과 연결될 수 있었다. 『少年韓半島』가 1907년 4월 1일 제6호를 마지막으로 폐간되자, 1호부터 6호까지 빠짐없이 참여했던 이인직, 이해조, 박정동은 모두 『帝國新聞』의 지면 확장과 체제 개편에 참여하게 된다."(배정상, 「이해조 문학 연구－근대 출판・인쇄 매체와의 관련 양상을 중심으로」, 연세대 박사논문, 2012, 30쪽)

19 『한성신보』는 이 과정에서 국한문체 역사・전기류 작품 「英國史要」의 연재 중단을 결정한 바 있다.

20 이와 관련된 상세한 논의는 김영민, 『한국의 근대신문과 근대소설 2－한성신보』, 소명출판, 2008, 46～47쪽 참조.

21 『대한매일신보』는 1904년 7월 18일 창간 시 영문판 4면과 국문판 2면으로 출발했다. 국영문판 체제는 1905년 3월 10일까지만 이어졌고 이후에는 국문판 대신 국한문판을 발행했다.

22 이와 관련된 상세한 논의는 김영민, 『한국의 근대신문과 근대소설 1－대한매일신보』, 소명출판, 2006, 94～96쪽 참조. 『대한매일신보』 국문판의 등장은 한글독자를 위주로 발행되던 『제국신문』에 점차 타격을 주게 된다.

23 『혈의루』의 필사본들이 『옥년전』 혹은 『옥년이칙』이라는 제목으로 기록되었다는 점도 주

창간 초기부터 한글을 사용하며 여성독자를 중요하게 생각했던 『제국신문』이 개편 작업 과정에서 일반 대중과 여성 독자를 확보할 수 있는 새로운 소설 지면의 신설을 기획한 것은 충분히 타당성이 있는 것이었다.[24] 『제국신문』은 그 신설된 지면에 당시대 최고 인기 작가였던 이인직을 불러들여 기명(記名)으로 소설 연재를 시작했던 것이다. 「혈의루 하편」은 『제국신문』에 게재된 최초의 기명 창작소설이라는 의미 또한 지니고 있다.

3) 「혈의루 하편」의 작가 문제와 중단의 사유

『제국신문』 1907년 5월 17일자에 실린 「혈의루 하편」에는 이 작품의 작가가 국초(菊初)라고 명기되어 있다. 그럼에도 불구하고 「혈의루 하편」의 작가 문제에 대한 시비가 아직까지 이어지는 가장 큰 이유는, 이 작품의 문체가 여타 이인직 작품의 문체와 다르다는 지적이 있기 때문이다. 「혈의루 하편」의 문체 문제에 대해 이재선은 다음과 같은 견해를 제시한 바 있다.

> 그 문체적 차이가 현저한 것은 對話文의 경우다.
>
> 「血의 淚」 상편에서 崔恒來 노인과 '막동'의 對話는 다음과 같이 되어 있다.
>
> "〈막동〉 말은 어데 갔다 뫼오리까.

목할 필요가 있다. 이는 「혈의루」가 연재 및 유통 당시에 독자들 사이에서 실제로 '옥년전'으로 지칭되었다는 증거가 될 수 있다. 『혈의루』 필사본의 존재에 대해서는 강현조, 앞의 글, 21쪽 참조.

24 지면 개편 작업 이전까지 『제국신문』에 실렸던 수십 편의 서사문학 작품은 대부분 〈서사적 논설〉에 해당하는 단형서사물들이었다. 오직 1편의 예외가 있는데 이는 「허생전(許生傳)」을 재수록한 것이다.

〈崔氏〉 마방집에 갖다 뫼여라.

〈막동〉 소인은 어데서 자오리까.

〈崔氏〉 마방집에 가서 밥이나 사서 먹고, 이 집 행낭방에서 자거라.

〈막동〉 나리께서는 무엇을 좀 사다 잡숫고 주무시면 좋겠읍니다."

이에 비해 「血의 淚」 하편에서의 書記보는 少年[막동인지?]과의 대화는 다음과 같이 이어지고 있다.

"〈소년〉 여보시오 주사장, 진남포에서 비 드러왓습니다. 우리 짐도 이 빅편에 왓슬 터이니, 사룸을 닉보닉보아야 ᄒᆞᆫ깃습니다.

최쥬사는 낫좀을 자다가 화륜 화통소리에 좀이 씨여 이러 안져서 무슨 싱각을 ᄒᆞ고 잇든 터이라. 셔긔의 말을 드른 쳬 만 쳬ᄒᆞ고 안져다가, 긴치 안이ᄒᆞᆫ 말 딕답ᄒᆞ듯

〈최〉 날더러 무를 거 무엇 잇나. 자네가 아라 ᄒᆞᆯ 일이지."

이와 같이 對話文에 있어서의 變移가 보인다.[25]

그런데, 이 인용문에서 이재선이 「혈의루」 상편과 하편의 차이라고 언급한 "對話文에 있어서의 變移"가 무엇을 의미하는가는 구체적으로 설명이 되어 있지 않다. 즉 두 대화문 사이의 차이가 무엇인지는 상세히 제시되어 있지 않은 것이다.

두 대화문의 문체 차이를 확인하기 위해 먼저 각 인물들의 대화를 서로 분리한 후 문장을 비교해 보기로 한다.

〈崔氏 1〉 마방집에 갖다 뫼여라.

〈崔氏 2〉 마방집에 가서 밥이나 사서 먹고, 이 집 행낭방에서 자거라.

---

25 이재선, 앞의 책, 1972, 71~72쪽.

〈최 1〉 날더러 무를 거 무엇 잇나. 자네가 아라 ᄒᆞᆯ 일이지.

'최씨'가 화자로 등장하는 이 세 개의 대화문 사이에서는 별반 차이점을 발견하기 어렵다. 상편의 〈崔氏 1, 2〉의 대화나 하편의 〈최 1〉의 대화는 모두 간결한 구어체로 되어 있어 특별한 차이점을 발견할 수가 없는 것이다. 다음은 막동과 소년의 대화를 비교해 보기로 한다.

〈막동 1〉 말은 어데 갔다 뫼오리까.

〈막동 2〉 소인은 어데서 자오리까.

〈막동 3〉 나리께서는 무엇을 좀 사다 잡숫고 주무시면 좋겠읍니다.

〈소년 1〉 여보시오 주사장, 진남포에서 ᄇᆡ 드러왓습니다. 우리 짐도 이 ᄇᆡ편에 왓슬 터 이니, 사ᄅᆞᆷ을 ᄂᆡ보ᄂᆡ보아야 ᄒᆞ깃습니다.

〈막동 1〉과 〈막동 2〉의 대화의 길이가 상대적으로 짧다는 것을 빼고는 이 문장들에서도 큰 차이를 발견하기는 어렵다. 〈막동 3〉과 〈소년 1〉은 문장의 길이조차도 거의 차이가 없다. 〈소년 1〉의 대화가 길어 보이는 것은 이것이 한 문장이 아니라, 두 문장으로 이루어져 있기 때문이다. 종결어미에서도 차이를 발견하기 어렵다. 〈막동 3〉의 대화 종결어미는 '-읍니다'로 되어 있어 이는 〈소년 1〉의 '-습니다 / 슴니다'와 별반 차이가 없다.[26] 결국, 여기에 제시된 대화문들은 차이점보다는 오

26 이재선이 제시한 인용 표기 '-좋겠읍니다'와는 달리 실제 『만세보』 소재 「血의淚」 상편에서 〈막동3〉의 대화는 '-좃케슴니다'로 되어 있다, 『제국신문』 소재 「血의淚 下篇」에서는 〈소년〉의 대화도 'ᄇᆡ 드러왓습니다'가 아니라 'ᄇᆡ드러왓슴니다'로 되어 있다. 이재선이 두 작품의 문체를 비교하면서 인용한 사례들은 원문을 일부 현대어로 고친 문장이다. 원전상의 표기를 그대로 인용해 비교하면 두 작품 사이의 거리는 더 좁혀진다.

히려 공통점이 더 두드러져 보인다. 이인직 특유의 '지문과 대화의 분리 표기 방식'을 공통적으로 사용한다는 점도 눈여겨 볼 필요가 있다. 대화자의 이름을 괄호 안에 정확히 표기하는 방식은, 인물의 발언에 대한 자동기술을 해야 할 경우 뚜렷이 나타나는 이인직의 작법 상 특징 가운데 하나라는 점을 주목할 필요가 있는 것이다.[27]

『제국신문』 소재 「혈의루 하편」의 문체가 이인직의 다른 작품의 문체와 유사하다고 하는 사실은, 이 작품의 서두를 다른 작품들의 서두와 비교해 보아도 알 수 있다. 여기서 글 (가)는 『만세보』 소재 「혈의루」의 시작 부분이고, (나)는 「귀의성」의 시작 부분이다. 글 (다)는 「혈의루 하편」의 서두이다.

(가) 日清戰爭(일청전징)의 총쇼리ᄂᆞᆫ, 平壤一境(평양일경)이 ᄯᅥᄂᆞ가ᄂᆞᆫ 듯ᄒᆞ더니, 그 총쇼리가 긋치ᄆᆡ 清人(청인)의 敗(ᄑᆡ)ᄒᆞᆫ 軍士(군ᄉᆞ)ᄂᆞᆫ 秋風(츄풍)에 落葉(낙엽)갓치 흣터지고, 日本(일본)군ᄉᆞᄂᆞᆫ 물미듯 西北(셔북)으로 向(향)ᄒᆞ야 가니 그 뒤ᄂᆞᆫ 山(산)과 들에, 사람 죽은 송장 ᄲᅮᆫ이라,

平壤城外牧丹峯(평양성외목단봉)에, ᄯᅥ러지ᄂᆞᆫ 저녁볏은, 뉴엿뉴엿 너머 가ᄂᆞᆫᄃᆡ, 저 힛빗을, 붓드러 ᄆᆡ고시푼, 마음에, 붓드러 ᄆᆡ지ᄂᆞᆫ 못ᄒᆞ고, 숨이 턱에 단듯이, 갈팡질팡 ᄒᆞᄂᆞᆫ 一婦人(한부인)이 年(나)히 三十(삼십)이 되락말락 ᄒᆞ고 얼골은 粉(분)을 ᄯᆞ고 넌듯이, 흰 얼골이ᄂᆞ, 人情(인정)업시 ᄯᅳ겁게, ᄂᆞ리ᄶᅩ히ᄂᆞᆫ 秋(가을)볏에 얼골이, 익어셔, 션잉도빗이 되고, 거름거리ᄂᆞᆫ, 허동지동ᄒᆞᄂᆞᆫᄃᆡ, 쪽진머리ᄂᆞᆫ 흘러ᄂᆡ려셔, 등에 짊어지고, 옷은 흘러ᄂᆞ려셔, 젓가슴이, 다 드러ᄂᆞ고, 치마ᄶᅩ락은, ᄯᅡ헤 질질 썰려셔, 거름을 건ᄂᆞᆫᄃᆡ로 치마가 발피니, 그 婦人(부인)은 아무리 急(급)ᄒᆞᆫ 거름거리를 ᄒᆞ더리도, 멀니 가지도 못ᄒᆞ고 허동거리기만 ᄒᆞᆫ다

남이 그 모양을 볼 지경이면, 저럿케 어엿ᄲᅳᆫ, 절문 녀편네가, 슐먹고, 힝길에

27 이와 관련된 상세한 논의는 양문규, 「이인직 소설의 문체에 관한 연구」, 『한국 근대소설사 연구』, 34~36쪽 참조.

ᄂᆞ와셔, 쥬정ᄒᆞᆫ다 ᄒᆞᆯ 터이나 그 부인은 슐 먹엇다 ᄒᆞᄂᆞᆫ 말은, 고사ᄒᆞ고, 밋쳣다, 지랄ᄒᆞᆫ다 ᄒᆞ더ᄅᆡ도, 그 ᄶᅡ위 소ᄅᆡᄂᆞᆫ, 귀에 들니지 아니할만 ᄒᆞ더라

무슨 소회가, 그리 ᄃᆡ단ᄒᆞᆫ지 그 부인더러 물을 지경이면, ᄃᆡ답할, 여가도 업시, 玉蓮(옥연)이를 부르면셔 도라다니더라

옥연아, 옥연아, 옥연아, 옥연아, 쥭엇는야, 사럿는야

쥭엇거던, 쥭은 얼골이라고 ᄒᆞᆫ번 다시 만ᄂᆞ보자 (『만세보』, 1906년 7월 22일)

(나) 깁픈 밤, 지ᄂᆞᆫ ᄃᆞᆯ이 春川三鶴山(츈천삼학샨) 그림자를, ᄭᅳ러다가 南內面松峴(남ᄂᆡ면솔기)동ᄂᆡ 姜同知(강동지) 집, 건넌방, 셔창에, 드럿더라

창호지 ᄒᆞᆫ 겹만, 가린, 홋창 밋히셔 긴 벼ᄀᆡ, ᄒᆞᆫ머리, 비고, 널흔 뇨, 한편에, 혼자 누어잇ᄂᆞᆫ, 부인은, 나히, 이십이, 되락말락하고, 얼골은, 도다오ᄂᆞᆫ 분달갓치, 탐스럽더라

그 부인이, 벼ᄀᆡ ᄒᆞᆫ머리가, 비여셔 적적ᄒᆞᆫ, 마음이, 잇ᄂᆞᆫ 즁에, ᄇᆡ 속에셔 팔짝 팔짝 노ᄂᆞᆫ 거슨, ᄂᆡ월만 되면, 아들이ᄂᆞ, ᄯᆞᆯ이ᄂᆞ, 나흘 터이라고, 혼ᄌᆞ 마음에, 위로가 된다 셔창에, 빗추ᄂᆞᆫ 달빗으로 벗을 삼고 ᄇᆡ 속에셔 쏨지락거리고 노ᄂᆞᆫ ᄋᆞ히로, 낙을 삼아 누엇스ᄂᆞ 이런 ᄉᆡᆼ각, 저런 ᄉᆡᆼ각, 잠 못들어 ᄋᆡ를 쓰다가 삼학샨 그림ᄌᆞ가, 창을 점점 가리면셔, 방안이 우즁츙ᄒᆞ여지ᄂᆞᆫᄃᆡ 부인도 ᄉᆡᆼ각을, 이즈며, 잠이 드럿더라

잠든 동안이, 게른 놈은, 눈도 몃번 못꿈저거릴 터이ᄂᆞ, 부인의, 꿈은 ᄲᅡᆯ리쥴 갓치, 길게 꾸엇더라

꿈을 꾸다가, 가위를 눌럿던지, 소리를 버럭 질러셔, 그 집 안방에셔 잠자던 동지의 ᄂᆡ외가 깜짝 놀라 ᄭᆡ엿ᄂᆞᆫᄃᆡ, ᄀᆞᆼ동지의 마누라가, 웃통 벗고 너른 속것, 바람으로, ᄒᆞᆫ거름에 ᄯᅱ여왓다

이ᄋᆡ 길슌ᄋᆞ, 문 여러라, 문 여러라, 이ᄋᆡ 길슌아, 길슌아 (『만세보』, 1906년 10월 14일)

(다)부산 졀영도 밧게 하날밋까지 툭터진듯훈 망망대히에 식검은 연긔를 무럭무럭 니르키며 부산항을 향ᄒᆞ고 살갓치 들어닷는 거슨 화륜션이라

오륙도 졀영도 두틈 좁은 어구로 드러오는디 반속넉 비질을 ᄒᆞ며 화통에는 소리가 하날 당나귀가 ᄂᆡ려와 우는지 웅장훈 그 소리 훈마듸에 부산 초량이 들셕들셕훈다

물건을 드리고 ᄂᆡ는 운수회샤도 그 화통소리에 귀를 기우리는디 화륜션 닷이 쑥 써러지며 쌈판비가 벌쩨갓치 드러간다 부산 긱쥬에 쳣지나 둘지집가는 최쥬사집 셔긔보는 소년이 큰사랑 미닫이를 열며

「소년」 여보시오 쥬사장 진남포에셔 빅드러왓습니다

우리집도 이빅편에 왓슬터이니 사룸을 보ᄂᆡ보아야 ᄒᆞ깃습이다(『제국신문』, 1907년 5월 17일)

(가)와 (나)와 (다)는 모두 문장 형태가 유사해 연속해 읽어도 전혀 어색한 느낌이 없다. (가)와 (나)와 (다) 즉, 「혈의루」와 「귀의성」 그리고 「혈의루 하편」의 서두는 모두 공간적 배경에 대한 상세한 묘사로부터 시작된다. 공간적 배경에 대한 생생한 묘사는 이내 등장인물의 행동에 대한 묘사로 이어지고, 그것은 다시 등장인물의 대사로 이어진다. 등장인물의 대사는 독자의 관심을 환기시키는 역할을 하는데, 이를 통해 본격적인 서사 전개의 단계로 들어가는 것이 이인직의 소설 작법의 공통적 특질 가운데 하나라 할 수 있다. 이인직의 소설 작법상 특징은 장형소설에서뿐만 아니라 『만세보』에 발표한 첫 작품 「소설 단편」(1906.7.3~7.4)에서도 동일하게 확인할 수 있다.

그밖에도 「혈의루 하편」의 문장이 이인직의 문장이라는 증거는 많다. 여기서는 구체적 사례를 한 가지만 더 제시하기로 한다. 이인직의 작품에서 특별히 주목할 만한 소설 기법 중 하나가 특정한 사물에 대

한 묘사를 매개로 장면을 전환하는 기법이다. 이를 「귀의성」과 「혈의루 하편」에서 찾아 비교해 보기로 한다.

(라)정선릉 산중에셔 간밤에 오던 비는 비 긋헤 바룸 니러 구만 리 장쳔에 겹겹이 싸힌 구름을 비로 쓸어버린드시 부러 훗치더니 그 바룸이 다시 밧남샨으로 소리 업시 지닉가셔 삼각샨 밋흐로 드리치는딕 삼쳥동 김승지 집 안방 미닫이살이 부러지도록 드리친다 (「귀의성」, 『만세보』, 1907년 4월 13일)

(마)틱평양에셔 미국화셩돈이 멀기는 한량업시 멀것만은 디구상공긔는 한공긔라 틱평양에셔 불든바룸이 북아메리카로 들이치면셔 화셩돈 언으 공원에셔 단풍구경아던 한국 녀학싱 옥년이가 직칙이롤 흔다 (「혈의루 하편」, 『제국신문』, 1907년 5월 23일)

(라)는 정선릉 산중에서 부는 바람이 서울 삼청동 김승지 집 안방까지 불어 들이치는 모습을 그리고 있다. 이 문장의 기능은 이야기의 무대를 광주 정선릉 산골에서 서울 삼청동 김승지 집으로 옮겨가는 것이다. (마)는 태평양에서 부는 바람이 미국 워싱턴까지 들이쳐 옥련이가 재채기를 하는 모습을 그리고 있다. 이 문장의 기능은 이야기의 무대를 태평양에서 미국 워싱턴 옥련이가 머무는 호텔로 옮겨가는 것이다. (라)와 (마)는 발표 시기가 약 1달 정도밖에 차이가 없으며, 문체와 기법 등이 거의 닮아 있다. 이런 점들로 미루어 보면, 「혈의루 하편」의 문체가 이인직의 여타 소설들의 문체와 다르다고 하는 주장은 설득력이 약하다. 그보다는 오히려 「혈의루 하편」의 문체와 소설 작법이 여타 이인직의 작품들에서도 손쉽게 발견할 수 있는 공통된 것들이었다고 정리할 수 있다.

다음으로는 이인직이 「혈의루 하편」을 연재 11회만에 갑자기 중단하게 된 사유에 대해 생각해 보기로 한다. 현재까지 이루어진 지적들은 그가 1907년 7월 18일자로 창간된 『대한신문』의 사장으로 가게 되었기 때문이라는 사실에 초점이 맞추어져 있다.[28] 큰 틀에서 보면, 이러한 주장 자체가 틀린 것은 아니다. 그러나, 이에 관해서도 더 상세한 논증 과정이 필요하다. 「혈의루 하편」의 연재 중단 일자가 6월 1일이고 『대한신문』의 창간 일자가 7월 18일이라는 점을 생각할 때, 두 날짜 사이에 간격이 커 이를 바로 연결하기에는 무리가 따른다. 여기서 먼저 살펴보아야 할 것은 『제국신문』에 실린 "血淚暫停 본보의 옥년젼은 소셜긔쟈가 유고ᄒᆞ야 몃일 동안 뎡지ᄒᆞ오니 죠량ᄒᆞ시압"[29]이라는 기사이다. 이 기사는 옥년젼 즉 「혈의루 하편」의 작가 이인직이 유고 상태이고 그로 인해 소설 연재를 잠시 중단한다는 사실을 전하고 있다. 1907년 6월 1일 전후에 과연 이인직이 유고 상태였고 그 결과 소설 연재를 실제로 중단할 수밖에 없었는가 하는 점을 밝히는 것은, 「혈의루 하편」의 작가를 확정하기 위한 또 하나의 중요한 지점이 될 수 있다. 이 문제에 대해서도 결론을 먼저 말하면, 이 기간 중 이인직은 잠시나마 유고 상태였던 것으로 보인다. 그것이 신병으로 인한 것인지 혹은 정치적 이유에 따른 것인지는 단정하기 어렵지만 그가 원고를 집필할 수 없는 환경에 처해있었던 것만은 분명하다. 그 결과 이인직은 일시적으로 소설뿐만 아니라 다른 글들도 모두 중단해야만 했다. 그 첫 번째 증거는 이인직이 1906년 10월 14일부터 『만세보』에 줄곧 연재해 오던 소설 「귀의성」을 1907년 5월 31일에 갑자기 중단했다는 사실이다. 이 날짜는 「혈의루 하편」의 중단일인 6월 1일과 단 하루밖에 차이가 나

28 강현조, 앞의 글, 19쪽 참조.
29 『제국신문』, 1907.6.4.

지 않는다. 「귀의성」은 5월 31일자에 제134회(중복 표기 횟수를 감안하면 실제로는 139회)를 마지막으로 중단된 채 더 이상 연재되지 않는다. 『만세보』에는 「귀의성」 연재 중단에 관한 아무런 설명이 없어 더욱 의구심을 자아낸다. 다만, 현재까지 우리나라에 발굴 소장되어 있는 『만세보』가 완벽한 것이 아니라, 1907년 6월 6일자와 13일자가 일실된 상태라는 점을 참조하면, 「귀의성」 마지막 회가 이들 신문에 실려 있을 가능성을 배제할 수는 없다.[30] 그런데 「귀의성」 마지막 회가 6월 6일자 신문에 실려 있다 하더라도, 이인직이 6월 1일 이후 6월 5일까지는 『만세보』에 소설을 연재하지 않았다는 사실은 변하지 않는다. 『만세보』 소재 논설은 대부분 주필 이인직의 글로 알려져 있다.[31] 그러나 이인직은 이례적으로 5월 31일과 6월 1일, 적어도 이틀 동안은 『만세보』에 논설도 집필하지 않았다. 이 두 날짜에 게재된 『만세보』의 논설이 이인직이 쓴 것이 아니라는 사실은 문체를 비교해 보면 금세 알 수 있다.

5월 31일과 6월 1일자 논설의 필자가 이인직이 아니라는 사실을 확인하기 위해 먼저 이인직이 쓴 논설 2편을 인용하기로 한다. 글 (가)는 창간호에 수록된 것으로 그 필자가 주필 이인직이라고 밝혀져 있는 기명 논설 「사회(社會)」의 첫 단락이다. 글 (나)는 1907년 5월 29일자 논설로 『만세보』에 이인직이 자신은 자치소방단(自治消防團) 발기와 관계가 없다는 광고를 게재한 날짜에 수록된 글 「신내각(新內閣)」이다. 이 글을 선택한 것은, 적어도 이 날짜까지는 이인직이 분명히 『만세보』에 논설을 집필한 것으로 보이기 때문이다.

(가) 社會(사회)는 數世(수세)에 一社會(일ᄉᆞ회)가 成(성)함도 有(유)ᄒᆞ며 瞬息(슌식)에 一社會(일ᄉᆞ회)가 成(성)함도 有(유)ᄒᆞ니

30 이와 관련된 상세한 논의는 김영민, 『한국 근대소설사』, 솔출판사, 1997, 217쪽 참조.
31 이와 관련된 논의는 이 책의 제1장 참조.

昔에 木食澗飮ᄒᆞ든 野蠻에 幾年代를 一社會라 稱함도 可ᄒᆞ며 今에 鐵道列車內에 集合ᄒᆞᆫ 若干人을 一種會社의 團結을 形成ᄒᆞ엿다 함도 可ᄒᆞᆫ지라[32]

(나) 太陽의 七色이 我國政府에 光線을 射ᄒᆞ야 大臣七人이 面目을 換ᄒᆞ니 曰 叅政, 內相, 度相, 軍相, 法相, 學相, 農相이라 / 全國人民의 目이 瞠然하야 或 疑懼ᄒᆞ며 或 加額ᄒᆞ며 或 裡許를 知코자ᄒᆞ야 奔走不暇ᄒᆞᄂᆞᆫ 者ㅣ 其數를 不知ᄒᆞᆯ지라[33]

이 글들의 공통점은 그것이 국한문혼용체이면서, 동시에 구문구조는 한문이 아니라 한글의 구조에 가깝다는 것이다. 이인직이 구사하는 국한문체 문장은 한글 구조를 기본으로 하기 때문에, 한자(漢字)에 대한 지식만으로도 독해가 가능하다. 그러나, 다음에 인용하는 글 (다) 즉 5월 31일자 논설 「대주목(大注目)」과 글 (라) 즉 6월 1일자 논설 「희망(希望)」은 문장 구조가 전혀 달라서 한문(漢文)에 대한 지식이 없이는 독해가 불가능하다.

(다) 政界之腐敗日甚이 莫有甚於近日 故로 全國之厭苦思想이 亦日甚一日ᄒᆞ야 疾首蹙알者ㅣ 達於二千萬人이라 / 其政治之腐敗日甚云者ᄂᆞᆫ 果何指也오 政界全局이 擧失其精神ᄒᆞ야 更不能두수ᄒᆞ고 至於國計民生은 漫不知何事ᄒᆞ고 唯生命을 何以保全고ᄒᆞ며 唯祿位를 何以維持오ᄒᆞ야 千方百計로 窮思深慮者ㅣ 無過於此而已니 所謂政治ᄂᆞᆫ 歸諸等閒一邊이라 由是國家人民之危急存亡이 凜若一髮ᄒᆞ니 二千萬人之疾首蹙알이 安得不然이리오 / 際玆政府之改革하야 換出新生面ᄒᆞ니 姑未見一政一令之行이로ᄃᆡ 至於疾首蹙알之二千萬人ᄒᆞ야ᄂᆞᆫ 莫不瞠然大注目이라[34]

32 이인직, 「社會」, 『만세보』, 1906.6.17.
33 「新內閣」, 『만세보』, 1907.5.29.
34 「大注目」, 『만세보』, 1907.5.31.

(라) 天下事ㅣ莫不有希望者하니 希望者는 人之所至願也라 / 如今人之所至願者는 果何也오 在政府當局者之善政治也로다 / 我韓政府當局者之僨誤國事ᄒᆞ며 塗炭民生이 厥由久矣라 何獨於今政府에 希望其善政也오 / 人之所希望者는 不獨於今政府之善政也라 每政府之新任也에 希望其善政이라가 及其政治腐敗면 便失其所希望ᄒᆞ고 更思新政府者ㅣ何止於千百回也리오[35]

이렇게 『만세보』의 논설로서는 매우 이례적인 한문 위주의 문체를 사용한 것으로 미루어 볼 때, 글 (다)와 (라)의 필자는 이인직이 아닌 다른 인물이었음이 분명하다. 그런데, 이인직이 이른바 유고 상태에서 『만세보』를 떠난 시간은 그리 길지 않았다. 6월 2일자 이후의 『만세보』 소재 논설 「법률계(法律界) 희망(希望)」(1907.6.2~6.4) 등은 문체와 내용 등으로 미루어 볼 때 다시 이인직이 쓴 글로 추정된다. 이인직이 유고 상태에 있었던 것은 짧게 보면 이삼일, 아무리 길게 보아도 일주일 이내에 불과하다.[36]

이인직은 『제국신문』에 「혈의루 하편」을 연재하던 도중 일시적 유고 상태를 맞아 집필을 중단했고, 그 유고 상태가 마무리된 이후에도 『제국신문』의 필자로는 복귀하지 않았다. 그보다는 갈등을 빚던 『만세보』의 논설 필자로 복귀했던 것이다. 이인직이 『제국신문』의 필자가 아니라 『만세보』의 필자로 복귀한 이유는 무엇인가? 이는 1907년 5월 22일 이완용(李完用)의 친일 내각 출범이라는 역사적 사건과 관련 지어 해명이 가능하다. 앞서, 『제국신문』에 지원을 약속했던 탁지부 대신 민영기는 이완용 내각의 출범과 함께 갑자기 관직을 물러나면서 약속을

35 「希望」, 『만세보』, 1907.6.1.

36 참고로, 6월 8일자 논설 「競爭의 聲」에는 이인직의 러일전쟁 종군시의 체험이 기록되어 있다. "曩年日露戰爭時에 記者가 其實地를 觀ᄒᆞ얏는ᄃᆡ 始也에 九連城激戰을 觀ᄒᆞ니 人類의 競爭이 於斯에 大矣라."(「競爭의 聲」, 『만세보』, 1907.6.8)

지키지 못하게 된다. 이로 인해 『제국신문』은 예기치 않던 타격을 입고 이전보다 오히려 더 큰 재정적 압박에 직면하고 이는 곧 휴간으로까지 이어지게 된다.[37] 이완용 내각은 『제국신문』에 대한 지원이 아니라, 그 대신 『만세보』를 인수할 계획을 세우게 되고 사장으로 이인직을 내정한다. 이인직은 『제국신문』에 「혈의루 하편」을 연재하던 도중 이완용 내각의 출범이라는 갑작스러운 정치적 사건을 맞이하게 되고, 곧바로 『만세보』의 인수와 『대한신문』의 창간을 논의할 기회를 갖게 되었던 것이다. 따라서 이제는 그가 재정 문제 등을 비롯해 여러 가지 주변 사정이 급변해 버린 『제국신문』의 필자로 남아 있을 이유가 없어진 셈이다. 전후 사정으로 미루어 보면, 이완용 내각의 『만세보』 인수와 이인직의 『대한신문』 사장 내정은 1907년 5월 말부터 6월 초 사이에 이루어졌을 개연성이 크다. 『제국신문』은 1907년 6월 5일부터 이해조의 소설 「고목화(枯木花)」(1907.6.5~10.4)를 연재하기 시작한다. 「고목화」 연재가 시작된 6월 5일은 『제국신문』이 이인직이 '유고'로 소설 연재를 중단한다는 기사를 실은 바로 다음날이다. 이해조를 새로운 소설의 필자로 받아들인 것은 이인직의 복귀가 무산된 상태에서 『제국신문』이 취할 수 있었던 가장 현실적인 조치였다. 이후 이해조는 소설 전문 기자가 되어 『제국신문』의 소설란을 책임지게 된다.[38] 이인직과 이완용 내각 사이

37 재정난에 처하게 된 『제국신문』은 1907년 6월 14일부터 신문대금을 월 25전에서 30전으로 인상하고, 발행부수도 원래대로 2,000부로 환원하는 등 자구 노력을 아끼지 않았으나 결국 그해 9월 21일부터 일시적으로 휴간에 들어가게 된다. 『제국신문』은 10월 3일자로 곧 속간이 되지만, 사장 이종일은 물러나고 정운복이 신문사를 인수하여 새롭게 운영하게 된다. 이와 관련된 논의는 최기영, 앞의 책, 34~35쪽 참조.

38 이해조가 필자로 등장하기 하루 전에 『제국신문』이 이인직 '유고' 기사를 낸 것은 독자들에게 더 이상 이인직의 소설을 기다리지 말라고 하는 결별 통보의 성격이 짙다. 이와 관련해서는 다음의 서술도 참고가 된다. "사장인 이종일은 이인직의 소설 연재를 기다리지 않고, 이미 소설 연재를 준비하고 있었던 이해조를 투입시키기로 결정하였다. 『少年韓半島』에서 함께 활동하던 박정동 · 이인직 · 이해조 삼인은 1907년 5월의 체제 변화에 맞추어 이미 『帝國新聞』의 편집에 참여하기로 결정되어 있었으며, 이해조는 이미 이인직 이후의 소설

의 연계는 이완용 내각의 법부대신(法部大臣)으로 부임한 조중응(趙重應)의 역할을 통해서 이루어진 것으로 판단된다. 이인직과 조중응은 일본 유학 시절 동경정치학교를 함께 다닌 인연으로 평생을 친구로 지낸 것으로 알려져 있다. 이들 두 사람의 인연은 동경정치학교에서 시작된 것이 아니라, 처음부터 망명을 함께 한 것이라는 주장도 있다.[39] 그만큼 두 사람 사이가 각별했던 것이다. 이인직은 『만세보』로 복귀하면서 쓴 논설 「법률계(法律界) 희망(希望)」(1907.6.2~6.4)에서 법부대신 조중응에 대한 기대를 다음과 같이 표명한다.

> 故로 國民의 怨聲이 冲天ᄒᆞ고 熱血이 鼎沸ᄒᆞ야 政府는 仇讐로 視하고 法律은 陷井갓치 認ᄒᆞ던 今日이라 於是에 法律界에 惡魔가 退ᄒᆞ고 國民의 福運이 回ᄒᆞ더니 文明法律로 國民의 安寧를 擔任코자ᄒᆞ던 趙重應氏가 法部大臣에 任하얏스니 國民은 맛당히 目을 拭ᄒᆞ고 下回를 待ᄒᆞᆯ지어다[40]

> 近日에 氏가 對人說話ᄒᆞᆷ을 漏聞한 則 曰 吾는 法律에 對하야 公平을 主ᄒᆞ려니와 爲先滯訟ᄒᆞ던 弊脉을 除한다ᄒᆞ얏다ᄒᆞ니 氏의 如此ᄒᆞᆫ 持心은 國民의 幸福이라[41]

연재를 준비하고 있었던 셈이다."(배정상, 앞의 글, 42쪽) 이해조는 『제국신문』에 「빈상셜(鬢上雪)」(1907.10.5~1908.2.12)·「원앙도(鴛鴦圖)」(1908.2.13~4.24)·「구마검(驅魔劍)」(1908.4.25~7.23)·「홍도화(紅桃花)」(1908.7.24~9.17)·「만월디(滿月臺)」(1908.9.18~12.3)·「쌍옥젹(雙玉笛)」(1908.12.4~1909.2.12)·「모란병(牧丹屛)」(1909.2.13~?) 등의 작품을 발표한다.

39 "이인직은 김홍집(1842~1896) 내각이 무너지면서 일본에 망명했던 조중응을 따라 1896년경에 도일했던 것이 아닌가 생각된다."(고재석, 「이인직의 죽음, 그 보이지 않는 유산」, 『한국어문학연구』 제42집, 2004, 227쪽) "이인직은 조중응과 함께 1895년 경 일본으로 망명했으며, 그 이유는 '개화운동 관계'였음을 알 수 있다."(함태영, 「이인직의 현실인식과 그 모순 -관비유학 이전 행적과 『都新聞』 소재 글들을 중심으로」, 『현대소설연구』 제30호, 한국현대소설학회, 2006.6, 224쪽)

40 「法律界希望」, 『만세보』, 1907.6.2.

41 「法律界希望(續)」, 『만세보』, 1907.6.4.

이인직이 이 논설을 통해 전하고자 하는 바는 새로운 내각에 대한 기대와 함께 특히 법부대신 조중응의 능력을 높이 평가하는 것이었다. 그는 조중응의 등장을 국민의 복운(福運)과 연결지으며, 그의 정치적 역량이 조선의 현실을 새롭게 바꿀 수 있을 것이란 전망을 제시한다.

1907년 7월 8일 『만세보』를 인수한 이완용 내각은 그 제호를 『대한신문』으로 바꾸어 7월 18일부터 자신들의 기관지로 발행하게 된다. 이인직은 이 신문사의 초대 사장으로 취임한다. 이완용 내각의 탁지부는 『대한신문』에 대해 매월 500원씩의 보조금을 지불했다.[42] 결과적으로 보면 내각이 바뀌면서, 『제국신문』을 지원하기로 했던 탁지부의 예산이 『만세보』를 인수한 『대한신문』으로 옮겨 가고, 그에 따라 이인직 또한 『제국신문』이 아니라 『대한신문』의 필자로 옮겨가게 되는 셈이다. 이인직이 『대한신문』의 사장직만을 수행한 것이 아니라, 소설의 필자로도 활발히 활동했다는 점을 또한 주목할 필요가 있다. 『대한신문』이 창간 직전 외부 매체에 게재한 광고에는 다음과 같은 문안이 포함되어 있다.

> 本報는 國漢文을 交用ᄒᆞ되 漢字傍에 國文을 附ᄒᆞ야 國文만 知ᄒᆞ는 者도 漢文의 意義ᄭᅡ지 鮮得ᄒᆞ도록 言文一致의 文法을 專用 (…중략…) 本報는 人心世態를 活畫ᄒᆞ는 新小說을 每日 連載ᄒᆞᆯ 터이온ᄃᆡ 小說作者는 血의淚와 鬼의聲을 著作ᄒᆞ던 人氏[43]

이 문안에는 『대한신문』이 그 전신인 『만세보』와 마찬가지로 부속 국문체를 사용해 인쇄할 예정이며, 또한 「혈의루」와 「귀의성」의 작가

---

42 정진석, 『한국언론사』, 나남, 1990, 204쪽 참조.
43 「大韓新聞社告白」, 『황성신문』, 1907.7.16.

이인직의 신소설을 매일 연재할 예정이라는 사실이 밝혀져 있다. 실제로 이인직은 『대한신문』에 「강상선」 등의 새로운 작품을 연재 발표하게 된다.[44]

4) 「혈의루 하편」의 위상

『제국신문』 소재 「혈의루 하편」은 옥련의 어머니가 외할아버지 최주사와 함께 미국에 있는 옥련을 방문하는 에피소드로 이루어져 있다. 작품의 서두에서 최주사는 재물이 늘어가는 가운데 오히려 쓸쓸한 감정을 지니게 되고, 평양에 가서 딸이나 만나보고 미국에 가서 사위도 만나보고 싶다는 생각을 하게 된다. 최주사는 마침 부산을 방문한 딸과 함께 손녀가 사는 미국을 방문할 계획을 세운다. 옥련 어머니와 최주사는 화륜선을 타고 부산항을 떠나 미국에 도착해 워싱턴에서 옥련과 옥련의 아버지 김관일을 만나 삼주일을 함께 보낸다. 돌아오기 전날 이들은 함께 모여 구완서와 옥련의 혼인에 대해 의논한다. 옥련의 어머니는 옥련이와 구완서를 데리고 귀국해 혼인시키기를 원하지만, 구완서는 계속 미국에 남아 공부하겠다는 뜻을 전한다. '고국에 돌아

44 「강상선」이 『대한신문』에 실려 있다는 사실에 대해서는 백순재, 「이인직의 「강상선」 새발견」, 『한국문학』, 1977.4, 187~193쪽 참조. 이 글에서 백순재는 다음과 같이 「강상선」의 존재에 대해 언급한다. "李人稙 作品文獻에 새로이 추가할 작품명은 소설 「江上船」이다. 이것은 1907년 9월 7일자 『대한신문』 창간호 부록편에 연재로 시작된 그의 장편소설의 하나이다."(193쪽) 그러나, 『대한신문』의 창간일은 9월 7일이 아니라 7월 18일이다. 백순재의 언급대로 「강상선」의 연재가 9월 7일자부터 시작된 것이 사실이라면, 『대한신문』에는 「강상선」 이전에 이미 다른 작품이 실려 있었을 가능성이 크다. 이에 대해서는, 앞에서 인용한 『대한신문』 광고 문안 중 "本報ㄴ 人心世態를 活畫ㅎ는 新小說을 每日 連載홀 터이온디"라는 구절을 참고할 필요가 있다. 이상경은 『대한신문』에 「강상선」 외에도 이인직의 「한강선」, 「은세계」 등의 작품이 추가로 연재되었을 것으로 추정한 바 있다. 이와 관련된 논의는 이상경, 「『은세계』 재론」, 『민족문학사연구』 제5호, 1994, 68~89쪽 참조.

가면 공부에도 방해가 될뿐더러, 혈기 미성한 사람들이 일찍 시집가고 장가가는 것이 신상에 좋을 것이 없으며, 공부를 하여도 나라를 위하여 하고 살아도 나라를 위하여 사는 것'이 구완서의 뜻이었다. 결국 두 사람의 혼인은 공부를 마친 이후 귀국하여 치르기로 하고, 옥련의 어머니와 최주사는 귀국 길에 오르게 된다.

이러한 작품 내용은 "아리권은 그 녀학싱이 고국에 도라온 후를 기다리오"[45]라는 「혈의루」 상편의 예고문과 분명히 차이가 있다. 「혈의루 하편」을 「혈의루」와 거리가 있는 작품으로 규정지으려는 시도가 존재하는 이유가 여기에 있다. 그런데 「혈의루 하편」의 줄거리가 원래 예고된 내용과 차이가 있는 것은 사실이지만, 이 작품이 『만세보』 연재 「혈의루」를 염두에 두고 쓴 것이라는 점은 명백하다. 「혈의루 하편」에 등장하는 인물들인 옥련, 옥련어머니, 김관일, 구완서, 최주사 등이 모두 「혈의루」에 등장하는 인물들이면서 그들의 성격 또한 변함이 없다는 점에서 우선 그러하다. 「혈의루 하편」에 「혈의루」의 줄거리를 의식한 다음과 같은 서술이 곳곳에서 등장한다는 점도 주목할 필요가 있다. "최쥬ᄉ의 눈물은 그 ᄯᆞᆯ이 일쳥젼징 란리 격근 후에 닉외 간에 리별ᄒᆞ고 모녀 간에 소식을 몰으로 쟝팔어미만 다리고 근심ᄒᆞ고 고싱ᄒᆞ던 일이 불상ᄒᆞᆫ 싱각이나셔 나오ᄂᆞᆫ 눈물이라"[46]

「혈의루 하편」의 작가가 이인직이라는 사실이 분명해졌고, 이 작품이 「혈의루」에 등장하는 인물들과 사건의 전개 구도를 바탕으로 창작되었다는 점 등에서 보면, 『제국신문』 소재 「혈의루 하편」이 『만세보』 소재 「혈의루」의 속편(續篇)인가 아닌가 하는 논의는 이제 더 이상 불필요한 것처럼 보인다. 당연히 속편으로서의 가치를 인정해야 할 것이기

45 「혈의루」, 『만세보』, 1906.10.10.
46 「혈의루 하편」, 『제국신문』, 1907.5.22.

때문이다. 하지만 아직도 해결해야 할 문제가 하나 더 있다. 「혈의루 하편」과 『매일신보』 소재 「모란봉」(1913.2.5~6.3)과의 관계를 어떻게 보아야 할 것인가 하는 문제가 남는 것이다. 창작의 순서로 보면 「혈의루」 →「혈의루 하편」 →「모란봉」이 맞지만, 「혈의루 하편」과 「모란봉」은 줄거리 전개상 서로 충돌하는 내용이 있어 독서의 선후 관계에는 놓일 수 없다. 즉 『매일신보』 소재 「모란봉」(1913.2.5~6.3)을 '이 하편의 속편일 수도 있다'[47]는 방식으로 해석하기는 어려운 것이다. 결론적으로는, 「혈의루」는 「혈의루 하편」과 「모란봉」이라는 두 개의 하편으로 이어지는 작품이 되고, 「혈의루 하편」과 「모란봉」은 서로가 독립된 위상을 지닌 작품이라는 정리가 가능해진다.[48] 기존의 견해 가운데는 "현존하는 「血의 淚, 하편」으로는 제국신문 게재의 「血의 淚, 하편」과 매일신보 게재의 「牧丹峯」이 각기 다른 방향에서 두 가지로 제작되었을 가능성이 크다"[49]는 주장이 가장 타당한 것이다. 그런데 여기서도 중요한 것은, 「혈의루」의 하편이 「혈의루 하편」과 「모란봉」 두 가지 작품이라는 결론이 아니라, 어떻게 해서 이인직이 「혈의루」의 하편을 두 번이나 쓰게 되었나 하는 점이다. 그 이유 혹은 근거를 살피는 것은 「혈의루 하편」의 위상을 밝히는 일과도 직결된다.

『매일신보』는 이인직의 「모란봉」을 게재하기 전날 연재 예고문에서 이 작품이 「혈의루」의 하편으로 만든 것이나 '상편되는 혈의루와는 독립되는 성질이 있다'는 사실을 강조한 바 있다. 연재와 함께 수록된 작가의 서언에서도 이와 유사한 내용이 반복된다.

---

47 이재선, 앞의 책, 1972, 68쪽.

48 참고로 "『제국신문』 연재 하편은 대한제국 시기에 발표된 상편의 후속으로 집필된 텍스트이고 『매일신보』 연재 「모란봉」은 한일합방 이후의 개작본인 동양서원 본의 후속으로 집필된 텍스트라고 할 수 있다"는 견해도 있다(강현조, 앞의 글, 73쪽).

49 김해옥, 「「血의淚」와 「牧丹峯」의 문학적 변모 양상 고찰」, 『연세어문학』 제18호, 1985, 188~189쪽 참조.

> 此小說은 曩年에 江湖愛讀者의 歡迎을 得ᄒᆞ던 玉蓮의 事蹟인ᄃᆡ 今에 其全篇을 訂正ᄒᆞ고 且血淚라ᄒᆞᄂᆞᆫ 題目이 悲觀에 近ᄒᆞᆷ을 嫌避ᄒᆞ야 牡丹峰이라 改題ᄒᆞ고 下篇을 著述ᄒᆞ야 玉蓮의 末路를 알고ᄌᆞᄒᆞ시던 諸氏의 一覽을 供ᄒᆞᄋᆞᆸᄂᆞᆫᄃᆡ 此牧丹峰이 비록 上下篇이나 兩篇이 共히 獨立ᄒᆞᆫ 性質이 有ᄒᆞ야 上篇은 玉蓮의 七歲브터 世間風霜을 閱ᄒᆞ던 事實로 組織ᄒᆞ얏ᄂᆞᆫᄃᆡ 其下篇이 無ᄒᆞ야도 無妨ᄒᆞ며 下篇은 玉蓮의 十七歲 以後 事蹟을 述ᄒᆞᆫ 것인ᄃᆡ 其上篇이 無ᄒᆞ더리도 ᄯᅩᄒᆞᆫ 無妨ᄒᆞᆫ고로 玆에 基下篇을 揭載ᄒᆞ오니[50]

작가 이인직이 연재 서언에서 독자들에게 전달하고자 했던 가장 중요한 사실은 「모란봉」에 비록 상하편이 존재하나 양편이 서로 독립된 성질이 있어 따로 떼어 읽어도 무방하다는 점이다. 이인직은 「혈의루」와 「혈의루 하편」, 그리고 「모란봉」을 창작하면서 세 작품의 연관성 못지않게 각 작품의 독립성에도 큰 비중을 두었다. 「모란봉」이 「혈의루」의 하편으로 쓰여진 작품인 동시에 독립성을 지닌 작품으로 기획되었듯이, 「혈의루 하편」 또한 「혈의루」의 속편으로 쓰여진 작품인 동시에 독립성을 지닌 작품이라 할 수 있다. 「모란봉」의 연재 서언은 「혈의루 하편」의 위상을 이해하기 위한 연재 서언으로도 활용될 수 있다. 비록 「혈의루」의 속편으로 기획된 것이기는 하나, 별개의 작품으로 읽어도 부족함이 없도록 써나간 소설이 「혈의루 하편」이었던 것이다.

「혈의루 하편」은 구성의 형식으로 보면 거의 독립된 단편소설에 가깝다. 「혈의루 하편」은 옥련 어머니와 외할아버지 최주사의 '미국 방문기'이다. 「혈의루 하편」의 서사의 중심축을 이루는 '미국 방문기'는, 출발 장면에서 시작해 귀환 장면까지 이르는 완결성을 지니고 있다.

---

50 『매일신보』, 1913.2.5.

비록 갑작스러운 연재 중단으로 인해 한국 도착 풍경까지는 그려내지 못했지만, 독자 대중이 그 결말을 채워 넣는 일은 결코 어렵지 않다.

이인직이 「혈의루」의 속편으로 「혈의루 하편」과 「모란봉」이라고 하는 작품을 각각 집필할 수 있었던 것은, 그의 작법 상 중요한 특질 가운데 하나가 에피소드 중심 구성법이었기 때문이다. 크게 보면, 「혈의루」와 「혈의루 하편」, 그리고 「모란봉」은 각각 독립된 에피소드를 중심으로 구성된 소설이다. 이인직의 소설 작법의 특징 가운데 하나는, 독립된 작은 일화들이 모여 하나의 완결된 에피소드를 이루는 방식이다. 이른바 작은 단위의 독립 서사들이 모여 대서사를 완성하는 방식인 것이다. 이때 이인직의 소설이 동시대 다른 작가의 소설과 구별되는 지점은 작은 단위 서사들의 독립성이 매우 강하다는 점이다. 「혈의루 하편」의 경우만을 보더라도 '미국방문기'라는 에피소드는 다시 몇 개의 독립성 강한 작은 일화들로 구성되어 있다. 최주사 부부가 다투는 일화,[51] 구완서와 함께 온 가족이 모여 옥련과의 혼인을 논의하는 일화 등이 그러한 사례에 해당한다. 이인직이 이러한 구성법을 활용할 수 있었던 것은 그가 동시대의 여타 신소설 작가들과는 달리 장형 서사물뿐만 아니라 단형서사물의 창작에도 관여했던 작가였던 때문으로 보인다. 이는 그가 「소설 단편」이나 「빈선랑의 일미인」(1912.3.1), 「달속의 토끼」(1915.1.1) 등 단편소설을 남긴 작가라는 점과도 관련이 깊다.

---

51 「혈의루 하편」에서 최주사 부부가 다투는 일화는 『만세보』 연재본 「혈의루」 제13회의 내용과 연관이 있다. 『만세보』 연재본 제13회에는 최주사가 양자를 들인 사실과, 최주사가 딸 춘애를 편애하나 후처가 춘애를 구박하는 내용 등이 들어 있다. 그러나, 『만세보』 연재본 제13회의 내용을 알지 못해도, 「혈의루 하편」의 줄거리를 이해하는 데는 전혀 문제가 없다. 「혈의루 하편」에서는 이 부분이 생동감이 두드러져 보이는 장면 가운데 하나이다. 이와 관련해서는 다음의 지적도 참고가 된다. "하편을 보면 상편에 비해 문장이나 구성이 모두 진전을 보인다. 특히 심리묘사도 발전하여 가령 최씨부인이 옥련의 편지를 받고 딸을 만나러 가기 위해 부산의 친정집에 들렀다가 최주사 부부가 분란하는 장면은 뛰어나다."(최원식, 「애국계몽기의 친일문학–「혈의루」 소고」, 『한국 근대 소설사론』, 창작사, 1986, 304쪽)

제2부
자료편

:: 일러두기

1. 표기는 원문에 충실하되 띄어쓰기만 현대 어문 규정에 맞게 고쳤다. 줄바꾸기도 대부분 원문을 따랐지만, 조판 오류로 생각되는 경우와 대화문 들여쓰기만 임의로 조정을 했다.
2. 사용된 부호와 기호는 다음과 같다.
   ① 본문 가운데 해독이 불가능한 글자 : □
   ② 해독 불가능한 글자 중 문맥상 추정 복원이 가능한 경우 : □ 뒤에 [ ]로 복원
   ③ 명백한 인쇄상의 오류인 글자 : 오류 글자 뒤에 [ ]로 수정
   ④ 발화자 표시에 사용된 ( ), [ ] 그리고 한자 표기 시의 ( ), [ ] 등은 원문을 그대로 따랐다. 단, 말줄임표는 …… 로 통일시켰다.

1 小說 短篇

1906.7.3~4

1906년 7월 3일

이 小說(소설)은 國文(국문)으로만 보고 漢文音(한문음)으로는 보지 말으시오

汗(땀)을 ᄲᅮ려 雨(비)가 되고 氣(긔운)을 吐(토)ᄒᆞ야 雲(구름)이 되도록 人(ᄉᆞ람) 만흔 곳은 長安路(서울길)이라 廟洞(묘동)도 都城(서울)이언마ᄂᆞᆫ 何其(엇지 그리) 쓸쓸ᄒᆞ던지

廟洞(묘동)으로 드러가자 ᄒᆞ면 何如(웃디)ᄒᆞᆫ 狹路(좁은 길)이 此曲(이리 ᄭᅩ부러)지고 彼曲(저리 ᄭᅮ부러) 저셔 行看則窮路(가다 보면 막다른 길이)오 가셔 보면 ᄯᅩ 通路(ᄯᅮᆯ닌 길)이라 其路(그 길)에ᄂᆞᆫ 晝(ᄃᆡ낫)에 사ᄅᆞᆷ이 잇스락업스락 ᄒᆞᆫ 故(고)로 狗(ᄀᆡ)가 人(ᄉᆞᄅᆞᆷ)을 보면 짓거ᄂᆞ 走(다)라ᄂᆞ거ᄂᆞ ᄒᆞᄂᆞᆫ 寂寂(적적)ᄒᆞᆫ 處(곳)이라

其路(그 길)에 엇더ᄒᆞᆫ 人(ᄉᆞ람)이 드러가ᄂᆞᆫᄃᆡ 年(나)흔 五十餘歲(오십여세) 쯤 되고 風采俊秀(풍채준수)ᄒᆞ고 耳後(귀 뒤)에 玉圈子(옥관ᄌᆞ) 부치고 倨慢(거만)ᄒᆞᆫ 步(거름)거리가 아모리 보아도 貪貧宰相(빈곱흔 ᄌᆡ상) 갓더라 前(압)헤ᄂᆞᆫ 苧周衣(모시 두루마기) 입은 床奴(상노) 아희가 烟臺(담비ᄃᆡ) 들고 가다가 何小屋(왼 오막ᄉᆞ리) ᄀᆡ와집 平大門(평ᄃᆡ문) 압흐로 가더니 閉門(다친 문)을 推(미러)보다가 獨語(혼ᄌᆞ말)로 此門(이 문)이 걸녓네 하면셔 聲(소리)을 질러셔 여보 門(문) 여러주 門(문) 여러쥬 三次(세 번)을 하도록 아무 聲(소리) 업거늘 玉圈子(옥관ᄌᆞ)짜리가 後(뒤)에 셔셔 보다가 하ᄂᆞᆫ 말이 聲(소리)를 좀 크게 질러라 ᄒᆞ니

牀奴(상노) 아ᄒᆡ가 소리ᄅᆞᆯ 버럭 질러 門(문) 여러라 ᄒᆞ면셔 門(문)을 거더 ᄎᆞ니 門(문)싼 엽헤 行廊房에셔 幼兒(어린 자식) 乳房(젓꼭지) 물니고 晝眠(낫 잠) 드럿든 年小女(젊은 계집)이 喫驚(깜쪽 놀나 이러)ᄂᆞᆫ다가 精神(정 신)이 아득ᄒᆞ며 房(방)이 ᄆᆡ암을 도ᄂᆞᆫ지 빙빙 도난 것 갓고 耳(귀)에ᄂᆞᆫ 蚊聲(모긔 소리)갓튼 소리가 나더니 後(뒤)에ᄂᆞᆫ 아모 것도 모르고 푹 곡구러 졋더라 其女(그 계집)은 夫(셔방)도 업고 家(집)도 업고 잇ᄂᆞᆫ 것은 幼子(어린 자식) ᄒᆞᄂᆞ 뿐이라 他(남)의 집 行廊(힝 낭)에 드러셔 팔ᄌᆞ 업ᄂᆞᆫ 드ᄂᆞᆫᄒᆞ고 飯(밥)이ᄂᆞ 得食(어더 먹)ᄂᆞᆫᄃᆡ 其日(그 날)은 主人(쥬 인) 집에셔 朝飯(아침 밥)도 못ᄒᆞᆫ 故(고)로 飯(밥)도 못 어더 먹고 憊(들씨)저셔 제 방에 가셔 晝眠(낫 좀) ᄌᆞᄂᆞᆫ 터이라

(牀奴) 門(문) 여러라 門(문) 여러라 門(문) 여러라

(玉圈子) 이이 그것 괴狀(상)ᄒᆞᆫ 일이구ᄂᆞ 다 死(죽)고 아모도 업단 말이냐 汝(네) 그 門(문)이 破(쌔)지도록 躅(거더차)거라

(牀奴) 그 門(문)이 如干(좀체로) ᄎᆞ셔ᄂᆞᆫ 破(쌔)지지도 아니 ᄒᆞ깃습니다

ᄒᆞ더니 足(발)을 굴러 躅(거더차)니 元來(원 리) 破屋(헌 집)에 門(문) 빗장도 折(부러)졋든 것이라 빗장이 부러지고 門(문)이 벼락치듯 開(렬)리니 玉圈子(옥 관 ᄌᆞ)자리ᄂᆞᆫ 本來(본 리) 강ᄭᅧ가 만ᄒᆞᆫ 사람이라 何疑(무슨의심)ᄂᆞᄂᆞᆫ 일이 잇셔셔 倨慢(거 만)ᄒᆞ던 步(거름)이 황忙(망)히 門(문)으로 向(향)하야 드러가ᄂᆞᆫ 貌樣(모 양)이 셔슬이 셕잇더라

越房(건넌방)은 廢房(폐 방)이라 雙窓(쌍 창) 다친 우에 蛛絲(거믜줄)이 絲絲(줄 줄)이 ᄶᅵ여 잇고 內房(안 방)은 人(ᄉᆞ룸)이 쓰ᄂᆞᆫ 房(방)인ᄃᆡ 요식 갓치 더운 日氣(일 긔)에 미닫이 닫고 寂寂(적 적)ᄒᆞᆫᄃᆡ 玉圈子(옥 관 ᄌᆞ)짜리가 滯症(체 징)긔 잇ᄂᆞᆫ 기침이 두세 번 나도록 房(방)에셔ᄂᆞᆫ ᄂᆡ다보ᄂᆞᆫ 人(ᄉᆞ룸)도 업고 아무 소리도 업스니 玉圈子(옥 관 ᄌᆞ)짜리가 疑心(의 심)이 더럭 나셔 步(거름)을 몸치고 잠시 동안에 별 ᄉᆡᆼ각이 다 ᄂᆞᆫ다

怪異(괴 이)ᄒᆞᆫ 일이로고 大門(대 문)이 안으로 걸녓스니 家(집)에 分明(분 명)히 人(ᄉᆞ룸)잇ᄂᆞᆫ 터인ᄃᆡ, 문을 깃터리고 드러오도록 아무 聲(소리)도 업스니 假令(가 령) 行廊(행 낭)에 사ᄅᆞᆷ이 업드라도 內房(안 방)에ᄂᆞᆫ 人(ᄉᆞ룸)이 잇슬 터이니 손ᄲᅡ닥만ᄒᆞᆫ 庭(마당)에 內房(안 방)과 大門(대 문)이 그러케, 멀지도 아니ᄒᆞ니, 晝眠(낫 잠)이 드럿드리도, 못 드를 리 업고, 듯고 아니

ᄃᆡ답ᄒᆞ기는 怪常怪常ᄒᆞᆫ 일이라, 졀문 계집이라, 무슨 事이 잇는 것이라, 그러면 此房에 丁寧 읏더ᄒᆞᆫ 놈이 잇셔셔, 겁이 ᄂᆞ셔, 못 ᄂᆞ오고 잇는 것이라고 ᄉᆡᆼ각이 ᄂᆞ면셔 별안간에 熱긔가 버럭 ᄂᆞ셔, 신을 신은 ᄎᆡ로 軒으로, 올나가셔, 지계문을 왈칵 開着니, 아루목 미다지 압헤 그림 갓치 안저는 一婦人이 年이 二十四五歲되고, 얼골은 일ᄉᆡᆨ은 아니ᄂᆞ 態度는 아무가 보던지, 얌전ᄒᆞᆫ 층찬, 아니 할 수 업실만, ᄒᆞᆫ 쏠쏠ᄒᆞᆫ 婦人이라

1906년 7월 4일

前篇에, 들씌여 놋코 玉圈子짜라[짜리]라고 ᄒᆞ던 사람은 此家主人公이오 內房에 절문 婦人은 主人公의 妾이라

主人公은 前에 文科及第ᄒᆞᆫ 사람인ᄃᆡ 兩班은 푸르고, 紅픠는 불고, 속은 검고, 言은 싸치 비빠닥갓치 힛쩌운ᄃᆡ, 人의게 쏙 밉게 뵈이ᄂᆞ, 얼렁얼렁ᄒᆞ고 人을 사귀기도, 잘ᄒᆞ더라

堂上守令에 좃타 ᄒᆞ는 것도, 두엇 지ᄂᆡ는ᄃᆡ 民의 돈도, 만히 글거 먹엇더라

其 돈 글경이질ᄒᆞ여 먹을 ᄯᆡ에는, 其妾도 호강 낫치나 ᄒᆞᆫ 터이라 갈키로 ᄀᆞᆰ고, 찬빗으로 ᄀᆞᆰ다가, 불갓튼 慾이 치밧칠 젹에는 十指으로, 사뭇 ᄇᆡ여파셔, 득득 ᄀᆞᆰ거 드렷스니 其 ᄀᆞᆰ키고, 쎄끼던 民의 마음에는, 저 돈을 다 어ᄃᆡ 갓다가 積置코 쓰려노, ᄒᆞ엿지만은, 그것은 너무 人의 사졍 모로고, ᄒᆞ는 말이라 其人이 其 돈을 글거다가, 勢도 지상의 ᄐᆡᆨ下으로, 다 드러갓다

원을 갈리든 날에 田답 一마지기도 못 사고, 如干 돈 냥 잇는 것은, 눈

녹듯 ᄒᆞ여 업셔졋스ᄂᆞ

泰山갓치 밋ᄂᆞᆫ 것은 勢도 지상을, ᄇᆡ가 터지도록 먹엿스니, 이 ᄭᅳᆺ혜 監司를 어더ᄒᆞ려니 自期ᄒᆞ고 잇셧더라

宦海에 常風波라 그 勢도가, 박귀니 監司ᄒᆞ기 바라든 眼은 鷄좃든 ᄀᆡ울 쳐다 보듯 ᄒᆞᆫ다

셰월이 갈슈록, 물졍이 변ᄒᆞ야, 兩班의 풀긔ᄂᆞᆫ 露마진 單衣갓치 점점 쥭어지고 紅띄 셔슬은 近來全黑洋服 시체에 紅띄가 언졔 불것던지 痕迹도 업고, 검칙칙ᄒᆞ던 慾심도 점점 쥴어저셔 四等 守令이라도 원 名色이라 어더 ᄒᆞ기만 ᄒᆞ엿스면, 살깃다고 ᄉᆡᆼ각ᄒᆞ고, 희쩌운 소리ᄂᆞᆫ 門밧게 ᄂᆡ가면 감히 못ᄒᆞᄂᆞᆫ 妾의 家에 오면 폭빅을 밧을 ᄯᅢ마다, ᄂᆞᄂᆞᆫ 것이 흔소리라

主人公이 돈푼이ᄂᆞ 잇슬 ᄯᅢ 其妾에게 거드름이, 참 ᄃᆡ단ᄒᆞ엿더니 近來ᄂᆞᆫ 其妾에게 구박을 바드면셔, ᄭᅳᆷ적 소리 못ᄒᆞᄂᆞᆫ 것은, 제깐에 큰 소리할 슈도 업게 된 모양이라

是日은 其妾이 主人公이 오거든 무슨 구단을 ᄂᆡ려고, 잔득 버르고 잇든 차인ᄃᆡ 主人公은 門걸고 ᄃᆡ답 업ᄂᆞᆫ ᄃᆡ 강짜 疑心이 ᄂᆞ셔 大門 ᄭᆡ치고 房門 여러졋치고 드러오니 妾의 마음 불붓ᄂᆞᆫ ᄃᆡ 붓치질ᄒᆞᆫ 것 갓다

主人公은 妾의 긔식만 보고 안졋고 妾은 얼골에 푸른 色치 ᄂᆞ셔 안졋ᄂᆞᆫᄃᆡ, 상노 아희ᄂᆞᆫ 行廊房前헤셔 무엇슬 그리 즁얼즁얼ᄒᆞᄂᆞᆫ지, 목쇼리가 크건마ᄂᆞᆫ, 쥬인공 ᄂᆡ외에 귀에ᄂᆞᆫ, 좀쳬 쇼리가 드러가지 아니할만ᄒᆞ더라

2 白屋新年(백옥신년)

1907.1.1.

1907년 1월 1일

장안셩 중에 과셰ᄒᆞᄂᆞᆫ 홍황을 도흐려고 이삼일 전부터 ᄒᆞᄂᆞᆯ이 셰찬으로 눈비를 내리더니 남ᄉᆞᆫ 북악은 은으로 장식ᄒᆞ고 장안ᄃᆡ로ᄂᆞᆫ 유리로 장판을 ᄒᆞ엿ᄂᆞᆫᄃᆡ 오ᄂᆞᆯ ᄒᆞ로 내로 그 장판이 다 ᄶᅥ러지도록 사ᄅᆞᆷ이 당기더라

ᄃᆡ궐에셔 진ᄒᆞ를 파ᄒᆞ고 ᄂᆞ오ᄂᆞᆫ 사ᄅᆞᆷ
남북촌 ᄌᆡ상 집에 인사치르러 당기ᄂᆞᆫ 사ᄅᆞᆷ
일가친척을 보러 당기ᄂᆞᆫ 사ᄅᆞᆷ
교제ᄂᆞ ᄒᆞ고 뒤길이ᄂᆞ 파려고 남ᄉᆞᆫ 밋헤 가셔 멍[명]홈 써ᄂᆡᄂᆞᆫ 사ᄅᆞᆷ
그 외에ᄂᆞᆫ 아희들 쳔지라
큰길에셔 어름 지치ᄂᆞᆫ 아희
팽이 돌리ᄂᆞᆫ 아희
연 ᄂᆞᆯ리ᄂᆞᆫ 아희
셰ᄇᆡ 당기ᄂᆞᆫ 아희들이라
사ᄅᆞᆷ마다 몸단속은 씃씃하게 ᄒᆞ고 ᄂᆞ셧스ᄂᆞ 일긔가 ᄃᆡ단이 치운 날이라
남녀노소 업시 호초가루 ᄂᆡᆷᄉᆡ가 모락모락 ᄂᆞᄂᆞᆫ 입에셔 김이 무럭무럭 ᄂᆞ

ᄂᆞᆫ 거시 엇그젹게 십만 장안 부억 속에셔 흰떡시루 김 오르듯 한다

삼순구식ᄒᆞ던 ᄉᆞᄅᆞᆷ도 이 ᄂᆞᆯ은 ᄇᆡ부르고

헌 누덱이를 용문산 안ᄀᆡ 두르듯 ᄒᆞ던 사ᄅᆞᆷ도 이ᄂᆞᆯ은 ᄉᆡ물 맛본 옷을 입엇고

이마에셔 ᄯᆞᆷ이 바작바작 나도록 빗 졸리던 사ᄅᆞᆷ도 이날붓터 몃칠 동안은 눈쌀을 펴히고 지ᄂᆡᆯ 터이오 방졍ᄆᆞ진 쇼리 ᄌᆞᆯ ᄒᆞ던 사ᄅᆞᆷ도 이ᄂᆞᆯ ᄒᆞ로ᄂᆞᆫ 유복ᄒᆞᆫ 덕담ᄆᆞᆫ ᄒᆞᄂᆞᆫ ᄂᆞᆯ이오

남편을 쳐어다 보며 쨩알쨩알 ᄒᆞ기 조와ᄒᆞ던 녀편네도 이날 ᄒᆞ로ᄂᆞᆫ 히히 웃고 죠흔 소리만 하ᄂᆞᆫ ᄂᆞᆯ이라

남산굴 사ᄂᆞᆫ 鄭(정)셔방은 지체가 썩 좃던 사ᄅᆞᆷ이라 나히 사십이ᄂᆞᆫ 되도록 그 흔한 차함당건 ᄒᆞᄂᆞ도 치례에 못갓던지 고츄상투에 먼지가 보얏케 무든 관을 쓰고 ᄋᆞᆫ방 구석 드러ᄋᆞᆫ젓ᄂᆞᆫᄃᆡ 세시인ᄉᆞ 치루러 갈ᄆᆞᆫᄒᆞᆫ 곳도 업고 사랑 업ᄂᆞᆫ 집이라 올 사ᄅᆞᆷ도 업ᄂᆞᆫ 모량이라 그 엽헤셔 두 무릅을 세우고 화로를 ᄡᅵ고 옹고리고 ᄋᆞᆫ젓ᄂᆞᆫ 거슨 부인이라 남편을 쳐어다보며

(부인) 여보 그만ᄒᆞ면 과셰를 ᄒᆞᄂᆞᆫ 거슬 그리ᄒᆞ얏쇼구려

(뎡서방) 응 이 셜은 지낫지마ᄂᆞᆫ 음역셜이 ᄯᅩ 잇ᄂᆞᆫ 걸 이 다음에 음력셜 쇨 ᄯᅢᄂᆞᆫ 그럿케 조로지 마오

(부인) 누가 조르고 시퍼셔 조르오

(뎡셔방) 빗 조르러 온 사ᄅᆞᆷ들은 졸나보면 돈이 ᄂᆞ오려니 ᄒᆞ고 조르지마ᄂᆞᆫ 마누라ᄂᆞᆫ 졸라도 슬ᄯᅴ업ᄂᆞᆫ 쥴 알면서 조르니 답답ᄒᆞᆫ 일이지

(부인) 나ᄂᆞᆫ 갑돌의게 졸려셔 구리ᄒᆞ지

ᄒᆞ면셔 압혜 안진 아희를 물끄러미 보니

(갑돌) 암ᄆᆞᆫ 졸낫기로 어머니가 나를 셜빔 ᄒᆞᆫ가지 ᄒᆞ야 쥰 것 무엇 잇소

(부인) 오냐 가만히 잇거라 우리나라에셔 언제 양력셜 쇠엿다더냐 음
역셜이 제일이지
(갑돌) 나는 양력 난 후에 난 사람이오 음역셜은 쇠나 아니 쇠나 양력
셜을 쇠깃쇼
셜이 되얏다고 떡국을 쑤어 먹어야지 한 살을 더 먹지
나는 식히가 되야도 여섯 살 디로 그디로 잇슬터이야
일곱 살 되면 쇼학교에 보낸다더니……
나를 일곱 살 먹이려거든 어셔 떡국을 쑤어 쥬어 그렇치 아니ᄒᆞ
면 식히에도 소학교에 아니 갈 터이야
(뎡셔방) 갑돌아 갑돌아 정월 쵸ᄒᆞ로날은 그렇케 조로지 아니ᄒᆞᄂᆞ니라
방에 드러안젓지 말고 밧게 나가셔 아히들 연 놀리는 구경이
나 ᄒᆞ여라
(부인) 아셔라 나가지마라 남의 집 아히들은 다 식 옷 입엇는디 너 혼
ᄌᆞ 식깜한 옷을 입고 남붓글업다

갑돌이가 밧게 나가고 시푸나 식 옷을 입지 못ᄒᆞᆫ 거시 분ᄒᆞ야 안방 지게
문 압혜 셔셔 훌젹훌젹 우니 다른 날 것ᄒᆞ면 ᄒᆞᆫ 번 쥐여빅혓슬 터이나
이 날은 별 날이라 부인이 갑돌의 머리를 쓰다드무면셔 별소리를 다ᄒᆞ며
달래는디 그 집에 식히 정황은 이러ᄒᆞ더라

3 血의淚

1906.7.22 ~ 10.10

1906년 7월 22일

日淸戰爭의 총쇼리ᄂᆞᆫ, 平壤一境이 ᄯᅥᄂᆞ가ᄂᆞᆫ 듯ᄒᆞ더니, 그 총쇼리가 긋치ᄆᆡ 淸人의 敗ᄒᆞᆫ 軍士ᄂᆞᆫ 秋風에 落葉갓치 흣터지고, 日本군ᄉᆞᄂᆞᆫ 물미듯 西北으로 向ᄒᆞ야 가니 그 뒤ᄂᆞᆫ 山과 들에, 사람 죽은 송장 ᄲᅮᆫ이라, 平壤城外牧丹峯에, ᄯᅥ러지ᄂᆞᆫ 저녁볏은, 뉴엿뉴엿 너머 가ᄂᆞᆫᄃᆡ, 저 ᄒᆡᆺ빗을, 붓드러 ᄆᆡ고시푼, 마음에, 붓드러 ᄆᆡ지ᄂᆞᆫ 못ᄒᆞ고, 숨이 턱에 단듯이, 갈팡질팡 ᄒᆞᄂᆞᆫ 一婦人이 年히 三十이 되락말락 ᄒᆞ고 얼골은 粉을 ᄶᅡ고 넌듯이, 흰 얼골이ᄂᆞ, 人情업시 ᄯᅳ겁게, ᄂᆞ리ᄶᅬ히ᄂᆞᆫ 秋볏에 얼골이, 익어셔, 션잉도빗이 되고, 거름거리ᄂᆞᆫ, 허동지동ᄒᆞᄂᆞᆫᄃᆡ, 쪽진머리ᄂᆞᆫ 흘러ᄂᆡ려셔, 등에 짊어지고, 옷은 흘러ᄂᆞ려셔, 젓가슴이, 다 드러ᄂᆞ고, 치마ᄶᅳ락은, ᄯᅡ헤 질질 ᄭᅳᆯ려셔, 거름을 건ᄂᆞᆫᄃᆡ로 치마가 발피니, 그 婦人은 아무리 急ᄒᆞᆫ 거름거리를 ᄒᆞ더ᄅᆡ도, 멀니 가지도 못ᄒᆞ고 허동거리기만 ᄒᆞᆫ다

남이 그 모양을 볼 지경이면, 저럿케 어엿ᄲᅳᆫ, 졀문 녀편네가, 슐먹고, ᄒᆡᆼ길에 ᄂᆞ와셔, 쥬졍ᄒᆞᆫ다 ᄒᆞᆯ 터이나 그 부인은 슐 먹엇다 ᄒᆞᄂᆞᆫ 말은, 고사

ᄒᆞ고, 밋쳣다, 지랄ᄒᆞᆫ다 ᄒᆞ더ᄅᆡ도, 그 ᄶᅡ위 소ᄅᆡᄂᆞᆫ, 귀에 들니지 아니할만 ᄒᆞ더라

무슨 소회가, 그리 ᄃᆡ단ᄒᆞᆫ지 그 부인더러 물을 지경이면, ᄃᆡ답할, 여가도 업시, 玉蓮(옥연)이를 부르면셔 도라다니더라

옥연아, 옥연아, 옥연아, 옥연아, 쥭엇는야, 사랏는야

쥭엇거던, 쥭은 얼골이라고 ᄒᆞᆫ번 다시 만ᄂᆞ보자

옥연아, 옥연아, 사랏거든, 어미 ᄋᆡ를 그만 씨히고, 어셔 밧비 ᄂᆡ 눈에 보히게 ᄒᆞ여라

옥연아, 총에 맛저 쥭엇ᄂᆞᆫ야, 창에 찔려 쥭엇ᄂᆞᆫ야, 사람의게 발펴 쥭엇ᄂᆞᆫ야

어리고, 고흔살에, 가시가, ᄇᆡᆨ힌 것을 보아도, 어미된 이ᄂᆡ 마음에, ᄂᆡ 살이, 지긔엽게, 압푸던, ᄂᆡ 마음이라

오날 아참에, 집에셔 ᄯᅥᄂᆞ올 ᄯᆡ에, 옥연이가, ᄂᆡ 압헤셔셔, 아장아장 거러, 단니면셔, 어머이 어셔갑시다 ᄒᆞ던, 옥연이가, 어ᄃᆡ로 갓ᄂᆞᆫ야

ᄒᆞ면셔 옥연이를 차지려ᄂᆞᆫ, 골돌ᄒᆞᆫ 졍신에, 옥연이보다, 열 갑절 스무 갑절, 더 소즁ᄒᆞ게 ᄉᆡᆼ각ᄒᆞᄂᆞᆫ 사ᄅᆞᆷ을 일코도 모르고, 옥연이만 불으며 다니다가, 목이 쉬고, 긔운이 탈진ᄒᆞ야 山(산)비탈, 잔디풀 우에, 털셕 쥬저 안젓다가, 혼자말로, 옥연아버지ᄂᆞᆫ 옥연이 ᄎᆞ지려고, 저 건너 山(산) 밋흐로 가더니, 어ᄃᆡᄭᆞ지 간누, ᄒᆞ며, 옥연이를 찻던 마음이 홀지에 변ᄒᆞ야 옥연아버지를 기다린다

기다리ᄂᆞᆫ 사ᄅᆞᆷ은 아니오고, 인간 사정은 조곰도, 모르ᄂᆞᆫ 夕陽(셔양)은, 제 빗 다 가지고 저 갈 데로 가니, 산빗은 점점 먹장을 가라 붓ᄂᆞᆫ듯시, 거머지고 대동강(ᄃᆡ동강) 물소리ᄂᆞᆫ, 그윽ᄒᆞᆫᄃᆡ, 젼징에 쥭은, 더운 송장, ᄉᆡ 귀신들이, 어둔 빗을 타셔, 낫낫치, 이러ᄂᆞ는듯, 하니 閨中(규즁)에셔 ᄉᆡᆼ장한 부인의 마ᄋᆞᆷ이라 무서운 마음에, 간이 녹는 듯하야 숨도 크게 쉬지 못하고, 안젓는ᄃᆡ

1906년 7월 24일 (二)

훌연이, 언덕 밋헤셔, 사람의 소리가, 들리거늘, 그 부인이, 감아니 드른 즉, 길 일코 사람 일코 ᄋᆡ쓰ᄂᆞᆫ 소리라

에구, 짱감ᄒᆞ여라

이리 가도 길이 업고, 저리 가도 길이 업스니, 어ᄃᆡ로 가면 길을 ᄎᆞ질가, ᄂᆞᄂᆞᆫ 산아희라, 다리 심도 좃코 겁도 업ᄂᆞᆫ 사람이언마ᄂᆞᆫ, 이러ᄒᆞᆫ, 산빗탈에셔, 이 밤을 ᄉᆡ고, 사람을 차저 다니려 ᄒᆞ면, 이 고ᄉᆡᆼ이, 이럿케 ᄃᆡ단ᄒᆞ거든, 겁도 만코 단여 보지 못ᄒᆞ던 녜편네가 이 밤에, 날을 차저 다니느라고 오작 고ᄉᆡᆼ이 될가

ᄒᆞᄂᆞᆫ 소리를 듯고, 부인의 마음에 난리 중에 피란가다가, 부부가 셔로 일코 셔로 종적을 모르니, 사라 ᄉᆡᆼ니별을 ᄒᆞᆫ 듯ᄒᆞ더니 하날이 도아셔, 다시 만ᄂᆞ본다 ᄒᆞ야, 반가온 마음에, 소리를 질럿더라

여보, 나, 여긔 잇쇼, 날 차저 다니느라고, 얼마나, ᄋᆡ를 쑤셧소,

ᄒᆞ면셔, 급ᄒᆞᆫ 거름으로, 언덕 밋으로 향ᄒᆞ야, ᄂᆞ려 가다가, 빗탈에 너머저 구르니, 언덕 밋헤셔 올러오던 男子(남ᄌᆞ)가 달려드러셔, 그 부인을 붓드러 일으키니, 그 부인이 정신을 차려본 즉, 북두갈구리갓튼 농군의 험ᄒᆞᆫ 손이, ᄂᆡ 손에 다니, 별안간에 션뜻ᄒᆞᆫ 마음에 소름이 씨치면셔 가슴이 덜컥 ᄂᆞ려 안ᄭᅩ 겁결에 목소리가 ᄂᆞ오지 못ᄒᆞᆫ다,

그 男子(남ᄌᆞ)도 ᄯᅩᄒᆞᆫ 난리 중에 제 계집 차저 다니ᄂᆞᆫ ᄉᆞ람인ᄃᆡ, 그 게집인 즉, 피란갈 ᄯᅢ에 팔승 무영을, 강풀 ᄒᆞᆫ 되박이ᄂᆞ 먹엿던지, 장작갓치, 풀센 치마를 입고 ᄂᆞᄀᆞᆫ 터이오 ᄯᅩ 그 게집은, 홈의 ᄶᆞ루, 절구공이, 다듬이 방맹이, 그러한 셋구진 일로, 자라난 농군의 게집이라, 그 男子(남ᄌᆞ)가 언덕에셔 소리ᄒᆞ고 나려오난 게집이 제 게집으로 알고 붓드럿난ᄃᆡ, 그 언덕에셔 부르든 부인의 손은 면쥬갓치 부드럽고, 옷은 십이승 아리길

셰모시 치마가, 이슬에 눅엇난ᄃᆡ 그 농군은, 졔 평ᄉᆡᆼ에, 그 옷 입은 그런 손길은, 만저 보기ᄂᆞᆫ 고사ᄒᆞ고, 처다 보지도 못ᄒᆞᆫ 위인이러라

부인은 自己(자긔) 남편이 아닌 ᄌᆞᆯ ᄭᆡ닷고 산아희도, 제 게집 아닌 줄 아랏더라

부인은 겁이 ᄂᆞ셔, 간이 셔늘ᄒᆞ고 男子(남ᄌᆞ)ᄂᆞᆫ 선녀ᄅᆞᆯ 만ᄂᆞᆫ 듯ᄒᆞ야, 홍김겁김, 에 가슴이 두군거리면셔, ᄉᆞᆷ소리ᄂᆞᆫ 크고, 목소리ᄂᆞᆫ 아니 나온다

그 부인의 마음에, 악가ᄂᆞᆫ 호랑이도 무셥고, 귀신도 무셥더니, 지금은 호랑이ᄂᆞ, 와셔, 날을 잡아 먹던지, 귀신이ᄂᆞ, 와셔, 저놈을 잡아 가던지 그런 ᄯᅳᆺ밧게, 일을 기다리나 호랑이도 아니오고 귀신도 아니오고, 눈에 보이ᄂᆞᆫ 것은 말 못ᄒᆞᄂᆞᆫ ᄒᆞᆫ날에 별 ᄲᅮᆫ이오, 이 산 중에는 죄 업고 심 업ᄂᆞᆫ 이ᄂᆡ, 몸과 저 몹쓸 놈과 단 두 사람 ᄲᅮᆫ이라

1906년 7월 25일 (三)

사람이 겁이 ᄂᆞ다가, 오ᄅᆡ되면, 악이 ᄂᆞᄂᆞᆫ 법이라, 겁이 날 ᄯᆡᄂᆞᆫ, ᄉᆞᆷ도 크게 못 쉬다가, 악이 ᄂᆞ면, 반벙어리 갓튼 사람도, 말이 물 퍼붓듯, 나오ᄂᆞᆫ 일도 잇다

(부인) 여보 왼 사람이오

여보 ᄃᆡ답 좀 ᄒᆞ오

여보 남을 붓들고, ᄯᅥᆯ기ᄂᆞᆫ, 우ᄋᆡ 그리 ᄯᅥ오

여보 벙어리오, 도적놈이오, 도적놈이거든, ᄂᆡ 몸에 옷이ᄂᆞ 버셔 ᄌᆞᆯ 터이니, 다 가저가오

그 男子(남ᄌᆞ)가, 못ᄉᆡᆼ긴 마음에, 어긔ᄯᅮᆼᄒᆞᆫ ᄉᆡᆼ각이 낫다

말 ᄒᆞᆫ마듸가, 엄두가 아니 나던 위인이, 불갓튼 욕심에, 말문이 함부루 열렷다

(男[남ᄌ]) 여보, 왼 녜편네가, 이 밤중에, 여긔 와셔 잇소

아마 시집사리, 마다고, 도망ᄒᆞ는 녀편네지

도망군이라도, 붓드러다가, 다리고 살면, 계집 업는 이보다, 날 터이니, 다리고, 갈 일이로구 다리고 가기는, ᄂᆞ즁 일이어니와……

닉가 어제 밤 ᄭᅮᆷ에, 이 산즁에셔 장가를 드럿더니, ᄭᅮᆷ도 신통이 맛친다

ᄒᆞ면셔 무지막지ᄒᆞᆫ 놈의 힝위라, 불측ᄒᆞᆫ 소리가 점점 심ᄒᆞᆫ지라

그 부인이 쥭어셔, 이 욕을 아니 보리라 ᄒᆞ는 마음 ᄲᅮᆫ이ᄂᆞ, 어닉 틈에 쥭을 겨를도 업다

사람이, ᄉᆡᆼ 목숨을 버리는 것은, 사람의 제일, 셔러ᄒᆞ는 일인ᄃᆡ, 쥭으려 ᄒᆞ여도 쥭지도 못ᄒᆞ는 그 부인의 ᄉᆡᆼ각은, 엇덧타 형용ᄒᆞᆯ 슈 업는 터이라

비러 보면 조흘가 ᄉᆡᆼ각ᄒᆞ야, 이리 빌고, 저리 빌고, 각식으로 비러 보ᄂᆞ, 그 놈의 귀에, 비는 쇼리가 슬 ᄃᆡ 업고, ᄒᆞ릴 업슬 지경이라

언덕 우에셔, 왼 사람이 소리를 지르는ᄃᆡ, 무슨 소린지는, 모르ᄂᆞ 부인은 그 소리를 듯고, 쥭엇던 부모가, 사라온 듯이, 깃분 마음에 마쥬 소리를 질럿다

(부인) 사롬 좀 살려 쥬오……

ᄒᆞ는 소리가 아무리, 부인의 목소리라도, 쥭을 심을 다 드려셔 지르는 소리라, 산골이 울리니, 언덕 우에 사롬이 ᄯᅩ 소리를 질럿다

언덕 위와, 언덕 밋치, 두 간 기리씸 되ᄂᆞ, 지척을 불변ᄒᆞ는 칠야에 셔로 모양도 못보고, ᄯᅩ 셔로 말도 못 알아 듯는 터이라 언덕 우에 사롬이 총 ᄒᆞᆫ 방을 노흐니, 밤 중에 총소리라, 산이 울리면셔 사롬이 모혀 드는ᄃᆡ 日本[일본] 보초병들이라

누구는 겁이 만코, 누구는 겁이 업다 ᄒᆞ는 말도 알 수 업는 말이라
세상에 죄 잇는 ᄉᆞ람갓치, 겁 만흔 ᄉᆞ롬은 업고, 죄 업는 ᄉᆞ롬갓치 다긔
잇는 것은 업다
부인은 총소리에도 겁이 업고, 도로혀 욕을 면ᄒᆞᆫ 것만, 텬힝으로 너긴다
그 男子(남ᄌᆞ)는, 제가 不測(불측)ᄒᆞᆫ 마음으로, 不測(불측)ᄒᆞᆫ 일을 바라든 ᄎᆞ이라,
총소리를 듯고 저를 쥭이러 온 ᄉᆞ롬으로 알고 다라는다,
발근 날 갓트면, 다라놀 生意(ᄉᆡᆼ의)도 못ᄒᆞ엿슬 터이ᄂᆞ, 쌍깜ᄒᆞᆫ 밤이라, 엽흐
로 비켜 셔기만 ᄒᆞ여도 알 수 업는 고로 蹤跡(종적) 업시 다라ᄂᆞᆺ더라
보초병이 부인을 잡아셔, 압세우고
가는ᄃᆡ, 셔로 말은 못ᄒᆞ고, 벙어리가, 牛(소)를 몰고 가듯 ᄒᆞᆫ다
戒嚴中(계엄즁) 총소리라 平壤城(평양셩) 近處(근쳐)에, 잇던 헌병이 낫낫히 모혀 드러셔, 총
노흔 군ᄉᆞ와 부인을, 다리고 헌병부로 向(향)ᄒᆞ며 가니, 그 부인은 어ᄃᆡᆫ지
모르고 가나, 城(셩)도 보이고, 門(문)도 보이는ᄃᆡ, 경신을 차려본 즉, 平壤城(평양셩)
北門(북문)이라
밤은 깁허 ᄉᆞ람의 자취도 업고, 四面(ᄉᆞ면)에셔 닭은 홰를 치며 울고, ᄀᆡ는 려
염집 평大門(ᄃᆡ문) ᄀᆡ구녁으로, 쥬둥이만, ᄂᆡ여 놋코 짓는다,
닭소리, ᄀᆡ소리에, 부인의 발이 ᄯᅡᆼ에 ᄯᅥ러지지 못ᄒᆞ야, 거름을 멈치고
섯는ᄃᆡ, 五腸(오장)이 녹는 듯ᄒᆞ고 눈물이 압흘 가린다, ᄀᆡ는 영물이라, 밤ᄉᆞ
롬을 아라보고, 반가와, 쒸여 나오다가 헌병이 칼을 ᄲᅢ여 ᄀᆡ를 치려 ᄒᆞ
니 ᄀᆡ가 ᄶᅩ쳐 드러가며 지지ᄂᆞ, 사롬도 말을 통치 못ᄒᆞ거든 더구나 짐
승이야……

(부인) ᄀᆡ야 너 혼ᄌᆞ, 집을 지키고 잇구ᄂᆞ

우리가, 피란갈 ᄣᅢ에 너롤 부엌에 가두고 ᄂᆞ왓더니, 어ᄃᆡ로 ᄂᆞ왓

ᄂᆞ냐

너와 갓치 집에 잇셧더면, 이러ᄒᆞᆫ 일이, ᄉᆡᆼ기지 아니 ᄒᆞ얏슬 것을, 살 곳 차저 가ᄂᆞ라고, 죽을 길, 고ᄉᆡᆼ길로, 드러갓다

ᄂᆞᄂᆞᆫ 사라와셔, 너를 다시 본다만은, 셔방님도 아니 게시다

너를 귀ᄋᆡᄒᆞ던 玉蓮(옥연)이도 업다

ᄂᆡ가 너와 갓치, 다리 심이 조흐면, 坊坊曲曲(방방곡곡)이, 차저 단일 터이ᄂᆞ, 다리 심도 업고 셰상에 만만ᄒᆞ고 불상ᄒᆞᆫ 것은 녜편네라 겁ᄂᆞᄂᆞᆫ 것 만아셔, 못다니깃다 ᄃᆞᆰ도 主人(쥬인) 업ᄂᆞᆫ 집에셔, 혼자 울고 ᄀᆡ도 主人(쥬인) 업ᄂᆞᆫ 집에셔 혼자 짓ᄂᆞᆫ고나

ᄀᆡ야 이리 ᄂᆞ오너라, ᄂᆞᄂᆞᆫ 어ᄃᆡ로 잡펴 가ᄂᆞᆫ지, ᄂᆡ 발로 거러가ᄂᆞ ᄂᆡ 마음으로 가ᄂᆞᆫ 것은 아니다

헌병이 소리ᄅᆞᆯ 질너, 가기ᄅᆞᆯ 지촉ᄒᆞ니, 부인이 ᄒᆞᆯ일 업시, 헌병부로 잡혀 가ᄂᆞᆫᄃᆡ, ᄀᆡᄂᆞᆫ 멍멍 지지며 ᄯᆞ라 오니 그 ᄀᆡ 짓고, ᄂᆞ오던 집은 부인의 집 일러라

1906년 7월 27일 (五)

그 ᄂᆞᆯ은 평양셩에셔, 싸홈 결말 나든 ᄂᆞᆯ이오

성 중에 사ᄅᆞᆷ이 진저리ᄂᆡ던, 쳥인이 그림ᄌᆞ도 업시, 다 쪽겨 나가던 ᄂᆞᆯ이오

쳘환은 공즁에셔, 우박 쏘다지듯 ᄒᆞ고 총소리ᄂᆞᆫ 평양셩 건처가, 다 두러ᄲᅡ지고, 사ᄅᆞᆷ ᄒᆞ나도, 아니 남을 듯ᄒᆞ던 ᄂᆞᆯ이오

평양 사ᄅᆞᆷ이 일병 일병 일병은 엇더ᄒᆞᆫ지 임진 亂離(란이)에 平壤(평양) 싸홈, 이ᄋᆡ기ᄒᆞ며, 별 공논이, 다 나고 별 염녀, 다 ᄒᆞ던 그 일병이 장마통에, 검은 구름 ᄯᅥ드러오듯, 셩ᄂᆡ 셩외에, 빈 틈 업시 드러와 ᄇᆡᆨ이던 ᄂᆞᆯ이라

본리 평양 성즁 사는, 사ᄅᆞᆷ들이, 쳥인의 작폐에, 견ᄃᆡ지 못ᄒᆞ야, 산골로 피란간 사ᄅᆞᆷ이 만터니, 산 즁에셔는 쳥인 군사를 만ᄂᆞ면, 호랑이 본 것 갓고, 왼슈 만는 것 갓다 엇지ᄒᆞ야 그럿캐, 감정이, 사ᄂᆞ우냐, 할 지경이면 쳥인의 군사가, 손에 가셔, 절문 부녀를 보면, 겁탈ᄒᆞ고, 돈이 잇스면 ᄲᅦ셔 가고, 제게 슬ᄶᅡ업는 물건이라도

놀부의 심사것치, 작난ᄒᆞ니, 샨에 피란 간 사람은, 난리를 ᄒᆞᆫ층 더 격는다 그럼으로 샨에 피란 ᄀᆞᆺ던 사람이 평양셩으로, 도로 피란 온 사람도 만히 잇섯더라

그 부인은 평양셩 북문 안에 사는ᄃᆡ 몃칠 전에 샨에 피란도 ᄀᆞᆺ다가 샨에도 잇슬 슈 업고, 촌에 사는 일가집에로 피란 ᄀᆞᆺ다가 단간방에셔, 쥬인과 손과, 여덜 ᄉᆡᆨ구가 이틀 밤을 안저 ᄉᆡ우고, 하릴 업시 평양셩 ᄂᆡ로, 도로 온 지가 불과 슈 일 전이라 그 ᄯᅢ 마음에, 다시는 죽어도 피란가지 아니ᄒᆞᆫ다 ᄒᆞ얏더니, 오날 ᄉᆡ벽부터 총소리는 쳔지를 뒤집어 놋코, 사면 산꼭ᄃᆡ기, 들 가온ᄃᆡ에 불비가 쏘다지니, 박기ᄅᆞᆯ 기다려셔 피란길을 ᄯᅥᄂᆞ난ᄃᆡ 아무것도 가진 것 업고 절문 ᄂᆡ외와, 어린 ᄯᆞᆯ 옥연이와 단 세 식구 피란이라

성 즁에는, 우름 쳔지오, 성 밧게는 송장 쳔지오, 산에는 피란군 쳔지라 어미가 자식 부르는 소리, ᄌᆞ식이 어미 부르는 소리, 셔방이 계집 부르는 소리, 계집이 셔방 부르는 소리, 이러케 ᄉᆞ람 찬는 쇼리 쑨이라, 어린 아ᄒᆡ를, ᄂᆡ버리고 저 혼자 다라ᄂᆞ는 사람도 잇고, 두 ᄂᆡ외 손을 맛붓들고 마주 찻는 ᄉᆞ람도 잇더니 셕양판에는 그 ᄉᆞ람이, 다 어ᄃᆡ로 가고 업던지, 보이지 아니 ᄒᆞ고 목단봉 아ᄅᆡ셔, 옥년이 부르고 단이는 부인 ᄒᆞᄂᆞ만, 남아 잇셧더라

그 부인의 남편되는 사람은 年(나)히 二十九歲(스물 아홉 살)인ᄃᆡ 평양셔 돈 잘 쓰기로 일홈 잇던 김관일이라, 피란길 인ᄒᆡ 중에 셔로 일코, 셔로 찻다가, 김관

일은 저의 집으로 혼자 도라와셔, 그 날 밤에 빈 집에셔 혼ᄌ 잇다가, 밤중에 긔가 하도 몹시 지지니 이러ᄂ셔 ᄃᆡ문을 열고 보려 ᄒᆞ다가, 겁이 ᄂ셔 열지는 못ᄒᆞ고 문 틈으로 ᄂᆡ다 보기도 ᄒᆞ엿스ᄂ 발셔 헌병이 그 부인을 압셰고 가니, 김관일은 그 부인이 헌병에게 붓들려 가난 쥴은 ᄉᆡᆼ각 밧기오, 그 부인은 그 남편이 집에 잇기는 ᄯᅩᄒᆞᆫ 쑴도 아니 ᄭᅮ엇더라

1906년 7월 28일(六)

김씨는 혼ᄌ 빈 집에 잇셔셔, 밤 ᄉᆡ도록 잠드지 못ᄒᆞ고, 별 ᄉᆡᆼ각이 다 는다, 북문 밧 너른 들에, 철환 마저 쥭은 송장과, 쥭으려고 숨 너머가는, 반 송장들은, 제 각각 제 나라를 위ᄒᆞ야, 전장에 나와셔 쥭은, 장수와 군사들이라, 쥭어도, 제 직분이어니와, 발피 쥭은 어린 아희들과, 업ᄯᅳ러지고, 곱늘어러저셔 봄바람에 ᄯᅥ러진 ᄭᅩᆺ과 갓치, 간 곳마다 불에 걸리고, 눈에 걸리는, 피란군 부녀들은, 나라의 운수런가, 제 팔자 긔박ᄒᆞ야, 평양 ᄇᆡᆨ성 되얏던가, ᄯᅡᆼ도 됴션ᄯᅡᆼ이오, 사ᄅᆞᆷ도, 됴션 사ᄅᆞᆷ이라 ᄉᆡ우 싸옴에, 고ᄅᆡ등 터지듯이, 우리 나라 사ᄅᆞᆷ들이, 남의 ᄂ라 싸홈에, 이러ᄒᆞᆫ, 참혹ᄒᆞᆫ 일을 당ᄒᆞ는가, 우리 마누라는, ᄃᆡ문 밧게 ᄒᆞᆫ 거름, 나가 보지 못ᄒᆞ던 ᄉᆞᄅᆞᆷ이오 ᄂᆡ ᄯᆞᆯ은 일곱 살 된 어린 아ᄒᆡ라, 어ᄃᆡ셔 발펴 쥭엇는지, 살은 진흙 되고, 피는, 시ᄂᆡ 되야, ᄃᆡ동강에 흘러들어, 여울목 치는 쇼ᄅᆡ, 무심이 듯지 말지어다, 평양 ᄇᆡᆨ셩의 원통ᄒᆞ고 셔른 쇼ᄅᆡ, 이 아닌가 무죄히 죄를 밧는 것도 우리나라 사람이오, 무죄히 목숨을 지키지 못ᄒᆞ는 것도, 우리나라 사람이라, 이것은 하날이 지흐신 일이런가, 사람이 지흔 일이런가, 아마도 사람의 일은 사람이 진는 것이라, 우리 나라, 사람이 제 몸만 위ᄒᆞ려고, 남은 망ᄒᆞ던지 흥ᄒᆞ던지, 제 욕심만 ᄎᆡ우려 ᄒᆞ고, 나라가 망ᄒᆞ던

지 흥ᄒᆞ던지, 제 벼슬만 잘 ᄒᆞ고 제 살만 찌우려 ᄒᆞᄂᆞᆫ 사람들이라
평안도 ᄇᆡᆨ성은, 염나ᄃᆡ왕이 둘이라, ᄒᆞ나ᄂᆞᆫ 황천에 잇고, ᄒᆞ나ᄂᆞᆫ 평양 선화당에 안젓ᄂᆞᆫ 감사이라, 황천에 잇ᄂᆞᆫ 염라ᄃᆡ왕은, 나 만코 병드러셔, 인간이 셩가시게 된, 사람을 잡아 가거니와, 평양 션화당에 잇ᄂᆞᆫ 감사ᄂᆞᆫ 몸셩ᄒᆞ고 ᄌᆡ물 잇ᄂᆞᆫ 사람은, 낫낫치 자바 가니, 인간 염라ᄃᆡ왕으로, 집집에 터주ᄶᅡ지 겸ᄒᆞᆫ, 겸관이 되얏는지, 고사를 잘 지ᄂᆡ면, 탈이업고, 못 지ᄂᆡ면 왼 집안에 동토가 나셔, 다 쥭을 지경이라, 제 손으로 버러 노ᄒᆞᆫ, 제 ᄌᆡ물을 마음노코, 먹지 못ᄒᆞ고, 쳔ᄉᆡᆼ 타고ᄂᆞᆫ 제 목숨을 ᄂᆞᆷ의게 ᄆᆡ여 노코 잇ᄂᆞᆫ, 우리 나라 ᄇᆡᆨ성들을 불상ᄒᆞ다깃거던, 더구나 남의 나라 사람이 와셔, 싸홈을 ᄒᆞᄂᆞ니, 질알을 ᄒᆞ나니, 그러ᄒᆞᆫ 그 셔슬에 우리ᄂᆞᆫ ᄑᆡ가ᄒᆞ고 사ᄅᆞᆷ 쥭ᄂᆞᆫ 것이, 다 우리나라 강ᄒᆞ지 못ᄒᆞᆫ 탓이라
오냐 쥭은 ᄉᆞᄅᆞᆷ은 ᄒᆞ릴 업다, ᄉᆞ라 잇ᄂᆞᆫ ᄉᆞᄅᆞᆷ들이나, 이후에 이러ᄒᆞᆫ 일을, ᄯᅩ 당ᄒᆞ지 아니ᄒᆞ게 ᄒᆞᄂᆞᆫ 것이, 제일이라, 제 정신, 제가 ᄎᆞ려셔, 우리나라도 남의 나라와 갓치 불근 셰상 되고, 강ᄒᆞᆫ 나라 되야, ᄇᆡᆨ성된 우리덜이 목숨도 보젼ᄒᆞ고, ᄌᆡ물도 보전하고, 각 도 선화당과 각 골 동헌 우에, 이귀 귀신 갓튼, ᄉᆞᆫ 염나ᄃᆡ왕과, 산 터주도, 못 오게 ᄒᆞ고, 범 갓고, 곰 갓튼, ᄐᆞ국 사ᄅᆞᆷ덜이 우리나라에, 와셔, 감히 싸홈할 ᄉᆡᆼ각도 아니 ᄒᆞ도록 ᄒᆞᆫ 후이라야, 사ᄅᆞᆷ도 사ᄅᆞᆷ인 듯십고, ᄉᆞ라도 산 듯십고, ᄌᆡ물 잇셔도 제 ᄌᆡ물인 듯ᄒᆞ리로다
처량ᄒᆞ다, 이 밤이여, 평양 ᄇᆡᆨ성은 어ᄃᆡ가셔, ᄉᆞᄉᆡᆼ 중에 들엇시며 아귀 갓튼, 렴나ᄃᆡ왕은, 어ᄂᆞᆫ 구셕에 ᄇᆡᆨ엿스며 우리 쳐ᄌᆞᄂᆞᆫ 엇ᄶᅥ케 되얏는고 우리ᄂᆡ외 금슬이, 유명이 ᄯᅩᆺ튼 ᄉᆞᄅᆞᆷ이오, 옥년이를, 남달으게, 귀ᄋᆡᄒᆞ던, ᄌᆞ정이라, 그러ᄒᆞᄂᆞ 셰상에 ᄯᅳᆺ이 잇ᄂᆞᆫ, 남ᄌᆞ 되야 쳐ᄌᆞ만 구구히 ᄉᆡᆼ각ᄒᆞ면, ᄂᆞ라의 큰 일을 못 ᄒᆞᄂᆞᆫ지라, ᄂᆞᄂᆞᆫ 이 길로 쳔하 각국을 단이면셔, 남의 ᄂᆞ라 구경도 ᄒᆞ고 ᄂᆡ 공부 잘 ᄒᆞᆫ 후에, ᄂᆡ ᄂᆞ라 ᄉᆞ업을 ᄒᆞᆯ이라 ᄒᆞ고,

발기를 기다려셔 평양을 ᄯᅥ나가니 그 발길 가ᄂᆞᆫ ᄃᆡᄂᆞᆫ 만리 ᄐᆞᆨ국이라

1906년 7월 29일 (七)

그 부인은, 일본군, 헌병부로, 잡혀 갓ᄉᆞᄂᆞ, 규즁에셔 ᄉᆡᆼ장ᄒᆞᆫ, 부인이 그러ᄒᆞᆫ 안리 즁에 그러ᄒᆞᆫ, 풍파를, 격것다 ᄒᆞᄂᆞᆫ 말을, 듯ᄂᆞᆫ ᄌᆡ가 誰(누)가 불상타 ᄒᆞ지 아니ᄒᆞ리오 통변이 말을 전ᄒᆞᄂᆞᆫ ᄃᆡ로, 헌병장이, 고기를, 기우리고, 불상ᄒᆞ다 가이업다 ᄒᆞ더니, 그 밤에ᄂᆞᆫ 군즁에셔, 보호ᄒᆞ고, 그 잇튼 날 제 집에로, 돌려 보ᄂᆡ니, 부인은 ᄒᆞ로 밤 동안에, 셰상풍파롤, 다 지ᄂᆡ고, 본 집에로 도라왓더라

아침날 셔늘ᄒᆞᆫ ᄀᆡ운에, 빈 집갓치, 쓸쓸ᄒᆞᆫ 것은 업ᄂᆞᆫᄃᆡ, 그 부인이 그 집에 드러와 보더니, 쳐창ᄒᆞᆫ 마음이 ᄉᆡ로히 나셔, 이 집 구셕에셔, ᄂᆞ 혼ᄌᆞ 사라 무엇ᄒᆞ리 ᄒᆞ면셔, 마루 ᄭᅳᆺ히 털셕 걸어 안ᄶᅥ니, 정신업시 모루 모흐로 쓰러젓다

어제날 피란갈 ᄯᆡ에, 급ᄒᆞ고, 겁ᄂᆞᄂᆞᆫ 마음에, 밥도 먹지 아니ᄒᆞ고 ᄂᆞ섯다가, ᄒᆞ로 날 ᄒᆞ로 밤에 고ᄉᆡᆼᄒᆞᆫ 일은, 인간에, ᄂᆞᄒᆞᄂᆞ ᄲᅮᆫ닌가 시푼 마음에, ᄇᆡ가 고푼지, 다리가 압푼지, 모르고 지ᄂᆡᆺ더니, ᄂᆡ 집에로 도라오니 郎君(남편)도 소식 업고 옥년이도 간 곳 업고 엉성ᄒᆞᆫ, 네 기동과, 적적ᄒᆞᆫ 마루 우에, 던문 척척 닷친 방을 보고, 이 몸이 안진 ᄎᆡ로, 쓰러저, 업섯으면, 조흐련만은, 그럿치 아니ᄒᆞ면, 무슨 경황에, ᄂᆡ 손으로, 저 방 문을 열고, ᄂᆡ 발로 저 방에로 드러갈가, ᄒᆞᄂᆞᆫ 혼ᄌᆞ말을, 다 맛치지 못ᄒᆞ고 정신을 이럿다

1906년 7월 31일 (八)

평시절 갓트면, 이웃 사람도, 오락가락ᄒᆞ고, 방물장사, ᄯᅥᆨ장사도, 들락날락ᄒᆞᆯ 터인ᄃᆡ, 그 ᄯᅢᄂᆞᆫ 평양셩 즁에, 사던 사람들이, 이번 불소리에, 다 다라ᄂᆞ고, 잇ᄂᆞᆫ 것은, 일본군ᄉᆞ ᄲᅮᆫ이라, 그 군ᄉᆞ들이, ᄭᅡ마귀 ᄯᅦ 다니듯ᄒᆞ며, 이집 저집, 함부루 드러간다

본ᄅᆡ 戰時國際公法(전시국졔공법)에 戰地(전디)에셔, 피란가고 사람이 업ᄂᆞᆫ 집은, 집도 占領(점녕)ᄒᆞ고, 물건도 占領(점녕)ᄒᆞᄂᆞᆫ 법이라, 그런 고로, 군ᄉᆞ들이, 빈 집을 보면, 일삼아 드러간다

김씨 집에 드러와셔 보ᄂᆞᆫ 군ᄉᆞ들은 마루 ᄭᅳᆺ히, 부인이 루엇ᄂᆞᆫ 것을 보고, 도로 나갈 ᄲᅮᆫ이라, 아마도 부인을 구ᄒᆞ여 쥴 사람은 업셧더라

만일 엄동설한에, ᄒᆞ루 동안을, 마루에 누엇스면, 어러 쥭엇슬 터이ᄂᆞ, 다ᄒᆡᆼ이 일긔가, 더운 ᄯᅢ라 종일, 정신 업시, 마루에 누엇스ᄂᆞ, 관계치 아니ᄒᆞ얏더라

밤이 되ᄆᆡ, 비로소 정신이, ᄂᆞ기 시작ᄒᆞᄂᆞᆫᄃᆡ, ᄭᅮᆷ ᄭᅢ고 잠 ᄭᅢ이듯, 별안ᄀᆞᆫ에 정신이, ᄂᆞᆫ 것이 아니라 牧丹峯(모란봉)에, 안ᄀᆡ 것듯, ᄎᆞᄎᆞ 정신이 난다

처음에 눈을 ᄯᅥ셔 보니, ᄒᆞᄂᆞᆯ에ᄂᆞᆫ 별이 총총ᄒᆞ고

다시 눈을 들어 보니, 우중츙ᄒᆞᆫ 집에 나 혼ᄌᆞ 누엇스니

이곳은 어ᄃᆡ며, 이 집은 뉘 집인지 나ᄂᆞᆫ 엇지ᄒᆞ야, 여긔 와셔 누엇넌지 곡절을 모른다

차차 본 즉, ᄂᆡ 집이오, 차차 ᄉᆡᆼ각ᄒᆞᆫ 즉, 여긔 와셔, 결ᄐᆡ 안젓든 ᄉᆡᆼ각도 나고, 어제밤에 일본 헌병부로 가든 ᄉᆡᆼ각도 나고, 총소리에 사람 모혀 드던 ᄉᆡᆼ각도 ᄂᆞ고 도젹놈의게 욕을 볼 번ᄒᆞ던 ᄉᆡᆼ각이 ᄂᆞ면셔 ᄉᆡ로히 소름이 ᄭᅵ친다

정신이 번적 ᄂᆞ고

업든 긔운이 번적 ᄂᆞ셔
벌ᄯᅥᆨ 이러ᄂᆞ 안졋스니 ᄉᆡ로 郎君(남편) ᄉᆡᆼ각과 옥련이 ᄉᆡᆼ각만 난다
안방에ᄂᆞᆫ 옥련이가 자ᄂᆞ 듯ᄒᆞ고, 사랑방에ᄂᆞᆫ 郎君(남편)이 잇난 듯ᄒᆞ다, 옥련이롤, 부르면, ᄂᆞ올 듯ᄒᆞ고 남편을 부르면 ᄃᆡ답을 할 것 갓다 어젯날, 지ᄂᆡᆫ 일은, 졍녕 ᄭᅮᆷ이라 ᄂᆡ가 악몽을 ᄭᅮ엇지
지금은 ᄭᆡ엿스니 옥년이를 불러 보리라 ᄒᆞ고 안방으로, 고ᄀᆡ를 두르고 옥년아, 옥년아, 옥년아, 부르다가, 소름이 쥭쥭 ᄭᅵ치고 소리가 졈졈 움츄러진다
이러셔셔 안방 문 압흐로 가니, 다리가 덜덜 ᄯᅥᆯ리고, 가슴이 두군두군ᄒᆞᆫ다 방문 왈칵, 잡아 다리니 방 속에셔 벼락치ᄂᆞᆫ 소리가 ᄂᆞ며 부인은 외마ᄃᆡ 소리를 질으고 쥬저 안졋더라

1906년 8월 1일 (九)

昨日(어제) 朝(아침)에 此房(이방)에셔 避亂(피란)갈 時(ᄯᅢ)에ᄂᆞᆫ 房(방) 가운ᄃᆡ 何物(아무것)도 散亂(느러노흔) 것 업셧더니 今日(금일) 朝(아침)에 김관일(김관일)이가 外國(외국)에 가려고 決心(결심)하고, ᄂᆞ갈 ᄯᅢ에 何物(무엇)을 찻느라고, 다락 속 壁藏(벽장) 속에 잇ᄂᆞᆫ 器物(세간)을, 낫낫치 ᄂᆡ여 놋코 櫃門(괴문)도 여러 놋코 籠門(농문)도 여러 놋코 櫃(괴)짝 우에 籠(농)짝도 놋코 籠(농)짝 우에 櫃(괴)짝도 언젓ᄂᆞᆫᄃᆡ, 端正(단정)히 노힌 것도 잇지마는 卽(곳) ᄂᆡ려질 듯ᄒᆞᆫ 것도 잇섯더라, 房門(방문)은 何精神(무슨경신)에 닷고 갓던지 房內(방안)에 壁藏門(벽장문), 다락門(문)은 열린 치로, 두엇더라
狗雛(강아지)만ᄒᆞᆫ 大鼠(큰쥐)가, 다락에셔, ᄂᆞ와셔 房內(방안)에셔 獨世上(재세상) 갓치 잇다거 房門(방문) 여ᄂᆞᆫ 쇼리를 듯고 櫃上(괴우)에셔 房(방) 바닥으로, ᄂᆞ려 ᄯᅱᄂᆞᆫᄃᆡ 其櫃(그괴)가

案同(안동)ᄒᆞ야 ᄯᅥ러지니 其櫃(그 괴)ᄂᆞᆫ 玉蓮(옥년)의 櫃(괴)라 具殼(조기겁질)도 들고 西洋鐵(서양철) 죠각도 들고 鈴(방울)도 들고 유리병도 들엇스니 其櫃(그 괴)가 ᄯᅥ러질 ᄯᅢᄂᆞᆫ, 소리가 從容(조용)치ᄂᆞᆫ 못ᄒᆞ깃슨ᄂᆞ 婦人(부인)은 겁결에, 드른 즉 霹靂(벽락)치ᄂᆞᆫ 쇼리 갓치 들녓더라

婦人(부인)이 精神(경신)을 차려셔, 성냥을 차지려고 房內(방안)에로 드러가니 足(발)에 걸리고 身(몸)에 觸物(부듸치ᄂᆞᆫ 것)이 何物(무엇)인지 劫心(무셔운 마음)에 도로 나와셔 마루 ᄭᅳᆺ헤 안졋더라

이 밤이 初更(초저녁)인지 夜中(밤즁)인지 曉頭(셜력)인지 모르고 曙色(날식기)만 기다리ᄂᆞᆫᄃᆡ, 부인의 마음에ᄂᆞᆫ, 이 밤이, 曉頭(셜ᄭᅴ)가 되얏거니 하고 東邊(동편) 하늘만 처다보고 잇더라

兩翼(두 날ᄀᆡ) 탁탁 치며 ᄭᅩᆨᄭᅴ요 우ᄂᆞᆫ 소리ᄂᆞᆫ 첫닭이 分明(분명)ᄒᆞᆫᄃᆡ, 此夜(이 밤) ᄉᆡ우기ᄂᆞᆫ 참 어렵도다

人(ᄉᆞ롬)의 愁心(근심)이란 것은 一日二日(ᄒᆞ루잇틀)을 지ᄂᆡ면 次次(차차) 減(감)하ᄂᆞᆫ 것이ᄂᆞ 其(그) 부인이 其家(그 집)에 혼ᄌᆞ 잇셔셔, 一日(ᄒᆞ루) 二日(잇틀) 十日(열흘) 一望(보름)을 지ᄂᆡᆯ쇼록, 景況(경황)업고 心散(심산)ᄒᆞ고 凄凉(처량)ᄒᆞᆫ 마음이, 조곰도 減(감)ᄒᆞ지 아니ᄒᆞᆫ다

減(감)ᄒᆞ지 아니ᄒᆞᆯ ᄲᅮᆫ 아니라 日(날)이 갈수록 심ᄂᆞᆫᄒᆞᆫ 마음이 갑퍼ᄀᆞᆫ다

然則何故(그러면 무슨ᄭᅡ닭으)로 世上(셰 상)에 사라 잇ᄂᆞᆫ고

一事(ᄒᆞᆫ가지일)를 기다리고 死(죽기)를 참고 잇셧더라

避亂(피란)갓던 잇튼날 房內(방안)에 器物(새간)이 느러노힌 것을 보고 郎君(남편)이 왓던 跡(ᄌᆞ취)를 아랏다

婦人(부인)의 마음에ᄂᆞᆫ 郎君(남편)이 玉蓮(옥년)이와 吾(날)를 차저 단니다가 索(찻)지 못ᄒᆞ고 家(집)에 도라와셔, 보고, ᄯᅩ 차지러 간 모냥이라

幼女(어린 ᄯᆞᆯ) 小妻(결문안ᄒᆡ)가 何處(어ᄂᆞᆫ곳에) 가셔 ᄋᆡ를 쓰ᄂᆞᆫ지, 죽엇ᄂᆞᆫ지 모르고 차저 단니느라고 오작 고ᄉᆡᆼ을 할가 시푼 마음에 가이 업스면셔 慰(위로)ᄂᆞᆫ 되더니 其日(그 날) ᄒᆡ가 지고, 더무니 郎君(남편)이 도라올ᄭᅡ 기다리ᄂᆞᆫ 마음에 大門(ᄃᆡ문)을 닷지 아니ᄒᆞ고,

안저 밤을 ᄉᆡ엿더라 그 明日(잇튼날) 又(ᄯᅩ) 明日(담날)를, 날마다, 밤마다, ᄯᆡ마다, 기다리ᄂᆞᆫᄃᆡ 人(ᄉᆞᄅᆞᆷ)의 쇼리 기들리면, ᄲᅱ여 ᄂᆞ가 보고 狗(ᄀᆡ)가 지지면, ᄶᅩᄎᆞ 가셔 본다

苦待(고ᄃᆡ)ᄒᆞ던 마음은 진ᄒᆞ고

斷望(단망)ᄒᆞᄂᆞᆫ 마음이 싱긴다

何處(어ᄂᆞᆫ 곳)에셔 人(ᄉᆞᄅᆞᆷ)이 만히 쥭엇다 ᄒᆞᄂᆞᆫ 所聞(소문)이 잇스면 郎君(남편)이 거긔셔 쥭은 듯ᄒᆞ고

何處(어ᄂᆞᆫ 곳)에ᄂᆞᆫ 어린 兒(아희)가 쥭엇다ᄂᆞᆫ 言(말)이 들리면 ᄂᆡ ᄯᆞᆯ 玉蓮(옥년)이가 거긔셔 쥭은 듯ᄒᆞ다

郎君(남편)이 사라 오거니 ᄒᆞ고 苦待(고ᄃᆡ)ᄒᆞᆯ ᄯᆡᄂᆞᆫ 心(마음)을 붓칠 곳이 잇셔셔, 사라 잇셧거니와, 쥭어셔 못 오거니 ᄒᆞ고 斷望(단망)ᄒᆞ니 暫時(잠시)도 此世上(이셰상)에 잇기가 실타

1906년 8월 2일 (十)

婦人(부인)이 쥭기로 決心(결심)ᄒᆞ고, 大同江(ᄃᆡ동강) 물에 ᄲᅡ저 쥭을 ᄎᆞ로, 밤 되기를 기다려 江(강)가에로 向(향)ᄒᆞ여 가니, 그 ᄯᆡᄂᆞᆫ 八月(팔월) 보름이라, 하날은 씨슨 듯하고, 달은 초롱갓다, 銀(은)ᄀᆞ루를 ᄲᅮ린 듯ᄒᆞᆫ 白沙場(ᄇᆡᆨᄉᆞ장)에, 人跡(인젹)은 ᄭᅳᆫ어지고 白鷗(ᄇᆡᆨ구)ᄂᆞᆫ 잠드럿다, 부인이 歎息(탄식)하여 갈오ᄃᆡ

달아 무러보ᄌᆞ, 너ᄂᆞᆫ 널니 보리로다

郎君(낭군)이 消息(소식) 업고, 玉蓮(옥년)은 ᄀᆞᆫ 곳 업다

이 世上(셰상)에 잇스면, 집 차저 왓스련만

一去無消息(일거무소식)하니, 北망客(북ㅡᄀᆡᆨ) 됨이로다

이 몸이 혼ᄌᆞ 살면, 一平生(일평ᄉᆡᆼ) 근심이오

이 몸이 죽엇스면, 이 근심 모르리라
十五(십오) 年(년) 夫婦(부부) 情(졍)과, 일곱 ᄒᆡ 母女(모녀) 情(졍)이
어ᄂᆞ ᄯᆡ 잇섯던지, 지금은 ᄭᅮᆷ갓도다
ᄭᅮᆷ 갓튼 이 ᄂᆡ 平生(평ᄉᆡᆼ), 오날날 ᄲᅮᆫ이로다
푸르고 깁푼 물은, 갈 길이 저긔로다
이러ᄒᆞᆫ 歎息(탄식)을 맛치ᄆᆡ, 치마ᄅᆞᆯ 거더 잡고, 이ᄅᆞᆯ 악물고, 두 눈을 ᄶᅡᆨ 감으면셔 물에 ᄲᅱ여 ᄂᆞ리니, 그 물은 大同江(ᄃᆡ동강)이오, 그 사람은, 金冠一(김관일)의 부인이라

1906년 8월 4일(十一)

물 아ᄅᆡ 빗ᄂᆞ들이에, ᄒᆞᆫ 거루ᄇᆡ가 비겻ᄂᆞᆫᄃᆡ, 그 ᄇᆡ, 속에셔, 사공 ᄒᆞᄂᆞ와, 平壤城(평양셩) 內(ᄂᆡ)에 사ᄂᆞᆫ, 高(고)장팔이라 ᄒᆞᄂᆞᆫ ᄉᆞᄅᆞᆷ과, 단 둘이, 달밤에, 밤 윳을 노ᄂᆞᆫᄃᆡ, 그 사공과 高(고)가ᄂᆞᆫ 各(각) 어미 各(각) 아비 子息(ᄌᆞ식)이ᄂᆞ 性情(셩졍)은 엇지 그리, ᄯᅩᆨ 갓던지, 사공이 高(고)가를 달맛ᄂᆞᆫ지 高哥(고가)가 사공을 달맛넌지, 버러먹ᄂᆞᆫ 길만, 다르ᄂᆞ 일만 업스면, 두 놈이 ᄒᆞᆫᄭᅦ 븟터 지ᄂᆡᆫ다
무엇을 ᄒᆞ느라고, 갓치부터 지ᄂᆡᄂᆞᆫ고, 둘 즁에 ᄒᆞᄂᆞ만, 돈이 잇스면, 셔로 ᄭᅮ여 쥬며, 투전을 ᄒᆞ고 둘이, 다 돈이 업스면, 담ᄇᆡ ᄂᆡ기 밤 윳이라도, 아니 놀고ᄂᆞᆫ 못 견ᄃᆡᆫ다, ᄒᆞ로 밥은 굴머라 ᄒᆞ면, 어렵게 녀기지 아니ᄒᆞᄂᆞ, ᄒᆞ로, 노름을 ᄒᆞ지 말라 ᄒᆞ면, 병이 날 듯ᄒᆞᆫ 놈들이라, 그 밤에도 高哥(고가)가 그 사공을 ᄎᆞ저가셔 단 둘이, 밤 윳을 노다가, 물 우에셔, 이상ᄒᆞᆫ 쇼리가, 들니나, 윳에 밋쳐셔, 정신을, 모르다가, 물 우에셔, 왼 ᄉᆞᄅᆞᆷ이 ᄯᅥᄂᆞ려 오다가, ᄇᆡ에 걸려셔, 허덕 거리ᄂᆞᆫ 것을 보고, 급히 ᄯᅱ여 ᄂᆞ려셔, 건진 즉, ᄒᆞᆫ 婦人(부인)이라, 本來(본ᄅᆡ) 부인이, 넙흔 언덕에셔, ᄯᅱ여 ᄂᆞ려ᄯᅧ면, 물이 깁고, 얏고 간에, 살기가, 어려웟을 터이나, 모ᄅᆡ톱에셔, 물로 ᄲᅱ

여, 드러 가니, 그 물이 ᄒᆞᆫ 두 ᄌᆞ 깁피가, 되락말락 ᄒᆞᆫ 물이라, 물이 나저, 죽지 아니 ᄒᆞ엿스ᄂᆞ 부인은 죽을 마음으로 ᄲᅡ진 故(고)로, 얏흔 물이라도 죽을 작정만 ᄒᆞ고, 드러 누으니, 얼른 죽지는 아니ᄒᆞ고 물에 ᄯᅧ셔 ᄂᆞ려 가다가 ᄇᆡ에 잇던, 사ᄅᆞᆷ의게, 구안ᄒᆞᆫ 것이 되얏더라

1906년 8월 7일 (十二)

火藥(화약) 연긔는, 구름에, 비 뭇어 단이듯이, 平壤(평양)의 銃(춍) 소리가, 義州(의주)로 올머 가더니, 白馬山(ᄇᆡᆨ마산)에는 철환 비가 오고 鴨綠江(압록강)에는 송장으로 다리ᄅᆞᆯ 놋는다

平壤(평양)은 亂離(란리) 平定(평경)이 되고 義州(의주)는 ᄉᆡ로 亂離(란리)를 만낫스니 假令(가령) 火災(화ᄌᆡ) 만는 집에셔 안房(방)에는 불을 잡앗스나, 건넌房(방)애는 불이 븟는 格(격)이라, 안방이ᄂᆞ 건넌房(방)이ᄂᆞ, 집은 ᄒᆞᆫ 집이언만은, 안방 食口(식구)는 졔 房(방)에만, 불 ᄶᅥ지면, 다힝으로 안다 義州(의주)셔는 血雨(피비)가 오는ᄃᆡ 平壤城(평양셩) 中(즁)에는 ᄎᆞᄎᆞ 우숨 소리가 ᄂᆞᆫ다

避亂(피셩)가셔, 어는 구석에 숨어 잇던 사ᄅᆞᆷ들이, ᄎᆞᄎᆞ 모여 들어셔 城中(셩즁)에는, 옛 모냥이 도라온다

집집에, 거러 닷쳣던 大門(ᄃᆡ문)도 열리고, 골목 골목에 사ᄅᆞᆷ의 ᄌᆞ최가 업던 곳도, 사ᄅᆞᆷ이 오락 가락하고, ᄀᆡ 짓고, 연긔 ᄂᆞ는 모양이 世上(셰상)은 平和(평화)된 듯ᄒᆞᄂᆞ, 北門(북문) 안에 金冠一(김관일)의 집에는, 大門(ᄃᆡ문) 닷친 ᄃᆡ로 잇고, 그 집 門(문)간에, 사ᄅᆞᆷ이 와셔 찻는 者(자)도 업섯더라

하로는 엇더ᄒᆞᆫ 老人(로인)이, 부담말 ᄐᆞ고 오다가, 金氏(김씨) 집 압헤셔, 말ᄭᅦ ᄂᆞ리더니, 金氏(김씨) 집 大門(ᄃᆡ문)을 흔드러 본 즉 門(문)이 걸니지 아니 하얏거늘, 안으로 드러 가더니, 다시 ᄂᆞ와셔 이웃 집에, 말을 뭇는다

(老人) 여보 말 좀 무러 봅시다, 저 집이 金冠一 金초시 집이오

(鄰人) 녜 그 집이오, 그러ᄂᆞ, 그 집에 아무도 업나 보오

(老人) 나ᄂᆞᆫ 金冠一의 장인 되ᄂᆞᆫ 사ᄅᆞᆷ인ᄃᆡ, ᄂᆡ 사위ᄂᆞᆫ, 만ᄂᆞ 보앗스ᄂᆞ, ᄂᆡ ᄯᆞᆯ과, 외손녀ᄂᆞᆫ, 피란 ᄀᆞᆺ다가, 집 차저 왓ᄂᆞᆫ지, 아니 왓ᄂᆞᆫ지 몰나셔, ᄂᆡ가 여긔ᄭᆞ지, 온 길일러니, 지금 그 집에, 드러가셔 본 즉, 아모도 업기로, 궁금ᄒᆞ여 뭇난 말이오

(鄰人) 우리도 避亂 ᄀᆞᆺ다가, 도로 온 지가, 몃칠 되지 아니 ᄒᆞ엿스니, 이웃 집 일이라도, 자세이, 모르깃쇼

老人이 하릴업시, 다시 金氏 집에 드러가셔 ᄌᆞ세이 살펴보니, 사람은 亂離를 만ᄂᆞ 도망하고, 세간은 도적을 마저셔, 빈 농ᄶᆞᆨ만, 남앗ᄂᆞᆫᄃᆡ 壁에 언문 글시가 잇스니, 그 글시ᄂᆞᆫ 金冠一 부인의 筆跡인ᄃᆡ 大同江 물에 빠저 죽으려고, ᄂᆞ가던 날에 世上 永訣하ᄂᆞᆫ 말이라

老人이 그 筆跡을 보고, 놀랍고, 슬푼 마음을, 진정치 못하엇더라

1906년 8월 8일 (十三)

그 老人은 本來 平壤城 內에셔, 사던 崔主事라 하ᄂᆞᆫ ᄉᆞ람인ᄃᆡ, 일홈은 恒來라 十年前에 釜山으로 移舍하야 크게 장ᄉᆞ 하ᄂᆞᆫᄃᆡ, 그ᄯᆡ 나히 五十이라 財産은 有餘하ᄂᆞ, 아들이 업셔셔 養子 하얏ᄂᆞᆫᄃᆡ 養子ᄂᆞᆫ 合意치 못하고 所生은 ᄯᆞᆯ 하ᄂᆞ 잇스니 그 ᄯᆞᆯ은 偏愛ᄒᆞᆯ ᄲᅮᆫ 아니라, 그 ᄯᆞᆯ을 길을 ᄯᆡ에 崔主事ᄂᆞᆫ ᄋᆡ쓰고, 마음 상하면셔, 길러ᄂᆡᆫ ᄯᆞᆯ이오, 그 ᄯᆞᆯ 눈ᄊᆞᆯ 맛고, ᄌᆞ라ᄂᆞᆫ ᄯᆞᆯ이니, 그 ᄯᆞᆯ인즉 金冠一의 부인이라 崔氏가 그 ᄯᆞᆯ 기를 ᄯᆡ의 일을, 말하자 하면 蘇秦의, 혀를, 두셋식, 이여 놋코, 三四月 긴긴 ᄒᆡ를, 멧식 포ᄀᆡ 노흘 지라도, 다 말할 슈 업ᄂᆞᆫ 일이 만타 그 부인의,

일홈은 츈ᄋᆡ라, 일곱 살에 그 母親(모친)이 도라가고 繼母(계모)의게 길럿ᄂᆞᆫᄃᆡ 그 繼母(계모)ᄂᆞᆫ 婦人凡節(부인범졀)에ᄂᆞᆫ 事事(ᄉᆞᄉᆞ)히 稱讚(칭찬) 듯ᄂᆞᆫ 사람이ᄂᆞ, 한 가지 험졀이 잇스니, 그 험졀은 前室所生(젼실소ᄉᆡᆼ) 春愛(츈ᄋᆡ)의게, 몹시 구ᄂᆞᆫ 것이라 세간 그릇 ᄒᆞᄂᆞ이라도 前室(젼실) 부인 쓰던 것이면, 무당 불러셔, 불살라 버리던지, 째트려 버리던지, ᄒᆞ여야 속이 시원하야지ᄂᆡᆫ 性情(셩졍)이라 그러ᄒᆞᆫ 繼母(계모)의 性情(셩졍)에, 사르지도 못하고, 째터리지도 못할 것은 前室所生(젼실소ᄉᆡᆼ) 츈애라 崔氏(최씨)가 그 ᄯᆞᆯ을 玉(옥)갓치 사랑하고 金(금)갓치 귀ᄋᆡ하나, 그 後娶婦人(후취부인) 보ᄂᆞᆫ ᄯᅢᄂᆞᆫ 조곰도, 귀ᄋᆡ하ᄂᆞᆫ 모냥을 보히면 츈ᄋᆡᄂᆞᆫ 그 繼母(계모)의게 陰害(음ᄒᆡ)를 바들 터이라 그런 고로 崔主事(최주ᄉᆞ)가 그 ᄯᆞᆯ을 稱讚(칭찬)하고 시푼 ᄯᅢ도 그 繼母(계모) 보ᄂᆞᆫ ᄃᆡᄂᆞᆫ, ᄭᅮ짓고 미워하ᄂᆞᆫ 상을 보히ᄂᆞᆫ 일이 만타

그러면 崔主事(최주ᄉᆞ)가, 그 後娶婦人(후취부인)의게, 쥐여 지ᄂᆡ나냐 할 지경이면 그럿치도 아니하다

그 後娶婦人(후취부인)은 죽어 白骨(ᄇᆡᆨ골)된 前室(젼실)의게 妬(투)긔하ᄂᆞᆫ 마음, 한 가지만 아니면, 아무 험졀이 업스니, 그러한 婦人(부인)은, 쇠사슬로, 신을 ᄉᆞᆷ아 신고, 그 신이 날이 나도록, 조선 팔도를, 다 도라 단니드ᄅᆡ도, 그만한 안ᄒᆡᄂᆞᆫ, 엇기가, 어렵다 하ᄂᆞᆫ 집안 공논이라 崔氏(최씨)가 後娶婦人(후취부인)과 琴瑟(금실)도 좃코 前娶所生(젼취소ᄉᆡᆼ) 츈ᄋᆡ도, 사랑하니, 츈ᄋᆡ를, 위하여 쥬려 하면 後室婦人(후실부인)의 듯을 맛츄어 쥬ᄂᆞᆫ 일이 상칙이라 츈ᄋᆡ가 어려셔붓터 총명하여, 눈치 빠르기로ᄂᆞᆫ, 어린 아ᄒᆡ로 볼 슈가 업다, 繼母(계모)의게 ᄯᅡ루기를 生母(ᄉᆡᆼ모)갓치 ᄯᅡ루면셔 혼ᄌᆞ 안지면, 눈물을 씻고 죽은 어머니를 ᄉᆡᆼ각하더라 츈애가 그러한 고ᄉᆡᆼ을 하고, 자라ᄂᆞ셔 金冠一(김관일)의 부인이 되얏ᄂᆞᆫᄃᆡ 崔氏(최씨)ᄂᆞᆫ 그 ᄯᆞᆯ을 出嫁(출가)ᄒᆞᆫ ᄯᆞᆯ로 여기지 아니ᄒᆞ고, 졋 먹이ᄂᆞᆫ ᄯᆞᆯ과 ᄀᆞᆺ치 안다

平壤(평양)에 亂離(란리) 所聞(소문)이, 다른 사ᄅᆞᆷ 듯게ᄂᆞᆫ, 이웃 집에 초상 낫다ᄂᆞᆫ 所聞(소문)과 갓치 尋常(심상)이 들니나 釜山(부산)사ᄂᆞᆫ 崔恒來(최항ᄅᆡ) 崔主事(최주ᄉᆞ)의 귀에ᄂᆞᆫ 소름이 찌

치도록 놀납고, 심녀되더니

하로ᄂᆞᆫ 그 사외 金冠一(김관일)이가 釜山(부산) 崔氏(최씨) 집에 와셔 亂離(란리) 격근 말도 하고 外國(외국)으로 工夫(공부)하러 가고ᄌᆞ 하ᄂᆞᆫ 目的(목젹)을 말하니 崔氏(최씨)가 學費(학비)를 쥬어셔 外國(외국)에 가게 하고 崔氏(최씨)ᄂᆞᆫ 그 ᄯᆞᆯ과 外孫女(외손녀)의 生死(ᄉᆡᆼᄉᆞ)를 자셰히 알고ᄌᆞ 하야 平壤(평양)에 왓더니, 그 ᄯᆞᆯ이 大同江(ᄃᆡ동강) 물에 ᄲᅡ저 죽을 ᄎᆞ로 壁上(벽상)에 그 懷(회)포를 쓴 것을 보니 그 ᄯᆞᆯ 기를 ᄯᆡ의 불상하던 마음이 새로히 ᄂᆞ셔, 일곱 살에, 저의 어머니 죽을 ᄯᆡ에 죽은 어미의 ᄉᆡᆷ을 ᄃᆡ히고 울든, 모냥도 눈에 션하고 繼母(계모)의 눈쌀을 마저셔, 죠졉이 드던 모냥도 눈에 션하고, ᄂᆡ가 釜山(부산)으로 移舍(이ᄉᆞ)갈 ᄯᆡ에 父女(부녀)가 다시 만나 보지 못하ᄂᆞᆫ 듯이 落淚(낙누)하며 작별하던 모냥도, 눈에 션한 중에, ᄒᆡᄂᆞᆫ 졈졈 지고 빈 집에 쓸쓸한 긔운은 날이 저물쇼록 형용하기 어렵다

1906년 8월 9일 (十四)

崔氏(최씨)가 다리고 온 下人(하인)을 부르ᄂᆞᆫᄃᆡ 근력 업ᄂᆞᆫ,목소리가, 입박게, 겨오, ᄂᆞ오더라

이ᄋᆡ 막동아, 부담, ᄯᅦ셔, 안마루에, 갓다 노아라

(ᄆᆞᆨ동) 말은 어ᄃᆡ 갓다, ᄆᆡ오릿가

(崔氏(최씨)) 마방집에 갓다, ᄆᆡ여라

(ᄆᆞᆨ동) 小人(소인)은 어ᄃᆡ셔, ᄌᆞ오릿가

(崔氏(최씨)) 마방집에 가셔, 밥이ᄂᆞ 사셔 먹고, 이 집 힝낭방에셔, ᄌᆞ거라

(ᄆᆞᆨ동) 나리게셔도, 무엇을 좀 사다가 잡슈고, 쥬무시면, 좃케슴니다

(崔氏(최씨)) ᄂᆞᄂᆞᆫ 술이ᄂᆞ 먹깃다, 부담에, 다랏던 술 ᄒᆞᆫ 병 ᄯᅦ여 오고, 찬합만 글러 노아라, 혼ᄌᆞ 이 방에 안저 술이ᄂᆞ 먹다가, 밤 식거든 시

벽길 ᄯᅥᄂᆞ셔, 도로 부산으로 가자, 亂離(란리)가 무엇인가 ᄒᆞ얏더니,
當(당)ᄒᆞ야 보니 人間(인간)의 至毒(지독)ᄒᆞᆫ 일은 亂離(란리)로다
ᄂᆡ 혈육은 ᄯᆞᆯ ᄒᆞᄂᆞ 外孫女(외손녀) ᄒᆞᄂᆞ ᄲᅮᆫ일러니, 와셔 보니, 이 모냥
이로구ᄂᆞ 막동아, 너갓튼 무식ᄒᆞᆫ 놈더러 쓸ᄯᆡ 업ᄂᆞᆫ 말 갓지
마ᄂᆞᆫ, 이후에ᄂᆞᆫ, ᄌᆞ손 보젼ᄒᆞ고 십푼, ᄉᆡᆼ각 잇거던, ᄂᆞ라를 위
ᄒᆞ여라, 우리 나라가, 강ᄒᆞ엿더면, 이 亂離(란리)가, 아니 낫슬 것이
다, 세상 고ᄉᆡᆼ, 다 시키고, 길러ᄂᆡ인, ᄂᆡ ᄯᆞᆯᄌᆞ식, ᄂᆞ 점고, 무병
ᄒᆞ건마ᄂᆞᆫ 亂離(란리)에 죽엇고나
역질 홍역, 다 시키고, 잔 쥬졉 다 ᄯᅥ러노흔 外孫女(외손녀)도 亂離(란리)
중에 죽엇고ᄂᆞ

(막동) ᄂᆞ라ᄂᆞᆫ 兩班(양반)님네가, 다 亡(망)ᄒᆞ야 노셧지오
常(상)놈들은 兩班(양반)이 죽이면 죽엇고 ᄯᆡ리면, 마젓고
財物(ᄌᆡ물)이 잇스면 兩班(양반)의게 ᄲᅦ겻고 계집이 어엿ᄲᅮ면 兩班(양반)의게
ᄲᅦ겻스니 小人(소인)갓튼 常(상)놈들은, 제 ᄌᆡ물, 제 계집, 제 목숨 ᄒᆞᄂᆞ
를 위ᄒᆞᆯ 슈가 업시 兩班(양반)의게 ᄆᆡ엿스니 ᄂᆞ라 위ᄒᆞᆯ 힘이 잇슴닛가
입 ᄒᆞᆫ 번을, 잘못 버려도, 죽일 놈이니, 살릴 몸이니, 오굼을 ᄭᅳᆫ어
라, 귀양을 보ᄂᆡ라 ᄒᆞᄂᆞᆫ 兩班(양반)님 셔슬에 常(상)놈이 무슨 사람갑세
갓슴닛가, 亂離(란리)가 ᄂᆞ도 兩班(양반)의 ᄐᆞᆺ이올시다 日淸戰爭(일쳥뎐징)도
閔泳駿(민영쥰)이라란 兩班(양반)이 淸人(쳥인) 불러 왓답디다 ᄂᆞ리게셔 亂離(란리) ᄯᆡ문
에, ᄶᅡ님 앗씨도, 도라가시고 孫女(손녀) 아기도 죽엇스니, 그 원통ᄒᆞᆫ
귀신들이 閔泳駿(민영쥰)이라난 兩班(양반)을 잡아 갈 것이올시다

ᄒᆞ면셔 말이 이여 ᄂᆞ오니, 本來(본ᄅᆡ) 그 ᄒᆞ인은 쥬제 넘나고, 崔氏(최씨)에 마음에
불합ᄒᆞ나 이번 亂離(란리)중 험한 길에 사람이 ᄯᅳᆨᄯᅳᆨᄒᆞ다고, 다리고, ᄂᆞ셧더니,
이러ᄒᆞᆫ 심난 중에, 쥬제 넘고, 버릇 업ᄂᆞᆫ 소리를, 함부루 ᄋᆞ니 참 날니

ᄂᆞᆫ 셰상이라, 날리 중에, ᄉᆞ지질 슈도 업고, 근심 중에 무슨 쇼리던지 듯기도 실인 고로, 돈을 ᄂᆡ여 쥬며 ᄒᆞᄂᆞᆫ 말이, 목동ᄋᆞ 너도, ᄂᆞ가셔 슐이ᄂᆞ, 실토록 먹어라 화씸에 먹고나 보자 ᄒᆞ니, 목동이ᄂᆞᆫ, 박그로, ᄂᆞ가고 崔氏(최씨)ᄂᆞᆫ 혼자 슐병을 ᄃᆡᄒᆞ야

1906년 8월 10일 (十五)

팔ᄌᆞ 혼탄ᄒᆞ다가, 슐 ᄒᆞᆫ 잔 먹고, 셰상 원망ᄒᆞ다가, 슐 ᄒᆞᆫ 잔 먹고, ᄯᆞᆯ ᄉᆡᆼ각이 ᄂᆞ도, 슐 ᄒᆞᆫ 잔 먹고, 외손녀, ᄉᆡᆼ각이 ᄂᆞ도, 슐 ᄒᆞᆫ 잔 먹고 슐이 얼근ᄒᆞ게, 취ᄒᆞ더니, 이 ᄉᆡᆼ각, 저 ᄉᆡᆼ각 업시, 슐만 먹다가, 갓 쓴 ᄎᆡ로, 목침 베고, 드러누더니, 잠이 들면셔, ᄭᅮᆷ을 ᄭᅮ더라
牧丹峯(목단봉) 아ᄅᆡ셔, ᄯᆞᆯ과 외손녀를, 다리고, 피란을 가다가, 노략질군 盜賊(도적)을 만ᄂᆞ셔 困難(곤란)을, 무슈히 격다가, ᄯᆞᆯ이 도적을, 피ᄒᆞ여 가느라고, 놉픈 언덕에셔, ᄯᅥ러저 죽ᄂᆞᆫ, 것을 보고 崔氏(최씨)가, 도적놈을, 원망ᄒᆞ야, 도적놈을, ᄯᆡ려 죽이려고, 집ᄑᆡᆼ이를 들고, 도적을 ᄯᆡ리니, 도적놈이, 달려드러 崔氏(최씨)를 마쥬 ᄯᆡ리니, 崔氏(최씨)가 너머져서, 이러ᄂᆞ려고, ᄋᆡ를 쓰ᄂᆞᆫᄃᆡ 도적놈이 崔氏(최씨)를, ᄭᆞᆯ고 안저셔, 멱살을 쥐고, 칼을 ᄲᆡ히니, 崔氏(최씨)가 숨을 쉴 슈가 업셔, 이러ᄂᆞ려고 ᄋᆡ를 쓰니 崔氏(최씨)가 분명, 가위를 눌린 것이라 겻히셔, 사람이 崔氏(최씨)를 흔들며, 아버지, 여긔를 엇지 오셧소, 아버지, 아버지, ᄒᆞᄂᆞᆫ 소리에, ᄭᅡᆷᄶᅡᆨ 놀나 ᄭᆡ치니 南柯一夢(남가일몽)이라, 눈을 ᄯᅥ셔, ᄌᆞ셰이 본 즉 大同江(ᄃᆡ동강) 물에 ᄲᅡ저 죽으려고 壁上(벽상)에 회포를 써셔 붓쳣던, ᄯᆞᆯ이 사라 온지라, 깃분 마음에 정신, 번적 ᄂᆞ셔, ᄉᆡᆼ각ᄒᆞᆫ 즉, 이것도, ᄭᅮᆷ이 아닌가 의심ᄂᆞᆫ다
(崔氏(최씨)) ᄋᆡ 네가 죽으려고 壁上(벽상)에, 유언을 써셔, 노흔 것이 잇더니, 엇지

사라 왓ᄂᆞᆫ냐

악가 ᄭᅮᆷ을 ᄭᅮ니, 네가 언덕에셔 ᄯᅥ러저, 죽엇더니, 지금 너를 보니, 이것이 ᄭᅮᆷ이냐, 그것 ᄭᅮᆷ이냐, 이것이 ᄭᅮᆷ니여던, 이 ᄭᅮᆷ은, 이ᄃᆡ로, ᄭᅢ지 말고, 십 년, 이십 년이라도, 이ᄃᆡ로 지ᄂᆡᆺ스면, 그 아니 조캐ᄂᆞ냐

ᄒᆞᄂᆞᆫ 말이 崔氏(최씨) ᄉᆡᆼ각에ᄂᆞᆫ, 그 ᄯᆞᆯ, ᄆᆞᆫᄂᆞ 보ᄂᆞᆫ 것이, 졍녕 ᄭᅮᆷᄀᆞᆺ고, 그 ᄯᆞᆯ이, 참 사라 온, 사긔ᄂᆞᆫ 자세이 모른다

1906년 8월 11일 (十六)

元來(원릭) 崔氏(최씨)부인이, 물에 ᄲᅡ저, ᄯᅥᄂᆡ려 갈 ᄯᆡ에, ᄇᆡ사공과 高(고)장팔의게 구ᄒᆞᆫ 바이 되얏ᄂᆞᆫᄃᆡ, 장팔의 母(모)와 장팔의 妻(처)가, 그 부인을 교군에 ᄐᆡ여셔, 저의 집으로 뫼시고 가셔 數日(수일)을 극진히, 구원하얏다가, 그 부인이 ᄎᆞᄎᆞ 완인이 되ᄆᆡ, 그 날은 밤 들기ᄅᆞᆯ 기다려셔, 부인이 장팔에 모ᄅᆞᆯ 다리고 집에 도라온 길이라 장팔의 모ᄂᆞᆫ, 갈가에셔, 무엇을 사 가지고, 드러온다 ᄒᆞ고, 뒤ᄯᅥ러젓ᄂᆞᆫᄃᆡ, 그 부인은, 발씨 익은 ᄂᆡ 집이라, 압셔셔 드러온 즉, 안마루에, 부담 상ᄌᆞ도 잇고, 안방에ᄂᆞᆫ 불이 켜셔, 발근지라 以前(이젼) 마음 갓트면 부인이 그 방문을 감히, 열지 못ᄒᆞ엿슬 터이ᄂᆞ, 別風霜(별풍상), 다 지ᄂᆡ고, 지금은 겁ᄂᆞᄂᆞᆫ 것도 업고 무셔운 것도 업ᄂᆞᆫ지라, ᄂᆡ 집 ᄂᆡ 방에 누가 와셔, 드러안젓ᄂᆞᆫ가, ᄉᆡᆼ각ᄒᆞ면셔, 셔슴지 아니ᄒᆞ고, 방문을 여러 보니, 왼 사람이 ᄌᆞ다가 가위를 눌녀셔, ᄋᆡ를 쓰ᄂᆞᆫ 모냥인ᄃᆡ, 자세이 본즉 自己(ᄌᆞ긔)의 父親(부친)이라 부인이 그 ᄯᆡ에 그 父親(부친)을 만ᄂᆞ니 반가온 마음에, 아무 말도 아니ᄂᆞ고 ᄂᆞ오ᄂᆞ니, 우름 쌘이라,

뒤ᄯᅥ러젓든 高(고)장팔의 母(모)가, 드러 다라오면셔, 덩다라 운다

에구, ᄂᆞ리 마님이, 이 亂離(란리) 즁에 여긔를 오셧네

알 슈 업ᄂᆞᆫ 것은, 세상 닐이올시다, ᄂᆞ리게셔 釜山(부산)으로 移舍(이ᄉᆞ)가실 ᄯᆡ에, 할미ᄂᆞᆫ, 늘근 것이라 사라셔 다시, ᄂᆞ리ᄭᅦ, 뵙지 못하겟다 하얏더니, 늘근 것은, 사랏다가 ᄯᅩ 뵈옵ᄂᆞᆫᄃᆡ 어린 玉蓮(옥련) ᄋᆡ기와, 졀무신 셔방님은, 어ᄃᆡ 가셔 도라가셧ᄂᆞᆫ지, ᄂᆞ리 오신 것을, 못 만ᄂᆞ 뵈네,

하ᄂᆞᆫ 말은, 속에셔, 쇼사ᄂᆞ오ᄂᆞᆫ 人情(인졍)이라, 그 노파가, 그 人情(인졍)이 잇슬만도 ᄒᆞᆫ 사ᄅᆞᆷ이라

高(고)장팔의 母(모)가 本來(본ᄅᆡ) 崔氏(최씨)집 종인ᄃᆡ 三十(삼십) 前(젼)부터 드난은, 아니ᄒᆞᄂᆞ, 崔氏(최씨)의 德(덕)으로 사다가, 崔氏(최씨)가 移舍(이ᄉᆞ)갈 ᄯᆡ에, 장팔의 母(모)ᄂᆞᆫ 上典(상젼)을 ᄯᅡ라 가고ᄌᆞ ᄒᆞᄂᆞ, 장팔이가, 노롬군으로, 崔氏(최씨)의 눈박게, ᄂᆞᆫ 놈이라 崔氏(최씨)를 ᄯᅡ라가지 못ᄒᆞ고 ᄯᅳᆫ ᄯᅥ러진, 뒤웅박 ᄀᆞᆺ치 平壤(평양) 잇셧더니 이번에ᄂᆞᆫ, 노름 덕으로 大同江(ᄃᆡ동강) ᄇᆡ 속에, 밤ᄉᆡ 아니자고 잇다가, 崔氏(최씨)부인을, 구ᄒᆞ여 살렷스니, 장팔이가 지금은, 노름ᄒᆞᄂᆞᆫ 층찬도 드를만, 하게 되얏더라

1906년 8월 16일(十七)

崔氏婦人(최씨부인)이 그 父親(부친)의게 郎君(남편) 金氏(김씨)가 外國(외국)으로 留學(류학)하러 갓다ᄂᆞᆫ 말을 듯고 万里(만리)의 離別(이별)은 섭섭하ᄂᆞ 亂離中(란리즁)에 목숨을 保全(보젼)ᄒᆞᆫ 것만 天幸(텬ᄒᆡᆼ)으로 여겨셔 父親(부친)의 말ᄒᆞᄂᆞᆫ 입을, 쳐다 보면셔, 눈에ᄂᆞᆫ 눈물이, 가득ᄒᆞᄂᆞ, 얼골에ᄂᆞᆫ, 깃분 빗을 ᄯᅴ엿더라

(崔主事(최쥬ᄉᆞ)) 이ᄋᆡ 金(김)집아, 네 집은 外無主張(외무쥬장)하니, 여긔셔 孤單(고단)하야 살 슈 업슬 것이니, ᄂᆞᆯ을 ᄯᅡ라 釜山(부산)으로 ᄂᆞ려 가셔, ᄂᆡ 집 ᄀᆞᆺ치 잇스면, 좃치 아니ᄒᆞ깃ᄂᆞᆫ야

(ᄯᆞᆯ) ᄂᆡ가, 물에 ᄲᅡ저, 죽으려 ᄒᆞ기ᄂᆞᆫ, 家長(가장)이 죽은 줄로, ᄉᆡᆼ각ᄒᆞ고, ᄂᆞ 혼ᄌᆞ, 셰상에, 사라 잇기가, 실인 故(고)로 大同江(ᄃᆡ동강)에 ᄲᅡ젓더니, 사람의게, 건진 ᄇᆡ이 되야, 사라 잇다가 家長(가장)이 사라셔 外國(외국)에 留學(류학)하러 갓다ᄂᆞᆫ 消息(소식)을 들드럿스니, ᄂᆞᄂᆞᆫ 이 집을, 직키고, 잇다가 몃 ᄒᆡ 후 이런지 이 집에셔, 다시 家長(가장)의 얼골을 만ᄂᆞ 보깃스니, 아버지 게셔ᄂᆞᆫ ᄯᆞᆯ ᄉᆡᆼ각 마르시고, ᄯᅩ ᄃᆡ신, 사위의 工夫(공부)ᄂᆞ 잘 ᄒᆞ도록 學費(학비)ᄂᆞ 잘 ᄃᆡ여 쥬시기를, ᄇᆞ랍니다, ᄂᆞᄂᆞᆫ 이 집에셔, 장팔의 어미를, 다리고, 박토 ᄆᆞ직이에셔, 도지셤 밧ᄂᆞᆫ 것, 가지고 먹고 잇깃소 그려ᄂᆞ 玉蓮(옥년)이ᄂᆞ 잇섯더면 慰勞(위로)가 되얏슬 것을 許久(허구)한 歲月(셰월)을 엇지 기다리ᄂᆞ

하ᄂᆞᆫ 소리에 崔主事(최쥬ᄉᆞ)가 胸(흉)격이 막히나 多事(다ᄉᆞ)한 사ᄅᆞᆷ이, 오ᄅᆡ 잇슬 수 업ᄂᆞᆫ 故(고)로 數日(수일) 後(후)에 釜山(부산)으로 ᄂᆞ려 가고 崔氏婦人(최씨부인)은 장팔의, 어미를 다리고, 잇스니, ᄒᆡᆼ낭에ᄂᆞᆫ, 늘근 寡婦(과부)오 안방에ᄂᆞᆫ 절문 生寡婦(ᄉᆡᆼ과부)가 잇셔셔 金氏(김씨)를 오기만, 기다리고 歲月(셰월) 가기만 기다린다, 밤에ᄂᆞᆫ, 밤이 길고, 낫에ᄂᆞᆫ 晝(낫)이 긴ᄃᆡ, 그 밤과, 그 낫을 모와, 달 되고, ᄒᆡ 되니 天下(텬ᄒᆞ)에 어러[려]운 것은, 사람 기다리ᄂᆞᆫ 것이라 婦人(부인)의 生覺(ᄉᆡᆼ각)의ᄂᆞᆫ 人間(인간)의 苦生(고ᄉᆡᆼ)이, ᄂᆞ ᄒᆞᄂᆞ ᄲᅮᆫ인 줄로 알고, 잇것마ᄂᆞᆫ 그보다 더 苦生(고ᄉᆡᆼ)하ᄂᆞᆫ 사람이, ᄯᅩ 잇스니, 그것은 婦人(부인)의 ᄯᆞᆯ, 옥년이라

1906년 8월 17일 (十八)

當初(당초)에 玉蓮(옥년)이가 避亂(피란)갈 ᄯᅢ에 牧丹峯(목단봉) 아ᄅᆡ셔 父母(부모)의 去處(간곳) 모르고, 어머니를, 부르면셔, 발을 동동 구르다가, 난ᄃᆡ 업ᄂᆞᆫ, 철환 ᄒᆞᆫ ᄀᆡ가, 너머

오더니 玉蓮의, 왼 편 다리에, ᄇᆡᆨ혀, 너머저셔, 그 날 밤을, 그 ᄉᆞᆫ에셔, 목숨이 붓터 잇셔ᄯᅥ니, 그 잇튼날 日本 赤十字 看護手가 보고 野戰病院으로, 시려 보ᄂᆡ니 軍醫가 본 즉 重傷은 아니라 鐵丸이, 다리를 ᄯᅮᆯ코, ᄂᆞ갓ᄂᆞᆫᄃᆡ 軍醫 말이 萬一 淸人의 鐵丸을 마졋스면 鐵丸에 毒ᄒᆞᆫ 藥이 셕긴지라, 마진 후에, 하로 밤을, 지ᄂᆡᆺ스면 毒氣가, 몸에 만히, 퍼젓슬 터이나 玉蓮이 마진 鐵丸은 日人의 鐵丸이라 治療하기 ᄃᆡ단이, 쉽다 하더니 果然 三週日이 못 되야셔 完然히 平日과 갓튼지라, 그러ᄂᆞ 玉蓮이ᄂᆞᆫ 갈 곳이, 업ᄂᆞᆫ 아ᄒᆡ라 病院에셔 玉蓮의 집을 물은 즉 平壤 北門內이라 하니 病院에셔 玉蓮이가, ᄂᆞ히 어리고, ᄯᅩᄒᆞᆫ 정경을, 불상케 녀겨셔 通辭을 案同하야 玉蓮의 집에 가셔, 보라 ᄒᆞᆫ 즉, 그 ᄯᆡᄂᆞᆫ 玉蓮의 母親이 大同江 물에, 빠저 죽으려고 壁上에 그 事情을, 써셔 붓치고, 간 후이라 通변이, 그 글를 보고 玉蓮을 불상이 여겨셔, 도로 다리고 野戰病院으로 가니 軍醫 井上少佐가 玉蓮의 情境을 불상히 여기고 玉蓮의 姿稟을 奇異ᄒᆞ게, 여겨셔 通변을 셰우고 玉蓮의 意을 문ᄂᆞᆫ다

(軍醫) 이애, 너의 아버지와, 어머니가, 어ᄃᆡ로 간 지 모르ᄂᆞᆫ냐

(玉) ……

(軍醫) 그려면, 네가 ᄂᆡ 집에, 가셔 잇스면, ᄂᆡ가 너를 學校에 보ᄂᆡ셔 工夫 ᄒᆞ도록 ᄒᆞ여 줄 것이니, 네가 工夫를 잘 ᄒᆞ고 잇스면 ᄂᆡ가, 아모조록, 녀의 나라에 探知하야, 녀의 父母가 살아 잇거든, 너의 집으로, 곳 보ᄂᆡ 쥬마

(玉) 우리 아버지, 어머니가, 살아 잇ᄂᆞᆫ 줄을 알고, 날을 도로 우리 집에, 보ᄂᆡ 줄 것 ᄀᆞᆺ트면, 아무 데라도 가고, 아무 것을, 시기더ᄅᆡ도 하깃소

(醫) 그러면, 오날이라도 仁川으로 보ᄂᆡ셔 御用船을 타고 日本으로, 가게 ᄒᆞᆯ 것이니, ᄂᆡ 집은 日本 大坂이라, ᄂᆡ 집에 가면 우리 家內가

잇ᄂᆞᆫᄃᆡ, 아들도 업고 ᄯᆞᆯ도 업스니, 너를 보면, ᄃᆡ단이 貴愛(귀ᄋᆡ)ᄒᆞᆯ 것이니, 너의 어머니로 알고, 가셔 잇거라

ᄒᆞ면셔 歸國(귀국)ᄒᆞᄂᆞᆫ 病傷兵(병상병)의게, 부탁ᄒᆞ야 日本(일본) 大坂(ᄃᆡ판)으로 보ᄂᆡ니 玉蓮(옥련)이가 轎軍(교군) 밧탕을 타고 仁川(인쳔)ᄭᅡ지 가셔 仁川(인쳔)셔 輪船(륜션)을 타니 背後(등뒤)에ᄂᆞᆫ 父母(부모) 消息(소식)이 杳然(묘연)ᄒᆞ고 目前(눈압)에ᄂᆞᆫ 他國(타국) 山川(산쳔)이 生疎(ᄉᆡᆼ소)ᄒᆞ다

1906년 8월 18일(十九)

만일 용렬ᄒᆞᆫ 아ᄒᆡ가, 일곱 살에 亂離避亂(란리피란)을, 가다가, 부모를, 일엇스면, 어미 아비만, ᄉᆡᆼ각ᄒᆞ고 낫선 사람이, 무슨 말을 무르면, 눈물이, 비쥭비쥭ᄒᆞ고, 쥬접이 덕적덕적ᄒᆞ고, 문ᄂᆞᆫ 말을, ᄃᆡ답도, 시연이 못 ᄒᆞᆯ 터이ᄂᆞ, 玉蓮(옥련)이ᄂᆞᆫ, 어ᄃᆡ 그러ᄒᆞᆫ 伶俐(영니)ᄒᆞ고 夙成(슉셩)ᄒᆞᆫ 아ᄒᆡ가 잇섯던지, 혼ᄌᆞ 잇실 ᄯᆡᄂᆞᆫ 父母(부모)를 보고시푼, 마음에 쥭을 듯ᄒᆞᄂᆞ, 사람을, ᄃᆡᄒᆞᆯ ᄯᆡᄂᆞᆫ, 웃지 그리 天然(텬연)ᄒᆞ던지 父母(부모) ᄉᆡᆼ각ᄒᆞᄂᆞᆫ 氣色(긔ᄉᆡᆨ)이 조곰도 업더라,

玉蓮(옥련)의 얼골은 玉(옥)을 ᄭᅡᆨ가셔 연脂粉(지분)으로, 단장ᄒᆞᆫ 것 갓다

玉蓮(옥련)의 父母(부모)가 玉蓮(옥련) 일홈, 지흘 ᄯᆡ에 玉蓮(옥련)의 貌樣(모양)과 갓치, 아름다온 일홈을, 지호려 ᄒᆞ야 內外(ᄂᆡ외) 공논이 무슈ᄒᆞ얏더라

玉(옥)갓치, 희다 ᄒᆞ야 玉(옥)이라고, 부르ᄂᆞᆫ 사람은 玉蓮(옥련)의 母親(모친)이오

蓮(련)ᄭᅩᆺ갓치 繁華(번화)ᄒᆞ다 ᄒᆞ야 蓮花(련화)라고 부르ᄂᆞᆫ 사람은 玉蓮(옥련)의 父親(부친)이라

그 아ᄒᆡ, 일홈 지던 날은, 의논이 부산ᄒᆞ다가, 媾和(구화) 談判(담판) 되듯, 玉字(옥ᄍᆞ) 蓮字(련ᄍᆞ)를 合(합)ᄒᆞ야 玉蓮(옥련)이라고, 지흔 일홈이라 父母(부모) 된 사ᄅᆞᆷ이, 제 子息(ᄌᆞ식) 貴愛(귀ᄋᆡ)ᄒᆞᄂᆞᆫ, 마음에 或(혹) 식검은 怪石(괴석)갓튼 것도 玉(옥)갓치, 보ᄂᆞᆫ 일도 잇고, 누렁퉁이가, 호박ᄭᅩᆺ갓치, ᄉᆡᆼ긴 것도 蓮(련)ᄭᅩᆺ 갓치, 보이ᄂᆞᆫ 일도 잇기ᄂᆞᆫ, 잇

지마ᄂᆞᆫ, 玉蓮(옥련)이 갓튼 아ᄒᆡᄂᆞᆫ 玉蓮(옥련)의, 부모의 눈에만, 그럿케 아릅[름]다운 것이 아니라, 엇더한, 사람이 보던지, 층찬 아니ᄒᆞᄂᆞᆫ, 사람이 업고 ᄯᅩ 子息(ᄌᆞ식)업ᄂᆞᆫ, 사ᄅᆞᆷ이 보면, ᄲᅦ셔 갈 것 갓치, 탐을 ᄂᆡ셔, ᄒᆞᄂᆞᆫ 말이 玉蓮(옥련)이를, 집어 가셔, ᄂᆡ 것이, 될 것 갓트면, 발셔 집어 갓깃다 하ᄂᆞᆫ 사ᄅᆞᆷ이, 무슈하엿더라

그러하던 玉蓮(옥련)이가 父母(부모)를, 일코 萬里他國(만리타국)에로, 혼자 가니, ᄇᆡ 안에, 드러 잇ᄂᆞᆫ, 사ᄅᆞᆷ들은 消日(소일) ᄶᅩ로 玉蓮(옥련)의 겻히, 모여 들어셔, 말 문ᄂᆞᆫ, 사ᄅᆞᆷ도 잇고 朝鮮(조션) 말을 하지 못하ᄂᆞᆫ, 사ᄅᆞᆷ들은 行中(ᄒᆡᆼ즁)에셔 菓子(과자)를, ᄂᆡ여 쥬니, 어린 아ᄒᆡ가, 너무 괴롭고, 성이 가실만, 하련마ᄂᆞᆫ 玉蓮(옥련)이ᄂᆞᆫ 天然(텬연)홀 ᄲᅮᆫ이라

1906년 8월 19일 (二十)

萬里滄海(만리창ᄒᆡ)에, 살갓튼, ᄲᆞ른 ᄇᆡ가 仁川(인쳔)셔, ᄯᅥᄂᆞᆫ 지, ᄂᆞ흘만에 大坂(ᄃᆡ판)에, 다다르니 大坂(ᄃᆡ판)에셔, ᄂᆡ릴 船客(션ᄀᆡᆨ)들은, 各(각)히 제 行裝(ᄒᆡᆼ장)을 收拾(수습)하야 杉板(삼판)에 ᄂᆞ려 가느라고 紛擾(분요)ᄒᆞᄂᆞ 玉蓮(옥련)이ᄂᆞᆫ 行裝(ᄒᆡᆼ장)도 업고, 몸 ᄒᆞᄂᆞ ᄲᅮᆫ이라, 혼자 감아니, 안젓스니, 어린 소견에도, 별 ᄉᆡᆼ각이, 다 ᄂᆞᆫ다

남은, 제 집 차저, 가건마ᄂᆞᆫ

ᄂᆞᄂᆞᆫ, 뉘 집으로, 가ᄂᆞᆫ 길인고 남들은, 일이 잇서서 大坂(ᄃᆡ판)에 오ᄂᆞᆫ 길이어니와

ᄂᆞ 혼ᄌᆞ, 일 업시 他國(타국)에, 가ᄂᆞᆫ 사람이라

편지 ᄒᆞᆫ 장을, 품에 ᄭᅵ고, 가ᄂᆞᆫ 집이, 뉘 집인고

이 편지, 볼 사람은, 엇더ᄒᆞᆫ 사람이며

이 ᄂᆡ 몸, 위ᄒᆞ여 줄, 사람은, 엇더ᄒᆞᆫ 사람인가

ᄯᆞᆯ을, 삼거든, ᄯᆞᆯ 노릇 ᄒᆞ고
죵을, 삼거든, 죵 노릇 ᄒᆞ고
고ᄉᆡᆼ을, 시키거든, 고ᄉᆡᆼ도 참을 것이오
공부를 시키거든 一時(일시)라도, 놀지 안코, 공부만 ᄒᆞ여 볼가

이런 ᄉᆡᆼ각, 저런 ᄉᆡᆼ각, ᄉᆡᆼ각만 ᄒᆞ느라고, 시름 업시, 안젓더니, 平壤(평양)셔부터 同行(동ᄒᆡᆼ)ᄒᆞ던 兵丁(병뎡)이 玉蓮(옥련)이를 부르ᄂᆞᆫᄃᆡ, 말을 셔로, 아라듯지 못ᄒᆞᄂᆞᆫ 故(고)로, 눈치로 알아듯고 ᄯᅡ라 ᄂᆞ려가니, 그 兵隊(병ᄃᆡ)ᄂᆞᆫ 平壤(평양) ᄊᆞ홈에, 오른편 다리에, 총을 맛고 玉蓮(옥련)이와, 갓치 野戰病院(야젼병원)에셔, 治療(치료)ᄒᆞ던 사ᄅᆞᆷ인ᄃᆡ 治療(치료) ᄒᆞ얏스ᄂᆞ 鐵丸(쳘환)이 神經脉(신경ᄆᆡᆨ)을 傷(상)ᄒᆞᆫ 故(고)로 治療(치료)한 後에 그 다리가 不仁(불인)ᄒᆞ야, 몽둥이에, 의지ᄒᆞ야, 겨우 거러 단이ᄂᆞᆫ지라, 그 兵隊(병ᄃᆡ)ᄂᆞᆫ, 압혜 서셔, ᄂᆞ려 가ᄂᆞᆫᄃᆡ 玉蓮(옥련)이가 뒤에 서셔, 보다가, ᄒᆞᄂᆞᆫ 말이, ᄂᆞ도 다리에 총 마젓던 사ᄅᆞᆷ이라, ᄂᆡ가 萬一(만일) 저 모냥이 되얏더면, ᄌᆞ결ᄒᆞ야, 쥭ᄂᆞᆫ 것이 편ᄒᆞ지, 사라셔 쓸ᄃᆡ 잇ᄂᆞ, ᄒᆞᄂᆞᆫ 소리를 玉蓮(옥련)의 말 알아듯ᄂᆞᆫ 사ᄅᆞᆷ이 업스니, 그런 말은, 못 듯ᄂᆞᆫ 것이, 좃컨마ᄂᆞᆫ, 조흔 마듸ᄂᆞᆫ, 그것 ᄲᅮᆫ이라 玉蓮(옥련)이가 第一(제일) 답답ᄒᆞᆫ 것은, 셔로 말 모르ᄂᆞᆫ 것이라, 벙어리, 심부름 ᄒᆞ듯 玉蓮(옥련)이가 兵丁(병뎡) 손짓ᄒᆞᄂᆞᆫ ᄃᆡ로만, ᄯᅡ라간다

1906년 8월 21일 (二十一)

玉蓮(옥련)의 눈에ᄂᆞᆫ, 모다 쳐음 보ᄂᆞᆫ 것이라 港口(항구)에ᄂᆞᆫ, ᄇᆡ 돗ᄃᆡ가, 삼ᄯᅢ 드러서듯 ᄒᆞ고 市街(저자거리)에ᄂᆞᆫ 二層(이칭) 三層(삼칭) 집이, 구름 쇽에, 드러간 듯ᄒᆞ고 蜈蚣(진예) 갓치, 긔여 가ᄂᆞᆫ 汽車(긔거)ᄂᆞᆫ, 입으로, 연긔를, 확확 뿜으면셔, ᄇᆡ에ᄂᆞᆫ, 쳔동, 지동ᄒᆞ듯 구르며 風雨(풍우)갓치 다라ᄂᆞᆫ다, 널ᄶᅩ, 고든 길에, 갓다 왓다 ᄒᆞᄂᆞᆫ 人力車(인력거) 박킈 소리에 精神(졍신)이 업ᄂᆞᆫᄃᆡ 兵丁(병뎡)이 人力車(인력거) 둘를 불너셔, 저도

타고 玉蓮(옥련)이도 ᄐᆡ우니, 그 人力車(인력거)들이, 살갓치 가ᄂᆞᆫ지라 玉蓮(옥련)이가, 길
에셔, 아장아장, 거를 ᄯᅢ에ᄂᆞᆫ 人海中(인ᄒᆡ즁)에 너머질가, 조심 되야, 아무 ᄉᆡᆼ각
이 업더니 人力車(인력거) 우에, 올나 안지ᄆᆡ, ᄉᆡ로히, ᄉᆡᆼ각만 난다
人力車(인력거)야, 쳔쳔이 가고 지고, 이 길만, 다 가면, 남의 집에 드러가셔, 밥
도, 어더 먹고, 옷도, 어더 입고, 마음도 불안ᄒᆞ고, 몸도 不便(불편)ᄒᆞᆯ 터이라
人力車(인력거)야, 어셔 밧비, 가고 지고, 궁굼ᄒᆞ고, 알고ᄌᆞ ᄒᆞᄂᆞᆫ 일은, 어서 밧
비, 눈으로 보아야 시연ᄒᆞ다, 家品(가품) 조코 人情(인졍) 잇ᄂᆞᆫ 사람인지, 집안에셔,
찬기운 나고, 사람의게셔 毒氣(독긔)가 쏙 쏙 ᄯᅥ러지ᄂᆞᆫ, 집이ᄂᆞ 아닌지, ᄂᆡ 운
슈가, 조흐려면, 그 집 人心(인심)이, 조흐련마ᄂᆞᆫ 早失父母(조실부모)ᄒᆞ 고 萬里他國(만리타국)에
流離(류리)ᄒᆞᄂᆞᆫ, 내 運數(운수)에……
그러ᄒᆞᆫ, ᄉᆡᆼ각에, 눈물이 비오듯 ᄒᆞ며, 흘흑 늣기며, 우난ᄃᆡ 人力車(인력거)ᄂᆞᆫ 발
셔 井上軍醫(정상군의)의 집 압헤 와셔 ᄂᆞ려 놋는다

1906년 8월 24일 (二十二)

玉蓮(옥련)이가 人力車(인력거) 긋치ᄂᆞᆫ 것을 보고 이것이 井上軍醫(정상군의)의 집인가, 짐작
ᄒᆞ고, 조심되ᄂᆞᆫ 마음에, 자근 몸이, 더옥 작아진 듯ᄒᆞ다
슬픈 ᄉᆡᆼ각도, ᄒᆞᆫ가ᄒᆞᆫ ᄯᅢ를, 타서 나ᄂᆞᆫ 것이라, 눈물이, 뚝, 그치고, 아니
ᄂᆞ온다
玉蓮(옥련)이가, 눈을 이리 씻고, 저리 씻고, 부산이 씻ᄂᆞᆫ 중에, 압헤 섯든
人力車(인력거)군이, 무슨 소리를, 지르ᄆᆡ 下婢(계집죵)이 ᄂᆞ와셔 玄關(문간방)에 ᄭᅮ러 안저셔
공손이 말을 무르니 兵丁(병뎡)이 두어 말 ᄒᆞᄆᆡ 婢(죵)이 奧(안)으로, 드러가더니, 다
시 나와셔 兵丁(병뎡)더러, 드러오라 ᄒᆞ니 兵丁(병뎡)이 玉蓮(옥련)이를, 다리고 井上軍醫(정상군의)
집 奧(안)으로 드러갓다

兵丁은 井上婦人을 對ᄒᆞ야 軍醫의 消息을 傳ᄒᆞ고 玉蓮의 事機를 말ᄒᆞ고 戰地의 所經歷을, 이야[야]기, ᄒᆞᄂᆞᆫᄃᆡ 玉蓮이ᄂᆞᆫ 井上婦人의, 눈치만 본다

婦人의 ᄂᆞ흔 三十이, 되락말락, ᄒᆞ니 玉蓮의 母親과 正 동갑이ᄂᆞ, 아닌지 年記ᄂᆞᆫ 玉蓮의 母親과 그럿캐 갓트ᄂᆞ, ᄉᆡᆼ긴 모냥은 玉蓮의 母親과 反對만 되얏다

玉蓮의 母親은, 눈에 愛嬌가 잇더니

井上婦人은, 눈에 殺氣만, 드럿더라

玉蓮의 母親은, 얼골이 희고도 桃花色을 ᄯᅴ얏더니

井上婦人은, 얼골이 희기ᄂᆞᆫ 희ᄂᆞ 青氣 돈다

얌젼도 ᄒᆞ고, 쏠쏠도 ᄒᆞᆫᄃᆡ 軍醫의 편지를, 밧아 보면셔 玉蓮이를, 흘금흘금 보다가 兵丁더러, 무슨 말도, ᄒᆞᄂᆞᆫ 것은 玉蓮의 마음에ᄂᆞᆫ 모다, ᄂᆡ 말 ᄒᆞ거니 ᄒᆞ고 端正히 안저ᄂᆞᆫᄃᆡ 兵丁은 할 말, 다 ᄒᆞ얏ᄂᆞᆫ지 作別ᄒᆞ고, ᄂᆞ가고 玉蓮이만 井上軍醫에 집애, 혼자 ᄯᅥ러져 잇스니 玉蓮이가 ᄉᆡ로히, ᄉᆡᆼ소ᄒᆞ고, 비편ᄒᆞᆫ 마음ᄲᅮᆫ이라

1906년 8월 25일 (二十三)

(井上婦人) 이ᄋᆡ 雪子야 ᄂᆞᄂᆞᆫ, ᄯᅡᆯ ᄒᆞᄂᆞ 낫다

(雪子) 奥様게셔 子女 間에 업시 孤寂ᄒᆞ게, 지ᄂᆡ시더니 御娘様이, ᄉᆡᆼ겻스니 얼마ᄂᆞ, 조흐신 닛가, 그러ᄂᆞ, 오날, ᄂᆞ흐신 御孃様가 ᄃᆡ단이 夙成ᄒᆞ오이다

(井) 雪子야 네가 玉蓮이를, 말도 가르치고 假名도, 잘 가르쳐 주어

라, 말이ᄂᆞᆫ, 아라듯거든 ᄒᆞ로 밧비 學校에 보ᄂᆡᄀᆡᆺ다

(雪子) 私가 御孃樣를 가르칠 資格이 되면 御宅에 와셔, 종노릇 ᄒᆞ고, 잇ᄀᆡ스ᄂᆡᆺ가

(井) 너더러, 어려운 것을, 가르쳐, 쥬라 ᄒᆞᄂᆞᆫ 것이, 아니다 尋常小學校 一年級讀本이ᄂᆞᆫ, 가르쳐, 쥬라ᄂᆞᆫ 말이다, 네 妹갓치 알고, 잘 가르쳐다고, 말을, 능통이, 알기 전에ᄂᆞᆫ, 집에셔, 네가 教師노릇 ᄒᆞ여라 先生兼 下婢兼 어렵ᄀᆡᆺ다, 月給이ᄂᆞᆫ, 만이 바드려무ᄂᆞᆫ

(雪子) 月給은, 더 바라지, 아니 ᄒᆞ거니와 芝居 구경이ᄂᆞᆫ, ᄌᆞ쥬 시겨 쥬시면, 좃케습니다

(井) 雪子야 우리 玉蓮이 다리고 雜貨店에 가셔 玉蓮의게 맛ᄂᆞᆫ 婦人洋服이나, 사셔 가지고 沐浴집에 가셔 玉蓮이 沐浴이ᄂᆞᆫ 시키고 朝鮮服色을 벡기고 洋服이ᄂᆞᆫ 입펴 보ᄌᆞ

井上婦人은 玉蓮이를, 그렷케 귀ᄋᆡᄒᆞᄂᆞᆫ, 말 못 아라듯ᄂᆞᆫ 玉蓮이ᄂᆞᆫ 井上婦人의 쓸쓸ᄒᆞᆫ, 모냥에 縮氣가 도야 苦役 치르듯, 싸라 단인다 말 못ᄒᆞᄂᆞᆫ, ᄀᆡ도, 사ᄅᆞᆷ이 귀애ᄒᆞᄂᆞᆫ 것을 알거든, 허물며, 사ᄅᆞᆷ이야, 아무리, 어린 아ᄒᆡ기로, 저를, 사랑ᄒᆞᄂᆞᆫ, 눈치ᄅᆞᆯ, 모를 리가 업ᄂᆞᆫ 故로, 슈 일이 못되야, 玉蓮이가, 옹구리고 ᄌᆞ던 잠이, 다리를, 쪽 뻣고 잔다

井上婦人이 날이 갈슈록 玉蓮이를 귀애ᄒᆞ고 玉蓮이ᄂᆞᆫ, 날이 갈슈록 井上婦人의게, 싸른다

玉蓮의 聰明才質은 朝鮮 歷史에ᄂᆞᆫ 그러ᄒᆞᆫ 女子가 잇다고 傳ᄒᆞᆫ 일은, 업스니 朝鮮 녀편네ᄂᆞᆫ, 안방 구셕에 가두고, 아무 것도, 가라치지 아니ᄒᆞ얏슨 즉 玉蓮이 갓튼 聰明이 잇드릭도 世上에셔, 놀랏던지, 이럿튼지, 저럿튼지 玉蓮이ᄂᆞᆫ 朝鮮 녜편네에ᄂᆞᆫ 比ᄒᆞᆯ 곳 업더라

日本 간 지 半年이 못되야 日本말을 엇지 그럿케, 잘 ᄒᆞ든지 井上軍醫의, 집에 와셔, 보ᄂᆞᆫ 사람들이 玉蓮이를 日本 아ᄒᆡ로 보고 朝鮮 아ᄒᆡ로

ᄂᆞᆫ 보지 아니ᄒᆞᆫ다

井上婦人(경상부인)이 玉蓮(옥련)이를, 가르치며 저 아ᄒᆡ가 朝鮮(조션) 아ᄒᆡ인ᄃᆡ 朝鮮(조션)셔 온지가 半年(반년)박긔, 아니 된다 ᄒᆞᄂᆞᆫ 말은 玉蓮(옥련)이를 자랑코ᄌᆞ ᄒᆞ야, ᄒᆞᄂᆞᆫ 말이ᄂᆞ, 듯ᄂᆞᆫ 사람은 井上婦人(경상부인)의 弄談(롱담)으로 듯다가 下婢(죵) 雪子(셜ᄌᆞ)의게, ᄌᆞ세ᄒᆞᆫ, 말을 듯고, 혀를 홰홰, ᄂᆡ두르면셔, 층찬ᄒᆞᄂᆞᆫ, 소리에 玉蓮(옥련)이도 興(흥)이 날 만 ᄒᆞ겟더라

1906년 8월 28일 (二十四)

號外(호외), 號外(호외), 號外(호외), 號外(호외)라고, 소리를 지르며 大坂市(ᄃᆡ판져ᄌᆞ) 큰 길로, 다름박질ᄒᆞ야, 도라단이ᄂᆞᆫ, 사람들이 둘 식, 셋 식 지ᄂᆞ가니 玉蓮(옥련)이가 學校(학교)에 갓다, 오ᄂᆞᆫ 길에 門(문)을 열고 드러 오면셔

여보 어머니, 저것이, 무슨 소리오

(婦人(부인)) 네가, 온갖 것을, 다 아라듯더니 號外(호외)ᄂᆞᆫ 모르ᄂᆞᆫ고ᄂᆞ

그러ᄂᆞ, 무슨 큰일이 잇ᄂᆞᆫ지, ᄒᆞᆫ 장 사보ᄌᆞ

이ᄋᆡ 雪子(셜ᄌᆞ)야 號外(호외) 一枚(ᄒᆞᆫ장) 사오너라

(雪子(셜ᄌᆞ)) 네 只今(지금) 가셔, 사오ᄀᆡ슴니다

ᄒᆞ면셔, 급피 ᄂᆞ가니 玉蓮(옥련)이가, 다름박질ᄒᆞ야, 짜라 ᄂᆞ가면셔, 이ᄋᆡ 雪子(셜ᄌᆞ)야, 그 號外(호외)를, ᄂᆡ가 사오ᄀᆡ스니, 돈을 이리, 달라 ᄒᆞ니 雪子(셜ᄌᆞ)가, 우스면셔, ᄒᆞᄂᆞᆫ 말이, 누구던지, 먼저 가ᄂᆞᆫ 사람이 號外(호외)를 산다 ᄒᆞ고, 다라ᄂᆞ니 雪子(셜ᄌᆞ)ᄂᆞᆫ, 다리가 길고 玉蓮(옥련)이ᄂᆞᆫ, 다리가, 짜른 지라 雪子(셜ᄌᆞ)가 먼저 가셔 号外(호외) ᄒᆞᆫ 장을, 사가지고, 오ᄂᆞᆫ 것을 玉蓮(옥련)이가 붓들고 号外(호외)를, 달라 ᄒᆞ야, 그헤코, 쎄셔 가지고, 와셔 ᄒᆞᄂᆞᆫ 말이 어머니, 이 号外(호외)를 보고, 나 좀 가르쳐 쥬오

井上婦人(정상부인)이, 우스며, 바다 보니 大坂每日新聞(ᄃᆡ판ᄆᆡ일신문) 号外(호외)라, ᄒᆞᆫ 쥴씸 보고, 쌈작 몰나더니, 셔너 줄씸 보고, 에구 소리를, ᄒᆞ면셔 号外(호외)를 더지고, 아무 소리 업시, 눈물이 비오듯 ᄒᆞᆫ다

(玉蓮(옥련)) 어머니, 엇지ᄒᆞ야 号外(호외)를 보고, 우르시오, 어머니, 어머니 ……

婦人(부인)은 ᄃᆡ답 업시, 눈물만, 흘리니 玉蓮(옥련)이가 雪子(설ᄌᆞ)를 부르면셔 눈에 눈물이, 가랑가랑ᄒᆞ니 雪子(설ᄌᆞ)ᄂᆞᆫ, 방문 박게, 안졋다가 婦人(부인)의 낙누ᄒᆞᄂᆞᆫ 것은 못보고 玉蓮(옥련)의, 눈만 보고, ᄒᆞᄂᆞᆫ 말이

御孃樣(ᄌᆞ근앗씨)가, 울기ᄂᆞᆫ, 우ᄋᆡ 눌어, 갓 ᄂᆞ흔, 어린 아희와 갓치 ……

(玉(옥)) 雪子(설ᄌᆞ)야, 사ᄅᆞᆷ 조롱 말고, 드러와셔 号外(호외) 좀 보고, 가릇처다고, 어머니게셔 号外(호외)를 보고 우르시니, 号外(호외)에, 무슨 말이 잇ᄂᆞᆫ지, 우애 우르시ᄂᆞᆫ지, ᄌᆞ세이 보아라, 어셔 어셔

(雪(설)) 앗씨 号外(호외)에 무슨 일이 잇슴잇가

앗씨게, 다 보셧스면 一寸拜見(좀보깃)슴니다

1906년 8월 29일 (二十五)

雪子(설ᄌᆞ)가 号外(호외)를, 들고 보다가, 쌍긋 웃더니, 그 아릐ᄂᆞᆫ, ᄌᆞ세이, 보지 아니ᄒᆞ고, ᄒᆞᄂᆞᆫ 말이

앗씨, 이것 좀, 보십시오 遼東半島(료동반도)가 陷落(함록)이 되얏슴니다

앗씨, 우리 日本(일본)은 싸홈 ᄒᆞᆯ 적마다, 이기니, 좃치 아니ᄒᆞ옵니가

에구, 우리ᄂᆞ라 軍士(군사)가, 이럿케, 만이 죽엇ᄂᆞ

앗씨, 이를 엇지ᄒᆞᄂᆞ, 우리 ᄃᆡᆨ 旦那(령감)게셔, 도라가셧네 萬國公法(만국공법)에 戰地(젼지)에셔 赤十字旗(젹십ᄌᆞ긔) 셰운 데ᄂᆞᆫ 危(위)ᄐᆡ치 아니 ᄒᆞ다더니 旦那(령감)게셔ᄂᆞᆫ 軍醫(군의)시언마ᄂᆞᆫ, 도라가셧스니, 원일이오닛가

(玉(옥)) 무엇, 아버지가, 도라가셧셔 ……

玉蓮(옥련)이ᄂᆞᆫ, 소리쳐 울고

婦人(부인)은 소리업시, 눈물만, 떠러지고 雪子(셜ᄌᆞ)ᄂᆞᆫ 婦人(부인)을 쳐다보며, 비쥭 비쥭 우니, 왼 집안이, 우름빗이라

号外(호외) ᄒᆞᆫ 장이, 왼 집안의 和氣(화긔)를 끈어, 버렷더라

井上軍醫(정상군의)ᄂᆞᆫ 人間(인간)에, 다시 오지 못ᄒᆞᄂᆞᆫ 길을 가고

井上婦人(정상부인)은 冷枕空房(찬베기빈방)에셔 寂寂(젹젹)히 歲月(셰월)을 보ᄂᆡ더라

朝鮮(조션) 風俗(풍쇽) 갓트면 青孀寡婦(청상과부)가, 시집 가지 아니ᄒᆞᄂᆞᆫ 것을, 가쟝, 잘ᄒᆞᄂᆞᆫ 일로 알고, 일평ᄉᆡᆼ을 愁中(근심즁)으로 지ᄂᆡᄂᆞ, 그러한 道德上(도덕상)에 罪(죄)가 되ᄂᆞᆫ 惡(악)ᄒᆞᆫ 風俗(풍쇽)은 文明(문명)ᄒᆞᆫ, 나라에ᄂᆞᆫ 업ᄂᆞᆫ 故(고)로, 절머셔 寡婦(과부)가 되면 시집가ᄂᆞᆫ 것은 天下萬國(텬하만국)에, 붓그러운, 일이 아니라 井上婦人(정상부인)이, 어진 남편을, 어더 시집을 간다

(婦人(부인)) 이ᄋᆡ 玉蓮(옥련)아, ᄂᆡ가 절문 터에, 평ᄉᆡᆼ을, 혼ᄌᆞ 살 수 업고 시집을 가려 ᄒᆞ니, 너를 世話(거두어) 줄 사ᄅᆞᆷ이 업스니, 그것이 氣毒(불상)ᄒᆞᆫ 일이로구ᄂᆞ……

玉蓮(옥련)의 마음에ᄂᆞᆫ 井上婦人(정상부인)이 시집 가ᄂᆞᆫ 곳에 婦人(부인)을, ᄯᅡ라 가고 시프ᄂᆞ 婦人(부인)이, 다리고, 가지 아니ᄒᆞᆯ 말을 ᄒᆞ니 玉蓮(옥련)이ᄂᆞᆫ, ᄉᆡ로히 平壤(평양)셩 밧 牧丹峰(목단봉) 아ᄅᆡ셔 父母(부모)를, 일코 발을 구르며, 우던 ᄯᅢ, 마음이, 별안간에, 다시 ᄂᆞᆫ다

1906년 8월 31일 (二十六)

玉蓮(옥련)이가, 부인의 무릅 우에, 폭 업듸며, 목이 머여 ᄒᆞᄂᆞᆫ 말이

어머니, 어머니가, 가시면, ᄂᆞᄂᆞᆫ 누구를, 밋고 사ᄂᆞ

(婦人) 오냐, ᄂᆞᄂᆞᆫ 죽은, 셈만 치려무ᄂᆞ

(玉蓮) 어머니 죽으면, ᄂᆞ도 갓치 죽지

그 소리, ᄒᆞᆫ 마ᄃᆡ에, 婦人이, 가슴이, 답답ᄒᆞ여, 무슨 ᄉᆡᆼ각을 ᄒᆞ고 잇더라

그 ᄯᆡ 婦人이, 즁ᄆᆡ더러, 말ᄒᆞ기를, ᄂᆡ ᄒᆞᆫ 몸 ᄲᅮᆫ이라 ᄒᆞ얏스니, 남편 될, 사ᄅᆞᆷ도, 그리 알고 잇스니 이졔 새로히, ᄯᆞᆯ ᄒᆞᄂᆞ 잇다 ᄒᆞ기도 어렵고 玉蓮이가 ᄯᆞ르ᄂᆞᆫ, 모냥을 보니, 참아, ᄯᅨ치기도, 어려운 마옴이 ᄉᆡᆼ긴다

(부인) 이애, 욱[옥]년아, 우지 마러라, ᄂᆡ가 시집가지 아니ᄒᆞ면 그만이로구나, ᄂᆡ가 이 집에셔 네 工夫나, 시기고 잇다가 十年 後에ᄂᆞᆫ, ᄂᆡ가 네게, 의지ᄒᆞ깃스니 工夫ᄂᆞ 잘 ᄒᆞ여라

(玉) 어머니가, 참, 시집 아니가고, 집에 잇셔셔, 날 工夫시겨 쥬시깃소

(婦人) 오냐, 념녀 마러라, 어린 아ᄒᆡ더러, 거진말 ᄒᆞ깃ᄂᆞ냐

玉년이가, 그 말를 듯고, 깃분 마음을, 이기지, 못ᄒᆞ야, 부인의 무릅 우에, 안져셔, ᄲᅡᆷ을 ᄃᆡ이고 어리광을 ᄒᆞ더라

그 후로부터 玉蓮이가, 부인의게 ᄯᅡ루ᄂᆞᆫ, 마음이, 더옥 간절ᄒᆞ야 學校에 가면, 집에 도라오고, 시푼 마음만 잇다가 下學時間이 되면 다름박질ᄒᆞ야, 집에 와셔, 부인의게, 안겨셔, 어리광만 ᄒᆞᆫ다

그 어리광이, 몃칠 못되야, 눈치구러기가 된다

부인이, 쳐음에ᄂᆞᆫ 玉연의, 어리광을, 잘 밧더니, 무슨 ᄶᅡᄯᅡᆨ인지 옥년이가, 어리광을 피면, 핀잔만 쥬고, 찬기운이 돈다

날이 갈수록, 옥년이가, 고ᄉᆡᆼ길로 들고, 근심 중으로 지닌다

本來 부인이, 시집가려 할 ᄯᅢ에 玉蓮의 事情이 불상ᄒᆞ야 中止ᄒᆞ얏스ᄂᆞ, 절문 부인이 空房에셔 孤寂ᄒᆞᆫ 마음이, 잇슬 ᄯᆡ마다, 옥연이를 미운 마음이 ᄉᆡᆼ긴다

어ᄃᆡ셔 어더온, ᄌᆞ식 말고, 제 쇽으로, ᄂᆞ흔 ᄌᆞ식일지라도, 귀치 아니ᄒᆞᆫ ᄉᆡᆼ각이, 날로 더ᄒᆞᄂᆞᆫ 모양이라

1906년 9월 1일 (二十七)

玉(옥)년이가 婦人(부인)의게, 귀염 바들 ᄯᅢ에는 門(문) 밧게, 나가기를, 시려ᄒᆞ더니 婦人(부인)의게, ᄆᆞ음 밧기, 시작ᄒᆞ더니 門(문) 밧게 ᄂᆞ가면, 드러오기를, 시려ᄒᆞ더라

婦人(부인)이, 옥연이를, 귀ᄋᆡ할 ᄯᅢ에는, 옥연이가, 어ᄃᆡ 가셔, 늣게 오면 門(문)에, 의지ᄒᆞ야, 기다리더니, 옥연이를, 미워ᄒᆞᄂᆞᆫ 마음이 싱기더니, 옥연이가, 오ᄂᆞᆫ 것을 보면, 에구, 조, 원슈의 것이, 무슨 연분이 잇셔셔, ᄂᆡ 집에 왓ᄂᆞ ᄒᆞ면셔, 눈쌀를, 아드득, 찌푸리더라

옥련이가, 안저도, 그 눈쌀밋

셔도, 그 눈쌀밋

밥을 먹어도, 그 눈쌀밋

잠을 자도, 그 눈쌀밋

눈쌀밋헤셔, 자라ᄂᆞᄂᆞᆫ 玉蓮(옥련)이가 눈치만 늘고, 눈물만, 흔ᄒᆞ더라 하로가 三秋(삼추)갓튼 그 歲月(셰월)이, 슴 년이 도얏ᄂᆞᆫᄃᆡ 玉蓮(옥련)이는 尋常(심상) 小學校(소학교) 入學(입학)ᄒᆞᆫ지 四年(ᄉᆞ년)이라 玉蓮(옥련)의 卒業式(졸업식)을 當(당)ᄒᆞ야 學校(학교)에셔 옥련이가 優等生(우등싱)이 된 故(고)로, 사람마다, 층찬ᄒᆞᄂᆞᆫ 소리가, 옥년의, 귀에는, 조금도, 깃버 들리지, 아니ᄒᆞᆫ다

깃버, 들리지 아니할 ᄲᅮᆫ 아니라, 귀가 압푸고, 듯기 실터라

듯기 실린 중에, 더구ᄂᆞ, 듯기 실린, 소리가 잇스니, 무슨 소릴런가

저 아희는 井上軍醫(졍상군의)의 養女(양녀)라지 軍醫(군의)는 遼東半島(료동반도) 陷落(함락)될 ᄯᅢ에, 죽엇다지

그 婦人(부인)은 그 養女(양녀) 玉蓮(옥련)이를, 불상이 여겨셔, 시집도 아니가고 잇다지

에구, 갸륵ᄒᆞᆫ, 부인일새

저, 쳘 업ᄂᆞᆫ, 옥연이가, 그 恩惠(은혜)를 다, 알런지

알기ᄂᆞᆫ, 무엇슬 알아, 남의 자식이라ᄂᆞᆫ 것은, 쓸 ᄯᅦ 업ᄂᆞ니

참 가록ᄒᆞᆫ, 일일세 井上婦人(경상부인)이 남의, ᄌᆞ식을 길러 工夫(공부)를 시키려고, 절문 터에, 시집을 아 니가고, 잇스니, 드문 일이지

卒業式(졸업식)에, 모인 사람들이 玉蓮(옥련)의 ᄌᆡ죠 잇ᄂᆞᆫ 것을, 추다가 옥연의 義母(의모) 되ᄂᆞᆫ 婦人(부인)의 稱讚(층찬)을 시작ᄒᆞ더니 밧고 차기로, 말이 ᄭᅳᆫ어지지 아니ᄒᆞ니, 옥연이ᄂᆞᆫ, 그 쇼리를, 드를 적마다, 남 모르ᄂᆞᆫ, 서름이 ᄉᆡᆼ긴다

1906년 9월 2일 (二十八)

玉蓮(옥련)이가, 집에 도라와셔, 문을 열고, 드러셔면셔

어머니, ᄂᆞᄂᆞᆫ 卒業狀(졸업장) 맛탓소

(부인) 이제ᄂᆞᆫ 工夫(공부)다, ᄒᆞ얏스니, 어미를, 먹여 살려라

工夫(공부)를 네가 ᄒᆞᆫ 듯ᄒᆞ냐, ᄂᆡ가 시키지 아니 ᄒᆞ얏스면, 工夫(공부)가, 다, 무엇이냐

네가 조선셔, 자랏스면 工夫(공부)ᄒᆞᄂᆞᆫ 구경도, 못 ᄒᆞ얏슬 것이다

네 運數(운수) 조흐려고 日淸戰爭(일쳥젼징)이 ᄂᆞᆫ 것이다

네 운수ᄂᆞᆫ, 조앗스ᄂᆞ, ᄂᆡ 운슈만 글럿다

너 ᄒᆞᄂᆞ 工夫(공부) 시키려고 許久(허구)ᄒᆞᆫ 歲月(셰월)에, 이 고ᄉᆡᆼ을 ᄒᆞ고 잇다

부인이 德色(덕ᄉᆡᆨ)의 말이, 퍼부어, ᄂᆞ오니, 옥년이가, 고ᄀᆡ를, 숙이고, 가만이, ᄉᆡᆼ각ᄒᆞᆫ 즉, 겨우, 小學校(소학교) 卒業(졸업)ᄒᆞᆫ, 계집 아희가, 제 심으로ᄂᆞᆫ, 井上(경상)부인을 供養(공양)ᄒᆞᆯ 슈도 업고, 井上(경상)부인 심을, ᄯᅩ 입으면셔 工夫(공부)ᄒᆞ기도 실코, ᄒᆞᆫ 가지, ᄉᆡᆼ각만 ᄂᆞᆫ다

이 셰상을, 얼는 버려 井上(경상)부인의 눈에, 보이지 말고, ᄒᆞ로밧비 黃泉(황천)에 가셔 亂離中(란리즁)에 죽은 父母(부모)를, 맛ᄂᆞ 보리라 決心(결심)ᄒᆞ고 天然(쳔연)ᄒᆞᆫ 모냥으로,

부인의게, 조흔 말로, ᄃᆡ답ᄒᆞ고, 그날 밤에, 물에 빠저 죽을 次(ᄎᆞ)로 大坂(ᄃᆡ판)港口(황구)에로, ᄂᆞ가다가 港口(항구)에 사ᄅᆞᆷ이 만흔 故(고)로 사ᄅᆞᆷ 업ᄂᆞᆫ 곳을 ᄎᆞ저 간다 어스름 달밤은, 각갑게 잇ᄂᆞᆫ, 사ᄅᆞᆷ 아라 불[볼] 만 ᄒᆞᆫᄃᆡ, 이리 가도, 사ᄅᆞᆷ이 잇고, 저리 가도, 사ᄅᆞᆷ이라 옥련이가 東(동)으로, 가다가, 돌쳐 셔셔 西(서)으로 向(향)ᄒᆞ다가, 도로 돌처 셔셔, 머뭇머뭇ᄒᆞᄂᆞᆫ 모냥이, ᄃᆡ단이, 슈상ᄒᆞᆫ지라 등 뒤에셔, 왼 사ᄅᆞᆷ이, 이애, 이애, 부르ᄂᆞᆫᄃᆡ, 도라다 본 즉 巡檢(순검)이라, 옥년이가, 소슈쳐 놀라, 얼는 ᄃᆡ답을 못ᄒᆞ니 巡檢(순검)이, 더옥 의심이 나셔, 압헤 와, 서서 말을 문ᄂᆞᆫ다

옥연이가, ᄃᆡ답할 말이, 업셔셔 억지로, 꿈여 ᄃᆡ답ᄒᆞ되 勸工場(권공장)에 무엇을, 사러 ᄂᆞ왓다가, 집을 일코, 차저 단인다 ᄒᆞ니 巡檢(순금)이, 다시 의심 업시, 옥연의 집 番地(통수)를 뭇더니, 옥연이를, 다리고, 옥연의 집에 와셔 井上(정상)분인의게, 옥련이가, 집 이럿던, 사긔를, 말ᄒᆞ니, 부인이 巡檢(순금)의게, ᄉᆞ례ᄒᆞ야 작별ᄒᆞ고, 옥년이를 방에로, 불러 안치고, 말를 문ᄂᆞᆫ다

(부인) 이ᄋᆡ, 네가 무슨 일이 잇셔셔, 이 밤중에 港口(항구)에 ᄂᆞ갓더냐

밋친 사ᄅᆞᆷ이 아니어던 東(동)으로 가다 西(셔)으로 가다 南(남)으로 北(북)으로, 왼 大坂(ᄃᆡ판)를, 헤ᄆᆡ드라 ᄒᆞ니, 무엇 ᄒᆞ러 ᄂᆞ갓더냐

너 갓튼, 딸 두엇다가, 망신ᄒᆞ기 쉽깃다 新聞(신문)거리만, 되깃다

이러ᄒᆞᆫ, ᄭᅮ지ᄅᆞᆷ을, 눈이 빠지도록 듯고 잇ᄉᆞᄂᆞ, 옥연이ᄂᆞᆫ, ᄒᆞᆫ 번 졍ᄒᆞᆫ 마음이 잇ᄂᆞᆫ 故(고)로, 셔름이 더ᄒᆞᆯ 것도 업고, ᄂᆡ일 밤 되기만, 기다린다

1906년 9월 4일 (二十九)

그날 밤에, 부인은 寡婦(과부) 셔름으로 잠이, 들지 못ᄒᆞ야, 누엇다가, 이러ᄂᆞ

셔, 썻든 불를, 다시 켜고 小說(소셜) ᄒᆞᆫ 권을, 보다가 그 ᄎᆡᆨ을, 놋코, 우둑커니 안저셔, 무슨 ᄉᆡᆼ각을 ᄒᆞᄂᆞᆫ 모냥이라

운묵에셔, 상직 잠ᄌᆞ던 老婆(로파)가, 벌떡 이러ᄂᆞ더니 ᄒᆞᄂᆞᆫ 말이

앗씨, 웨, 쥬무시다가, 이러ᄂᆞ셧슴니가

(부인) 팔ᄌᆞ 사납고, 근심 만ᄒᆞᆫ 사ᄅᆞᆷ이, 잠이 잘 오ᄂᆞ

(노파) 앗씨게셔, 팔ᄌᆞ ᄒᆞᆫ탄 ᄒᆞ실 것이, 무엇 잇슴잇가, 지금도 조흔 도리를 ᄒᆞ시면, 조아질 것이올시다, 잇ᄯᅢᄭᅡ지, 혼ᄌᆞ 고ᄉᆡᆼᄒᆞ신 것도, 자근 앗씨 ᄒᆞᄂᆞ를, 위ᄒᆞ야, 그리 ᄒᆞ신 것이, 아니오닛가

(부인) 글셰 말일셰, 남의 ᄌᆞ식을, 위ᄒᆞ야, 이 고ᄉᆡᆼ을 하고 잇ᄂᆞᆫ 것이, ᄂᆡ가 병신이지

(노) 그러하거던, ᄌᆞ근 앗씨가 앗씨를, 고마운 쥴이ᄂᆞ 알면, 조치마ᄂᆞᆫ, 고마워 하기ᄂᆞᆫ, 고사 하고, 앗씨를 보면, 견눈질만 살살 하고, 앗씨를 진저리를, ᄂᆡᄂᆞᆫ 모냥이올시다,

(부) 글셰 말일셰, ᄂᆡ가, 저 하ᄂᆞ를 위하야, 가려 하던, 시집도 아니 가고 三年(삼년) 四年(사년)을, 이 고ᄉᆡᆼ을 하고 잇스니, 아무리, 어린 것일지라도, 날를 고마운 쥴 알 터인ᄃᆡ, 고것, 그리 발측하게, 구네 그려, 오날 밤 일로 말 하더ᄅᆡ도, 이상ᄒᆞᆫ 일이, 아닌가

어린 것이, 이 밤 중에, 무엇 하러 港口(항구)에를, ᄂᆞᄀᆞᆺ단 말인가

물에ᄂᆞ, 빠저 쥭으려고 ᄀᆞᆺ던지 모르깃지마ᄂᆞᆫ, ᄂᆡ가, 제게 무엇을, 그리 몹시 구러셔, 제가 서른 마음이 잇셔, 쥭으려 ᄒᆞ얏단 말인가

아무리 ᄉᆡᆼ각하야도 모를 일일셰, 만일 쥭고 보면, 셰상 사ᄅᆞᆷ들은, ᄂᆡ가 구박이ᄂᆞ 한 쥴로 알깃지, 고런 못된 것이 잇ᄂᆞ

(노) 쥭기ᄂᆞᆫ, 무엇을 쥭이요

쥭을 터이면, 남 못 보ᄂᆞᆫ 곳에

가셔 쥭지, 이리 가다가, 저리 가다가 大坂(ᄃᆡ판)ᄇᆞ닥을, 다, 단이다가

巡檢(순검)의 눈에, ᄯᅴ깃슴닛가 앗씨의, 몹쓸 이름만, 드러ᄂᆡᆯ 마음으로, 그리 ᄒᆞᆫ 것이올시다 앗씨게셔ᄂᆞᆫ, 고ᄉᆡᆼ만 ᄒᆞ시고, ᄃᆡᆨ에 게셔도, 쓸ᄃᆡ 업슴니다

앗씨게셔, 가시려면, 진작 가셔야지, ᄒᆞᆫ 나이라도, 절무셧슬 ᄯᅢ에, 가셔야 ᄒᆞᆷ니다

할미ᄂᆞᆫ, ᄂᆞ히 오십이 되고, 머리가, 희ᄯᅳᆨ희ᄯᅳᆨᄒᆞ야, ᄉᆡᆼ각ᄒᆞ면, 어ᄂᆞ 틈에, ᄂᆞ흘 이럿케 먹엇 던지 歲月(셰월)갓치 無情(무정)ᄒᆞ고, 덧업ᄂᆞᆫ 것은, 업슴니다

(부) 남도 저럿케, 늘것스니, 넌들 아니 늘고, 평ᄉᆡᆼ에, 이 모냥으로만 잇깃ᄂᆞ 어ᄃᆡ던지, ᄂᆡ 몸 하ᄂᆞ 가서, 고ᄉᆡᆼ 아니 할, 곳이 잇스면, ᄂᆡ일이라도 가고, 모레라도, 가깃다

1906년 9월 7일 (三十)

부인과 老婆(로파)ᄂᆞᆫ, 옥년이가, 잠이 든 쥴 알고, 하ᄂᆞᆫ 말인지, 잠은 드럿던지, 아니 드럿던지, 말을 듯던지, 마던지, 겨관 업시, ᄒᆞᄂᆞᆫ 말인지, 부인이, 옥년이를, 버리고, 시집가기로, 결심ᄒᆞ고, ᄒᆞᄂᆞᆫ 말이라

옥년이ᄂᆞᆫ, 그날 밤에, 물에 ᄲᅡ저 죽으러, ᄂᆞ갓다가, 죽지도 못ᄒᆞ고, 슌검의게, 붓들려, 드러와셔 井上婦人(경상부인), 압헤셔, 잠을 ᄌᆞᄂᆞᆫᄃᆡ 소리를, 삼키고, 눈물을 흘이다가, 정신이, 혼혼ᄒᆞ야, 잠이 잠간 드럿ᄂᆞᆫᄃᆡ, 一夢(일몽)을 어덧더라

옥년이가, 죽으려고, 平壤(평양) 大同江(ᄃᆡ동강)으로, ᄎᆞ저 ᄂᆞ가난ᄃᆡ, 거름이 걸리지, 아니ᄒᆞ야, 大同江(ᄃᆡ동강)이 보이면셔, 갈 슈가, 업셔셔, ᄋᆡ를 무슈히 쓰ᄂᆞᆫᄃᆡ, 훌연이, 등 뒤에셔, 옥연아, 옥연아, 부르ᄂᆞᆫ, 소리가 들리거ᄂᆞᆯ, 도라다

보니, 옥연의, 어머니라, 별로 반가온 쥴도 모르고, ᄒᆞᄂᆞᆫ 말이, 어머니ᄂᆞᆫ 어ᄃᆡ로, 가시오, ᄂᆞᄂᆞᆫ, 오ᄂᆞᆯ 물에, 빠저 쥭으려 ᄂᆞ왓소 ᄒᆞ니 옥연의, 모친이 ᄒᆞᄂᆞᆫ 말이, 이ᄋᆡ 쥭지 마러라, 너의, 아버지게셔, 너 보고, 십다 ᄒᆞᄂᆞᆫ, 편지ᄅᆞᆯ ᄒᆞ셧드라

ᄒᆞᄂᆞᆫ 말ᄭᅳᆺ을 맛치지, 못ᄒᆞ야 井上婦人(경상부인)의 압헤서 老婆(로파)가 자다가, 이러ᄂᆞ면셔, 앗씨, 웨, 주무시다가, 이러ᄂᆞ셧습니가, ᄒᆞᄂᆞᆫ 쇼리에, 옥연이가, 잠이 갯엿ᄂᆞᆫᄃᆡ, 그 잠이 다시 드러셔, 그 ᄭᅮᆷ을, 이어 ᄭᅮ엇스면, 죠캐다 ᄒᆞᄂᆞᆫ, ᄉᆡᆼ각을 ᄒᆞᄂᆞ 井上婦人(경상부인)과 老婆(로파)가 밧고 차기로, 옥연의, 말만 ᄒᆞ니, 졍신이, 번젹 ᄂᆞ고, 잠이, 다, 다라ᄂᆞ니, 그 ᄭᅮᆷ을, 이여보지, 못ᄒᆞᆯ지라

불빗을, 등지고, 드러누엇ᄂᆞᆫᄃᆡ 귀에, 들리ᄂᆞ니, 가슴, 압푼 소리라 老婆(로파)ᄂᆞᆫ, 부인의 마음이, 좃토록만 ᄒᆞ니, 부인은, ᄒᆞ로, 밤 ᄂᆡ에 老婆(로파)와, 엇지 그리 정이, 드럿던지 老婆(로파)더러, ᄒᆞᄂᆞᆫ 말이, 여보게, ᄂᆡ가, 어ᄃᆡ로 가던지, ᄌᆞ네ᄂᆞᆫ, 다리고, 갈 터이니, 그리 알고, 잇스라 ᄒᆞ니 老婆(로파)의 ᄃᆡ답이, 앗씨게셔, 가실 것은, 무엇 잇습니가, 셔방님이, 이 ᄃᆡᆨ에로, 오시지오, 앗씨ᄂᆞᆫ, 시ᄃᆡᆨ 간다 하시지 말고, 셔방님이, 장가 오신다 ᄒᆞᆸ시다 앗씨ᄭᅦ셔, ᄌᆡ물도 잇고, 이러ᄒᆞᆫ 조흔 집도, 잇스니, 셔방님, 되시ᄂᆞᆫ 이가, ᄌᆡ물은, 잇던지, 업던지 마음만, 착ᄒᆞ시면, 조킷습니다 ᄌᆞ근 앗씨만, 어ᄃᆡ로, 쏘ᄎᆞ 보ᄂᆡ시면, 그만, 이올시다

할미ᄂᆞᆫ, 쥭기 전에, 앗씨만 뫼시고, 잇깃스니, 구박만, 맙시오

1906년 9월 8일 (三十一)

부인이 ᄒᆞᆯ미더러, 포도쥬 ᄒᆞᆫ 병을 가저오라 ᄒᆞ면셔, ᄒᆞᄂᆞᆫ 말이, ᄌᆞ네 말를 드르니, ᄂᆡ 속이 시연ᄒᆞ고 ᄂᆡ 근심이, 다, 어ᄃᆡ로 가ᄂᆞᆫ지, 모르깃네,

ᄂᆡ가 아무리, 무졍ᄒᆞᆫ들 ᄌᆞ네를, 구박이야 ᄒᆞ깃ᄂᆞ

슐이ᄂᆞ 먹고, 잠이ᄂᆞ ᄌᆞ셰, ᄒᆞ더니, 포도쥬 한 병을 둘이, 다 ᄯᅡ라 먹거, 드러눕더니, 부인과 노파가, 잠이 깁피, 드ᄂᆞᆫ 모냥이러라

자명종은, ᄉᆡ로 셰시를, ᄯᅡᆼᄯᅡᆼ 치ᄂᆞᆫᄃᆡ, 노파의 코고ᄂᆞᆫ, 소리ᄂᆞᆫ, 반ᄌᆞ를, 울린다

옥연이가, 이러ᄂᆞ셔, ᄒᆞᆫ참을 감안이 안저셔 老婆(로파)의 드러누ᄒᆞᆫ 것을 흘겨 보면, ᄒᆞ는 말이, 이 몹슬, 늘근 여우야, ᄉᆞᄅᆞᆷ을 몃치ᄂᆞ, 잡아 먹고, 잇ᄯᅢ까지, 사랏ᄂᆞ냐

ᄂᆞ는 너 보기 시려, 진작 쥭깃다

너ᄂᆞᆫ 저 모냥으로, ᄇᆡᆨ년만, 더 살어라 ᄒᆞ더니, 다시 머리 돌녀 井上婦人(경상부인)을 보면, ᄒᆞ는 말이

ᄂᆡ 몸을, 나흔 ᄉᆞᄅᆞᆷ은 平壤(평양) 아버지 平壤(평양) 어머니오

ᄂᆡ 몸을 살려셔, 기른 사람은 井上(경상) 아버지와 大坂(ᄃᆡ판)어머니라

ᄂᆡ 팔ᄌᆞ, 긔박ᄒᆞ야 亂離(란리) 즁에, 부모 일코

ᄂᆡ 운슈, 불길ᄒᆞ야 戰爭(젼징) 즁에 井上(경상) 아버지가, 도라가니

어리고, 약ᄒᆞᆫ, 이ᄂᆡ 몸이 萬里他國(만리타국)에셔 大坂(ᄃᆡ판) 어머니만, 밋고 살앗소

ᄂᆡ 몸이, 어머니의, 그러ᄒᆞᆫ 은혜를, 입엇ᄂᆞᆫᄃᆡ, ᄂᆡ 몸을 인연ᄒᆞ야 어머니, 근심 되고, 어머니, 고ᄉᆡᆼ 되면, 그것은 옥연의, 죄올시다

옥년이가, 사라셔ᄂᆞᆫ, 어머니, 은혜를, 갑흘 슈가 업소

하로 밧비, ᄒᆞᆫ시 밧비, 밧비, 밧비, 쥭엇스면, 어머니의게, 걱졍 되지 아니ᄒᆞ고, ᄂᆡ 근심도, 이저 모르깃소

어머니, ᄂᆞᄂᆞᆫ 가오, 부ᄃᆡ 근심 말고, 지ᄂᆡ시오

ᄒᆞ면셔 눈물이, 비오듯 ᄒᆞ다가, ᄒᆞᆫ참 진졍ᄒᆞ야, 이러ᄂᆞ더니, 문을 열고 ᄂᆞ가니, 가려ᄂᆞᆫ 길은 黃泉(황천)이라

港口(항구)에, 다다르니, 널고 깁흔, 바다 물은, ᄒᆞᄂᆞᆯ에 단 듯ᄒᆞᆫᄃᆡ, 옥연의, 가

ᄂᆞᆫ 곳은, 저 길이라

옥연이가, 그 물을 바라보고, ᄒᆞᄂᆞᆫ 말이, 오냐, 반갑다, 오던 길로, 도로 가ᄂᆞᆫ구ᄂᆞ 日淸戰爭(일쳥젼징) 이러낫슬 ᄯᆡ에, 그 戰爭(젼징)은, 우리 집에셔, 혼ᄌᆞ 당ᄒᆞᆫ 듯이, ᄂᆡ 부모ᄂᆞᆫ 죽은 곳도, 모르고, ᄂᆡ 몸에ᄂᆞᆫ, 총을 마저, 죽게 된 것을 井上軍醫(졍상군의)의 손에, 목숨을 도로 사라나셔 御用船(어용션)을 타고, 저 바다로 건너왓고나 오기ᄂᆞᆫ, 물 우에 길로, 왓거니와 가기ᄂᆞᆫ, 물 속 길로, 가리로다

1906년 9월 9일 (三十二)

ᄂᆡ 몸이 저 물에 ᄲᅡ지거든, 이 물에셔 썩지 말고, 물결, ᄇᆞ람결, 이 몸이 둥둥 ᄯᅥ셔 神戶馬關(신호마관) 지ᄂᆞ가셔 對馬島(ᄃᆡ마도) 압흐로 朝鮮海峽(조션히협) 바라보며 살ᄀᆞᆺ치 ᄲᆞᆯ리 가셔 鎭南浦(진남포)로 드러가셔 大同江(ᄃᆡ동강) 下流(하류)에셔 逆流(역류)ᄒᆞ야 올라가면 平壤(평양) 北門(북문) 볼 것이니, 이 몸이 썩드ᄅᆡ도 大同江(ᄃᆡ동강)에셔, 썩고 지고 물아 부탁ᄒᆞᄌᆞ, ᄂᆞᄂᆞᆫ 너 좃차 간다 ᄒᆞᄂᆞᆫ 쇼리에, 바다 물은 ᄃᆡ답ᄒᆞᄂᆞᆫ 듯이, 물소리가, 소슈처셔, 쳔ᄒᆞ가, 다, 물소리 속에 잇ᄂᆞᆫ 것 갓튼지라, 옥년이가, 졍신이 앗득ᄒᆞ여, 푹 곡구러젓다

셜고 원통한, ᄆᆡ친 마음에, ᄀᆡ식을 ᄒᆞ얏던지, 그 ᄀᆡ운이, 조곰 돌면셔, 그ᄃᆡ로 잠이 드러, ᄯᅩ, ᄭᅮᆷ을 ᄭᅮ엇더라

뒤에셔, 옥년아 옥년아 부르ᄂᆞᆫ 소리만, 들니고, ᄉᆞᄅᆞᆷ은 보이지 아니ᄒᆞᄂᆞᆫᄃᆡ, 옥년의 마음에ᄂᆞᆫ, 옥연의 어머니라, 이ᄋᆡ 죽지 말고, 다시 한번, 만ᄂᆞ보자 ᄒᆞᄂᆞᆫ 소리에 옥연이가 ᄃᆡ답ᄒᆞ려고, 말을 넙드려 한 즉, 소리가, ᄂᆞ오지 아니ᄒᆞ야, ᄋᆡ를 쓰다가, 소리를 버럭 지르면셔, 옥연이가 졍신이 ᄂᆞ셔, 눈을 ᄯᅥ 보니, ᄒᆞᄂᆞᆯ의 별만 총총ᄒᆞ고, 물소리ᄂᆞᆫ 依舊(의구)이 ᄂᆞᄂᆞᆫ지라, ᄀᆡ식을 ᄒᆞ얏던지, 잠이 드럿던지 졍신이 황홀ᄒᆞ다

옥연이가, 다시 ᄉᆡᆼ각ᄒᆞ되, ᄂᆡ가 오ᄂᆞᆯ 밤에, ᄭᅮᆷ을 두 번이ᄂᆞ, ᄭᅮ엿ᄂᆞᆫᄃᆡ 우리 어머니가, ᄂᆞᆯ더러 죽지 말나 ᄒᆞ얏스니, 우리 어머니가, 살아 잇ᄂᆞᆫ가 의심ᄒᆞ야, 마음을 곳쳐 ᄉᆡᆼ각ᄒᆞᆫ다

어머니가, 이 셰상에, 살아 잇셔서 평ᄉᆡᆼ에 ᄂᆡ 얼골, ᄒᆞᆫ 번 보고자 ᄒᆞᄂᆞᆫ 마음으로, ᄒᆞᄂᆞᆯ이, 감동되고 귀신이, 도라보아, ᄂᆡ ᄭᅮᆷ에 현몽ᄒᆞ니, ᄂᆡ가 죽으면, 부모의게, 불효이라

고ᄉᆡᆼ이, 되더ᄅᆡ도, 참ᄂᆞᆫ 것이, 오른 일이오, 근심이, 잇드ᄅᆡ도 이저버리ᄂᆞᆫ 것이, 오른 일이라

오냐, 일곱 살붓터, 지금ᄭᅡ지도 고ᄉᆡᆼ으로, 사랏스니, 죽지 말고 사랏다

大坂市(ᄃᆡ판시)로, 다시 드러가니

1906년 9월 12일 (三十二 / 33회)[52]

그 ᄯᅢᄂᆞᆫ, 날이 새려 ᄒᆞᄂᆞᆫ ᄯᅢ라, 거름을, 밧비 거러, 井上軍醫(경상군의)의, 집 압헤 가셔, 드러가지 아니ᄒᆞ고, 감아니, 드른 즉, 老婆(로파)의, 목소ᄅᆡ가, 들니ᄂᆞᆫ지라

(老婆(로파)) 앗씨, 앗씨, ᄌᆞ근 앗씨가 어ᄃᆡ 갓슴니가

(부인) 응, 무어시야, ᄂᆞᄂᆞᆫ ᄒᆞᆫ 잠에, ᄂᆡ켜 ᄌᆞ고, 이제야, ᄭᆡ엿네 옥년이가, 어ᄃᆡ로 가

뒤간에, 간ᄂᆞᆫ지, 불너 보게

(노) ᄂᆡ가 지금, 뒤간에, 단녀 오ᄂᆞᆫ, 길이올시다

안으로 거럿든 玄關(ᄃᆡ문)이 열녀스니 밧그로, ᄂᆞᄀᆞᆫ 거시올시다

ᄒᆞᄂᆞᆫ 소ᄅᆡ에, 옥년이가, 드러갈 슈 업셔셔, 도로, 돌쳐 셔니, 갈 곳

52 1906년 9월 9일과 9월 12일 분이 모두 '三十二'회로 표기되어 있다. 원문 표기는 그대로 적되, 실제 연재된 회수를 함께 밝혔다. 이하 회수가 중복될 경우 모두 같은 방식으로 적는다.

이, 업ᄂᆞᆫ지라

뎡ᄒᆞᆫ 마음 업시, 停車場(경거장)으로, 나가니, 그 ᄯᅢ 一番(일번) 汽車(긔차)에, ᄯᅥ나려 ᄒᆞᄂᆞᆫ 行人(힝인)들이, 停車場(경거장)으로, 모혀드ᄂᆞᆫ지라, 옥년의, 마암에, 東京(동경)이나 가고 시푸나, 東京(동경)ᄭᅡ지 갈, 汽車票(긔차표) 살 돈은 업고, 다만, 二十錢(이십젼)이 잇ᄂᆞᆫ지라, 옥연이가, 大坂(ᄃᆡ판)만 ᄯᅥ나셔 어ᄃᆡ던지 가면, 남의 집애, 奉公(봉공)ᄒᆞ고 잇슬이라, 決心(결심)ᄒᆞ고, 茨木(차목) 停車場(경거장)ᄭᅡ지 가ᄂᆞᆫ, 汽車票(긔차표)룰 사셔, 一番(일번) 汽車(긔차)를 타니, 三等車(삼등차)에 사ᄅᆞᆷ이, 너무 마니 드러셔, 옥연이가, 안질 곳을 엇지 못ᄒᆞ야 섯ᄂᆞᆫᄃᆡ, 등 뒤에셔, 왼 書生(셔싱)이, 조션말로, 혼ᄌᆞ 중얼중얼 ᄒᆞᄂᆞᆫ 말이, 웬, 계집 아ᄒᆡ가, 남의 압헤, 와 섯다 ᄒᆞᄂᆞᆫ 소ᄅᆡ에, 옥년이가 도라다 보니, ᄂᆞ히, 열 칠팔 셰 되고, 얼골은, 볏헤 걸어셔, 익은, 복숑아 ᄀᆞᆺ고, 코ᄂᆞᆫ 욱둑 서고, 눈은 만판, 졍신긔 잇ᄂᆞᆫᄃᆡ, 입기ᄂᆞᆫ 洋服(양복)을 입엇스ᄂᆞ, 洋服(양복)은, 처음 입은 사ᄅᆞᆷᄀᆞᆺ치, 섯틀네 보이ᄂᆞᆫ지라, 옥연이가, 도라다 보ᄂᆞᆫ 거슬, 보더니, ᄯᅩ 조션말로, 혼ᄌᆞ ᄒᆞᄂᆞᆫ 말이, 고 겨집 아ᄒᆡ, 똑똑ᄒᆞ다, 지죠 잇깃다, 우리나라, 계집 아ᄒᆡ ᄀᆞᆺᄒᆞ면, 죠러ᄒᆞᆫ 것들이, 판판히 놀깃지, 여긔셔ᄂᆞᆫ 죠런 것들도, 모다, 공부를 ᄒᆞᆫ다 ᄒᆞ니, 조거슨, 무엇 ᄒᆞᄂᆞᆫ 게집아ᄒᆡ인지

1906년 9월 13일(三十三 / 34회)

그러ᄒᆞᆫ 소ᄅᆡ를, 겻ᄒᆡ 사ᄅᆞᆷ이, 아무도 못 아라드르ᄂᆞ, 옥년의 귀에ᄂᆞᆫ, 알아드를 ᄲᅮᆫ이, 아니라 大坂(ᄃᆡ판) 온 지, 몃 ᄒᆡ만에 故國(고국) 말소ᄅᆡ를, 쳐음 듯ᄂᆞᆫ지라 반갑기가, 측냥 업스ᄂᆞ, 게집 아ᄒᆡ 마음이라, 먼저 말 ᄒᆞ기도, 붓그러운 ᄉᆡᆼ각이, 잇셔셔, 말을 못ᄒᆞ고, 옥년이도, 혼ᄌᆞ말로 書生(셔싱)의 귀에, 들리도록 ᄒᆞᄂᆞᆫ 말이, 어ᄃᆡ가, 좀, 안질 곳이 잇셔야지, 셔셔 갈 슈가, 잇ᄂᆞ

ᄒᆞᄂᆞᆫ 소릐에, 뒤에 잇던 書生(셔싱)이, 이상히 녀겨셔 ᄒᆞᄂᆞᆫ 말이, 그 아희가 죠선 사ᄅᆞᆷ인가 ᄂᆞᄂᆞᆫ 日本(일본) 계집아희로 보앗더니 죠션말을 ᄒᆞ네, ᄒᆞ더니 서슴지 아니ᄒᆞ고, 말을 묻ᄂᆞᆫ다

이ᄋᆡ, 네가, 죠션 사ᄅᆞᆷ이 아니냐

(옥) 예, 죠선 사ᄅᆞᆷ이오

(서) 그러면, 몃 살에 와셔, 몃 히가 되얏ᄂᆞ냐

(옥) 일곱 살에 와셔, 지금 열 ᄒᆞᆫ 살 되얏소

(셔) 와셔, 무엇 ᄒᆞ얏ᄂᆞᆫ냐

(옥) 尋常(심상) 小學校(소학교)에셔, 工夫(공부)ᄒᆞ고 어제가 卒業式(졸업식) ᄒᆞ던 날이오

(셔) 너ᄂᆞᆫ 날보다 낫고나, ᄂᆞᄂᆞᆫ 이제 工夫(공부)ᄒᆞ러 米國(미국)으로, 가려 ᄒᆞᄂᆞᆫᄃᆡ, 말도 다르고, 글도 다른 米國(미국)을 가면, 글ᄶᆞ ᄒᆞᆫ ᄌᆞ, 모르고, 말 ᄒᆞᆫ 마듸 모르ᄂᆞᆫ 사ᄅᆞᆷ이 엇지 고싱을 할런지, 너ᄂᆞᆫ 日本(일본)에 온 지가 四年(ᄉᆞ년)이 되얏다 ᄒᆞ니, 이제ᄂᆞᆫ, 그 고싱을, 다, 면ᄒᆞ얏깃고ᄂᆞ, 어린 아희가 工夫(공부)ᄒᆞ러, 여긔ᄭᆞ지 왓스니, 참 갸륵ᄒᆞᆫ 노릇이다

(욱연)[옥] 當初(당초)에, 여긔 올 ᄯᅢ에 工夫(공부)ᄒᆞᆯ 마음으로 왓스면, 층찬을 드러도, 붓그럽지, 아니ᄒᆞ깃스나 運數(운수) 不(불)幸ᄒᆞ야 고싱길로 여긔ᄭᆞ지 왓스니, 층찬을 드러도……

하면셔 목이, 머이ᄂᆞᆫ 쇼릐로, 눈에 눈물이 가랑가랑ᄒᆞ야, 고기를 살ᄶᅡᆨ 수구린다

셔싱이 물그름이 보고, 셔로 아모 말이 업ᄂᆞᆫᄃᆡ 停車場(경거장) 呼子(호각) 한 소릐에 汽車(긔ᄎᆞ) 火筒(화통)에셔 黑雲(흑운) 갓ᄒᆞᆫ 연긔를 훅훅 ᄂᆡ뿜으면셔 汽車(긔ᄎᆞ)가 다라ᄂᆞᆫ다

옥련의 마음에 茨木(자목) 停車場(뎡거장)에 가면 ᄂᆡ려야 ᄒᆞᆯ 터인ᄃᆡ, 엇더한 집에 가셔, 엇더ᄒᆞᆫ 고싱을 ᄒᆞᆯ지, 압헤 닐이 망연ᄒᆞᆫ지라

옥련이가, 가고ᄌᆞ ᄒᆞᄂᆞᆫ 길를, 갈 지경이면 茨木(자목) 가ᄂᆞᆫ 동안이, ᄃᆡ단이, 더딘 듯, ᄒᆞ련마ᄂᆞᆫ 汽車票(긔차표) ᄃᆡ로 茨木(자목) 외에ᄂᆞᆫ, 더 갈 슈 업ᄂᆞᆫ 故(고)로 시려도,

ᄂᆡ릴 곳이라 形勢(형셰) 좃케 다라ᄂᆞᄂᆞᆫ 汽車(기차)의, 셔슬은, 오ᄂᆞᆯ ᄒᆡ 전에, ᄒᆞᄂᆞᆯ 밋ᄭᅡ지 갈 ᄯᅳᆺᄒᆞᆫᄃᆡ 茨木(자목) 停車場(경거장)이 머지 아니ᄒᆞ다

(書生(셔싱)) 이ᄋᆡ 네가, 어ᄃᆡᄭᅡ지 가ᄂᆞᆫ지, 셔셔 가면, 다리가 압파 가깃ᄂᆞ냐,

(옥년) 茨木(자목)ᄭᅡ지 가셔 ᄂᆞ릴 터이오

(書(셔)) 茨木(자목)에 아ᄂᆞᆫ 사람이 잇ᄂᆞ냐

(옥) 업셔요

(書(셔)) 그러면 茨木(자목)은 웨 가ᄂᆞ냐

옥년이가 슈건으로, 눈을 씻고 ᄃᆡ답을 아니 ᄒᆞᄂᆞᆫᄃᆡ 書生(셔싱)이 말을, 더 뭇고 시푸ᄂᆞ, 겻히 사ᄅᆞᆷ들이, 옥연이와 書生(셔싱)을 유심이 보ᄂᆞᆫ지라 書生(셔싱)이 싀로히, 시침이를, ᄯᅥ이고 間戶(창) 밧게로, 머리를 두루고, 먼 산을 바라보ᄂᆞ 精神(경신)은 옥연의 눈물 ᄂᆞᄂᆞᆫ, 눈에만 잇더라

1906년 9월 15일 (三十四 / 35회)

ᄲᅡ루던 汽車(긔ᄎᆞ)가 차차 쳔쳔이 가다가 ᄯᅡᆨ 멈치면셔 反動(반동)되야, 뒤로 물러ᄂᆞ니, 섯던 옥연이가, 너머지며 손으로 書生(셔싱)의 다리를, 집흐니, 공교히 書生(셔싱) 다리의 神經脈(신경믹)을 집흔지라, 그 ᄯᅢ 書生(셔싱)은 間戶(창) 밧만, 보고 안젓다가, 입을 ᄯᅡᆨ 버리면셔, ᄭᅡᆷ짝 놀라 도라다 보니, 옥연이가 무심 중에 日本(일본)말로 失敬(실례)이라 ᄒᆞᄂᆞ 그 書生(셔싱)은 日本(일본)말을 모르ᄂᆞᆫ 고로, 아라듯지ᄂᆞᆫ 못ᄒᆞᄂᆞ, 외냥으로, 가엽셔, 하ᄂᆞᆫ 쥴로, 알고 그 ᄃᆡ답은 업시, 죠흔 얼골빗ᄎᆞ로, ᄶᅡᆫ 말을 ᄒᆞᆫ다

(書(셔)) 네 오ᄂᆞᆫ 곳이, 이 停車場(경거장)이냐 ᄒᆞ던 차에

掌車(장거수)가 도라 단이면셔 茨木(ᄌᆞ목) 茨木(ᄌᆞ목) 茨木(ᄌᆞ목) 茨木(ᄌᆞ목)이라 소릐를 지르며, 문을 연이[여니], 옥연이ᄂᆞᆫ 어린 몸에 日本(일본) 風俗(풍쇽)에 저진 아히라 書生(셔싱)의게 向(향)

ᄒᆞ야 허리를 구푸며, ᄯᅩ 日本(일본)말로 作別(작별) 인ᄉᆞᄒᆞ면셔 汽車(긔차)에 ᄂᆞ려가니, 구름 ᄀᆞᆺ치 드러오고, 구름 ᄀᆞᆺ치 ᄂᆞ려가ᄂᆞᆫ 人海(인히) 中(즁)에 下駄(나막신) 소리 ᄲᅮᆫ이라 書生(셔싱)은 졍신이 얼덜ᄒᆞᆫᄃᆡ, 옥연이, 가ᄂᆞᆫ 모냥을, 보고ᄌᆞ 하야, 창 밧게로, ᄂᆡ다 보니, 사ᄅᆞᆷ에 셕기여셔, 보히지 아니 ᄒᆞᄂᆞᆫ지라 書生(셔싱)이 가방을 들고, 옥연이를 ᄶᅩ차 ᄂᆞ가다가 停車場(졍거장) 出口(나가는어귀)에셔 만ᄂᆞᆫ지라, 옥연이가, 이상히 보면셔, 말 업시 나가니 書生(셔싱)도 ᄯᅩᄒᆞᆫ, 아무 말 업시 ᄯᅡ라 ᄂᆞ가더라 옥년이가 停車場(졍거장) 밧게로, ᄂᆞ가더니, 갈 ᄇᆡ랄 아지 못ᄒᆞ야, 우둑허니 셧거늘, 버러 먹기에, 눈에 돈동녹이, 안진 人力車(인력거)군은, 옥년의 뒤를 ᄯᅡ라가며 人力車(인력거)를 타라 ᄒᆞ나, 돈 업고, 갈 곳 모르ᄂᆞᆫ 옥년이ᄂᆞᆫ, 거듭ᄯᅥ 보지도, 아니하고 셧다

(書生(셔싱)) 이ᄋᆡ ᄂᆡ가, 네게 請(쳥)할 일이 잇다, ᄂᆞᄂᆞᆫ 日本(일본)에 쳐음으로 오ᄂᆞᆫ 사ᄅᆞᆷ이라, 네게 무러 볼 일이 잇스니 酒幕(쥬막)으로 잠ᄭᆞᆫ, 드러ᄀᆞᆺ스면, 조킷스니, 네 ᄉᆡᆼ각에 엇더하냐

(옥) 그러면 저긔 旅人宿(여인슉)이 잇스니 잠ᄭᆞᆫ 드러가셔, 할 말을 하시오 하면셔 압셔 가니 茨木(ᄌᆞ목)에, 처음 오기ᄂᆞᆫ, 書生(셔싱)이나, 옥연이ᄂᆞ, 일반이언마ᄂᆞᆫ, 옥연이ᄂᆞᆫ 茨木(ᄌᆞ목)에 몃 번이ᄂᆞ, 와셔 본 샤ᄅᆞᆷ과 ᄀᆞᆺ치, 익달ᄒᆞᆫ 모냥으로 旅人宿(여인슉)에로, 드라[러]가더라

1906년 9월 16일 (三十五 / 36회)

旅人宿(여인슉) 下女(죵)이 三層(숨칭)집 第一(졔일) 놉흔 방에로 引導(인됴)ᄒᆞ고, ᄂᆞ려 가니 書生(셔싱)은 모다 쳐음 보ᄂᆞᆫ 거시라, 졍신이 恍惚(황홀)ᄒᆞ야 옥년이, 만ᄂᆞᆫ 거슬, 다힝히 녀긴다

이ᄋᆡ ᄂᆡ가, 여긔만 와도, 이럿틋 답답ᄒᆞ니 米國에 가면, 오작 ᄒᆞ깃ᄂᆞ냐 너ᄂᆞᆫ 他國에 와셔, 오ᄅᆡ 잇섯스니 別 物情, 다, 알깃고ᄂᆞ, 우선 네게, 좀 ᄇᆡ울 것도, 만커니와 萬里他國에셔, ᄯᅳᆺ밧게 만낫스니, 서로 잇ᄂᆞᆫ 곳이ᄂᆞ, 알고 헤지ᄌᆞ ᄂᆞᄂᆞᆫ 공부ᄒᆞ고ᄌᆞ ᄒᆞᄂᆞᆫ, 마음으로, 부모도 모르게 米國을 갈 次로 ᄂᆞ셧더니, 불과 여긔를 와셔 이럿틋, 답답ᄒᆞᆫ ᄉᆡᆼ각만 ᄂᆞ니, 엇지 하면, 죠흘지 모르깃다

ᄒᆞᄂᆞᆫ 소ᄅᆡ에, 옥년이ᄂᆞᆫ 尋常ᄒᆞᆫ 故國 사람을 만ᄂᆞᆫ 것 갓지, 아니ᄒᆞ고 친 父母이ᄂᆞ, 친 형제이ᄂᆞ, 만ᄂᆞᆫ 것 ᄀᆞᆺ다

牧丹峯 아리셔, 발을 구르고, 우던 일붓터 大坂港에셔, 물에 ᄲᅡ저 죽으로 ᄒᆞ던 일ᄭᆞ지, 낫낫치 말ᄒᆞᆫ다

(書生) 그러면, 우리 둘이 米國으로, 건너 가셔 工夫ᄂᆞ ᄒᆞ고 잇다가, 네의 부모 소식을, 듯 거든, 네 먼저 故國으로, 가게 ᄒᆞ여 주마

(옥년) ……

(書生) 오냐 學費ᄂᆞᆫ 념녀 마러라 우리들이, ᄂᆞ라의 ᄇᆡᆨ셩 되얏ᄃᆞ가 工夫도 못ᄒᆞ고 野蠻을, 면치 못ᄒᆞ면 사라셔 쓸 ᄃᆡ 잇ᄂᆞ냐, 너ᄂᆞᆫ 日清戰爭을 너 혼ᄌᆞ 당한 듯이 알고 잇ᄂᆞ보ᄃᆞ마ᄂᆞᆫ, 우리나라 사ᄅᆞᆷ이, 누가 당ᄒᆞ지 아니한 일이냐, 제 곳에 아니 나고, 제 눈에 못 보앗ᄃᆞ고 泰平盛世로 아ᄂᆞᆫ 사ᄅᆞᆷ들은, 밥벌레라, 사ᄅᆞᆷ 사ᄅᆞᆷ이, 밥벌레가 되야, 세상을 모로고 지ᄂᆡ면, 몃 ᄒᆡ 후에ᄂᆞᆫ, 우리ᄂᆞ라에셔 日清戰爭 갓ᄒᆞᆫ 亂離를 ᄯᅩ 當ᄒᆞᆯ 거시라, ᄒᆞ로밧비 工夫ᄒᆞ야, 우리ᄂᆞ라의 婦人 教育은, 네가 맛ᄐᆞ 文明길를 여러 주어라

ᄒᆞᄂᆞᆫ 소ᄅᆡ에, 옥년의, 쳡쳡ᄒᆞᆫ 근심이, 씨슨ᄃᆞ시, ᄃᆞ, 업셔젓ᄂᆞᆫ지라 그 길로 橫濱ᄭᆞ지 가셔, ᄇᆡ를 ᄐᆞ니 太平洋 너른 물에

1906년 9월 18일 (三十六 / 37회)

마름ᄀᆞᆺ치 ᄶᅥ셔, 활살ᄀᆞᆺ치 밤낫 업시, 다라ᄂᆞᆫ, 火輪船(화륜션)이 三周日(삼쥬일) 만에 桑港(상항)에, 이르러, 닷츨 쥬니, 이 곳부터, 米國(미국)이라 朝鮮(조션)셔, 낫시 되면 米國(미국)에ᄂᆞᆫ, 밤이 되고, 米國(미국)에셔 밤이 되면, 조선셔ᄂᆞᆫ, 낫시 되야 晝夜(쥬야)가 相反(상반)되ᄂᆞᆫ, 別天地(별텬지)라, 산도 설고, 물도 설고, ᄉᆞᄅᆞᆷ도 처음 보ᄂᆞᆫ 인물이라, 키 크고, 코 놉고, 노랑 머리, 흰 살빗은, 그 ᄉᆞᄅᆞᆷ들이, 道德心(도덕심)이, 빅가 툭 터지도록, 드럿드ᄅᆡ도, 옥년의 눈에ᄂᆞᆫ, 무섭게만 보인다

書生(셔싱)과, 옥년(옥련)이가, 陸地(륙디)에 ᄂᆞ려셔 갈 ᄇᆞ를, 아지 못ᄒᆞ야, 공논이 부산ᄒᆞ다

(書(셔)) 이ᄋᆡ 옥년아, 네가, 英語(영어) 할 줄 아ᄂᆞ냐

죠금도 모르ᄂᆞ냐

ᄒᆞᆫ 마듸도……

그러면, 참 ᄶᅡᆨᄒᆞᆫ 일이로구ᄂᆞ

어ᄃᆡ가, 어ᄃᆡ인지, 무러 볼 수가 업고나

사오 층 되ᄂᆞᆫ, 놉흔 집은, 구름 속 ᄒᆞᄂᆞᆯ 밋ᄒᆡ, 단 듯한ᄃᆡ, 물 설ᄐᆞᆺᄒᆞᄂᆞᆫ ᄉᆞᄅᆞᆷ들이, 도야들고, 도야ᄂᆞᄂᆞᆫ 모냥은, 쥬막집 ᄀᆞᆺ한 곳도, 만히 보히ᄂᆞ, 言語(언어)를 通(통)치 못ᄒᆞᄂᆞᆫ 故(고)로, 어린 셔싱들이, 엇지 ᄒᆞ면, 조흘지, 아지 못ᄒᆞ야, 옥연이가, 지향 업시 ᄉᆞᄅᆞᆷ을 ᄃᆡᄒᆞ야, 日語(일어)로, 무ᄉᆞᆷ 말를 무르니, 書生(셔싱)의 마음에ᄂᆞᆫ, 옥연이가 英語(영어)를 조금 알면셔, 겸사로, 모른다 한 쥴로 알고, 아라 듯지도, 못ᄒᆞᄂᆞᆫ 소ᄅᆡ를, 밧삭 드러셔셔 듯는다

옥연의, 키로, ᄃᆞᆯ을, 포ᄀᆡ 셰여도 쳐어다 볼 듯ᄒᆞᆫ, 키 큰 부인이, 얼골에ᄂᆞᆫ, 새그물 ᄀᆞᆺᄒᆞᆫ 것을 쓰고, 무 밋동 ᄀᆞᆺ치, 씌씃ᄒᆞᆫ 어린 아ᄒᆡ를, 압헤 셰고, 지나가다가, 옥년의 말ᄒᆞᄂᆞᆫ 소ᄅᆡ를 듯고, 무엇이라, 대답ᄒᆞ는지

書生(셔싱)과, 옥연의 귀에ᄂᆞᆫ (바바 · ·) ᄒᆞᄂᆞᆫ 소ᄅᆡ ᄀᆞᆺ고, 말ᄒᆞᄂᆞᆫ, 소ᄅᆡ ᄀᆞᆺ지ᄂᆞᆫ 아니ᄒᆞᆫ지라

그 부인이 뒤에 (후로고투) 입은 男子를 도라 보면셔 ᄯᅩ (바바바 · ·) ᄒᆞ니, 그 男子는, 淸國말을 ᄒᆞ는 洋人이라, 淸國말로, 무슴 말를 ᄒᆞ는ᄃᆡ
書生
과, 옥연의 귀에는, ᄯᅩ (바바) ᄒᆞ는 소릐 ᄀᆞᆺ고 말소릐 ᄀᆞᆺ지, 아니ᄒᆞ다
書生은, 옥연이가, 그 말을 아라드른 줄로 알고

(書生) 이ᄋᆡ, 그거시, 무슨 말이냐

(옥) ……

(書) 그, 男子의 말도, 못 아라 드럿ᄂᆞ냐……

1906년 9월 19일 (三十六 / 38회)

그럿틋 곤란ᄒᆞ던 차에 淸人 勞動者 ᄒᆞᆫ ᄯᅦ가, 지ᄂᆞ거날 書生이 ᄶᅩᄎᆞ 가서 筆담 ᄒᆞ기를 請ᄒᆞ니, 그 勞動者 中에는 漢文字 아는 사람이 업는지 숀으로 눈을 가리더니, 그 숀을 다시 들어, 홰홰 내젓는 모냥이 無識ᄒᆞ야, 글ᄶᆞ를 못 아라 본다 ᄒᆞ는 눈치라
그 ᄯᆡ 맛참 엇더ᄒᆞᆫ 淸人이, 히빗에 윤이 질흐르고, 흐르는, 비단 옷을 입고 馬車를 타고 風雨ᄀᆞᆺ치 달려 가는ᄃᆡ 書生이 그 淸人을 가르치며 옥년이더러 ᄒᆞ는 말이 저러ᄒᆞᆫ 淸人은 無識ᄒᆞᆯ 리가 萬無ᄒᆞ다 ᄒᆞ면셔, 소리를 버럭 지르니 馬車 탄 사ᄅᆞᆷ은, 그 소리를 드럿스ᄂᆞ 車 머히고 다라나는 말은, 그 소리 듯고, 아니 듯고, 간에, 네 굽을 모아 다라ᄂᆞ는ᄃᆡ 書生의 소리가 다시 馬車에 들일 슈 업는지라 馬車 탄 淸人이 車夫더러 馬車를 멈치라 ᄒᆞ더니, 선듯 ᄯᅱ여 ᄂᆡ려셔 書生의 압흐로 向ᄒᆞ야 오니 書生이 鉛筆를 가지고 무어슬, 쓰려 ᄒᆞ는ᄃᆡ 淸人이 옥년이 옷을 본즉 日服이라 日本 사ᄅᆞᆷ으로 알고 옥연의게 向ᄒᆞ야 日語로 말를 무르

니 옥년이가 깃분 마음을 이기지 못ᄒᆞ야 淸人(쳥인) 압헤로 와셔 말ᄃᆡ답을 ᄒᆞᄂᆞᆫᄃᆡ 書生(셔싱)은 鉛筆(연필)를 멈치고 셧더라

元來(원릐) 그 淸人(쳥인)은 日本(일본)에 暫時(잠시) 遊覽(류람)ᄒᆞᆫ 사ᄅᆞᆷ이라 日本(일본) 말을 ᄒᆞᆫ 두 마듸 아라 드르ᄂᆞ 長荒(장황)ᄒᆞᆫ 슈작은 못 ᄒᆞᄂᆞᆫ지라 옥년이가 쳡쳡ᄒᆞᆫ 말이, ᄂᆞ올슈록 그 淸人(쳥인)의, 귀에ᄂᆞᆫ 점점 아라드를 슈 업고 다만 朝鮮(조션) 사ᄅᆞᆷ이라 ᄒᆞᄂᆞᆫ 소리만 아라 드른지라

淸人(쳥인)이 다시 書生(셔싱)을 向(향)ᄒᆞ야 筆談(필담)으로 ᄃᆡ강 事情(ᄉᆞ졍)을 듯고 名銜(명함)ᄒᆞᆫ 장을 닉더니, 어쩌ᄒᆞᆫ 淸人(쳥인)의게 부탁ᄒᆞᄂᆞᆫ 말 몃 마데를, 써셔 쥬ᄂᆞᆫᄃᆡ 그 名銜(명함)을 본 즉 淸國(쳥국) 改革黨(기혁당)에 有名(유명)한 康有爲(강유위)라 그 名銜(명함)을 傳(젼)ᄒᆞᆯ 곳은 日語(일어)도 잘 ᄒᆞᄂᆞᆫ 淸人(쳥인)인ᄃᆡ 多年(다년) 桑港(상항)에 잇든 사ᄅᆞᆷ이라, 그 사ᄅᆞᆷ의 周旋(주션)으로 書生(셔싱)과 옥연이가 米國(미국) 華盛頓(화셩돈)에 가셔

1906년 9월 20일 (三十七 / 39회)

淸人(쳥인) 學徒(학도)들과 갓치 學校(학교)에 드러가셔 工夫(공부)를 ᄒᆞ고 잇더라

옥년이가 米國(미국) 華盛頓(화셩돈)에, 다섯 ᄒᆡ를 잇셔셔, ᄒᆞ로도 學校(학교)에 아니 가ᄂᆞᆫ 날이 업시, 단기며 工夫(공부)를 ᄒᆞᄂᆞᆫᄃᆡ ᄌᆡ조 잇고, 부지런ᄒᆞᆫ 사람으로 그 學校(학교) 女學生(녀학싱) 中(즁)에ᄂᆞᆫ 第一(뎨일) 층찬을 듯ᄂᆞᆫ지라

그 ᄯᅢ 옥년이가 高等(고등) 小學校(소학교)에셔 卒業(졸업) 優等生(우등싱)으로 玉蓮(옥련)의, 일홈과 玉蓮(옥련)의 사젹이 華盛頓(화셩돈) 新聞(신문)에 낫ᄂᆞᆫᄃᆡ 그 新聞(신문)을 보고 이상히 깃버ᄒᆞᄂᆞᆫ ᄉᆞ롬 ᄒᆞᄂᆞ히 잇ᄂᆞᆫᄃᆡ

엇지 그럿케 깃부던지, 부지중 눈물이 쏘다진다

깃분 마음을, 이기지 못ᄒᆞ야 도로혀, 의심을 낸다

의심 중에, 혼ᄌᆞ 말로, 중얼, 중얼, ᄒᆞᆫ다

조션 사ᄅᆞᆷ의 일을 英書로 翻譯ᄒᆞᆫ 거시라 或 翻譯이 잘못 되얏ᄂᆞ ᄂᆡ가 米國에 온 지가 十年이나, 되얏스ᄂᆞ 英文에 섯툴러서, 보기를 잘못 보앗ᄂᆞ

그럿케 다심ᄒᆞ게, ᄉᆡᆼ각ᄒᆞᄂᆞᆫ 사ᄅᆞᆷ의 姓名은 金冠一인ᄃᆡ, 그 ᄯᆞᆯ의 일홈이 옥년이라 日淸戰爭 낫슬 ᄯᆡ에 그 ᄯᆞᆯ의 死生을 모르고 米國에 왓ᄂᆞᆫᄃᆡ, 그 ᄯᆡ 華盛頓 新聞에 ᄂᆞᆫ 말은 옥년의 學校 成績과 平壤 사람으로, 일곱 살에 日本 大坂에 가서 尋常 小學校 卒業ᄒᆞ고 그 길로 米國 華盛頓 와셔 高等 小學校에서 卒業ᄒᆞ얏다 ᄒᆞᆫ 簡單ᄒᆞᆫ 말이라 金氏가 分明히 自己의, ᄯᆞᆯ이라고는 質言ᄒᆞᆯ 슈 업스ᄂᆞ 玉蓮이라 ᄒᆞᄂᆞᆫ, 일홈과 平壤 사ᄅᆞᆷ이라는 말과, 일곱 살에 집, ᄯᅥ낫다 ᄒᆞᄂᆞᆫ 말은 金冠一의 마음에, 경녕, ᄂᆡ ᄯᆞᆯ이라고, ᄉᆡᆼ각 아니 ᄒᆞᆯ 슈도 업ᄂᆞᆫ지라 金氏가 그 學校에 ᄎᆞ저 가니, 그 ᄯᆡᄂᆞᆫ 그 學校에셔 學徒 卒業式 後에 署中 休學이라 學校에 아무도 업ᄂᆞᆫ 고로, 무를 곳이 업ᄂᆞᆫ지라 金氏가 옥련을 만ᄂᆞᆺ지, 못ᄒᆞ고 도라왓더라

1906년 9월 21일 (三十八 / 40회)

옥년이가 卒業ᄒᆞ던 ᄂᆞᆯ에 學校 卒業狀을 가지고 (호텔)로, 도라가니 쥬인은, 치하ᄒᆞ면셔, 옥년의 얼골빗을, 이상히 보더라

옥연이가, 슈심이 쳡쳡ᄒᆞᆫ 모냥으로, 저녁 料理도, 먹지 아니ᄒᆞ고 셔산에 ᄯᅥ러지ᄂᆞᆫ ᄒᆡ를, 처어다 보며 탄식ᄒᆞ더라

그 ᄯᆡ 마참, 밧게 손이 와셔, 찬는다 ᄒᆞᄂᆞᆫᄃᆡ 名銜을 바다 보더니, 옥연이가, 얼골빗을, 쳔연히 곳치고, 손을 드러오라 ᄒᆞ니, 그 손이 (쌘니)를,

ᄯᅡ라 드러오거ᄂᆞᆯ, 옥연이가, 선ᄯᅥᆺ 이러ᄂᆞ며, 그 사람의 손을 잡아 인사 ᄒᆞ고 (톄불) 압헤셔 마죠 向(향)ᄒᆞ야 椅子(의ᄌᆞ)에, 거러 안지니, 그 손은 옥년이와 日本(일본) 大坂(ᄃᆡ판)셔 同行(동ᄒᆡᆼ)ᄒᆞ던 書生(셔ᄉᆡᆼ)인ᄃᆡ, 그 일홈온 具完書(구완셔)라

(具(구)) 네 卒業(졸업)은 感祝(감츅)ᄒᆞ다

허허 계집의 ᄌᆡ조가, 산아희보다, ᄂᆞ흔 거시로구나

너ᄂᆞᆫ 米國(미국) 온 지 一年(일년)만에 英語(영어)를 ᄃᆡ강 아라듯고 學校(학교)에ᄭᅡ지, 드러가셔 今年(금년)에 卒業(졸업)을 ᄒᆞ 얏ᄂᆞᆫᄃᆡ ᄂᆞᄂᆞᆫ 米國(미국) 온 지 두 ᄒᆡ만에 中學校(즁학교)에 드러가셔 來年(ᄅᆡ년)이 卒業(졸업)이라, 네게ᄂᆞᆫ 白旗(ᄇᆡᆨ긔)를 들고, 항복 아니 할 수가 업다

옥연이가 ᄃᆡ답을 ᄒᆞᄂᆞᆫᄃᆡ, 어려셔 日本(일본)에서, 자라ᄂᆞᆫ 사ᄅᆞᆷ이라, 말을 ᄒᆞ야도 日本(일본) 말투가 ᄆᆞᆫ터라

ᄂᆡ가 具樣(그ᄃᆡ)의 世話(은혜)를 ᄇᆞ다셔, 오ᄂᆞᆯ 이럿케 工夫(공부)를 ᄒᆞ얏스니, 심히 곱압소 ᄒᆞ니 日本(일본) 風俗(풍속)에 젓인, 옥연이ᄂᆞᆫ 제 習慣(습관)으로 말 ᄒᆞ거니와 具氏(구씨)ᄂᆞᆫ 조션셔 ᄌᆞ란 사ᄅᆞᆷ이라 朝鮮(조션) 風俗(풍속)으로 옥연이가, 아ᄒᆡ인 故(고)로, ᄒᆡ라를 ᄒᆞ다가 ᄉᆡᆼ각ᄒᆞᆫ 즉, 저도 ᄯᅩᄒᆞᆫ 아ᄒᆡ이라

(具(구)) 허허허 우리들이, 죠선 ᄉᆞᄅᆞᆷ인 즉 朝鮮(조션) 風俗(풍속)ᄃᆡ로ᄆᆞᆫ 酬酌(수작)ᄒᆞ자 우리 처음 볼 ᄯᅢ에, 네가 ᄂᆞᄒᆡ 어린 故(고)로 ᄂᆡ가, ᄒᆡ라, 를 ᄒᆞ얏더니, 지금은 나히, 열 여섯 살이 되야, 저럿케 셕ᄃᆡᄒᆞ니, ᄒᆡ라 ᄒᆞ기가, 셔먹셔먹ᄒᆞ고나

(옥) 朝鮮(조션) 風俗(풍속) ᄃᆡ로 말ᄒᆞ자 ᄒᆞ시면셔, 아ᄒᆡ를 보고, ᄒᆡ라 ᄒᆞ시기가, 셔먹셔먹 하셔요

(具(구)) 허허허 腰絶(요절)ᄒᆞᆯ 일도 ᄆᆞᆫ트, 나도 지금ᄭᆞ지, 장가를 아니 든 아ᄒᆡ라, 아ᄒᆡᄂᆞᆫ 一般(일반)이니, 너도 ᄂᆞᆯ보고, ᄒᆡ라 하ᄂᆞᆫ 거시 올흔 일이니, ᄉᆞᆺ겹케, 너도 ᄂᆞᆯ더러 ᄒᆡ라 하여라, 그리ᄒᆞ면, ᄂᆡ가 너더러, ᄒᆡ라 하더릐도, 불안ᄒᆞᆫ 마음이 업깃다

1906년 9월 22일(三十九 / 41회)

(옥) 具樣(그듸)ᄂᆞᆫ 奧樣(부인)이, 게신 쥴로 아랏더니 ……

米國(미국)에 오실 ᄯᅢ 十七歲(십칠셰)라 ᄒᆞ셧스니 朝鮮(조션)갓치 혼인을, 일즉 ᄒᆞᄂᆞᆫ ᄂᆞ라에셔, 엇지 ᄒᆞ야, 그 ᄯᅢᄭᆞ지 장가를 아니 드르셧소

(具(구)) 너ᄂᆞᆫ ᄂᆞᆯ더러, 죵시 ᄒᆡ라 소리를 아니ᄒᆞ니, ᄂᆞ도 마쥬 ᄒᆞ오를 ᄒᆞᆯ 일이로구, 허허허허

그러ᄂᆞ 말ᄃᆡ답은, 아니ᄒᆞ고, 싼 소리만 ᄒᆞ야셔 ᄃᆡ단이 失禮(실례)ᄒᆞ엿다, ᄂᆡ가 우리ᄂᆞ라에, 잇슬 ᄯᅢ에 우리 父母(부모)가, ᄂᆡ ᄂᆞ히 열 두 셔너살부터, 장가를 드리려 ᄒᆞᄂᆞᆫ 거슬, ᄂᆡ가 마다ᄒᆞ엿다

우리나라 사람들이 早婚(조혼)ᄒᆞᄂᆞᆫ 거시, 올흔 일이 아니라

ᄂᆞᄂᆞᆫ 언제던지 工夫(공부)ᄒᆞ야 學問(학문) 知識(지식)이 넉넉ᄒᆞᆫ 후에, 안히도 學問(학문) 잇ᄂᆞᆫ 사람을 구ᄒᆞ야 장가 들깃다 學問(학문)도 업고 知識(지식)도 업고, 입에셔, 젓ᄂᆡ가, 모랑모랑, ᄂᆞᄂᆞᆫ 것슬, 장가를 드리면, 짐승의 雌雄(ᄌᆞ웅)갓치, 아무것도 모르고 陰陽配合(음양비합)의 樂(락)만 알 것이라, 그런 故(고)로 우리나라 사람들이, 짐승갓치, 제 몸이나 알고, 제 계집 제 식기ᄂᆞ 알고, 나라를 위ᄒᆞ기ᄂᆞᆫ 고사ᄒᆞ고, 나라 ᄌᆡ물을, 도적질 ᄒᆞ여 먹으려고, 눈이 벌것케 뒤집펴셔, 도라단기ᄂᆞᆫ 거시다 어려셔 學問(학문)을 ᄇᆡ우지 못 ᄒᆞᆫ 연고라, 우리가, 이갓한 文明(문명)ᄒᆞᆫ 世上(셰상)에 나셔 國家(나라)에 有益(유익)ᄒᆞ고 社會(ᄉᆞ회)에 名譽(명예) 잇ᄂᆞᆫ 큰 事業(ᄉᆞ업)을 ᄒᆞ자 ᄒᆞᄂᆞᆫ 目的(목젹)으로 万里他國(만리타국)에 와셔, 쇠공이를 가라, 바눌 맨드ᄂᆞᆫ 誠力(셩력)을 가지고 工夫(공부)ᄒᆞ야 남과 갓ᄒᆞᆫ 學問(학문)과 남과 갓ᄒᆞᆫ 知識(지식)이, 나늘이, 달나 가ᄂᆞᆫ 이 ᄯᅢ에, 장가를 드려셔 色界上(ᄉᆡᆨ계상)에 精神(졍신)을 虛費(허비)ᄒᆞ면 有志(유지)ᄒᆞᆫ 大丈夫(ᄃᆡ장부)가 아니라

이ᄋᆡ 옥연아, 그럿치 아니ᄒᆞ냐

具氏(구씨)의 闊發(활발)한 말, ᄒᆞᆫ 마듸에, 옥년에, 근심ᄒᆞ던 마ᄋᆞᆷ이, 푸러저셔 우스며

(옥) 저러ᄒᆞᆫ, 의논을 드르면, ᄂᆡ 속이 시연ᄒᆞ오

혼ᄌᆞ 잇슬 ᄯᅢᄂᆞᆫ 참……

말를 멈치고 具氏(구씨)를, 처어다 보ᄂᆞᆫᄃᆡ, 옥년의 근심 잇ᄂᆞᆫ, 긔ᄉᆡᆨ을 언듯 짐작ᄒᆞ얏스나 具氏(구씨)ᄂᆞᆫ, 본ᄅᆡ 활발ᄒᆞᆫ 사ᄅᆞᆷ이라 時計(시계)를, ᄂᆡ여 보더니, 선듯 이러ᄂᆞ며 作別(작별) 인사 ᄒᆞ고, 저벅저벅 ᄂᆞ려 ᄂᆞ가ᄂᆞᆫᄃᆡ 옥언이ᄂᆞᆫ 依舊(의구)히 椅子(의ᄌᆞ)에 거러 안저셔, 먼 산을 보며, 악가 ᄂᆞ던 근심이 도로 ᄂᆞᆫ다, ᄒᆞᆫ숨을 쉬고 혼ᄌᆞ

1906년 9월 23일 (四十 / 42회)

신셰 타령을 ᄒᆞ며, 옛 일도 ᄉᆡᆼ각ᄒᆞ고, 압 일도 걱정ᄒᆞᄂᆞᆫᄃᆡ, ᄌᆞᆷ을 뎡치 못 ᄒᆞᆫ다

어—, 셰월도 쉽고ᄂᆞ

日本(일본)셔 米國(미국)에로, 건너오던 날이 어제 ᄀᆞᆺ고ᄂᆞ

ᄂᆡ가 日本(일본) 大坂(ᄃᆡ판) 잇슬 ᄯᅢ에 尋常(심상) 小學校(소학교) 卒業(졸업)ᄒᆞ던 ᄂᆞᆯ은, ᄒᆞ로 밤에 두 번을 쥭으려고 ᄒᆞ얏 더니, 오날은 ᄯᅩ 엇ᄶᅥᄒᆞᆫ, 팔자 사나운 일이ᄂᆞ, 업슬런지 ᄂᆡ가 쥭기가 시려서, 쥭지 아니한 것도, 아니오

工夫(공부)ᄒᆞ고자 ᄒᆞ야, 이곳에 온 것도 아니라

大坂港(ᄃᆡ판항)에셔 쥭기로 決心(결심)ᄒᆞ고 물에, ᄯᅥ러지려 ᄒᆞᆯ ᄯᅢ에 恨(한) 되ᄂᆞᆫ 마ᄋᆞᆷ으로 ᄭᅮᆷ이 되야, 그럿 ᄐᆞᆫ지 우리 어머니가, 날더러 쥭지 말라 ᄒᆞ시던, 소ᄅᆡ가 아무리, ᄭᅮᆷ일찌라도, 넉넉ᄒᆞ기가 常時(상시) ᄀᆞᆺᄒᆞᆫ 故(고)로 슬픈 마ᄋᆞᆷ을, 진정ᄒᆞ고 이 목숨이 다시 사라ᄂᆞ셔, 너른 텬지에, 뭇칠 곳이 업ᄂᆞᆫ지라, 지향

업시 東京(동경) 가ᄂᆞᆫ 汽車(긔ᄎᆞ)를 타고 가다가 天祐神助(쳔우신조) ᄒᆞ야 故國(고국) 사ᄅᆞᆷ을 만ᄂᆞ

셔, 일동 일정을, 남의게 신세를 지고, 오늘ᄭᆞ지, 잇셧스니, 허구ᄒᆞᆫ 셰월

를, 남의 德(덕)만, 바랄 슈ᄂᆞᆫ 업고, 만일 그 신셰를, 마다ᄒᆞᆯ 지경이면, ᄒᆞ로

일지라도 旅費(여비)를, 엇지 써셔 갈 슈도 업스니, 엇지 ᄒᆞ여야, 조흘런지,

우리 父母(부모)가, 세上(상)에 사라 잇ᄂᆞᆫ 쥴만, 알면 남의게 이 신셰를 지히고도,

살려니와 父母(부모)의 死生(ᄉᆞᄉᆡᆼ)도 모르니 孑孑(혈혈)ᄒᆞᆫ 이 ᄒᆞᆫ 몸이, 사라 잇슨들, 무엇

ᄒᆞ리오, 차라리 大坂(ᄃᆡ판)셔 쥭엇더면 이 근심을, 몰라슬 것인ᄃᆡ, 엇지ᄒᆞ야,

사라던가

사람의 一平生(일평ᄉᆡᆼ)이, 이럿틋 근심 만흘진ᄃᆡ, 쥭어 모로ᄂᆞᆫ 것이 第一(제일)이라

그러ᄂᆞ 至今(지금) 여기셔ᄂᆞᆫ, 쥭으려도 쥭을 수도, 업구나

ᄂᆡ가 쥭으면 具氏(구씨)ᄂᆞᆫ, ᄂᆞ를 ᄃᆡ단이 그르게 여길 터이라

具氏(구씨)의 泰山(ᄐᆡ산) 갓ᄒᆞᆫ 恩(은)혜를, 입고 그 恩(은)혜를, 갑지 못ᄒᆞ고, 쥭으면 남

의 恩(은)혜를, 저버리ᄂᆞᆫ 것이라 엇지 ᄒᆞ면, 죠흘고

그럿틋, 탄식ᄒᆞ고 그밤을 椅子(의ᄌᆞ)에 안진 치로, ᄉᆡ우다가 精神(졍신)이 昏昏(혼혼)ᄒᆞ야

1906년 9월 26일 (四十一 / 43회)

잠이 들며, 쑴을 ᄭᅮ엇더라

쑴에ᄂᆞᆫ 八月(팔월) 츄셕인ᄃᆡ 平壤城中(평양셩즁)에셔 一年(일년) 第一(제일) 가ᄂᆞᆫ 名節(명졀)이라고 와

글와글ᄒᆞᄂᆞᆫ 즁이라

아ᄒᆡ들은 秋夕(추셕)빔으로 ᄉᆡ 옷을 입고, ᄯᅥᆨ 조각 실과 긔을, ᄇᆡ가 툭 터지도

록 먹고, 억기로 숨을 쉬ᄂᆞᆫ 것들이, 가루[로]도 ᄯᅱ고, 셰로도 ᄯᅱ다

으[어]른들은, 이 셰상이, 왼 셰상이냐, ᄒᆞ도록 슐 먹고 쥬졍을 ᄒᆞ면셔,

힝길을 쓸어 지나가고

거문고 쥴 양금 치ᄂᆞᆫ, ᄭᅬᄭᅩ리 소리 ᄀᆞᆺᄒᆞᆫ, 녀청 시죠를, 어울러셔 이 골목, 저 골목 이 사랑, 저 사랑에셔, 어ᄃᆡ던지, 그 소리 업ᄂᆞᆫ 곳이 업다 城中(셩즁)이 그럿케 興(흥)치로 지ᄂᆡᄂᆞᆫᄃᆡ, 옥년이ᄂᆞᆫ, ᄭᅮᆷ에도 흥치가 업고, 비창ᄒᆞᆫ 마ᄋᆞᆷ으로 父母(부모) 산슈에 단기러 간다

北門(북문) 밧게 나가셔 牧丹峰(목단봉)에로 올나가니 高麗(고려)장 ᄀᆞᆺ치 큰 쌍분이, 잇ᄂᆞᆫᄃᆡ, 옥연이가, 뫼 압 헤로 가셔, 안지며, 허리춤에셔, 능금 두 ᄀᆡ를, 잡어 ᄂᆡ며, ᄒᆞᄂᆞᆫ 말이, 여보, 어머니, 이러 케 큰, 능금 구경ᄒᆞ셧소, ᄂᆡ가 米國(미국)셔 나올 ᄯᅢ에, 사가지고 왓쇼, 한 ᄀᆡᄂᆞᆫ 아바지 드리고, ᄒᆞᆫ ᄀᆡᄂᆞᆫ 어머니 잡슈시오, ᄒᆞ면셔 뫼 엽혜 하ᄂᆞ식 노흐니

홀연이, 쌍분은 간 곳 업고, 송장 둘이, 이러 안저셔, 그 능금을 먹ᄂᆞᆫᄃᆡ, 본ᄅᆡ 살은, 다, ᄡᅥᆨ고, ᄲᅧ만 앙ᄉᆞᆼᄒᆞᆫ 송장이라, 능금을 먹다가, 우아ᄅᆡ, 이가, 못작 ᄲᅡ저셔 압혜 ᄯᅥ러지ᄂᆞᆫᄃᆡ, 박씨 말녀, ᄂᆞ러 노흔 것, ᄀᆞᆺᄒᆞᆫ지라, 옥연이가, 무서운 ᄉᆡᆼ각이 더럭 ᄂᆞ셔, 소리를 지르다가, 가위를 눌럿더라

그 ᄯᆡ 날이 ᄉᆡ여셔, 다, 밝은 후이라 이웃 방에 잇ᄂᆞᆫ 女學生(녀학ᄉᆡᆼ)이, 이러ᄂᆞ셔 便所(뒤깐)에로, ᄂᆞ려 가ᄂᆞᆫ 길에, 옥연의 방 압흐로 지ᄂᆞ다가, 옥연의, 가위 눌리ᄂᆞᆫ 소리를, 드럿스ᄂᆞ, 남의 방에로 함부루 그러갈 수ᄂᆞᆫ 업고 망단ᄒᆞᆫ 마음에 急(급)히 電氣(젼긔) 招人鐘(초인죵)을 누르니 (ᄲᅩ이)가 오ᄂᆞᆫ지라 女學生(녀학ᄉᆡᆼ)이 옥년의 방에셔, 괴상ᄒᆞᆫ 쇼리가 ᄂᆞᆫ다 ᄒᆞ니, ᄲᅩ이가 옥연의 방문을 여ᄂᆞᆫᄃᆡ 문 쇼리에, 옥연이가, 잠을 ᄭᆡ여 본 즉, 남가일몽이라

1906년 9월 27일 (四十二 / 44회)

무셔운 ᄭᅮᆷ을, ᄭᆡ얼 ᄯᆡᄂᆞᆫ 시연ᄒᆞᆫ ᄉᆡᆼᄀᆞᆨ이 잇더니, 다시 ᄉᆡᆼ각ᄒᆞ니, 비창ᄒᆞᆫ 마ᄋᆞᆷ을, 이기지 못ᄒᆞ야, 탄식ᄒᆞᄂᆞᆫ 소리가, 무심중에 ᄂᆞ온다

ᄭᅮᆷ이란 거슨 무엇인고

ᄭᅮᆷ을 밋어야 오른가, 밋을 지경이면, 어제 밤 ᄭᅮᆷ은 우리 父母(부모)가 다, 이 셰상에ᄂᆞᆫ 아니 계신 ᄭᅮᆷ이로구ᄂᆞ

ᄭᅮᆷ을 아니 밋어야 오른가, 아니 밋을진ᄃᆡ 大坂(ᄃᆡ판)서, ᄭᅮᆷ을 ᄭᅮ고 父母(부모)가 生存(ᄉᆡᆼ존)ᄒᆞ신 쥴로 알고, 잇던 일이 虛事(허ᄉᆞ)로구나

ᄭᅮᆷ이 마저도, ᄂᆡ게ᄂᆞᆫ 不幸(불ᄒᆡᆼ)한 일이오

ᄭᅮᆷ이 맛치지 아니 ᄒᆞ야도, ᄂᆡ계ᄂᆞᆫ 不幸(불ᄒᆡᆼ)한 일[이]라

그러ᄂᆞ 다시 ᄉᆡᆼ각ᄒᆞ야 보니, ᄭᅮᆷ은 정영 虛事(허ᄉᆞ)라 우리 아버지ᄂᆞᆫ, 난리 중에, 도라 가셧스니 假令(가령) 친척이 잇더ᄅᆡ도, 송장 차질 수가 업ᄂᆞᆫ 터이라, 더구ᄂᆞ, 사고무친ᄒᆞᆫ 우리 집에, 목숨이 붓터 사라 잇ᄂᆞᆫ 것은, 그 ᄯᆡ 일곱 살 먹은 不孝(불효)의 ᄯᆞᆯ, 옥년이 ᄲᅮᆫ이라, 우리 아버지, 송장 차질 사ᄅᆞᆷ이 누가 잇스리오

牧丹峯(목단봉) 저녁 볏헤, 훨훨 나라 드ᄂᆞᆫ, ᄶᅡ마귀가, 긴 창ᄌᆞ를 물어다가, 古木(고목)나무, 놉흔 가지에 척척 거러노흔 거슨, 전장에 죽은 송장의, 창ᄌᆞ이라 셰상에 엇더ᄒᆞᆫ, 고마운 사ᄅᆞᆷ이 잇셔셔, 우리 아버지 송장을, 차저다가 고려장갓치, ᄀᆡ구 잇게 장ᄉᆞ를 지ᄂᆡᆯ 수가 잇스리오

우리 어머니ᄂᆞᆫ 大同江(ᄃᆡ동강) 물에 ᄲᅡ저 죽으려고 壁上(벽상)에 영결셔를, 써셔 붓친 거슬 平壤(평양) 野戰病院(야전병원)의 通(통)변이 落(록)누를 ᄒᆞ며, 그 글을 일거셔, ᄂᆡ 귀에 들녀 쥬던 일이, 어제갓치, ᄉᆡᆼ각이 나면셔 大坂港(ᄃᆡ판항)에셔, ᄭᅮᆷ을 ᄭᅮ고, 우리 어머니가 혹 사라셔, 이 셰상에 잇슬ᄶᅡ ᄒᆞᄂᆞᆫ ᄉᆡᆼ각이, 다 쓸ᄯᆡ 업ᄂᆞᆫ ᄉᆡᆼ각이라 우리 어머니ᄂᆞᆫ, 정영이 — 물에 ᄲᅡ저 도라가신 거시라 大同江(ᄃᆡ동강) 흐르ᄂᆞᆫ 물에, 고기 밥이 되얏슬 거시니, 엇지 牧丹峯(목단봉)에, 그쳐럼, ᄀᆡ구 잇게 장사를 지ᄂᆡ리오

1906년 9월 29일 (四十三 / 45회)

옥년이가, 부모 ᄉᆡᆼ각은, 아조 斷念(단렴)ᄒᆞ기로 작정, ᄒᆞ고 제 신셰ᄂᆞᆫ, 운슈 도야 가ᄂᆞᆫᄃᆡ로, 두고 보리라 ᄒᆞ고, 졍신을 가다드머서, 공부ᄒᆞ던 ᄎᆡᆨ을 ᄂᆡ여 놋코, 마ᄋᆞᆷ을 부치니 二三日(이삼일) 지ᄂᆞᆫ 후에ᄂᆞᆫ, 다시 서ᄎᆡᆨ에, 착미가 되얏더라

ᄒᆞ로ᄂᆞᆫ (쌘이)가, 신문지 ᄒᆞᆫ 장을 가지고, 옥년의 방으로 오더니, 그 신문을 옥년의 압헤, 펼쳐 놋고 (쌘이)의 손싸락이 신문지, 광고를 가르친다

옥련이가, 그 광고를 보다가, 깜짝 놀라셔, 눈물이 펑펑 쏘다지면셔, 얼골은, 발ᄀᆡ지고, 우숨 반 눈물 반이라

옥연이가 조흔 마ᄋᆞᆷ에 씌여셔, 광고를 끗싸지, 다 보지 못ᄒᆞ고, 우둑허니 안젓다가, 또 광고를 본다 옥련의 마ᄋᆞᆷ에, 다시 의심이 ᄂᆞᆫ다 일젼에 牧丹峯(모란봉)에 가셔, 우리 부모 산소에 갓던 일이, 그거시 쑴인가 오날 신문지의, 광고 보ᄂᆞᆫ 거시, 쑴인가

ᄒᆞᆫ 번은, 영어로 보고

ᄒᆞᆫ 번은, 조션 말로 보다가

畢竟(필경)은 漢文(한문)과 죠션 언문을 셕거 翻譯(역)ᄒᆞ야 놋고 보더라

廣告(광고)

去十三日(지나간 열ᄉᆞ흔날) 黃色新聞雜報(황ᄉᆡᆨ신문잡보)에 韓國女學生金玉蓮(한국여학ᄉᆡᆼ김옥련)이가 某學校卒業優等生(아무ᄒᆞᆨ교졸업우등ᄉᆡᆼ)이라ᄂᆞᆫ 記事(긔ᄉᆞ)가 잇기로 其留(그류)ᄒᆞᄂᆞᆫ (호텔)을 알고ᄌᆞ ᄒᆞ야 玆(이)에 廣告(광고)ᄒᆞ오니 누구시던지 玉蓮(옥련)의 留(류)ᄒᆞᄂᆞᆫ (호텔)을 此告白人(이고ᄇᆡᆨ인)의게 알려 쥬시면 相當(상당)한 賞金(상금)으로 (十留(십유)) (米國(미국)돈 십 원)을 仰呈(앙졍)홀 事(ᄉᆞ)

韓國平安道平壤人金冠一(한국평안도평양인김관일)

告白(고ᄇᆡᆨ)

現留(현쥬) ……

의심 업ᄂᆞᆫ 옥련의 父친이 ᄒᆞᆫ 광고라

(玉(옥)) 여보(ᄲᅩ이) 이 신문을 가지고, ᄂᆞᆯ ᄯᅡ러 가면 우리 부친이 十留(십유)의 賞(상)金을 쥴 거시니, 지금으로 갑시다

(ᄲᅩ이) ᄂᆡ가 賞金(상금) 탈 功(공)은 업스니 賞金(상금)은 願(원)치 아니ᄒᆞ나 貴孃(귀양)을 陪行(힝)ᄒᆞ야 가셔 父女(부녀)가, 서로 만ᄂᆞ, 깁버 ᄒᆞ시ᄂᆞᆫ 모양 보앗스면, ᄂᆞ도 이 (호텔)에셔, 몃 히간 貴孃(귀양)를 뫼시고 잇던, 정분에 貴孃(귀양)을 ᄯᅡ라 깃버ᄒᆞ고ᄌᆞ 함니다

옥연이가 그 말을 듯고, 더옥 깃버ᄒᆞ야 (ᄲᅩ이)를 다리고

1906년 9월 30일 (四十四 / 46회)

그 부친 잇ᄂᆞᆫ 處所(쳐소)를 차저가니 十年(십년) 風霜(풍상)에, 셔로 환형이 된지라, 셔로 보고, 셔로 아라보지 못 ᄒᆞᆯ 지경이라, 옥연이가, 신문 광고와, 명함 ᄒᆞᆫ 장을 가지고, 그 부친 압헤로 가셔, 남의게 쳐음 인ᄉᆞ ᄒᆞ듯, ᄃᆡ단이 셔어ᄒᆞᆫ 인ᄉᆞ를 하다가, 셔로 분명한 말을 듯더니, 옥연이가 일곱 살에, 응셕하던 마음이, ᄉᆡ로히 ᄂᆞ셔, 부친의 무릅 우에, 얼골을, 폭 숙이고, 쇼리 업시 우ᄂᆞᆫᄃᆡ 金冠一(김관일)의 눈몰[물]은, 옥연의 머리 뒤에, ᄯᅥ러지고, 옥련의 눈물은 그 부친의 무룹이 젓ᄂᆞᆫ다

(父(부)) 이ᄋᆡ 옥련아, 그만 이러ᄂᆞ셔, 너의 어머니 편지ᄂᆞ, 보아라

(옥) 응, 어머니 편지라니

어머니가, 사랏소

무슨 변이ᄂᆞ, ᄂᆞᆫ드시, ᄭᅡᆷᄶᅡᆨ 놀나ᄂᆞᆫ 모냥으로, 고ᄀᆡ를, 번ᄶᅡᆨ 드ᄂᆞᆫᄃᆡ,

그 부친은, 제 눈물 씨슬 ᄉᆡᆼ각은 아니ᄒᆞ고, 수건을 가지고, 옥연의 눈물

을 씨스니, 옥연이가, 그리 어려젓던지, 부친이 눈물 씨셔 쥬ᄂᆞᆫᄃᆡ, 고ᄀᆡ
를 듸밀고 잇더라
金冠一(김관일)이가, 가방을 열더니, 슈지 뭉치를 ᄂᆡ여 놋고, 뒤젹뒤젹 하다가,
편지 한 장을, 집어 쥬며 하ᄂᆞᆫ 말이
　이ᄋᆡ 이 편지를, ᄌᆞ세이 보아라 이 편지가, 졔일 먼저 온 편지다
옥년이가, 그 편지를 바다보니, 옥년이가, 그 모친의 글시를, 모르ᄂᆞᆫ지라
가령 옥년이가, 정신이 조ᄒᆞ면, 그 모친의 얼골은, ᄉᆡᆼ각ᄒᆞᆯ런지 모르거니
와, 옥년이 일곱 살에, 언문도 모를 ᄯᅢ에, 모친을 ᄯᅥᄂᆞᆫ지라, 지금 그 편지
를 보며 하ᄂᆞᆫ 말이, 나ᄂᆞᆫ 우리 어머니 글시도 모르지, 어머니 글시가, 이
럿튼가 하면셔 부친의 압헤, 펼처 놋코 본다
상장
ᄯᅥᄂᆞ신 지, 삼삭이 못 되얏ᄉᆞᄂᆞ, 平壤(평양)에 게시던 일은 前生(젼ᄉᆡᆼ) 일 갓ᄉᆞᆸ
萬里他國(만리타국)에셔 水土不服(수토불복)이ᄂᆞ, 되시지 아니ᄒᆞ고, 긔운 평안ᄒᆞ오신지 굼
굼ᄒᆞ압기 층양 업ᄉᆞᆸᄂᆞ이다, 이곳의, 지ᄂᆡᆫ 風霜(풍상)은 말숨ᄒᆞ기, 신신치 아니
ᄒᆞ오ᄂᆞ, ᄃᆡ강 소식이ᄂᆞ 아르시도록, 말숨ᄒᆞᄋᆞᆸᄂᆞ이다, 옥연이ᄂᆞᆫ, 어ᄃᆡ 가
셔, 쥭엇ᄂᆞᆫ지 다시 소식이, 묘연ᄒᆞ고, 이곳은 쥭기로 決心(결심)ᄒᆞ야 大同江(ᄃᆡ동강)
물에 ᄲᅡ젓더니, ᄇᆡᄉᆞ공과, 고장팔의게 건진 ᄇᆡ 도야, 사랏다가 부산셔,
이곳 친정, 아바님이 平壤(평양)에 오셔셔 ᄉᆞ랑에셔 米國(미국) 가셧다ᄂᆞᆫ 말숨을
傳(젼)하야 쥬시니, 그 후로부터 마ᄋᆞᆷ을 붓처 ᄉᆞ라 잇ᄉᆞᆸ, 셰월이 어셔 가셔
故國(고국)에 도라오실 期約(기약)만 기다리ᄋᆞᆸᄂᆞ이다
그러ᄂᆞ 사랑에셔ᄂᆞᆫ, 몃 십 연을 아니 오시더ᄅᆡ도, 이 셰ᄉᆞᆼ에 게신 줄를
알고 잇사오니, 위로가 되오나 옥연이ᄂᆞᆫ, 만나 보려 ᄒᆞ면 黃泉(황쳔)에 가기
前(젼)에ᄂᆞᆫ, 못 볼 터이오니, 그거시, 한 되ᄂᆞᆫ 일이ᄋᆞᆸ, 말숨 무궁하오ᄂᆞ 이만
긋치ᄋᆞᆸᄂᆞ이다
옥연이가, 그 편지를 보고

1906년 10월 2일(四十四 / 47회)

쎠가 녹ᄂᆞᆫ 듯ᄒᆞ고, 몸이 슬어지ᄂᆞᆫ 듯ᄒᆞ야, 감아니 안젓다가

(옥) 아버지, ᄂᆞᄂᆞᆫ ᄂᆡ일이라도 우리 집으로, 보ᄂᆡ 쥬시오

날ᄅᆡ가, 돗쳐스면, 지금이라도 나라가셔, 우리 어머니, 얼골를 보고, 우리 어머니, ᄒᆞᆫ을 푸러 드리고 십소

(父(부)) 네가 故國(고국)에 가기가, 그리 밧불 거시 아니라, 우선 네가 고ᄉᆡᆼᄒᆞ던, 이약이ᄂᆞ 어셔 좀, ᄒᆞ여라

네가 엇더케, 샤라낫스며, 엇지 여긔를 왓ᄂᆞ냐

옥년이가, 얼골빗을, 쳔연이 ᄒᆞ고, 고처 안쩌니, 모란봉에셔, 총 맛고 野戰病院(야젼병원)으로, 가든 일과 井上軍醫(경상군의)의 집에 가든 일과 大坂(ᄃᆡ판) 小學校(소학교)에셔 卒業(졸업)ᄒᆞ든 일과 不幸(불ᄒᆡᆼ)한 事機(ᄉᆞ긔)로 大坂(ᄃᆡ판)을 써ᄂᆞ든 일과 東京(동경) 가ᄂᆞᆫ 汽車(긔ᄎᆞ)를 타고 具完書(구완셔)를 만ᄂᆞ셔 絶處逢生(졀쳐봉ᄉᆡᆼ)ᄒᆞ든 일를, 낫낫치 말ᄒᆞ고, 그 말을 맛치더니, 다시 얼골빗이 변ᄒᆞ며 눈물이, 도니, 그 눈물은 부모의 졍에, 관게[계]한 눈물도 아니오, 졔 신셰 ᄉᆡᆼ각ᄒᆞᄂᆞᆫ 눈물도 아니오, 具完書(구완셔)의 恩(은)혜를, ᄉᆡᆼ각ᄒᆞᄂᆞᆫ 눈물이라

(옥) 아버지, 아버지게셔, 날 갓ᄒᆞᆫ 不孝(불효)의 ᄊᆞᆯ을, 만ᄂᆞ 보시고 깃부신 마음이, 잇거든 具氏(구씨)를 차저 보시고, 치사의 말솜을 ᄒᆞ여 쥬시면, 조케습니다

金冠一(김관일)이가 그 말을 듯더니, 그 길로 옥연이를 다리고 具氏(구씨)의 留(유)ᄒᆞᄂᆞᆫ 處所(쳐소)로, 차저 가니 具氏(구씨)ᄂᆞᆫ 金冠一(김관일)이를 만ᄂᆞ보ᄆᆡ, 옥연의 부친를 본 것 갓치 아니ᄒᆞ고, 제 부친이ᄂᆞ, 만난드시, 반가온 마음이, 잇스니 그 마음은, 옥연의 깃버ᄒᆞᄂᆞᆫ, 마음이, ᄂᆡ 마음 깃분 것이ᄂᆞ, 다름 업ᄂᆞᆫ 데셔 ᄂᆞ오ᄂᆞᆫ 마음이오, 김씨ᄂᆞᆫ, 구씨를 보고, ᄂᆡ ᄊᆞᆯ 옥연를 만ᄂᆞ 본 거시ᄂᆞ, 다

름 업시 반가우니 그 두 사람의 마음이, 그러ᄒᆞᆯ 일이라
金氏가 具氏를 對ᄒᆞ야 ᄒᆞᄂᆞᆫ 말이, 간단ᄒᆞᆫ, 두 마ᄃᆡ ᄲᅮᆫ이라
한 마듸ᄂᆞᆫ 옥연이가, 신셰 지흔 치사오
한 마듸ᄂᆞᆫ 具氏가 故國에 도라간 뒤에, 옥년으로 ᄒᆞ여곰 具氏의 箕箒
를 밧들고 百年佳約 ᄆᆡᆺ기를 願ᄒᆞᄂᆞᆫ지라
具氏ᄂᆞᆫ 本來 活潑ᄒᆞ고, 것칠 것 업시, 수작ᄒᆞᄂᆞᆫ 사ᄅᆞᆷ이라

1906년 10월 4일 (四十五 / 48회)

옥년이를, 물ᄭᅳ름이 보더니
(具) 이ᄋᆡ, 옥련아
어 — 실쳬하엿구
남의 집 쳐녀더러, ᄯᅩ ᄒᆡ라 ᄒᆞ얏구나
우리가 입으로, 조션말은 ᄒᆞ더ᄅᆡ도, 마음에ᄂᆞᆫ, 셔양 문명한 풍속이, 저젓스니, 우리ᄂᆞᆫ 혼인을 ᄒᆞ여도, 셔양 사ᄅᆞᆷ과 갓치 부모의 명녕을 좃칠 거시 아니라 우리가 셔로, 부부될 마음이 잇스면, 셔로 直接ᄒᆞ야, 말ᄒᆞᄂᆞᆫ 거시 오른 일이다
그러나, 우션 말부터 英語로 슈작ᄒᆞᄌᆞ, 조션말로 ᄒᆞ면, 입에 익은 말로, 외짝ᄒᆡ라 ᄒᆞ기 불안ᄒᆞ다
ᄒᆞ면셔 구씨가, 영어로 말을 ᄒᆞᄂᆞᆫᄃᆡ, 구씨의 학문은, 옥년이보다 ᄃᆡ단이 놉푸ᄂᆞ, 영어ᄂᆞᆫ 옥연이가 구씨의, 션싱 노릇이라도, 할 만한 터이라
그러ᄂᆞ 具氏ᄂᆞᆫ, 셧투른 영어로, 수작을 ᄒᆞᄂᆞᆫᄃᆡ 옥연이ᄂᆞᆫ, 조션말로 단졍이, ᄃᆡ답ᄒᆞ더라
金冠一은 ᄯᆞᆯ의, 혼인 언론을 ᄒᆞ다가, 구씨가, 셔양 풍속으로, 즉접 언론

ᄒᆞᄌᆞ ᄒᆞᄂᆞᆫ 서슬에, 옥년의 혼인 언약에, 좌지우지 할, 권리가 업시, 감안이 안젓더라

옥년이ᄂᆞᆫ 아무리, 조션 계집 아ᄒᆡ이ᄂᆞ, 학문도 잇고, ᄀᆡ명한 ᄉᆡᆼ각도 잇고, 동셔양으로 단기면셔, 문견이 놉흔지라, 셔슴지 아니ᄒᆞ고, 혼인 언론, ᄃᆡ답을 ᄒᆞᄂᆞᆫᄃᆡ, 구씨의 소쳥이 잇스니, 그 소쳥인 즉, 옥연이가 구씨와 갓치, 몃 ᄒᆡ든지 공부를, 더 심써 ᄒᆞ야, 학문이, 유여한 후에, 고국에 도라가셔, 결혼ᄒᆞ고 옥연이ᄂᆞᆫ, 조션 부인 교휵을 맛ᄐᆞᄒᆞ기를 쳥ᄒᆞᄂᆞᆫ, 유지한 말이라, 옥연이가, 구씨의 권ᄒᆞᄂᆞᆫ 말를 듯고, ᄯᅩ한 죠션 부인 교휵할 마음이, 간절ᄒᆞ야 구씨와 혼인 언약을, ᄆᆡᆺ지니

구씨의 目的(목격)은 공부를 심써 ᄒᆞ야, 귀국한 뒤에, 우리ᄂᆞ라를, 독일국과 갓치, 연방을 삼아셔, 일본과 만쥬를, 한 ᄃᆡ 합ᄒᆞ야, 문명한 강국을 맨늘고ᄌᆞ ᄒᆞᄂᆞᆫ (비ᄉᆞᄆᆡᆨ)갓한 마암이오, 옥연이ᄂᆞᆫ 공부를 심써 ᄒᆞ야, 귀국ᄒᆞ[ᄒᆞᆫ] 뒤에, 우리나라 부인의 지식을 널려셔, 남ᄌᆞ의게 압졔를 밧지 말고, 남ᄌᆞ와 동등권리를 찻계 ᄒᆞ며, ᄯᅩ 부인도 나라에 유익한 ᄇᆡᆨᄉᆡᆼ이 되고, ᄉᆞ회상에, 명예 잇ᄂᆞᆫ 사ᄅᆞᆷ이 되도록, 교휵[육]할 마음이라

1906년 10월 5일 (四十六 / 49회)

셰상에 졔 목적을, 제가 自期(ᄌᆞ긔)ᄒᆞᄂᆞᆫ 것갓치, 질거운 일은, 다시 업ᄂᆞᆫ지라, 구완셔와 옥년이가, ᄂᆞ이 어려셔, 외국에 간 사ᄅᆞᆷ들이라, 조션 사ᄅᆞᆷ이, 이렇케 야만되고, 이렇케 용녈ᄒᆞᆫ 쥴을 모로고, 구씨던지 옥년이던지, 조션에 도러오ᄂᆞᆫ 날은, 조선도 유지ᄒᆞᆫ 사ᄅᆞᆷ이 만히 잇셔셔, 학문 잇고, 지식 잇ᄂᆞᆫ 사ᄅᆞᆷ의 말을 듯고, 일를 찬성ᄒᆞ야 구씨도, 목적ᄃᆡ로 되고, 옥년이도 졔 목적ᄃᆡ로, 조션 부인이, 일졔히, ᄂᆡ 교휵을 바다셔, 낫낫시

ᄂᆞ와 ᄀᆞᆺᄒᆞᆫ 학문 잇ᄂᆞᆫ 사ᄅᆞᆷ들이, 만히 ᄉᆡᆼ기려니, ᄉᆡᆼ각ᄒᆞ고 일변으로 깃분 마ᄋᆞᆷ을, 이기지 못ᄒᆞᄂᆞᆫ 거ᄉᆞᆫ, 제 ᄂᆞ라 형편 모르고, 외국에 유학한 소년 학ᄉᆡᆼ, 예긔에셔, ᄂᆞ오ᄂᆞᆫ 마ᄋᆞᆷ이라

구씨와 옥연이가, 그 목젹ᄃᆡ로, 되든지 못 되든지, 그거ᄉᆞᆫ 후의 닐이어니와, 그ᄂᆞᆯ은 두 사ᄅᆞᆷ의 마ᄋᆞᆷ에ᄂᆞᆫ, 혼인 언약의 조흔 마ᄋᆞᆷ은, 오히려 둘지가 되니, 옥연이, 낙지 이후에ᄂᆞᆫ, 이러한 질거운 마ᄋᆞᆷ이 처음이라

金冠一(김관일)은 옥연를 만나보고 具完書(구완서)를, 사위감으로, 뎡ᄒᆞ고 구씨와 옥연의 목적이, 그럿틋 긔이ᄒᆞᆫ 말올 드르니, 김씨의 조흔 마ᄋᆞᆷ도, 측양ᄒᆞᆯ 슈 업ᄂᆞᆫ지라

미국 화성돈에ᄂᆞᆫ (호텔)에셔ᄂᆞᆫ 옥연의 부녀와, 구씨가 ᄉᆞᆺ발ᄀᆞᆺ치 느러 안저셔, 그럿틋 희희낙락ᄒᆞᆫᄃᆡ 셰상이 고르지 못ᄒᆞ야, 조션 평양셩 북문 안에, 게ᄯᅡᆨ지ᄀᆞᆺ치 나진 집에셔, 삼십 젼부터, 남편 업고 ᄌᆞ녀 간에, 혈육 업고 ᄌᆡ물 업시 지ᄂᆡᄂᆞᆫ 부인이 잇스되, 십 연 풍상에 남보다 만흔 것, ᄒᆞᆫ 가지가 잇스니, 그 만흔 거ᄉᆞᆫ, 근심이라

그 부인이, 남편이 죽고 업ᄂᆞ냐 ᄒᆞᆯ 지경이면, 죽지도 아니ᄒᆞᆫ 터이라 죽고 업ᄂᆞᆫ 터이면, 단렴ᄒᆞ고 ᄉᆡᆼ각이ᄂᆞ 아니 ᄒᆞ련마ᄂᆞᆫ, 뉵 만 리를 리별ᄒᆞ야, 망부셕이 될 듯ᄒᆞᆫ 졍경이오, ᄌᆞ녀 ᄀᆞᆫ에 혈육이 업ᄂᆞᆫ 거ᄉᆞᆫ, ᄉᆡᆼ산을 못 ᄒᆞ얏ᄂᆞ냐, 무를진ᄃᆡ ᄯᆞᆯ ᄒᆞᄂᆞ를 두고, 아들 겸 ᄯᆞᆯ 겸 ᄒᆞ야, 금옥ᄀᆞᆺ치 귀ᄋᆡᄒᆞ다가, 일곱 살 되던 ᄒᆡ에 일엇더라

눈 압헤 참척을 보앗ᄂᆞ냐, 물을진ᄃᆡ, 그 부인은 말 업시, 눈물만 흘리더라, 눈 압헤 보이ᄂᆞᆫ 데셔ᄂᆞ 죽엇스면, 한이ᄂᆞ 업스련마ᄂᆞᆫ, 어ᄃᆡ셔 죽엇ᄂᆞᆫ지, 아지도 못ᄒᆞ니, 그거시 한이러라

1906년 10월 6일 (四十七 / 50회)

그 ᄯᆞᆯ의 입든 옷 한 가지를, 착착 기여셔, 그 ᄯᆞᆯ이 가지고 노든 손괴에, 너어셔, 그 괴 우에ᄂᆞᆫ, 부인의 글시로 옥연의 관이라 써서, 모란봉, 산비탈에 무더 놋코, 훈식 츄셕 ᄀᆞᆺ한 명일이 되면, 부인이 가셔 울고 도라 오ᄂᆞᆫ지라 그때 맛참 팔월 보름날을 당ᄒᆞ야

부인이 고장팔의 어미를 부른다

여보게 할멈, 오놀이 츄셕일셰 그려

우리 옥연의 뫼에ᄂᆞᆫ, 가셔 보고 오셰

셰월이 덧업ᄂᆞᆫ 것일셰, 옥연이ᄂᆞᆫ 죽고, 셔방님은, 미국 가신 지가, 아홉 히가 되얏네

미국이, 머다 하더릭도, 사라게신 셔방님은, 다시 만나 뵈우려니와, 죽어 속졀 업ᄂᆞᆫ, 옥연이ᄂᆞᆫ …… 。

말 ᄭᅳᆺ을 맛치지 못하고, 목이 머여서, 아무 소릭 업시, 안젓ᄂᆞᆫ딕, 그 부인이 일쳥젼징, 눈릭 이후로, 날마다, 근심과 눈물로, 셰월을 보닌 사름이라, 눈도 변하얏던지, 지금은, 셔른 싱각이 나더릭도, 눈물도 아니 ᄂᆞ고 가슴만 압풀 ᄲᅮᆫ이라

눈에ᄂᆞᆫ, 옥연의 모양이, 보이ᄂᆞᆫ 듯하고, 귀에ᄂᆞᆫ 옥연의 소릭가, 들리ᄂᆞᆫ 듯하야, 싱각을 하면, 밋칠 듯하다

그 싱각이, 놀 ᄯᅢᄂᆞᆫ, 입에 음식도 아니 드러가고, 눈에 잠도, 아니 오고 몸을 쑴저거려셔, 거름 것기도, 시른지라, 고장팔의 어미가, 픗밤, 픗딕츄, 픗빅, 를 사셔 가지가, 드러와셔, 부인 압헤, 노흐면셔

앗씨, 실과 사와슴니다 어셔 옥년 익기 뫼에, 가십시다

앗씨, 앗씨, 앗씨, 앗씨

그럿케 부르ᄂᆞᆫ딕, 부인은, 듯ᄂᆞᆫ지 못 듯ᄂᆞᆫ지, 싱불 안젓드시, 감안이 안젓스니,

고장팔의 어미가, 부인의 얼골를 쳐어다 보다가, 비쥭 비쥭 울며, ᄒᆞᄂᆞᆫ 말이

에구 앗씨게셔 ᄯᅩ 저러ᄒᆞ시네

앗씨 앗씨, 쥭은 옥연 ᄋᆡ기를, 그럿케 ᄉᆡᆼ각ᄒᆞ시면, 쓸 ᄯᆡ 잇슴ᄂᆡᆺ가 어셔 마ᄋᆞᆷ을, 돌리시오

에그, 염라 ᄃᆡ왕도, 무정하지, ᄂᆡ가 염라ᄃᆡ왕 갓흐면, 옥년 ᄋᆡ기를 다시 살려ᄂᆡ여, 이 셰상에 도로 보ᄂᆡ셔, 우리 앗씨가 저러케, 쳘쳔지 원이, 되ᄂᆞᆫ 마ᄋᆞᆷ을, 위로하여 드릴 터이지

앗씨게셔, 옥년 ᄋᆡ기를 저럿케 ᄉᆡᆼ각하실 ᄯᆡ에, 옥연 ᄋᆡ기가, 다시 사라셔, 이 마당으로, 아장아장 거러 드러왓스면 앗씨가 엇더케 조아 하실런지 에그, 그런 일 좀 보앗스면……

1906년 10월 7일 (四十八 / 51회)

마참 ᄭᆞ마귀 ᄒᆞᆫ 마리가, 집붕 우에 ᄂᆞ려 안ᄶᅥ니, ᄭᆞᆨ막, ᄭᆞᆨ막, ᄶᅡᆨᄶᅡᆨ, 짓ᄂᆞᆫ 소ᄅᆡ가, 흉측ᄒᆞ게 들니거날 부인이 감앗든 눈을 ᄯᅥ셔, 장팔 어미를, 보며 ᄒᆞᄂᆞᆫ 말이

여보게, 저 ᄭᆞ마귀 소ᄅᆡ 좀, 드러 보게, ᄯᅩ 무슨 흉한 일이 ᄉᆡᆼ기려ᄂᆞ베, ᄭᆞ마귀ᄂᆞᆫ 영물이라ᄂᆞᆫᄃᆡ 무슴 일이 ᄯᅩ 잇슬런지, 모르깃네

팔ᄌᆞ 긔박한 녀편네가, 오ᄅᆡ 사랏다가, 험ᄒᆞᆫ 일를, 더 보지 말고 오날이라도 쥭엇스면, 좃케네 요사이ᄂᆞᆫ, 미국셔 편지도, 아니 오니, 왼 일인고

긔운 업ᄂᆞᆫ 목쇼ᄅᆡ로, 시름 업시 탄식ᄒᆞᄂᆞᆫ 모냥은 아모가 보던지, 죠흔 마ᄋᆞᆷ은, 아니 ᄂᆞᆯ 터인ᄃᆡ, 늙고 청승스러운 장팔 어미가, 부인의 그 모냥을 보고, 부인이 쥭으면, ᄯᅡ라 쥭을 듯한 마음도 잇고, ᄶᅡ마귀를 처 쥭이고 시푼 마음도, ᄉᆡᆼ겨셔, 마당에로, 펄펄 ᄯᅱ여 ᄂᆞ려 가셔, 집붕 우를, 처어다 보면서, ᄶᅡ마귀에게 헷팔ᄆᆡ질를 ᄒᆞ고 ᄶᅡ마귀의게 욕을 한다

슈여 — , 이 경칠 놈의 까마귀, 포슈들은, 다, 어딕로 간누

소곰장ᄉᆞ —

네 어미 —

조션 풍속에 까마귀 보고 ᄒᆞᄂᆞᆫ 욕은 장팔 어미가, 모르ᄂᆞᆫ 것 업시 쥬어 섬기며, 소리를 버럭 버럭 지르니, 그 까마귀가 펄적 나라, 공즁에 놉피 ᄯᅳ더니, 깍깍, 지지며 모란봉에로, 향ᄒᆞ거놀, 부인의 눈은, 까마귀를 ᄯᅡ라셔, 모란봉에로 가고, 로파의 욕ᄒᆞᄂᆞᆫ 소리ᄂᆞᆫ 까마귀 소리를 ᄯᅡ라간다

우ᄶᅡ 쓴, 벙거지 쓰고, 감장, 홀티바지 저구리 입고, 가쥭 쥬머니, 머이고, 문 밧게 와셔, 안즁문을, 기웃기웃ᄒᆞ며, 편지 바다 드려가오, 편지 바다 드려가오, 두 셰 번 소리 ᄒᆞᄂᆞᆫ거슨, 우편군ᄉᆞ라, 장팔의 어미가, 까마귀의게 열이 잔ᄯᅳᆨ 낫던 ᄎᆞ게, 엇더한 사룸인지, 무슴 말인지, ᄌᆞ셰이 듯지도 아니ᄒᆞ고, 질부등가리, ᄭᆡ여지ᄂᆞᆫ, 소리 갓한, 목소리로, 우편군ᄉᆞ에게 까닥 업ᄂᆞᆫ 화푸리를 한다

왼 사룸이, 남의 집안 마당을, 훔부루 드려다 보아

이 덕에ᄂᆞᆫ, 사랑 냥반도, 아니 게신 덕인ᄃᆡ 왼 졀문 연셕이, 양반의 덕 안마당을, 드려다 보아

(우편군ᄉᆞ) 여보, 누구더러, 니 년셕 져 년셕 ᄒᆞ오, 체젼부ᄂᆞᆫ, 그리 만만한 쥴로 아오

어ᄃᆡ 말 좀 ᄒᆞ여 봅시다, 이리 좀 ᄂᆞ오시오

ᄂᆞᄂᆞᆫ, 편지 젼ᄒᆞ러 온, 것 외에ᄂᆞᆫ 아무 것도, 잘못한 것 업소

1906년 10월 9일 (四十九 / 52회)

(부) 여보게 홀멈, ᄌᆞ네가 누구와, 그럿케 ᄊᆞ오나

우체사령이, 편지를 가지고, 왓다 ᄒᆞ니, 미국셔, 셔방님이 편지를 부치셧ᄂᆞ베

어셔 바다, 드려오게

(로파) 올치 우체ᄉᆞ령이로구

늙은 ᄉᆞ롬이, 눈 어두어셔 ……

어셔 편지나, 이리 쥬오, 앗씨쪄 갓다 드리게 ……

우체ᄉᆞ령이 처음에, 로파가 소리를 지를 ᄯᅢ에ᄂᆞᆫ, 늙은 ᄉᆞ롬 망녕으로 알고, 몰을, 예ᄉᆞ로 ᄒᆞ더니, 로파가 잘못ᄒᆞᆫ 쥴을 ᄭᅢ닷고, 몰 ᄒᆞᄂᆞᆫ 눈치를 보더니, 그 ᄯᅢᄂᆞᆫ, 우체ᄉᆞ령이, 산, 목을 쓰고, ᄃᆡ여든다

(우) 이런 제어미 ……

ᄂᆡ가 체젼부 단기다가, 이런 ᄭᅩᆯ은 쳐음 보앗네

남더러, 무슨 턱으로, 욕을 ᄒᆞ오 ᄂᆡ가 아무리, 밧바도, 그 몰 좀 므러 보고, 갈 터이오

ᄒᆞ면셔, 소리를 버럭 버럭 지르고, ᄃᆡ여들며 편지 돌나 ᄒᆞᄂᆞᆫ 말은, ᄃᆡ답도 아니 ᄒᆞ니

평양 ᄉᆞ롬의 싸옴ᄒᆞ러 ᄃᆡ드ᄂᆞᆫ 셔슬은, 금방 쥭어도, 몸을 읶기지, 아니 ᄒᆞᄂᆞᆫ 셩졍이라

로파가 싸마귀의게, 화푸리 ᄒᆞᆯ ᄶᅵ 갓ᄒᆞ면 우체ᄉᆞ령의게 몸부림을 ᄒᆞ고 죽어도 그 화가, 푸러지지 아니ᄒᆞᆯ 터이ᄂᆞ, 미국셔 편지 왓다 ᄒᆞᄂᆞᆫ 소리에 그 화가, 다 푸러젓더라

그 화만, 푸러질 ᄲᅮᆫ이 아니라, 우체ᄉᆞ령의, ᄶᅦ거리ᄭᅡ지, 붓고 잇ᄂᆞᆫᄃᆡ 부인은 어셔 붓비 편지 볼 마음이 잇셔셔, ᄂᆡ외ᄒᆞ기도, 이젓던지, 중문ᄭᅡᆫ에로, ᄯᅱ여 ᄂᆞ가셔, 로파를 ᄭᅮ짓고, 우체ᄉᆞ령을 돌ᄂᆡ고, 옥년의 뫼에 가지고 가려 하던, 슐과 실과를, ᄂᆡ여다 먹인다

우체ᄉᆞ령이, 금방 살인을 할 듯ᄒᆞ던 위인이, 로파더러, 할머니, ᄒᆞ며 푸러

지ᄂᆞᆫᄃᆡ, 그 집에셔 부리던 ᄒᆞ인과 갓치, 친슉ᄒᆞ더라

로파가 편지를, 바다서, 부인의게 드리니, 부인이 그 편지를 들고, 것봉 쓴 거슬 보더니, ᄭᅡᆷᄶᅡᆨ 놀라셔 의심을 ᄒᆞᆫ다

(로파) 앗씨 무엇을 그리 ᄒᆞ심닛가

(부) 응 감아니 잇게

(로파) 셔방님게셔 붓치신 편지오닛가

(부) 아닐셰

(로) 그러면, 부산셔, 주ᄉᆞ ᄂᆞ리게셔 ᄒᆞ신 편지오닛가

(부) 아니

(로) 에그, 어셔, 말숨 좀 시연이 ᄒᆞ여 쥬십시오

(부) 글시ᄂᆞᆫ 처음 보ᄂᆞᆫ 글시일셰

1906년 10월 10일 (五十 / 53회)

본ᄃᆡ 옥년이가, 일곱 살에, 부모를 ᄯᅥ낫ᄂᆞᆫᄃᆡ, 그 ᄯᆡᄂᆞᆫ 언문 한 자, 모를 ᄯᆡ라, 그 후에, 일본 가셔, 심상 소학교, 졸업ᄭᆞ지 ᄒᆞ얏스ᄂᆞ, 조션 언문은, 구경도 못 ᄒᆞ얏더니, 그 후에 구완셔와 갓치, 미국 갈 ᄯᆡ에, ᄐᆡ평양을 건너가ᄂᆞᆫ 동안에, 구완셔가, 가르친 언문이라, 옥연의 모친이, 엇지

옥연의, 글시를 아라 보리오 부인이 편지를, 바다 보니, 것면에ᄂᆞᆫ

韓國平安南道平壤府北門內(한국평안남도평양부북문ᄂᆡ)

金冠一室內(김관일실ᄂᆡ) 親展(친젼)

ᄒᆞᆫ편에ᄂᆞᆫ

米國華盛頓(미국화셩돈) …… 혼텔[호텔]

옥년상살이

진셔 글ᄶᅡᄂᆞᆫ 부인이, ᄒᆞᆫ 자도 아라 보지 못ᄒᆞ고, 담안 (옥련상살이)라 ᄒᆞᆫ 글ᄶᅡ만 아라 보앗스ᄂᆞ, 글시도 모르ᄂᆞᆫ 글시오, 옥연이라 한 거ᄉᆞᆫ, 볼ᄉᆞ록 의심만, ᄂᆞᆫ다

(부인) 여보게, 홀멈, 이 편지 가지고 왓던 우체ᄉᆞ령이, 발셔 간ᄂᆞ
이 편지가, 졍녕 우리 집에, 오ᄂᆞᆫ 것인지, ᄌᆞ셰이 무러 보더면, 조흘 본 ᄒᆞ얏네

(로파) 우애, 거ᄀᆡ 쓰지 아니 ᄒᆞ얏습니가

(부인) ᄒᆞᆫ 편은, 진셔오, ᄒᆞᆫ 편에ᄂᆞᆫ, 진셔도 잇고, 언문도 잇ᄂᆞᆫᄃᆡ, 진셔ᄂᆞᆫ 무엇인지, 모르깃고, 언문에ᄂᆞᆫ, 옥년상살이라, 써스니 이상ᄒᆞᆫ 일도 잇네
셰상에, 옥연이라 ᄒᆞᄂᆞᆫ 일홈이, ᄯᅩ 잇ᄂᆞᆫ지, 옥연이라 ᄒᆞᄂᆞᆫ 일홈이 ᄯᅩ 잇더ᄅᆡ도, ᄂᆡ게 편지 ᄒᆞᆯ 문ᄒᆞᆫ ᄉᆞᄅᆞᆷ도, 업ᄂᆞᆫᄃᆡ……

(로파) 그러면, 자근 앗씨의 편지인가 보이다

(부인) 에그, 씀갓ᄒᆞᆫ 쇼리도, 하네
죽은 옥연이가, ᄂᆡ게 편지를 엇지 ᄒᆞ여……

ᄒᆞ면셔 ᄯᅩ 한숨을 쉬더니, 얼골에 처량ᄒᆞᆫ 빗시, 다시 ᄂᆞᆫ다

(로파) 앗씨 앗씨, 두 말삼 물고, 그 편지를 ᄯᅳ더 보십시오

부인이, 화씸에, 편지ᄅᆞᆯ, 박박 ᄯᅳ더보니, 옥연의 편지라
모란봉에셔, 지ᄂᆡᆫ 일붓터, 미국 화셩돈 (호텔)에셔 옥연의 부녀가 상봉하야, 그 모친의 편지 보던 모냥ᄶᅡ지, 거린 듯이 자셰히 한 편지라
그 편지 붓치던 ᄂᆞᆯ은 광무 뉵연 (음녁) 칠월 십일일인ᄃᆡ 부인이 그 편지 ᄠᅥ더 보던 ᄂᆞᆯ은 임인연 음녁 팔월 십오일이러라
아ᄅᆡ권은 그 녀학싱이 고국에 도라온 후를 기다리오

(上篇終)(상편종)

4 鬼의聲(귀의셩)

1906.10.14 ~ 1907.5.31

1906년 10월 14일 (一)

깁푼 밤, 지ᄂᆞᆫ ᄃᆞᆯ이 春川三鶴山(츈천삼학샨) 그림자를, ᄯᅳ러다가 南內面松峴(남ᄂᆡ면솔기)동ᄂᆡ 姜同知(강동지) 집, 건넌방, 셔창에, 드럿더라

창호지 ᄒᆞᆫ 겹문, 가린, 홋창 밋희셔 긴 벼ᄀᆡ, ᄒᆞᆫ머리, 비고, 널흔 뇨, 한편에, 혼자 누어잇ᄂᆞᆫ, 부인은, 나히, 이십이, 되락ᄆᆞᆯ락하고, 얼골은, 도다오ᄂᆞᆫ ᄇᆞᆫᄃᆞᆯ갓치, 탐스럽더라

그 부인이, 벼ᄀᆡ ᄒᆞᆫ머리가, 비여셔 적적ᄒᆞᆫ, 마음이, 잇ᄂᆞᆫ 즁에, ᄇᆡ 속에셔 팔ᄯᅡᆨ팔ᄯᅡᆨ 노ᄂᆞᆫ 거슨, ᄂᆡ월만 되면, 아들이ᄂᆞ, ᄯᅡᆯ이ᄂᆞ, 나흘 터이라고, 혼ᄌᆞ 마음에, 위로가 된다 셔창에, 빗추ᄂᆞᆫ 달빗으로 벗을 삼고 ᄇᆡ 속에셔 ᄭᅮᆷ지락거리고 노ᄂᆞᆫ 아희로, 낙을 삼아 누엇스ᄂᆞ 이런 ᄉᆡᆼ각, 저런 ᄉᆡᆼ각, 잠 못들어 ᄋᆡ를 쓰다가 삼학샨 그림ᄌᆞ가, 창을 점점 가리면셔, 방안이 우즁츙ᄒᆞ여지ᄂᆞᆫᄃᆡ 부인도 ᄉᆡᆼ각을, 이즈며, 잠이 드럿더라

잠든 동안이, 게른 놈은, 눈도 몃번 못ᄭᅮᆷ저거릴 터이ᄂᆞ, 부인의, ᄭᅮᆷ은 ᄲᅡᆯ리쥴갓치, 길게 ᄭᅮ엇더라

ᄭᅮᆷ을 ᄭᅮ다가, 가위를 눌렷던지, 소리를 버럭 질러셔, 그 집 안방에셔 잠

자던 동지의 닉외가 깜짝 놀라 깨엿는듸, 강동지의 마누라가, 웃통 벗고 너른 속것, 바롬으로, 훈거름에 쒸여왓다

이익 길순ᄋ, 문 여러라, 문 여러라, 이익 길순아, 길순아

길순이를 두 번, 부르다가, 길순이가 딕답이 업스니, 다시 안방으로 향ᄒ고, 강동지를 부른다

여보, 영감 이리 좀, 건너오시요 길순의 방에셔, 무슨, 이상훈 쇼릐가, 들엿는듸, 아무리 불너도 딕답이 업스니, 웬일이오

벌거벗고 자던, 강동지가, 바지만 씌히고, 쒸여ᄂ와, 건넌방 문을 흔든다

(동지) 이익 길순ᄋ, 길순ᄋ, 길순ᄋ

길순이를, 부르느라고, 웬집안이 법썩을 ᄒ는듸, 그 방 속에 잇는 길순이가 잠이 갯엿스나, 숨소리도 업시, 누엇다가, 마지못ᄒ야 딕답ᄒ는 모냥이라

아버지, 어머니는, 그 딕단훈 길순이가, 무슨 념녀가 되야, 저러케 애를 쓰시오

길순이는, 죽던지 사던지, 닉버려두고, 드러가셔 쥬무시오

하더니, 다시는 아무, 소릐 업는듸 길순의 가슴은, 녹는 듯ᄒ야, 벼기에 드러누엇고, 강동지, 닉외는, 죄ᄂ, 지흔 듯시, 헷우슴을 우수면셔

오냐 잠이ᄂ, 잘 자거라, 무슨 소리가, 들리기로 념녀가 되야셔 그리ᄒ얏다

ᄒ면셔 안방으로 근너가더니

1906년 10월 16일 (二)

강동지의 마누라는, 우통 버슨 치로, 방 한가운듸 안젓는듸, 무슨 싱각을

ᄒᆞᄂᆞᆫ지, 얼빠진 사ᄅᆞᆷ갓치, 우둑허니 안젓더라

그때ᄂᆞᆫ, 달그림자가, 지구를, 안고 깁피 드려간 후이라, 강동지 집 안ᄉᆡᆼ이, 굴속갓치, 어두엇ᄂᆞᆫᄃᆡ 강동지ᄂᆞᆫ, 그럿케 어둔 방에셔, 담비때를 차지려고, 방안을 더듬더듬, 더듬ᄯᅳᆫ가, 담비때ᄂᆞᆫ 아니 집피고, 마누라의 몸둥이에 손이 닷더라

판수가, 계집을 ᄆᆞᆫ지드시 마누라의 머리에셔부터, ᄂᆡ리 더듬어 ᄂᆡ려오더니, 중늘근이도, 절문 마암이 ᄂᆞᆫ던지, 담배때ᄂᆞᆫ 아니찻고, 마누라를, 드러뉘흐려 ᄒᆞ니, ᄆᆞ누라가 팔를 ᄲᅮ리치며 ᄒᆞᄂᆞᆫ ᄆᆞᆯ이

여보, 좀 가마니 잇쇼, 남은 경황이 업ᄂᆞᆫᄃᆡ, 우ᄋᆡ, 이리 ᄒᆞ오

(동지) 우ᄋᆡ 무슨 걱졍잇ᄂᆞ

(마누라) 여보 ᄯᆞᆯ자식의게 저 몹슬 노르슬 하고 걱졍이 아니된단 ᄆᆞᆯ이오

나ᄂᆞᆫ, 우리 길순의 ᄉᆡᆼ각을 ᄒᆞ면, ᄲᅧ가 녹ᄂᆞᆫ 듯ᄒᆞ오

자식이라고ᄂᆞᆫ 그것 하ᄂᆞ, ᄲᅮᆫ인ᄃᆡ 금옥갓치, 길럿다가, 지금 와셔 저러ᄒᆞᆫ 신셰가 되니 그거시, 뉘, 탓이오

초록은 졔 빗치 좃타고 사위를 보거든 갓ᄒᆞᆫ 상사ᄅᆞᆷ끼리 혼인ᄒᆞᄂᆞᆫ 거시 좃치

냥반 사위 좃타고 할 비러먹을 년이 잇ᄂᆞ

ᄂᆡ 마음ᄃᆡ로, ᄒᆞᆯ 것 갓하면, 가ᄂᆞᆫ한 집, 지차자식이든지, 그럿치 아니하면 부모도 업고, 사ᄅᆞᆷ만 착실ᄒᆞᆫ 아희를, 골ᄂᆞ셔, 다릴사위를 삼아셔, 평ᄉᆡᆼ을 다리고 잇스려 ᄒᆞ얏더니, 그 쇼원이 쓸ᄃᆡ업고 ᄉᆞ위 업ᄂᆞᆫ ᄯᆞᆯ ᄒᆞᄂᆞᆫ 다리고 잇게 되얏쇼

여보 령감, 냥반 ᄉᆞ위를 보려고 남을 입도 못버리게 ᄒᆞ고 풍을 칠 때에ᄂᆞᆫ 이 혼인만 ᄒᆞ면 ᄒᆞᄂᆞᆯ에셔 은이나 금이ᄂᆞ 쏘다지ᄂᆞᆫ 것갓고 길순이ᄂᆞᆫ 신선이ᄂᆞ 되ᄂᆞᆫ 듯ᄒᆞ더니 사위 덕을 얼마ᄂᆞ 보앗쇼

(동지) ᄆᆞᆯ 좀, ᄂᆞ적ᄂᆞ적 ᄒᆞ게

길순이 드르리

덕은 작게 본 줄로 안아

김승지 령감이 春川(춘쳔) 군수로 잇슬 ᄯᅢ에, 최덜펵의게 빗 바든 거ᄉᆞᆫ 싱억지의 돈을 바닷지, 어ᄃᆡ 그러한 거시, 당연이 바들 것, 인가 그나 그ᄲᅮᆫ인가, 쳥질은 ᄌᆞᆨ게 ᄒᆞ야 먹엇나

(마누라) 에그, ᄭᅳᆷ찍ᄒᆞ여라, 큰 수 낫ᄭᅮᆫ. 그러나 그 수 ᄂᆞ셔 싱긴 돈은, 다 어ᄃᆡ 두엇소

(동지) 압다, 이런 답답한 ᄆᆞᆯ도 잇ᄂᆞ, 빗 ᄀᆞᆸ흔 거ᄉᆞᆫ, 무어시며 그동안 먹고 쓴 거ᄉᆞᆫ 무엇인가

우리가 ᄇᆡᆨ쳑ᄀᆞᆫ두에 ᄭᅩᆨ 죽을 지경에, 김승지 령감이 春川(춘쳔) 군수경 내려와서, 우리 길순이ᄂᆞᆯ 쳡으로 돌라ᄒᆞ니, 참 농ᄭᅮᆷ ᄭᅮ엇지

1906년 10월 17일 (三)

ᄂᆡ가 젼에ᄂᆞᆫ, 풍언 ᄒᆞᄂᆞ만, 보아도, 셜셜 긔엿더니, 츈쳔 군슈, 사위 본 후에ᄂᆞᆫ, ᄂᆡ가 읍ᄂᆡ를 드러가면, 동지님 동지님 ᄒᆞ고, 어ᄃᆡ를 가던지, 뉵회 졉시, 술잔이 ᄯᅥ날 ᄯᅢ가, 업셧ᄂᆡ

그 령감이, 비셔승으로, 갈려드러가지 ᄆᆞᆯ고, 츈쳔 군슈로, 몃ᄒᆡ만 더 잇셧더면, 우리가 수 ᄂᆞᆯ 본 하얏네

예편네들은, 아무 것고, 모르면셔, 집안에셔, 방졍을 ᄯᅥᆯ고 잇스니, 될 것도 아니되야

잠작고 가마니만 잇게, 그 냥반 덕에, 우리가, ᄯᅩ 수 ᄂᆞᆯ ᄯᅢ 잇느니 ᄒᆞᄂᆞᆫ 소리에, 마누라가, 골이 잔ᄯᅳᆨ 낫더라

무식ᄒᆞᆫ 상사ᄅᆞᆷ은, ᄂᆡ외, 다툼이 ᄂᆞ면, 맹셰지거리, 욕지러기가 아니면, 말를 못ᄒᆞᆫ다

(마누라) 그 비러먹을 소리 좀 마오, 집안이 잘 될 거슬, 예편네가 방정을 ᄯᅥ러셔, 아니 되얏쇼구료

ᄂᆡ일부터, ᄂᆡ가 벙어리 되면, ᄒᆞᄂᆞᆯ에셔, 멍셕 갓ᄒᆞᆫ 복이 ᄂᆞ려와셔, ᄀᆞᆼ동지의, 머리에셔부터, 덥퍼쓰ᄒᆞᆯ 터이지

어ᄃᆡ 좀 두고 보아냐

냥ᄇᆞᆫ 사위 보고, 그 덕에 청낫치ᄂᆞ, ᄒᆞ여 먹고, 읍ᄂᆡ 가면, ᄂᆞᆨ회 접시, ᄉᆞᆯ잔 어더먹엇다고, 그ᄭᆞ지 거슬, 덕 본 쥴 알고, 길순의게ᄂᆞᆫ 저러ᄒᆞᆫ, 적악ᄒᆞᆫ 줄은 모르니 참, 답답ᄒᆞᆫ 일이오

길순이ᄂᆞᆫ 정절부인이 되려ᄂᆞ 웨, 다른 ᄃᆡ로 시집을 아니가고, 김춘쳔인지 김승지인지, 그 망ᄒᆞᆫ 놈ᄆᆞᆫ 바라고 잇서

김승지 김승지, 김승지가, 다, 무어시오, 그런 김승 갓ᄒᆞᆫ 놈이, 잇단 ᄆᆞᆯ이오

저의 마누라가 무셔워셔, 쳡을 다려가지 못ᄒᆞ고, 저럿케 둔단 말이오

안히가, 그럿케, 겁이 날 것 갓ᄒᆞ면, 당초에, 쳡을 엇지 말 일이지 엇어는 놋코, 남의게, 저런 못ᄒᆞᆯ 노르슬 하여

그 망ᄒᆞᆫ 놈, 편지ᄂᆞ 말면, 조흐련만, 편지ᄂᆞᆫ 우ᄋᆡ ᄒᆞᄂᆞᆫ지

ᄂᆡ일은 길순이더러, 다른 셔방을 어드라고, 일너셔, 만일 아니 ᄃᆞᆺ거든, 쳐쥭여야

호강하려고, 남의 쳡 되얏다가, 엇더하 비러먹을 년이, 고ᄉᆡᆼᄒᆞ고, 근심ᄒᆞ려고, 잇셔

하ᄂᆞᆫ 소리에, 강동지ᄂᆞᆫ, 골이 나셔 졔 계집을, 박살이라도 ᄒᆞ고 시푸나 ᄊᆞᆯ썩ᄊᆞᆯ썩 참고, 잠ᄌᆞ코 잇ᄂᆞᆫ 거슨 계집을 ᄋᆡᆨ겨셔, 참ᄂᆞᆫ 거시 아니오, 돈

을 ᄋᆡᆨ겨 참ᄂᆞᆫ 거시라

돈은 무슨 돈인가, ᄀᆞᆼ동지의 마암에ᄂᆞᆫ, 길순이를, 돈덩어리로 보고 잇ᄂᆞᆫ 터이라

그 돈덩어리를, 덧ᄂᆡᆺ짜가, 즁ᄲᅧᆼ이 ᄂᆞ면 탈이라고 ᄉᆡᆼ각ᄒᆞ고 잇ᄂᆞᆫᄃᆡ

1906년 10월 18일 (四)

어느 틈에, 담ᄇᆡ씌를 차저셔, 담ᄇᆡ를 부쳐던지, 방바닥에셔, 담ᄇᆡ불ᄆᆞᆫ 반짝ᄇᆞᆫ짝 한ᄃᆞ

단풍머리, 찬ᄇᆞ람에, 이슬이 어려 셔리되ᄂᆞᆫ, ᄉᆡᆨ벽긔운이라 열이 잔득 낫앗던, ᄆᆞ누라가, 몸이 써느럿케 시것ᄂᆞᆫᄃᆡ, 옷을 차져입느라고, 부스럭부스럭 ᄒᆞ고ᄂᆞᆫ 운목에 가셔 혼자 옹고리고, 등걸잠을 잔ᄃᆞ

(동지) 여보게 ᄆᆞ누라, ᄆᆞ누라, 감긔가 들라고, 운목에셔 등걸잠을 자ᄂᆞ

마누라ᄂᆞᆫ 숨쇼리도 업시, 쥐죽은 드시, 누엇ᄂᆞᆫᄃᆡ, 강동지ᄂᆞᆫ, 그 마누라의 잠 아니든 쥴을, 알면, 셔, 모르ᄂᆞᆫ 체ᄒᆞ고, 혼자말로

계집이란 거슨, 하릴업ᄂᆞᆫ 거시야 고런 방졍이잇ᄂᆞ

김승지 령감이 ᄂᆞᆯ더러, 길슌이 다리고 셔울 올너오라고, 긔별ᄭᅡ지 ᄒᆞ얏ᄂᆞᆫᄃᆡ, 집안에셔 그런 말을 ᄒᆞ면, 그ᄂᆞᆯ 그시로, 아니 ᄯᅥᄂᆞᆫ다고, 방정들을 ᄯᅥᆯ 듯ᄒᆞ야셔, ᄂᆡ가 잠잣코 잇셧지

ᄂᆡ가 영웅이지, 조 방정에, 그 쇼리를 듯고, ᄒᆞᆫ시를 참아……

운묵에셔, 등걸잠을 ᄌᆞᄃᆞ가, 감긔ᄂᆞ 드더셔, 뒤여젓스면

ᄒᆞ더니, 담ᄇᆡᄯᅢ를 탁탁 ᄯᅥᆯ고, 이불 속으로, 쑥 드러가니 ᄆᆞ누라ᄂᆞᆫ 점점 치운 ᄉᆡᆼ각이 나셔, 이불 속에로 드러가고 시푸ᄂᆞ 강동지가 부를 ᄯᅢ에, 드러가지 아니ᄒᆞ고, 지금 제풀에, 드러가기도 열적은 일이라 ᄃᆞ시 부르기

를 기다려도, 부르지ᄂᆞᆫ 아니ᄒᆞ고, 제풀에 골이 ᄂᆞ셔, ᄉᆡ로히, 이러ᄂᆞ더니, 혼자말로

이 웬수갓한 밤은, 웨 붉지 아니ᄒᆞ누

ᄂᆡ가 감ᄀᆡᄂᆞ, 드러셔, 걱구러지기만, 기다리ᄂᆞᆫ, 그ᄭᆞ지 령감을 바라고, 살, 비러먹을 년이 잇ᄂᆞ 놀이ᄂᆞ 붉거든, ᄂᆡ속으로 나흔 길슌ᄭᆞ지 쳐죽여버리고, ᄂᆡ가 령감 압헤셔, ᄌᆞ슈ᄂᆞ 마시고, 눈쌀을 뒤여쓰고, 죽ᄂᆞᆫ 거슬 뵈힐 터이야

(동지) 죽거ᄂᆞ 말거ᄂᆞ, 누가 죽으랜ᄂᆞ

공연이 제풀에 방졍을 ᄯᅥ러

죽거던, 혼ᄌᆞᄂᆞ 죽지, ᄋᆡ구진 길슌이ᄂᆞᆫ 웨 쳐죽인다 ᄒᆞ는지 김승지가, 놀ᄆᆞᄃᆞ 기ᄃᆡ리고, 잇ᄂᆞᆫ 길순이를……

그럿케 승거운 ᄂᆡ외싸음 ᄒᆞᄂᆞᆫ 소리가 단ᄌᆞᄆᆞ루 건넌방, 혼자 누흔 길순의 귀에ᄂᆞᆫ 낫낫치 유심이 들린ᄃᆞ ᄀᆞᆼ동지의 엉터리도, 업ᄂᆞᆫ 거진ᄆᆞᆯ에, 길순이 귀에ᄂᆞᆫ 낫낫치 참ᄆᆞᆯ로 들럿다

1906년 10월 19일(五)

길순이ᄂᆞᆫ, 강동지의 ᄯᆞᆯ이라 그 애비의게, 속기도, ᄆᆞᆫ히 속앗ᄂᆞᆫᄃᆡ, ᄆᆞᆫ일 남의게, 그럿케 속앗스면, ᄃᆞ시ᄂᆞᆫ 참ᄆᆞᆯ을 드러도, 거진ᄆᆞᆯ로 드를 터이ᄂᆞ, 자식이 부모ᄅᆞᆯ 밋ᄂᆞᆫ ᄆᆞ음에, 의심도 업시, ᄯᅩ 속는ᄃᆞ

그 안ᄉᆡᆼ에셔ᄂᆞᆫ 강동지의, 솜씨 잇ᄂᆞᆫ 거진ᄆᆞᆯ 한 ᄆᆞᄃᆡ에, ᄆᆞ누라의 포달은, 졔풀에 주러저셔, 크던 목소ᄅᆡ 적어지고, 적던 소ᄅᆡ 업셔지더니, 그루잠이 드럿던지, 아무, 소ᄅᆡ도 아니들니더라

길순의 벼ᄀᆡ가 다시 죵용ᄒᆞ여젓더라

창 밧게, 오동나무 가지에셔, ᄉᆡ벽 ᄭᅡ치가 두셰 마듸 짓ᄂᆞᆫᄃᆡ 그 ᄭᅡ치의 소ᄅᆡ가 길순의 벼ᄀᆡ 우에 ᄯᅩᆨᄯᅩᆨ ᄯᅥ러진다

길순이가, 잠못든, 눈을 감고 누, 엇가다[엇다가], 눈을 번젹 ᄯᅥ셔보니 창 박게ᄂᆞᆫ, 다 밝은 날이라

ᄭᅡ치야 ᄭᅡ치야, 반기여라, 김승지 ᄃᆡᆨ에셔, 날 다리러, 교군 오ᄂᆞᆫ 소식을 젼ᄒᆞᄂᆞ냐

에그, 그 집, 인품은 엇더ᄒᆞᆫ고, 어셔 좀 가셔, 보앗스면 ……

ᄒᆞ더니, 한번 뒤처누흐면셔, 발로 이불을, 툭, 차셔, 이불이, 허리 아ᄅᆡ만, 걸쳣더라

일평ᄉᆡᆼ에, 셔울은, 못가보고, 죽으려니, ᄉᆡᆼ각ᄒᆞ고, 잇슬 ᄯᆡᄂᆞᆫ, 그 근심ᄲᅮᆫ이러니, 서울로 올너가려니, ᄉᆡᆼ각ᄒᆞ고, 잇스니, 남 모르ᄂᆞᆫ 걱정이 무수히, ᄉᆡᆼ기더라

긔품 좃코, 부지런한, ᄀᆞᆼ동지ᄂᆞᆫ 발셔 이러ᄂᆞ셔, 압뒤로 도라단기면셔, 잔소리를 ᄒᆞ더니 동ᄂᆡ 막ᄭᅥᆯ리 집에로 ᄂᆞ가더라

ᄀᆞᆼ동지의 마누라가, 무슨 경ᄉᆞᄂᆞ, 난 드시, 길순의 방에로, 건너오더니, 입이 헤 버러저셔, 길순이롤 부른ᄃᆞ

이애 길순ᄋᆞ, 네가 져럿케 탐스럽게, 잘 ᄉᆡᆼ긴 얼골을 가지고, 팔자가, 사ᄂᆞ울 리가 잇ᄂᆞ냐

(길순) 무슨 팔자 조흘 일이, ᄉᆡᆼ겻소

(모친) 오냐, 걱정ᄆᆞ라, 우리가 그동안에, 헷근심을, 그럿케 하고 잇섯ᄃᆞ ᄂᆡ가 오ᄂᆞᆯ이야, 처음으로, 너의 ᄋᆞ버지의게, 자세한 ᄆᆞᆯ을 드럿ᄯᅡ 김승지가, 너의 ᄋᆞ버지더러, 너롤 ᄃᆞ리고 셔울로 오라고, 노자ᄭᆞ지 보ᄂᆡᆺᄃᆞᄂᆞᆫᄃᆡ, 너의 아버지가 돈을 써ᄂᆞᆫ지, 우리더러, 그 말을 아니하고 잇셧다가 오ᄂᆞᆯ ᄉᆡ벽에 처음으로, 그 말을 ᄒᆞ시더라 엇더케 하던지, ᄂᆡ일은 너를 다리고, 서울로 ᄀᆞᆫ다 ᄒᆞ니, 오ᄂᆞᆯ부터라

도, 힝중을 차려라
네가 올ᄂᆞᄀᆞᆫ 뒤에ᄂᆞᆫ, 우리도 ᄎᆞᄎᆞ 네게로 올나가깃다
우리 ᄂᆡ외가, 늙게와셔, 너밧게 의지ᄒᆞᆯ ᄃᆡ 잇ᄂᆞ냐

1906년 10월 20일 (六)

하면서 눈물이 뚝뚝 ᄯᅥ러지니, 길순이가 ᄆᆞ쥬 보며, 눈물를 흘리ᄂᆞᆫᄃᆡ, 그 ᄂᆞᆯ 그시로, 모녀상별 ᄒᆞᄂᆞᆫ 것 갓ᄒᆞᆫ지라
그ᄯᆡ 강동지가, 식젼슐을 얼근하도록 먹고, 제 집에로 드러오ᄂᆞᆫᄃᆡ, ᄉᆡ벽녁에, 거진말하던 일은 언제 무어시라, 하얏던지, ᄉᆡᆼ각도 아니ᄂᆞᄂᆞᆫᄃᆡ, 그 ᄆᆞ누라가, 모녀 ᄆᆞ쥬 보며, 우ᄂᆞᆫ 거슬 보더니, 셔슬 잇게 소리를 ᄒᆞᆫ번 질럿더라
요 방졍마진 것들 계집년들이, 식젼참에, 울기ᄂᆞᆫ 우ᄋᆡ 우ᄂᆞ냐
길순의 모녀가, 평ᄉᆡᆼ에 그런 일을, 처음으로 당ᄒᆞᄂᆞᆫ 것 갓ᄒᆞ면, 녀편네 마음에, 경풍을 ᄒᆞ엿슬 터이ᄂᆞ, ᄀᆞᆼ동지의 그ᄯᅡ위 소리ᄂᆞᆫ, 그 집안에셔, 여ᄉᆞ로 듯ᄂᆞᆫ 터이라, ᄀᆞᆼ동지가, 빗만 졸려도, 화푸리ᄂᆞᆫ, 집안에 드러와셔, 만만ᄒᆞᆫ 계집ᄌᆞ식의게 ᄒᆞ고, 슐만 취ᄒᆞ여도, 쥬졍은 계집ᄌᆞ식의게 ᄒᆞ고, 무슨 경영ᄒᆞ던 일이, 아니되야도, 씸증은 집안에 드러와셔, 부리ᄂᆞᆫ고로, 그 마누라ᄂᆞᆫ ᄀᆞᆼ동지의 쥬먹이ᄂᆞ, 무셔워ᄒᆞᆯᄭᅡ, 여ᄀᆞᆫ 잔소리ᄂᆞᆫ, 의례히 들을 것으로 알고 잇다
(마누라) 압다 답답ᄒᆞᆫ 소리도, ᄒᆞ시구려, 길순이가, ᄂᆡ일 ᄯᅥ나면, 언제
다시 볼런지, 우리가 츄후로, 올나ᄀᆞᆫ다 ᄒᆞ기로, 말이 그러ᄒᆞ지,
쉬운 일이오
여보 오날 ᄒᆞ로ᄆᆞᆫ, 걱졍을 좀 마르시고, 잠잣코 게시구려

길순이를, 집에 두고보면, 몃칠이ᄂᆞ 볼라구, 그리 ᄒᆞ시오 ᄒᆞ면셔 눈물이, 쏘다지니

(길순) 어머니 우지 마르시오, ᄂᆡ가 아버지 걱정을 드르면, 몃칠이ᄂᆞ 듯깃소

셔울로 올라가면, 아버지 걱정을 듯고시푸기로, 어더드를 수가 잇깃쇼

걱정을 하시던지, 귀애ᄒᆞ시던지, 미들 곳은, 부모밧게 ᄯᅩ 잇쇼

ᄂᆡ가 셔울로 가기ᄂᆞᆫ 가나 웬일인지 마음이 고약ᄒᆞ오

어졔밤에, ᄭᅮᆷ자리가, ᄒᆞ도 ᄉᆞᄂᆞ우니 ᄭᅮᆷᄲᆡᆷ이나, 아니ᄒᆞᆯ런지 ᄒᆞ면셔, ᄭᅮᆷᄉᆡᆼ각이, ᄂᆞ더니, 소름이 족족 씨치고, 눈물이 ᄯᅮᆨ 긋쳣다

(모친) 글셰, 그 니약이, 좀 ᄒᆞ여라, 어제밤에 네가, 자다가 무슨 쇼리를, 그럿케 질럿넌지, 좀 무러보려 ᄒᆞ다가, ᄯᆞᆫ말 ᄒᆞ노라고, 뭇무러 보ᄋᆞᆺ다, ᄭᅮᆷ을 ᄭᅮ고 가위ᄅᆞᆯ 눌엿더냐

길순이ᄂᆞᆫ, ᄃᆡ답 업시, 가ᄆᆞ니 안젓고, ᄀᆞᆼ동지ᄂᆞᆫ, 마누라와 길순의 얼골ᄆᆞᆫ, ᄒᆞᆯ금ᄒᆞᆯ금 보며, 담ᄇᆡᄅᆞᆯ 부스럭 부스럭 담는다

길순이ᄂᆞᆫ ᄭᅮᆷᄉᆡᆼᄀᆞᆨᄆᆞᆫ ᄒᆞ고 잇고

ᄀᆞᆼ동지ᄂᆞᆫ, 거진말ᄒᆞᆯ 경륜을 ᄒᆞ고 잇다

길순의 ᄭᅮᆷᄉᆡᆼ각은, 이저셔, ᄉᆡᆼ각하ᄂᆞᆫ 거시 ᄋᆞ니라, 무셥고 씀ᄶᅥᆨᄒᆞ야, 압닐 조심되ᄂᆞᆫ, 그 ᄉᆡᆼ각을 ᄒᆞ고 잇고 ᄀᆞᆼ동지의 거진말ᄒᆞᆯ ᄉᆡᆼᄀᆞᆨ은, 차일피일하고, ᄯᆞᆯ을 아니다리고, 가ᄌᆞᄂᆞᆫ 일이, 아니라, 이번에ᄂᆞᆫ 무슨 귀졍이 날 일을 ᄉᆡᆼᄀᆞᆨ한ᄃᆞ

1906년 10월 21일 (七)

못된, 의사라도, 의사는 방통이 갓한 ᄉᆞ름이라, 아모 쇼리도 업시, 고기를 씃덕씃덕 하더니, 빙긋빙긋 웃는다
무슨 경눈을 ᄒᆞ얏는지
ᄋᆡ비의 얼골에는 깃분 빗이오
마누라의 눈의는, 눈물방울이오 ᄯᆞᆯ의 가슴에는, 근심덩어리라
세 식구가, 셔로 보며, ᄒᆞᆫ참 동안을 아무 쇼리가 업더니
말은 깃분 ᄆᆞ암 잇는 사람이. 먼저 닙쓴다

(동지) 오냐 두물 ᄆᆞ라, 솔기동내셔, 셔울이 일빅구십 리ᄃᆞ, 내일 새벽 ᄯᅥᄂᆞ면, 아무리 단패 교군□[이]라도, 모레 저녁 ᄯᅢ는, 일즉 드러 ᄀᆞᆫ다
마누라, 아침밥 좀, 일즉이, ᄒᆞ여쥬게, 어ᄃᆡ 가셔 교군, 잘ᄒᆞ는 놈, 둘만 어더야, ᄒᆞ깃네
아니, 그럴 것도 업네, 나는 아즉 밥 ᄉᆡᆼ각도 업스니, 지금으로 어ᄃᆡ 가셔, 교군 먼저 어더 놋코……

ᄒᆞ면셔 뒤도 아니도라보고, 문 밧게로 ᄂᆞ가니, 길순의 모녀는, 눈 압헤 리별를 두고, 아침밥 지여먹기도, 이젓던지, 둘이 마쥬 보고만, 안젓더라

(길순) 어머니, ᄂᆡ ᄭᅮᆷ니약이 좀, 드러보시오
ᄭᅮᆷ에는, ᄂᆡ가 아들을 나셔, 두 살이 도얏는ᄃᆡ, 홈박ᄭᅩᆺ갓치 탐스럽게 ᄉᆡᆼ긴 것이, 나를 보고, 엄마 엄마 ᄒᆞ면셔, ᄂᆡ 압헤셔, 허덕허덕 노는ᄃᆡ, 우리 큰ᄆᆞ누라라, ᄒᆞ는 사람이, ᄲᅣᆼ긋ᄲᅣᆼ긋 우스며, 어린아희를 보고, 두 숀ᄇᆞ닥을, 툭툭 치면셔 이리 오너라 이리 오너라 하니, 텬진의 어린아희가 벙긋벙곳 우스며, 고사리 갓한 자근 숀을, ᄂᆡ미니, 큰 마누라가 왈락 달러 드러셔, 어린아희의

두 억기롤 담삭 웅켜쥐고, 본작 드더니, 어린아희, ᄃᆡᄀᆞᆼ이서부터 몬창 몬창 ᄢᅢ미러먹으니, 내가 놀납고, ᄶᅡᆷ직하야, 어린ᄋᆞ희롤 ᄶᅦ스려 ᄒᆞ얏더니, 큰 ᄆᆞ누ᄅᆞ가, ᄇᆞᆫ 도막짐, 남은 ᄋᆞ희롤, 집어더지고, 피가 발갓캐 무든 조둥이롤, ᄶᅡᆨ ᄇᆞ리고 앙상한 입ᄲᅡ리롤 흔들며, 왈칵 ᄃᆞᆯ려드ᄂᆞᆫ 셔슬에, 질긔를 ᄒᆞ야 소리□[롤] 지르며, 잠이 ᄶᅢ엿스니, 무슨 ᄭᅮᆷ이 그럿□[케]도, 고약하오

(모친) 이애 그 ᄭᅮᆷ니약이를 드르니 소ᄅᆞᆷ이 ᄭᅵ치ᄂᆞᆫ고ᄂᆞ

그러면, 셔울로 가지 말고, 집에 잇거라

네가 지금 열아홉 살에, 전졍이 만리 갓ᄒᆞᆫ 사ᄅᆞᆷ이, 김승지가 아니면, 셔방이 업깃ᄂᆞ냐

우리 갓ᄒᆞᆫ 상사ᄅᆞᆷ이, 슈절이니, 귀졀이니, 그ᄯᅡ위 소리ᄂᆞᆫ ᄒᆞ지 말고 어ᄃᆡ던지, 고싱이ᄂᆞ, 아니ᄒᆞᆯ 곳으로 보ᄂᆡ쥬마, ᄂᆞᄂᆞᆫ 사위 덕도 바라지 아니 ᄒᆞᆫ다, 사ᄅᆞᆷ만 착실ᄒᆞ면 돈 ᄒᆞᆫ 픈 업ᄂᆞᆫ 乞人(걸인)이라도, 겨관 업다

(길순) 어머니 그 말 마오, 조흔 일도 팔자에 ᄐᆞ고 나고, 흉한 일도, 팔자에 타고 ᄂᆞᄂᆞᆫ, 거시니, 내 팔자가 조흘 것 갓ᄒᆞ면, 김승지 집에 가셔도, 죠흘 거시오 흉ᄒᆞᆯ 것 갓ᄒᆞ면, 어ᄃᆡ를 가기로, 그 팔자 면ᄒᆞᆯ 슈 잇소

ᄯᅩ 사람의 힝실은, 본상으로 의논ᄒᆞᆯ 거시 ᄋᆞ니오, 사족의 부녀ᄅᆞ도, 제 ᄆᆞ암 부졍ᄒᆞᆫ 사ᄅᆞᆷ도, 잇슬 것이오, 불상년이라도, 졔 ᄆᆞ암 정녈ᄒᆞᆫ 사ᄅᆞᆷ도, 만ᄒᆞᆯ 터이니, ᄂᆞᄂᆞᆫ ᄋᆞ무리 시골구석에 사ᄂᆞᆫ 상년이라도, 두 번 세 번, 시집가기ᄂᆞᆫ 실쇼

시집에 가셔 조흔 일이 잇던지, 흉ᄒᆞᆫ 일이 잇던지, 갈 길은 ᄒᆞ로밧비 가고십쇼

1906년 10월 23일(八)

ᄒᆡ가 낫이나 되도록, 모녀의 공논은, ᄭᅳᆺ치지 아니ᄒᆞ엿ᄂᆞᆫᄃᆡ, ᄀᆞᆼ동지ᄂᆞᆫ 발셔, 제집으로 도라왓더라 조고ᄆᆞᄒᆞᆫ, 일를 보아도, 볼멘소리를 하던, ᄀᆞᆼ동지가, 그ᄂᆞᆯ은 별다른 ᄂᆞᆯ인지, 낫이 되도록 아침밥을 ᄋᆞ즉 아니ᄒᆞ엿단 말을 드러도, 야단도 아니치고, 길순이가 ᄇᆡ고푸깄다 어서 밥 지여먹여라, ᄒᆞᄂᆞᆫ 말ᄲᅮᆫ인ᄃᆡ ᄂᆡ일 ᄉᆡ벽에 길 ᄯᅥᄂᆞᆯ, 쥰비를, 다ᄒᆞ고 드러온 모냥이라 길순이ᄂᆞᆫ, 힝장을, ᄎᆡ린다, ᄎᆡ린다, ᄒᆞ면셔, 경ᄃᆡ의 먼지 ᄒᆞᄂᆞ, ᄯᅥᆯ지 못ᄒᆞ고, 그날 ᄒᆡ가 젓더라

ᄀᆞᆼ동지의 마누라ᄂᆞᆫ, 허동거리느라고, 길순의 힝장 ᄎᆡ리ᄂᆞᆫ 것도, 거드러쥬지 못ᄒᆞ고, 잇다가, 길 ᄯᅥᄂᆞᄂᆞᆫ 날, ᄉᆡ벽이 된 후에, 문 밧게셔 말 원앙소리 나ᄂᆞᆫ 거슬 듯고, ᄒᆞᆫ편으로 밥짓고, ᄒᆞᆫ편으로 말쥭 쑤고, ᄒᆞᆫ편으로 힝장을 ᄎᆡ리ᄂᆞᆫᄃᆡ, 엇지 그리 급ᄒᆞ던지, 된장을 거르다가, 말쥭 솟헤도 드러붓고, 힝장을 차리다가, 옷틈에 걸네ᄭᅡ지, 집어넛더라

그럿캐 ᄉᆡ벽부터 법셕을 ᄒᆞᄂᆞ, 필경, ᄯᅥ날 ᄯᆡᄂᆞᆫ, ᄒᆡ가 낫이ᄂᆞ 된지라, 강동지의 수션에, 길순이ᄂᆞᆫ 밥 먹을 동안도 업시, 교군을 타ᄂᆞᆫᄃᆡ, 모녀가, 다시 만ᄂᆞ보리 못보리 ᄒᆞ면셔 울며불며 리별이라 솔기동ᄂᆡᄂᆞᆫ 녀편네 쳔지런지, 늙은 여편네, 졀문 여편네가, 안마당 밧겻마당에, ᄀᆞᆺ득 모혀셔 언졔 길순이와, 졍이 그럿케 드럿던지, 길순의 모녀 우ᄂᆞᆫᄃᆡ로, 덩다라셔, 눈물을 흘린다

이 눈에도 눈물

저 눈에도 눈물

약ᄒᆞᆫ 마음, 여린 눈에, 남 우ᄂᆞᆫ 것 보고 감동되야, 눈물ᄂᆞ기도, 여사라 하련마ᄂᆞᆫ, ᄒᆞᆰᄒᆞᆰ 늣기며 우ᄂᆞᆫ 거슨 이상한 일이라 이웃집 노파ᄂᆞᆫ, 길순이를 길러내셔 졍이 그럿케 드럿다 ᄒᆞ더ᄅᆡ도, 고지 드를ᄆᆞᆫ ᄒᆞ거니와 아ᄅᆡ 마

을, 박쳠지의 며ᄂᆞ리ᄂᆞᆫ, 길순이와 쵸면인ᄃᆡ 그, 시어머니 ᄯᅡ라셔, 길순이 ᄯᅥᄂᆞᆫ 것 보러온 사람인ᄃᆡ 처음에ᄂᆞᆫ 비쥭비쥭 울기를 시작ᄒᆞ더니 나중에ᄂᆞᆫ, 남 붓그러운 쥴도 모르고 목을 노ᄋᆞ셔, 엉엉 우니, 그거슨 우름판에 와셔 졔 친졍 ᄉᆡᆼ각ᄒᆞ고 우ᄂᆞᆫ ᄉᆞ룸이라

(동지) 어-, 이리 ᄒᆞ다가, 오날 길 못ᄯᅥᄂᆞ깃구나

이ᄋᆡ 길순아, 어셔 교군 타거라 여보게 교군, 어셔 교군치 머히고, 이러ᄂᆞ게

자- 동늬 아자먼네, 여러분이 평안이 게시오

셔울 당겨와셔, ᄯᅩ 뵈옵깃습니다

이ᄋᆡ 검둥아, 말, 이리 ᄭᅥ러오너라

ᄒᆞ더니, 부담말게 치켜타니, 교군ᄒᆞᆫ 치, 말 ᄒᆞᆫ필은, 新延江으로 향ᄒᆞ여가고, ᄉᆞᆯ기동늬 여편네들은, ᄒᆞ낫식 둘식 졔 집에로 도라가고, ᄀᆞᆼ동지 마누라ᄂᆞᆫ 혼ᄌᆞ 빈 집에 드러와셔 목을 놋코 운다

1906년 10월 24일 (九)

본ᄅᆡ 김승지가, 셔울로 올라갈 ᄯᅢ에, ᄀᆞᆼ동지더러 ᄒᆞᄂᆞᆫ 말이, 춘쳔집을, 다리고 가지 못ᄒᆞᆯ 사긔가 잇스니, 아즉 자네 집에 두고, 기다리다가 언제던지, 늬가 치힝ᄒᆞᆯ 돈을 보늬며, 셔울로 올러오라 ᄒᆞ기 젼에ᄂᆞᆫ, 부ᄃᆡ 오지 마라 ᄒᆞᄂᆞᆫ 당부가 잇슨지라

그러한 사졍이 잇ᄂᆞᆫᄃᆡ, 길 ᄯᅥᄂᆞ던 젼날 ᄉᆡ벽에, ᄀᆞᆼ동지의 마누라가, 포달부리ᄂᆞᆫ 셔슬에, ᄀᆞᆼ동지가, 거진말로 셔울 김승지 집에셔, 길순이를 올러오라 ᄒᆞ얏다 ᄒᆞ고, ᄯᅩ ᄒᆞᄂᆞᆫ 말이 ᄂᆡ일은 길순이를 다리고, 셔울로 올러가깃다 ᄒᆞ얏ᄂᆞᆫᄃᆡ, 밝은 후에 이러나셔, ᄉᆞᆯ집에 가셔, 식젼ᄉᆞᆯ을 얼근ᄒᆞ게 먹

고 집에 드러와서 본 즉 길순의 모녀가, 당장 리별ᄒᆞᄂᆞᆫ 사람갓치 눈물을 흘리며 잇ᄂᆞᆫ 거슬 보고 ᄀᆞᆼ동지가 긔가 막혓더라 ᄀᆞᆼ동지가 성품은 ᄀᆞᆼᄒᆞ고, 심은 장ᄉᆞ이라, ᄒᆞᄂᆞᆯ에셔 ᄲᅥ러지ᄂᆞᆫ, 벼락도 무섭지 아니ᄒᆞ고, 삼학산에서 ᄂᆞ려오ᄂᆞᆫ 범도 무섭지 아니ᄒᆞᄂᆞ, 겁ᄂᆞᄂᆞᆫ 것은, 양반과 돈ᄲᅮᆫ이라 양반과 돈을 무셔워ᄒᆞ면, 피ᄒᆞ야 다라ᄂᆞᄂᆞᆫ 거시 아니라, 어린아희 젓ᄭᅩᆨ지 ᄯᅡ르듯, ᄯᅡ른다

ᄯᅡ르ᄂᆞᆫ 모냥은 ᄒᆞᆫ 가지ᄂᆞ

ᄯᅡ르ᄂᆞᆫ 마음은 두 가지라

양반은 보면 大砲(대포)를 노아셔, 뭇질러쥭여, 씨를 업ᄉᆡ고시푼 마음이 잇스면셔, 거쥭으로 ᄯᅡ르고

돈은 보면 어미 ᄋᆡ비보다 변갑고, 계집자식보다 귀ᄋᆡᄒᆞᄂᆞᆫ 마음이 잇셔셔, 속으로 ᄯᅡ른다

그러케 ᄯᅡ르ᄂᆞᆫ 돈을, 이전 시절에 남부럽지 아니ᄒᆞ게 가젓더니, 츈쳔 부사인지 군수인지 쉽게 말ᄒᆞ려면, 인피 벳기ᄂᆞᆫ 불안당들이, 번가라 ᄂᆞ려오ᄂᆞᆫᄃᆡ, 이놈이 가면 살깃다시푸ᄂᆞ, 오ᄂᆞᆫ 놈ᄆᆞ다, 그놈이 그놈이라, 강동지의 돈은 양반의 창자 속으로, 다, 드러가고 ᄀᆞᆼ동지ᄂᆞᆫ 피쳔□[ᄃᆡ] 푼업시 외자ᄉᆔᆯ이ᄂᆞ 먹고, 집에 드러와셔, 화푸리로 셰월을 보ᄂᆡ더니, 셔울 양반 김승지가, 츈쳔 군슈로 내러와셔, 地方政治(지방정치)에ᄂᆞᆫ 눈이 캉캄ᄒᆞᄂᆞ 어여쁜 계집 잇다ᄂᆞᆫ 소문에ᄂᆞᆫ 귀가 썩 밝은 ᄉᆞ롬이라, 솔ᄀᆡ동내 ᄀᆞᆼ동지의 ᄯᆞᆯ이, 어여쁘단 말을 듯고, ᄀᆞᆼ동지를 불너셔 고소ᄃᆡ갓치, 치켜셰우더니 알ᄶᅡᆨ징이가 다 된 쳑방을 시켜셔, ᄀᆞᆼ동지를 엇더케 살맛던지, 김승지가 쥭어라 ᄒᆞ면 쥭고시풀 만, ᄒᆞ게 된 터에 김승지가 길순이를, 쳡으로 달ᄂᆞᄒᆞ니, ᄀᆞᆼ동지의 ᄆᆞ음에ᄂᆞᆫ, 이제 큰 수 낫다 ᄒᆞ고, 그 ᄯᆞᆯ을 밧쳣ᄂᆞᆫᄃᆡ 일년이 못되야, 군수가 갈린지라 셰력이 업셔셔, 갈린 것도 아니오 시려셔 ᄂᆡ노흔 것도 아니라

김승지의 실닉는 셔울 잇다가, 그 남편이 츈쳔 가셔, 쳡을 두엇다는 쇼문을 듯고, 열 길 스무 길을 뛰며 당중에 교군을 차려셔 춘쳔으로 닉려가려 ᄒᆞᄂᆞᆫ딕, 왼집안이, 는리를 당한 것갓치, 창황한 중에, 김승지의 아우가 급히 통신국에 ᄀᆞ, 춘쳔으로 젼보ᄒᆞ더니, 춘쳔 군수ᄀᆞ 관찰부, 슈유도 못엇고, 셔울로 올라가셔, 비셔승으로 올문 터이라
길순이 모녀는 그러케 자셰한 ᄉᆞ졍은 ᄃᆞ 모르ᄂᆞ, ᄀᆞᆼ동지는 자셰히 아는 지라
그러ᄒᆞᆫ 사긔가 잇는딕
ᄆᆞᆫ일 닉일 써는다 하고, 쏘 써ᄂᆞ지 아니ᄒᆞ면, 그 ᄆᆞ누라가 길순이를 츙동ᄒᆞ야 ᄆᆞ암이ᄂᆞ 면ᄒᆞ게 홀가, 의심ᄒᆞ야, ᄉᆡ 의ᄉᆞ가 나서 불고전후 ᄒᆞ고 길슌이를 다리고, 가셔 김승지의게 ᄆᆡᆨ기면, 무슨 도리가, 잇스리라 ᄒᆞᄂᆞᆫ ᄉᆡᆼ각이라

1906년 10월 25일 (十)

시작이 볌이라, 써는 지 사흘 ᄆᆞᆫ에, 셔울로 드러갓는딕, 아무 틍긔도 업시, 김승지집에로, 드러가더라 김승지가, 그리 셔슬 잇는 셰도지상은 아니ᄂᆞ, 일년에 쳔셕 추수를 ᄒᆞᄂᆞ니, 이쳔셕 츄슈를 하ᄂᆞ니, 그러ᄒᆞᆫ 부자득명 ᄒᆞᄂᆞᆫ 터이라, 먹을 것 밋혜는, 사람이 ᄭᅬ이는고로, 집도 큼즉ᄒᆞ고, 사람도 들셕들셕ᄒᆞᆫ다
쇼슬 딕문, 쥴 힝낭이 ᄀᆞᆼ동지 눈에 썩 들며, 그 지물아[이] 본은, 제 거시되는 듯ᄒᆞ야, 입이 썩 버러지며, 홍이 낫더라, 하ᄆᆞ셕 압헤셔 물게 썩 닉리면셔 ᄒᆞ게 ᄒᆞ던 교군ᄭᅮᆫ더러, 셔슴지 아니ᄒᆞ고, ᄒᆡ라를 ᄒᆞᆫ다
(동지) 이ᄋᆡ, 교군ᄋᆞ, 어셔 ᄋᆞᆫ중문으로 교군 모셔라

ᄒᆞ면셔, ᄀᆞᆼ동지는 큰 사랑으로 드러갓다

ᄒᆞ인청에셔, ᄉᆞᆨ두ᄀᆞ 셰 뼘이ᄂᆞ 되는 ᄒᆞ인들이 ᄂᆞ셔면셔

여보, 어ᄃᆡ 힝차오

(교군) 네-, 춘쳔 솔ᄀᆡ셔, ᄂᆡ힝차 뫼시고 왓쇼

(ᄒᆞ인) 어ᄃᆡ를 그리 함부루 드러가오, 그 즁문싼에, 뫼셔놋코, 기다리
　　　오, ᄂᆡ가 드러가셔, ᄒᆞ님 부르리다

ᄒᆞ더니 ᄒᆞ인은 안으로 드러가고, 교군은 즁문싼에, ᄂᆡ려놋앗더라 길순이는 교군 속에 안저셔, 별 ᄉᆡᆼ각이 다, 는다

ᄂᆡ가 왓단 말을 드르면, 령감이 오작 ᄇᆞᆫ가와ᄒᆞ랴

츈쳔 군수로 잇슬 ᄯᅢ에, ᄒᆞ로 ᄒᆞᆫ시만, ᄂᆞ를 못보면, 실셩ᄒᆞᆫ 사ᄅᆞᆷ 갓ᄯᅥ
니 그 동온에, 날 보고십퍼 엇지 살앗누

령감은, 날더러 올러오라고, 로자 보낸 지가, 오ᄅᆡ쓸 터이지ᄆᆞ는, 필경
우리 아버지ᄀᆞ, 돈을 다, 쓰서고 눌을 쇠긴 것시야

령감이 글도 잘 한다는ᄃᆡ, 우ᄋᆡ 언문은, 그럿캐 셧투르든지

편지를 ᄒᆞ면, 아버지게만 ᄒᆞ고, ᄂᆡ게는 아니ᄒᆞ니, ᄂᆡᄀᆞ 우리 아버지게
속은 것시야

엇지 되얏든지, 이제는 셔울로 올러왓스니, 아무 걱졍 업지

집도, 크고 조와라

나 잇슬 방은, 어ᄃᆡᆫ고

그럿케 ᄉᆡᆼ각ᄒᆞ며, 교군 쇽에 온젓는ᄃᆡ, 안ᄃᆡ청□[에]서, 왼, 녀편네 목쇼리ᄀᆞ 나기 시작ᄒᆞ더니, 아ᄒᆡ 종 어른 종, 힝낭 것들이, 온마당으로 모혀드는ᄃᆡ 춘천 읍내 장ᄭᅮᆫ 모혀드듯 한다

녀편네 목쇼리지마는 무당년의 쇼리갓치, 식식하고 시연한ᄃᆡ, 폭포슈 쏘ᄃᆞ놋틋, 것침업고, 쉴 시 업시 나오는 말이라

마루청이 쏘개지도록, 발을 구르더니 명창 광ᄃᆡᄀᆞ, 화룡도ᄉᆞᆼ셩 지드르시

금단아 ᄉᆞ랑에 ᄀᆞ셔, 령감 엿쥬어라
령감이 밤낫으로 기다리시든 춘쳔집이 왓심이다고 엿쥬어라

1906년 10월 26일 (十一)

요, 박살를 하여느흘 년, 우의, 나가지 아니ᄒᆞ고, 알진알진 하느냐
요년 이리 오너라
너가, 조년붓터 처쥭여야, 속히 시연ᄒᆞ깃다
옥례야
점슌아
하며 소리소리 지르는ᄃᆡ, 그 집이 큼즉한 집이라 ᄋᆞᆫᄃᆡ쳥에서, 목쳥좃케 지르는 소리라도, 사랑에는 잘, 들리지 아니하는지라, ᄀᆞᆼ동지는 영문도 모르고, 김승지 압헤 와셔, 길순이를 다리고온, 공치사만 한다
김승지는, 안진 키보단 긴 담비ᄯᅢ 물고, 거드름이 뚝뚝 덧게, 안젓던 ᄉᆞ람이, 깜작 놀라는 모냥으로, 무럿던 담비ᄯᅢ를, 쑥 쎄들고, ᄀᆞᆼ동지 압흐로 고기를, 쓱, 두르면서
응, 츈쳔집이 올러왓셔
그릭, 어ᄃᆡ 잇ᄂᆞ
(ᄀᆞᆼ동지) ……
(김승지) 아, 교군이, 이 밧게 왓ᄂᆞ ……
미리 통기ᄂᆞ 잇고, 드러왓더면 죠앗슬거슬 ……
그것 참 아니되얏네
긔왕 그럿캐 되얏스니, 자네ᄀᆞ 이 길로 ᄀᆞ셔, 그 교군을 도로 다리고, 게동 박참봉 집을 차저가셔, 너말로 춘쳔집을, 좀 맛

타두라 하게

(강동지)……

(김승지) 압다, 아무 념녀말고 가셔 닉 말만 하게

나도 곳 그리 갈 터이니 어셔 가게 박참봉의게 부탁하야, 오날로 곳, 집쥬를 불러셔, 조고마흔 집이나 흐나 사게 흐고, 차차 셰간 비치하여 쥴 터이니, 어셔 그리로, 다리고 가게

어, 이사람, 지체말고 어셔 가게 그러느, 먼 길에, 쎄처와셔, 곤하깃네, 시골셔 그동안에 굼지나 아니흐엿느

응 걱졍말게, 자네 닉외 두 식구짐히야 엇더케 못살깃느

그 쇼리 흔 뭇듸에, 강동지가 일변 딕답을 하며, 밧그로 느가더라

김승지가, 츈쳔집이 왓다흐는 말를 드를 써에, 겁에 찍흔 마음에, 제 말만 흐느라고, 강동지의게, 즈셰흔 말은, 뭇지도 아니하얏는□[딕], 츈쳔집의 교군은 딕문 밧게, 잇는 쥴만 아랏썬지, 강동지를 보닉면셔, 그 눈치를 그 부인의게, 보히지 아니홀 작졍으로, 시침이를 쑥 쎄이고, 안으로 드러가다가, 사랑 즁문 밧게 강동지가, 션 거슬 보고

(김승지) 왜 아니가고 거긔 셧느

그러흔 졍신 업는, 쇼리흐는, 중에 안즁문싼으로 스람이, 들락날락흐고 수군수군하는 거슬 보고, 강동지를 눈짓문 하고 안즁문으로 드러가다가 니보[보니] 교군은 안즁문싼에 노히고, 안딕쳥에셔는 그 부인이 녁두리흐는 쇼리가 들리고, 교군 속에셔는 츈쳔집이 모긔쇼리갓치, 우는 쇼리가 들리는딕 김승지의 두루막이 자락이 우름쇼리 나는 교군을 시치고 지느간다

1906년 10월 27일 (十二)

가만이ᄂᆞ, 지ᄂᆞ갓스면 조흐련만, 그 못싱긴, 김승지가, 츈쳔집 교군 엽흐로, 지ᄂᆞ면서, 윈 헷기침은, 그리 ᄒᆞ던지, ᄂᆡ가 여기, 지ᄂᆞ간다 ᄒᆞᄂᆞᆫ, 통긔하듯, 헷기침 두 번을 ᄒᆞ고 지ᄂᆞ가니, 츈쳔집은 긔가 ᄆᆡᆨ혀셔, 쇼리를 싱키고, 울다가, 김승지의, 긔침쇼리를 듯더니, 본갑고도 미운 마음이, 별안ᄀᆞᆫ에 싱기면셔, 우름쇼리가, 커지더라

츈쳔집이 만일, 산전수전 ᄃᆞ, 격고 것침싀 업ᄂᆞᆫ, 계집 망ᄂᆞᆫ이 갓하면, 김승지가, 그 당장에, 두 군ᄃᆡ, 경장을 만나고, ᄃᆡ번에 셰ᄉᆞᆼ, 물경을 ᄋᆞ랏슬터이ᄂᆞ, 츈쳔 솔ᄀᆡ 구석에셔, 량본 무셔운 즁문, 아든 ᄇᆡᆨ셩의 ᄯᆞᆯ이라, ᄯᅩ 츈쳔집은 비록 상사름이나, 사족부녀ᄀᆞ, ᄶᅡ루지 못ᄒᆞᆯ 힝실이 잇던 계집이라, 츈쳔집이, 긔ᄀᆞ ᄆᆡᆨ혀셔, 우ᄂᆞᆫ 목쇼리가, 점점 커지다가, 무슨 조심이 ᄂᆞ던지, 우롬쇼리가 다시 가르러진다

김승지가, 중문ᄡᅡᆫ 우름쇼리 드를 ᄯᅢᄂᆞᆫ, ᄋᆞ[익]처러운 마음에, ᄲᅧᄀᆞ 녹ᄂᆞᆫ듯 하더니, ᄋᆞᆫ마당이 ᄀᆞᆺ득 차도록 드러션 사람을 보니, 슈치ᄒᆞᆫ 마암에 얼골에 모닥불을, 담아부흔 듯ᄒᆞ다

(김승지) 이것들, 무슨 구경 낫나냐

윈 계집년들이, 이럿캐 드러왓나냐

자근돌아, 네-, 이년들 넝큼, 다, ᄂᆡᆺ좃차라

네, 져, 조무릐기ᄭᅡ지, 다 ᄂᆡᆺ좃차라

ᄒᆞ면셔, ᄋᆞᆫ마루ᄭᅳᆺ, 셤돌에 웃둑 올라셔니

그 부인이, 김승지가 마당에, 드러오ᄂᆞᆫ 거슬 보고, 무슨 ᄆᆞ음인지, 아무쇼리 업시, 안생으로, 튀여드러가셔, 안젓ᄂᆞᆫᄃᆡ, 눈에셔, 모닥불이 ᄯᅮᆨᄯᅮᆨ ᄯᅥ러진다

김승지가, 마당에 잇던 ᄉᆞ람들은, 다 ᄂᆡᄶᅩᆺ찻스ᄂᆞ, ᄆᆞ루, 우, 아릐에 션, 사

람들은, 침모, 유모, 아ᄒᆡ 죵, 어른 죵, 들이라, 그것들ᄶᅡ지, 멀즉이 잇셧스
면, 죠흐련ᄆᆞᆫ, 필경 마누라의게, 우박 맛는 거슬, 저것들은, 다 보리라, 시
푼 ᄆᆞ음에, 아무주록 집안이, 죠용ᄒᆞ도록, ᄒᆞᆯ 작정으로 셔투른, ᄉᆡᆼ, 시침
이를 ᄶᅥ이느라고, 침모를 보며, 하는 말이

(승지) 져 즁문ᄶᅡᆫ에 교군이, 왼 교군인가, 자네ᄀᆞ 어ᄃᆡ를 가려고, 교군
을 갓다노앗나
절문 녀편네ᄀᆞ, 어ᄃᆡ를 자죠 ᄀᆞ면, 탈이니 ……

하는 쇼리에, ᄋᆞᆫ생에셔, 미다지를 드윽, 열러젯치며

(부인) 여보 침모ᄶᆞ지, 탐이 ᄂᆞᄂᆞ보구려
하ᄂᆞ를, 다려오더니, ᄯᅩ ᄒᆞᄂᆞ 더 두고시푼가보구려
이ᄋᆡ 츈쳔집, 어셔 드려오라 ᄒᆞ여라
츈쳔집은, 이, ᄋᆞᆫ방에 두고
침모는, 저, 건넌방에 두고
ᄂᆞᆫ 부억에 ᄂᆞ려가셔, 밥이ᄂᆞ 지흐ᄆᆡ
령감이 그 교군을 모르시고, 무르신다더냐

1906년 10월 28일(十三)

ᄒᆞ면셔 소리를 지르는ᄃᆡ

침모는, ᄉᆡᆼᄀᆞᆼᄊᆞ를 만ᄂᆞ더니, 김승지 압흘 피ᄒᆞ야, 유모 뒤에 가 셧다

김승지는 마누라의게, 봉변을 ᄒᆞ면셔, 붓그러운 마음은, 업던지, 솜씨 잇
게 거진말한 거시, 쓸ᄯᅦ 업시 된 것ᄆᆞᆫ, 우수운 마음이 ᄂᆞ셔, 우슴을 참느
라고, 코방울이, 벌죽벌죽 하며, ᄒᆞᄂᆞᆫ 말이

(승지) 어ᄃᆡ, ᄂᆡ가 츈쳔집이, 왓는지 무어시 왓는지, 알 슈가 잇ᄂᆞ

놀더러, 누가 말를 하여야 알지 이의, 그거시 참 츈쳔집이냐 닉가 오란 말업시, 우의 왓단 말이냐

닉ㄱ 다려올 것 갓ᄒ면, 닉가 츈쳔셔, 올러올 쩍에, 다리고 왓지 두고 올 리가 잇ᄂ냐

츈쳔 잇슬 때에, 닉가 시려셔, 닉여버린 게집인ᄃ, 우의 닉 집에를, 왓단 말이냐

ᄌ근돌아, 네가 ᄂ가셔, 어셔 그 교군을 쪼ᄎ보닉고, 드러오너라

여보, 마누라도, 딱한 사름이오, ᄌ셰이 아지도 못하고, 헷푸념을, 그리 ᄒ구려

그 부인은, 열이 쏙두까치 오른 사름이라, 김승지의 말은 귀에 드러오지 아니한다, 마루로 와락, 뛰여ᄂ오는, 셔슬에, 침모는 싸닥도 업시, 잘긔를 ᄒ야, 모가지를 옴츄리고, 유모의 등뒤에 쏙 부터션다

김승지는 눈이 쑹구릭지며, 그 부인을 보고 셧다

(부인) ᄌ근돌아, 쪼차보닉기는, 누구를 쪼차보닉단 말이냐 네, 그 츈쳔집인지, 마마님인지, 이리 묘셔다가, 안생에 안치시게 하여라 그 교군 타고, 닉가 쪼겨가깃다 어셔 드러옵시사고 엿쥬어라, 닉가 그년의 입무락지 좀 보고십다

우의 아니 드러오고, 무슨 거드름을, 그리 피운다더냐

그럿캐 거드름스로운 년은, 닉가 그년의 ᄃᄀ이를, 갯쓰려놋켓다

하더니 늒ㄷ ᄃ청을 쌩쌩 헤미히며

이 방맹이 어ᄃ 갓누, 이 방맹이 어ᄃ 갓누

하면셔 방맹이를 ᄎ지니

김승지가 마당에 션 자근돌이를 보며, 즁문싼을 향ᄒ야, 눈짓 립짓슬 ᄒ야, 닉보닉고 분합마루로, 드러오면셔, 부인을 달낸다

(승지) 여보 왼 히거를 그리ᄒ오 남붓그러운 쥴도, 모르오

츈쳔집을 좃ᄎᆞ보ᄂᆡᆺ스면, 그ᄆᆞᆫ이지

져 안방으로, 드러갑시다

쇼원ᄃᆡ로 ᄒᆞ여쥴 터이니 ……

ᄒᆞ며 비ᄂᆞᆫ, 김승지의 모양을 보고 셧ᄂᆞᆫ, 죵의 눈에ᄶᅡ지, 볼상한 인물은, 김승지요, ᄯᅩ 볼상한 거슨 츈쳔집이라, 눈치 잇ᄂᆞᆫ 자근돌이가, 중문ᄶᅡᆫ으로 ᄂᆞ가더니

1906년 10월 30일 (十四)

즁문ᄶᅡᆫ에를, 다, 나가지 아니ᄒᆞ고 도로 돌처셔셔, 안마당으로 드러오며 ᄒᆞᄂᆞᆫ 말이

악가 여긔, 윈, 교군이 잇더니, 지금은 업습니다

ᄒᆞ거널 중문ᄶᅡᆫ에서, 아희들 한ᄯᅦ가, ᄯᅡ라 드러오면셔 ᄒᆞᄂᆞᆫ ᄆᆞᆯ이

악가, 윈, 옥관자 붓친 늘근이가 교군ᄭᅮᆫ더러, 어셔 교군 머히고, 게동으로 가자, 어서 어셔 ᄒᆞ며, ᄌᆡ촉을 ᄒᆞ니, 교군을 머히ᄂᆞᆫᄃᆡ 교군 속에셔 우름쇼리가 납듸다

ᄒᆞ면셔, 셰상이ᄂᆞ, ᄆᆞᆫᄂᆞᆫ 듯ᄒᆞᆫ 아희들이, 물미 듯 드러오니, ᄌᆞ근돌이가, 장창급창에, 중을 잔ᄯᅳᆨ 박은 멧투리 신ᄒᆞᆫ 발로, ᄆᆞ당을, ᄯᅡᆨ, 구르면셔

요 비라먹을 아희년석들, 악가 다, ᄂᆡᄶᅩ찻더니, 우ᄋᆡ ᄯᅩ 드러오ᄂᆞ냐

하며 ᄶᅩ차가니, 아희들이 편ᄊᆞᆷ군 몰리드시, 몰려 ᄂᆞ가면셔

자— 우리들, ᄂᆞ가ᄌᆞ

잇다가, 구경ᄂᆞ거든, ᄯᅩ 드러오셰 ……

부인이 그 아희들, ᄒᆞᄂᆞᆫ 말를 듯더니, ᄒᆞᆫ층, 더 야단을 친다

올치, ᄂᆡ가 인제야, ᄌᆞ셰히 알ᄭᅵᆺ다,

츈쳔집이, 계동으로 가……

응, 침모의 집이 계동이지

악가, 령감이, 침모더러 ᄒᆞ시던 말이, 까닥이 잇는 말이로구……

그러, 츈쳔집이 올러온 거시, 다 침모의 쥬션이로구나

침모는, 너집에 잇셔셔, 너 못할 일를, 그럿케 ᄒᆞᆫ단 말이냐

여보개, 침모 ᄌᆞ네는, 우익 유모의 등뒤에 가셔, 숨엇는

도적이, 발이 저리다도, 허다한 사름에, 자네 혼자, 저럿케 겁눌 거시, 무엇인가

여보게, 얼골 좀 드러셔, 날 좀 처어다보게

본러, 자네, 눈우숨만 ᄒᆞ여도, 사롬 여럿 굿칠 쥴 아랏네

춘쳔집을, 침모의 집에, 두고 오늘부터, 령감게셔, 밤낫으로, 거긔 가셔, 파뭇처게실 터이지……

침모는 령감게 그럿케, 긴ᄒᆞ게 뵈히고 무슨 덕을 보려고, 그러ᄒᆞᆫ, 지슬 하나

하면서 침모를, 집어삼칠드시, 날뛰는ᄃᆡ, 침모는 아무 영문도, 모로고 자다가 벼락 맛듯, 횡익을 당ᄒᆞ며 운다

1906년 10월 31일(十五)

(부인) 녀편네가, 남의 집에셔, 쏙쏙 울기는, 우익 울어

ᄌᆞ네 ᄯᅢ문에, 무어시 될 것도, 아니 되깃네

울려거든, ᄌᆞ네 집에, 가셔 울게 춘쳔집도, 게동 가셔 잇고, 침모도 게동 가셔 잇스면, 령감은 게동만 가, 게실 터이지, 여긔 게실 줄 아는……이 집에는 ᄂᆞ 혼ᄌᆞ, 사당이ᄂᆞ, 뫼시고 잇지

그릐, 속이ᄂᆞ, 좀 자세히 알세, 엇지 ᄒᆞ잔, 작졍인가

츈쳔집을, 자네 집에 두고, 령감이 자네 집에 가시거든, ᄯᅮ징이 노릇슬 ᄒᆞ여먹잔, 작졍인가

츈쳔집과, 벼ᄀᆡ동셔가 도야셔, 셋붓치ᄀᆡ 피ᄯᅥᆨ갓치, 밤낫으로 세시, 한ᄃᆡ 드러붓터 잇스려ᄂᆞᆫ 작졍인가

ᄒᆞ면셔 ᄋᆡ매한 침모더러, 푸념을 ᄒᆞ다가 ᄃᆞ시 김승지의게, 푸념을 ᄒᆞᆫ다

령감 어셔 침모 다리고, 계동으로 가시오

한무릅에ᄂᆞᆫ, 츈쳔집을 ᄋᆞᆫ치고 한 무릅에ᄂᆞᆫ, 침모를 ᄋᆞᆫ치고, 마ᄋᆞᆷᄃᆡ로, 호ᄀᆞᆼᄒᆞ고 잇셔보오

누가 계집을 조와ᄒᆞ기로, 령감처럼 조아ᄒᆞᄂᆞᆫ 사ᄅᆞᆷ이, 어ᄃᆡ 잇깃소 ᄂᆡ가 다 알아……

웃지ᄒᆞ면, 그럿케 ᄋᆞᆫ탁갑게 조아ᄒᆞᄂᆞᆫ지

그럿케 광ᄑᆡᆨᄒᆞᆫ 소리를, 계집죵들만 드르면, 오리려 수치가, 작다 ᄒᆞ깃스ᄂᆞ, ᄌᆞ근돌이 듯ᄂᆞᆫ 거시, 민망ᄒᆞ게, 녀기ᄂᆞᆫ 사ᄅᆞᆷ도 만히 잇더라 日露戰爭(일로전징)에 媾和(강화) 담판을 붓치던, 미국 ᄃᆡ통녕이ᄂᆞ 왓스면, 김승지의 ᄂᆡ외싸홈을 中裁(즁지)ᄒᆞᆯ런지, 아무도 말닐 사ᄅᆞᆷ이 업ᄂᆞᆫ 싸홈이라, 그 싸홈은 ᄭᅳᆺ날 슈가 업다 황복이, ᄂᆞ면, 싸홈이 ᄭᅳᆺ치 ᄂᆞᄂᆞᆫ 법이언마ᄂᆞᆫ, 김승지ᄂᆞᆫ, ᄌᆞ초지종으로 설설 긔며 황복을 ᄒᆞ건마ᄂᆞᆫ, 부인이 듯지 아니ᄒᆞᆫ다

(승지) 압다, ᄆᆞ누라 소원ᄃᆡ로, ᄒᆞ믄 밧게, ᄯᅩ 엇지 ᄒᆞ란 말이오 츈쳔집이, 침모의 집에, 잇ᄂᆞ 업ᄂᆞ, 누구를 보ᄂᆡ보구려

뎡, 못밋거든, ᄆᆞ누라가, 교군을 타고, 가서 보던지……

츈쳔집은, 춘쳔으로, ᄂᆡ리쏘친 츈쳔집이 어듸가, 잇다고, 그리ᄒᆞᄂᆞᆫ지

침모ᄂᆞᆫ, 공년ᄒᆞᆫ 사ᄅᆞᆷ을, 의심을 ᄒᆞ여서, ᄋᆡ믜ᄒᆞᆫ 소리를 ᄒᆞ고 ᄂᆡ좃치니, 우수온 일이로구……

ᄒᆞ면셔 졍신 업시, 빈 담비ᄯᅢ를, 두어 번 ᄲᅡ라보ᄃᆞ가

어-, 이것, 불 업구

ᄒᆞ더니 담비ᄯᅢ를, 든 치로, 마루에서, 갓다왓다 혼다

그 ᄯᅢ 자근돌이가, 온 부억문 엽헤, 셧ᄃᆞ가, 쥬먹으로 부억문 설쥬를, ᄯᅡᆨ, 치고 부억으로 드러가면셔

이런 경칠……

나 갓흐면 싱……

1906년 11월 1일 (十六)

부억 압헤 기러기 느러셔듯한, 게집죵 층 중에셔, 이마는 � 붓고, 얼골 빛, 파르족족ᄒᆞ고, 눈은 가슴치레ᄒᆞᆫ, 게집이, ᄂᆞ흔 스물이, 되얏거ᄂᆞ, 말거ᄂᆞ, ᄒᆞ얏는ᄃᆡ 부억에로, ᄲᅱ여 드러오며, ᄌᆞ근돌이를 향ᄒᆞ야, 숀을 니-ᄲᅮ리면셔

여보, 마루에 들리면, 엇지 ᄒᆞ려고, 그거슨, 다, 무슨 쇼리오

ᄒᆞ는 거슨, ᄌᆞ근돌의 게집, 졈슌이라

(ᄌᆞ근돌) 남, 열 ᄂᆞ는ᄃᆡ, 왼 방졍을 그리 ᄯᅥ러……

ᄂᆞ는 ᄂᆞ ᄒᆞ고시픈□[ᄃᆡ]로, ᄒᆞ지, 너 ᄒᆞ라는 ᄃᆡ로 ᄒᆞᆯ 병신 갓ᄒᆞᆫ 놈 업다 남의 비우 건뒤리지 말고, 가문이 잇거라, 한 쥬먹에 마저 뒤여질라

계집이 사흘을, 매를 ᄋᆞ니마지면, 여우 되ᄂᆞ니라

ᄒᆞ면셔 힝낭으로 ᄂᆞ가는ᄃᆡ, 김승지가 자근돌이를 부른다

이ᄋᆡ 자근돌ᄋᆞ, 네- 어ᄃᆡ 가지말고 잇거라

(자근돌) 네- 아무 데도 아니감니다

ᄒᆞᄂᆞᆫ 목소리가, 버릇 업시 컷다

자근돌이ᄂᆞᆫ, 그길로 막걸리 집으로 가셔, 술을 잔득 먹고, 제 방에 드려 오더니, 계집□[을] 칠려고, 싱트집을 ᄒᆞ니, 졈슌이가, 그 눈치를 알고 안으로 튀여 드러가셔, 나가지 아니ᄒᆞᆫ다

안에셔ᄂᆞᆫ 부인의 등쌀이오

힝낭방에셔ᄂᆞᆫ 자근돌의 쥬졍이라 상전의 싸옴에ᄂᆞᆫ, 녀장군이 승젼고를 울리고

종의 싸옴에ᄂᆞᆫ 쥬먹셰상이라

김승지ᄂᆞᆫ 그 부인 압ᄒᆞᆯ 써나지 못ᄒᆞᆯ 사졍이오

점순이ᄂᆞᆫ, 셔방의 압ᄒᆞᆯ 갈 수가 업ᄂᆞᆫ 사정이라

김승지ᄂᆞᆫ, 그 부인 압헤를 써낫ᄃᆞ가ᄂᆞᆫ, 무슨 별야단이 ᄂᆞᆯ런지, 모를 사졍이오, 점순이ᄂᆞᆫ, 그 셔방 압헤로, 갓다가ᄂᆞᆫ 무슨 싱벼락을 마질런지, 모를 사졍이라

그ᄂᆞᆯ, ᄒᆡ가 지도록

밤이 되도록

김승지가, 그 부인을 ᄊᆞ라, 저녁도 아니먹고, 부인을 ᄃᆞᆯᄅᆡᄂᆞᆫᄃᆡ, 안방에셔, 상직 자던 사ᄅᆞᆷ들은, 건넌방으로, 다 건너가고, ᄂᆡ외, 단둘이만 잇셔 닷투다가, 소ᄂᆡ기비에, 매옴이 소ᄅᆡ 긋치드시 부인의 목소리와, 김승지의 목소리가, 쑥 긋치더니, 다시ᄂᆞᆫ, 아무 소ᄅᆡ도 업ᄂᆞᆫᄃᆡ, 그 ᄯᅢᄂᆞᆫ 초저녁이라

점순이ᄂᆞᆫ 캄캄한 안ᄆᆞ루 끗헤셔, 팔장을 ᄭᅵ고, 기ᄃᆡ고 안젓다가, ᄒᆞᆫ자, 씩, 우스면셔 건넌방으로 건너가더라

장수가 항복ᄒᆞ고, 싸홈은 씃치, 낫더ᄅᆡ도, 춍 맛고 칼 마진 病傷兵(병상병)은, 싸홈 파한 후에, 압푼 싱각이, 더 나ᄂᆞᆫ 법이라

그와 갓치, 침모ᄂᆞᆫ 건넌방에, ᄋᆞᆫ저셔, 여러 사ᄅᆞᆷ을 ᄃᆡᄒᆞ야, ᄋᆡ매한 ᄆᆞᆯ를 드럿다고 죽고시푸니 살고시푸니, ᄒᆞ며 구슬갓한 눈물을 써러트리더니,

1906년 11월 3일(十七)

ᄂᆞ아가니 왼집안이 낙누를 ᄒᆞ며 작별ᄒᆞᄂᆞᆫᄃᆡ ᄂᆞ히ᄂᆞ 졈고 인물이ᄂᆞ 븐반ᄒᆞ게 ᄉᆡᆼ긴 게집죵들은 서로 보며 ᄒᆞᄂᆞᆫ 몰이

"우리가 져러ᄒᆞᆫ 의심을 밧고 잇스면 저럿케 침모 마누라님갓치 어ᄃᆡ로 가지도 못ᄒᆞ고 엇지 될구"

"마님 ᄉᆞᆷ씨에 살려 두실라구 방맹이로 쳐죽이실걸……"

그러케 ᄉᆡᆼ각ᄒᆞᄂᆞᆫ 김승지 집 종들은 침모의 팔자가 조ᄒᆞᆫ 냥으로 알것만ᄂᆞᆫ 침모의 마ᄋᆞᆷ에ᄂᆞᆫ 인간에 날갓치 팔자 사납고 근심 만ᄒᆞᆫ 사ᄅᆞᆷ은 ᄃᆞ시 업거니 ᄉᆡᆼ각하며 그 친졍으로 가ᄂᆞᆫᄃᆡ 거름이 걸리지 ᄋᆞ니한다

무슨 곡절로 거름이 걸리지 ᄋᆞ니ᄒᆞᄂᆞᆫ고

그 친졍에ᄂᆞᆫ 압 못보ᄂᆞᆫ 늘근 어머니 ᄒᆞᄂᆞᄲᅮᆫ이라 ᄉᆞᆷ순구식 ᄒᆞᄂᆞᆫ 거실지라도 바라ᄂᆞᆫ 곳은 ᄯᆞᆯ ᄒᆞᄂᆞᄲᅮᆫ이라 그 어머니를 보러가ᄂᆞᆫᄃᆡ 돈 ᄒᆞᆫ푼 업시 옷보통이 들린 아ᄒᆡ ᄒᆞᄂᆞ문 다리고 드러가려ᄒᆞ니 그 어머니가 ᄯᆞᆯ을 보면 무엇이ᄂᆞ 가지고 올가 바라고 잇슬 일을 ᄉᆡᆼ각ᄒᆞ니 긔가 ᄆᆡᆨ키더라

그러ᄒᆞᄂᆞ 아니갈 수ᄂᆞᆫ 업ᄂᆞᆫ지라

계동 막바지 옴막살이 초가집으로 드러가니 그 집은 ᄇᆡ부장집이오 ᄇᆡ부장은 침모의 부친이라 삼년 젼에 죽고 ᄇᆡ부장의 마누라만 잇ᄂᆞᆫᄃᆡ 몹슬병으로 슈년 젼붓터 압흘 못보ᄂᆞᆫ 사람이 되얏더라

그날 밤에 침모의 모녀ᄂᆞᆫ 니약이와 눈물로 밤을 ᄉᆡ우다가 다 밝은 후에 잠이 들엇ᄂᆞᆫᄃᆡ ᄒᆡ가 ᄯᅥ셔 놉피 오르도록 모르고 자더라

십만 장안에셔 연긔ᄂᆞ고 사ᄅᆞᆷ 짓거리ᄂᆞᆫ 빗치라 그러ᄒᆞᆫ 즁에 계동 ᄇᆡ부장

집은 ᄃᆡ문도 아니열고 적적ᄒᆞᆫ 빗치라 왼 사람이 비부장집 ᄃᆡ문을 두드리며 소리를 지르니 침모가 자다가 급히 이러ᄂᆞ셔 ᄃᆡ문을 열고 보니 김승지 집 종 점순이라

침모를 ᄯᅡ라 드러오더니 싱시침이를 쑥 쎄이고 ᄒᆞᄂᆞᆫ 말이

  츈쳔셔 올러오신 마마님은 어ᄂᆞᆫ 방에 계십니ᄭᆞ

  어셔 좀 보고시퍼셔 구경왓쇼

ᄒᆞ면셔 침모의 눈치만 보니

1906년 11월 6일(十八)

침모가 김승지 부인의게 ᄋᆡᄆᆡ한 소리를 가지각ᄉᆡᆨ으로 드를 씩ᄂᆞᆫ 속이 압푸고 쓰리면셔 감히 말ᄃᆡ답 ᄒᆞᆫ 마듸 못ᄒᆞ고 와셔 골이 잔뜩 낫든 터이라 졈순이의 얼골을 ᄒᆞᆫ참을 보고 ᄋᆞ무 소리 업시 안졋스니 속알머리 업ᄂᆞᆫ 졈순의 마음에ᄂᆞᆫ 츈쳔집을 감츄어두고 잇다가 저를 보고 당황ᄒᆞ야 그리ᄒᆞᄂᆞᆫ 쥴로만 알고 가장 약은 체ᄒᆞ고

(졈순) 우ᄋᆡ 사ᄅᆞᆷ를 그리 몹시 보시요

ᄂᆞᄂᆞᆫ 발셔 다 알아요

우리 갓한 사람은 암만 아더리도 관게치 아니ᄒᆞ오

츈쳔 마마님을 여기셔 뫼와도 우리 ᄃᆡᆨ 마님게 그런 말숨은 아니ᄒᆞᆯ 터이요

우리ᄂᆞᆫ 편싱에 말젼쥬라고ᄂᆞᆫ ᄋᆞ니ᄒᆞ여 보앗소

ᄂᆡ가 여긔 온 쥴를 우리 ᄃᆡᆨ 마님이 알기ᄂᆞ 아르시ᄂᆞ

아르셧다가ᄂᆞᆫ 큰 일 ᄂᆞ게……

(침모) 무어시 엇지ᄒᆞ고 엇지ᄒᆞ여 참 잘 만논네 김승지 ᄃᆡᆨ 마님갓흐신

이가 자네 갓흔 ᄒᆞᆫ인이 잇셔야지

ᄂᆡ가 츈쳔 ᄆᆞ마를 감츄어두고 김승지 령감이 오시거든 ᄯᅮ징이 노릇이ᄂᆞ ᄒᆞ여먹깃네……

엇던 병신 갓흔 년이 자네 댁 령감 갓흔 털집 두둑ᄒᆞᆫ 냥반을 만나셔 단 ᄯᅮ징이 노릇만 ᄒᆞ여 먹깃나 그 령감이 오시거든 령감의 ᄒᆞᆫ 편 무릅은 ᄂᆡ가 차지ᄒᆞ고 올ᄂᆞ안고 ᄒᆞᆫ 무릅은 츈쳔 마마ᄀᆞ 차지ᄒᆞ고 올나안저셔 셋붓치기 피ᄯᅥᆨ가치 붓터잇슬 터일셰

ᄂᆡ가 ᄌᆞ네 목소리를 듯고 츈쳔 마마를 슘겻네

슘겻다 ᄒᆞ니 ᄌᆞ네를 겁을 ᄂᆡ셔 슘긴 쥴 아ᄂᆞ 일부러 보러오는 거시 미워셔 슘겻네

어서 가셔 그ᄃᆡ로 마님게 엿쥽게 김승지의 부인짐 되면 우리 갓흔 상년은 ᄉᆡᆼ으로 회를 쳐셔 먹어도 관게치 아니ᄒᆞᆯ 쥴 안다던가 ᄌᆞ네 댁 마님이 이런 소리 드르시면 교군 타고 ᄂᆡ 집에 와셔 별야단 칠 쥴 아네

요ᄉᆡ갓치 법률 발근 셰상에 ᄂᆡ가 잘못한 일문 업스면 아무 것도 겁 업네

김승지 댁 숙부인ᄂᆡ[도] ᄆᆞᆯ고 ᄒᆞᆫ날에서 ᄂᆞ려온 쳔상부인이라도 남의 집에 와서 야단만 쳐보라게 ᄂᆞᆫ 순포막에 가셔 우리 집에 밋친 녀편네 왓스니 ᄭᅳ러ᄂᆞ여 둘라고 망신 좀 시겨보깃네 미다지살 ᄒᆞ나만 분질러보라 ᄒᆞ게 직판ᄒᆞ야 손ᄒᆡ금 밧깃네

침모는 졈순이 온 것을 다ᄒᆡᆼ히 여겨셔 참앗던 ᄆᆞᆯ를 낫낫치 ᄒᆞ고 잇는ᄃᆡ ᄂᆞ이 ᄆᆞᆫ코 고ᄉᆡᆼ ᄆᆞᆫ이 ᄒᆞ고 속이 썩을ᄯᅢ로 썩은 침모의 어머니는 폐맹된 눈을 멀둥멀둥 ᄒᆞ고 ᄯᆞᆯ의 목소리 ᄂᆞᆫ 곳으로 고ᄀᆡ를 들고 가문이 안저 듯다가 ᄒᆞᄂᆞᆫ ᄆᆞᆯ이

1906년 11월 7일(十九)

이익 그만 두어라 다 제 팔ᄌᆞ니라 네가 김승지 딕에 가셔 침모 노릇ᄒᆞ
지 아니ᄒᆞ얏스면 그런 소리 저런 소리 다 듯지 아니ᄒᆞ얏슬 거시다
굴머 죽드리도 다시는 남의 집 침모 노릇은 마러라
요시 갓한 기화셰상에는 사족 부녀라도 과부되면 ᄀᆞᆫ다더라
우리 갓ᄒᆞᆫ 상사ᄅᆞᆷ이 수절이 다 무어시냐
어ᄃᆡ를 가든지 어여ᄲᅮᄃᆞ 얌젼ᄒᆞ다 그럿케 층찬 듯는 네 인물을 가지
고 셔방감 업스ᄭᆞ 념녀ᄒᆞ깃ᄂᆞ냐
이익 ᄃᆡ신의 첩일지라도 너만ᄒᆞᆫ 사ᄅᆞᆷ이 몃치나 되깃ᄂᆞ냐
요시는 첩 두려고 첩감 구ᄒᆞ는 사람이 만타더라
어ᄃᆡ던지 ᄀᆞ셔 고싱이나 아니ᄒᆞᆯ 곳으로 남의 첩이 되야 가거라
(침모) ᄂᆞ는 족박을 들고 비러먹을지언정 남의 첩 노르슨 □[ᄒᆞ]고십지
ᄋᆞ니ᄒᆞ오 남의 첩이 되얏다가 츈쳔집 신셰 갓ᄒᆞᆯ 지경이면 죽는
거시 편ᄒᆞ지……
그러ᄂᆞ 츈쳔집은 어ᄃᆡ 가셔 잇누 참 불상한 사ᄅᆞᆷ이지……
ᄒᆞ면셔 도라다 보니 점슌이는 ᄀᆞᆫ단 말도 업시 살작 나가고 업는ᄃᆡ 침모
의 모녀가 츈쳔집 이약이를 ᄒᆞ고 잇더라
각가운 이웃집에셔 불상ᄒᆞ다 ᄒᆞ는 침모의 니냐이 쇼리는 지쳑이 쳔리라
계동 박참봉 집에 잇는 츈쳔집의 귀에 들리지 아니ᄒᆞ나 멀직한 젼동 김
승지 집에셔 자던 풍파가 다시 이러나셔 숨시로 쇼요ᄒᆞᆫ 쇼문은 츈쳔집의
귀에 ᄂᆞᆺᄂᆞᆺ시 드러간다
츈쳔집이 박참봉 집에 오던 ᄂᆞᆯ 져녁붓터 김승지 오기ᄆᆞᆫ 기다린는ᄃᆡ 박참
봉 집 문밧게셔 사ᄅᆞᆷ의 목소리ᄆᆞᆫ ᄂᆞ도 김승지가 오거니 반겨ᄒᆞ고 ᄀᆞ가
지저도 김승지가 오거니 기다리다가 종노에셔 밤 열두시 종 치는 소리가

뎅뎅 ᄒᆞ더니 장안이 적적ᄒᆞ고 김승지는 소식 업다
박참봉 집 건넌방에는 츈쳔집이 혼자 잇셔셔 근심 즁에 잠못드러 잇고 사랑방에는 쥬인 박참봉이 남의 닉외 싸홈에 팔자 업는 시비덩이를 맛탓ᄂᆞ보다 ᄉᆡᆼ각ᄒᆞ다가 잠이 들지 아니ᄒᆞ엿는ᄃᆡ 그 운목에는 ᄀᆞᆼ동지가 어ᄃᆡ 가셔 술을 그럿케 먹엇던지 ᄋᆞ무 걱졍 업는 사람갓치 잠이 드러셔 본자가 울리도록 코를 고는ᄃᆡ 건넌방과 사랑방이 지쳑이라 츈쳔집 귀에 ᄀᆞᆼ동지 코 고는 소리만 들이니 츈쳔집이 한숨을 쉬며 혼쟈말로

1906년 11월 8일 (二十)

우리 아버지는 잘도 쥬무신다
닉 셔름이 이런 쥴 아르시면 오늘 밤에 저럿케 시름 업시 잠드실 슈 업슬낫다
셔울 와셔 이럴 줄 아랏스면 신연ᄀᆞᆼ 깁픈 물에 풍덩 빠져죽엇슬걸 왼수의 목숨이 붓터잇셔셔 이 밤에 이 근심을 ᄒᆞ는고나
시앗싸홈이니 ᄀᆞᆼ식암이니 귀로 듯기는 드럿스나 닉 몸이 그런 일 당ᄒᆞᆯ 쥴이야 ᄭᅮᆷ이ᄂᆞ ᄭᅮ엇슬가 셰상에 시앗싸홈이 다 그러ᄒᆞᆫ가 우리 안마누라만 그러ᄒᆞᆫ가 남의 쳡 되는 사ᄅᆞᆷ은 사람마다 이 광경을 당ᄒᆞᄂᆞ 이 광경을 당ᄒᆞ는 사ᄅᆞᆷ은 셰상에 나 ᄒᆞ나ᄲᅮᆫ인가
츈쳔 ᄉᆞᆯ기동닉셔 동구밧게를 나아가보지 못ᄒᆞ고 자라ᄂᆞ던 이닉 몸이 오날 셔울 와셔 이거슬 당ᄒᆞ니 자다가 벼락을 마저도 분수가 잇지 에구 긔막혀라
닉가 오날 교군을 타고 김승지 집에 드러갈 ᄯᆡ에 철 업고 미련ᄒᆞᆫ 이닉 마음에는 김승지 집 ᄃᆡ문 보아도 반가운 마음ᄲᅮᆫ이라 그 마음 가진 이

ᄂᆡ 몸이 그 중문ᄭᅡᆫ에 교군을 ᄂᆡ려놋코 안젓다가 안ᄃᆡ청이 ᄯᅥᄂᆞ가도록 야단치ᄂᆞᆫ ᄋᆞᆫ마누라 목쇼리에 가삼이 덜걱 ᄂᆡ려ᄋᆞᆫ고 정신이 앗득하여지면셔 이 몸이 죽지도 ᄆᆞᆯ고 살지도 ᄆᆞᆯ고 아무 형체업시 살죽 녹아저셔 빈 교군ᄆᆞᆫ 남앗스면 조흘 듯한 ᄉᆡᆼ각ᄲᅮᆫ이라

ᄂᆡ ᄉᆡᆼ각 그러한 쥴을 어ᄂᆞᆫ 사ᄅᆞᆷ이 아랏스랴

그 광경을 ᄃᆞ 보고 ᄃᆞ 드른 우리 아바지도 ᄂᆡ 셔름을 조곰도 모르시고 저럿케 잠드러 주무시니 ᄒᆞᄂᆞᆫ님이나 아르시ᄭᅩ

아바지 말슴을 드르면 일ᄉᆡᆼ 조흔 일ᄆᆞᆫ 잇슬 것갓더니 이럿케 죠흔 일를 지여쥬셧고나

오ᄂᆞᆯ 저녁에ᄂᆞᆫ 김승지 령감이 정녕 오신다더니 쇼식도 업스니 령감이 아버지를 소겻ᄂᆞᆫ지 아버지ᄀᆞ ᄂᆞᆯ을 소겻ᄂᆞᆫ지……

1906년 11월 9일(二一)

오냐 그ᄆᆞᆫ 두어라

오거ᄂᆞ 말거ᄂᆞ……

ᄂᆞᆯ갓치 팔ᄌᆞ 사ᄂᆞ운 년이, 령감이 오기로, 무슨 시연한 일이, 잇깃ᄂᆞ냐

ᄒᆞᄂᆞᆯ갓치 밋고 잇던 우리 아버지가 ᄂᆞᆯ을 싀기거던 남남ᄭᅵ리 ᄆᆞᆫᄂᆞᆫ 남편을 미들쇼냐

부모도 미들 수가 업고 남편도 쓸ᄃᆡ 업ᄂᆞᆫ 이 셰상에 누구를 바라고 사라잇스리오

차라리 죽어저셔 이 셔름을 이젓스면 ᄂᆡ 신상에 편ᄒᆞ리라

보고지고 보고지고 우리 어머니를 보고지고

어머니가 ᄂᆞᆯ을 보ᄂᆡ면셔 울며 ᄒᆞᄂᆞᆫ 말이 어미 ᄉᆡᆼ각ᄒᆞ지 말고 잘 가거

라 ᄒᆞ시더니 그 말한 지가 몃칠이 못되야서 길슌이 쥭엇단 말을 드르시면 오작 셔러ᄒᆞ실ᄶᅡ 어머니 ᄉᆡᆼ각ᄒᆞ면 쥭기도 어려우ᄂᆞ ᄂᆡ 신셰를 ᄉᆡᆼ각ᄒᆞ면 사라잇슬수록 고ᄉᆡᆼ이라

무졍ᄒᆞ다 김승지는 젼ᄉᆡᆼ에 무슨 왼수를 짓고 맛낫던가

손갓치 즁ᄒᆞᆫ 언약을 밋고 물갓치 깁흔 졍이 드럿다가 이별ᄒᆞᆫ 지 ᄇᆞᆫ 년만에 ᄂᆡ가 그 집 즁문ᄭᆞ지 갓다가 령감이 교군을 시치고 지ᄂᆞ가는 신소리와 헷깃침ᄒᆞ는 소리만 ᄂᆡ 귀에 들럿스니 그 소리 ᄒᆞᆫ 마듸가 영결이 도얏단 말인가

어제 낫ᄭᆞ지도 령ᄀᆞᆷ를 미워하고 원망을 하엿더니 이 몸이 쥭기로 결심ᄒᆞ니 밉던 마암도 업셔지고 원망ᄒᆞ던 마암도 푸러진다

령감이 ᄂᆡ게 무정ᄒᆞ야 그러한 것도 아니오 마누라 투긔에 겁ᄂᆡ셔 그러ᄒᆞᆫ 거시라

ᄂᆞ는 마누라가 엇더ᄒᆞᆫ지 격거보지 못ᄒᆞᆫ 사람이라 이럴 쥴을 모로고 령ᄀᆞᆷ도 본 마누라의 승품을 모르고 쳡을 두엇□[던]가

엇지 맛낫던지 맛는 거슨 연분이오 이별은 팔ᄌᆞ이라 연분이 부족ᄒᆞ고 팔ᄌᆞ가 긔박ᄒᆞ야 이 지경 되얏스니 ᄒᆞ릴 업는 일이로다

차라리 령감이 ᄂᆡ게 무정[ᄒᆞ]야 아니오면 ᄂᆞ도 이질런지 셔로 ᄉᆡᆼ각ᄒᆞ며 만ᄂᆞ지 못ᄒᆞ는 그 마암은 일반이라 이 몸은 황쳔으로 가더리도 령감의 졍표는 ᄂᆡ 몸에 가지고 가노라

ᄒᆞ면셔 만삭한 ᄇᆡ를 어르만지더니

1906년 11월 10일 (二二)

복즁에 잇는 아희가 무슨 말이ᄂᆞ 아라듯는드시 ᄇᆡ를 굽어보며 ᄒᆞ는 말이

너ᄂᆞᆫ 형체가 싱겻다가 셰상 구경도 못ᄒᆞ고 북망ᄉᆞᆫ으로 가ᄂᆞᆫ구나 오냐
잘 간다 인간에 와셔보면 근심은 만코 조흔 일은 드무니라
ᄂᆡ가 너를 ᄂᆞ아놋코 ᄂᆞ 혼ᄌᆞ 죽으면 어미도 업ᄂᆞᆫ 어린 거시 무슨 고ᄉᆡᆼ
을 홀런지 알 수 잇ᄂᆞ냐
우리 아바지ᄂᆞᆫ ᄂᆞ 죽ᄂᆞᆫ 거를 모르시고 코 골고 주무신다
네의 아바지ᄂᆞᆫ 네 죽ᄂᆞᆫ 거를 모르시고 본마구[누]라 쥬먹 안에셔 사지
를 쌈작 못ᄒᆞ고 붓 들려게신가 보다
ᄂᆞ도 미들 곳 업ᄂᆞᆫ 사ᄅᆞᆷ이오
너도 미들 곳 업ᄂᆞᆫ ᄋᆞ희이라
미들 곳 업ᄂᆞᆫ 인ᄉᆡᆼ들이 무엇 ᄒᆞ려고 사라잇깃는냐 가자 가자 우리ᄂᆞᆫ
우리 갈 곳으로 어셔 가자

하면셔 눈물이 가득ᄒᆞᆫ 눈으로 정신 업시 등잔불을 보는ᄃᆡ 눈압헤 오식
무지ᄀᆡ가 션다

분ᄅᆡ 약한 마음이라 칼로 목 찔러죽지 못ᄒᆞ고 압푼 쥴 모르게 죽을 작정
으로 물에ᄂᆞ 빠져죽으려고 우물을 차저ᄂᆞ가더라

그 집이 ᄀᆡ여들고 ᄀᆡ여ᄂᆞᆫ 옴막사리 쵸가집이라 온생 건넌방 ᄋᆞᄅᆡ방이
솟발갓치 ᄂᆞ라니 잇는ᄃᆡ 그 아ᄅᆡ방을 박참봉이 사랑으로 쓰고 그 외에ᄂᆞᆫ
중문도 업고 ᄃᆡ문ᄆᆞᆫ 잇ᄂᆞᆫ 집이라 아무리 발씨가 션 사람이라도 문 차저
ᄂᆞ가기ᄂᆞᆫ 어려울 거시 업는지라 츈쳔집이 ᄃᆡ문ᄀᆞᆫ에 가셔 빗장을 여느라
고 신고를 한다

사람이 좃차오난 듯 오ᄂᆞᆫ 듯 하야 가삼이 두군두군하며 겁이 나서 빗장
을 붓들고 슘도 크게 못쉬고 ᄃᆡ문에 부터 셧다

ᄒᆞᆫ참식 잇다가 죠곰식 쎄여보는ᄃᆡ 제풀에 놀나셔 긋치다가 빗장이 덜걱
열리ᄂᆞᆫᄃᆡ 젼신이 벌벌 떨려셔 가만이 셧다

사랑방에셔 박참봉이 외마듸 깃침을 ᄒᆞ면셔 소리를 지른다

거- 누구 왓ᄂᆞ냐……

츈쳔집이 깜짝 놀라셔 문을 왈칵 열고 문 밧게로 ᄂᆞ가ᄂᆞᆫᄃᆡ 원리 박참봉은 벌거벗고 잠자던 사름이라 옷 입고 불 켜고 거레ᄒᆞ고 ᄂᆞ오ᄂᆞᆫ 동안에 츈쳔집은

1906년 11월 13일(二三)

문 밧그로 살작 ᄂᆞ셔셔 계동 큰길로 ᄂᆞ려가ᄂᆞᆫᄃᆡ 길ᄶᅡ 왼쇼 편에 벌우물 잇ᄂᆞᆫ 거슨 못보앗던지 한숨에 계동 병문ᄭᅡ지 ᄂᆡ려가셔 직골 네거리로 향ᄒᆞ여 가다가 계동 궁담 밋헤 잇ᄂᆞᆫ 우물을 보앗더라

ᄉᆡ벽둘은 너머가고 힝길이 젹젹한ᄃᆡ 츈쳔집이 우물가에 서셔 ᄒᆞᆫ날를 처어다보고 ᄒᆞᄂᆞᆫ 말이

ᄒᆞᄂᆞ님 ᄒᆞᄂᆞ님

인간에 길슌이 잇ᄂᆞᆫ 쥴를 아르심닛가

길순이 잇ᄂᆞᆫ 쥴를 아르시면 길순의 쥭ᄂᆞᆫ 것도 ᄋᆞ르실 터이지……

젼싱에 무슨 죄를 짓고 싱겨ᄂᆞ셔 이싱에 이 셔름을 가지고 저승으로 가ᄂᆞᆫ지……

미련한 인싱이라 제가 제 죄를 모를 터이나 길순의 마음에ᄂᆞᆫ

이싱에ᄂᆞᆫ 아무 죄도 업습니다 밝고 어지신 ᄒᆞ나님이 인가만사를 굽어보시고 짐쟉이 게실년마ᄂᆞᆫ 엇지ᄒᆞ야 길순이ᄂᆞᆫ 이 지경에 이르게 ᄒᆞ시ᄂᆞᆫ지……

이 몸이 쥭ᄂᆞᆫ 후에 송장이 이 우물에셔 썩을런지 누가 ᄭᅥ러ᄂᆡ셔 무쥬공손에 버릴넌지 모르거니와 혼은 츈쳔 솔ᄀᆡ로 훌훌 ᄂᆞ라가셔 이 밤으로 우리 어머니 벼ᄀᆡ가예 가셔 어머니 ᄭᅮᆷ에나 뵈이고저……

어머니 ᄉᆡᆼ전에ᄂᆞᆫ ᄭᅮᆷ에 가셔 뵈일 거시오
어머니 사후에ᄂᆞᆫ 혼을 가셔 뵈우리다
그러나 사람이 죽어지면 그ᄆᆞᆫ이라
혼이 잇ᄂᆞᆫ 거신지 업ᄂᆞᆫ 거신지 혼이 잇셔셔 만나보기로 반ᄀᆞ온 쥴를
알런지 모를런지 사라셔 다시 못보ᄂᆞᆫ 것ᄆᆞᆫ 한이로다
오냐 한이 잇셔 죽ᄂᆞᆫ 년이 ᄯᅩ 무슨 한탄하깃ᄂᆞᆫ냐
이 셔름 저 셔름 이 ᄉᆡᆼ각 저 ᄉᆡᆼ각 다 이저버리고 갈 곳으로 가ᄂᆞᆫ 거시
제일이라

ᄒᆞ더니 치마를 거드처 쥐고 우물돌 우으로

1906년 11월 14일(二四)

올라가ᄂᆞᆫᄃᆡ 본ᄅᆡ 츈쳔집이 계집아ᄒᆡ로 잇슬 ᄯᅢ에ᄂᆞᆫ 조고마한 물방구리
이고 당기면셔 물도 기러보앗ᄂᆞᆫᄃᆡ 솔ᄀᆡ동ᄂᆡ 우물가에ᄂᆞᆫ 사면으로 ᄯᅦ중
을 노흔지라 집신 신흔 ᄎᆡ로 듸듸기 조케 만든 우물이라 그러ᄒᆞᆫ 우물에
셔 발씨가 익은 사ᄅᆞᆷ이라 그ᄂᆞᆯ 밤에ᄂᆞᆫ 신을 신고 판자쪽 갓ᄒᆞᆫ 돌 우으로
올라가다가 립동머리 새벽 긔운에 이슬이 어러 서리가 되얏ᄂᆞᆫᄃᆡ
촌놈이 ᄌᆞᆼ판방에셔 밋그러지듯 츈쳔집이 돌 우에셔 밋기러저 가루 ᄯᅥ러
지며

에그머니……

쇼리를 지르고 ᄭᅩᆷ작 못ᄒᆞᆫ다
아홉 달된 ᄐᆡ중이라 동ᄐᆡ가 되얏던지 ᄇᆡ 속에ᄂᆞᆫ 홍두ᄭᅢᄅᆞᆯ 벗틔여노흔 듯
하고 사지를 ᄭᅩᆷ젹거릴 슈 업ᄂᆞᆫᄃᆡ 큰길에셔 신쇼리가 져벅져벅 ᄒᆞ더니 식
거문 옷 입은 사ᄅᆞᆷ이 압ᄒᆡ 와셔 웃독 셔면셔 ᄒᆞᆫ두마듸 말를 뭇ᄃᆞ가 대답

이 업거늘 거문 옷 입은 사름이 호각을 부니 그 사름은 직골 네거리 슌포막의 슌검이라

第三章

사람은 쇠쳔 한푼짜리가 못되더릭도 죠선셔 지체 좃코 벼슬허고 셰도 츌입이ㄴ 하고 딕문뭔 큼즉하면 그 집에 사람이 들락랄낙 ᄒᆞ는지라 젼동 김승지 집 큰 사랑방에 식전 츌입으로 온 사람도 사오인 잇셧는딕 쥬인 령감이 ᄋᆞᆫ악에셔 쥬무시고 ᄋᆞ즉 아니ㄴ오셧단 말를 듯고 쥬인 못보고 가는 사람들뿐이라 그 즁에 탕건 쓰고 키 자그마하고 얼골에 숀틔 죠곰 잇고 ㄴ히 사십여 셰 짐 된 사람은 큰 사랑방으로 드러가더니 힉가 열시 뷴이ㄴ 되도록 아니가고 잇더라 쥬인 김승지는 어졔밤에 그 부인의게 숀이 불이 되도록 빌고 싱젼에 다시는 쳡을 두면 ㄱ자식이니 쇠ᄋᆞ들이니 맹셰를 짓고 그 마누라의 눈에 엇지 그리 졸 뵈엿든지 그 부인과 김승지가 언제 ᄊᆞ웟더냐시푸게 졍이 새로히 드는듯 하니 김승지의 맹셰가 거진말 맹셰가 아니라 즁무소쥬ᄒᆞᆫ 마음에 참말로 한 맹셰일러라

밤이 시는 줄을 모로고 둘이 쥬칙 업는 니약이만 하다가 식벽역에 잠이 드럿는딕 부인은 본릭 부지런ᄒᆞᆫ 사름이라 식전에 이러ㄴ셔 계집종의게 지휘할 일를 지휘하는딕 김승지가 잠이 깨여셔 이러ㄴ려 하니

(부인) 여보 어는식 이러ㄴ셔셔 무엇하시오

어제는 잠도 잘 못주무셧스니 더 주무시오

곰긔 드르시리다 몸조심 하시오

ᄒᆞ면셔 김승지의 싀옷을 닉서 뜻뜻ᄒᆞᆫ ᄋᆞ룸목에 뭇는딕 김승지는 잠은 깨엿스ㄴ 이러ㄴ지 ᄋᆞ니하고 드러누어셔 담비을 막으면셔 마누라를 보고 싱긋 우스니 부인은 까닭 업시 짜라 우섯더라

그 ᄯᅢ 김승지 마암에는 마누라 업시는 참 못견딕깃다 하는 싱각뿐이라 힉가 낫이ㄴ 되야셔 사랑에 나가니 계동 박참봉이 와셔 ᄋᆞᆫ졋더라

1906년 11월 15일(二五)

김승지가 어제밤에 그 부인을 ᄃᆡᄒᆞ야 다시는 쳡 두지 아니ᄒᆞᆫ다고 맹세ᄒᆞᆯ ᄯᅢ는 츈쳔집을 ᄂᆡ려보ᄂᆡᆯ 작정으로 ᄒᆞᆫ 맹셰인ᄃᆡ 사랑에 ᄂᆞ와셔 박참봉을 보더니 별안간에 츈쳔집 ᄉᆡᆼ각이 다시 ᄂᆞᆫ다

(김승지) 어- 식젼에 일즉이 ᄂᆞ셧쇼구려

ᄂᆡ가 어졔밤에 ᄃᆡᆨ으르 좀 가려 하엿더니 몸이 압파셔 못갓쇼

(박참봉) 허허 령ᄀᆞᆷ 정신 업스시구려 지금이 식젼이오닛가 ᄂᆡ가 오기는 식전에 왓습니다 허허허……

(김) 오ᄂᆞᆯ이 그럿케 느졋나 밤에 ᄃᆡ단이 아랏셔……

오날 못이러날 듯 십더니 억지로 ᄒᆡᆼ긔를 ᄒᆞ니 좀 낫군

ᄒᆞ면셔 얼골이 불그레 ᄒᆞ여지더니 목쇼리를 나지막ᄒᆞ계 ᄒᆞ야 ᄒᆞ는 ᄆᆞᆯ이

여보 어제 ᄃᆡᆨ에 사람 ᄒᆞ나 보ᄂᆡᆺ지오

좀 잘 맛타주시오

그리ᄒᆞ고 무엇이던지 강동지와 상의ᄒᆞ야 돈 드는 것문 ᄂᆡ게 ᄆᆞᆯᄒᆞ시오

박참봉이 김승지의 얼골만 물그름 보며 ᄆᆞᆯ을 듯고 ᄋᆞᆫ졋더니 창 밧게 남손을 건너다보며 허회탄식ᄒᆞ며 ᄒᆞ는 말이

나는 령ᄀᆞᆷ을 뵈올 낫이 업쇼

나를 밋고 령ᄀᆞᆷ 별실을 ᄂᆡ 집으로 보ᄂᆡ셧는ᄃᆡ 부탁드른 본의가 업시 되야스니 엇덧타 말숨할 길이 업습니다

김승지가 박참봉의 말을 귀로 드럿는지 코로 맛탄는지 싼 쇼리문 한다

(김승지) 아니 그럿케 말ᄒᆞᆯ 것 무엇 잇소

ᄂᆡ 쳡이 ᄃᆡᆨ에 가 잇셔셔 무엇이든지 박참봉의게 페를 ᄭᅵ쳐셔야 쓰깃소

그러나 박참봉은 한집안 갓흐니 말이지 츈쳔집이 ᄃᆡᆨ에 가셔

잇는 거슬 우리 마누라가 알면 좀 좃치 아니ᄒᆞ다고 ᄒᆞ기도 쉬우니 ᄒᆞ인들 귀에도 들리는 거시 부지럽소 우리 마누라가 듯기로 니야 엇더홀 것 무엇 잇소 박참봉이 우리 마누라의게 미옵을 바들가 념녀ᄒᆞ야 ᄒᆞ는 말이오

(박참봉) 그런 말숨은 밧부지 아니ᄒᆞᆫ 말숨이오 큰일 난 일이 잇습니다 령감 별실이 지금 ᄒᆞᆫ셩 병원에 가셔 잇습니다

(김) 우의 졸지에 무슨 병이 낫쇼

박참봉이 본리 찬찬ᄒᆞᆫ 사롬이라 츈쳔집이 우물에 빠저죽으려다가 우물 돌 우에셔 밋기려저 너머저셔 동티되야 옴짝을 못ᄒᆞ는디 지골 네거리 지셔 순검이 구ᄒᆞ야 ᄌᆞ긔집에 긔별하던 말과 자긔가 한셩 병원으로 다리고 가던 말을 낫낫치 하니 김승지는 그 말을 듯고 엇지ᄒᆞ면 조흘지 모르는 모냥이라

(김승지) 여보 츈쳔집의게 당한 일에 돈 드는 것만 니게 말ᄒᆞ고 엇터케 ᄒᆞ던지 박참봉이 잘 조처문 하여 주시오

(박참봉) 네 그러면 아무 념녀 말고 게시면 니가 다 조처하오리다

하고 박참봉이 그길로 한셩 병원으로 가셔 츈쳔집을 보니

1906년 11월 16일 (二六)

벼기는 눈물에 저젓는디 츈쳔집이 눈을 곰고 누엇더라

머리에셔붓터 발씃ᄭᆞ지 빅노갓치 흰 복식한 일본 간호부가 셔투른 조션말로 츈쳔집을 부른다

여보 손임이 오셧쇼……

츈쳔집이 눈을 ᄶᅥ셔 보니 어제 계동서 처음으로 보던 박참봉이라 싱소한

박참봉을 보고 김승지 싱각이 ᄂᆞ셔 눈물이 식로히 비오듯 ᄒᆞ며 아무 말도 업ᄂᆞᆫ지라

(박참봉) 지금은 좀 엇더ᄒᆞ시오

(츈쳔집) 세상에 사라잇다

고싱 더 ᄒᆞ란 팔자이라 죽으려 ᄒᆞ다가 죽지도 못ᄒᆞ고 몸에 아무 탈도 업ᄂᆞᆫ 모냥인가보이다

(박) 식벽에ᄂᆞᆫ 동틱가 된 모냥이러니 지금은 엇더ᄒᆞ시오

(츈) 무슨 약인지 먹고 지금은 진정이 됩니다

(박) 몃칠이던지 병원에셔 조리를 잘 하고 게시면 그 동안에 집을 구ᄒᆞ야 편히 게실 비치를 ᄒᆞ여드릴 터이니 아무 념녀말고 게시오

ᄂᆡ가 오늘 아침에 젼동 가셔 김승지 령감을 만ᄂᆞ뵈앗소

그 령감이 ᄒᆞ도 익를 쓰시니 보기에 민망합듸다

(츈) 령감이 ᄂᆡ 싱각을 그럿케 ᄒᆞ시ᄂᆞᆫ 것 갓ᄒᆞ면 ᄂᆡ가 이 지경에 갈 리가 잇슴닛가

ᄒᆞ면셔 눈물이 가득한 눈에 깃분 빗을 씌ᄂᆞᆫ 것 갓더라

박참봉이 어제 밤ᄭᆞ지ᄂᆞᆫ 츈쳔집이 ᄂᆡ 집으로 온 거슬 두통으로 녀긔던 마옴이 오날 한셩 병원에 와서 츈쳔집의 모냥을 보더니 측은한 마음이 혼량 업서 싱겨셔 김승지의 부탁 바다 츈쳔집을 위ᄒᆞ야 미사를 심써 쥬션할 마음이라

(박참봉) 아무 심녀 말고 게시면 범사가 다 잘 될 터이니 어셔 조리만 잘 ᄒᆞ시오

박참봉이 츈쳔집을 위로시킬 말이 무궁무진ᄒᆞ나 사면이 다 겸연적은 마음이 잇셔셔 ᄀᆞᆫ단ᄒᆞᆫ 말로 위로를 시기고 이러셔 나아가니 그ᄯᅢ 츈쳔집 마음에ᄂᆞᆫ 강동지가 왓다가 가더릭도 그럿틋 섭섭ᄒᆞᆫ 마음이 잇셧슬런지 박참봉 익쓰ᄂᆞᆫ 거시 고맙고 불안ᄒᆞᆫ 싱각뿐이라

1906년 11월 18일 (二七)

셰상 구경을 못ᄒᆞ고 규중에 드러안젓던 부녀의 마음은 외골스로 드러가ᄂᆞᆫ 것이라 어제ᄂᆞᆫ 죽을 마음ᄲᅮᆫ이러니 오날은 박참봉의 말를 듯고 철쳔ᄒᆞ던 한 되ᄂᆞᆫ 마음이 푸러지며 혼ᄌᆞ말로

ᄂᆞ도 사랏다가 무슨 조흔 일이 잇스려ᄂᆞ

죽기 시린 마음은 사람마다 잇는 것이라 닌들 죽기가 조아셔 죽으려ᄒᆞᆫ 거슨 아니라 김승지 령감의게 정을 두고 먹은 마음ᄃᆡ로 될 수가 업ᄂᆞᆫ고로 ᄒᆞᆫ을 이기지 못ᄒᆞ야 죽으려한 거시라

오냐 죽지말고 참아보자 쳔리가 잇스면 죄 업ᄂᆞᆫ 길순이가 몬삭한 ᄶᅦ를 ᄶᅥᆯ고 우물귀신 되려ᄂᆞᆫ 거슬 ᄒᆞᄂᆞ님이 굽어보고 도아주지 아니ᄒᆞᆯ 리치가 업슬 거시라

우리 령감이 나를 ᄯᅡᆫ 집 빅치를 ᄒᆞ여쥬고 사흘에 ᄒᆞᆫ 번식 와셔 볼 것 갓ᄒᆞ면 나ᄂᆞᆫ 더 바랄 것도 업고 ᄒᆞᆫ 될 일도 업슬 터이야 박참봉은 날을 언졔 보앗다고 그릇케 고맙게 구누

말 ᄒᆞᆫ 마듸를 ᄒᆞ여도 ᄂᆡ 속이 시연ᄒᆞ도록 ᄒᆞ니 엇지ᄒᆞ면 남의 사졍을 그럿케 ᄌᆞ셰이 아누 처음 보아도 ᄇᆞᆫ갑고 정숙ᄒᆞᆫ 마음이 ᄂᆞ셔 ᄂᆡ 속에 잇ᄂᆞᆫ 말을 다 ᄒᆞ고시푸ᄂᆞ 박참봉이 ᄂᆞᆯ을 이상이 녀기ᄶᅡ 념녀되야 속에 잇ᄂᆞᆫ 말은 다 못ᄒᆞ얏스ᄂᆞ 우리 령감의 일이ᄂᆞ 좀 자셰히 무러보더면 죠앗슬걸……

박참봉이 우ᄋᆡ 남ᄌᆞ가 되얏던고 누구던지 여편네가 ᄂᆡ게 그럿캐 정답게 구ᄂᆞᆫ 사람이 잇셔서 평싱을 ᄒᆞᆫ집 안에서 좀 지ᄂᆡ 보앗스면……

그럿케 ᄉᆡᆼ각ᄒᆞᄂᆞᆫ 츈쳔집은 아즉 박참봉 집에 잇셔도 비편ᄒᆞᆫ 마ᄋᆞ[음]이 별로 업슬 듯ᄒᆞ나 박참봉은 ᄒᆞ로밧비 집을 구ᄒᆞ야 츈쳔집을 보ᄂᆡ려 ᄒᆞᄂᆞᆫ 거시 곡졀이 잇더라

박씨가 김승지의 부탁을 헐후히 여기는 것도 아니오 츈쳔집을 시려셔 귀치안케 여기는 것도 아니라 이 쇼문이 김승지의 부인의 귀에 드러가는 날에는 박참봉이 다시는 김승지 집 문안에 발그림도 드려노흘 수가 업는 사졍이오

1906년 11월 20일 (二八)

또 김승지의 부인의게 무슨 봉변을 당할런지 무슨 욕을 먹을런지 죠심되는 마음이 젹지 아니훈지라 남녀가 유별ᄒᆞ니 지상의 집 부녀가 남의 집 남자의게 욕할 슈도 업고 봉변시길 슈도 업슬 듯 ᄒᆞ건마는 놈의 일에 경계되는 일이 잇더라 김승지를 ᄯᅡ라셔 츈쳔 칙방 갓던 최곰찰이라 ᄒᆞ는 사람은 츈쳔 잇슬 ᄯᅢ에 츈쳔집 혼인 중미 드럿다고 김승지의 부인이 만만한 최곰찰문 욕을 ᄒᆞ던 차에 최곰찰이 사랑에 왓단 말 듯고 열이 ᄂᆞ셔 야단을 치며 ᄒᆞ는 말이 그 못된 쑤징이놈이 우의 닉 집에 왓단 말이냐 령곰이 돈냥이ᄂᆞ 잇고 남의게 잘 속는 냥번이라 최곰찰이 남의 지물이ᄂᆞ 다 쇠겨 쎄서먹고 남을 망ᄒᆞ야놋코 십다더냐

그 망한 놈 닉 집에 다시는 오지물라 ᄒᆞ여라 ᄒᆞ는 셔슬에 집안이 발끈 뒤집피며 안팟이 수군수군ᄒᆞ는 소릐를 최감찰이 듯고 다시는 김승지 집에 발길을 드려놋치 아니한 일도 잇는딕 박참봉이 문일 그 지경을 당ᄒᆞ고 김승지 집에를 못가면 박참봉의게는 아쉰 일도 문히 잇는 터이라 박참봉은 어딕든지 인심도 엇고 사면이 다 좃토록 ᄒᆞ자는 마음으로 아모조록 소문 업시 일 쥬션을 ᄒᆞ자는 죽졍이라 한셩 병원에서 나셔셔 계동으로 가는 동안에 그 싱각문 ᄒᆞ며 자긔 집으로 드러가는딕 강동지가 딕문 붓게 혼자 나셧다가 박참봉을 보고 분겨셔 ᄒᆞ는 말이

어- 나리는 혼ᄌᆞ 당기며 익를 쓰시구려

그러ᄒᆞ나 닉 ᄯᆞᆯ은 엇덧케 되얏슴닛가

(박참봉) 익쓴다 ᄒᆞᆯ 거슨 무엇 잇나

ᄌᆞ네 ᄯᆞ님은 한셩 병원에 가셔 잇ᄂᆞᆫ딕 아무 탈 업ᄂᆞᆫ 모양이니

념녀말고 보고시푸거던 가셔 보고 오게

(ᄀᆞᆼ동지) 아무 탈 업슬 것 갓ᄒᆞ면 가서 불[볼] 것도 업습니다

ᄀᆞᆼ동지ᄂᆞᆫ 그 ᄯᆞᆯ을 가셔 보고시푸ᄂᆞ 그 ᄯᆞᆯ이 ᄌᆞ슈ᄒᆞ려 ᄒᆞᄂᆞᆫ 마음이 다 ᄀᆞᆼ동지를 원망ᄒᆞᄂᆞᆫ 마음에셔 싱긴 쥴을 아ᄂᆞᆫ고로 츈쳔집이 쾌히 온심되기 젼에ᄂᆞᆫ 가셔 보지아니ᄒᆞᆯ 작졍이라 박참봉이 그 눈치를 알고 ᄒᆞᄂᆞᆫ 믈이

그럿치 아무 탈 업ᄂᆞᆫ딕 가볼 것 무엇 인나 닉가 엇더캐 쥬선ᄒᆞ던지 집 구처를 속히 ᄒᆞᆯ 터이니 자네 ᄯᆞ님은 이 집으로 다시 올 것 업시 몃칠 ᄀᆞᆫ 병원에 잇다가 바로 집을 들게ᄒᆞᆯ 거시니 그리 알고 잇게

하면셔 엽흘 도라다보니 김승지 집 죵 점순이가 와셔 엽헤 셧ᄂᆞᆫ지라

1906년 11월 21일 (二九)

박참봉이 ᄒᆞ던 말을 쑥 긋치고 ᄀᆞᆼ동지를 다리고 사랑방으로 드러가ᄂᆞᆫ딕 졈순이가 안마당으로 드러가니 박참봉이 그 마누라가 졈순의게 속을 ᄲᅩ피ᄶᅡ 념녀ᄒᆞ야 졈순이 뒤를 ᄯᅡ라 드러가며 시럽슨 말을 시작힛다

(박참봉) 너 엇지ᄒᆞ야 여긔 왓ᄂᆞ냐

(점순) 딕에ᄂᆞᆫ 못올 데 오닛가

(박) 너 언제 닉 집에 와셔 보앗ᄂᆞ냐

(점) 젼에ᄂᆞᆫ 못 왓슴니다마ᄂᆞᆫ 이제ᄂᆞᆫ ᄌᆞ쥬 ᄌᆞ쥬 오깃슴니다

(박) 오냐 긔특ᄒᆞ다 이 담에ᄂᆞᆫ 나제 오지말고 밤에 오너라 기다리고 잇

스마

(점) 에그 망측ᄒᆞ여라 누가 나리 뵈우러 옴닛가 마마님 뵈우러 오지오

(박) 나ᄂᆞᆫ 마마님커냥 별상님도 업다 이럿케 얼근 놈의게 ᄯᅩ 마마님이니 별상님이니 그런 거시 잇셔셔 엇지 하게

(점) 누가 나리 ᄃᆡᆨ 마마님 뵈우라 왓슴닛가 우리 ᄃᆡᆨ 마마님 뵈우러 왓지

(박) 이ᄋᆡ 너의 댁 령감게셔 쳡 두셧단 쇼문이 잇스니 참말이냐

(점) 령감 마님 심부름 ᄒᆞ러 온 졈순이ᄂᆞᆫ 병신으로 ᄋᆞ시네

어서 마마님 뵈옵고 가깃슴니다

어ᄂᆞᆫ 방에 게심닛가

박참봉의 부인은 눈치ᄭᅮ러기라 그 남편의 ᄆᆞᆯᄒᆞᄂᆞᆫ 눈치를 보고 졈순이를 ᄃᆡᄒᆞ야 솜씨 잇게 ᄉᆡᆼ시침이를 ᄯᅥ히니 여우 갓ᄒᆞᆫ 졈순이ᄂᆞᆫ 집구경 한다 ᄒᆞ며 념치 업시 이 방 져 방을 드려다보다가 쥬인 마님 외에 녀편네라고ᄂᆞᆫ 아무도 업ᄂᆞᆫ 거슬 보고 하릴 업시 도라가더라

박참봉이 그날로 각처 집 줄음을 불러셔 엇더캐 집을 급히 구ᄒᆞ얏던지 불과 사오 일이 못되야 집을 구ᄒᆞ엿더라

욕심덩어리로 ᄉᆡᆼ긴 ᄀᆞᆼ동지ᄂᆞᆫ 경긔 ᄭᅬ토리 갓한 박참봉의 ᄭᅬ임에 넘어셔 그 욕심을 조곰도 못 ᄎᆡ우고 겨우 셔울 오든 부비ᄆᆞᆫ 어더가지고 츈쳔으로 ᄂᆡ려갓스ᄂᆞ 츈쳔집이 김승지와 의좃케 ᄉᆞᆫ다 ᄒᆞ는 소문ᄆᆞᆫ 드를 지경이면 그ᄂᆞᆯ노 다시 셔울로 와셔 김승지의게 등을 ᄃᆡ일 모양인ᄃᆡ ᄀᆞᆼ동지가 츈쳔으로 ᄂᆡ려가면셔 그 ᄯᆞᆯ더러 ᄀᆞᆫ다ᄂᆞᆫ ᄆᆞᆯ도 ᄋᆞ니ᄒᆞ고 ᄂᆡ려갓ᄂᆞᆫᄃᆡ 츈쳔집이 그 부인이 서울 잇슬 ᄯᆡᄂᆞᆫ 야속ᄒᆞ니 마니 ᄒᆞ얏더니 그 부친이 ᄯᅥ낫ᄃᆞ ᄒᆞᄂᆞᆫ ᄆᆞᆯ를 듯더니 마암이 더옥 ᄉᆞᆫ란ᄒᆞ고 ᄌᆞᆷ자리ᄆᆞᆫ 사납더라

1906년 11월 23일 (三十)

남ᄃᆡ문 밧 도동 남관왕묘 동편에 ᄀᆞᆼ쇼샤가라 문ᄑᆡ 붓튼 집이 잇ᄂᆞᆫᄃᆡ 온 방에ᄂᆞᆫ 졀문 녀편네 ᄒᆞᄂᆞᄲᅮᆫ이오 힝낭방에ᄂᆞᆫ 더부사리 ᄂᆡ외ᄲᅮᆫ이라 ᄋᆞ무도 오ᄂᆞᆫ 사ᄅᆞᆷ도 업시 쓸쓸한 긔운ᄆᆞᆫ 잇더라

동지ᄯᆞᆯ 초하로날 ᄀᆞᆼ소사가 해ᄉᆞᆫ을 한 후에 ᄒᆞᆫ 식구가 늘더니 어린아해 우ᄂᆞᆫ 소리에 사ᄅᆞᆷ이 사ᄂᆞᆫ 듯 십푸더라

ᄉᆞᆫ모가 ᄋᆞ들를 낫코 깃버ᄒᆞ나 ᄋᆞ해 ᄋᆞ버지를 ᄉᆡᆼ각ᄒᆞᆫ다

그 아희 아버지가 죽고 업느냐 ᄒᆞᆯ 지경이면 죽어 영 니별도 아니오 쳔리 타향에 리별을 하얏느냐 할 지경이면 그러ᄒᆞᆫ 리별도 아니오 사라 지쳑에 잇스면셔 그리고 못보ᄂᆞᆫ 터이라 그러면 그 ᄉᆞᆫ모가 남편의게 소박을 마진 사ᄅᆞᆷ인가

아니 소박덕이도 아니라 물갓치 깁흔 졍이 셔로 깁피 드러셔 이 몸이 죽어 썩드ᄅᆡ도 졍은 쳔ᄆᆞᆫ 년이 되도록 썩지도 안코 변치도 아니할 듯ᄒᆞᆫ 마음이 잇스니 셔로 ᄉᆡᆼ각ᄒᆞ면셔 셔로 보지 못ᄒᆞᄂᆞᆫ 그 사ᄅᆞᆷ은 누구런가

그 동ᄂᆡ 사ᄅᆞᆷ들은 강소사집으로 알 ᄲᅮᆫ이오 전동 김승지의 첩 츈쳔집인 쥴은 모르더라

츈쳔집이 그 집 든 후에 김승지가 청쳔에 구ᄅᆞᆷ[름] 지ᄂᆞ드시 이ᄉᆞᆷ 차 당겨갓스ᄂᆞ 츈쳔집 마음에ᄂᆞᆫ 차아[라]리 츈쳔 잇셔셔 그리고 못보던 ᄯᆡ만 못ᄒᆞ더라 동지셧달 긴긴 밤에 우ᄂᆞᆫ 아희를 가로안고 젓이 아니ᄂᆞᄂᆞᆫ 젓ᄭᅩᆨ지를 물리고 어르고 달린다

아가 아가 우지 말고 젓 먹어라

셰월이 어셔 가고 네가 얼는 ᄌᆞ라 어미 손을 ᄯᅥᄂᆞ 네도 네 손으로 밥 ᄯᅥ먹고 네 발로 거러당길만 하면 ᄂᆞᄂᆞᆫ 죽어도 눈을 ᄀᆞᆷ고 죽깃다마ᄂᆞᆫ 피ᄯᅥᆼ어리 너를 두고 죽으면 네게ᄂᆞᆫ 적악이라

이 밤이 이럿케 기니 저 주라나는 거슬 기다리주 후면 닉 근심 닉 고싱이 한량이 잇깃느냐 젓이느 넉넉후면 네 쥬림이 덜홀 터이느 젓좃ᄎ 쥬져러[쥬러져] 우니 이 고싱을 엇지 후잔 말이냐

느는 먹기시린 미역국 혼밥을 억지로 먹는 거슨 닉 비를 취우고 닉가 살려고 먹는 거시 아니라 국밥이느 잘 먹으면 젓이느 흔할 쥴 아랏더니 흔후라는 젓은 흔치 못후고 흔훈 거슨 눈물쑨이로구느

아가 아가 우지 말고 잠이느 좀 주려무느

1906년 11월 24일(三一)

후면셔 이리 곳쳐안고 이 젓쪽지도 물려보고 저리 곳쳐안고 저 젓쪽지도 물려본다

어린아희는 달뢸수록 보치고 우는딕 츈천집은 졈졈 몸이 고단한 싱각이 느더니 어린 주식도 귀치 아니하고 셩가신 마암이 싱기더라

에그 이 의물의 것

우의 싱겨나셔 닉 고싱을 이럿케 시기나냐

안아도 울고 업어도 울고 뉘여도 울고 젓을 물여도 우니 엇지 하른 말이냐

울거느 물거느 느는 모르깃다

하면셔 어린아희를 아릭목 요 우에 뉘여 노흐니 어린아희는 자지러지게 우는딕 츈천집은 그 어린ᄋ희를 다시 아니 볼 것갓치 도른다 보지도 아니후고 운목에 노힌 등잔쌀을 정신 업시 보고 안졋더른

창 박게 부든 바룸이 머리맛 쌍창을 후려치면셔 문풍지 써는 소리에 귀가 소요하더니 방안에 찬긔운이 도는딕 츈쳔집이 고슴돗치갓치 옹고리

고 안젓다가 ᄒᆞ는 말이

에그 이런 방에셔도 겨울에 사ᄅᆞᆷ이 사나

오냐 겁ᄂᆞ는 것 업다 살 년의 팔ᄌᆞ가 이러ᄒᆞ깃ᄂᆞ냐

ᄂᆡ가 김승지의 첩 되던 ᄂᆞᆯ이 죽을 ᄂᆞᆯ 바다노흔 거시오

셔울로 오던 ᄂᆞᆯ이 죽으러 가는 ᄂᆞᆯ이ᄅᆞ

하ᄂᆞᆯ이 정하야 쥬신 팔ᄌᆞ오 귀신이 인도ᄒᆞᆫ 길이ᄅᆞ

ᄒᆞ로 ᄒᆞᆫ시라도 갈 길을 아니가고 이 세상에 잇는고로 ᄒᆞᄂᆞᆯ이 미워ᄒᆞ고 귀신이 시긔ᄒᆞ야 죽기보다 더ᄒᆞᆫ 고ᄉᆡᆼ을 지여쥬는 거시라

고ᄉᆡᆼ도 진저리가 ᄂᆞ거니와 ᄒᆞᄂᆞᆯ이 멍[명]ᄒᆞ신 팔자를 어긔려 ᄒᆞ면 되깃ᄂᆞ냐

ᄒᆞ면셔 우는 아희를 물ᄯᅳ름 보다가 가슴이 칼로 어이는 듯 ᄒᆞ고 눈물이 비오듯 ᄒᆞ더니 어린아희를 살살 문지며

아가 아가 네 머[어]미는 죽으러 ᄀᆞᆫ다 ᄂᆞ는 적마누라 투긔에 이 지경되거니와 너의 적모가 너좃차 미워ᄒᆞᆯ 거시야 무엇 잇깃ᄂᆞ냐

ᄂᆡ가 죽고 업스면 너의 아버지가 너를 다려다가 유모 두고 기를 거시라

젓 업고 돈 업고 도라보는 사람 업는 ᄂᆡ 숀에 잇슬 ᄯᅢ보다 ᄂᆞᆯ 거시다

오냐 잘 잇거라 ᄂᆞ는 ᄀᆞᆫ다

ᄒᆞ더니 모진 마음을 먹고 젼긔 쳘도에 가셔 치여죽을 작정으로 경셩 창고회사 압헤 나아가셔 젼긔 쳘도에 가만이 업듸려서 젼차 오기만 기다리는ᄃᆡ 용산에셔 오는 큰길로 둘둘 굴러오는 박퀴소ᄅᆡ에 츈쳔집이 눈을 ᄭᅩᆨ ᄀᆞᆷ고 이를 앙물고 폭 업들엿는ᄃᆡ 쳔동 갓ᄒᆞᆫ 소ᄅᆡ가 점점 갓가와지더니 무어신지 츈쳔집 몸에 부듸치는ᄃᆡ

1906년 11월 25일 (三三 / 32회)

춘쳔집 치마에 왼 사람이 발을 걸고 너머지면셔 별란ㄱ에 에그머니 쇼리가 ㄴ더니 엇쩌한 절문 녀편네를 공중에셔 집어던지ㄴ드시 길 가운딕에 쩌러진다

쥭으려 ᄒ던 춘쳔집은 과히 ᄃ치지도 아니하얏ㄴ딕 뜻밧게 사람이 둘이 ᄂ ᄃ쳣더라

용순셔 셔울로 드러오ㄴ 인력거군이 길에서 쵸롱을 티우고 깡ᄀᆷᄒᆫ 밤에 가장 볼시 익은 체ᄒ고 어둔 길에셔 다름박질 ᄒ다가 볼에 무엇인지 툭 걸리면셔 인력거군이 너머지ㄴ 셔슬에 인력거 탓던 녀편네가 엇더케 몹시 쩌러젓던지 쫌짝을 못ᄒ고 길에 업들엿더라

춘쳔집이 쥭으려 ᄒ던 마음은 어딕로 가고 인력거의셔 쩌러진 녀편네의게 불안ᄒ고 가이 업ㄴ 마음이 싱겨셔 그 녀편네를 이르키고 위로ᄒ나 원릭 몹시 닷친 사람이라 운신을 못ᄒㄴ 모냥이라

인력거군이 툭툭 쩔고 이러ㄴ셔 절뚝절뚝ᄒ면셔 중얼중얼ᄒㄴ 소릭ㄴ 길싸에 드러누엇던 춘쳔집을 욕ᄒㄴ 소릴러라

춘쳔집이 쐬고리갓한 목소리로 인력거군의게 불안ᄒ다 ᄒㄴ 말을 ᄒㄴ딕 그 인력거군이 쳐음에ㄴ 길가에 누엇던 사람의게 싸홈ᄒ러 딕들 듯ᄒ더니 춘쳔집의 모냥과 목소리를 듯고 압푼 것도 이젓던지 차차 믈이 곱게 ㄴ오더라

(춘쳔집) 여보 인력거군 인력거 ᄐ고 가시던 앗씨ㄴ 어딕 계신 앗씨오

(인역거) ……

(춘쳔집) ᄂ 집은 여긔셔 지쳑이니 그 앗씨를 ᄂ 집에로 모시고 가게 합시다

용순셔 여긔까지 온 삭은 ᄂ가 후일 주리라

인력거에셔 쩌러지던 녀편네가 그 삐 정신이 ᄂᆞ셔 ᄒᆞᄂᆞᆫ 말이 늘을 인역거 우에 틔여주면 닉 집싸지 가깃다 ᄒᆞᄂᆞ 인역거군이 불을 삐엿스니 거름을 거를 수가 업ᄂᆞ니 ᄒᆞ며 멀니는 ᄋᆞ니가려 ᄒᆞᄂᆞᆫ고로 그 녀편네가 츈쳔집을 ᄯᆞ라 드러갓더라

츈쳔집이 그 녀편네를 다려다가 아루목에 뉘히고 더부사리를 깨여셔 불을 덥게 쩌라 ᄒᆞ면셔 익를 쓰ᄂᆞᆫ딕 그 녀편네가 츈쳔집이 익쓰ᄂᆞᆫ 모냥을 보고 엇지 불안ᄒᆞ던지 몸을 닷쳐셔 압푸던 싱각도 업ᄂᆞᆫ 것 갓더라

온양 온졍에 옴징이 모히드시 츈쳔집 ᄋᆞᆫ생에ᄂᆞᆫ 두 셔름이 갓치 만낫스ᄂᆞ 셔로 제 셔름은 감츄고 말을 ᄒᆞ지 ᄋᆞ니ᄒᆞ고 셔로 남의 사졍을 알고자 ᄒᆞᄂᆞᆫ 눈치더라

1906년 11월 27일 (三四 / 33회)

그 잇힌날 식젼에 무슨 바롬이 부럿던지 김승지가 ᄌᆞ근돌이를 다리고 츈쳔집을 보러ᄂᆞ왓ᄂᆞᆫ딕

츈쳔집이 김승지를 못볼 쩍ᄂᆞᆫ 눈이 빠지도록 기다리더니 김승지 드러오ᄂᆞᆫ 거슬 보고 셩이 잔득 ᄂᆞ셔 고기를 외로 두루고 안젓더라

(김승지) 이익 츈쳔집아 우익 도라안젓ᄂᆞ냐

순후에 별 툴이ᄂᆞ 업셧ᄂᆞ냐

불서 삽[숨]칠이 되얏고ᄂᆞ

에구 숨칠도 더 되얏네 오날이 그몸[믐]날이지

어딕 어린아희 좀 보ᄌᆞ

츈쳔집은 아무 쇼리도 업시 아릿목 벽을 향하고 안젓ᄂᆞᆫ딕 김승지ᄂᆞᆫ 어리광딕갓치 혼ᄌᆞ 엉너리만 치다가 아릿목에 사롬이 드러누흔 거슬 보고 쏘

하ᄂᆞᆫ ᄆᆞᆯ이

이ᄋᆡ 저긔 드러누흔 사ᄅᆞᆷ은 누구냐

손님 오셧ᄂᆞ냐

ᄂᆡ가 못드러울 거슬 드러왓ᄂᆞ보구ᄂᆞ

(춘쳔집) 네 손님 오셧쇼

핑계 죠흔 김에 어서 도로 가시오 그럿케 오시기 어려운 길은

차라리 오시지ᄆᆞᆯ고 서로 잇고 지ᄂᆡᄂᆞᆫ 거시 좃킷소

김승지가 춘쳔집의 마암이 좃토록 ᄆᆞᆯᄃᆡ답을 좀 잘 할 작정으로 얼른 ᄆᆞᆯ이 아니ᄂᆞ와셔 우둑허니 셧ᄂᆞᆫᄃᆡ 아ᄅᆡ목에셔 이불ᄌᆞ락으로 눈섭 밋싸지 가리고 이마만 ᄂᆡ여놋코 누엇던 녀편네가 얼골을 ᄂᆡ혀놋터니 김승지를 처어다본다

김승지가 언듯 보더니 입을 싹 버리면서

아– 이것 누군가

침모가 여긔를 엇지 알고 왓ᄂᆞ

이것 참 별일일세 그려

(침모) ᄂᆞᄂᆞᆫ 이 집이 뉘 집인 쥴도 모르고 왓더니 지금 령감을 뵈압고

령감 댁인 줄 아랏슴니다

(김승지) 응– 그럴 터이지 ᄂᆡ가 여긔 집장만한 쥴을 누가 안다구

집안에셔도 아모도 모르네……

져 자근돌이만 알지

자넬지라도 누구더러 ᄂᆡ가 여긔 집장만 ᄒᆞ얏단 말 ᄆᆞᆯ게

(침모) 그러ᄒᆞ시짓슴니다

이런 말이 ᄂᆞ셔 마님 귀에 드러가면 령감은 큰일 나실 일이올시다

령ᄀᆞᆷ게셔 벼슬을 당기시면셔 경부를 그럿케 두려워 ᄒᆞ시고 ᄃᆡ

황제 폐하게 그럿케 조심을 ᄒᆞ시면……

말ᄭᅳᆺ을 맛치지 아니하고 김승지의 얼골을 물그름이 보ᄂᆞᆫᄃᆡ 춘쳔집이 획 도라안지며

1906년 11월 28일 (三五 / 34회)

여보 령ᄀᆞᆷ게 다시 못뵈올 쥴 아랏더니 ᄯᅩ 뵈옵소구려

오날 참 잘 ᄂᆞ오셧소

오신 김에 부탁할 일이 잇소

오ᄂᆞᆯ 령ᄀᆞᆷ 드러가실 ᄯᅢ에 져 어린아희를 다리고 가시오

여긔 두엇다가ᄂᆞᆫ 오ᄂᆞᆯ이던지 ᄂᆡ일이던지 ᄂᆞ만 업스면……

ᄒᆞ던 말ᄭᅳᆺ을 맛치지 못ᄒᆞ고 머리를 도르커 어린아희를 보면셔 구슬 갓ᄒᆞᆫ 눈물이 치마 압헤 ᄯᅥ러진다

(침모) 령ᄀᆞᆷ……

령ᄀᆞᆷ계셔 얼연이 ᄉᆡᆼ각ᄒᆞ고 게시깃슴닛가마ᄂᆞᆫ 엇더케 ᄒᆞ실 작정이오닛ᄭᅡ

ᄂᆡ가 그쳐럼 말ᄒᆞᆯ 거슨 아니올시다마ᄂᆞᆫ 남의 일 갓지 안소구려 어졔밤 일를 알고ᄂᆞ 오셧ᄂᆞᆫ지요

(김승지) 우ᄋᆡ 어졔 밤에 무슨 일 잇셧ᄂᆞ

(침모) 글셰올시다 ᄂᆞ도 자세이ᄂᆞᆫ 모르깃슴니다마ᄂᆞᆫ 어졔 밤에 내가 용순 갓다가 오ᄂᆞᆫ 길에 인력거를 탓더니 인력거군이 등불 업ᄂᆞᆫ 인력거를 ᄭᅳᆯ고 어둔 밤에 다름박질을 하다가 무엇에 걸려 너머지ᄂᆞᆫ 김에 내가 인력거 우에셔 낙상을 하야 이 모양이오

(김승지) 응 낙상을 하여 과히 닷치지ᄂᆞ 아니ᄒᆞ얏ᄂᆞ

(침모) ᄂᆡ가 낙상한 거시 ᄭᅳᆷᄶᅵᆨ한 일로 말슴ᄒᆞᄂᆞᆫ 거시 아니오

엇더ᄒᆞᆫ 사람이 허리를 전긔 철도에 걸치고 업드려셔 전차 오기
를 기다리던 모냥이니 그럿캐 불상ᄒᆞᆫ 사람이 잇ᄂᆞᆫ 줄을 아르시오

(김승지) 응– 그거시 누구란 말인가

침모ᄂᆞᆫ 다시 말이 업시 잇고

츈쳔집은 모긔소리갓치 우ᄂᆞᆫᄃᆡ

침모가 츈쳔집 우ᄂᆞᆫ 거슬 보더니 소리 업시 ᄯᅡ라 운다

김승지가 츈쳔집 우름소리를 듯다가 가슴이 쌕ᄶᅡᆨ지근ᄒᆞ야지면셔 눈물이
ᄯᅥ러진다

잠드럿든 철업ᄂᆞᆫ 어린아ᄒᆡ가 엇지ᄒᆞ여 ᄶᅢ엿든지 아ᄒᆡᄭᆞ지 운다

ᄀᆞᆼ쇼ᄉᆞ 집 안방에ᄂᆞᆫ 아ᄒᆡ 어른 업시 눈물로 셔로 ᄃᆡᄒᆞ고 잇더라

ᄋᆡ논은 ᄭᅳᆺ치 아니나고 ᄒᆡᄂᆞᆫ 낫이 되얏ᄂᆞᆫᄃᆡ

1906년 11월 29일 (三六(삼륙) / 35회)

장안 ᄒᆞᆫ복판 종노 죵각에서 오졍 열두 시 치ᄂᆞᆫ 소리가 ᄶᅢᆼᄶᅢᆼ ᄂᆞ면서 장안
에 사ᄂᆞᆫ 쇠푼 잇고 집ᄀᆞᆫ살이ᄂᆞ 큼직ᄒᆞᆫ 사ᄅᆞᆷ들은 오죵 소리를 듯고 일시
에 눈이 ᄌᆞ명죵으로 ᄀᆞᆫ다

이거시 왼 일인고 벌셔 오졍이 되얏ᄂᆞᆫᄃᆡ 령ᄀᆞᆷ이 우ᄋᆡ 잇ᄯᆡᄭᆞ지 아니
오시누

하면서 졈순이를 부르ᄂᆞᆫ 사ᄅᆞᆷ은 젼동 김승지 집 부인이라

이ᄋᆡ 졈순아 령ᄀᆞᆷ게셔 ᄌᆞ근돌이를 다리고 어ᄃᆡ로 가신지 아ᄂᆞ냐

(졈순) 쇤네가 알 수 잇슴닛가

(부인) 그젓 참 이상한 일이로구ᄂᆞ 오늘 식젼 일곱 시 사십 분에 ᄯᅥᄂᆞ
ᄂᆞᆫ 긔차에 림공사가 일본 ᄀᆞᆫ다고 령ᄀᆞᆷ게셔 ᄌᆞᆨ별인가 무어인가

ᄒᆞ러 가신다더니 별셔 열두 시가 되도록 아니 오시니 날을 쇠긔고 다른 ᄃᆡ로 가셧ᄂᆞ보다 이ᄋᆡ 졈순아 제가 침모의 집에 갓슬 ᄯᅵ에 정녕 츈쳔집이 업더냐

그년이 계동으로 갓다는ᄃᆡ 침모 집에도 업고 박참봉 집에도 업스면 어ᄃᆡ로 갓단 말이냐 요년 너도 아마 늘을 쇠□[기]지 ……

(졈순) 에그 별 말솜을 ᄃᆞ ᄒᆞ심니ᄃᆞ 아무례기로 쇤네가 만임을 쇠긔깃슴닛가

(부인) 오- 그렷치 네가 만일 날을 쇠겻ᄃᆞ가는 너는 쳐쥭여 업샐 터이다 ᄂᆡ가 다른 년을 심부름시기지 아니ᄒᆞ고 너를 시기는 거슨 밋고 시기는ᄃᆡ 너좃차 가진몰을 ᄒᆞ여서야 쓰깃ᄂᆞ냐

(졈순) 마님게 말솜이지 자근돌이는 마마님 게신 곳을 아는 모냥갓흐나 몰을 아니ᄒᆞ니 쇤네도 그 뒤만 살피고 잇슴니다

(부인) 이ᄋᆡ 그렷탄 말이냐

그러면 네가 엇더케 ᄒᆞ던지 ᄌᆞ근돌의 속문 ᄲᅡ바셔 ᄂᆡ게 말문 ᄒᆞ여라

그것만 아라쥬면 네 치마도 ᄒᆞ여쥬고 저구리도 ᄒᆞ여쥬마

치마 저구리ᄲᅮᆫ이깃ᄂᆞ냐 ᄂᆡ 옷가지를 다라도 너를 주마

요악한 졈슌이가 옷 ᄒᆞ여쥰다ᄒᆞ는 말에 욕심이 불갓치 ᄂᆞ셔 가진말일지라도 안다 ᄒᆞ고시푸ᄂᆞ 터문이 업는 가진말홀 수는 업고 일심경녁이 ᄌᆞ근돌의 속썹을 경영ᄲᅮᆫ이라

졈순이가 마님을 부르면셔 무슨 말를 ᄒᆞ려 ᄒᆞ는ᄃᆡ 안중문싼에셔 김승지의 기침소리가 ᄂᆞ더니

1906년 11월 30일 (三七(삼칠) / 36회)

안쌩에로 드러오는ᄃᆡ 점순이는 하던 말을 뚝 긋치더니 방문 밧그로 ᄂᆞ아가고 부인은 김승지의 얼골을 엇지 몹시 처어ᄃᆞ보던지 김승지가 제풀에 당황한 긔식이 잇셔셔 누가 뭇지도 아니하는 말을 횡설수설ᄒᆞᄃᆞ

(김승지) 오날은 불의 츙헝이야 공연이 남의게 쓸려셔 이리저리 ᄒᆞᆫ참을 쏘쐿거든……

여럿이 모힌 곳을 ᄀᆞ면 그런 일 셩가시여……

여보 마누라 ᄂᆞ는 잇ᄯᅢᄭᆞ지 아침밥도 아니먹엇소

이ᄋᆡ 졈순아 네 어ᄃᆡ 가지말고 ᄂᆡ 밥상 이리 가저오너라

어- 치워……

이 방 ᄯᅳᆺᄯᅳᆺ한가

ᄒᆞ더니 억개를 웃슥웃슥하면셔 진절이를 치고 아릐목으로 드러오는ᄃᆡ 썩 몹시 치운 모냥이라

(부인) 우ᄋᆡ 그럿케 치우시단 말이오

그런고로 쳡이 안히만 못ᄒᆞᄃᆞ는 거시지오

츈쳔집 방에 가셔 몸을 얼려가지고 오시더니 ᄂᆡ 방에 와셔 몸을 녹이시는구려

ᄒᆞ면셔 성도 아니 ᄂᆡ고 긔식이 쳔연한지라 어셔 이 아릐목으로 드러오시요 김승지가 그 쳡의 집에 ᄀᆞᆫ 것을 그 부인이 소문을 듯고 그럿케 말하는 줄로 알고 역적모의 ᄒᆞᄃᆞ가 발각된 놈의 마암과 갓치 깜짝 놀납던 차에 그 부인이 쳔연이 말하는 거슬 듯고 일변 안심도 되고 의심도 는다 벙긋벙긋 우스면셔 마누라의 얼골을 물ᄭᅳ름 보며 무슨 말이 나올 듯 나올 듯ᄒᆞ고 아니 ᄂᆞ온다

(부인) 여보 령ᄀᆞᆷ ᄂᆡ가 령ᄀᆞᆷ 쇼원을 푸러드릴 터이니 ᄂᆡ ᄆᆞᆯᄃᆡ로 ᄒᆞ시깃소
(김승지) 응 무슨 말……
ᄂᆡ가 무어슬 마누라 말ᄃᆡ로 아니ᄒᆞᄂᆞᆫ 거시 잇쇼
(부인) 그러ᄒᆞ실 터이면 춘쳔집을 불러드려다가 져 건넌방에 둡시다
싼 집 비치를 하면 돈만 더 들고 령ᄀᆞᆷ이 당기시기도 비편ᄒᆞ니
오ᄂᆞᆯ붓터 한집에 잇게 합시다 긔왕 둔 쳡을 엇지 할 수 잇쇼
제가 마ᄃᆞ고 가면 붓들 거슨 업지마ᄂᆞᆫ 아니가고 잇스면 억지로
내쪼칠 수야 잇쇼
그러ᄂᆞ 춘쳔집을 불너오더ᄅᆡ도 령ᄀᆞᆷ게셔 너무 혹ᄒᆞ셔셔 몸을
과히 상하시면 딱한 일이야……
헐마 령ᄀᆞᆷ도 ᄉᆡᆼ각이 잇스실 터□□[이지]……
그러실 리ᄂᆞᆫ 업깃지오……
ᄒᆞ면셔 김승지의 속을 쎱ᄂᆞᆫᄃᆡ

1906년 12월 2일 (三八(삼팔) / 37회)

김승지가 ᄉᆞᆯ깃한 마음에 ᄀᆞ장 말솜씨ᄂᆞ 잇ᄂᆞᆫ드시 도로혀 그 부인의 속을 쎱으려든다
(김승지) 좀 어려울걸……
한 집안에셔 견될 사람이 ᄯᆞ루 잇지
마누라 셩품에 될 수가 잇ᄂᆞ
(부인) 춘쳔집이 춘쳔셔 올러오던 ᄂᆞᆯ 내가 야ᄃᆞᆫ 좀 쳣더니 그거슬 보고
ᄒᆞ시ᄂᆞᆫ 말슴인가 보구려
쳡을 두실 터이거든 날더러 둔다ᄂᆞᆫ 말슴을 하고 두셧스면 내가

무슨 말을할 리가 잇쇼

남ᄌᆞ가……

쳡두기가 여ᄉᆞ이지

령감은 내게 외논도 읍시 쳡을 두시고 츈쳔집을 불러올 쎄도 날

더러 그런말이ᄂᆞ 하셧소

부지불각에 그런 일을 보면 누가 죳타ᄒᆞᆯ 사ᄅᆞᆷ이 잇깃소

(김승지) 그거슨 그러ᄒᆞ여

그거슨 ᄂᆡ가 잘못하얏지

마누라가 열이 ᄂᆞᆯ ᄆᆞᆫᄒᆞᆫ걸……

여보 지ᄂᆞᄀᆞᆫ 일이야 말ᄒᆞ여 쓸쎄 잇소

ᄋᆞᆸ일이ᄂᆞ 의논합시ᄃᆞ

츈쳔집을 불러드리면 한집안에셔 ᄋᆞ무소리 업시 살깃소

부인이 싱시침이를 씌고 말을 ᄒᆞ다가 원ᄅᆡ 화순에 불 이러ᄂᆞ듯ᄒᆞᄂᆞᆫ 성품이라 긔가 벗셕ᄂᆞ서 낫치 벌개지며 왜가리 소리갓한 목소리를 벌억 지르면셔

여보 다시 쳡두면 무어시라고 맹세하셧소

남 붓그럽지 ᄋᆞ니ᄒᆞ시오

이ᄋᆡ 점순아 저 건넌방 치우고 불덥게 ᄯᅢ여라

오늘붓터 마마님 오신ᄃᆞ다

에그 망칙하여라 계집이 다 무엇인고 게집을 감츄어 두고 맹세를 그럿케 하여……

벽문에 잇ᄂᆞᆫ ᄆᆞᆨ버리군도 할ᄆᆞᆫᄒᆞᆫ 맹세를 하지 영절스럽게 그런 맹세를 지여

내가 잠작코 잇스니 ᄋᆞ모것도 르ᄂᆞᆫ[모르ᄂᆞᆫ] 쥴 알고……

불셔붓터 다 알고 잇셔

ᄌᆞ근돌이란 놈 그놈 처죽여노흘 놈
그놈이 ᄂᆡ 눈 압헤 다시 보혓다가ᄂᆞᆫ……

ᄒᆞ면셔 분명ᄒᆞᆫ 토죄도 아니ᄒᆞ고 ᄌᆞ근돌이를 벼르니 김승지가 엇지 당황ᄒᆞ던지 그 부인을 처어다 보며

ᄋᆞ니야
무어슬
남의 말을 ᄌᆞ셰 듯지도 ᄋᆞ니ᄒᆞ고 그리 희서쓰ᄂᆞ
아- 글셰 ᄂᆡ말 좀 ᄌᆞ셰 듯고 말을 ᄒᆞ여야지
츈쳔집을 누가 참 불러온다ᄂᆞ ᄯᅩ 츈쳔집이 어ᄃᆡ가셔 잇ᄂᆞᆫ지 ᄂᆡ가 알기ᄂᆞ 아ᄂᆞ

ᄒᆞ면셔 어렷던 몸이 ᄯᅡᆷ이 ᄂᆞ도록 ᄋᆡ를 쓰고 빈다

1906년 12월 4일 (三八(삼팔))

졈순이가 힝낭으로 ᄂᆞ가더니 방문을 펄젹 열며

여보 슌돌 아버지 이를 엇지 한단 말이오 큰일 낫쇼구려 마님게셔 순돌 아버지를 죽일 놈 살일 놈 ᄒᆞ며 벼르시니 왼 일이오

(자근돌) 칩다 문 닷쳐라 드러오겨러든 드러오고 ᄂᆞ가려거든 ᄂᆞ아가지 우ᄋᆡ 문은 열고 셔셔 말를 ᄒᆞ여

(졈순) 에그 남의 말은 ᄋᆞ니듯고 ᄯᅡᆫ소리만 ᄒᆞ네

(ᄌᆞ근돌) 듯기 시려 몰은 무슨 말……

(졈순) ᄂᆞ ᄂᆞᆫ 모르깃소 마님게셔ᄂᆞᆫ 순돌 아버지를 쳐죽인다 ᄂᆡ좃ᄂᆞᆫ다 ᄒᆞ시ᄂᆞᆫᄃᆡ 엇지ᄒᆞ면 저렷케 겁이 업누

(ᄌᆞ근돌) 령ᄀᆞᆷ은 마님을 겁을 ᄂᆡ셔 벌벌 ᄯᅥ르셔도 ᄌᆞ근돌이ᄂᆞᆫ 겁커냥 눈도 ᄭᅮᆷ젹어리지 아니한다

누가 김승지 덕 죵노ᄅᆞᆺ 아니ᄒᆞ면 죽는다더냐

점순이가 문을 톡 ᄃᆞᆺ고 아ᄅᆡ목으로 드러오더니 아ᄅᆡ목 불목에 잠드러누흔 어린 ᄌᆞ식 포ᄃᆡ기 밋흐로 두 손을 쏙 집어넛터니 싱긋싱긋 우스면셔

여보 여보 슌돌 아버지

(ᄌᆞ근돌) 보기 실타 여우갓치 요거시 다 무어시아

(점순) 남더러 공연이 욕만 ᄒᆞ네

(ᄌᆞ근돌) 욕이 쥬먹보다 낫지 아니한가

(점순) 걸핏ᄒᆞ면 쥬먹만 내세네 아무 죄도 업는 사ᄅᆞᆷ을 헐마 쳐죽일라구

(ᄌᆞ근돌) 헐마가 다 무어시야 너도 마님갓치 ᄀᆞᆼᄶᆞ만 ᄒᆞ여보아라 한 쥬먹에 쳐죽일 터이다

(점순) ᄀᆞᆼᄶᆞ는 엇더한 비러먹을 년이 ᄀᆞᆼᄶᆞ를 ᄒᆞ고 잇셔

나는 순돌 아버지가 다른 계집의게 밋쳐납ᄯᅱ는 거슬 보면 나는 다른 셔방 어더가지 밤낫 게절게절ᄒᆞ고 잇슬 망한 년 잇나

(ᄌᆞ근돌) 이ᄋᆡ 그것 참 속 시연한 소리를 ᄒᆞ는구ᄂᆞ

ᄒᆞ나님이 사ᄅᆞᆷ 내셜 ᄯᆡ에 사ᄅᆞᆷ은 다 맛창가지지 남녀가 다를시 무엇 잇단 말이냐

네가 힝실이 그르면 내가 너를 버리고

내가 두 계집을 두거든 네가 날을 버리는 일이 올흔 일이다

두 셔방이니 두 계집이니 그ᄭᆞ지 소리도 할 것 업지

두 내외가 의만 조흐면 평싱을 갓치 살녀니와 의가 좃치 못ᄒᆞ면 ᄒᆞ로밧비 갈라셔는 거시 제일 편한 일이라

계집 둘 두는 놈도 망한 놈이오 시얏 보고 ᄀᆞᆼᄶᆞᄒᆞ고 잇는 년도 망한 년이라

요ᄉᆡ 개화셰상인 줄 몰란ᄂᆞ냐

(점순) 여보 요란스럽쇼 말 흠부루 ᄒᆞ지 마오

그러ᄂᆞ 츈쳔 마마댁이 어드요 ᄂᆞ도 가셔 구경 좀 ᄒᆞ깃소 ᄒᆞ더니 눈우슘을 치며 ᄌᆞ근돌의 억개 밋흐로 머리를 밧삭 듸민다

1906년 12월 5일 (三九)

계집의게 속지 아니 한다고 큰쇼리를 탕탕 하던 ᄌᆞ근돌이가 졈순의게 속을 쏍펴셔 정신보퉁이를 송도리직 내여 노왓더라
졈순이가 경사ᄂᆞ 논드시 안악으로 살작 드러가다가 안마루에 김승지의 신이 노힌 거슬 보고 아니 드러가고 도로 돌쳐 나아간다
맛참 ᄃᆡ문싼에 박참봉이 드러오다가 졈순이를 보고 박참봉은 졈순이가 츈쳔집의 뒤를 발부러와셔 이 방문 여러보고 저 방문 여러보고 요리 개웃 조리 개웃 하던 고 모냥이 ᄉᆡᆼ각이 논다
졈순이ᄂᆞᆫ ᄌᆞ근돌의게 당장 드른 말이 잇ᄂᆞᆫ고로 박참봉의 쥬션으로 츈쳔집이 남ᄃᆡ문 밧게 집을 사셔 드럿둔 말을 낫낫치 알앗ᄂᆞᆫ지라
박참봉도 졈순이를 유심이 보고 졈순이도 박참봉을 유심이 본다
(박참봉) 령감 게시나
하면서 사랑으로 드러가ᄂᆞᆫᄃᆡ 졈순이가 안으로 돌쳐 드러가더니 안샛 미다지 밧게 셔셔
(졈순) 사랑에 손님 오셧슴니다
(김승지) 오냐 게 잇거라
ᄒᆞ더니 나아갈 ᄉᆡᆼᄀᆡᆨ도 아니 ᄒᆞ니
(졈순) 계동 박참봉 나리 오셧슴니다……
김승지가 박참봉 왓다ᄂᆞᆫ 말을 듯더니 벌썩 이러ᄂᆞ 나아가더라
졈순이가 안방으로 톡 쒸여드러오더니 부인의 압흐로 쏠작 와 안지며
(졈순) 마님……

마님게셔 암만 그리ᄒᆞ시면 쓸ᄯᆡ 잇슴닛가
사ᄅᆞᆷ마다 마님만 쇠기러드니 아무리 ᄒᆞ면 아니 속을 수 잇슴잇가
(부인) 무어슬……
졈순아 졈순아 무어슬 그리ᄒᆞᄂᆞ냐
어셔 말 좀 ᄒᆞ여라
츈쳔집이 어ᄃᆡ 잇ᄂᆞᆫ지 아랏ᄂᆞ녀
(점순) 게동 박참봉 ᄂᆞ리가 남ᄃᆡ문 밧게 집 사쥬엇담니다
오놀도 령감게셔 마마님 ᄃᆡᆨ예 가셧ᄂᆞᆫᄃᆡ 침모도 거긔 잇담니다
부인이 눈이 ᄯᅮᆼ구ᄅᆡ 지더니 졈순의 압흐로 벗셕벗셕 다거안지면셔
(부인) 이ᄋᆡ ᄂᆡ 말이 마졋구ᄂᆞ
저거슬 엇지 ᄒᆞᆫᄃᆞᆫ 말이냐
령ᄀᆞᆷ계셔 침모와 츈쳔집을 한 집에 두고 호ᄀᆞᆼ을 ᄒᆞ신ᄃᆞᆫ 말이냐
에그 엇더케 ᄒᆞ면 그년들을 쳐쥭여셔 ᄒᆞᆫ 구ᄲᅥᆼ이에 집어널고……

1906년 12월 6일 (四十)

졈슌이가 그 말을 듯고 상긋시 우스면셔
마님 마님
부르더니 다시 말이 업시 ᄯᅩ 눈우슴을 친다
(부인) 응 무어슬 그려ᄂᆞ냐
무슨 할 말이 잇ᄂᆞ냐
(점순) 몰슴 ᄒᆞ면 쓸ᄯᆡ 잇슴닛가 마님게셔ᄂᆞᆫ 마암이 착ᄒᆞ시기만 ᄒᆞ셧지 모진 마암이야 어ᄃᆡ 조곰인들 잇슴닛가
(부인) 에그 네가 ᄂᆡ 마암을 아ᄂᆞᆫ구나
내가 몰ᄡᅮᆫ이지 실상 먹은 마암은 업ᄂᆞᆫ 사ᄅᆞᆷ이다

그러나 그 소리ᄂᆞᆫ 다 그만두고 악가 ᄒᆞ던 ᄆᆞᆯ이나 ᄒᆞ자
글셰 저년들을 엇지 ᄒᆞ면 좃탄 ᄆᆞᆯ이냐

(졈슌) 무엇을 그럿케 걱정ᄒᆞ실 일이 잇슴닛가

(부인) 에그 요 방정마진 년 그거시 다 무슨 소리냐
그ᄅᆡ 그년들이 내게 걱정이 되지 아니한단 ᄆᆞᆯ이냐
요년 너도 그따위 소리를 ᄒᆞ려거든 내 눈압헤 보이지 마러라

(졈슌) 에그 마님게셔ᄂᆞᆫ ᄆᆞᆯ슴을 엇더케 드르시고 ᄒᆞ시ᄂᆞᆫ 말슴인지 모르깃네
쇤네가 혈마 마님게 ᄒᆡ로온 말슴이야 ᄒᆞ깃심닛가
마님게셔 쇤네 말을 ᄌᆞ셰히 드르시지 아니 ᄒᆞ니 어ᄃᆡ 말슴을 할 수가 잇슴니가

(부인) 오냐 네가 횡셜수셜ᄒᆞᄂᆞᆫ 소리 업시 츈쳔집과 침모를 엇더케 조쳐할 말만 ᄒᆞ려무ᄂᆞ
내 ᄌᆞ셰히 듯지 아니할 리가 잇깃ᄂᆞ냐
그ᄅᆡ 무슨 말이냐 어셔 좀 ᄒᆞ여라

졈슌이가 가장 제가 젠쳑ᄒᆞ고
말을 얼는 ᄒᆞ지 아니ᄒᆞ더니
본ᄅᆡ 잘 웃는 눈우슴을 한 번 다시 우스면셔

(졈슌) 마님
마님게셔 쇤네 말을 드르시깃슴닛가

(부인) 요년아 무슨 말이던지 얼는 ᄒᆞ려무ᄂᆞ 내게 유익한 말이면 무슨 말을 아니듯깃ᄂᆞ냐

(졈슌) 마님게셔 져럿케 심녀ᄒᆞ실 것 무엇 잇슴닛가
마마님이던지 침모일런지 다 죽고 업스면 마님게셔 걱정이 업스시지요

1906년 12월 7일 (四一)

(부인) 이ᄋᆡ 그를 다 이를 말이냐 그러ᄂᆞ 그년들이 ᄉᆡ파랏케 절문 년들인ᄃᆡ 죽기ᄂᆞᆫ 언제 죽ᄂᆞᆫ단 말이냐

그년들이 도로혀 ᄂᆡ 약과를 먹으러드ᄂᆞᆫ 년들이다

약과ᄲᅮᆫ이라더냐 ᄂᆡ 눈만 ᄭᅥ지면 그년들이 이 집 기동ᄲᅮ리를 ᄡᆡ노흘 년들이다

(졈슌) 그럿키로 쳡을 두면 집이 망ᄒᆞᄂᆞ니 흥ᄒᆞᄂᆞ니 ᄒᆞᄂᆞᆫ 거시 다 그 ᄭᆞ닭이 아니오닛가

(부인) 아무렴

그럿키를 다 이르깃ᄂᆞ냐

화가 ᄂᆞᄂᆞᆫ 일이 잇슬 ᄯᅢ도 네 말를 드르면 속이 좀 시연ᄒᆞ다

그러ᄂᆞ 저년들을 엇지ᄒᆞ면 좃탄 말이냐

지금으로 ᄂᆡ가 교군을 타고 그년의 집에 가셔 방맹이로 츈쳔집과 침모년의 ᄃᆡ강이를 ᄭᅢ트려놋코시푸다

박참봉인가 무엇인가 그 망ᄒᆞᆫ 놈은 우ᄋᆡ 남의 집에 당기면셔 남의 집을 망ᄒᆞ야 노흐려 ᄒᆞᆫ단 말이냐

그 망ᄒᆞᆫ 놈 다시 ᄂᆡ 집에 오지말라 ᄒᆞ여라

이ᄋᆡ 졈슌아 졈순아

ᄒᆞ면셔 ᄒᆞ던 말을 다시 ᄒᆞ고 뭇던 말을 ᄯᅩ 문ᄂᆞᆫᄃᆡ 속에셔 열이 길길이 올러오ᄂᆞᆫ 마암에 발셔 큰 야단이 낫슬 터이ᄂᆞ 졈순의 입에셔 부인의 마암에 드ᄂᆞᆫ 소리만 ᄂᆞ오ᄂᆞᆫ고로 그 말 드를 동안은 괴괴ᄒᆞ엿거니와 그 말만 쑥 긋칠 지경이면 부인의 야단이 시작될 모냥이라

셔창에 지ᄂᆞᆫ ᄒᆡ가 눈이 부시도록 빗초엿ᄂᆞᆫᄃᆡ 창 밧게 지나가ᄂᆞᆫ 그림ᄌᆞᄂᆞᆫ 나라드ᄂᆞᆫ 저녁 ᄭᆞ치라

셔창을 마쥬 안져 ᄭᅩ리를 드럿다 노앗다 ᄒᆞ며 쥬둥이를 ᄶᅡᆨᄶᅡᆨ 버리면셔

ᄭᅡᆺᄭᅡᆺ

ᄭᅡᆺᄭᅡᄭᅡ

짓거ᄂᆞᆯ 구긔 잘 ᄒᆞ기로ᄂᆞᆫ 장안 녀편네 중 제일 가ᄂᆞᆫ 전동 김승지의 부인이 시앗이니 무엇이니 ᄒᆞ고 지항을 못ᄒᆞᄂᆞᆫ 중에 져녁 ᄭᅡ치 소리를 듯고 근심이 벗셕 느럿다

1906년 12월 8일 (四(ᄉᆞ)二(이))

(부인) 에그 죠 방정마진 져녁 ᄭᅡ치ᄂᆞᆫ 우ᄋᆡ 남의 창 밧게 와셔 짓누

조년의 져녁 ᄭᅡ치가 지지면 그혀이 고약한 일이 싱기더라

ᄂᆡ가 처음에 시앗 보앗다ᄂᆞᆫ 소문을 듯던 날도 ᄭᅩᆨ 요만 ᄯᆡ에

ᄭᅡ치 ᄒᆞᆫ 마리가 조긔 안저셔 짓더니 춘쳔집인가 무어신가

그 못된 년이 싱겻지 이ᄋᆡ 졈순아 어셔 나가셔 조 ᄭᅡ치 좀 좃차

다구

에그 요년아 무어슬 그리 ᄭᅮᆷ져거리고 잇ᄂᆞ냐

너ᄂᆞᆫ 한 번 안젓다가 이러ᄂᆞ려면 우ᄋᆡ 몸이 그리 묵어우냐

ᄯᅩ ᄌᆞ식 비엿ᄂᆞ냐

에그 고년 뒤문으로 ᄂᆞ갓스면 쉬울 터인ᄃᆡ 우ᄋᆡ 압문으로 도라

ᄂᆞ가누

조 ᄭᅡ치 작구 짓ᄂᆞᆫ다 그만 두어라 ᄂᆡ가 ᄶᅩ치마

수어-

소리를 지르면셔 셔창 미다지를 드윽 여러젯ᄯᅥ리니 ᄭᅡ치가 펄적 ᄂᆞ라 공중에 놉히 ᄯᅥ셔 남산을 향ᄒᆞ고 살갓치 ᄂᆞ라가더니 연소졍 샨빗탈로 나려 ᄀᆞᆫ다

부인은 ᄭᅡ치만 보고 셧다가 ᄭᅡ치ᄂᆞᆫ 아니 보히ᄂᆞᆫᄃᆡ 부인은 졍신 업시 남

샨을 바라보고 셧다

안생 지게문으로 나아가든 졈순이ᄂᆞᆫ 안마당 안부억으로 휘도라서 안둑 겻으로 나가다가 ᄂᆞᄂᆞᆫ 싸치 지ᄂᆞᆫ 곳을 보더니

(졈순) 에그 고 싸치ᄂᆞᆫ 이상도 ᄒᆞ지 이 ᄃᆡᆨ에를 당겨셔 츈쳔 마마님 ᄃᆡᆨ에로 가ᄂᆞ베
마님 마님 저 싸치 ᄂᆞ라가ᄂᆞᆫ 곳이 남관황묘 잇ᄂᆞᆫ 도동이올시다

(부인) 압다 그년 사ᄂᆞᆫ 동ᄂᆡ 근쳐만 바라보아도 사람이 열이 ᄂᆞ셔 못살깃고ᄂᆞ 엇지 ᄒᆞ면 그 동ᄂᆡ가 오날 밤 ᄂᆡ로 짱이 쑥 두려빠저셔 업셔질고

(졈순) 에그 마님게셔 허구한 세월에 져럿케 속을 써기시고 엇더케 견ᄃᆡ시ᄂᆞ

ᄒᆞ면셔 고ᄀᆡ를 살작 숙이더니 치마씃을 드러다가 눈물도 아니 나ᄂᆞᆫ 눈을 이리 싯고 저리 싯고 이 눈도 부븨고 져 눈도 부븨여셔 두 눈이 발개지도록 부븨더니 가장 눈물이ᄂᆞ ᄂᆡ던 체 ᄒᆞ고 고개를 번짝 드러 부인을 쳐어다보며 압흐로 밧삭 드러오더니

(졈순) 마님 ……
쇤네ᄂᆞᆫ 오날 밤일지라도 물에ᄂᆞ 빠져죽던지 다라ᄂᆞ던지 ᄒᆞ지 ᄒᆞ로라도 이 댁에 잇고시푸지 아니함니다

(부인) 요 쳐쥭여 노흘 년
고거슨 다 무슨 소리냐
ᄂᆡ가 네게 심ᄒᆞ게 구러셔 살 수가 업단 말이냐
요년 네가 어ᄃᆡ로 다라ᄂᆞ ……
오냐 네 ᄌᆡ조것 다라ᄂᆞ 보아라 ᄒᆞ늘로 올라가지ᄂᆞᆫ 못할 터이니 어ᄃᆡ로 가면 못 붓들깃ᄂᆞ냐 붓들녀만 보아라 ᄃᆡ미에 처죽일 터이다

(졈순) 누가 마님을 시려서 죽고시푸다 ᄒᆞᄂᆞᆫ 말슴이오닛가

아낙에 드러왓다가 마님게셔 저럿케 근심ᄒᆞ시ᄂᆞᆫ 거슬 보면 쇤네ᄂᆞᆫ 아무 경황이 업습니다 오날 밤일지라도 츈쳔 마마님이 죽고 업스면 쇤네ᄂᆞᆫ 넝수만 먹고 사라도 살이 찌깃습니다 마님게셔 쇤네 말ᄉᆞᆷᄃᆡ로만 ᄒᆞ시면 아무 걱정이 업스실 터이지마ᄂᆞᆫ ……

ᄒᆞ면셔 고개를 남손으로 도르키니

(부인) 이ᄋᆡ 무슨 말이냐
어ᄃᆡ 좀 드러보자
칩다 거긔 셔셔 그러ᄒᆞ지 말고 방으로 드러와셔 말 좀 ᄌᆞ셰이 ᄒᆞ여라

1906년 12월 9일 (四ᄉᆞ三삼)

점순이가 팔장을 끼고 환들거리고 안ᄉᆡᆼ에로 드러오더니 안ᄉᆡᆼ 아ᄅᆡ싼 운묵에 ᄶᅩ구리고 안저셔 부인의 얼골을 말ᄭᅳ름 쳐어다본다

(부인) 이ᄋᆡ 점순아 ᄂᆞᄂᆞᆫ 고만 죽고시픈 마음만 ᄂᆞ니 엇지ᄒᆞ면 조탄 말이냐

(점순) 마님게셔 그런 말ᄉᆞᆷ을 ᄒᆞ시면 쇤네ᄂᆞᆫ 아무 경황 업습니다
에그머니 그 원슈의 츈쳔 마마님 ᄒᆞᄂᆞ ᄯᅢ문에 왼집안이 이럿케 난가될 쥴 누가 알앗쓰가

(부인) 아닛곱다 그ᄶᅡ진 년을 마마님이니 별상님이니 ᄂᆡ 압헤ᄂᆞᆫ 그런 소ᄅᆡ 마러라
네나 그년이ᄂᆞ 상년은 맛창가지지 이후에ᄂᆞᆫ 마마님이라고 말고 츈쳔집이라고 ᄒᆞ던지 강동지의 ᄯᆞᆯ년이라고 ᄒᆞ던지 그럿케 말ᄒᆞ여라

(점순) 령감 마님을 뫼온들 쇤네 도리에 그렇케 말슴할 수야 잇슴니가
……

마님 ……

마님 소원을 푸러드릴 터이니 마님게셔 츈쳔 마마의 일을 쇤네
의게 맛기시ᄭᅵᆺ슴니가

(부인) 오냐 죠흘 도리가 잇스면 맛씨다 쌴이ᄭᅵᆺᄂᆞ냐
ᄂᆞ는 족박을 차더릐도 시앗만 업시 사랏스면 좃킷다

(점순) 그런들 ᄌᆡ물 업시야 엇지 삼니ᄭᅡ

(부인) ᄌᆡ물이 다 무엇이란 말이냐 ᄂᆞ는 ᄌᆡ물도 성가시다
령감게셔 돈만 업셔 보아라 엇던 비러먹을 년이 령감게 오ᄭᅵᆺᄂᆞ냐
령ᄀᆞᆷ이 인물이 남보다 잘 ᄂᆞ셧ᄂᆞ냐 말을 남보다 잘 ᄒᆞ시ᄂᆞ냐
엇던 년이 무어슬 보고 령ᄀᆞᆷ게 와……
돈 ᄒᆞᄂᆞ ᄇᆞ라고 오지
선ᄃᆡ감 사르셧슬 ᄯᅢ는 ᄌᆡ물도 참 만터니라마는 선ᄃᆡ감 도라가
신 후에 녕감게셔 계집의게 ᄶᅬ 듸밀고 무엇 잇는 줄 아ᄂᆞ냐
ᄂᆡ포셔 올러오는 츄수셤ᄒᆞ고 황히도 연안셔 오는 추수 외에 무
엇 잇다더냐
내가 잠작코 잇스면 몃칠 못되야셔 츈쳔집의게로 ᄶᅬ 듸밀고 무
엇 남을 쥴 아나냐
그 원수의 침모년도 령ᄀᆞᆷ의 돈냄새를 맛고 달려붓흔 거시다
령감은 고 남어지 ᄌᆡ물을 ᄶᅬ ᄶᅡ불려야 다시는 계집의게 눈을 ᄯᅳ
지 아니ᄒᆞ실 터이다
셰상 사ᄅᆞᆷ이 다 ᄌᆡ물이 좃타 ᄒᆞ더릐도 나는 조흔 쥴 모르ᄭᅵᆺ다

(점순) 마님게셔는 잇ᄯᅢᄭᅡ지 고싱을 모르고 지ᄂᆡ신고로 그렇케 말슴을
ᄒᆞ시지 샤람이 ᄌᆡ물 업시 엇더케 삼니ᄭᅡ

(부인) 그런 말 마라 셰상에 고싱 치고 시앗 두고 근심ᄒᆞ는 고싱갓한

고ᄉᆡᆼ이 ᄯᅩ 어ᄃᆡ 잇ᄭᆡᆺᄂᆞ냐 ᄂᆞᄂᆞᆫ 시얏만 업스면 돈 ᄒᆞᆫ푼 업드ᄅᆡ도 아무 근심 업ᄭᆡᆺ다

ᄂᆡ손으로 ᄇᆡ누질품을 파라먹드ᄅᆡ도 영감과 ᄂᆞ와 단 두 식구야 엇더케 못살ᄭᆡᆺᄂᆞ냐

ᄂᆡ가 자식이 잇ᄂᆞ냐 어ᄃᆡ ᄆᆞ음 부칠 데가 잇ᄂᆞ냐 영ᄀᆞᆷ 한 분ᄲᅮᆫ이지……

(졈순) 그럴 터이면 마님게셔 돈을 만이 쓰시면 츈쳔 마마님과 침모를 죽일 도리가 잇습니다

ᄒᆞ면셔 부인의 귀에 소곤소곤 ᄒᆞᄂᆞᆫᄃᆡ로 부인이 고개를 ᄭᅳᆺ덕거리며 입이 ᄶᅥᆨ 버려젓더라

1906년 12월 11일 (四四)

지혜 만흔 제갈공명을 엇고 물을 어든 고기갓치 조아ᄒᆞ든 한소렬도 잇셧스ᄂᆞ 그거슨 사긔상에 지ᄂᆞ간 옛일이라

지금 우리ᄂᆞ라 장안 돌구녕 안에 전동 김승지의 부인은 ᄶᅬ 만한 졈순의 말을 듯고 조와셔 밋칠 듯한 모냥이 고기가 물 어든 것보다 더 ᄒᆞ더라

졈순이ᄂᆞᆫ 상전의게 긴할소록 더옥 긴한 체 ᄒᆞ고 ᄒᆞ던 말을 두세 번 겁푸한다

(부인) 오냐 오냐 돈은 얼마가 드던지 너 ᄒᆞ라ᄂᆞᆫ ᄃᆡ로만 할 터이니 부ᄃᆡ 낭ᄑᆡ 업시 잘만 ᄒᆞ여라

에그 고년 신통한 년이지 키ᄂᆞᆫ 죠고마한 년이 의사ᄂᆞᆫ 방통이갓고ᄂᆞ

칩다 ᄂᆡ 덧저구리 입고 당겨오너라

ᄂᆞᄂᆞᆫ 오날부터 령감을 뵈옵더ᄅᆡ도 아무 소리 말고 가마니 잇스마

졈순이가 부인의 명을 듯고 황금사만을 츌입ᄒᆞ던 진평의 수단갓한 경영을 품고 남ᄃᆡ문 밧그로 ᄂᆞ가더라
히ᄂᆞᆫ 져셔 졈졈 어스름 밤이 되야가ᄂᆞᆫᄃᆡ 도동 츈쳔집 힝낭에 든 더부사리 계집이 ᄃᆡ문을 걸러 ᄂᆞ왓다가 엇더한 절문 계집이 문 밧게 와셔 아던 집 드러오드시 쑥 드러오ᄂᆞᆫ 거슬 보고 문을 아니 닷고 셧스니 그 계집이 살작 도라다보며

여보 이 댁이 젼동 김승지 령감의 별실 마마님 댁이지오

ᄒᆞ더니 안으로 드러가다가 어린아ᄒᆡ 우ᄂᆞᆫ 소리를 듯고 깜작 놀라ᄂᆞᆫ 모냥으로 힝낭 사ᄅᆞᆷ을 다시 도라다보며

여보 이 ᄯᅢᆨ에 어린아기 소리가 ᄂᆞ니 ᄋᆞ기ᄂᆞᆫ 뉘 아기오

(더부사리) 이 ᄃᆡᆨ 마마님이 이 달 초싱에 아들ᄋᆡ기를 낫소

그 계집이 다시ᄂᆞᆫ 아무 말 업시 안으로 드러가니

(더부사리) 어ᄃᆡ서 오셧소

(계집) 령감 ᄃᆡᆨ 심부름 온 사ᄅᆞᆷ이오

ᄒᆞ면셔 안생으로 드러가ᄂᆞᆫᄃᆡ 그ᄯᅢ 침모가 츈쳔집 ᄃᆡᄒᆞ야 김승지 부인의 흉을 보던 ᄭᅳᆺ친ᄃᆡ 그 말 ᄭᅳᆺᄒᆡ 졈순의 말이 ᄂᆞ셔 고년이 여우 갓흐니 무엇 갓흐니 ᄒᆞ며 정신 업시 말를 ᄒᆞ다가

1906년 12월 12일 (四五)

졈순이 목소리를 듯고 침모가 ᄭᅡᆷᄶᅡᆨ 놀ᄂᆞ면셔

에그머니 죠년이 여긔를 엇지 알고 오ᄂᆞ

니가 공교롭게 여긔를 왓다가 고년의 눈의 ᄯᅴ흐면 ᄯᅩ 무슨 몹슬 소리를 드를지 ……

(츈쳔집) 그거시 누구란 말이오

(침모) 지금 말ᄒᆞ던 졈순이오

ᄒᆞ던 ᄎᆞ에 졈순이는 발셔 마루 우에 올러와셔 방문을 여니 침모는 망단ᄒᆞᆫ 긔ᄉᆡᆨ이 잇고 츈쳔집은 어린아ᄒᆡ를 안고 거듭더 보지도 아니하고 가마니 안젓더라

(졈순) 저는 큰ᄃᆡᆨ ᄒᆞ인 졈순이올시다

발셔부터 마마님게 와셔 뵈옵ᄌᆞ ᄒᆞ면셔도 밧바셔 못ᄂᆞ와 뵈왓습니다

에그 침모 마누라님도 여긔 와셔 게시군……

(침모) 너가 여긔 잇는 줄를 몰랏던가

(졈순) 알 수가 잇습니가

ᄒᆞ면셔 츈쳔집 압흐로 밧삭 다거안더니

에그 ᄋᆡ기도 탐스럽게 싱겻지……

마마님 달맛군

그러ᄂᆞ 방이 이렇케 치워셔 마마님도 치우시려니와 ᄋᆡ기가 오작 칩깃습닛가

아마 나무가 귀ᄒᆞᆫ 모냥인가 보이다

부리시는 ᄒᆞ인도 업습닛가

제가 ᄂᆞ가셔 불이ᄂᆞ 좀 ᄯᅥᆨ고 드러오깃습니다

ᄒᆞ면셔 벌덕 이러셔는ᄃᆡ

침모는 닷친 몸을 억지로 이러안진 터이라 드러눕고시푸ᄂᆞ 졈순이 가기만 기다리며 담ᄇᆡ만 먹고 안젓고 츈쳔집은 젓ᄭᅩᆨ지 문 어린아ᄒᆡ 얼골만 나려다보고 입을 봉ᄒᆞᆫ드시 안젓더라

안마당에셔 사람의 소리가 ᄂᆞ더니 더부사리 게집과 ᄌᆞ근돌이가 드러오면셔 ᄯᅥ드는ᄃᆡ

이 짐은 안마루 ᄭᅳᆺ헤 부려노ᄒᆞ라 저 남무바리는 밧겻 마당에 부려노ᄒᆞ라

ᄒᆞ는 소리를 듯고 졈순이가 마루로 ᄂᆞ가면셔

(졈순) 우ᄋᆡ 인제 왓소
(ᄌᆞ근돌) 인제가 다 무어시야 조금 ᄲᆞᆯ리 왓ᄂᆞ 짐군 다리고……
ᄯᅩ 오다가 나무 사느라고 지체 되고……
ᄒᆞ면셔 짐을 그르ᄂᆞᆫᄃᆡ
졈순이가 다시 방으로 돌쳐드러오더니

1906년 12월 13일 (四六(ᄉᆞ륙))

팔장을 ᄭᅵ고 운목에 셔셔 츈쳔집을 건너다보며
(졈순) 마마님 져거슬 어ᄃᆡ 드려노흐면 조켓슴닛가
(츈쳔집) 저거슨 무엇이란 말인가
ᄒᆞ면셔 거듭더 보지도 아니ᄒᆞᆫ다
(졈순) 물목을 적은 거슨 업슴니다마ᄂᆞᆫ 쇤네가 말숨으로 엿줍겟슴니다
ᄒᆞ더니 무엇 무엇을 쥬어셩기ᄂᆞᆫᄃᆡ 쳐음에ᄂᆞᆫ 졈순이가 제 말을 ᄒᆞ려면 제라고 ᄒᆞ더니 ᄉᆡ로히 말공ᄃᆡ가 누러셔 쇤네라고 ᄒᆞ□[니] 츈쳔집은 불ᄏᆞᆷ한 ᄉᆡᆼ각이 드ᄂᆞᆫ 중에 ᄯᅳᆺ밧게 큰집에셔 보ᄂᆡᆺ다ᄂᆞᆫ 물죵이 갑슬 칠 지경이면 엽전으로
ᄇᆡᆨ냥어치가 될지라
쳔ᄒᆞ를 다 ᄂᆡ 거슬 삼고 독ᄌᆡ젼제(獨裁專制)ᄒᆞ던 만승 쳔ᄌᆞ도 무어슬 쥬면 조아ᄒᆞᄂᆞᆫ 그러ᄒᆞᆫ 셰상에 동지셧달 치운 방 속에셔 발발 ᄯᅥᆯ고 두 무릅이 억ᄀᆡᄭᅡ지 올라가도록 ᄶᅩ고리고 안젓던 츈쳔집이 먹을 것 입을 것 쓸 것 ᄡᅵᆯ 것을 합품이 ᄂᆞ도록 바다가지고
숫보기 녀편네 마음이라 흡족ᄒᆞᆫ ᄉᆡᆼ각이 드러ᄀᆞᆫ다
(츈쳔집) 그거슨 누가 보ᄂᆡ셧단 말인가
ᄒᆞ면셔 얼굴에 조아ᄒᆞᄂᆞᆫ 비슬 씌엿더라

(침모) ᄌᆞ네 ᄯᆡᆨ 마님이 보ᄂᆡ시던가

(졈순) ……

(침모) 그것 참 이상ᄒᆞᆫ 일일세그려

ᄌᆞ네 ᄯᆡᆨ 마님이 도라가시려고 환장ᄒᆞ셧ᄂᆞ베

(졈순) 글셰 말이지오

ᄆᆞ음이 변ᄒᆞ기로 우리 ᄃᆡᆨ ᄆᆞ님갓치 변할 사람이 누가 잇깃소 침모 ᄆᆞ누라님 가신 후에도 장후회를 ᄒᆞ시고

댁 ᄆᆞᄆᆞ님이 츈쳔셔 올러오신던 날도 그럿케 몹시 야단을 치시더니 지금ᄶᅡ지 후회를 ᄒᆞ시니 엇지ᄒᆞ면 그럿케 변ᄒᆞ시ᄂᆞᆫ지 ……

침모가 그 소리를 듯더□[니] ᄇᆞᆫ신ᄇᆞᆫ의(半信半疑)ᄒᆞ면셔 이상한 ᄆᆞ음이 드러셔 아무 말 업시 졈순의 얼골을 쳐어다보고 잇다

(졈순) 그러ᄂᆞ ᄆᆞ님게셔 지금도 령감 압헤셔ᄂᆞᆫ 후회하시ᄂᆞᆫ ᄀᆡᄉᆡᆨ도 아니보이시니 그거슨 왼 일인지 ……

ᄆᆞ님 말ᄉᆞᆷ에ᄂᆞᆫ 령감게셔 무슨 일이던지 ᄆᆞ님을 쇠기선다고 거ᄀᆡ 화를 ᄂᆡ시ᄂᆞᆫ 모냥인ᄃᆡ ᄆᆞᄆᆞ님이 시골셔 올러오시기 전애 령감게셔 ᄆᆞᄆᆞ님 오신다고 ᄆᆞ님게 말ᄉᆞᆷ 한ᄆᆞᄃᆡ만 ᄒᆞ여두셔써면 ᄆᆞ님게셔 그럿케 ᄃᆡ단이 ᄒᆞ실 리가 업셔요

부지불각에 교군이 드러오ᄂᆞᆫ 거슬 보시고 그럿케 ᄒᆞ셧지오 그 ᄆᆞ님이 셩픈이 날 ᄯᅢᄂᆞᆫ 오작 ᄃᆡ단ᄒᆞ심닛가 침모 ᄆᆞ누라님도 아르시니 말ᄉᆞᆷ이지오

지금도 령감게셔 무슨 일이던지 ᄆᆞ님게 먼져 의논문 ᄒᆞ시면 ᄆᆞ님이 그럿케 박절이 아니ᄒᆞ셔오

ᄆᆞ님이 ᄆᆞ음 ᄂᆡ키실 ᄯᅢᄂᆞᆫ 활수ᄒᆞ고 좀 죠흐신 ᄆᆞ음이오닛가 ᄒᆞ면셔 요악을 부리ᄂᆞᆫᄃᆡ 츈쳔집과 침모의 ᄆᆞ암은 봄ᄇᆞ람에 눈 녹드시

1906년 12월 14일(四七)

푸러지ᄂᆞᆫᄃᆡ 졈순이ᄂᆞᆫ 발셔 그 눈치를 알랏더라 다시 침모를 보며 ᄒᆞᄂᆞᆫ 말이

(졈순) 침모 마누라님은 언제붓터 이리 오셧슴닛가
로마누라님은 계동 ᄃᆡᆨ에 혼ᄌᆞ 게심닛가
그 말 ᄭᅳᆺ헤 침모ᄂᆞᆫ ᄃᆡ답을 아니ᄒᆞ고 잇ᄂᆞᆫᄃᆡ 졈순이가 지게문을 열고 짐 푸러드려논ᄂᆞᆫ ᄌᆞ근돌이를 ᄂᆡ다보며
여보 순돌 아버지 ᄂᆡ일 일즉이 죵노 가셔 나무 ᄒᆞᆫ ᄇᆞ리 크고 조흔 것으로 사서 계동 침모 마누라님 댁에 갓다 드리시오
악가 우리 ᄯᆡᆨ 마님게셔 말슴ᄒᆞ십듸다

ᄒᆞ더니 다시 문을 닷고 ᄶᅩ고리고 안지면셔 혼ᄌᆞ말로

에그 참 그 마누라님이야
아드님 업고
ᄌᆡ물 업고
ᄂᆞ흔 마흐시고
아무도 업스니 말이지 압도 못보시ᄂᆞᆫ 터에……
침모 마누라님갓치 효셩 잇ᄂᆞᆫ ᄯᆞ님이 업셧쓴들……
에그 참……

하면셔 말ᄭᅳᆺ을 맛치지 아니ᄒᆞ고 눈물을 씨ᄂᆞᆫ지 슈건으로 눈을 홈착홈착 씨ᄂᆞᆫ 모냥이라 춘쳔집은 의구히 젓 먹ᄂᆞᆫ 어린아희만 드려다보며 안졋고 침모ᄂᆞᆫ 머리맛 미다지 창살만 졍신 업시 보고 안졋다가 졈순의 말에 오장이 저ᄂᆞᆫ 듯ᄒᆞ며 눈물이 ᄯᅥ러진다

사ᄅᆞᆷ이 제 셔름이 과ᄒᆞ면 조고마한 일이 잇셔도 남을 원망ᄒᆞᄂᆞᆫ 일도 잇지마ᄂᆞᆫ

제 셔름이 과ᄒᆞᆯ ᄯᅢ에 원망ᄒᆞ던 곳도 원망ᄒᆞᆯ 마음이 푸러지ᄂᆞᆫ 일도 잇ᄂᆞᆫ

지라
침모가 김승지 집을 원망ᄒᆞ던 마ᄋᆞᆷ이 푸러지고 제 팔자와 져의 어머니 신셰가 가련ᄒᆞᆫ ᄉᆡᆼ각만 ᄂᆞ서 눈를[물]을 싯고 졈순이를 건너다보며

(침모) 셰상에 누가 우리 어머니 신셰 갓한 사ᄅᆞᆷ이 ᄯᅩ 잇ᄀᆡᆺᄂᆞ 김승지
ᄯᆡᆨ에셔 나무ᄂᆞᆫ 우ᄋᆡ 사셔 보ᄂᆡ신단 말인가
마ᄋᆞᆷ 쓰시ᄂᆞᆫ 것만 하여도 바드니ᄂᆞ 진ᄇᆡ 업ᄂᆡ
ᄂᆡ일 나무 사거든 그 나무를 마마님게ᄂᆞ 갓다가 드리게

ᄒᆞ면셔 졈순이를 보고 신셰타령이 ᄂᆞ오ᄂᆞᆫᄃᆡ

1906년 12월 15일 (四八)

언제부터 졈순이와 그럿케 정이 드럿던지 친동ᄉᆡᆼ이ᄂᆞ 본드시 평ᄉᆡᆼ에 지ᄂᆡᆫ 일과 평ᄉᆡᆼ에 먹엇던 마음ᄭᆞ지 낫낫치 말ᄒᆞᄂᆞᆫᄃᆡ 스르 쥭어가ᄂᆞᆫ 듯ᄒᆞᆫ 목쇼리로 ᄒᆞᄂᆞᆫ 말이 굽의굽의 쳐량ᄒᆞᆫ 일이 만ᄒᆞᆫ지라 그 말을 다 맛치지 못ᄒᆞ고 소리 업시 눈물만 ᄯᅥ러지ᄂᆞᆫᄃᆡ 엽헤 사ᄅᆞᆷ이 참아 볼 수가 업더라
츈쳔집은 제 셔름은 ᄉᆡᆼ각지 아니ᄒᆞ고 침모를 불상이 여겨셔 엇더케 ᄒᆞ면 저러ᄒᆞᆫ 사ᄅᆞᆷ을 잘 도아쥴고 ᄒᆞᄂᆞᆫ 마암이 ᄉᆡᆼ기면셔 ᄯᅩᄒᆞᆫ 눈물이 ᄯᅥ러진다
졈순이ᄂᆞᆫ 눈물은 아니ᄂᆞ나 갓치 슬퍼하ᄂᆞᆫ 입ᄂᆡ를 ᄂᆡ느라고 고ᄀᆡᆺ고ᄀᆡᆺᄒᆞ게 도리 뭉친 셔양 손수건을 숀에 쥐고 팔굼치ᄂᆞᆫ ᄶᅩ구리고 안진 무릅 우에 올려놋코 조막만한 흔무리 ᄯᅥᆨ덩어[이]와갓치 뭉친 손슈건 든 손은 벌레갓치 살찐 볼ᄯᅢ기를 벗틔고 얼골은 사람 업ᄂᆞᆫ 운목벽을 향ᄒᆞ야 안졋ᄂᆞᆫᄃᆡ 방안이 다시 젹젹하얏더라
침모의 치마 압헤ᄂᆞᆫ 소상분쥭에 가을비 ᄯᅥ러지듯 눈물이 ᄯᅥ러지ᄂᆞᆫᄃᆡ 그 눈물을 화답하ᄂᆞᆫ 츈쳔집의 눈에셔 눈물이 마쥬 ᄯᅥ러지다가 어ᄃᆡ 가 못ᄯᅥ러저셔 잠든 어린아ᄒᆡ 눈 우에 ᄯᅥ러지니 츈쳔집이 치마ᄶᅡ락으로 어린아

ᄒᆡ 눈을 씨기ᄂᆞᆫᄃᆡ 그 아희가 잠을 째여 젓꼭지 무러던 고개를 ᄂᆡ두르며 우니 졈슌이가 획 도라안지며 츈쳔집 압흐로 다거안더니

(졈슌) ᄋᆡ기 이리 주시오

쇤네가 젓을 좀 먹여보깃슴니다 쇤네 ᄌᆞ식은 암쥭으로 키우드리도 ᄂᆡ일부터ᄂᆞᆫ 쇤네가 쌕에 와셔 마마님 ᄋᆡ기를 젓 먹이고 잇깃슴니다

마마님 ᄃᆡᆨ 힝낭에 든 사람은

우리 ᄃᆡᆨ 힝낭으로 보ᄂᆡ고 쇤네ᄂᆞᆫ 이 힝낭으로 오깃슴니다

ᄌᆞ근돌이ᄂᆞᆫ 령감 뫼시고 당기ᄂᆞᆫ 터이니 올 수가 업슴니다

쇤네 혼자 와셔 조셕진지ᄂᆞᆫ 지여드리고 ᄋᆡ기 젓이ᄂᆞᆫ 먹이고 잇깃슴니다

(츈쳔집) ……

(졈슌) 그러할 걱졍은 맙시오

쇤네의 ᄌᆞ식은 마님게셔 ᄌᆞ미로 거두어 쥬신담니다

마님게셔 ᄌᆞ녀 ᄀᆞᆫ에 아무 것도 업스신고로 어린아희를 보면 귀ᄋᆡᄒᆞ신담니다

1906년 12월 16일 (四九)

ᄒᆞ면셔 어린아희를 바다안고 젓을 먹이ᄂᆞᆫᄃᆡ 츈쳔집이 잠시 동안에 졈순이가 엇지 그리 고맙던지 졈순이가 그 힝낭으로 아니올가 념녀를 ᄒᆞ고 잇더라

열 길 물 속은 아라도 한 길 사ᄅᆞᆷ의 속은 모르ᄂᆞᆫ 거시라 졈순이가 입에ᄂᆞᆫ 쑬을 발랏스나 가삼에ᄂᆞᆫ 칼을 품은 사ᄅᆞᆷ이라 ᄂᆞ히 졈고 세상도 격지 못ᄒᆞ여본 츈쳔집은 졈순의게 엇더케 홀럿던지 졈순의 말이면 팟ᄎᆞ로 며쥬

를 만든다 ᄒᆞ여도 고지듯게 도얏더라
그날 밤에 졈순이가 전동 김승지 집에로 도라가니 부인이 혼ᄌᆞ 안져셔
졈순이 오기만 기다리고 잇더라
(졈순) 마님 쇤네ᄂᆞᆫ 도동 갓다 왓습니다
(부인) 오- 어셔 이약이 좀 ᄒᆞ여라
ᄃᆡ체 그년의 인물짝지가 엇더ᄒᆞ더냐
(졈순) 인물은 엇지 그리 어엽쁜지오
사ᄅᆞᆷ도 ᄆᆡ우 얌전ᄒᆡ요
성품도 ᄃᆡ단이 슌한 모냥입듸다
(부인) 요 ᄇᆡ라먹을 년 쥬져넘기도 분수가 잇지 네가 츈쳔집의 얼굴은
보앗스니 알려니와 잠ᄀᆞᆫ 보고 성품이 엇더ᄒᆞᆫ지 엇지 아늬
그만 두어라 듯기 실타 누가 너더러 그런 소리 ᄒᆞ라더냐
너도 발셔 령감쳐럼 츈쳔집의게 홀련나 보고나
무엇 먹을 거시ᄂᆞᆫ 쥬며 살살 쐬히던가보구ᄂᆞ
ᄒᆞ면셔 얼골이 벌개지ᄂᆞᆫᄃᆡ 츈쳔집을 츄ᄂᆞᆫ 소리에 열이 벗셕 ᄂᆞᆫ 모냥이라
졈순이가 그 부인 압헤서 ᄌᆞ라날 ᄯᅢ에 ᄃᆡ강이ᄂᆞᆫ ᄌᆞ로 어더맛너라고 맛치
돌갓치 구덧고 마음은 ᄒᆞ로 열두 번식 ᄑᆡᆫ잔과 ᄉᆞ지람 듯기에 구더셔 여
ᄀᆞᆫ ᄉᆞ지람은 드러도 드른 듯 시푸지 아니ᄒᆞᆫ 점순이라 점순이가 눈을 ᄍᆞᆷ
작ᄍᆞᆷ작ᄒᆞ고 안젓다가 부인의 골을 좀 도흐려고
(졈순) 마님 츈쳔 마마님은 아들ᄋᆡ기를 낫ᄂᆞᆫᄃᆡ 엇지 탐스러워요

1906년 12월 18일 (五十(오십))

부인이 ᄀᆡ를 버럭 ᄂᆡ더니 소리를 지르면셔
요년 네 눈에ᄂᆞᆫ 그년의 집에 잇ᄂᆞᆫ 거슨 무어시던지 조케만 보이더냐

　쏠보기 슬타 ᄂᆡ 눈 압헤 보이지 말고, 네 방에로 ᄂᆞ가거라
　ᄂᆞ가라 ᄒᆞ면 얼른 ᄂᆞ갈 일이지 우ᄋᆡ 고긔 안젓ᄂᆞ냐
점순이가 문을 열고 ᄂᆞ가더니 마루 씃헤 가셔 팔장을 씨고 쏘고리고 안젓거널 부인이 ᄒᆞᆫ손으로 촉불을 가리며 미다지 유리로 ᄂᆡ다보다가 미다지ᄅᆞᆯ 여려제치면셔
　요년 보기 실타 우ᄋᆡ 쪽 마쥬보히ᄂᆞᆫ 고긔 가셔 안젓ᄂᆞ냐
점순이가 ᄒᆞᆯ 일 업시 힝낭으로 ᄂᆞ가ᄂᆞᆫᄃᆡ 맛참 김승지가 안중문으로 드러오거널 점순이가 다시 돌쳐셔셔 안뒤겻흐로 살작 드러가더니 무슨 말를 엿드르려고 안생 뒤문 밧게 수머셧더라
김승지ᄂᆞᆫ 안방으로 드러가다가 그 부인이 조치 못한 긔ᄉᆡᆨ으로 외면ᄒᆞ고 안진 거슬 보고 부인이 쏘 무슨 성가신 소리ᄂᆞ 할가 념녀ᄒᆞ야 쥬착 업ᄂᆞᆫ 말을 횡셜슈셜 한다
　(김승지) 여보 마누라 ᄂᆡ가 무슨 의논을 좀 할 일이 잇소
　　　　이런 일은 나 혼ᄌᆞ 쳐결할 슈ᄂᆞᆫ 업ᄂᆞᆫ 일이야
　　　　아마 마누라가 이졔 ᄉᆡᆼ손은 못ᄒᆞ지……
　　　　불가불 양ᄌᆞ를 ᄒᆞ여야 할 터인ᄃᆡ 맛당한 곳이 업거든……
ᄒᆞ면셔 혼ᄌᆞ말로 엉벙ᄒᆞ고 안젓ᄂᆞᆫᄃᆡ 부인은 아무 ᄃᆡ답이 업더라
　(김승지) 여보 마누라 경필이 둘ᄌᆡ 아들를 다려다가 키우면 엇더ᄒᆞ깃소
　　　　그 아ᄒᆡ가 마누라의 마암에ᄂᆞᆫ 아니들지……
부인이 고개를 홱 두르면셔
　언제 ᄂᆡ 눈에 드ᄂᆞᆫ 거슬 고르느라고 잇ᄯᆡ까지 양ᄌᆞ를 아니ᄒᆞ엿소 령감이 ᄯᆞᆫ 욕심이 잇셔 셔 양ᄌᆞ를 아니ᄒᆞᆫ엿지……
　(김승지) ᄂᆡ가 싼 욕심은 무슨 ᄯᆞᆫ 욕심……
　(부인) 언[인]제ᄂᆞᆫ 령감의 욕심침은 되얏스니 양ᄌᆞᄂᆞᆫ ᄒᆞ여 무엇ᄒᆞ시려오 그럿케 탐스럽게 잘 ᄉᆡᆼ긴 츈쳔집의 속에셔 ᄂᆞᄒᆞᆫ ᄌᆞ식을 두고 양ᄌᆞ가 다 무어시야 ᄌᆞ식 업ᄂᆞᆫ ᄂᆞ 갓ᄒᆞᆫ 년만 팔ᄌᆞ가 사ᄂᆞ왓지

열 살이 되도록 코물 졸졸 흘리고 당기ᄂᆞᆫ 경필의 둘직 아들은 다려다
가 무엇ᄒᆞ게
ᄂᆞᄂᆞᆫ ᄌᆞ식업시 이ᄃᆡ로 잇슬터이야
ᄒᆞ면셔 눈물이 비쥭비쥭 ᄂᆞᆫ다
김승지ᄂᆞᆫ ᄯᅩ 부인을 불상ᄒᆞ게 여기ᄂᆞᆫ 마암이 잇더라

1906년 12월 19일(五一)

츈쳔집을 보면 츈쳔집이 불상ᄒᆞ고 부인을 보면 부인이 불상ᄒᆞ다 ᄒᆞ로 잇
틀 한 달 두 달이ᄂᆞ 지내고 마암이 변ᄒᆞ면 여사이ᄂᆞ 김승지ᄂᆞᆫ 그날 낫
후ᄭᅡ지도 도동 쳡의 집에 갓슬 ᄯᅢ에 츈쳔집의 고ᄉᆡᆼᄒᆞᄂᆞᆫ 모냥과 츈쳔집의
셔른 사정ᄒᆞᄂᆞᆫ 소리를 드를 ᄯᅢᄂᆞᆫ 오장이 슬슬 녹는드시 츈쳔집이 불상한
마음이 들면셔 작졍한 일이 잇셧더라
무슨 작졍인고
츈쳔집의 고ᄉᆡᆼᄒᆞᄂᆞᆫ 모냥이 엇지 그리 볼상ᄒᆞ던지 이후에ᄂᆞᆫ 마누라의 야
단은 고ᄉᆞ하고 옥황상졔의 벼락이 ᄂᆡ리더리도 츈쳔집 ᄒᆞ나ᄂᆞᆫ 고ᄉᆡᆼ도 아
니ᄒᆞ고 지긔를 페이고 지ᄂᆡ도록 ᄒᆞ여쥬ᄌᆞ ᄒᆞᄂᆞᆫ 마음이 잇셧ᄂᆞᆫᄃᆡ ᄒᆞ로가
지ᄂᆞ지 못한 그날 밤에 그 부인이 ᄌᆞ식 업ᄂᆞᆫ 신셰를 말ᄒᆞ면셔 눈물이 ᄂᆞ
ᄂᆞᆫ 거슬 보고 ᄯᅩ 엇지 그리 불상ᄒᆞ던지 쳡인지 무엇인지 다 귀치 아니한
ᄉᆡᆼ각이 든다 그러ᄂᆞ 두 가지 일이 마암에 걸리ᄂᆞᆫ 일이 잇더라
악가 박참봉이 왓쓸 ᄯᅢ에 셰ᄀᆞᆫ궤를 열고 빅셕츄슈 논 뮨셔를 ᄂᆡ여쥬면셔
ᄒᆞᄂᆞᆫ 말이 지금으로 곳 도동으로 가서 츈쳔집을 쥬고 아모조록 츈쳔집이
마암을 부치도록 안심을 시기고 오라 ᄒᆞ얏ᄂᆞᆫᄃᆡ 앗차 좀 쳔쳔□[히] ᄒᆞ면
조흘 뻔 ᄒᆞ엿다 ᄒᆞᄂᆞᆫ 마암도 잇고
ᄯᅩ 츈쳔집이 ᄌᆞ식ᄭᆞ지 ᄂᆞ흔 터이라 버리기도 난쳐한 마암이 드러ᄀᆞᆫ다

세상에 결긔도 잇고 결단성도 잇고 잇다 목이 부러저 죽더ᄅᆡ도 져 ᄒᆞ고 시푼 ᄃᆡ로 ᄒᆞᄂᆞᆫ 사ᄅᆞᆷ과 한번 작졍한 마암이 잇쓰면 작졍한 ᄃᆡ로 ᄒᆞᄂᆞᆫ 사ᄅᆞᆷ들은 김승지의 이약이를 드르면 셰상에 그ᄯᆞ위로 즁무쇼쥬한 놈이 어ᄃᆡ 잇깃ᄂᆞ냐 그ᄯᆞ위로 벤벤치 아니한 ᄌᆞ식이 어ᄃᆡ 잇쌔ᄂᆞ냐 ᄒᆞ면셔 핀잔쥬ᄂᆞᆫ 사ᄅᆞᆷ도 우리 눈으로 만이 보앗고 그 이약이 ᄒᆞ다가 핀잔 밧ᄂᆞᆫ 사ᄅᆞᆷ도 우리 눈으로 만이 보앗스ᄂᆞ 그렇케 고지듯지 아니 ᄒᆞᄂᆞᆫ 사ᄅᆞᆷ들은 셰상을 널니 보지 못한 사ᄅᆞᆷ이라
만일 김승지 집 일이 남다른 일이 업셧더면 이약이 될 것도 업고 소셜칙 될 겻도 업셜슬 터이라
그날 밤에 김승지의 일은 누가 듯던지 쥬먹으로 방바닥을 칠 만도 ᄒᆞ고 긔가 막혀셔 쌀쌀 우슬 만도 ᄒᆞ다

1906년 12월 20일 (五二)

(김승지) 여보 그런 말은 뉘게 드럿소……
다른 날 갓ᄒᆞ면 부인의 성품에 쇼리를 버럭버럭 지르며 말를 ᄒᆞ엿슬 터인ᄃᆡ 그날은 무슨 ᄶᅡ달로 그리 죵용ᄒᆞ엿던지 비쥭비쥭 울면셔 묵[목]소리도 크게 아니ᄒᆞ고 김승지를 도라다보며 ᄒᆞᄂᆞᆫ 말이
여보 사람을 그럿케도 쇠기시오 참 야속ᄒᆞ오
(김승지) 헐 믈 업소 ᄂᆡ가 ᄉᆡᆼ각이 잘못 드러셔 그럿케 되얏소
(부인) 령감게셔ᄂᆞᆫ ᄭᅩᆺ 갓한 절문 게집을 두고 옥동ᄌᆞ갓한 아들을 낫코 혼자 호ᄀᆞᆼ을 ᄒᆞ고 ᄌᆞ미를 보실 터이로구려
ᄂᆞᄂᆞᆫ 나히 사십이ᄂᆞ 되야 ᄶᅩ구러진 거슬 령ᄀᆞᆷ이 도라다보시기ᄂᆞ ᄒᆞᆯ 터이오
ᄂᆡ가 자식이ᄂᆞ 잇스면 ᄌᆞ식의게ᄂᆞ 마음을 붓처 살 터이ᄂᆞ 자식

업ᄂᆞᆫ 이년의 팔자ᄂᆞᆫ 엇지 될 것인고 죽어 후ᄉᆡᆼ에ᄂᆞᆫ ᄂᆞ도 사아회[사나희]ᄂᆞ 되얏스면 ……

마르시오 마르시오 그리를 마르시오

령감은 열셰 살 나ᄂᆞᆫ 열네 살에 결ᄇᆞᆯ부부 되얏스니 머리가 파쑤리 되도록 마암이 변치 안코 사다가 죽은 후에 송장은 한 구뎡이로 드러가고 혼은 합독사당에 의지ᄒᆞ야 아들 손ᄌᆞ 증손 고손ᄌᆞ의 ᄃᆡ까지 제사를 바다먹어도 갓치 안져 바다먹을 줄 아랏더니 이몸이 주[죽]기 전에 령감은 춘쳔집의게 빗것소구려

령감은 도라가신 후에 츈쳔집이 ᄂᆞ흔 자식의게 ᄯᆞᄯᅡᆺ한 제사를 바다잡수시깃소뉘[구]려

에그 셔른지고 이년의 신셰ᄂᆞᆫ 엇지 될 것인고

죽어셔ᄂᆞᆫ 무ᄌᆞ귀 될 것이오

사라셔ᄂᆞᆫ 소박덕이 되깃고나

무자귀 되ᄂᆞᆫ 거슨 누구를 한가ᄒᆞ릿가마ᄂᆞᆫ 소박덕이 되ᄂᆞᆫ 거슨 령감이 무졍ᄒᆞ야 그러ᄒᆞ지 령감이 츈쳔 군수 도임길 ᄯᅥᄂᆞ시던 날 ᄂᆡ가 셰슈ᄒᆞ고 거울를 보고 안졋ᄂᆞᆫᄃᆡ 령감이 담ᄇᆡ ᄯᆡ를 걱구루 잡고 연긔가 모락모락 ᄂᆞᄂᆞᆫ 담ᄇᆡ 물ᄲᅮ리를 ᄂᆡ 암니마로 쑥 드리밀면셔 ᄒᆞ시ᄂᆞᆫ 말이

이것 보게 ᄇᆞᆯ셔 셴 털이 ᄂᆞᆫ네 ᄒᆞ시기로 ᄂᆡ 말이 령감이 걱졍이 되실 것 무엇 잇소 졀문 쳡이ᄂᆞ 두시구려

ᄒᆞᄂᆞᆫ ᄂᆡ 말은 진졍으로 ᄂᆞ온 말은 아니오마ᄂᆞᆫ 그 ᄯᆡ 령감이 무엇이라고 말삼ᄒᆞ셧소

녕감의 말삼이 늙으면 마누라 혼자 늙소

젼물 ᄯᆡᄂᆞᆫ 갓치 점고

늙을 ᄯᆡᄂᆞᆫ 갓치 늙고

고ᄉᆡᆼ을 ᄒᆞ여도 갓치 ᄒᆞ고

호ᄀᆞᆼ을 ᄒᆞ여도 갓치 ᄒᆞ지

ᄂᆡ가 혈마 마누라가 늙것다고 절문 게집을 두고 마누라을 고ᄉᆡᆼ
이야 시기깃소
ᄒᆞ시던 말이 어졔 갓고 지금 갓소
지금 녕ᄀᆞᆷ의 몸은 여긔 안젓스나 녕감의 마암은 도동 츈쳔집에
가셔 게시깃소구려
속 빈 ᄎᆡ 부쳐갓치 등신만 여긔 게시면 쓸ᄃᆡ 잇소
가고십고 가고시푼 도동을 못가시고 보고십고 보고시푼 츈쳔집
을 못보시면 투긔ᄒᆞᄂᆞᆫ 안히만이 미운 ᄉᆡᆼᄀᆞᆨ이 들 터이오구려 한
번 밉고 두 번 미우면 셰 번 네 번ᄶᆡᄂᆞᆫ 윈수갓치 될 터이오구려
윈수가 되기 젼에 나ᄂᆞᆫ ᄂᆞ 혼자 살다가 쥭을 터이니 령ᄀᆞᆷ게셔ᄂᆞᆫ

1906년 12월 21일 (五三)

(오삼)

춘쳔집이ᄂᆞ 다리고 잘 사르시오 여보 복 바드리다……
에그 ᄂᆡ 팔ᄌᆞ 이리 될 줄 ᄭᅮᆷ이나 ᄭᅮ엇슬가
ᄒᆞ면셔 안진 ᄎᆡ로 폭 곡구러지더니 잉잉 우다가 흙흙늑기다가 ᄂᆞ중에ᄂᆞᆫ
아모 소리가 업더라
김승지가 그 부인이 셔른 사정 말할 ᄯᆡ에 무안도 ᄒᆞ고 불상도 ᄒᆞ고 후회
도 ᄂᆞ던 ᄎᆞ에 그 부인이 업듸려 울다가 아무 소리 업ᄂᆞᆫ 거슬 보더니 눈이
휘둥개러지며 겁이 펄젹 ᄂᆞ셔 불러도 보고 숀으로 흔드러도 보고 두 손
으로 억개를 안고 이르케도 보ᄂᆞᆫᄃᆡ 심슐에 잔득 질린 부인은 정신이 멀
정ᄒᆞ면셔 눈을 감고 이를 싹 악물고 사지를 쭉 쌔더 놀리지 아니ᄒᆞ고 잇
스니 김승지가 픽픽 울면셔
(김승지) 마누라 마누라
여보 정신 좀 ᄎᆡ리오

글세 우의 이리 ᄒᆞ오
닉가 마누라의게 젹악을 ᄒᆞ고 마누라는 글로 인병차ᄉᆞ할 지경이면 닉가 혼ᄌᆞ 사라잇셔셔 무슨 복을 밧깃소
여보 눈 좀 ᄯᅥ보오

ᄒᆞᆫ참 그리할 졈에 졈순이가 튀여드러오더니 에그 이거시 왼 일인가 ᄒᆞ면셔 왼집안 사름을 다 불러셔 게집ᄒᆞ인들은 방으로 드러오고 ᄉᆞᆫ아희 ᄒᆞ인들은 안마당에 드러와 셧는ᄃᆡ 그날 밤은 그 모냥으로 왼집안에셔 잠 한잠 못ᄌᆞ고 안져 싀는 사름 셔셔 싀는 사름 갈팡질팡 당기다가 싀는 사람 그럿캐 소요한 중에 부인은 여러 사람의게 불안한 마음이 죠금도 업시 흉중을 부리고 그 모냥으로 밤을 지닛더라

그 잇튼날 식젼에 김승지는 사랑에 ᄂᆞ가셔 잠이 드럿는ᄃᆡ 동ᄌᆞ앗치는 밥을 짓고 밧비앗치는 반찬을 밍길고 그 외의 사람들도 다 각금 저 할릴 ᄒᆞ느라고 나갓는ᄃᆡ 안방에 안젓는 사람은 유모와 졈순이뿐이라

그 집 ᄃᆡ문 안에 그 중 지극 잇는 사람이 누구냐 ᄒᆞᆯ 지경이면 유모이라 본릐 김승지의 부인이 숨십이 넘은 후에 아들 ᄒᆞᄂᆞ를 나셔 유모를 두엇더니 그 ᄋᆞ희가 셰 살에 쥭고 그 후에는 부인이 ᄌᆞ녀ᄀᆞᆫ 나치를 못한지라 유모는 그 아희 쥭던 날부터 제 집으로 가려하ᄂᆞ 김승지의 닉외가 붓드는고로 그ᄯᅢᄭᆞ지 잇셧더니 그날 김승지 부인의 ᄒᆞ는 경상을 보고 그 집안이 엿지 될지 ᄃᆡ강 짐작이 잇셧더라

유모가 졈순이를 보며 ᄒᆞ는 말이
여보게 닉가 이 ᄃᆡᆨ에
신셰도 만히 짓고 몃히를 잇셔셔 바라는 거슨 마님게셔 ᄋᆡ기ᄂᆞ ᄒᆞᄂᆞ 더 ᄂᆞ흐실가 하엿더니 마님게셔 년셰도 만흐시고 자녀 ᄀᆞᆫ에 ᄂᆞ흐실지 못ᄂᆞ흐실지 모르는 터에 닉가 이 ᄃᆡᆨ에 잇셔 쓸ᄃᆡ 잇ᄂᆞ
ᄂᆞ는 오날일지라도 마님게 하직하고 가깃네

졈순이가 그 말을 드르면셔 눈을 깜작어리고 안졋다가 ᄉᆡᆼᄀᆞᆨᄒᆞᆫ즉 유모가 그 집에 잇스면 저 ᄒᆞᄂᆞᆫ 일을 눈치ᄎᆡᆯ을 념녀가 잇ᄂᆞᆫ지라

(졈순) 잘 ᄉᆡᆼ각ᄒᆞ셧소 이 ᄃᆡᆨ에 잇셔 무엇 ᄒᆞ시깃소
령감게셔ᄂᆞᆫ 츈쳔 마마님게ᄆᆞᆫ 졍신이 잇스시고
마님게셔ᄂᆞᆫ 저럿케 심병이 되야 지ᄂᆡ시니 이 집안이 엇지 될런지 알 슈가 잇소

ᄒᆞᄂᆞᆫ 소리에 부인이 눈을 번적 ᄯᅳ며

1906년 12월 22일 (五四)

(부인) 이 집이 아니망할 줄 아ᄂᆞ냐 ᄂᆡ 눈으로 이 집이 기동ᄲᅮ리도 아니 남ᄂᆞᆫ 거슬 보아야 ᄂᆡ 속이 시연ᄒᆞ깃다

ᄒᆞ더니 다시 눈을 감고 누엇더라 그날 그 집안에ᄂᆞᆫ 다 밤ᄉᆡ운 사ᄅᆞᆷ들ᄲᅮᆫ이라 너나 업시 조름을 참지 못ᄒᆞ야 동ᄌᆞ와 찬바 외에ᄂᆞᆫ 이 구셕 져 구셕에 가셔 잠드러 ᄌᆞᄂᆞᆫ 사ᄅᆞᆷ들ᄲᅮᆫ인ᄃᆡ 그 중에 지성으로 부인의 압헤 안젓ᄂᆞᆫ 거슨 졈순이라 부인이 다시 눈을 번적 ᄯᅳ더니

이ᄋᆡ 졈순아 이 방에 아무도 업ᄂᆡ

(점순) ……

(부인) 그 원수의 년을 엇더케 ᄒᆞ면 죳탄 말이냐
암ᄆᆞᆫ ᄒᆞ여도 분ᄒᆞ야 못살깃고ᄂᆞ

(졈순) 마님게셔 우ᄋᆡ 그리ᄒᆞ심니가
다 된 일에 무슨 걱정이 되야 그리ᄒᆞ심닛가
마님게셔 이럿케 ᄒᆞ시면 어제 ᄒᆞ던 일은 헷일 됩니다

(부인) 글셰 어제 일이 엇지 되얏ᄂᆞ냐
어제ᄂᆞᆫ 츈쳔집이 ᄌᆞ식 낫다ᄂᆞᆫ 소리를 듯고 ᄂᆡ가 엇지 열이 ᄂᆞ던

지 너더러 무러볼 말도 못 무러 보앗다……

(졈순) 마님게셔 쇤네의게 그런 일를 아니 밋기시면 모르거니와 쇤네의게 밋기신 후에야 범연이 ᄒᆞ깃슴닛가

ᄒᆞ면셔 고개를 폭 수구리고 연지를 문듯한 입살를 부인의 귀에 ᄃᆡ이고 소곤소곤 ᄒᆞᄂᆞᆫ 소리에 부언[인]이 벌덕 이러ᄂᆞ며

(부인) 오냐 정녕 그럿케만 될 터이면 ᄂᆡ가 몃칠이던지 참고 잠작코 잇스마

(졈순) 에그 몃칠이 무엇이오닛가 그러한 일를 그럿케 급히 셔두루면 못슴니다

몃칠 동안에라도 일만 ᄒᆞ려들면 못할 거시야 무엇 잇깃슴닛가마ᄂᆞᆫ 그럿케 급히 ᄒᆞ면 남이 그런 눈치를 칠 거시올시다

만일 그러한 일이 단ᄉᆞ가 ᄂᆞ고보면 마님게셔야 엇더ᄒᆞ시깃슴닛가마ᄂᆞᆫ 쇤네갓치 만만한 년만 몹슬 쥭엄을 할 터이올시다

(부인) 이익 그러면 그 일이 언제찜 된단 말이냐

(졈순) 그럿케 날 작졍 달 작졍을 ᄒᆞ실 거시 아니올시다

ᄒᆞ로 잇틀 동안이라도 긔회만 조호면 할 거시오 일년 잇히 동안에도 긔회가 좃치 못ᄒᆞ면 못ᄒᆞᄂᆞᆫ 거시올시다

(인부[부인]) 오냐 걱정 마라 ᄂᆡ 아무리 참기 어려워도 눈 숨젹 몃 달이던지 몃 히던지 참을 터이니 네가 감짝갓치 일만 잘 ᄒᆞ여라

ᄒᆞ면셔 부인은 졈순이를 당부ᄒᆞ고 졈순이ᄂᆞᆫ 부인을 당부한다 이 방 저 방 이 구셕 저 구석에ᄂᆞᆫ 사름사름이 잠드러 코 고ᄂᆞᆫ 소리이오 마루에셔ᄂᆞᆫ 찬비가 양념 다지ᄂᆞᆫ 도마소리이오 부인은 졈순이를 다리고 수군거리ᄂᆞᆫ 소리쁜이라 히가 ᄂᆞ지ᄂᆞᆫ 되더니 그 소리 져 소리가 다 긋치고

부인은 이러ᄂᆞ고 졈순이ᄂᆞᆫ 도로 ᄂᆞ가더라

1906년 12월 23일 (五五)

인ᄀᆞᆫ에 ᄉᆡ벽 되ᄂᆞᆫ 소식을 젼ᄒᆞ려고 (扶桑三百尺)부상숨ᄇᆡᆨ쳑에 ᄭᅩᆨᄭᅴ요 우ᄂᆞᆫ 거슨 듯기 조흔 숫닭 우ᄂᆞᆫ 소ᄅᆡ라

그 소리 ᄒᆞᆫ 마ᄃᆡ에 인간에 잇ᄂᆞᆫ 닭이 낫낫치 ᄯᅡ라 운다

아셰아 큰 늪지에 쑥 ᄂᆡ민 반도국이 동편으로 머리를 들고 부상을 바라보고 셰상 밝은 긔운을 기다리고 잇ᄂᆞᆫ ᄇᆡᆨ두산이 이리 굼틀 저리 굼틀 삼쳔리를 ᄂᆡ려가다가 중심에 머리를 다시 드러 삼ᄀᆞᆨ산 문필동이 ᄉᆡᆼ겻ᄂᆞᆫᄃᆡ 그 밋헤ᄂᆞᆫ [皇宮國都] 황궁국도에 만호장안이 되얏스니 (鐘鳴鼎食)죵명졍식ᄒᆞᄂᆞᆫ 부귀가가 질비ᄒᆞ게 잇ᄂᆞᆫ 곳이라 흥망성쇠가 속ᄒᆞ기ᄂᆞᆫ (一國)일국에 그 ᄉᆞᆫ 밋치 졔일이라

전동 사ᄂᆞᆫ 김승지ᄂᆞᆫ 조상을 잘 ᄯᅥ머히고 운수 좃케 잘 지ᄂᆡ던 사ᄅᆞᆷ이라 김승지집 안ᄯᅳᆯ 아ᄅᆡ 구앙문 우에 닭의 홰가 ᄆᆡ엿ᄂᆞᆫᄃᆡ 만호장안에셔 ᄭᅩᆨᄭᅴ요 소ᄅᆡ가 ᄂᆞ면 김승지 집에셔ᄂᆞᆫ 암탉이 홰를 톡톡 치며 ᄭᅥᆨᄭᅥᆨ 소ᄅᆡ가 ᄂᆞ니 왼집안에셔 암닭 운다고 수군거린다

셰상에 구긔 잘ᄒᆞ기로ᄂᆞᆫ 남의게 둘지를 가지안턴 집이라 사흘 밤을 암닭 우ᄂᆞᆫ 소리를 듯고 이 집이 망ᄒᆞᄂᆞ니 흥하ᄂᆞ니 ᄒᆞᄂᆞᆫ 공논ᄲᅮᆫ이라

부인이 자근돌이를 불러셔 우ᄂᆞᆫ 암닭을 잡ᄋᆞ업시라 ᄒᆞ얏ᄂᆞᆫᄃᆡ 본ᄅᆡ 김승지가 자미 본다고 묵은 닭 ᄒᆞᆫ 쌍을 두엇더니 몃칠 전에 시골 마름의 집에셔 씨암닭으로 앙바틈ᄒᆞ고 맵시 조흔 암닭 ᄒᆞᆫ 마리를 가져왓ᄂᆞᆫᄃᆡ 저녁마다 ᄃᆞᆰ이 오를 ᄯᅢ면 묵은 암ᄃᆞᆰ이 ᄒᆡᆺᄃᆞᆰ을 엇지 몹시 ᄶᅩ던지 묵은 ᄃᆞᆰ ᄒᆞᆫ 상은 ᄂᆞ란히 잇고 ᄒᆡᆺᄃᆞᆰ은 홰 ᄒᆞᆫ구셕에 가셔 ᄯᆞ루 ᄯᅥ러저 ᄌᆞ더라

ᄒᆞ로밤에ᄂᆞᆫ 부인의 영을 듯고 남죵녀비가 초롱불을 들고 우ᄂᆞᆫ ᄃᆞᆰ을 차지려고 ᄃᆞᆰ의 홰 맛헤 가셔 기다리고 잇ᄂᆞᆫᄃᆡ 밤중이 다 못되야 묵은 암ᄃᆞᆰ이 ᄭᅵᄭᅥᆨ 운다

부인이 미다지를 열며

이익 어는 둙이 우느냐

게집좋들이 일제히 ᄒᆞ는 말이

고 못된 묵은 둙이 웁니다

여보 순돌 아버지 어셔 고 둙을 잡아 업시버리시오

(부인) 이익 그거시 무슨 소리냐 아무리 날짐승일지라도 본릭 ᄒᆞᆫ상으로 잇던 묵은 암둙을 우익 업신단 말이냐

고 못된 힛암둙 ᄒᆞᆫ 마리가 드러오더니 무근 암둙이 셔러셔 우느보다

네 고 홧[힛]암둙을 지금으로 잡아닉려서 목아지를 비쓰러 쥭여 버려라

자근돌이가 홧[힛]둙을 잡아 쥭이는딕 짐승의 소릴지라도 밤중에 둙 잡는 소리갓치 쏠쏠한 소리는 업다

그 소리 ᄒᆞᆫ 마딕에 왼집안 사룸이 소름이 족족 찌치더니 그 소름이 영험이 잇던지 날마다 그 집안 모냥이 변ᄒᆞ는딕 뜻밧게 일이 만히 싱기더라

유모도 닉보닉고

자근돌이는 아뭇 죄 업시 닛좃고 전동 집은 팔아셔 옴막사리 조고마ᄒᆞᆫ 집으로 음고

셰간살림은 밧삭 조리는딕

그 획칙은 다 졈순의게셔 느오는 거시라

1906년 12월 25일 (五六[오륙])

먹을 거시 업써셔 군식구를 다 닉보닉는 것도 아니오 돈이 귀ᄒᆞ야 집을 파라 조린 것도 아니라

집안에 사ᄅᆞᆷ이 만흐면 부인과 졈순이가 가진 흉계를 ᄭᅮ미ᄂᆞᆫᄃᆡ 눈치 ᄎᆡ일 사ᄅᆞᆷ이 잇슬가 심녀ᄒᆞ야 그리ᄒᆞᄂᆞᆫ 거시라

가령 사ᄅᆞᆷ이 벅셕벅셕ᄒᆞᄂᆞᆫ (一國政府) 일국정부에셔ᄂᆞᆫ 손ᄭᅡ락 ᄒᆞᄂᆞ를 ᄭᅡᆷ작ᄒᆞ여도 그 소문이 젼보줄을 타고 삽시ᄀᆞᆫ에 쳔ᄒᆞ ᄀᆞᆨ국으로 다 건너가고 두세 식구 사ᄂᆞᆫ 옴막사리 가난빙이 집에셔ᄂᆞᆫ 그 속에셔 무슨 일이 잇ᄂᆞᆫ지 밤 쥐와 낫 ᄉᆡ가 말 저쥬ᄒᆞ기 전에ᄂᆞᆫ 알 수 업ᄂᆞᆫ 일이 만ᄒᆞᆫ 범[법]이라

졈순이가 셔방을 ᄯᅦ여바리고 자식은 남의게 ᄆᆡᆺ겨 기르고 제 몸은 츈쳔집에 가셔 잇ᄂᆞᆫᄃᆡ 물 쓰듯 ᄒᆞᄂᆞᆫ 돈은 부인이 기러ᄂᆡᆫ다

김승지ᄂᆞᆫ 졈순이 갓한 츙비ᄂᆞᆫ 쳔지개벽 이후에 쳐음 난 쥴[줄]로 알고 츈쳔집은 졈순이가 업스면 ᄒᆞ로라도 못견ᄃᆡᆯ 쥴로 안다

김승지의 부인은 흉계가 ᄉᆡᆼ기더니 투긔ᄒᆞ던 마암을 쥬리 참듯 참고 잇ᄂᆞᆫᄃᆡ 김승지ᄂᆞᆫ 그 부인이 마암시ᄂᆞ 변ᄒᆞ야 투긔를 아니 ᄒᆞᄂᆞᆫ 줄로 알고 지긔를 펴이고 도동 츈쳔집을 풀방구리에 쥐 드ᄂᆞ드듯 한다

침모ᄂᆞᆫ 본ᄅᆡ 바누질품으로 암[앞] 못보ᄂᆞᆫ 늙은 어머니를 버러먹이더니 전동셔 ᄂᆞ온 후에 남의 옷가지ᄂᆞ 맛ᄐᆞ 지난다 ᄒᆞ여도 치운 겨울에 시량을 아흘 수가 엽셔 ᄃᆡ단이 어렵던 ᄎᆞ에 츈쳔집이 산후에 몸도 성치 못ᄒᆞᆫ 중에 ᄯᅩ 츈쳔집이 침모를 엇지 친쳘이 구던지 그럭저럭 ᄒᆞ다가 츈쳔집에서 바누질가지ᄂᆞ ᄒᆞ고 그 집에 눌러잇스니 주머니 셰간이 쌈지로 드러ᄀᆞᆫ 것갓치 전동 김승지 집에 잇던 침모가 도동 츈쳔집 침모가 되얏더라

침모가 젼동 잇슬 ᄯᅢᄂᆞᆫ 부인의 ᄉᆡᆼ강ᄶᅡ 셔슬에 엇지 조심이 되던지 부인 보ᄂᆞᆫ ᄯᅢᄂᆞᆫ 김승지 암혜 바로 셔지도 못ᄒᆞ엿더니 츈쳔집은 부인의 셩품과 엇지 그리 소양지관으로 다르던지 김승지가 침모를 보고 무슨 시렵슨 소리를 ᄒᆞ던지 츈쳔집은 드른 쳬도 아니ᄒᆞᆫ다

침모가 본ᄅᆡ 고졍ᄒᆞᆫ 녀편네 마음이러니 김승지의 부인이 남더러 ᄇᆡᆨ관ᄋᆡ 모ᄒᆞᆫ 말을 지여ᄂᆡ셔 김승지가 침모와 상관이ᄂᆞ 잇ᄂᆞᆫ드시 야단을 친 후에

침모가 도동서 김승지를 쳐음 보고 엇지 분ᄒᆞ던지 김승지더러 푸념을 ᄒᆞ
느라고 말문이 열리더니 그 후에ᄂᆞᆫ 무슨 말이던지 허물 업시 홈부루 ᄂᆞ
오ᄂᆞᆫ 모량이라
아모 죄 업시 ᄋᆡ모한 말 듯던 일이 분ᄒᆞᆫ ᄉᆡᆼᄀᆞᆨ이 드럿더니 그 ᄋᆡ모한 말이
중ᄆᆡ장이가 말 ᄒᆞᆫ 마듸 잘ᄒᆞ니보다 연분이 잘 ᄉᆡᆼ겻더라
못ᄂᆞ고 빙츙마진 위인이 게집이라면 사죽을 못쓰ᄂᆞᆫ 김승지라
츈쳔집은 병이 드러 여러 날 정신 업ᄂᆞᆫ 중으로 지ᄂᆡᄂᆞᆫᄃᆡ 건일에ᄂᆞᆫ 김승
지가 지긔를 페고 당기ᄂᆞᆫ 터이라 츈쳔집을 보러 밤낫 업시 오더니 침모
와 ᄉᆡ 정이 ᄉᆡᆼ겻더라
왼집이 다 몰라도 눈치 빠른 졈순이ᄂᆞᆫ 벌서 알고 침모의게 긴ᄒᆞ게 뵈히
려고 눈치ᄂᆞᆫ 아ᄂᆞᆫ 쳬 ᄒᆞ고 일은 쓰러덥ᄂᆞᆫ 쳬 ᄒᆞ고 별 요악을 다 부리니
침모가 본ᄅᆡ 고약한 사ᄅᆞᆷ은 아니ᄂᆞ 제 신세에 겨관되ᄂᆞᆫ 일이 잇는고로
자연이 졈순이와 창ᄌᆞ를 맛ᄃᆡ히고 지ᄂᆡᄂᆞᆫᄃᆡ 츈쳔집은 졈졈 고단한 사ᄅᆞᆷ
이 되얏더라

1906년 12월 26일 (五七[오칠])

걱정 업고 근심 업고 아모 경륜도 업고 자지도 아니ᄒᆞ고 쉬지도 아니ᄒᆞ
고 밤낫 가ᄂᆞᆫ 것으로만 일삼ᄂᆞᆫ 거슨 셰월이라
김승지의 부인과 졈순이ᄂᆞᆫ 조흔 긔회를 기다리느라고 ᄒᆞ로가 삼츄갓치
기다리고 잇스ᄂᆞ 아즉 조흔 긔회를 못엇어서 조증이 ᄂᆞ셔 못견ᄃᆡᄂᆞᆫᄃᆡ 경
륜한 지가 일년이 되얏더라
츈쳔집의 어린아희ᄂᆞᆫ 돌지핀 지 한 달문에 엇지 그리 슉셩ᄒᆞ던지 앙금앙
금 거르면셔 엄마 엄마 부르ᄂᆞᆫ 거슬 보면 부얼부얼ᄒᆞ고 탐스럽게 ᄉᆡᆼ긴

모양은 아모가 보던지 귀ᄋᆡ할 만 ᄒᆞ고 왼수의 ᄌᆞ식이 그러ᄒᆞ더리도 밉게 볼 수는 업깃더라

그ᄯᆡ는 김승지 집에셔 삼청동으로 이사ᄒᆞᆫ 후이라 졈순이가 그 아희를 업고 김승지 집에 왓는ᄃᆡ 부인이 그 어린아희를 보더니 소스쳐 놀라면셔

(부인) 이ᄋᆡ 졈순아 네 등에 업핀 아희가 누구냐
그거시 츈쳔집의 자식이냐
에그 그년의 ᄌᆞ식을 싱으로 부등부등 쓰더먹엇스면 조켓다
네- 그년의 ᄌᆞ식을 이리 다리고 오너라
목아지나 비트러 쥭여버리자

(점순) 에그머니 큰일 날 말슴을 ᄒᆞ십니다
그럿케 쉽게 쥭이러면 쇤네가 볼서 쥭엿게요
조곰만 더 참으십시오 오리지 아니ᄒᆞ야 조흘 도리가 잇슴니다

(부인) 이ᄋᆡ 날마다 조곰 조곰 ᄒᆞ면 조곰이 언제란 말이냐 니가 늙어쥭은 후롤 기다리ᄂᆞ냐

(점순) 마님게셔 답답ᄒᆞ실 만ᄒᆞᆫ 일이올시다마는 참으시는 김에 눈 쑴젹 몃칠만 더 참읍시오

부인이 이를 앙물고 모지름을 쓰며 어린아희를 부른다

(부인) 이 왼슈의 년의 ᄌᆞ식 이리 오너라

하며 손을 탁탁 치니

어린아희는 벙글벙글 우스며 두 팔을 쑥 니미니 부인이 어린아희의 팔을 와락 잡어ᄃᆡ리거날 졈순이가 깜짝 놀라셔

(점순) 에그 마님 그리 맙시오

하면셔

1906년 12월 27일 (五八)

어린아ᄒᆡ를 두루쳐 업고 흰들흰들 흔들면셔

(졈순) 이ᄋᆡ 오날은 네가 ᄂᆡ 덕에 사랏지

이후에 ᄂᆡ 숀에 쥭더ᄅᆡ도 원통할 것 업ᄂᆞᆫ이라

너ᄂᆞᆫ 쥭을 ᄯᆡ에 너의 어머니와 한날한시에 쥭어라

ᄒᆡᄒᆡᄒᆡ

우스면셔 ᄲᅩ족한 턱이 억개에 ᄃᆞᆺ토록 고개롤 둘러셔 어린아ᄒᆡ를 보ᄂᆞᆫ 눈동ᄌᆞ가 한편으로 엇지 몰녓던지 본ᄅᆡ 암상스러운 눈이 더옥 사람을 긋칠 듯 ᄒᆞ다

쳔진이 ᄯᅮᆨᄯᅮᆨ 덧ᄂᆞᆫ 어린아ᄒᆡᄂᆞᆫ 졈순의 등에 업펴셔 허덕허덕 ᄒᆞ면셔 고사리갓한 숀으로 졈순의 얼골을 헙의ᄂᆞᆫᄃᆡ 졈슌이가 소리를 바락 지르면셔

압푸다 요것 누구를 할퀴ᄂᆞ냐 ᄒᆞ로밧비 뒤여지고 시푸냐

ᄒᆞ면셔 철 업ᄂᆞᆫ 아ᄒᆡ더러 포달스럽고 악독한 말을 ᄒᆞᄂᆞᆫᄃᆡ 김승지가 안마당에 드러셔도록 모르고 부인이 듯고 조아할 소리만 한다

김승지ᄂᆞᆫ 중 아니박은 볼막 신흔 볼이라 불ᄌᆞ취 소리가 그리 ᄃᆡ단ᄒᆞᆯ 것도 업고 그 중에 졈슌이가 부인의 암페셔 양양ᄌᆞ득ᄒᆞ야 ᄒᆞᄂᆞᆫ 제 말소리에 김승지가 엽헤 와 셔도록 모르고 잇섯더라

부인이 민망ᄒᆞ야 졈순이의게 눈짓슬 ᄒᆞ면셔

(부인) 에그 요 방졍마진 년 어린아ᄒᆡ더러 고거슨 다 무슨 소리냐

아무도 업스면 부인의 입에서 그러ᄒᆞᆫ 소리가 ᄂᆞ올 리가 만무ᄒᆞᆫ 터이라 영리ᄒᆞ고 민쳡ᄒᆞᆫ 졈순이ᄂᆞᆫ 발셔 눈치를 치우고 션뜻 ᄒᆞᄂᆞᆫ 말이

(졈순) 어린아ᄒᆡᄂᆞᆫ 험ᄒᆞᆫ 소리를 드러야 잘 ᄌᆞ란담니다

저의 어머니가 듯지 아니ᄒᆞᄂᆞᆫ ᄯᆡᄂᆞᆫ 쇤네가 날마다 업고 그러ᄒᆞᆫ 소리만 ᄒᆞᆫ담니다

외밧 가지밧에도 더러운 거름을 쥬어야 잘 ᄌᆞ라고 잘 열린담니다

아가 네가 ᄂᆡ게 그러ᄒᆞᆫ 험ᄒᆞᆫ 소리를 드럿게 이럿케 슉셩ᄒᆞ게 잘
자랏지
둥둥둥둥둥개라
ᄒᆞ면셔 아ᄒᆡ 업은 뒤짐진 손으로 아ᄒᆡ를 들싸불며 부라질을 ᄒᆞ고 셔셔 김승지 션 거슬 겻눈으로ᄂᆞᆫ 보아도 바루 처어다보지 아니ᄒᆞ고 쳔연ᄒᆞ더라

1906년 12월 28일(五九)

잔쐬 만한 졈순이가 말 휘갑을 엇더케 잘 쳣던지 김승지ᄂᆞᆫ 아모 의심 업시 드를 ᄲᅮᆫ이라
졈순이가 어린아ᄒᆡ를 업고 도동으로 ᄂᆞ아가니 츈쳔집이 안방 지게문을 열고 ᄂᆞ오며

(츈쳔집) 거북아 어ᄃᆡ를 갓더냐
어미도 보고시푸지 아니ᄒᆞ더냐 ᄂᆞᄂᆞᆫ 오날 원[웬]일인지 가삼이 울렁울렁ᄒᆞ고 마음이 죠치 못 ᄒᆞ야 네가 어ᄃᆡ 가셔 무슨 탈이나 낫ᄂᆞᆫ가 념녀ᄒᆞ얏다
이리오너라 좀 안아보자

ᄒᆞ며 손을 툭툭 치니 어린아ᄒᆡ가 벙글벙글 우스면셔 졈순의 등에 업핀 치로 용소슴을 ᄒᆞ야 쒸며 조아한다
졈순이가 셩이 ᄂᆞ셔 얼골이 볼개지면셔

(졈순) 탈이 무슨 탈이오닛가 아기를 누가 엇지ᄒᆞᆸ닛가
(츈쳔집) 아닐셰 ᄌᆞ네가 업고 나간 거슬 념녀ᄒᆞᄂᆞᆫ 거시 아니라 힝길에 사ᄅᆞᆷ은 물 ᄭᅳᆯ틋 ᄒᆞᄂᆞᆫᄃᆡ 전ᄎᆞ도 당기고 밀리고 달리ᄂᆞᆫ 사ᄅᆞᆷ도 잇스니 어른도 위ᄐᆡᄒᆞ데
(졈순) 쇤네가 혼ᄌᆞ 당길 ᄯᅢᄂᆞᆫ 아무 걱졍이 업시 당겨도 아기를 업고

나가면 엇지 조심을 ᄒᆞ던지 개미 ᄒᆞᆫ 마리만 보아도 피ᄒᆞ야 당긴
담니다
셔방 ᄯᅦ여버리고 제 ᄌᆞ식은 남의게 밋기고 ᄃᆡᆨ에 와셔 이럿케 잇
ᄂᆞᆫ 거시 무슨 ᄶᅡ닥이오닛가 댁 아기 ᄒᆞᄂᆞ를 위ᄒᆞ야 그리ᄒᆞ지오
ᄒᆞᄂᆞᆫ 말이 공치ᄉᆞ ᄒᆞᄂᆞᆫ 눈치가 잇스니 츈쳔집이 점순의게 불안ᄒᆞᆫ 마음이
잇서셔 안으려고 손쳐 부르던 어린아희를 다시 부르지도 아니ᄒᆞ고
(츈쳔집) 에그 ᄂᆞᄂᆞᆫ 무심이 한 말인ᄃᆡ 그럿케 이상ᄒᆞ게 드를 일이 아닌
걸……
ᄒᆞ면셔 우둑허니 섯ᄂᆞᆫ 모냥은 누가 보던지 성품 곱고 안존ᄒᆞᆫ 티도가 보
이더라
그날 밤에 졈순이가 어린아희을 안고 건넌방에로 건너가니 침모가 김승
지의 버션을 짓고 안젓더라
(졈순) 마누라님 ᄒᆞ시ᄂᆞᆫ 일이 무엇이오닛가
(침모) 령감 버션일셰
(졈순) 우리 ᄃᆡᆨ 령감게셔ᄂᆞᆫ 당기실 곳이 만호니 버션을 만히 집시오
(침모) 어ᄃᆡ를 그리 당기시ᄂᆞ
(졈순) 마님게 가시지오
마마님게 가시지오
침모 마누라님게 오시지오
남은 버션 한 케레 ᄯᅥ러질 동안에 우리 ᄃᆡᆨ 령감게셔ᄂᆞᆫ 셰 케레
가 ᄯᅥ러질 것이 아니오닛가
침모가 손짓을 ᄒᆞ며
(침모) 요란스러워
마마님 드르시리
(졈순) 마누라님이 마마님을 그리 무셔워ᄒᆞ실 거시 무엇 잇슴닛가
마마님이ᄂᆞ 마누라님이ᄂᆞ 무엇 다를 것 잇슴닛가 츈쳔 마마가

좀 면저 드러왓다고 마누라 님이 그리 겁을 닉심닛가

1906년 12월 29일 (六十)

(침모) 겁은 아니 ᄂᆞ도 닉가 큰 소리 ᄒᆞᆯ 거시야 무엇 잇ᄂᆞ
　　령감이 아무리 날를 귀ᄋᆡᄒᆞ시더리도 남[나]를 쳡이라 일홈 지여
　　둔 터는 아니오 마마님은 처음부터 령감이 쳡으로 졍ᄒᆞ야 두신
　　터이 아닌가
　　에그 츈쳔 마마는 지졍닷네 져려한 아들까지 낫고……
ᄒᆞ면셔 긔식이 좃치못한 모냥인딕 본릭 고싱 만히 ᄒᆞ고 셔름 만한 사ᄅᆞᆷ
이라 츈쳔집을 부러워ᄒᆞᄂᆞᆫ 모량이러라
졈순이가 그 긔식을 알고 침모를 쳐야다보며 상그시 우스니 침모는 말을
ᄒᆞ다가 붓그러운 긔식이 잇더라
(졈순) 여보 침모 마누라님……
　　져럿케 얌젼ᄒᆞ신 터에 우ᄋᆡ 바눌귀만 쒸고 세월를 보닉시오
(침모) 나갓치 팔ᄌᆞ 사나운 년이 이것도 아니 ᄒᆞ면 굴머쥭지 아니ᄒᆞᄂᆞ
(졈순) 그 말삼 마르시오 지금도 침모 마누라님이 ᄒᆞ시기에 잇지오
(침모) 무슨 죠흔 도리가 잇ᄂᆞ
(졈슌) 죠흔 도리가 잇스면 그딕로 ᄒᆞ시깃소
(침모) 닉가 이제ᄂᆞᆫ 고싱이라면 진저리가 ᄂᆞ네
　　고싱을 면할 도리가 잇스면 아모 짓이라도 ᄒᆞ깃네
졈순이가 귀가 번석 씌여셔 밧삭 다거안지면셔 나젹나젹 ᄒᆞ던 목소리를
가장 엿듯ᄂᆞᆫ 사ᄅᆞᆷ이ᄂᆞ 잇ᄂᆞᆫ드시 침모의 귀에 딕고 가마니 ᄒᆞᄂᆞᆫ 말이
　ᄂᆞ도 침모님 덕 좀 봅시다 그려
ᄒᆞ면셔 상긋이 우스니

(침모) 너가 ᄌᆞ네게 덕을 보여줄 심이 잇는 사ᄅᆞᆷ인ᄀᆞ 만일 덕을 보여줄 수만 잇스면 ᄒᆞ다 ᄲᅮᆫ이깃ᄂᆞ

(졈순) 아니오 너가 침모님 잘 될 도리를 바라는 말이지 너가 잘 될 도리를 바라는 말은 아니오

지금이라도 내 말만 드로시면 침모 마누라님이 아무 걱졍이 업시 일평ᄉᆡᆼ을 살으실 것이오

침모가 바누질ᄒᆞ든 거슬 놋코 담비를 담으면셔

(침모) 저 잘 될 것 마다는 사ᄅᆞᆷ이 누가 잇깃ᄂᆞ

ᄂᆞ도 긴긴 밤에 바눌을 들고 안젓스면 별 ᄉᆡᆼ각이 다 ᄂᆞ는 ᄯᅢ가 마니 잇네

(졈순) 지금 츈쳔 마마님만 업스면 침모 마누라님이 호ᄀᆞᆼ을 ᄒᆞ실 것이올시다

(침모) 츈쳔 마마가 업슬 ᄶᅡ닭이 잇ᄂᆞ……

(졈순) 쥭으면 업서지는 것 아니오닛가

(침모) 말ᄀᆞᆫ 사ᄅᆞᆷ이 쥭기는 언제 쥭는둔 말인가

(졈순) 쥭이면 쥭는 거시지오

침모가 그 소리를 듯고 가삼이 덜걱 내려안지며 몸이 벌벌 ᄯᅥᆯ니는ᄃᆡ 한참을 아무 소리 업시 안젓더라

졈순이가 내친 거름이라 말을 넛다가 만일 침모가 듯지 아니 ᄒᆞ면 큰일 놀 듯ᄒᆞ야 쳡쳡ᄒᆞᆫ 말로 이리 ᄭᅬ히고 져리 ᄭᅬ히고 엇더케 ᄭᅬ혓던지 침모의 ᄆᆞ옴이 슬깃ᄒᆞ게 드러ᄀᆞᆫ다

1907년 1월 8일 (六一[륙일])

ᄃᆡᄁᆡᆼ이를 맛ᄃᆡ히고 수군거리는ᄃᆡ 졈순의 무룹 우에 안겨 잠드럿던 어린

아ᄒᆡ가 ᄭᅢ여 우니 졈순이가 우는 아ᄒᆡ를 말ᄭᅳ름이 들여다보며

(졈슌) 이ᄋᆡ 네가 ᄂᆡ 무릅 우에셔 잠도 만히 잔ᄂᆞ니라

일 년을 잣스면 무던ᄒᆞ지

오냐 실컨 우러라 오늘ᄲᅮᆫ이다

ᄒᆞ면셔 젓ᄭᅩᆨ지를 물리니

침모가 그 소리를 듯고 다시 소름이 ᄭᅵ친다

(침모) 여보게 밤 드럿네 그만 가셔 ᄌᆞ게 이 방에 너무 오ᄅᆡ 잇스면 마마님이 수상ᄒᆞ게 알리

졈순이가 방그레 우스면셔

(졈슌) 저럿케 무셔워ᄒᆞ던 마마님이 업스면 오작 시연ᄒᆞ실라구

날를 상 줄믄 ᄒᆞ지마ᄂᆞᆫ……

침모 마누라님 그럿치요……

에그 침모 마누라님이 무어시야 ᄂᆡ일부터는 마마님이라고 ᄒᆞ지 ……

버릇 업다고 ᄭᅮ중 마르시오

ᄒᆞ면셔 양양ᄌᆞ득ᄒᆞᆫ ᄀᆡ식으로 이러ᄂᆞ더니 다시 돌처셔셔 침모를 보며

여보 부듸 ᄂᆡ일 밤 열한 시로……

침모는 ᄯᅡᆫ ᄉᆡᆼ각을 ᄒᆞ다가 졈슌의 말에 고ᄀᆡᄆᆞᆫ ᄭᅳᆺ덕거리고 졈순이가 힝낭으로 ᄂᆞᄀᆞᆫ 후에 침모는 혼ᄌᆞ 누어 이 ᄉᆡᆼ각 저 ᄉᆡᆼᄀᆞᆨ ᄀᆞᆨ식 ᄉᆡᆼᄀᆞᆨ이 ᄂᆞ기 시작하더니 눈이 반반ᄒᆞ고 몸에 번열증이 ᄂᆞ셔 이리 둥굿 저리 둥굿 하다가 졍신이 혼혼ᄒᆞ야 잠이 들려말려 ᄒᆞ는 중에 건너편 남관황묘에서 쳔동갓ᄒᆞᆫ 호령 소리가 ᄂᆞ더니 별란ᄀᆞᆫ에 ᄭᅩᆨ뒤가 세 ᄲᅧᆷ식이ᄂᆞ 되는 사ᄅᆞᆷ이 츈쳔집 마당으로 그득 드러셔셔 일변으로 침모를 잡아 ᄂᆡ리더니 ᄉᆞᆯᄀᆡ가 병아리 ᄎᆞ고 가듯 집어다가 관왕[황]묘 마당 ᄒᆞᆫ가온ᄃᆡ에 업질러놋코 ᄃᆡ궐갓ᄒᆞᆫ 놉흔 집에셔 왼 장수 ᄒᆞᄂᆞ히 ᄂᆡ려다보며 호령이 셔리갓다

요년 너갓치 요악ᄒᆞᆫ 년은 셰상에 살려둘 수가 업다

ᄒᆞ더니 긴 칼을 쑥 ᄲᅦ여들고 ᄒᆞᆫ거름에 ᄂᆡ려와셔 소리를 버럭 지르면셔

침모의 목을 댕겅 비ᄂᆞᆫ 셔슬에 침모가 소리를 지르고 잠을 ᄭᅢ니 ᄭᅮᆷ이라 엇지 무셔운 싱ᄀᆞᆨ이 드던지 이불 속으로 고개를 움츄리고 누엇다가 무셔운 마음을 진졍ᄒᆞ야 이러ᄂᆞ셔 불을 켜고 안젓다가

1907년 1월 9일 (六[륙]二[이])

창살이 밝가오ᄂᆞᆫ 거슬 보고 ᄋᆡᄭᅵ던 옷가지만 보에 ᄀᆞᆫ단ᄒᆞ게 싸셔 들고 아모 쇼리 업시 ᄂᆞ가다가 다시 싱ᄀᆞᆨ한즉 ᄉᆡ벽녁에 보통이 들고 길에 ᄂᆞ가기도 남보기에 수상한 일이오 츈쳔집이 ᄭᅢ여 보더ᄅᆡ도 이상ᄒᆞ게 알 거시오 졈순이ᄂᆞᆫ 내가 김승지 령감게 무슨 말이ᄂᆞ ᄒᆞ러 ᄀᆞᆫ 쥴로 의심을 할 듯 ᄒᆞ야 다시 방에 드러가 안젓다가 안ᄲᅢᆼ에셔 츈쳔집이 갯여 기침ᄒᆞᄂᆞᆫ 쇼리를 들고 불을 톡 ᄭᅳ더니 보통이를 ᄀᆞᆷ츄고 옷 입은 ᄎᆡ로 이불을 쓰고 드러누엇더라
ᄒᆡ가 무럭무럭 올나오ᄂᆞᆫᄃᆡ로 이불 속에셔 ᄭᅮᆷ적어리던 ᄉᆞ룸들이 톡톡 ᄯᅥᆯ고 이러ᄂᆞᄂᆞᆫᄃᆡ 츈쳔집도 이러ᄂᆞ고 늣게 누어 곤ᄒᆞ게 ᄌᆞ던 졈순이도 ᄃᆞᆫ잠을 억지로 ᄭᅢ여 이러ᄂᆞ고 잠ᄌᆞᄂᆞᆫ 시늉ᄒᆞ고 누엇던 침모도 이러낫다
침모가 제 집으로 가셔 그 어머니와 의논을 하고 시푸ᄂᆞ 졈순이가 의심을 할 듯 ᄒᆞ야 미다지를 열고 안젓다가 졈순이를 보고 눈짓을 ᄒᆞ니 졈순이가 고ᄀᆡ짓만 살작 ᄒᆞ더니 먼저 안방으로 드러가셔 츈쳔집을 보고 아침 ᄇᆞᆫ찬 걱졍을 부ᄉᆞᆫ이 ᄒᆞ다가 둘쳐ᄂᆞ외[둘쳐ᄂᆞ오는] 길에 건넌방으로 드러가면셔 짐짓 목소리를 크게 ᄒᆞ야 말을 ᄒᆞ다가 고ᄀᆡ를 살작 슈기며 가ᄆᆞᆫ이 하ᄂᆞᆫ 말이
무슨 할 말 잇소……
(침모) 여보게 ᄂᆞᄂᆞᆫ ᄭᅮᆷ도 하 ᄆᆞᆸ시 ᄭᅮ어셔 심병이 되네
ᄒᆞ면셔 ᄭᅮᆷ 이약기를 ᄒᆞ니 졈순이가 상긋 우스며

(졈순) 마누라님 마음이 약ᄒᆞ신고로 그런 ᄭᅮᆷ을 ᄭᅮ셧소

어제 밤에 ᄒᆞ던 말이 마음에 겁이 나셧던가보구려

걱졍 마르시오 사름을 쥭이고 벌[버]력을 입으려면 낙동 장신

리경하는 놈마다 벌[버]력만 입듸ᄆᆞ럿게오……

마누라님 마음에는 우리가 그런 일을 하면 무슨 별[버]력이나

입을 듯 하지오

흉즉 대길이랍다 그런 ᄭᅮᆷ은 죠흔 ᄭᅮᆷ이오

(침모) ᄌᆞ네 말을 드르니 내 마음이 좀 진졍이 되네

그러면 오날 밤 쳔역으로 내 짐이나 좀 치우깃네

(졈순) 그ᄶᆞ진 짐은 치여 무엇ᄒᆞ시려오 짐을 치우면 수상ᄒᆞ니 치우지

마르시오

무어시던지 다 장만ᄒᆞ여 드릴 터이니 념녀 마르시오

침모가 일변 안심도 되고 일변 조심도 되나 졈순의게 미힌 것갓치 점순이 ᄒᆞ라는 대로만 듯고 잇다가 해가 낫이 된 후에 졈순이가 어대로 가는 거슬 보고 혼자 지향 업시 대문ᄭᅡᆫ에 나섯다가 관황묘 집을 보고 무셔운 마음이 싱겨셔 다시 제 방으로 드러가더니 치마를 쓰고 나가면셔 츈쳔집더러 어대 간다는 말도 아니ᄒᆞ고 계동으로 향하야 가더라

1907년 1월 10일(六三)

어머니

부르면셔 머리에 써든 치마를 버셔들고 마루 우흐로 선듯 올라셔셔 방문을 펄적 여는 거슨 침모이라

네 목소리 반갑고나

ᄶᆞ치가 영물이다 오날 아침에 반기더니……

ᄒᆞ면셔 먼 눈을 멀뚱멀뚱 ᄒᆞ며 턱을 번적 드러 문쇼리 ᄂᆞᄂᆞᆫ 곳으로 귀를 두르ᄂᆞᆫᄃᆡ 얼굴은 사름 업ᄂᆞᆫ 운목벽을 향ᄒᆞᄂᆞᆫ 거슨 압 못보ᄂᆞᆫ 로파이라 침모가 그 어머니 모양을 물그름 보다가

(침모) 어머니 ᄂᆡ가 그 동안에 벙어리가 되얏던들 어머니가 날를 만ᄂᆞ 더릭도 ᄯᆞᆯ이 왓ᄂᆞᆫ지 누가 왓ᄂᆞᆫ지 모르실 터이오구려

ᄒᆞ면셔 어미 모르ᄂᆞᆫ 눈물를 씻더라

(로파) 이ᄋᆡ 그 말 마라 판슈된 어미ᄂᆞᆫ 사릇스니 만ᄂᆞ본다마ᄂᆞᆫ 눈 밝던 너의 아버지ᄂᆞᆫ 눈을 아죠 감고 북망순에 누엇스니 네가 벙어리도 되지 말고 잉무ᄉᆡ가 되야셔 너의 아버지 뫼에 가셔 지저귀더릭도 빈- 순 쇠훈풀에 젹막ᄒᆞᆫ 혼이 드를런지 못드를런지 ……

그를 ᄉᆡᆼ각ᄒᆞ여 보아라

그러ᄂᆞ 낸들 늙고 병든 ᄉᆞ름이 네 목쇼리를 몃칠이ᄂᆞ 듯깃ᄂᆞ냐

침모가 그 어머니 말을 듯고 가삼이 저ᄂᆞᆫ 듯 ᄒᆞ야 아모 소리 업시 가만이 안젓다가 옥갓한 숀으로 솜치갓치 엉셩한 ᄲᅧ만 남흔 로파의 손을 먼저보더니

(침모) 에그 방에 안지신 어머니 손은 ᄒᆞᆫᄃᆡ 잇던 ᄂᆡ 손보다 더 ᄎᆞ구려

ᄒᆞ면셔 방바닥을 만저보다가 ᄶᅡᆷᄶᅡᆨ 놀라며

(침모) 에그 이 방 보게 아리믁[목] 불목이라고 닝김도 아니가시엿소구려

(로파) 네가 바눌슷흐로 버러셔 나무를 사보닌 거슬 ᄂᆞ 혼ᄌᆞ 엇지 방을 덥게 ᄒᆞ고 잇깃ᄂᆞ 냐

(침모) 어머니가 고싱ᄒᆞ시ᄂᆞᆫ ᄉᆡᆼ각을 ᄒᆞ면 ᄂᆡ가 ᄉᆞ람을 쳐쥭이고 도젹질이라도 ᄒᆞ여다가 어머니 고싱을 면ᄒᆞ게 할 도리가 잇스면 ᄒᆞ고십소

(로파) 이ᄋᆡ 그러한 ᄉᆡᆼ각 마러라 제가 잘 되려고 ᄉᆞ름을 엇지 쥭인단 말이냐

그런 ᄉᆡᆼ각만 ᄒᆞ여도 버력을 입을 거시다

(침모) 낙동 장신 리경ᄒᆞᄂᆞᆫ 어진 도 닥그려ᄂᆞᆫ 례수교인을 십이만 명이
ᄂᆞ 쥭엿다ᄂᆞᆫᄃᆡ 엇지ᄒᆞ여 그런 악독한 ᄉᆞᄅᆞᆷ의게 벌[버]력이 업셧
스니 왼 일이오

(로파) 이ᄋᆡ 네 말이 이상한 말이로구ᄂᆞ
제가 잘 될 경륜으로 ᄉᆞᄅᆞᆷ을 쥭이고 당장에 벌[버]력을 입어셔
만리타국 감옥셔에셔 열두 ᄒᆡ 즁역ᄒᆞ고 잇ᄂᆞᆫ 고영근의 말은 못
듯고 ᄉᆞ십 년 젼에 지ᄂᆞ간 일을 말ᄒᆞᄂᆞᆫ 거시 이상ᄒᆞ고ᄂᆞ 리경ᄒᆞ
ᄂᆞᆫ 제가 ᄉᆞᄅᆞᆷ을 쥭엿다더냐
ᄂᆞ라 법이 ᄉᆞᄅᆞᆷ을 쥭엿지
ᄂᆞ라에셔 무죄ᄒᆞ고 착한 ᄉᆞᄅᆞᆷ을 ᄆᆞᆫ히 쥭이면 그 ᄂᆞ라가 망ᄒᆞᄂᆞᆫ
법이오 ᄉᆞᄅᆞᆷ이 ᄀᆞᆫ악한 죄로 ᄉᆞᄅᆞᆷ을 쥭이면 그 ᄉᆞᄅᆞᆷ이 별[버]력
을 입ᄂᆞ니라
왜 우[무]슨 일 잇ᄂᆞ냐
누가 너를 죄히더냐

ᄒᆞ며 고ᄀᆡ를 번젹 드러 ᄯᆞᆯ의 압흐로 두르고 눈을 멀둥멀둥 ᄒᆞ며 ᄯᆞᆯ의 ᄃᆡ
답을 기다리ᄂᆞᆫ 거슨 ᄂᆞ 만코 지ᄀᆞᆨ 잇ᄂᆞᆫ 로파이라

1907년 1월 12일 (六四)

침모가 한참 동안을 ᄃᆡ답 업시 가만이 안젓스니

(로파) 이ᄋᆡ 참 벙어리 도얏ᄂᆞ보구ᄂᆞ
무슨 ᄉᆡᆼ각을 ᄒᆞ고 안젓ᄂᆞ냐
오냐 내가 너를 밋기ᄂᆞᆫ 밋ᄂᆞᆫᄃᆞ 너갓치 곱고 약한 마암에 무슨
큰일 내지 아니할 쥴은 짐작한ᄃᆞ마ᄂᆞᆫ
부쳐님 말슴에 ᄇᆡᆨ □[세]ᄂᆞ 된 어미가 팔십이나 된 ᄌᆞ식을 항상

념녀한다 ᄒᆞ얏스니

부모된 마ᄋᆞᆷ이 본릭 그러한 거시니라

네가 압 못보ᄂᆞᆫ 늙은 어미의 고싱ᄒᆞᄂᆞᆫ 거슬 민망히 녀겨셔 사람이라도 처죽이고 도적질이라도 ᄒᆞ고십다 ᄒᆞ니 그런 효셩은 업나니만 못ᄒᆞ니라 옛 니약이도 못드럿너냐 졍인홍이라 ᄒᆞᄂᆞᆫ 사ᄅᆞᆷ이 팔십이 되도록 셩명이 ᄃᆡ단ᄒᆞ더니 그 부인이 굴머 ᄶᅡ무러친 거슬 보고 가ᄂᆞᆫ에 마암이 상ᄒᆞ야 그날로 리이쳠의게 붓쳣다가 필경에ᄂᆞᆫ 국모를 폐ᄒᆞ던 모쥬가 되야 흉악ᄒᆞᆫ 죄명을 쓰고 죽을 ᄯᆡ에 탄식ᄒᆞᄂᆞᆫ 말이 ᄇᆡ고픈 거슬

좀 참앗더면……

(鄭仁弘將死曰小忍饑)[정인홍장ᄉᆞ왈소인기]

ᄒᆞ던 그런 일도 잇섯스니 가ᄂᆞᆫ에 적성ᄒᆞ면 사ᄅᆞᆷ의 마ᄋᆞᆸ[ᄋᆞᆷ]이 변ᄒᆞ기 쉬우니라

로파가 ᄒᆞ던 말을 긋치고 눈을 멀뚱멀뚱ᄒᆞ며 무슨 싱ᄀᆞᆨ을 ᄒᆞᄂᆞᆫ 모량 갓더니 다시 침모의 압흐로 고개를 두르며

(로파) 이ᄋᆡ 그것 참 왼 닐이냐 네가 도동 가서 잇슨 후로 내게로 무어슬 더럭더럭 보내니 네가 그 집 거슬 몰릭 훔처내ᄂᆞ보구ᄂᆞ

(침모) 에그 망칙ᄒᆞ여라 ᄂᆞᄂᆞᆫ 죽으면 죽엇지 남의 집에 잇셔셔 쌀 퍼닉고 장 퍼내고 반찬거리 도적질 ᄒᆞ여 내지ᄂᆞᆫ 못ᄒᆞ깃소

팔자가 ᄉᆞ나와서 남의 집에 가서 바누질품은 팔지언정 퇴검불ᄒᆞᄂᆞ일지라도 남의 눈은 못 쇠겨보얏소

에그 ᄂᆞᄂᆞᆫ 언제ᄂᆞ 어머니를 뫼시고 집에 잇셔셔 죠셕 걱졍이나 아니ᄒᆞ여불고

ᄒᆞ면셔 고개를 슈구리더니 노파의 무릅 위에 폭 업드려셔 울며

(침모) 어머니 내가 ᄒᆞ마터면 큰일을 저즈를 쌘 ᄒᆞ얏쇼

(로파) 웅 큰일이라니 드러안진 녀편네가 큰일이 무슨 일이란 말이냐

침모가 다시 머리를 들더니 졈순이가 ᄭᅬ히던 말을 낫낫치 한다

1907년 1월 13일(六五[륙오])

로파ᄂᆞᆫ 본리 진중한 사ᄅᆞᆷ이라 별로 놀나ᄂᆞᆫ 기ᄉᆡᆨ도 업시 가만이 안졋다가 천연이 ᄒᆞᄂᆞᆫ 말이

(로파) 이ᄋᆡ 그것 참 이상ᄒᆞᆫ 일 아니냐 졈순이가 돈을 어ᄃᆡ셔 ᄂᆞ셔 그리 잘 쓴단 말이냐
춘쳔집을 죽이면 제게 무슨 조흔 일이 잇셔셔 죽이려고 한든 말이냐
춘쳔집을 죽이고 제가 김승지의 쳡이 될 것 갓흐면 죽일 마암이 ᄉᆡᆼ기기도 고히치 안흔 일이ᄂᆞ 춘쳔집을 죽인 후에 네가 김승지의 쳡이 되랴고 그 흉악한 ᄭᅬ를 ᄂᆡ히ᄂᆞᆫ 거슨 ᄃᆡ든이 의심 ᄂᆞᆫ ᄆᆞᆯ이다 네- ᄉᆡᆼ각ᄒᆞ여 보아라 그럿치 아니ᄒᆞ냐

(침모) 에그 ᄂᆞᆫ 무심이 지ᄂᆡᆺ더니 어머니 말을 듯고 ᄉᆡᆼᄀᆞᆨᄒᆞ니 이상한 일이오

(로파) 네가 고년의게 소갓다 젼년 겨울에 춘쳔집이 쳐음 셔울 왓슬 ᄯᅢᆺ[ᄯᅢ]에 김승지의 부인이 야단을 치고 ᄇᆡᆨ주에 ᄋᆡ미한 너ᄭᅡ지 거러셔 못할 쇼리 업시 ᄒᆞ며 긔를 버럭버럭 쓰던 ᄉᆞ람이 홀지에 변ᄒᆞ야 통긔 업시 잠작코 잇다 ᄒᆞᄂᆞᆫ 일도 이상한 일이 아니냐
졈순이가 우리집에 와셔 춘쳔집을 누가 감춘드시 우리 속을 ᄲᅧᆸ부려 ᄒᆞ던 일도 제 마암으로 온 거슨 아닐 듯ᄒᆞ다
그 후에 춘쳔집이 도동에 집을 장만ᄒᆞ여 잇ᄂᆞᆫ 거슬 보고 졈순이가 도동 가셔 잇ᄂᆞᆫ 것도 이상치 아니ᄒᆞ냐
남의 ᄋᆡ미한 말을 ᄒᆞ면 죄가 된다더라마ᄂᆞᆫ 네게 당한 일이야 말 아니할 슈가 잇나냐

네가 김승지와 아모 ᄭᅡ닥 업슬 쎠도 김승지의 부인이 너를 잡어 삼치려고 날쒸던 녀편네가 지금은 네가 김승지와 상관ᄭᅡ지 잇ᄂᆞᆫ 쥴 젹실이 안 후에야 오작 미워ᄒᆞ깃ᄂᆞ냐 츈쳔집을 미워ᄒᆞᄂᆞᆫ 마암이ᄂᆞ 너를 미워ᄒᆞᄂᆞᆫ 마암이ᄂᆞ 다를 것 무엇 잇깃ᄂᆞ냐
네 ᄉᆡᆼ각에ᄂᆞᆫ 네가 김승지와 상관 잇ᄂᆞᆫ 거슬 부인이 모를 듯ᄒᆞᄂᆞ 점순이가 아ᄂᆞᆫ 일을 부인이 모를 리가 업ᄂᆞ이라
점순이가 돈을 물쓰듯 한다 ᄒᆞ니 그 돈이 사람 쥭일 돈이다
만일 오날 밤에 네가 점순의 ᄭᅬ에 ᄲᅡ져셔 츈쳔집 모자를 쥭엿던들 고 요악한 점순이가 그 죄를 네게 밀고 저믄 살작 ᄲᅡ젓슬 거시다
누가 듯던지 김승지와 상관 잇ᄂᆞᆫ 네가 ᄀᆞᆼ심으로 츈쳔집을 쥭엿다 할 것 아니냐
점순이가 돈을 물쓰듯 ᄒᆞᄂᆞᆫ 면이 저ᄂᆞᆫ 비포가 다 잇슬 거시다
(침모) ᄂᆞᄂᆞᆫ 입 업다구 ᄂᆞ 혼ᄌᆞ 뭅[몹]슬 년 되고 마라
살인ᄒᆞᆫ 죄로 내가 쥭으면 점순이도 쥭지
(로파) 이ᄋᆡ 그 말 마라 사ᄅᆞᆷ의 ᄭᅬᄂᆞᆫ ᄒᆞᆫ량이 업ᄂᆞᆫ 거시니라
네가 만일 츈쳔집 쥭인 죄로 법ᄉᆞ에 잡혀가셔 압뒤로 ᄡᅡᆼᄡᅡᆼ 맛고 공초ᄒᆞᆯ 지경이면 너ᄂᆞᆫ 점순의 ᄭᅬ임에 ᄲᅡ저ᄭᅡ고 점순이를 업고 드러가ᄂᆞᆫ 말ᄲᅮᆫ일 거시오 점순이ᄂᆞᆫ ᄇᆡᆨ판 모르ᄂᆞᆫ 것갓치 잡아ᄯᅦ힐 터이니
점순이ᄂᆞᆫ ᄭᅬ 만코 말 잘ᄒᆞᄂᆞᆫ 중에 ᄯᅩ 돈 만코 셰력 잇ᄂᆞᆫ 김승지의 부인이 뒤로 쥬션ᄒᆞ여 쥬면 점순이ᄂᆞᆫ 버서나고 너갓치 말도 잘 못ᄒᆞ고 ᄭᅬ도 업고 아모도 도아줄 사ᄅᆞᆷ 업ᄂᆞᆫ 너만 쥭을 거시 아니냐
그럿치 아니ᄒᆞ고 김승지의 부인과 점순이와 너와 세 손뼉이 맛저셔 못ᄉᆡᆼ긴 김승지를 휘둘러셔 집ᄋᆞᆫ에셔 쉬쉬 ᄒᆞ고 츈쳔집 쥭은 거슬 삼ᄶᅡᆨ갓치 슈쇄하고 아모 ᄐᆞᆯ 업게 되더리도 츈쳔집 쥭은

후에ᄂᆞᆫ 네 ᄒᆞᆫ 몸이야 ᄯᅩ 어ᄂᆞᆫ ᄯᅢ 무슨 죽엄을 ᄒᆞᆯ지 알거시냐 별
쇼리 말고 가마니 잇거라
그런 거시 다 부인과 졈순이가 정녕 손 마질 일인가보다

1907년 1월 15일(六五(륙오) / 66회)

이ᄋᆡ 네 말을 좀 자셰 들어보자
졈순이가 그렁케 너를 ᄭᅬ힐 ᄯᅢ에 네 마암에 솔곳ᄒᆞ게 드러가더냐
그러 ᄂᆞᆯ더러 뭇지도 아니ᄒᆞ고 졈순이 ᄒᆞ라ᄂᆞᆫ ᄃᆡ로 ᄒᆞ러드럿더냐
네 마암이 그렁케 드러갓슬 것 갓ᄒᆞ면 마른 하늘에 벼락을 맛져 죽어
도 싸니라
오냐 이 길로 도로 가서 오늘 밤 내로 츈쳔집 모자를 죽이고 김승지의
쳡 노르슬 ᄒᆞ여보아라
네가 얼마ᄂᆞ 줄 되ᄂᆞ 보ᄌᆞ
침모가 그 쇼리를 듯고 다시 머리를 수구려셔 그 어머니 무릅 우에 폭
업듸리며
에그머니 이를 엇지 ᄒᆞᄂᆞ
내가 어머니 뵈올 나시 업쇼
마른 ᄒᆞᄂᆞᆯ에 벼락을 마저 죽어
ᄡᆞᆫ 일이오
어머니 말를 못드럿더면 졈순의 ᄭᅬ임에 ᄲᅡ저슬 거시오
어제 밤에 ᄃᆞᆫᄃᆞᆫ 상약을 ᄒᆞ고 ᄭᅮᆷ자리가 ᄒᆞ도 사납기로 겁이 ᄂᆞ셔 어머
니게 무러보러 왓소
그러ᄂᆞ 셔산에 ᄯᅥ러지ᄂᆞᆫ ᄒᆡ와 갓한 늙은 어머니가 이런 고ᄉᆡᆼ을 ᄒᆞᄂᆞᆫ

거슬 보니 싱국이 졸지에 변하는구려

흉한 꿈도 이저버리고 겁느던 마암도 업셔지고 어머니더러 그런 니약이도 ᄒᆞ지 물고 이 길로 도로 가셔 졈순이 하라는 ᄃᆡ로 ᄒᆞ러드럿소 에그 내가 죄를 밧깃네

어머니 느는 이 길로 삼쳔[청]동 가셔 김승지 령감더러 그런 말을 ᄒᆞ깃소

(로파) 아셔라 그리도 마라

김승지가 그런 말을 듯고 일 쵸쳐를 잘 할 사름 갓ᄒᆞ면 말을 ᄒᆞ다 쁜이깃느냐마는 정녕 그럿치 못할 것 갓다

그 말을 내고 보면 그 흉악한 부인과 고 요악한 졈순의 솜씨에 네게만 밀고 별 일이 만히 싱길 거시다

셰상에 허다한 사름에 놈의 잘잘못이야 다 말할 것 업시 네 말이느 ᄒᆞ자

네가 시집을 가고 시푸면 막버리ᄭᅮᆫ이라도 사름만 착실한 홀익비를 구ᄒᆞ야 시집을 가는 거시 편ᄒᆞ다 ᄒᆞ던 사름이 엇더케 마암이 변ᄒᆞ야 게집이 둘식이느 되는 김승지와 상관이 잇는 거슨 네 힝실이 그르니라 만일 네 입으로 무슨 말이 느고 보면 네 취졸만 드러느고 그런 뭅[몹]쓸 일은 네가 뒤집어쓸 문도 ᄒᆞ니라

(침모) 그러면 내가 다시는 아무데도 가지 말고 집에 잇깃소

(로파) 그러ᄒᆞ더리도 탈은 낫다 츈쳔집에는 아모도 업고 너와 졈순이 ᄲᅮᆫ 잇던 집인ᄃᆡ 오늘 밤에 졈순이가 혼쟈 츈쳔집을 쥭이고 네게로 밀면 놈이 듯더리도 네가 츈쳔집을 쥭이고 도망한 것 갓지 아니ᄒᆞ냐

침모가 긔가 ᄆᆡᆨ혀셔 울며 ᄒᆞ는 물이 그러면 나는 이리 ᄒᆞ여도 툴이오 져리 ᄒᆞ여도 툴이오구려

느는 불측ᄒᆞᆫ 마암을 먹엇던 사름이니 쥭어도 한가할 거시 업쇼마는

ᄂᆞᆫ 죽은 후에 어머니 신셰가 엇지 되나

1907년 1월 16일(六七)

(로파) 오냐 ᄂᆡ 걱정은 마라

ᄂᆡ기 호강을 한들 몃칠 ᄒᆞ며 고ᄉᆡᆼ을 한들 몃칠 ᄒᆞ깃냐마는 너는 젼졍이 아즉 먼 사람이 그럿케 지각 업는 거슬 보니 내가 죽드ᄅᆡ도 마암을 못놋킷다

네가 마암을 곳쳐셔 다시는 그러한 불량한 마암을 먹지 아니할 것 갓ᄒᆞ면 이번 일을 잘 죠쳐할 도리를 일러쥴 터이니 우지 말고 이러ᄂᆞ셔 ᄌᆞ세히 드러라

침모가 모긔소리 갓ᄒᆞᆫ 우룸을 뚝 긋치고 머리를 들더니 응셕ᄒᆞ는 어린아희갓치 눈물에 저진 ᄲᅡᆷ으로 그 어머니 억개에 기ᄃᆡ면셔

(침모) 이후에는 내가 발 ᄒᆞᆫ 번을 ᄯᅱ여놋터ᄅᆡ도 어머니더러 무러보고 ᄯᅱ여노흘 터이니 념녀 마르시오

(로파) 무러본다는 말은 조흔 일이다마는 어미 죽은 후에는 누구더러 무러볼 터이냐

평ᄉᆡᆼ에 마읍[음]만 올케 가지면 죽어도 오른 죽엄을 ᄒᆞᄂᆞ니라 오냐 ᄋᆡ쓰지 말고 네- 이 길로 김승지 집에 가셔 김승지 내의[외]더러 내가 가르치는 ᄃᆡ로 말ᄒᆞ고 그 길로 도동 가셔 내가 이르는 ᄃᆡ로 ᄒᆞ고 어둡기 젼에 집에 도로 오너라

(침모) 그리ᄒᆞ면 츈쳔집도 살깃쇼

(로파) 츈쳔집을 살리려 ᄒᆞ면 네가 음히를 바들 터이니 엇지 할 수가 업다

침모가 일시에 졈순의 ᄭᅬ임에 ᄲᅡ저셔

츈쳔집을 쥭이자 ᄒᆞᄂᆞᆫ 말에 솔곳ᄒᆞᆫ 마음이 드럿스나 본ᄅᆡ 악심이 업ᄂᆞᆫ 계집이라 츈쳔집ᄭᅡ지 살리고시푼 ᄆᆞ음이 ᄀᆞᆫ절ᄒᆞ야 가만이 안저셔 무ᄉᆞᆫ ᄉᆡᆼᄀᆞᆨ을 ᄒᆞᄂᆞᆫ 모양이라

(로파) 이ᄋᆡ ᄒᆡ 다 ᄀᆞᆫ다 네가 숨천동을 갓다가 도동ᄭᅡ지 가자 하면 져물긧다 인력거군 둘은 어더셔 압헤셔 ᄭᅥᆯ고 뒤에셔 밀어셔 섈리만 가면 갑슬 만히 쥬마 하고 속히 당겨오너라

침모가 당황한 마음이 나서 션득 이러나셔 그 길로 삼쳔동 김승지 집에로 향ᄒᆞ야 가ᄂᆞᆫᄃᆡ 인력거를 타고 ᄋᆞᆫ져서 셔으로 기운 ᄒᆡ를 처어다보며 인력거군의 다리를 바질랑ᄯᆡ갓치 길게 이여셔 속히 가고시푼 마암ᄲᅮᆫ이라 돈을 만히 준다 ᄒᆞ면 사ᄅᆞᆷ의 업든 긔운이 절로 나난 법이라 인력거군이 두셰 간 동안이나 압션 사ᄅᆞᆷ을 보더ᄅᆡ도 어- 소리를 지르면셔 얼굴을 에ᄂᆞᆫ 듯ᄒᆞᆫ 친[찬]바ᄅᆞᆷ에 등ᄉᆞᆯ에 ᄯᆞᆷ이 ᄂᆞ도록 다름박질을 ᄒᆞ더니 삽시ᄀᆞᆫ에 김승지 집 ᄃᆡ문 압헤 가셔 내려놋터라

침모가 안마당으로 드러가며 혼자말로

이 ᄃᆡᆨ에셔 이사ᄒᆞ셧다는 말만 드럿더니 이럿케 구석진 ᄃᆡ 와셔 사르시ᄂᆞ ᄒᆞ면셔 마루 우흐로 올나셔니 그 ᄯᆡ 맛참 김승지의 내외가 안방에 잇다가 침모의 목소리를 듯더니 김승지ᄂᆞᆫ 눈이 휘둥구러지고 부인은 얼골비시 변ᄒᆞ도록 놀는ᄃᆞ

놀나기ᄂᆞᆫ 갓치 놀랏스나 놀나ᄂᆞᆫ ᄀᆡ식을 셔로 감츄더라

쳐 시ᄒᆞ 되ᄂᆞᆫ 김승지ᄂᆞᆫ 상관 잇ᄂᆞᆫ 침모 오ᄂᆞᆫ 목소리를 듯고 눈이 휘둥구ᄅᆡ지기도 고히치 안지마ᄂᆞᆫ 전반 볼기를 ᄯᆡ려보지ᄂᆞᆫ 아니ᄒᆞ엿스ᄂᆞ 전반 볼기를 능히 ᄯᆡ릴 ᄆᆞᆫᄒᆞᆫ ᄀᆡ를 가지고 잇ᄂᆞᆫ 부인은 무어시 겁이 ᄂᆞ서 얼굴 빗치 변ᄒᆞ도록 놀랏던가

낫 젼에 졈순이가 와셔 ᄒᆞᄂᆞᆫ 말이 오날은 침모를 ᄭᅬ혀소 츈쳔집을 쥭이긧다 ᄒᆞᄂᆞᆫ 쇼리를 듯고 홍에 ᄯᅧ여셔 ᄀᆞ굴 슈령이 이방을 부르드시 반빗

앗치 계월이더러 사랑에 가셔 령감 녯쥬어라 ᄒᆞ야 김승지를 불러 드려셔 투긔 안턴 자랑을 ᄒᆞ고 잇던 차에 침모의 목쇼리ᄅᆞᆯ 듯고 부인의 ᄉᆡᆼᄀᆞᆨ에 침모가 정녕 김승지의게 고ᄌᆞ질을 ᄒᆞ러 온 줄로 아ᄅᆞᆺ더라

그럿치 아니ᄒᆞ얏더면 개ᄶᅩ리 황모 되라고 암만 투긔를 참앗던 터이라도 침모를 면ᄃᆡᄒᆞ여 보면

열이 길길이 낫슬런지도 몰을 일이라

침모가 문을 벗셕 여다가 김승지를 보고 숙긔 조케 ᄒᆞᄂᆞᆫ ᄆᆞᆯ이

에그 령감ᄒᆞ고 ᄂᆞᄒᆞ고ᄂᆞᆫ 연분도 좃슴니다

나 올 쥴을 엇지 알고 안방에셔 기다리고 ᄋᆞᆫ지셧슴니ᄭᅡ

겁이 펄적 나던 김승지의 마ᄋᆞᆷ에ᄂᆞᆫ 침모의 ᄒᆞᄂᆞᆫ 말이 민망ᄒᆞ기가 측량 업스나 못ᄉᆡᆼ긴 사ᄅᆞᆷ도 ᄯᅥᆨ국이 농ᄀᆞᆫ을 ᄒᆞ면 남의 말ᄃᆡ답은 넙쥭넙쥭 ᄒᆞᄂᆞᆫ 법이라

(김승지) 글셰 말일셰 ᄌᆞ네가 나를 저럿케 탐을 ᄂᆡᆺ슬 쥴 아ᄅᆞᆺ더면 발셔 집어셋슬거슬……

절통한 일일셰

ᄒᆞ면서 지향 업시 무릅을 툭 치면셔 마누라의 얼굴 한 번 쳐어다보고 다시 침모의 얼굴을 쳐어다보더라

부인이 다른 ᄯᅢ 갓ᄒᆞ면 그 남편이 침모와 그러 롱담을 ᄒᆞᄂᆞᆫ 거슬 눈ᄭᅩᆼ딩이로라도 보고십지 아니ᄒᆞ엿슬 터이ᄂᆞ 도적이 ᄇᆞᆯ이 져리다고 그 ᄯᅢ ᄇᆞᆯ이 저린 일이 잇셔셔 도로혀 침모의 마ᄋᆞᆷ을 좃케 할 작정으로 우스며

1907년 1월 17일 (六八)

(부인) 자네 참 오ᄅᆡᄀᆞᆫ만에 밋[맛]ᄂᆞ보깃네그려

사ᄅᆞᆷ이 엇지 ᄒᆞ면 구럿케 무졍ᄒᆞᄃᆞᆫ 말인가
ᄂᆡ가 좀 잘못ᄒᆞ엿기로 그럿케 ᄭᅳᆫᄂᆞᆫᄃᆞᆫ 말인가
어셔 이리 드러오게
ᄒᆞ면셔 뜻밧게 엉너리셩이 엇지 ᄃᆡᄃᆞᆫᄒᆞ던지 겁에 씌여셔 둥구ᄅᆡ졋던 김
승지의 눈이 실눈이 되며 ᄀᆞᆫ경에 바ᄅᆞᆷ 든 놈갓치 건으로 싱긋싱긋 웃는다
(부인) 여보게 자네가 참 무졍ᄒᆞᆫ 사ᄅᆞᆷ일셰 령감게서ᄂᆞᆫ 자네를 보고 조
럿케 조아ᄒᆞ시ᄂᆞᆫᄃᆡ 자네ᄂᆞᆫ 령감을 뵈우러 한 번도 아니온ᄃᆞᆫ 말
인가
(침모) ᄂᆡ가 녕ᄀᆞᆷ을 뵈우러 아니오더ᄅᆡ도 녕ᄀᆞᆷ게셔ᄂᆞᆫ ᄂᆞᆯ 보러 도동으
로 장 오신담니다
(김승지) 어- 녀편네들이란 거슨 큰일 날 거시로구
엇더케들 말을 ᄒᆞ던지 싱사람을 병신을 맨드네
누가 드르면 ᄂᆡ가 ᄶᅩᆨ 침모와 참 상관이ᄂᆞ 잇는 쥴로 알깃네
허허허
(침모) 그럿케 감추실 것도 업슴니다
나도 오ᄂᆞᆯᄭᆞ지 감츄고 지냇슴니다마ᄂᆞᆫ 연분도 한졍이 잇ᄂᆞᆫ지
ᄂᆞᄂᆞᆫ 령ᄀᆞᆷ과 연분이 오ᄂᆞᆯᄲᅮᆫ이올시다
그 말 한 마듸에 김승지의 눈이 다시 둥구ᄅᆡ지고 부인의 얼골비시 다시
변ᄒᆞ면셔 가슴이 두군두군ᄒᆞ고 울렁울렁ᄒᆞ야 지향을 못ᄒᆞᄂᆞᆫ 모량이라
부인이 그ᄂᆞᆯ 밤에ᄂᆞᆫ 츈쳔집이 졍녕 죽을 줄만 알고 ᄃᆡ방을 잔ᄯᅳᆨᄒᆞ고 잇
던 ᄎᆞ에 침모가 오ᄂᆞᆫ 거슬 보고 의심을 잔ᄯᅳᆨ ᄒᆞ고 잇ᄂᆞᆫ 중인ᄃᆡ 침모의
말에 녕감과 연분이 오ᄂᆞᆯᄲᅮᆫ이라 ᄒᆞᄂᆞᆫ 소리를 듯고 이 다음에 무슨 말이
ᄂᆞ올지 몰라셔 침모의 얼골 한번 처어다보고 김승지의 얼골 한번 쳐어다
보ᄂᆞᆫ 부인의 눈이 갓다왓다 한다
침모ᄂᆞᆫ 그 눈치를 알고 부인을 미워ᄒᆞ던 마음에 부인이 ᄋᆡ를 쓰ᄂᆞᆫ 모량
이 ᄌᆞ미가 잇셔셔 의심이 더옥 나도록 말을 할 듯 할 듯 ᄒᆞ며 말을 아니
ᄒᆞ고 김승지의 압흐로 살짝 다거안는다

부인의 가슴에ᄂᆞᆫ 더옥 두방맹이질를 한다

김승지는 침모가 ᄌᆞ긔 턱 밋흐로 얌체 업시 다거안ᄂᆞᆫ 거슬 보니 침모 ᄀᆞᆫ 뒤에ᄂᆞᆫ 그 부인의게 무슨 곤경을 당ᄒᆞᆯᄂᆞᆫ지 민망한 마음에 ᄇᆡᆨ이지를 못ᄒᆞ야 왼편으로 기ᄃᆡ고 잇던 ᄋᆞᆫ식을 바른편으로 옹겨놓코 기대[ᄃᆡ]니 탕건이 부인의 억개에 달락말락 ᄒᆞ더라

(부인) 이ᄋᆡ 계월아

침모가 오작 칩깃ᄂᆞᆫ냐 네- 국슈 좀 사다가 장국 한 그릇만 ᄯᅡᆺᄯᅳᆺᄒᆞ게 마라오너라

(침모) 오ᄂᆞᆯ은 ᄃᆡᆨ에셔 국슈를 아니먹더ᄅᆡ도 국슈 먹을 복이 터졋습니다

(부인) 다른 ᄃᆡ셔 먹ᄂᆞᆫ 거시 쓸ᄃᆡ 잇ᄂᆞ ᄂᆡ게서 먹어야지

(침모) 잠ᄀᆞᆫ 말슴ᄒᆞ고 가려ᄒᆞ엿더니 너무 오ᄅᆡ 안젓습니다 오ᄂᆞᆯ은 내가 시집을 가ᄂᆞᆫ ᄂᆞᆯ이 올시다

하더니 김승지를 도라다보며

(침모) 령ᄀᆞᆷ 그럿케 ᄀᆞᆷ츄실 것 무엇 잇쇼

ᄂᆞᄂᆞᆫ 지금 보면 다셔[시]ᄂᆞᆫ 못불[볼] 사ᄅᆞᆷ이올시다

내가 오ᄂᆞᆯ 우리집에로 갓더니 원 ᄉᆞᆫ님이 와셔 안젓ᄂᆞᆫᄃᆡ 언졔부터 말이 되얏던지 우리 어머니가 사위감으로 뎡ᄒᆞ엿다고 ᄂᆞᆯ를 권ᄒᆞᄂᆞᆫᄃᆡ 낸들 령감을 이질 길이 잇깃슴닛가마ᄂᆞᆫ 녕ᄀᆞᆷ게셔ᄂᆞᆫ 마님도 개시고 츈쳔 마마도 잇ᄂᆞᆫ 터인ᄃᆡ 내가 ᄯᅩ 잇고 보면 녕ᄀᆞᆷ게셔 걱졍이 아니됨닛가 ᄂᆞ도 싀파라케 절문 년이 혼자 살 슈도 업ᄂᆞᆫ 터이오 우리 어머니ᄂᆞᆫ 압 못보ᄂᆞᆫ 뉵십 로인이 ᄂᆞ ᄒᆞᄂᆞ만 밋고 잇ᄂᆞᆫ 터이니 내가 하로밧비 셔병[방]이ᄂᆞ 어더셔 우리 어머니를 다려다가 삼순구식을 하더ᄅᆡ도 한집에서 지ᄂᆡᄂᆞᆫ 거시 ᄂᆡ 도리가 아니오

오ᄂᆞᆯ이 혼인이오

집에셔들 기다리고 잇슬 터이니 오ᄅᆡ 안젓슬 슈 업습니다

마님 ᄋᆞᆫ녕이 게시오

령감……

ᄒᆞ면셔 눈물이 흐르는 거슨 인정 잇ᄂᆞᆫ 계집의 마ᄋᆞᆸ[ᄋᆞᆷ]이라 선듯 이러서셔 뒤도 도라보지안코 나가더라

1907년 1월 19일 (六九(륙구))

ᄃᆡ문 밧게 ᄂᆞ셔면셔

(침모) 인력거군 어ᄃᆡ 갓ᄂᆞ

ᄒᆞᄂᆞᆫ 소리에 건넌편 목걸리 집에셔 툭 튀여ᄂᆞ오ᄂᆞᆫ 인력거군이 총젼뇨를 펴셔 들고 침모의 무릅 우에 턱 둘러 홉싸면셔

(인력거군) ᄃᆡᆨ에로 뫼시오리잇가

(침모) 남ᄃᆡ문 밧게 좀 당겨서……

인력거군이 어느 동내냐 뭇지도 아니ᄒᆞ고 셔ᄉᆞᆫ에 ᄯᅥ러지ᄂᆞᆫ ᄒᆡ를 좃차가셔 붓들ᄯᅳ시 살갓치 다라ᄂᆞᆫ다

침모가 게동셔 김승지 집에로 향ᄒᆞ야 갈 ᄯᆡᄂᆞᆫ 조심도 되고 겁도 ᄂᆞ고 아무 긔운 업시 념녀 중에 싸여갓더니 김승지 집을 당겨ᄂᆞ올 ᄯᆡᄂᆞᆫ ᄆᆞ암이 쾌ᄒᆞ고 긔운이 ᄂᆞᆫ다

놉직ᄒᆞ게 올라ᄋᆞᆫ저셔 서슬 잇게 가ᄂᆞᆫ 바ᄅᆞᆷ에 녀편네 마암일지라도 소진이 가ᄂᆞᆨ국을 합종이나 ᄒᆞ러 가ᄂᆞᆫ드시 호기로흔 마암이 싱기더라

입으로 옹기지난 아니ᄒᆞ나

마암으로 혼자말이라

김승지의 마누라인가 무엇인가 그 흉ᄒᆞᆫ 년이 어ᄃᆡ서 싱겻누 세상에 그런 흉악한 년이 잇슬 쥴 누ᄀᆞ 아라

투긔한다 투긔한ᄃᆞ 하기로 고런 년의 투긔ᄀᆞ 어ᄃᆡ 잇셔

춘쳔집 모자를 쥭이고 ᄂᆞᄭᅡ지 쥭이려고 그년이 그런 흉게를 ᄭᅮ며……
양변은 물고 틱상노군의 ᄯᅡᆯ일찌라도 그ᄯᅡ위 짓을 하고 제ᄀᆞ 제 명에
쥭기를 바라……
졈순이란 년은 어ᄃᆡ셔 고ᄯᅡ위 년이 ᄉᆡᆼ겨셔 그 흉악한 년의 죵이 되얏누
에그 아슬아슬ᄒᆞ여라 내가 고년의게 속든 ᄉᆡᆼᄀᆞᆨ을 ᄒᆞ면 소룸이 ᄭᅵ치지
엇지ᄒᆞ면 고럿케 앙큼하고 담ᄃᆡ한고
우리 어머니가 아닐러면 고 뭅[몹]슬 년의 ᄭᅩ임에 ᄲᅡ저셔 무슨 지경에
갓슬구
한참 그런 ᄉᆡᆼᄀᆞᆨ을 할 ᄯᅢ에 인력거ᄀᆞ 남문 밧 졍거장을 썩 지ᄂᆞ면서 창고
회ᄉᆞ 벽돌집이 눈에 션뜻 보히ᄂᆞᆫᄃᆡ 그 압흐로 올러오ᄂᆞᆫ 젼ᄎᆞ ᄒᆞᄂᆞ히 쳔
동갓치 한소리가 ᄂᆞ며 남문을 향하고 번긧갓치 지ᄂᆞ가ᄂᆞᆫ 거슬 보고 다시
혼자말로
에그 그 회ᄉᆞ집 압흐로 전차 지나가ᄂᆞᆫ 거슬 보니 ᄉᆡᆼᄀᆞᆨᄂᆞᄂᆞᆫ 일이 잇다
춘쳔집이 쥭으려고 업드럿든 곳이 져 회ᄉᆞ집 압 철도로구ᄂᆞ 져러ᄒᆞᆫ
전차에 치엇더면 두 도목 셰 도목에 낫슬 번 ᄒᆞ얏지
그늘 내ᄀᆞ 룡ᄉᆞᆫ ᄀᆞ기도 이상한 일이오
밤중에 오기도 이상한 일이오
인력거군이 걸려 너머지기도 이상한 일이오
내가 인력거에셔 ᄯᅥ러져셔 ᄉᆞ지를 ᄭᅩᆷᄶᅡᆨ 못ᄒᆞ게 되야 ᄯᅥ실려셔 춘쳔집
에로 드러가기도 이상한 일이지
춘쳔집이 오쥭 셔러셔 어린 자식을 두고 자슈를 ᄒᆞ러드럿슬ᄀᆞ
그럿케 불상한 ᄉᆞ룸을 김승지의 마누라와 졈순이가 긔혜이 쥭이려드
니 그런 몹슬 년들이 ᄯᅩ 어ᄃᆡ 잇셔
ᄂᆞ도 몸[몹]슬 년이지 아모리 졈순이ᄀᆞ ᄭᅩ히기로 그 소리를 솔곳하게
드러
나ᄂᆞᆫ 우리 어머니 삼덕으로 내ᄀᆞ 뭅[몹]슬 고에 ᄲᅡ지게 된 거슬 면할

터이나 츈쳔집은 엇지 될 것이고
하면셔 정신업시 ᄋᆞᆫ젓는ᄃᆡ 일[인]력거군은 어ᄃᆡ로 ᄀᆞᄂᆞᆫ지 뭇지도 아니하고 도동으로 드러ᄀᆞᄂᆞᆫ 길을 지내놋코 창고 회ᄉᆞ집 압흐로 정신 업시 다라나다ᄀᆞ 압헤셔 마쥬 오ᄂᆞᆫ 인력거와 엇지 몹시 부듸쳣던지

1907년 1월 20일 (七十(칠십))

인력거 ᄐᆞᆺ던 사ᄅᆞᆷ들은 박낭사 쳘퇴소리에 놀란 진시황갓치 혼이 나셔 셔로 ᄂᆡ다보더라
좌우 길가에ᄂᆞᆫ 거러ᄀᆞᄂᆞᆫ 힝인들이오 길 가온ᄃᆡᄂᆞᆫ 말바리 쇠바리 인력거들이라
사ᄅᆞᆷ을 피ᄒᆞ야 가ᄂᆞᆫ 인력거의 박퀴 씨흔 도리쇠가 마쥬 부뒤치니
사ᄅᆞᆷ은 다치지 아니하얏스나 인력거군들은 인녁거ᄂᆞ ᄉᆞᆼ하엿슬가 념녀ᄒᆞ야 인역거를 멈치고 압뒤로 도라다니면셔 인역거를 살펴본다
침모ᄀᆞ 놀란 마암을 진정ᄒᆞ야 살펴보니 젼년 겨울에 인역거 우에셔 ᄯᅥ러지던 곳이오 츈쳔집이 쥭으려고 업ᄯᅳᆯ엿던 쳘도가이라 침모ᄀᆞ 지낸 일 ᄉᆡᆼᄀᆞᆨ이 나셔 고ᄀᆡ를 ᄂᆞᆸ드고 정신업시 길ᄇᆞ닥을 보고 잇는ᄃᆡ 마쥬치던 인역거 우에셔 ᄂᆡ다보ᄂᆞᆫ 사ᄅᆞᆷ은 ᄂᆞ히 ᄉᆞᆷ십이 되락말락ᄒᆞᆫ 남자이라 의관이 ᄭᆡ긋ᄒᆞ고 외모도 영특하게 ᄉᆡᆼ겻스나 언ᄯᅳᆺ 보아도 상틔ᄀᆞ ᄯᅮᆨᄯᅮᆨ ᄯᅥ러지ᄂᆞᆫ 쳔격의 사ᄅᆞᆷ이라
점잔한 사ᄅᆞᆷ 갓ᄒᆞ면 사ᄅᆞᆷ이 닷쳐ᄂᆞ냐 뭇던지 인력거가 상ᄒᆞ얏ᄂᆞ냐 뭇던지 그러한 말ᄲᅮᆫ일 터인ᄃᆡ 침모의 얼골을 보고 춘향의 옥중에 점치러 드러가ᄂᆞᆫ 장님의 마암갓치 츈심이 탕양ᄒᆞ야 구레ᄂᆞ룻을 썩셕 쓰다드무며 ᄂᆡ 목소리를 드러보아라 ᄂᆡ 얼굴을 쳐어다보아라 ᄒᆞ는드시 헷기침을 연희ᄒᆞ며 묵썰리 집에셔 먹어ᄂᆞᆫ 오입징이 말투로 되지안케 짓거린다

말똥구리가 말똥을 굴러가도 구경이라고 셔셔 보는 죠션 ᄉᆞ룸의 셩질이 라 오고 가는 힝인들이 압뒤로 모혀드러 구경ᄒᆞ고 섯는ᄃᆡ 침모ᄀᆞ 창피한 마암이 잇셔셔 인력거군을 직촉한다

(침모) 인역거군

힉 다 가는구

어셔 ᄀᆞ지

러[그러]ᄂᆞ 길 잘못 드럿셔

(일역거군)……

(침모) ᄂᆞ 갈 데는 남관황묘 엽히야

관황모[묘] 엽헤 ᄀᆡᆼ쇼사 집이라고

문픠 붓흔 집이 잇지

그리로 가

엽헤 인력거 톳던 남ᄌᆞ가 그 소리를 듯더니 마쥬 인력거군을 직촉한다

여보게 인력거군

나도 그리로 가네

어셔 가셰

침모가 그 소리를 듯고 민망ᄒᆞ기가 측량 업스ᄂᆞ 날 ᄶᅡ라 오지마라 할 수도 없는 터이라

두 인역거가 도동으로 돌쳐드러가는ᄃᆡ 큰길에셔는 급히 갓거니와 도동드러가는 길은 언덕이라 올라가는 동안이 한참이 되는ᄃᆡ 남은 무심이 보건마는 침모는 제풀에 수통ᄒᆞᆫ 마음ᄲᅮᆫ이라

침모의 인역거군은 춘천집 ᄃᆡ문 압헤셔 내리고 뒤에 오던 일역거는 관황묘 압헤셔 내리는ᄃᆡ 침모는 뒤도 도라보지 아니ᄒᆞ고 춘천집에로 드러간다

1907년 1월 22일(七一)[칠일]

츈쳔집은 침모의 목소리를 듯고 상그레 우스면셔 안방문을 열고 ᄂᆞ오ᄂᆞᆫ ᄃᆡ 도다오ᄂᆞᆫ 달갓치 탐스럽게 ᄉᆡᆼ긴 얼굴에 인졍이 ᄯᅮᆨᄯᅮᆨ 덧ᄂᆞᆫ 듯ᄒᆞ다

(츈쳔집) 여보 어ᄃᆡ 갓습더닛가 내가 박ᄃᆡ를 ᄒᆞ얏더니 노혀서 ᄀᆞᆫᄃᆞᆫ 말도 아니ᄒᆞ고 ᄃᆡᆨ에로 가신 쥴로 아랏소구려

웅- 인제 알깃구

어ᄃᆡ 반가온 사람이 잇서셔 ᄎᆞ저 당기시ᄂᆞ 보구려

내가 용케 알지

하하하

ᄒᆞ며 반겨ᄂᆞ오ᄂᆞᆫ 모냥을 보고 침모가 삽시ᄀᆞᆫ에 별 ᄉᆡᆼᄀᆞᆨ이 다 드러ᄀᆞᆫ다

ᄂᆞ도 몹슬 년이지

아무리 졈순이가 ᄭᅬ히기로 저럿케 인졍 잇ᄂᆞᆫ 사람을 ᄒᆡ칠 마암을 두엇던가

시픈 마음이 ᄉᆡᆼ기면셔 불상한 ᄉᆡᆼ각이 엇지 몹시 드던지 졈순의 흉계를 일러쥬고시픈 마음이 벗석 드러가ᄂᆞ 그 어머니의게 드른 말이 잇ᄂᆞᆫ고로 참아 말을 못하고 김승지 집에셔 ᄒᆞ던 말과 갓치 ᄭᅮᆷ이ᄂᆞᆫ 말로 ᄃᆡ답한다

(침모) 참 ᄇᆞᆫ가온 ᄉᆞ롬을 보러갓다 오ᄂᆞᆫ 길인ᄃᆡ ……

누구의게 드르셧ᄂᆞ 보구려

그러ᄂᆞ ᄂᆞᄂᆞᆫ 올나갈 결를이 업소

오날은 령감 어ᄃᆡ[더]가ᄂᆞᆫ 날이오

(츈쳔집) 에그머니 ᄂᆞᄂᆞᆫ 롱담으로 한 말이 맛쳣ᄂᆞ베

그ᄅᆡ 오날붓터 우리집에ᄂᆞᆫ 아니게실 터이오구려

령감 어더 가시ᄂᆞᆫ 것도 좃치마ᄂᆞᆫ 좀 올나오시지도 못한ᄃᆞᆫ 말이오

(침모) 내가 인제 가면 언제 ᄯᅩ 올지말지 한 샤람이니 일년이ᄂᆞ 이웃에

서 보던 샤람들을 작별이ᄂᆞ 좀 하고 오깃소
ᄒᆞ면셔 밧그로 나가더니 져진 담비 한 ᄃᆡ 필 동안이 다 못되야 침모가
도로 드러오는ᄃᆡ 압뒤집 늙은 로파가 두셔넛이나 ᄯᅡ라 드러오며

1907년 1월 23일 (七二)

저 마누라님이 오날부터 이 ᄃᆡᆨ에 아니게실 터이라지오
ᄒᆞ며 츈쳔집을 보고 말ᄒᆞ는 사ᄅᆞᆷ도 잇고
인제 가시면 이 ᄃᆡᆨ에는 다시 아니오시오
ᄒᆞ며 침모를 보고 말ᄒᆞ는 사ᄅᆞᆷ도 잇고
저 마누라님은 오날붓터 령감 어더 가신다는ᄃᆡ 순돌 어머니는 령감도
아니엇고 일싱 혼ᄌᆞ만 잇쇼
ᄒᆞ며 졈순이를 보고 말하는 사ᄅᆞᆷ도 잇더라
아해들은 무어슬 보러 드러오는지 ᄒᆞ나둘이 드러오기 시작ᄒᆞ더니 손ᄢᅡ
닥만한 안마당이 톡 터지도록 드러오는ᄃᆡ 졈순이는 벙어리 ᄂᆡᆼ가슴 알틋
ᄒᆞ고 잇다가 만만한 아ᄒᆡ들의게 독살푸리를 ᄒᆞᆫ다
(졈순) 무슨 구경 는나냐
무엇 하러 남의 집에 이렇케 드러오나냐
누가 시집을 가느니 긔급을 ᄒᆞ느니 ᄒᆞ는 소리를 듯고 국수 갈구
렁이나 잇슬 쥴 알고 이러 케들 드러오나냐
보기 실ᄐᆞ 나가거라
하며 포달을 부리는ᄃᆡ 다른 사ᄅᆞᆷ들은 무심이 보나 침모는 졈순의 오장을
드려다보는드시 알면셔 ᄯᅩᄒᆞᆫ 남더러 말 못할 일이라 물그름 보고 셔셔
심중으로 혼자말이라
죠년이 날을 미워셔 부리는 포달이로구나

인물이 죠ᄆᆞᆫ치 얌젼히 ᄉᆡᆼ긴 년이 마암은 엇지 그리 영독한고 아마 죠 년의 암심은 죠 눈ᄶᅡᆯ과 목소리에 다 드럿ᄂᆞᆫ 거시야

누가 시집을 가느니 긔급을 하느니 ᄒᆞ며 빗ᄃᆡ놋코 날더러 욕을 ᄒᆞ나 보다마ᄂᆞᆫ 오냐 욕은 ᄭᆡ소곰으로 안다

너갓한 몹슬 년의 ᄭᅬ임에 ᄲᅡ지지 아니한 것만 다ᄒᆡᆼᄒᆞ다

내가 오날부터 이 집에 아니 잇ᄂᆞᆫ 줄은 왼동내가 다 알 터이다 네가 아무리 흉계를 ᄭᅮᆷ이더리도 츈쳔집을 쥭이고 그 죄를 내게 뒤집어 씨흘 슈ᄂᆞᆫ 업슬걸 요 몹슬 년 네가 ᄂᆞᄂᆞᆫ 엇더케 쥭이러 드럿더냐

츈쳔집을 쥭이고 ᄂᆡ게 밀러 드럿더냐 츈쳔집을 쥭이ᄂᆞᆫ 셤에 ᄂᆞᄭᆞ지 쥭이러 드럿더냐 ᄒᆞᄂᆞ씩 치례로 치여버리러 드럿더냐 그러ᄒᆞᆫ ᄉᆡᆼ각을 ᄒᆞ며 졈순이를 졍신업시 건너다보다가 졈순이가 할긋 도라다보ᄂᆞᆫ 셔슬에 침모가 ᄭᅡᆷ짝 놀라며 고ᄀᆡ를 폭 수구리더니 다시 고ᄀᆡ를 드러 츈쳔집을 도라다보며

(침모) ᄂᆞᄂᆞᆫ 어셔 가야ᄒᆞ깃소

ᄒᆞ더니 건넌방에로 드러가셔 제 옷보퉁이를 들고 ᄂᆞ오며 츈쳔집과 졈순의게 조ᄒᆞᆫ 말로 작별하고 ᄃᆡ문 밧게로 ᄂᆞ가셔 인력거를 타ᄂᆞᆫᄃᆡ 츈쳔집이 ᄯᅡ라ᄂᆞ오며 눈물을 씨스니 침모가 마쥬 눈물을 싯고 작별을 ᄒᆞ면셔 엽흘 도라보니 아희들은 참 구경이나 ᄂᆞᆫ드시 인력거 압뒤로 느러셔셔 보ᄂᆞᆫᄃᆡ 남관황묘 ᄃᆡ문 압헤셔 팔장을 ᄭᅵ고 슬슬 도라당기ᄂᆞᆫ 사ᄅᆞᆷ ᄒᆞᄂᆞ히 잇ᄂᆞᆫᄃᆡ 그 사ᄅᆞᆷ은 창고 회사 압헤셔 인역거를 타고 침모의 인력거를 ᄯᅡ라오든 사ᄅᆞᆷ이라

1907년 1월 26일 (七三(칠삼))

침모의 마암에ᄂᆞᆫ 그 남자ᄀᆞ 침모의게 ᄯᅳᆺ이 잇셔셔 그 근쳐에 와셔 침모

가 엇더ᄒᆞᆫ 사ᄅᆞᆷ인가 알려고 빙빙 도ᄂᆞᆫ 듯ᄒᆞ야 밉고 시른 ᄉᆡᆼ각이 드러셔 작별ᄒᆞᄂᆞᆫ 사람들의게 말을 ᄀᆞᆫ단히 ᄃᆡ답ᄒᆞ고 인력거군을 ᄌᆡ촉ᄒᆞ야 ᄯᅥ나가니 침모의 마암은 시연ᄒᆞ기가 한량 업스나 츈쳔집의 마암에ᄂᆞᆫ 젼연 겨울에 철도에 업듸려ᄶᅡ가 침모의 인력거군이 걸려 너머져셔 침모를 만ᄂᆞ던 ᄉᆡᆼ각부터 일 년을 갓치 졍답게 지ᄂᆡ던 ᄉᆡᆼᄀᆡᆨ이 낫낫치 ᄂᆞ면셔 ᄉᆡ로히 슬픈 마암을 진졍치 못ᄒᆞ야 안방에로 드러가셔 침침ᄒᆞ게 어두어가ᄂᆞᆫ 방에 불도 아니켜고 혼자 안져 눈물만 흘리더라

관황묘 압마당에 모혀썬 사ᄅᆞᆷ들이 일시에 허여지고 그 ᄆᆞ당이 다시 젹젹ᄒᆞᆫᄃᆡ 그 젹적한 틈을 타셔 관황묘 홍문 압헤셔 빙빙 도던 남자ᄂᆞᆫ 점순의 힝낭방에로 서슴지 아니ᄒᆞ고 쑥 드러ᄀᆞᆫ다

졈순이ᄀᆞ 그 남자의 신을 얼른 집어 방안에로 드려놋코 방문을 툭 닷치며

(졈순) 여보 거긔 좀 안저 기다리시오 ᄂᆡ가 ᄋᆞᆫ악에 드러ᄀᆞ셔 젼역 진지 치르고 ᄂᆞ오리다

ᄒᆞ더니 안에로 드러가셔 젼역 밥상을 차리ᄂᆞᆫᄃᆡ 츈쳔집이 심계가 좃치 못ᄒᆞ야 젼역밥을 아니 먹깃다 ᄒᆞᄂᆞᆫ 소리를 듯고 다힝히 여겨셔 차리던 밥상을 치여놋코 힝낭에로 나가셔 방문을 펄적 열고 드러가며

(졈순) 여보 최셔방

내 지쥬 좀 보오 발셔 젼역 다 치럿소

그러나 그런 소리ᄂᆞᆫ 다 쓸ᄃᆡ 업ᄂᆞᆫ 롱담이오 이 일을 엇더케 ᄒᆞ면 좃탄 말이오

(최) 발셔 졍한 일을 인제 와셔 엇쩌케라니 ……

(졈순) 아니오

오날 아침에 우리가 의논한 일이 다 틀녓긔에 말이오

(최) 웅– 틀리다니

1907년 1월 29일 (七四)

(졈순) 침모가 오늘 별안ᄀᆞᆫ에 져의 집에로 갓소구려
(최) 침모ᄀᆞ 업스면 무슨 일 못ᄒᆞᄂᆞ
(졈순) 못ᄒᆞᆯ 거시야 무엇 잇소
(최) 그러면 ……
(졈순) 요ᄉᆡ갓치 밝은 셰상에 사ᄅᆞᆷ을 죽이고 흔젹 업시 ᄀᆞᆷ츄려 ᄒᆞ면 쉬울 수가 잇소
침모ᄂᆞᆫ 우리 ᄃᆡᆨ 령ᄀᆞᆷ게 귀염을 밧ᄂᆞᆫ 사ᄅᆞᆷ인고로 침모를 쐬야셔 츈쳔 마마님을 죽이면 령ᄀᆞᆷ ᄒᆞᄂᆞᆫ ᄀᆞᆷ쪽갓치 쇠기기가 쉬울 터인ᄃᆡ ……
(최) 압다 순돌 어머니 말은 알 수가 업ᄂᆞᆫ 말이오구려
김승지 ᄃᆡᆨ 마님은 침모ᄭᆞ지 죽여달라 ᄒᆞᄂᆞᆫᄃᆡ 침모를 쐬여셔 츈쳔집을 죽이고 침모ᄂᆞᆫ 살려두면 그거슨 언제 ᄯᅩ 죽인ᄃᆞᆫ 말이오
나 ᄒᆞ라ᄅᆞᆫ ᄃᆡ로만 ᄒᆞ엿스면 그ᄶᅡ지 것들은 ᄒᆞ로밤 ᄂᆡ로 다 업시버렷쓸 거슬 순돌 어머니가 무엇슬 한ᄃᆞᆫ 말이오
그리 할 것 업시 지금일찌라도 츈쳔집 모자을 죽여버립시다
(졈순) 글셰 침모가 그 일을 알고 잇ᄂᆞᆫ 터에 말이나 아니 ᄂᆡᆯ런지 그거시 조심도 되고 ᄯᅩ 오날 침모가 저의 집으로 ᄀᆞᄂᆞᆫᄃᆡ 별안ᄀᆞᆫ에 그런 일이 잇스면 이 동내 사ᄅᆞᆷ들이 의심이나 아니 할런지 ……
(최) 무슨 일을 ᄒᆞ면 ᄒᆞ고 말면 말지 발셔 일 년이나 두고 경영만 ᄒᆞ다가 이제 와셔 그거시 다 무슨 소리오
그럿케 일을 ᄒᆞ여셔 무엇이 되깃소
나ᄂᆞᆫ 순돌 어머니만 바라고 잇다가 큰 낭ᄑᆡᄒᆞ깃소
여보 그만 두오
ᄂᆞᄂᆞᆫ 다시 순돌 어머니 밋고 오지 아니ᄒᆞᆯ 터이오

ᄒᆞ면셔 벌덕 이러셔셔 ᄂᆞ가랴 ᄒᆞ니
(졈순) 응 잘 가ᄂᆞᆫ구
다시 아니올 것갓치……
어ᄃᆡ 반ᄒᆞᆫ 곳이 잇셔셔 핑계 조케 날을 ᄯᅦ여버리려고 그리 ᄒᆞᄂᆞᆫ
거시로구
ᄒᆞ면셔 상긋상긋 웃고 안졋더라
최가가 이러셜 ᄯᅢ에 참 가려ᄂᆞᆫ 마음으로 이러ᄂᆞᆫ 거시 아니라 졈순이가
붓들고 말류ᄒᆞᆯ 줄 아랏더니 몰류를 아니ᄒᆞᄂᆞᆫ 거슬 보고 도로 안기도 열
젹고 갈 마음도 업ᄂᆞᆫ 터이라 쥬져쥬저 ᄒᆞ다가 싹 셔셔 하ᄂᆞᆫ 말이
ᄉᆞᆯ세 우리가 김승지 댁 마님 돈을 여ᄀᆞᆫ 업싯소
그러ᄂᆞ 지ᄂᆞᄀᆞᆫ 일은 엇더ᄒᆞ던지 이 압 일은 헐후히 ᄒᆞ여셔ᄂᆞᆫ 못슴니다
우리가 그 마님 소원ᄃᆡ로 ᄒᆞ면 그 마님이 우리 소원ᄃᆡ로 엇더캐 ᄒᆞ여
쥰다합더닛가
(졈순) 장 드르면셔 무어슬 ᄉᆡ솜스럽게 ᄯᅩ 무러
(최) 아니 ᄂᆡ가 자세이 무러볼 일이 잇소
(졈순) 말을 하려거든 안저셔 ᄒᆞ구려
왼동ᄂᆡ가 다 들리라고 웨 셔셔 그리ᄒᆞ오
최가 핑계 좃케 다시 쥬져안지며

1907년 1월 30일 (七五)

가슴 압흘 훔쳑하더니 지권연 ᄒᆞᆫ ᄀᆡ를 집어내셔 붓쳐물고 졈순의 압흐로
벗셕 다거안지며
(최) 자— 이믄ᄒᆞ면 엽혜 쥐도 못아라듯게 말할 터이니 말 좀 ᄌᆞ세 ᄒᆞ오
졈순이가 본ᄅᆡ 눈우숨을 우스면 사람의 오장이 녹을만치 웃ᄂᆞᆫ 눈우

숨이라 그 솜씨 잇ᄂᆞᆫ 눈우숨을 상그레 우스면셔 얼골이 복숭아ᄭᅩᆺ갓
치 불거진다

(ᄎᆈ) 이ᄋᆡ 요ᄉᆡ 얼골 조왓고나
연지분을 발란늬

(졈순) 남더러 ᄒᆡ라ᄂᆞᆫ 우ᄒᆡ ᄒᆞ여
염체 업시……

(ᄎᆈ) 요 얌체 업ᄂᆞᆫ 것
네가 남이냐

(졈순) 그럼 남이지 무엇인ᄀᆞ 이편 계집 될 사람으로 알 것 갓흐면 걸
픗ᄒᆞ면 ᄀᆞ느니 마느니 ᄒᆞᆯ나구
본마누라 ᄯᅦ버리고 나고 산다ᄂᆞᆫ 말도 다 건[거]진말인 쥴 알아

(ᄎᆈ) 이ᄋᆡ 그거슨 념녀 마라
내가 ᄀᆞᆫ다 ᄒᆞ니ᄭᅡ 우리 마누라의게 ᄀᆞᆫ다ᄂᆞᆫ 쥴 아랏늬
업다 내가 여긔 아니오면 술잔 먹고 친구의 사랑에셔 잘지언졍 요
ᄉᆡᄂᆞᆫ 우리집에셔 자 본 젹이 업다
어제도 우리 장모를 보고 내ᄀᆞ 그 ᄆᆞᆯ 다 ᄒᆞ엿다
ᄯᆞᆯ을 어ᄃᆡ던지 보낼 곳 잇거든 보내라구……
앗다 우리 장모ᄀᆞ 그 ᄆᆞᆯ을 듯더니 죽겟다고 넉두리를 ᄒᆞᄂᆞᆫᄃᆡ 셕
ᄃᆡᄃᆞᆫᄒᆞ데……
그러ᄒᆞᆫ데 순돌 어머니ᄂᆞᆫ 남의 속은 모르고 ᄉᆡᆼ으로 남의 ᄋᆡ미한 ᄆᆞᆯ
이 우리ᄀᆞ 내외 될 언약이 잇슨 후에야 범연할 리ᄀᆞ 잇나
순돌 어머니가 일 결말을 어셔 닛스면 우리 마음ᄃᆡ로 될 터인ᄃᆡ
일 년이ᄂᆞ 되도록 일을 ᄶᅥ러ᄆᆞᆫ 가니 왼 일인지

(졈순) 내 마음은 더 밧분데

(최) 그릐 ᄃᆡ관절 김승지 ᄃᆡᆨ 마님이 우리 일은 엇더케 ᄒᆞ여쥰다던ᄀᆞ
졈순이가 상긋이 우스며 최가의 얼골을 ᄆᆞᆯ그름 보다가

(졈순) 우리 일은 격정 업서

우리 ᄃᆡᆨ 마님이 령감을 ᄭᅬ여셔 할 일은 다 ᄒᆞ엿다오

(최) ᄭᅬ히기를 엇더캐 ᄭᅬ엿스며 할 일은 엿더케 ᄒᆞ엿든 ᄆᆞᆯ이냐

(점순) 내가 거북 ᄋᆡ기를 젓 먹엿다고 그 공노로 속량ᄒᆞ여 쥬고 최셔방의 이름으로 황ᄒᆡ도 ᄇᆡ천 잇ᄂᆞᆫ 전장 마릅차점ᄭᆞ지 내여노앗ᄃᆞ오 그 전장은 내 손에 한번 드러오면 내 것 되고 말걸……

(최) 우리들의 일을 마님ᄆᆞᆫ 아르시ᄂᆞᆫ 쥴 아ᄅᆞᆺ더니 그 령감도 아르시나 여보 무슨 일을 셔슴다가ᄂᆞᆫ 아모 것도 아니될 터이니 지금 ᄂᆡ로 츈쳔 마마를 쥭여업ᄉᆡ셔

(졈순) 그러나 엇더케 쥭이면 죠킷소

(최) 오날 아침에 순돌 어며[머]니 ᄒᆞ던 말ᄃᆡ로 츈쳔집을 아편이나 먹여 쥭여놋고 방안에 셕유나 만히 드러붓고 불이나 질르고 어린아ᄒᆡᄂᆞᆫ 그 속에 집어더지고 순돌 어머니ᄂᆞᆫ 마당에셔 불이야 불이야 소리ᄆᆞᆫ 지른다더니 웨 ᄯᅩ ᄯᆞᆫ소리를 ᄒᆞ여

1907년 2월 1일 (七六)

최ᄀᆞᄀᆞ 졈순이더러 허오도 ᄒᆞ다가 ᄒᆡ라도 하다가 반말도 ᄒᆞᄂᆞᆫᄃᆡ 엇지 보면 졈순이를 잡것 놀리듯 ᄒᆞᄂᆞᆫ 것 갓흐ᄂᆞ 그런 거시 아니라 졈순이를 어집[집어]숨칠 것 갓치 귀ᄋᆡᄒᆞᄂᆞᆫ 마암에셔 나오ᄂᆞᆫ 거시라

졈순이ᄂᆞᆫ 무슨 생각을 ᄒᆞ느라고 아무 소리 업시 안젓ᄂᆞᆫᄃᆡ 최가ᄂᆞᆫ 각갑증이 ᄂᆞ셔 졈순의 압흐로 ᄒᆞᆫ 번 ᄶᅥ 다거안지며 ᄌᆡ촉ᄒᆞᆫ다

(최) 이ᄋᆡ 아편은 다 무엇이냐 ᄂᆡ가 안방에 드러ᄀᆞ셔 츈쳔집을 ᄶᅵᆨ 소리도 못ᄒᆞ게 쥭일 터이니 너ᄂᆞᆫ 셕유 ᄒᆞᆫ 통만 가져다가 안방에 드러부어라

그리ᄒᆞ고 불을 지르면 누구던지 이 집에 불이 나셔 츈쳔집이 타쥭

은 쥴노 알지 누가 죽인 쥴로 알깃나
졈순이난 의구히 무슨 싱각을 ᄒᆞ난지 가만이 안젓고
최가난 시각을 참지 못ᄒᆞᆯ 것 갓치 직촉을 한다
최가가 츈쳔집을 그럿케 급히 죽이려난 거슨 츈쳔집을 미워셔 그리ᄒᆞ난 거시 아니라 츈쳔집 모자를 죽이면 슈가 날 일이 잇난 곡절이오
졈순이가 ᄃᆡ답도 얼는 아니ᄒᆞ고 안젓난 거슨 츈쳔집을 죽이기가 시려셔 그리ᄒᆞᄂᆞᆫ 거시 아니라 그날 밤 ᄂᆡ로 츈쳔집 모자를 죽이고 집에 불지른 다난 ᄭᅬ를 침모ᄀᆞ 다 아난 일인고로 침모의 입에셔 무슨 말이 날ᄶᅡ 념녀ᄒᆞ야 그리ᄒᆞᄂᆞᆫ 거시라
밤은 졈졈 깁허가고 최가난 직촉을 벗셕 ᄒᆞ고 잇난ᄃᆡ ᄭᅬ 만ᄒᆞᆫ 졈순이도 엇지ᄒᆞ면 죠흘지 생각을 졍치 못ᄒᆞ다가 무슨 죠흘 도리가 잇던지 최가를 쳐어다보며 ᄉᆡᆼ그레 웃더니

(졈순) 여보 최셔방도 퍽 급ᄒᆞᆫ 셩품이오 무슨 직촉을 그럿케 ᄒᆞ오
(최) 급ᄒᆞ지 아니ᄒᆞ면
무슨 일이 일련이ᄂᆞ 썰다가 오늘은 무슨 결말이 ᄂᆞᆯ 쥴 아랏더니 오날도 ᄯᅩ 결말 아니ᄂᆞᆫ든 말인가
(졈순) ᄀᆞ만이 잇소 이왕 참ᄂᆞᆫ 김에 ᄂᆡ련 봄에 날 ᄯᅮᆺ듯ᄒᆞᆯ ᄶᅥᆨᄭᅡ지만 기다리시오
그러면 죠흘 도리ᄀᆞ 잇소
그러ᄂᆞ 그ᄶᅥᆨ는 최셔방이 그 일을 젼당ᄒᆞ야 맛지 아니 ᄒᆞ면 일이 아니될 터이오

1907년 2월 6일 (七七)

기다리ᄂᆞᆫ 거시 잇스면 셰월이 더된 듯ᄒᆞᄂᆞ 무심중에 지내면 쑴결갓한 거슨 셰월이라

철환보다 섈리 가ᄂᆞᆫ [速力] 속녁으로 도루ᄅᆡ미 도라ᄀᆞ듯 빙빙 도ᄂᆞᆫ [地球] 지구ᄂᆞᆫ (百餘度) 빅여도 [自轉] 자젼ᄒᆞᄂᆞᆫ 동안에 젹셜이 길길이 싸엿던 ᄉᆞᆫ과 들에 비ᄃᆞᆫ을 쌀라노흔드시 푸른 풀이 욱어지고 남ᄉᆞᆫ 밋도 동건 쳐ᄂᆞᆫ 복ᄉᆞ쏫 쳔지러라 츈쳔집이 어린아희를 안고 마당에로 ᄂᆞ려오며 졈순이ᄅᆞᆯ 부른다

여보게 순돌 어멈

이럿케 싸쌋한 ᄂᆞᆯ 방에 드러안져 무엇 ᄒᆞᄂᆞ

이리 ᄂᆞ와셔 져 남ᄉᆞᆫ 밋혜 복숭화쏫이ᄂᆞ 좀 내다보게

그ᄯᅢ 졈순이ᄂᆞᆫ 힝낭방에셔 최ᄀᆞ와 갓치 ᄃᆡ공이ᄅᆞᆯ 마주 ᄃᆡ히고 무슨 흉게ᄅᆞᆯ ᄭᅮ미느라고 졍신업시 수군거리다ᄀᆞ 츈쳔집의 목소리를 듯고 ᄭᆞᆷ작 놀라 벌덕 이러셔다ᄀᆞ 다시 고기ᄅᆞᆯ 폭 슈구리며 최ᄀᆞ의 귀에 ᄃᆡ고 ᄀᆞ만이 ᄒᆞᄂᆞᆫ 말이

이 방에 ᄀᆞ만이 드러안젓다ᄀᆞ 두 말 말고 ᄂᆞ ᄒᆞ라ᄂᆞᆫ ᄃᆡ로만 ᄒᆞ오

ᄒᆞ더니 살작 도라셔며 문구녕에 눈을 ᄃᆡ히고 잠ᄭᆞᆫ 내다보다ᄀᆞ 문을 열고 ᄂᆞ가더니 그 방문을 밧그로 걸고 허리침 속에셔 잠을쇠ᄅᆞᆯ ᄭᅥ내셔 빈 방을 잠그드시 덜썩 잠그더니 안마당에로 드러ᄀᆞ며 츈쳔집 ᄀᆞ슴에 잉긴 어린아희ᄅᆞᆯ 보고 두 손바닥을 짝짝 치며

아ᄀᆞ 이리 오너라

ᄒᆞ면셔 츈쳔집 젓ᄀᆞ슴 압흐로 두 손을 드리미니

어린아희ᄀᆞ 졈순이ᄅᆞᆯ 보더니 벙굴벙굴 웃고 두 손을 쓱 내밀러 졈순의게 척 잉긴다

(츈천집) 이ᄋᆡᄂᆞᆫ 어미보다 자네ᄅᆞᆯ 더 ᄯᆞ르니 이거슨 어미 업셔도 걱졍 업슬걸

졈순이ᄀᆞ 어린아희ᄅᆞᆯ 공긔 놀리듯 츄슈루며 어린아희의 입을 쪽쪽 맛츄며

(졈순) 어머니 아니 개[계]시면 내 젓 먹고 살지 아ᄀᆞ

그럿치 그럿치
ᄒᆞ며 어린아희ᄅᆞᆯ 들ᄭᆞ분다
개도 제 식기ᄅᆞᆯ 귀ᄋᆡᄒᆞᄂᆞᆫ 시늉을 보히면 조아ᄒᆞᄂᆞᆫ 법이라 졈순이ᄀᆞ 츈쳔집 압헤셔 어린아희ᄅᆞᆯ 그럿케 귀ᄋᆡᄒᆞ고 어린아희ᄂᆞᆫ 졈순의게 그럿케 ᄯᅡ루ᄂᆞᆫ 거슬 보고 츈쳔집의 마음에ᄂᆞᆫ 내ᄀᆞ 지금 죽어도 우리 거복이ᄂᆞᆫ 걱졍 업시 잘 자랄 쥴만 알고 잇더라

1907년 2월 7일(七八)

오고 가ᄂᆞᆫ 공긔ᄀᆞ 마주쳐셔 빙빙 도ᄂᆞᆫ 회호리 바람이 도동 과목 밧헤셔 이러나더니 그 악ᄀᆞ운 복사ᄭᅩᆺ 가지를 사졍 업시 흔들어셔 ᄭᅩᆺ이 문청 ᄯᅥ러지면셔 바람에 ᄊᆞ여 공중에로 올라ᄀᆞᆫ다
그 바람 긔운이 업셔지며 그 ᄭᅩᆺ이 도로 ᄂᆞ려오ᄂᆞᆫᄃᆡ 허다ᄒᆞᆫ 너른 ᄯᅡ에 츈쳔집 안마당에로 ᄭᅩᆺ비ᄀᆞ ᄂᆞ려온다 츈쳔집이 공중을 쳐어다보며 말 못ᄒᆞᄂᆞᆫ 어린아희ᄅᆞᆯ 부르면셔 아라듯지 못할 말을 한다
이ᄋᆡ 거북아 오늘은 우리집에 무슨 경ᄉᆞᄀᆞ 이스려ᄂᆞ보다
ᄭᅩᆺ비ᄀᆞ 오ᄂᆞᆫ고ᄂᆞ
졈순이ᄂᆞᆫ 져더러 ᄒᆞᄂᆞᆫ 말도 아니언마ᄂᆞᆫ 츈쳔집의 말이 ᄯᅥ러지며 ᄃᆡ답을 한다
(졈) 아즉 아니 ᄯᅥ러질 ᄭᅩᆺ도 못슬 바람을 만ᄂᆞ더니 ᄯᅥ러짐니다 그려
ᄒᆞ면셔 츈쳔집을 할긋 도라다보ᄂᆞᆫ대 츈쳔집은 무심이 드ᄅᆞᆯ ᄲᅮᆫ이라
(츈쳔집) 여보게 순돌 어멈 세월갓치 덧업ᄂᆞᆫ 거슨 업ᄂᆞᆫ 거실세 엇그젹게 저 ᄭᅩᆺ 피기를 기다려더니 오날 볼셔 저 ᄭᅩᆺ이 낙화ᄀᆞ 된단 말인ᄀᆞ
그러ᄂᆞ 사ᄅᆞᆷ인들 저 ᄭᅩᆺ과 다를 것 무엇 잇ᄂᆞ

우리ᄀᆞ 세상에 ᄂᆞ든 ᄂᆞᆯ부터 오ᄂᆞᆯᄭᆞ지 지낸 일을 ᄉᆡᆼᄀᆞᆨᄒᆞ면 ᄭᅮᆷ갓ᄒᆞᆫ 일이 안닌ᄀᆞ

우리ᄂᆞᆫ 져 남순에 ᄯᅥ러지ᄂᆞᆫ ᄭᅩᆺ을 보고 쉽[아쉽]다 ᄒᆞ거니와 져 ᄂᆞᆷ순은 우리를 보고 무엇이라 ᄒᆞᆯ런지

ᄒᆞ면셔 처량ᄒᆞᆫ ᄀᆡᆨ식이 잇더라

졈순이ᄀᆞ 츈쳔집의 말을 듯고 츈쳔집의 ᄀᆡᆨ식을 보더니 상긋상긋 우스며

(졈순) 마마님 오날은 ᄂᆞᆷ순에 구경 ᄂᆞᄀᆞ십시다

(츈쳔집) 동무도 업시 혼ᄌᆞ 무슨 자미로 ᄭᅩᆺ구경을 ᄀᆞᆫ단 말인ᄀᆞ

(졈순) 여려시 ᄀᆞ면 ᄭᅩᆺ을 더 잘 봄닛ᄀᆞ 마마님이 ᄀᆞ시면 쉰네ᄂᆞᆫ 아기 업고 갈 터이니 셰시 ᄀᆞ면 ᄭᅩᆺ구경 못ᄒᆞᆫ깃습닛ᄀᆞ

(츈쳔집) 그두 그러ᄒᆞ지

그러ᄂᆞ 문밧이라고 ᄂᆞᄀᆞ본 일이 업다ᄀᆞ 별안ᄀᆞᆫ에 ᄂᆞᄀᆞ기도 셤억셤억ᄒᆞ야 못ᄂᆞᄀᆞ깃네

(졈순) 그런 말슴 마르시오

요식ᄂᆞᆫ ᄃᆡ신의 부인도 내외 업시 아모 데라도 ᄃᆡᆼ기신담니다

(츈쳔집) 글세 말일셰 그런 부인은 내외를 아니ᄒᆞ면 셰상에셔 문명한 부인이라고 충찬을 듯지마ᄂᆞᆫ 우리갓치 남의 쳡 노릇이ᄂᆞ ᄒᆞ고 잇ᄂᆞᆫ 사람은 일 업시 ᄲᅦᆯᄲᅦᆯ ᄂᆞ딍기면 남의 말 ᄒᆞ기 조아ᄒᆞᄂᆞᆫ ᄉᆞ람들이 별명만 지흘 터이니 남의게 벌[별]명 드러 무엇ᄒᆞ게

(졈순) 구덕이 무셔워셔 장 못당글라구

내 마암만 올코 내 힝실만 그르지 아니ᄒᆞ면 그문이지오 ᄂᆞᆷ의 말을 엇지 다 ᄀᆞ려요

(츈쳔집) 그ᄂᆞᆫ 그러ᄒᆞ야……

닌들 언제 내외를 ᄒᆞ여 보앗깃ᄂᆞ 츈쳔 솔기 사ᄂᆞᆫ 상ᄉᆞ람의 ᄯᆞᆯ로 왼동내를 ᄲᅦᆯᄲᅦᆯ ᄂᆞ딍기며 자라던 ᄉᆞ람으로 양분의 쳡이 되얏다고 룡이ᄂᆞ 되야 ᄒᆞᄂᆞᆯ에ᄂᆞ 올라ᄀᆞᆫ 듯ᄒᆞ야 ᄒᆞᄂᆞᆫ 말이 아닐셰 불ᄀᆞ불 ᄂᆞ갈 일만 잇스면 어ᄃᆡ를 못ᄀᆞ깃ᄂᆞ

봄날이 기다ᄒᆞᄂᆞ 일 업ᄂᆞᆫ 녀편네의 밧고 차ᄂᆞᆫ 잠말이란 거슨 한업ᄂᆞᆫ 거시라 말ᄒᆞᄂᆞᆫ 동안에 [地球] 지구ᄀᆞ 참 도라ᄀᆞᄂᆞᆫ지 [太陽] ᄐᆡ양이 다라ᄂᆞᄂᆞᆫ지 길마ᄌᆡ 우에 석양이 빗겻더라

1907년 2월 8일 (七九(칠구))

졈순이가 ᄒᆡ를 처어다보더니 어린아희를 츈쳔집의게 앵기며

(졈순) 에그 ᄒᆡ 다 갓습니다

아기 좀 보아줍시오

쇤네ᄂᆞᆫ 저역 진지를 하여야 하겟습니다

츈쳔집은 어린ᄋᆞ희를 바다 안고 안방으로 드러ᄀᆞ고 졈순이ᄂᆞᆫ 바구니를 끼고 ᄇᆞᆫ찬가가로 ᄂᆞ가더라

엉셩ᄒᆞᆫ 바구니 속에 빨ᄀᆞᆫ 고기 ᄒᆞ얀 두부 파란 파를 요리조리 겻드려셔 욱식 저구리에 ᄇᆞᆯᄀᆞᆫ 팔비ᄅᆡ 바다입은 팔숨치에 훔쳐끼고 흔들거리고 드러오던 졈순이ᄀᆞ ᄃᆡ문깐에셔 뒤를 흘긋흘긋 도라다보더니 허리침 속에셔 열쇠를 ᄭᅳ내셔 것호로 잠ᄀᆞ던 힝낭방 문을 덜걱 열고 쑥 들여다보며

(졈순) 최셔방 ᄀᆞᆨ갑ᄒᆞ얏지오 인심 조흔 옥사정이ᄂᆞᆫ 돈 한 푼 아니 밧고

옥문만 잘 여려쥬지오

ᄒᆞᄒᆞᄒᆞ……

(최) 그ᄅᆡ 엇더캐 되얏소

(졈순) 엇더케 되기ᄂᆞᆫ 무엇시 엇더케 되야

내가 드러가셔 저역 밥 지여노흘문 ᄒᆞ거든 악가 ᄒᆞ던 말ᄃᆡ로 ᄒᆞ오

하더니 문을 쏙 닷고 안중문에로 드러ᄀᆞᆫ다

츈쳔집은 안방에 안젓다ᄀᆞ 별ᄋᆞᆫᄀᆞᆫ에 가슴이 두군두군ᄒᆞ며 마ᄋᆞᆷ이 좃치 못하더니 별싱ᄀᆞᆨ이 다 ᄂᆞᆫ다

울며불며 이별ᄒᆞ던 어머니도 보고십고 야속ᄒᆞ던 아버지도 보고십고 ᄀᆞ물에 콩 ᄂᆞ드시 드믓드믓 와셔보ᄂᆞᆫ 김승지도 보고시푸더라

(츈쳔집) 이ᄋᆡ 거복아 네의 아버지가 요ᄉᆡᄂᆞᆫ 왜 한 번도 아니 오시ᄂᆞᆫ지 모르깃다

거복아 아버지 보고시푼 눈 좀 보ᄌᆞ

거복이ᄀᆞ 눈을 ᄶᅳ긋ᄒᆞ게 감ᄂᆞᆫ 신흉을 ᄒᆞ며 ᄌᆡ롱 ᄒᆞᆫ다

(츈쳔집) 에그 고 눈 어여ᄲᅮ다 ᄯᅩ 네의 아버지 언제 오실ᄀᆞ 머리 좀 글거라

거북이ᄀᆞ 고개ᄅᆞᆯ 살살 흔들며 머리ᄅᆞᆯ 아니 극ᄂᆞᆫ다

츈쳔집이 거북이 ᄃᆡᄀᆞᆼ이ᄅᆞᆯ 쏙 ᄯᅦ리면셔

요것 왜 네의 ᄋᆞ버지 언제 오실ᄀᆞ 머리 좀 글거라 ᄒᆞ야도 아니 극ᄂᆞ냐

거북이ᄀᆞ 저의 어머니ᄅᆞᆯ 처어다보며 입이 비쥭비쥭 ᄒᆞ더니 웅아 운다

ᄃᆡ문ᄀᆞᆫ에셔 이리 오너라 이리 오너라 부르ᄂᆞᆫ 소리ᄀᆞ ᄂᆞ니 안ᄉᆡᆼ 부억에 잇던 점순이ᄀᆞ 안중문ᄭᅡᆫ에로 나ᄀᆞ다ᄀᆞ 더 ᄂᆞᄀᆞ지 아니ᄒᆞ고 안ᄉᆡᆼ에ᄭᅡ지 목소리ᄀᆞ 드리도록 ᄒᆞᄂᆞᆫ 말이

(점) 에그 쥭손 셔방님이 올러오셧네

ᄃᆡ문ᄭᅡᆫ에셔 부르던 숀이 목쇼리를 크게 ᄒᆞ야 ᄒᆞᄂᆞᆫ 말이

(숀) 점순이가 엇지 하야 여긔 와셔 잇나냐

안악에 못볼 숀님 아니겨시냐 그ᄃᆡ로 드러가도 관게치 아니ᄒᆞ깃나냐

(점) 드러오십시오 아무도 아니 게심니다

ᄒᆞᄂᆞᆫ 소리를 듯더니 밧게 잇던 손이 셔슴지 아니ᄒᆞ고 안마당으로 쑥 드러오니 점순이가 압셔셔 드러오는대 그 손은 마당에셔 지체를 하고 셧고 점순이는 안방에로 얼른 드러오더니

(점) 마마님 져 쥭손 셔방님이 오셧습니다

(츈쳔집) 쥭손 셔방님이 누구신가

(점) 에그 죽순 셔방님을 모르십니까
ᄒᆞ더니 츈쳔집 압흐로 밧삭 다가셔셔 감안이 ᄒᆞᄂᆞᆫ 말이
궁동 나리 셔자 되시ᄂᆞᆫ 셔방님이애요
(츈쳔집) 궁동 나리ᄂᆞᆫ 누구신ᄀᆞ
(점) 에그 딱ᄒᆞ여라 궁동 나리를 모르시네 우리 ᄃᆡᆨ 령감 ᄉᆞ촌 되시ᄂᆞᆫ 나리를 모르셔요 궁동 나리ᄂᆞᆫ 도라가신 지 오릐지오……
져 셔방님은 도라가신 궁동 나리 셔자랍니다
져 셔방님 어머니 되시ᄂᆞᆫ 마마님은 그져 사라게시지오
(츈) 드러옵시사 ᄒᆞ게

1907년 2월 10일 (七九[칠구] / 80회)

점순이가 안ᄉᆡᆼ문을 열고 ᄂᆞ셔면서
셔방님 이리 드러옵시오
ᄒᆞᄂᆞᆫ 소리 ᄒᆞᆫ 마듸에 그 놈자가 거드름스러운 헷기침 두 번를 ᄒᆞ며 안ᄉᆡᆼ에로 드러오ᄂᆞᆫᄃᆡ ᄂᆞ히 삼십이 너무락 말락 ᄒᆞ고 구레ᄂᆞ룻은 ᄲᅢᆷ을 쳐도 압푸지 아니홀만 ᄒᆞ고 둥구런 눈은 심술이 뚝뚝 ᄯᅥ러지ᄂᆞᆫ 듯ᄒᆞ고 코날 웃둑 셔고 몸집 ᄯᅥᆨ 버러진 모량이 ᄃᆡ체 영특ᄒᆞᆫ 남ᄌᆞ이라
셔슴지 아니ᄒᆞ고 츈쳔집 압흐로 석 드러안지며 아지머니 아지머니 ᄒᆞ며 인ᄉᆞ를 ᄒᆞᄂᆞᆫᄃᆡ 츈쳔집은 김승지의 일가라고 별로 싱면을 못ᄒᆞ야본 터이라 무엇이라고 말ᄒᆞ면 조흘지 몰라셔 그 남자의 말ᄒᆞᄂᆞᆫ ᄃᆡ로 ᄃᆡ답만 ᄒᆞ고 잇더라
점순이ᄂᆞᆫ 죽순 셔방님을 보고 반ᄀᆞ와 ᄒᆞᄂᆞᆫ 모량으로 무슨 말을 홀듯 홀듯 ᄒᆞ면셔 버릇 업시 먼저 말ᄒᆞ기ᄀᆞ 어려운 것 갓치 말 업시 운목에 섯더라
그 남자ᄀᆞ 점순이를 도라다보며 말을 뭇ᄂᆞᆫᄃᆡ 본릐 무식ᄒᆞᆫ 쳔격의 사람이

라 말이 쳔보로 ᄂᆞ오더라

(구레ᄂᆞ룻) 졈순이는 요식 더 어엿벗고ᄂᆞ

네 자식 잘 자라ᄂᆞ냐

악ᄀᆞ 내ᄀᆞ 큰 덕에 갓슬 ᄯᅦ에 네ᄀᆞ 눈에 보히지 아니ᄒᆞ고 마님 교군 뒤에 계월이ᄀᆞ 뫼시고 ᄀᆞ기에 네ᄀᆞ 어ᄃᆡ 갓누 ᄒᆞ얏더니 네ᄀᆞ 자근 덕에 와셔 드는을 ᄒᆞ는고ᄂᆞ

젼에는 큰 덕 마님게셔 어ᄃᆡ를 ᄀᆞ시던지 네ᄀᆞ 뫼시고 댕겻지……

(졈순) 셔방님게셔 큰 댁에 뎅겨오심닛ᄀᆞ

마님게셔 게월이를 다리고 어ᄃᆡ를 ᄀᆞ셔요

(구레ᄂᆞ룻) 마님게셔 쥭순 내려ᄀᆞ셧든다

ᄒᆞ더니 다시 츈쳔집을 도라다보며

(구레ᄂᆞ룻) 참 내ᄀᆞ 밋처 말을 못ᄒᆞ엇소

아젓써[씨]개셔 일젼에 급한 일이 잇셔셔 우리 집에 오시다ᄀᆞ 길에셔 병환이 드러셔 우리 집에 드러오실 ᄯᅦ부터 ᄶᅥ실려 드러오시더니 불과 슈일에 시ᄀᆞᆨᄃᆡ변이오구려

내 참 그런 급한 병은 처음 보앗소 어졔 아침에는 유언을 다 ᄒᆞ시는ᄃᆡ 별 말슴을 다 ᄒᆞ십듸다

그러키로 ᄶᅩᆨ 도라ᄀᆞ실 거슨 아니지오마는 사람의 일을 알수ᄀᆞ 잇소 아젓씨 말슴에 두 분 아지머니ᄂᆞ ᄒᆞᆫ번 다시 보고 쥭으면 조케다 ᄒᆞ시니 두 분 아지머니게셔는 ᄀᆞ셔 뵈옵던지 아니 가셔 뵈옵던지 내 도리는 내ᄀᆞ ᄋᆞ니할 슈ᄀᆞ 업셔셔 밤을 도아 올러왓소

숌쳔동 아지머니는 본ᄅᆡ 급ᄒᆞ신 성졍이라 그 말을 드르시더니 당장에 두ᄭᅬ 교군을 질려셔 ᄯᅥᄂᆞ섯지오

내ᄀᆞ 비힝을 ᄒᆞ여 가는 길인ᄃᆡ 츈쳔 아지머니게 이 말슴 아니ᄒᆞ고 갈 수 잇소

교군더러 과쳔 말죽거리 가서 슉소ᄒᆞ시게 이르고 ᄂᆞᆫ 이리
로 드러왓소
그ᄅᆡ 아지머니ᄂᆞᆫ 엇지ᄒᆞ실 터이오 아젓씨를 가셔 뵈울 터
이면 지금으로 가실 길을 차려드릴 터이고 아니 가실 터이
면 ᄂᆞᆫ 곳 가야ᄒᆞ깃소

츈쳔집이 그 말을 듯고 쳔진으로 소ᄉᆞᄂᆞᆫ 눈물이 쏘다지며 엇지ᄒᆞ면 조흘지 몰라셔 아무 소리 업시 안젓ᄂᆞᆫᄃᆡ 졈순이가 ᄀᆞ장 세상에 츙비ᄂᆞᆫ 저ᄒᆞᄂᆞ쁜인드시 안탑갑게 ᄋᆡ를 쓰고 셧더라

(졈순) 에그 이를 엇지 ᄒᆞ나
마ᄆᆞ님게셔 못가뵈을 터이면 쇤네ᄀᆞ 가셔 뵈옵깃습니다
(츈쳔집) 자네가 가셔 뵈옵기로 ᄂᆡ게 쓸ᄯᅢ 잇ᄂᆞ
령감게셔 보고십든 말슴이 업더ᄅᆡ도 내 마음애 가셔 뵈고고
[뵈옵고]십풀 터인ᄃᆡ 영감게셔 그처럼 말슴ᄒᆞ시ᄂᆞᆫ 거슬 ᄋᆞ니
가서 뵈을 수 잇ᄂᆞ
그러ᄂᆞ 엇더케 가ᄂᆞ
(구레ᄂᆞ룻) 아지머니가 가실 터이면 어셔 교군을 타시오 내가 교군ᄭᆞ
지 다리고 왓쇼
이ᄋᆡ 졈순아 밧게 나가셔 교군군더러 교군 갓다가 안마당
에 드려노라 ᄒᆞ여라
(츈쳔집) ᄃᆡ려노흘 것 무엇 잇소 내가 나가셔 타지오
그러나 거북이를 집에 두고 가야 죠흘런지오
(구레ᄂᆞ룻) 다리고 가시지요
아젓씨게셔 제일 거북이를 보고십퍼 ᄒᆞ십듸다

츈쳔집이 창황 중에 져력밥도 아니 먹고 어린아히를 다리고 교군을 타고 나가ᄂᆞᆫᄃᆡ 그 교군이 남관황묘 압 길가 ᄂᆞᆷ향 븐찬가가 압흘 막 지ᄂᆞᆯ ᄯᅢ에 구레ᄂᆞ룻 ᄂᆞᆫ ᄂᆞᆷ자ᄀᆞ 멧투리 신고 집핑이 썰고 교군 뒤에 ᄯᅡ라가다 급한

소리로

이ᄋᆡ 교군아 교군을 거긔 좀 뫼셔라 잠ᄀᆞᆫ 이진 널 잇다
ᄒᆞ더니 교군을 길가에 ᄂᆡ려놋코 구레ᄂᆞ룻 ᄂᆞᆫ 놈자가 교군ᄭᅮᆫ더러 저리 좀 가거라 ᄒᆞ더니 교군 압 ᄇᆞᆯ을 들고 드려다보며 길ᄀᆞ 사람의게 들리지 아니ᄒᆞ도록 ᄀᆞ마니 ᄒᆞᄂᆞᆫ 말이

여보 아지머니 거북이 ᄀᆞᆷ긔 들리다 폭 잘 싸셔 안으시오
ᄒᆞ면셔 어린아희ᄅᆞᆯ 싸쥬ᄂᆞᆫ 신흉을 ᄒᆞᄂᆞᆫᄃᆡ 츈쳔집은 경황 업ᄂᆞᆫ 무심중이라 거북이를 위ᄒᆞ여 쥬ᄂᆞᆫ 것만 고맙게 녀기고 잇더라 졈순이ᄀᆞ 팔장을 ᄭᅵ고 반찬ᄀᆞᄀᆞ 압헤셔 교군을 보고 우둑허니 섯다ᄀᆞ 돌하셔셔 ᄇᆞᆫᄎᆞᆷᄀᆞᄀᆞ로 아슬랑ᄋᆞ슬랑 드러오면셔 한슘을 쉬고 혀를 쪽쪽 찬다
ᄇᆞᆫ찬ᄀᆞᄀᆞᄂᆞᆫ 제일 밧분 ᄯᆡᄀᆞ 식전 젼녁이라 사ᄅᆞᆷ이 들락ᄂᆞᆯ락 ᄒᆞᄂᆞᆫᄃᆡ ᄀᆞᄀᆞ 쥬인이 몸등이ᄀᆞ 둘 되지 못ᄒᆞ고 눈이 네시 되지 못한 것만 ᄒᆞᆫ을 ᄒᆞ도록 밧분 중에 졈순의 혀 차ᄂᆞᆫ 소리ᄅᆞᆯ 듯고 흘긋 처다보면셔

혀ᄂᆞᆫ 왜 그럿게 차오

무엇 못맛당한 일 잇소

(졈) ᄉᆞᄅᆞᆷ이 오ᄅᆡ ᄉᆞ니ᄶᆞ 별 ᄭᅩ락시니를 다 보깃지
무엇시 낫바셔 저ᄶᅵ 지슬 ᄒᆞ여

(쥬인) 무어슬 그리 ᄒᆞ오

(졈) 무어슨 무어시야 저것 좀 보오

(쥬인) 져거시 무어시란 말이오

(졈) 져울눈을 셰고 셔셔 힝길은 ᄂᆡ다보지도 아니ᄒᆞ고 그리 ᄒᆞ네
쥬인 힝길을 흘긋 보더니 다시 점순이를 건너다보며

힝길에 무엇 잇소 교군 ᄒᆞᄂᆞ 노힌 거슬 보라고 밧분 사ᄅᆞᆷ을 죠롱을 ᄒᆞ고 잇담……

앗차 이 고기를 일것 다라노앗더니 몃 양중인지 ᄯᅩ 이젓구

여보 순돌 어머니 혀 차고 속 답답ᄒᆞᆫ 일 잇거든 얼른 니약이 좀 ᄒᆞ오

명 ᄶᅡ른 놈도 좀 듯고 쥭게……
길ᄀᆞ에 잇던 교군은 도동 ᄋᆞᆸ흘 도라ᄂᆞ가ᄂᆞᆫᄃᆡ 구레ᄂᆞ룻 ᄂᆞᆫ 놈자ᄂᆞᆫ 활개ᄶᅵᆺ슬 ᄒᆞ며 교군 뒤에 ᄯᅡ라가고 점순이ᄂᆞᆫ 본찬ᄀᆞᄀᆞ 기동 엽헤 기ᄃᆡ셔셔 가ᄂᆞᆫ 교군만 ᄇᆞ라본다
눈에 돈만 보히ᄂᆞᆫ 가가 쥬인은 정신이 ᄯᅡᆫ 데 가 팔려셔 갈풍질풍할 ᄲᅮᆫ이나 본찬거리 사러왓던 이웃 ᄉᆞ람들은 졈순이더러 일삼아 말를 뭇더라

(졈순) 저 교군 ᄐᆞ고 가ᄂᆞᆫ ᄉᆞ람이 우리 ᄃᆡᆨ 마마님이라오

(이웃 ᄉᆞ람)……

(점) 모르ᄀᆡᆺ쇼 어ᄃᆡ로 가ᄂᆞᆫ지 저 교군 뒤에 ᄯᅡ라가ᄂᆞᆫ 져 놈은 왼 놈인지 밤낫 업시 와셔 파뭇쳐 잇더니 필경 뎌런 일이 ᄉᆡᆼ겻지 내ᄀᆞ 벌셔부터 우리 댁 령감게 엿쥭고 시퍼도 어린 ᄋᆡ기가 불상ᄒᆞ야 말을 아니ᄒᆞ고 잇셧디

(이웃 ᄉᆞᄅᆞᆷ)……

(졈순) 모르ᄀᆡᆺ소 아쥬 내ᄲᅵ넌[던]지 어ᄃᆡ 가셔 힝창질이나 설컨 ᄒᆞ다가 ᄯᅩ 드러올런디

ᄒᆞ면셔 아슬렁아슬렁 나ᄀᆞ더라

1907년 2월 17일 (七九(칠구) / 81회)

츈쳔집이 다라낫다 ᄒᆞᄂᆞᆫ 소문은 엇지 그리 ᄲᅡᆯ리 낫던지 그날밤 ᄂᆡ로 도동 바닥에 ᄶᅡᆨᄶᅡ글 ᄒᆞ엿더라
그거ᄉᆞᆫ 무ᄉᆞᆫ ᄶᅡ달인고
남의게 층찬 듯던 사ᄅᆞᆷ이 크게 잘못ᄒᆞᆫ 일이 잇스면 그거슬 변으로 알고 말ᄒᆞᄂᆞᆫ 법이라
츈쳔집은 도동 바닥에셔 어여ᄲᅮ다 층찬ᄒᆞ고 인졍 잇다 층챤ᄒᆞ고 ᄉᆞ족 부

녀라도 그보다 더 얌젼홀 수 업다 층찬ᄒᆞ고 놈의 쳡 노릇ᄒᆞ기ᄂᆞᆫ 악가운 ᄉᆞ롬이라고ᄶᅡ지 층찬ᄒᆞ던 ᄉᆞ롬의 입이 ᄯᅥᆨ 버러지고 혀가 홰홰 내둘리도록 변으로 듯고 그날 밤에ᄂᆞᆫ 구셕구셕이 츈쳔집의 공논ᄲᅮᆫ이라
어ᄂᆞᆫ 집 사랑에ᄂᆞᆫ 절문 소년이 한방이 톡 터지도록 모혀ᄂᆞᆫᄃᆡ ᄒᆞᄂᆞ니 그 소리라

「아모의 쳡이 다라낫다지」

「그것 잇기도 오릭 잇섯네 절문 계집을 거긔다 내버려두고 별로 들여다보지도 아니한다니 아니 다라나깃ᄂᆞ」

ᄒᆞᄂᆞᆫ 말은 사롬 만이 모힌 사랑 공논이오
삼월동풍에 집집에 ᄂᆞ라들며 지져귀ᄂᆞᆫ 제비갓치 자미잇게 직거리ᄂᆞᆫ 절문 녀편네 모힌 곳에ᄂᆞᆫ 츈쳔집의 공논이 여러가지로 논다

츈쳔집이 다라낫다지 놈의 쳡이란 거시 다 그릇치 그런 년들이 셔방의 등살[쌀]이ᄂᆞ 빗여먹고 다라나지

ᄒᆞᄂᆞᆫ 말은 시얏 보고 적□한 녀편네가 남의 시얏ᄭᅡ지 미워ᄒᆞᄂᆞᆫ 입에셔 ᄂᆞ오ᄂᆞᆫ 소리오

츈쳔집이 갓다지

잘 갓지

김승지ᄂᆞᆫ 안마누라의게 판관사령이라ᄂᆞᆫᄃᆡ 무슨 자미로 김승지를 바라고 잇셔

ᄒᆞᄂᆞᆫ 말은 놈의 별실 된 ᄉᆞ람의 입에셔 ᄂᆞ오ᄂᆞᆫ 소리오

츈쳔집이 갓다지

집도 내버리고 셰ᄀᆞᆫ 그릇 ᄒᆞᄂᆞ도 아니 가지고 빈 몸만 ᄂᆞ갓다지

에그 어수룩ᄒᆞᆫ ᄉᆞ롬도 만치

셔방이 시르면 표차롭게 갈라셔셔 제 것 다 차져가지고 저ᄂᆞᆫ 저ᄃᆡ로 살 거시지 왜 제 몸등이만 ᄂᆞ가……

ᄒᆞᄂᆞᆫ 말은 손전슈전 다 격고 (張三李四) 장삼리ᄉᆞ의게로 것침식 업시 도라

당기던 여편네의 입에셔 ᄂᆞ오는 소리오
　춘쳔 마마가 다라낫다지
　에그 ᄉᆞᄅᆞᆷ이라는 거슨 미들 슈가 업는 거시지 그 마마님이 다라ᄂᆞᆯ 줄 누가 알아
ᄒᆞ는 말은 춘쳔집 이웃에 ᄉᆞ는 로파가 춘쳔집을 슉뷰인 정뷰인갓치 놉피 보앗던 ᄉᆞᄅᆞᆷ의 입에셔 ᄂᆞ오는 쇼리라
그러한 광논 중에 춘쳔집을 허러셔 ᄒᆞ는 말도 잇고 춘쳔집을 위ᄒᆞ야 ᄒᆞ는 말도 잇스ᄂᆞ 엇더케 ᄒᆞ는 말일런지 춘쳔집이 분명히 다라는 쥴로만 알고 ᄒᆞ는 말ᄲᅮᆫ이라

1907년 2월 19일 (八十(팔십) / 82회)

그날은 김승지의 부인이 점순이 오기를 눈이 ᄲᅡ지도록 기다리고 잇는 터이라
낫젼부터 기다리는 점순이가 장장 츈일에 ᄒᆡ가 ᄶᅥ러지고 밤이 되도록 소식이 업스니 혼ᄌᆞ 속이 타고 혼자 ᄋᆡ가 씨여서 안젓다가 이러낫다가 지힝 업시 마당에로 나갓다가 ᄃᆡ문싼을 기웃기웃 ᄂᆡ다보다가 다시 방에로 드러와 안저셔 혼자 퉁퉁징이 나셔 밋친 ᄉᆞᄅᆞᆷ갓치 혼자 중얼거린다
　점순이가 오려면 불셔 왓슬 터인ᄃᆡ 왜 아니 오누
　오날은 춘천집을 엇더케 처치ᄒᆞ던지 처치한ᄃᆞ더니 소식이 업스니 원 일인구
　내가 일 년을 두고 점순이 ᄒᆞ자는 ᄃᆡ로만 ᄒᆞ얏는ᄃᆡ 고년이 내 소원 푸러쥰 거시 무어신고
　아마 고년이 나를 쇠겨셔 돈만 ᄲᅦ셔ᄀᆞᆫ 거시야
　춘쳔집 ᄒᆞ나를 쥭여 업ᄉᆡ기가 무어시 그럿케 어려워

내가 벌셔부터 고년을 의심은 ᄒᆞ엿스ᄂᆞ 고년이 날을 볼 ᄯᅢ마ᄃᆞ 조곰
ᄆᆞᆫ 더 참아라 ᄒᆞᄂᆞᆫᄃᆡ 번번이 소갓지
점ᄃᆡᄂᆞᆫ 고년이 드러와셔 날더러 영절스럽게 ᄒᆞᄂᆞᆫ 말이 마님개셔 직쥬
것 령감 마님을 ᄶᅬ여셔 열을[흘] 동안ᄆᆞᆫ 도동을 아니나오시도록 ᄒᆞ여
쥬시면 그 동안에 츈쳔집을 업샐 도리를 한ᄃᆞ ᄒᆞ기로 내 말이 그거ᄉᆞᆫ
걱졍 마라 열흘 동안은 고ᄉᆞᄒᆞ고 보름 동안이라도 령감게셔 도동을
못가시게 할 터이니 감ᄶᅡᆨ것치 일ᄆᆞᆫ 줄 ᄒᆞ여라 ᄒᆞ얏더니 오날 식젼에
ᄂᆞᆫ 고년이 ᄯᅩ 드러와셔 날더러 돈을 달나 ᄒᆞ면셔 오날은 정녕 츈쳔집
을 업시버린ᄃᆞ ᄒᆞ던 년이 돈ᄆᆞᆫ 가저가고 ᄯᅩ 소식이 업서……
ᄆᆞᆫ일 오날도 츈쳔집을 업시지 못ᄒᆞ고도 ᄯᆞᆫ 소리를 ᄒᆞ거든 점순이란
년은 내 손으로 쳐죽여 업시버려야
ᄒᆞ면셔 지힝 업시 ᄯᅩ 마당에로 ᄂᆞ가ᄃᆞ가 안중문 소리가 씨걱 ᄂᆞ면셔 어
두운 밤에 ᄉᆞ룸이 드러오ᄂᆞᆫ 발자취 소리를 듯고 열이 벗석 낫던 김에 소
리롤 버럭 질러셔
점순이냐
ᄒᆞᄂᆞᆫ 소리에 김승지가 드러오ᄃᆞ가 ᄭᅡᆷ작 놀라셔 ᄒᆞᄂᆞᆫ 말이
왼 소리를 그럿케 몹시 지르오
점순이가 오면 나제 오지
밤에 올 리가 잇소
부인이 점순이를 기ᄃᆞ리던 눈치를 그 남편의게 보엿슬가 념녀ᄒᆞ야 능청
스럽게 ᄒᆞᄂᆞᆫ 말이
내가 령감 드러오시ᄂᆞᆫ 거슬 모르고 그리ᄒᆞ오
령ᄀᆞᆷ이 츌입 아니 ᄒᆞ신ᄃᆞ고 날더러 장담ᄒᆞ시더니 ᄯᅩ 츌입을 ᄒᆞ시니
영ᄀᆞᆷ이 거진말 ᄒᆞ시ᄂᆞᆫ 거시 분히셔 령ᄀᆞᆷ을 보고 부러 그리ᄒᆞ엿소
(김승지) 내가 가기ᄂᆞᆫ 어ᄃᆡ를 가……
내가 지김[금] ᄉᆞ랑에셔 드러오ᄂᆞᆫ데……

못미덥거든 쳔복이를 불러 무러보아……

ᄂᆞᆫ 어ᄃᆡ를 가면 마누라ᄂᆞᆫ 내가 기집의 집에 가ᄂᆞᆫ 쥴로ᄆᆞᆫ 알고 의심을 ᄒᆞ기에 에ᄃᆡ던지 불가불 볼일 외에ᄂᆞᆫ 내가 무슨 츌입을 한ᄃᆞ고 그리ᄒᆞ오

그러케 발명을 부산이 ᄒᆞ며 드러오ᄂᆞᆫᄃᆡ 김승지의 뒤에 ᄉᆡᄭᅡᆷ안 거시 아슬랑아슬랑 드러오ᄂᆞᆫ 거슨 점순이라

1907년 2월 20일 (八一(팔일) / 83회)

부인이 그럿케 몹시 버루던 점순이를 보더니 이제ᄂᆞᆫ 내 마암ᄃᆡ로 일이 줄 되얏ᄂᆞ보다 시푼 ᄉᆡᆼᄀᆞᆨ이 ᄂᆞ셔 점순이를 벼르던 마암은 어ᄃᆡ로 가고 ᄇᆞᆫ가운 마암이 와락 ᄂᆞ셔 쳔연이 ᄒᆞᄂᆞᆫ 말이

범도 제 말 ᄒᆞ면 온다더니 점순이가 참 드러왓고ᄂᆞ

무엇 ᄒᆞ러 이 밤중에 드러왓ᄂᆞ냐

ᄒᆞ면셔 방에로 드러가ᄂᆞᆫᄃᆡ 김승지와 점순이가 부인의 뒤를 ᄯᅡ라드러가더니 김승지의 내외ᄂᆞᆫ 아ᄅᆡ목에 ᄂᆞ란이 안고 졈순이ᄂᆞᆫ 아모 말 업시 운목에 섯더라

(부인) 점순이 네 왜 왓ᄂᆞ냐

(점순) 그져 드러왓습니다

(부인) 그져라니

이 밤중에 왓다가 도로 ᄂᆞ가려면 무섭지 안킨ᄂᆞ냐

(점) ᄯᅩ ᄂᆞ가 무엇 ᄒᆞ게오

(부) ᄯᅩ ᄂᆞ가 무엇 ᄒᆞ다니 ᄂᆞ가셔 ᄋᆞ기 젓 먹이지

(점) 쇤네가 아기 젓도 못먹이게 되얏답니다

(부인) ᄋᆞ기 젓도 못먹이다니

왜 네ᄀᆡ 무슨 작죄를 ᄒᆞ고 내쏘것ᄂᆞ 보구ᄂᆞ

점순이ᄀᆡ 무슨 말을 할듯활[할]듯 ᄒᆞ면셔 말이 업시 섯스니

(부인) 에그 고년 ᄀᆞ갑도 ᄒᆞ다

왜 말을 좀 시연이 못ᄒᆞ고 그리ᄒᆞᄂᆞ냐 무슨 작죄를 ᄒᆞ얏거든 바루 말ᄒᆞ여라

점순이ᄀᆡ 부인 압흐로 밧삭 드러오더니 ᄀᆞ장 김승지의 귀에 들리지 아니ᄒᆞ도록 말ᄒᆞᄂᆞᆫ 쳭 ᄒᆞ고 감안이 말ᄒᆞᄂᆞᆫᄃᆡ 부인이 번연이 아라드럿스ᄂᆞ 두번 셰 번 치처 문ᄂᆞᆫ다

(부인) 응 무어시야

말 좀 ᄯᅩᆨᄯᅩᆨ이 ᄒᆞ려무ᄂᆞ

마마ᄀᆡ 달라다니 무어슬 달란ᄃᆞᆫ 말이냐 무어시던지 집에 잇ᄂᆞᆫ 거슬 달라거든 갓다ᄀᆡ 쥬려 무ᄂᆞ

(점순) 달라기ᄂᆞᆫ 무어슬 달ᄅᆡ요

다라낫담니다

(부인) 응 다라ᄂᆞ

그ᄅᆡ 언제 ᄃᆞ라낫ᄃᆞᆫ ᄆᆞᆯ이ᄂᆞ

ᄆᆞᆯ 좀 자셰 ᄒᆞ야라

ᄒᆞ더니 혀를 툭툭 차며 츈쳔집을 욕을 한ᄃᆞ

져런 망한년 보앗ᄂᆞ

무어시 못맛당ᄒᆞ여 ᄃᆞ라ᄂᆞᆫᄃᆞᆫ ᄆᆞᆯ이냐

ᄀᆞ면 표차롭게 갈 일이지

왜 ᄃᆞ라ᄂᆞᆫᄃᆞᆫ ᄆᆞᆯ이ᄂᆞ

(점순) ……

(부인) 그ᄅᆡ 츈쳔집의게 당기던 놈은 누구란 ᄆᆞᆯ이냐

(점순) ……

(부인) 모르ᄃᆞ니 네ᄀᆡ 모르면 누ᄀᆡ 야[아]느냐 그ᄅᆡ 그놈이 요ᄉᆡᄂᆞᆫ 밤낫 업시 츈쳔집의게 파무쳐 잇셧ᄃᆞᆫ ᄆᆞᆯ이냐

에그 그년이 ᄃᆞ라ᄂᆞᆫ 거시 ᄃᆞ힝ᄒᆞᄃᆞ 만일 아니 ᄃᆞ라ᄂᆞ고 잇셧던들 령ᄀᆞᆷ게 무슨 히ᄀᆞ 도라왓슬런지 알 수 잇ᄂᆞ냐

1907년 2월 22일 (八二(팔이) / 84회)

ᄒᆞ더니 김승지를 도라다보면서 희[호]들갑스럽게 무슨 광[공]치사를 한다

여보 내가 무어시라 합더닛가

내 말 드러서 ᄒᆡ로운 일 무엇 잇셧소

ᄂᆞᆫ 불셔부터 츈쳔집이 셔방질만 ᄒᆞ고 잇ᄃᆞᄂᆞᆫ 소문을 드럿소

령감게셔ᄂᆞᆫ 그런 못된 년의게 ᄲᅡ져셔 정신을 모르시고 츈쳔집이라 ᄒᆞ면 셰상에 다시 업시 얌젼고ᄒᆞ[ᄒᆞ고] 착ᄒᆞᆫ 계집으로 아르셧지오

ᄂᆞ만 아닐터면 령ᄀᆞᆷ게셔 큰일 날 본 ᄒᆞ엿소

만일 츈쳔집이 엇던 놈을 ᄭᅵ고 잇슬 ᄯᆡ에 령감이 그년의 방에를 드러 ᄀᆞ셧더면 그 흉악한 년놈의 손에 령ᄀᆞᆷ게셔 엇더케 되셧슬런지 알 수 잇소

나ᄂᆞᆫ 드론 말도 잇고 의심 ᄂᆞᄂᆞᆫ 일이 잇셔셔 몃칠 젼부터ᄂᆞᆫ 영ᄀᆞᆷ이 츈쳔집의게 가실ᄭᅡ 밤낫 그 염녀만 ᄒᆞ고 잇셧소

영ᄀᆞᆷ이 내 소리가 듯기 시려셔

요ᄉᆞᄂᆞᆫ 츌입도 아니ᄒᆞ셧지오

내 소ᄅᆡᄅᆞᆯ 그리 듯기 려시[시려]ᄒᆞ시더니 내 말 드러 ᄂᆞᆼ픠 본 것 무엇 잇소

이후에ᄂᆞᆫ 영ᄀᆞᆷ게셔 내 소리를 아무리 듯기 시려ᄒᆞ시더릭로 내가 ᄒᆞ고 시푼 말은 다 할 터이오

왜 아무 말슴도 업시 안지셧소

무안ᄒᆞ신가보구려

ᄒᆞ면셔 홍씸에 김승지를 다쥬치니 김승지는 제싼에 썩국이 농ᄀᆞᆫᄒᆞ야 ᄂᆞ
오는 말이

마누라 혼ᄌᆞ만 츈천집의 힝실 그른 줄을 안드시……

나는 먼져 아룻셔……

ᄒᆞ면셔 얼골이 샐개지니 부인은 그 남편이 다시는 첩 둘 ᄉᆡᆼᄀᆡᆨ도 못ᄒᆞ도
록 말을 ᄒᆞ느라고 ᄋᆡ쑤진 츈쳔집의 험언만 ᄒᆞ는ᄃᆡ 밤이 깁허셔 ᄃᆞᆰ이 우
도록 부인의 말이 쥴기차게 ᄂᆞ오더라

불ᄉᆞᆼ한 츈쳔집은 그날 밤에 귀가 ᄀᆞ려워도 여ᄀᆞᆫ 가려울 터이 아니나 오
장이 슬슬 녹는드시 ᄋᆡ를 쓰느라고 귀가 가려운 쥴도 모르고 지닌다

1907년 2월 23일(八三[팔 삼] / 85회)

츈쳔집의 교군이 셔빙고ᄀᆞᆼ을 막 건너면서 날이 저무럿스ᄂᆞ 그날은 음녁
삼월 보룸날이라 초저녁부터 달이 초롱갓치 볼갓는ᄃᆡ 셔빙고ᄀᆞᆼ 모릐톱
을 지닐 ᄯᆡ부터는 달빗을 의지ᄒᆞ여 가는 터이라

셔빙고 쥬막을 다달으ᄆᆡ 교군ᄭᅮᆫ이 쥬ᄆᆞᆨ으로 드러가면셔

여보 사처방 잇소

무르니 죽순 셔방님이란 자가 뒤에 ᄯᅡ라오다가 소리를 버럭 질너 ᄒᆞ는
말이

이놈들 너는 돈 바다 먹고 교군ᄒᆞ는 놈이 날더러 뭇지도 아니ᄒᆞ고 너
의들 마음ᄃᆡ로 쥬ᄆᆞᆨ으로 드러ᄀᆞᆫ든 말이냐

이런 급한 일에 밤길 아니가고 엇더한 일에 밤길을 가깃ᄂᆞ냐 쉬지 말
고 어셔들 가ᄌᆞ

(교군) 급한 길을 가시는지 무슨 길을 가시는지 교군ᄭᅮᆫ더러 말슴이ᄂᆞ
ᄒᆞ셧슴닛가

돈 아니라 은을 밧더ᄅᆡ도 ᄃᆞᆫ픠 교군으로 밤길은 못가깃습니다
ᄒᆞ면셔 교군을 ᄂᆡ려노흐니 죽손 셔방님이란 자가 호령이 셔리갓치 교군
ᄭᅮᆫ을 벼르ᄂᆞ 본ᄅᆡ 말을 ᄒᆞ면 상소리가 만흔 자라 교군ᄭᅮᆫ들이 호영[령]은
드르ᄂᆞ 호령ᄒᆞᄂᆞᆫ 자를 처음부터 넹겨다본 터이라 ᄃᆡ답이 삿부게 ᄂᆞ온다

(교군) 압다 처음 보깃네

어ᄃᆡ 가셔 밤길 잘 가ᄂᆞᆫ 교군ᄭᅮᆫ 어더 다리고 가시오

우리ᄂᆞᆫ 여긔ᄶᅡ지 ᄂᆞ온 삭이ᄂᆞ 바다 가지고 셔울로 도로 가깃소
구레ᄂᆞ룻 ᄂᆞᆫ 자가 소리를 버럭 지로면셔 그런 법이 잇ᄂᆞ니 업ᄂᆞ니 ᄒᆞ다
가 도동셔 셔빙고ᄭᆞ지 ᄂᆞ온 교군삭을 교군ᄭᅮᆫ 압헤로 탁 더지고 교군 속
에 안진 츈쳔집을 들여다보면셔

아지머이 이리 ᄂᆞ오시오

ᄒᆞ면셔 어린아희를 바다 안고 츈쳔집을 ᄌᆡ촉ᄒᆞ니 츈쳔집은 절에 ᄀᆞᆫ ᄉᆡᆨ시
갓치 ᄒᆞ라ᄂᆞᆫ ᄃᆡ로만 ᄒᆞᄂᆞᆫ 터이라 교군 밧게로 ᄂᆞ셔면셔

(츈쳔집) 엇더케 ᄒᆞ실 터이야요

(구레ᄂᆞ룻) 아니가려ᄂᆞᆫ 교군ᄭᅮᆫ 놈들을 엇더케 할 수 잇소

여긔셔 ᄂᆡ 처가가 머지 아니ᄒᆞ니 아지머니가 거러셔 ᄂᆡ 처
가에ᄭᆞ지만 가십시다

거긔ᄭᆞ지만 ᄀᆞ면 당장에 동내 ᄇᆡᆨ셩을 푸러서라도 교군 두
ᄑᆡᄂᆞᆫ 내셀 터이오

자- 두 말 말고 거북이를 내 등에 업펴쥬시오

ᄒᆞ더니 거북이를 두루처업고 셔셔 츈쳔집을 ᄯᅩ ᄌᆡ촉ᄒᆞ니 츈쳔집이 마지
못ᄒᆞ야 거러셔 ᄶᅡ라ᄀᆞᄂᆞᆫᄃᆡ 한참 ᄀᆞ다ᄀᆞ 큰길로 아니ᄀᆞ고 소로로 드러셔
더니 점점 무인지경에로만 드러ᄀᆞᆫ다

1907년 2월 24일 (八三 / 86회)

깁푼 밤 밝은 달에 손빗톨 험한 길로 이러져리 ᄶᅥᆯ려당기ᄂᆞᆫ 츈쳔집이 의심이 ᄂᆞ기 시ᄌᆞᆨᄒᆞ더니 겁이 더럭 ᄂᆞ셔 달이[다리]가 덜덜 ᄯᅥᆯ리며 거름이 아니걸린다

그러ᄂᆞ 밤도 깁고 손도 깁흔 무인지경에셔 날고 ᄭᅱ지 못할 츈쳔집이 의심ᄂᆞᆫ 체도 못ᄒᆞ고 내친 거름에 죽으ᄂᆞ 사ᄂᆞ ᄯᆞ라가다가 다리도 압푸고 ᄀᆡ운이 ᄐᆞᆯ진ᄒᆞ야 손빗톨에 털셕 쥬저안지며 말을 ᄆᆞᆺ는다

(츈쳔집) 여보 족ᄒᆞ님 날을 ᄭᅳᆯ고 어ᄃᆡ로 가오 일 마졍이 못되ᄂᆞ니 이 마정이 못되ᄂᆞ니 ᄒᆞ던 족ᄒᆞ님 처갓집이 왜 그리 머오

내가 거름 거른 거슬 ᄉᆡᆼᄀᆞᆨᄒᆞ여도 이십 니ᄂᆞ 삼십 니ᄂᆞᆫ 되깃고

(구레ᄂᆞ룻) 오냐 더 갈 것 업다

이만 ᄒᆞ여도 깁슉ᄒᆞ게 잘 ᄭᅳᆯ고 왓다

ᄒᆞ면셔 홱 도라서ᄂᆞᆫ 셔슬에 츈쳔집이 ᄀᆡ가 ᄆᆡᆨ혀 ᄒᆞᄂᆞᆫ 말이

「여보 이거시 웬 일이오」

(구레ᄂᆞ룻) 죽을 년이 웬 일은 아라 무엇 ᄒᆞ려ᄂᆞ냐

ᄒᆞ더니 달빗에 셔리갓치 번ᄶᅥ거리ᄂᆞᆫ (短刀) ᄃᆞᆫ도를 ᄲᅦ여들고 츈쳔집 압흐로 달려드니 츈쳔집이 ᄋᆡ결복걸 ᄒᆞᄂᆞᆫ 말이

ᄂᆡ 몸 ᄒᆞᄂᆞᆫ ᄂᆞᆼ지처참을 ᄒᆞ더ᄅᆡ도 우리 거북이ᄂᆞ 살려쥬오

ᄒᆞᄂᆞᆫ 목소리가 ᄭᅳᆫ너지기 전에 그 목에 칼이 푹 드러가면셔 츈쳔집이 ᄲᅥ드러졋다

칼ᄭᅳᆺ은 츈쳔집의 목에 ᄭᅩᆺ치고 칼자루ᄂᆞᆫ 구레ᄂᆞ룻 ᄂᆞᆫ 놈의 숀에 잇ᄂᆞᆫᄃᆡ 그놈이 그 칼를 도로 ᄲᅦ여들더니 잠드러 자ᄂᆞᆫ 어린아희를 ᄂᆡ려놋코 머리 우에셔붓터 ᄂᆡ리치니 살도 연ᄒᆞ고 ᄲᅧ[뼈]도 연한 셰 살 먹은 어린아희라 결 죠흔 장작ᄶᅩ개지드시 머리에셔붓터 허리ᄭᆞ지 칼이 내려갓더라

구레ᄂᆞ룻 ᄂᆞᆫ 자가 츈쳔집이 설질렷슬가 념녀ᄒᆞ야 숨 ᄯᅥ러진 츈쳔집을 두

셰 번 겁푸 ᄶᅵ르더니 두 송장을 ᄶᅥ러다가 사ᄐᆡ ᄂᆞᆫ 깁흔 골에 집에[집어] ᄶᅥ러터리는ᄃᆡ 츈쳔집 모ᄌᆞ의 송장이 사ᄐᆡ밥에셔 내리굴러 드러가ᄆᆡ 적적ᄒᆞᆫ ᄉᆞᆫ 가온ᄃᆡ 은 갓ᄒᆞᆫ 달빗ᄲᅮᆫ이라 그 밤 그 달빗은 인ᄀᆞᆫ에 제일 처량ᄒᆞᆫ 빗이러라

1907년 2월 26일 (八五 / 87회)

광쥬 졍션릉으로 드러가는 어구의 사ᄐᆡ가 길길히 ᄂᆞᆫ 구렁덩이에 귀신도 모르는 송장들이 쳐박혓는ᄃᆡ ᄭᅩᆺ갓치 절믄 녀편네와 옥동ᄌᆞ 갓ᄒᆞᆫ 어린아ᄒᆡ라

그 녀편네는 츈쳔집이오 그 어린아ᄒᆡ는 츈쳔집의 아들 거북이라

ᄭᅳᆷᄶᅵᆨᄒᆞ고 악착ᄒᆞᆫ 그 쥭엄을 인ᄀᆞᆫ에서는 아모도 본 사람이 업ᄉᆞᄂᆞ 구만리 장쳔 ᄒᆞᆫ복판에 놉피 ᄯᅳᆫ 밝은 달은 참혹ᄒᆞᆫ 송장에 비츄엿는ᄃᆡ 그 달의 (光線) 광션이 ᄒᆞᆫ편으로 츈쳔 삼학ᄉᆞᆫ 아ᄅᆡ 솔개동ᄂᆡ ᄀᆞᆼ동지집 안생 셔창에 눈이 부시도록 드리빗츄엇더라

그 방안에셔 ᄀᆞᆼ동지 코 고는 소리가 츈쳔집 ᄉᆞ던 도동 압헤셔 밤 열두시 전ᄎᆞ 지ᄂᆞ가는 소리갓치 웅장ᄒᆞ고 동지의 마누라는 쥐 쥭은드시 아무소리 업시 누엇더니 별안ᄀᆞᆫ에 소리를 버럭 지르는 셔슬에 ᄀᆞᆼ동지가 잠결에 엇지 몹시 놀ᄅᆞᆺ던지 마쥬 소리를 버럭 지르면셔 벌덕 이러ᄂᆞ더니 목침을 들고 머리맛 셔창을 열어제치면셔 도적을 튀기는ᄃᆡ 도적은 긔척도 업고 적적ᄒᆞᆫ 밤에 밝은 달빗ᄲᅮᆫ이라

ᄀᆞᆼ동지는 ᄭᆞᆯᄭᆞᆯ 웃고

마누라는 ᄭᅳᆼᄭᅳᆼ 알른다

(동지) 마누라 어ᄃᆡ가 압푼가
악가 잠고ᄃᆡ ᄒᆞ엿지

(마누라) 에그 무슨 ᄭᅮᆷ이 그러케도 흉악ᄒᆞ오
초저녁부터 ᄭᅮᆷ자리가 뒤숭숭ᄒᆞ더니 그 ᄭᅮᆷ은 다 이젓소 나중에
ᄭᅮ던 ᄭᅮᆷ은 ᄭᆡᆫ 후에도 눈에 선-ᄒᆞᆫ 거시 ᄭᅮᆷ갓지가 아니ᄒᆞ구려
김승지의 마누라인가 무엇인가 그 몹슬 년이 우리 길순이를
ᄶᅡᆨᄶᅡᆨ ᄶᅵ져셔 고츄장 항아리에 톡 집어드럿더리ᄂᆞᆫ 거슬 내가
달려드러 ᄲᅢ스려ᄒᆞᆫ즉 그년이 날ᄭᅡ지 잡아셔 그 ᄒᆞᆼ아리 속에
집어울엇소구려
내가 우리 길순이를 안고 ᄒᆞᆼ아리 속에로 드러가면셔 ᄒᆞ누님
맙시사 소리를 지르면셔 ᄭᅮᆷ을 ᄭᆡ엿소
여보 령ᄀᆞᆷ 우리가 자식이라고ᄂᆞᆫ 길순이 ᄒᆞᄂᆞᄲᅮᆫ인ᄃᆡ 삼 년이
되도록 얼굴을 못보고 지내니 우리가 사ᄂᆞᆫ 거시 무슨 자미로
ᄉᆞ오
내가 살기로 몃 ᄒᆡ나 더 살ᄭᅵᆺ소 ᄉᆡᆼ전에 길순이ᄂᆞ 한 번 보고
쥭기가 원이니 내일은 우리 둘이 셔울 가셔 길순이ᄂᆞ 한 번
보고옵시다

1907년 2월 27일 (八六(팔륙) / 88회)

본ᄅᆡ ᄀᆞᆼ동지ᄂᆞᆫ 겨집과 자식의게 범갓치 사납던 사람이라 그 마누라가 무슨 말을 ᄒᆞ던지 ᄀᆞᆼ동지가 ᄃᆡ답이 업스면 ᄀᆞᆷ히 두 번 셰 번 다쥬처 말을 못ᄒᆞ던 터이라 그ᄯᅢ ᄀᆞᆼ동지가 아모 소리 업시 담비만 ᄯᅥᆯ고 담고 ᄒᆞ면셔 ᄀᆞᆷ아니 안젓ᄂᆞᆫᄃᆡ 로ᄑᆞᄂᆞᆫ 모흐로 드러누흔 ᄎᆡ 다시 아모 말 업시 훌적훌적 우ᄂᆞᆫ 소리가 ᄂᆞᆫ다
(동지) 여보게 마누라 이러ᄂᆞ셔 ᄉᆞᆯ ᄒᆞᆫ 잔 메여쥬개
날만 ᄉᆡ거든 ᄂᆡ가 셔울 가셔 길순이ᄂᆞ 보고 오ᄭᅵᆺ네

(로파) 령ᄀᆞᆷ 가시ᄂᆞᆫᄃᆡ ᄂᆞ도 좀 갓치 갑시다 그려

(동지) 압다 그리ᄒᆞ게 마누라를 ᄡᆞᆼᄀᆞᆷ아ᄂᆞᆫ 못ᄐᆡ여쥬더ᄅᆡ도 제 ᄇᆞᆯ로 거러가셔 ᄯᆞᆯ자식 본다ᄂᆞᆫ 것도 못ᄒᆞ게 ᄒᆞ깃나

로파가 그 말을 듯고 신이 ᄂᆞ셔 벌덕 이러ᄂᆞ더니 일변 막걸리를 거르며 일변 힝장을 ᄎᆞ리ᄂᆞᆫᄃᆡ 그 힝장은 별거시 아니라 ᄉᆡ 옷 ᄒᆞᆫ 벌 ᄶᅥ내 입고 집ᄑᆡᆼ이 ᄒᆞ나 집고 ᄀᆞᆼ동지 ᄶᆞᆼ문이에 노자 몃 량 찰 ᄲᅮᆫ이라

날이 밝그ᄆᆡ 이웃 집 늙은 할미더러 집을 좀 보아달라 ᄒᆞ니 그 할미ᄂᆞᆫ ᄂᆞᆷ의 집에 가셔 밥이ᄂᆞ 어더먹고 집이ᄂᆞ 보아쥴 일이 잇스면 살 수나 ᄂᆞᆫ 듯시 알고 당기ᄂᆞᆫ 사ᄅᆞᆷ이라 ᄀᆞᆼ동지의 내외가 그 ᄒᆞᆯ미의게 집을 ᄆᆡᆨ기고 그 ᄯᆞᆯ 길순이를 보러 셔울로 올러가더라

ᄀᆞᆼ동지의 마누라가 열 ᄡᆞᆯ구락이 낫낫치 부르터셔 한 ᄇᆞᆯᄶᅡ국을 ᄯᅴ여노흐려면 눈물이 쑥쑥 ᄲᅡ지ᄂᆞ ᄒᆞ로밧비 ᄒᆞᆫ시밧비 길순이를 볼 욕심으로 압픈 거슬 쥬리 참듯 참으면셔 ᄯᅥᄂᆞᆫ 지 이틀만에 셔울을 ᄃᆡ여 드러가니 우선 ᄂᆞᆷ손만 보아도 그 ᄯᆞᆯ을 보ᄂᆞᆫ드시 깃부고 ᄇᆞᆫ가운 마음이 ᄂᆞᆫ다

ᄒᆡᄂᆞᆫ 길마ᄌᆡ에 뉘엿뉘엿 너머가ᄂᆞᆫᄃᆡ ᄀᆞᆼ동지의 내외가 남ᄃᆡ문에셔부터 도동을 문ᄂᆞᆫ다

ᄀᆞᆼ동지의 마누라가 몃 달 전에 바다본 편지런지 츈쳔집의 편지 것봉 ᄒᆞᆫ 장을 허리침에셔 집어내더니 ᄀᆞᆼ동지를 쥬면셔 여긔 씨힌 ᄃᆡ로만 집을 ᄎᆞ지라 ᄒᆞ니 ᄀᆞᆼ동지가 편지 것봉을 바다들고 도동을 ᄎᆞ저가셔 관황묘 압헤셔 오르락 내리락 ᄒᆞ며 츈쳔집을 찻ᄂᆞᆫᄃᆡ 관황묘 동편 담모통이로 지ᄂᆞᄀᆞᄂᆞᆫ ᄉᆞᄅᆞᆷ이 왼 집을 ᄀᆞ르치며 이 집이 그 집이라 ᄒᆞᄂᆞᆫ 소리를 듯고 ᄀᆞᆼ동지 내외의 눈동자ᄀᆞ 모들ᄯᅳ기갓치 일시에 흘긋 도라다본다

ᄂᆞ지ᄆᆞᆨᄒᆞᆫ 기와집에 ᄒᆞ얀 목ᄉᆡ를 ᄶᅩᆨᄶᅩᆨ 씨엿ᄂᆞᆫᄃᆡ 츈쳔집 모친의 마음에ᄂᆞᆫ 길순이ᄀᆞ 분을 바르고 내ᄃᆡ보ᄂᆞᆫ드시 ᄇᆞᆫ갑더라

1907년 2월 28일(八七 / 89회)

ᄇᆞᆫ쩜 지친 평ᄃᆡ문으로 ᄀᆞᆼ동지의 마누라가 서슴지 아니ᄒᆞ고 쑥 드러가면셔 ᄀᆞᆼ동지를 도라다보며 ᄒᆞᄂᆞᆫ 말이

령ᄀᆞᆷ 왜 거긔셔 머뭇머뭇 하시오

ᄯᆞᆯ의 집도 처음 오니 섬억섬억 ᄒᆞ신가보구려

(동지) 섬억섬억할 것이야 무엇 잇ᄂᆞ

마뉴라가 어셔 압셔 드러가게

ᄀᆞᆼ동지ᄂᆞᆫ 뒤에 셔고

동지의 마누라ᄂᆞᆫ 압셔셔 드러ᄀᆞᆫ다

ᄀᆞᆼ동지ᄂᆞᆫ 헷기침을 ᄒᆞ며 드러가고

동지의 마누라ᄂᆞᆫ ᄯᆞᆯ의 얼굴을 보기도 전에 입에 썩 버러셔 마당에셔부터 ᄯᆞᆯ을 부른다

전 갓ᄒᆞ면 길순아 불럿슬 터이ᄂᆞ

압뒤 면을 보아셔 별다르게 부르더라

악아 ᄇᆞᆫ가운 사ᄅᆞᆷ 왓다 문 좀 열고 내다보아라

너를 보러 오느라고 열 섈구락에 ᄊᆞ아리가 열럿다

에그 다리야

ᄒᆞ면셔 마루 ᄭᅳᆺ헤 털셕 걸러안는다

안생 지게문이 펠젝 열니면셔 칠팔월 외 ᄭᅩ부러지듯 ᄭᅩ부러진 할미가 문고리를 붓들고 언문에 기역ᄌᆞ갓치 셔셔 파뿌리갓치 ᄒᆞ얏케 센 ᄃᆡᄀᆞᆼ이로 체머리를 설셜 흔들며 누가 무어슬 집으려 드러온드시 소리를 지른다

왼 사ᄅᆞᆷ이 남의 집에 드러와셔

늘정을 붓치고 안졋셔

이 집 쥬인이 업다 ᄒᆞ니 아쥬 사ᄅᆞᆷ ᄒᆞᄂᆞ도 업시 비엿슬 쥴 안 거시로구나

ᄂᆞᆫ 이 집 보러온 사ᄅᆞᆷ이야
어셔들 ᄂᆞ가
ᄒᆞ면셔 놈은 무엇이라 말ᄒᆞ던지 드러볼 싱ᄀᆞᆨ도 아니ᄒᆞ고 제 말만 ᄒᆞᆫ다
ᄀᆞᆼ동지가 마누라더러 ᄒᆞᄂᆞᆫ 말이
그 늙은이 귀가 절벽일세 그려 저 송장이 다된 늙은이더러 집을 보라 ᄒᆞ고 길순이ᄂᆞᆫ ᄂᆞ드리를 갓ᄂᆞ뵈
그러케 ᄭᅩ부러지게 늙은 할미가 귀ᄂᆞᆫ 엇지 그리 밝던지 ᄀᆞᆼ동지의 ᄒᆞ던 말을 낫낫이 아라듯고 소리를 지르면셔 마루로 ᄂᆞ오ᄂᆞᆫᄃᆡ 기역자가 거러 나온다
(ᄭᅩ부랑 할미) 이 망ᄒᆞᆫ 놈 네가 왼 놈이냐
그릐 너 보기에 ᄂᆞ가 송장이냐
ᄒᆞ면셔 ᄀᆞᆼ동지를 ᄯᆡ리려고 집퓡이를 찻는다

1907년 3월 1일 (八八(팔팔) / 90회)

ᄀᆞᆼ동지의 마누라가 부릇튼 불을 제기 드듸고 이러셔셔 ᄭᅩ부랑 할미를 붓들고 빌며 말리ᄂᆞᆫᄃᆡ 별소리를 다 ᄒᆞᆫ다
여보 그만 좀 참으시오
우리 령ᄀᆞᆷ이 잘못ᄒᆞ엿소
이 집 쥬인이 어ᄃᆡ 갓소
ᄂᆞᆫ 이 집 쥬인의 어미 되ᄂᆞᆫ 사람이오
(ᄭᅩ부랑 할미) 응 그적게 저녁에 도망ᄒᆞᆫ 츈쳔 마마의 어머니로구
이 집에ᄂᆞᆫ 쥬인 업소
ᄂᆞᆫ 순돌 어머니의 부탁 듯고 집 보아쥬러 왓소
그릐 츈쳔 마마 갓ᄒᆞᆫ ᄯᆞᆯ이나 두엇기에 사ᄅᆞᆷ을 그럿케 업

쓰녀기지

여긔ᄂᆞᆫ 이녁 ᄯᆞᆯ 업소

ᄯᆞᆯ 보러왓거든 ᄯᅡᆯ 잇ᄂᆞᆫ 곳으로 가오

그 소리 ᄒᆞᆫ 마듸에 ᄀᆞᆼ동지 마누라가 엇더케 낙심이 되얏던지 푹 쥬져안지면셔 눈물리 쏘다진다

여보 그거시 왼 말이오

ᄂᆡ ᄯᅡᆯ이 참 다라낫든 말이오

여보 할머니 노염을 풀고 제발 덕분에 말 좀 ᄒᆞ여쥬오 우리 령감이 말 ᄒᆞᆫ 마듸 잘못ᄒᆞᆫ 죄로 ᄂᆡ가 거젹을 ᄭᅡᆯ고 ᄃᆡ죄라도 할 거시니 내 ᄯᆞᆯ의 일만 말 좀 ᄒᆞ여쥬시오

에그 그젹게 밤에 그 몹쓸 ᄭᅮᆷ이 맛지ᄂᆞᆫ 아니할가

내 ᄯᅡᆯ이 어ᄃᆡ로 갓든 말인고 ᄋᆡ고 답답ᄒᆞ여라 어셔 좀 아릇스면……

ᄒᆞ면셔 두 다리를 ᄲᅥᆺ고 안져셔 목소리도 크게 내지 아니ᄒᆞ고 흙흙 늑기며 우ᄂᆞᆫᄃᆡ ᄶᅩ부랑 할미가 ᄀᆞᆼ동지 마누라의 ᄒᆞᄂᆞᆫ 모양을 보더니 악가 날뒤이던 마음이 어ᄃᆡ로 갓던지 동지의 마누라를 마쥬 붓들고 비쥭비쥭 울며 방으로 드러가자구 지셩으로 권ᄒᆞ다가 ᄯᅩ ᄀᆞᆼ동지를 보고 □(방) 으로 드러가자고 권ᄒᆞᆫ다

ᄀᆞᆼ동지ᄂᆞᆫ 아모 소리 업시 마루 ᄭᅳᆺ헤 걸터안져셔 섬돌 우에 담ᄇᆡᄯᅢ를 톡톡 ᄯᅥ더니 벌덕 이러ᄂᆞ셔 ᄶᅩ부랑 할미 압흐로 오면셔 그 마누라더러 ᄒᆞᄂᆞᆫ 말이

울면 쓸 ᄯᅦ 잇ᄂᆞᆫ 방에 드러가셔 말이ᄂᆞ 좀 ᄌᆞ셰 듯세

ᄀᆞᆼ동지의 내외가 ᄶᅩ부랑 할미를 ᄯᅡ라셔 방으로 드러가니 방도 츈쳔집 잇던 방이오 셰ᄀᆞᆫ 그릇도 츈쳔집 쓰던 셰ᄀᆞᆫ 그릇이라

아ᄅᆡ목 홰ᄯᅢ ᄭᅳᆺ헤 츈쳔집 입던 치마와 머리ᄯᅢ 무든 자리 져구리가 걸엿ᄂᆞᆫᄃᆡ 그 녑헤ᄂᆞᆫ 어린아ᄒᆡ 쓰던 헌 굴레가 걸엿더라

ᄀᆞᆼ동지ᄂᆞᆫ 굿셴 마음이라 그거슬 보고 태연ᄒᆞᆫ 모양이ᄂᆞ 동지의 마누라ᄂᆞᆫ

그 치마 저구리와 굴레를 보다가 눈물이 가려셔 보히던 거시 아니 보인다

1907년 3월 2일 (八九(팔구) / 91회)

ᄀᆞᆼ동지의 ᄂᆡ외가 말을 뭇기도 젼에 ᄭᅩ부랑 할미가 츈쳔집의 ᄂᆡ약이를 ᄒᆞ는ᄃᆡ ᄒᆞ던 말을 다시 ᄒᆞ고 뭇지도 아니ᄒᆞᄂᆞᆫ 일도 가지ᄀᆞᆨ색으로 말ᄒᆞᆫ다
할미ᄂᆞᆫ 쳔진의 할미라 제가 듯고 본ᄃᆡ로만 말을 ᄒᆞ니 그 할미의 귀에ᄂᆞᆫ 제일 점순의 말이 만히 드러ᄀᆞᆫ 귀라 점순의 넉시 와셔 넉두리를 ᄒᆞ더ᄅᆡ도 그브[보]다 더 할 슈가 업더라
ᄀᆞᆼ동지의 마누라가 할미의 말을 드를슈록 그 ᄯᆞᆯ이 그른 사ᄅᆞᆷ이라 제 자식일씨라도 미운 마음이 ᄉᆡᆼ긴다
입으로 발셜은 아내[니]ᄒᆞᄂᆞ 심중으로만 혼자말이라
　ᄉᆡ침덕이ᄂᆞᆫ 골로 빠진다더니 녯 말 ᄒᆞᄂᆞ 그른 것 업고ᄂᆞ 제 자식의 흉을 모른다더니 날을 두고 이른 말인가
　ᄂᆡ 마음에ᄂᆞᆫ 우리 길순이 갓치 얌전ᄒᆞ고 오른 사ᄅᆞᆷ은 업ᄂᆞᆫ 쥴로 아ᄅᆞᆺ더니 그럿케 고약할 쥴 누가 아라
　기ᄉᆡᆼ도 아니오 뎝츄도 아닌 거시 왼 ᄒᆡᆼ창질을 그리 몹시 ᄒᆞ여
　내 속으로 ᄂᆞ온 거시 누구를 달마셔 그리 음난ᄒᆞᆫ고
　김승지의 불ᄭᅳᆺ만 도라셔면 엇던 놈을 씨고 잇섯다 ᄒᆞ니 그런 고약ᄒᆞᆫ 녀[년]이 어ᄃᆡ ᄯᅩ 잇셔
　에그 그년 다라ᄂᆞ기를 잘 ᄒᆞ엿지 문일 그럿케 고약ᄒᆞᆫ 일이 내 눈에 ᄯᅴ엿썬들 쳐죽여 업ᄉᆡ슬 터이야
　그러ᄒᆞᆫ 더러운 년을 자식이라고 세상에 살려두엇다가 집이ᄂᆞ 망ᄒᆞ여 ᄂᆞᆺ케
그러ᄒᆞᆫ ᄉᆡᆼ각이 ᄂᆞ기 시작하더니 눈물은 ᄀᆞᆫ 곳 업고 열이 벗셕 ᄂᆞ셔 어ᄃᆡ

던지 그 ᄯᆞᆯ의 잇ᄂᆞᆫ 곳만 알면 ᄶᅩᄎᆞ가셔 분풀리를 ᄒᆞ고시푼 거슨 츈쳔집 어머니의 마암이라
증ᄌᆞ 갓ᄒᆞᆫ 성인 아들를 둔 증자 어머니도 그 아들이 살인ᄒᆞ엿다 ᄒᆞᄂᆞᆫ 말을 고지 듯고 베를 짜던 북을 던지고 나아ᄀᆞᆫ 일도 잇섯거던 츈쳔집이 셔방에 밋쳐셔 지롤발광이 ᄂᆞ셔 도망ᄒᆞ엿다 ᄒᆞᄂᆞᆫ 소문은 도동 바닥에 쎡 버러젓다 ᄒᆞᄂᆞᆫ 말을 츈쳔집의 어머니ᄭᆞ지 ᄑᆞᆨ 고지 드렛더라

1907년 3월 3일 (八九[팔구] / 92회)

ᄀᆞᆼ동지ᄂᆞᆫ 쐬부랑 할미의 말을 듯다가 ᄒᆞᆫ편으로 ᄯᆞᆫ ᄉᆡᆼᄀᆞᆨ을 ᄒᆞ고 잇더라
이번에 셔울 가면 김승지의 덕을 촉살이 볼 쥴 아랏더니 여ᄀᆞᆫ ᄂᆞᆼᄑᆡ가 아니오
이 집에셔ᄂᆞᆫ 잘 염체도 업ᄂᆞᆫ 터이라 보힝 객쥬에로 ᄂᆞ가려ᄂᆞᆫᄃᆡ 노ᄌᆞ 쓰던 돈은 ᄇᆡᆨ동전 서 픈만 ᄂᆞᆷ은 터이라 그것도 걱정이오
내일은 식젼에 일즉 써ᄂᆞ셔 빌어먹으면셔라도 츈쳔으로 ᄀᆞᆯ 터인ᄃᆡ 마누라가 발병이 ᄂᆞ셔 걱정이라
ᄀᆞᆼ동지가 제풀에 화가 ᄂᆞ셔 지성으로 ᄂᆡ약이 ᄒᆞ고 안젓ᄂᆞᆫ 쐬부랑 할미가 미워 보힌다
듯기실트고 ᄑᆡᆫᄌᆞᆫ을 쥬고시푸ᄂᆞ 김히 ᄑᆡᆫᄌᆞᆫ은 못쥬고 참고 안젓더라
ᄀᆞᆼ동지가 쐬부랑 할미를 흘금흘금 건너다보며 약이 존득 오른 독ᄒᆞᆫ 입담비를 붓처 물고 연긔를 ᄒᆞᆫ 닙 존ᄯᅳᆨ 무러셔 훅훅 내ᄲᅮᆷᄂᆞᆫᄃᆡ 그 연긔가 쐬부랑 할미의 얼골을 뒤집어씨흐니 할미ᄀᆞ 말를 ᄒᆞ다ᄀᆞ 기침을 ᄏᆞᆨᄏᆞᆨ ᄒᆞᄂᆞᆫᄃᆡ
ᄀᆞᆼ동지ᄂᆞᆫ 모르ᄂᆞᆫ 체 ᄒᆞ고 연긔를 ᄲᅮᆷᄂᆞᆫ다
늙은이 깃침이라 ᄒᆞᆫ 번 시ᄌᆞᆨᄒᆞ더니 긋칠 쥴을 모르고 당장 숨을 모ᄂᆞᆫ듯 ᄒᆞᆫᄃᆡ 맛참 ᄃᆡ문 소리ᄀᆞ 씨썩 ᄂᆞ더니 안마당에셔 왼 절문 게집의 목소리

ᄀᆞ ᄂᆞᆫ다

　황투 무든 미투리ᄂᆞᆫ 웬 미투리며 집신은 웬 집신인ᄀᆞ

　누ᄀᆞ 쇠돌 할머니 차저왓군

　그러ᄂᆞ 쇠돌 할머니 웬 기침은 그럿케 몹시 ᄒᆞ시오

ᄒᆞ면셔 마루 우흐로 올러오더니 방문을 펄적 열고 셔셔 ᄒᆞᄂᆞᆫ 말이

　에그 쌍ᄀᆞᆷᄒᆞ여라

　잇ᄯᅢ쪄지 불도 아니컨네

　에그 이 연긔 보게 곰 잡깃네

ᄒᆞ며 방으로 드러오더니 허리춤에셔 당셩냥을 내여 드윽 거어셔 번쩍 들고 ᄀᆞᆼ동지 내외의 얼골을 ᄒᆞᆫ참 보다가 에그 ᄯᅳ거워 하며 불을 톡 더지더니 다시 셩냥을 거어셔 셕유등에 불을 켜다가 마참 ᄃᆡ문 여ᄂᆞᆫ 소리ᄀᆞ ᄂᆞᄂᆞᆫ 거슬 ᄃᆞᆺ더니 등피도 씨지 아니ᄒᆞ고 살짝 ᄂᆞᄀᆞᆫᄃᆞ

마당에ᄂᆞᆫ 신 소리가 ᄂᆞᄂᆞᆫᄃᆡ 마루 웃헤서ᄂᆞᆫ 절문 게집의 소리가 ᄂᆞᆫ다

　최서방이오……

　(최) 응 방에 누가 왓ᄂᆞ

　(절믄 게집) 웬 시골 사ᄅᆞᆷ이 왓셔

　　　　쇠돌 할머니 찬져온 사ᄅᆞᆷ인가보오

　(최) 드러가도 관개치 아니ᄒᆞ깃ᄂᆞ

　(절믄 게집) 드러오시오 관게치 아니ᄒᆞ오 쇠돌 할머니 차져온 손님은

　　　　쇠돌 할머니더러 다리고 가라지……

　　　　그러ᄂᆞ 거긔 좀 잇소

　　　　말 좀 무러봅시다

ᄒᆞ더니 엇지 몹시 슈군거리ᄂᆞᆫ지 ᄒᆞᆫ 마듸도 들리지 아니ᄒᆞᆫ다

그ᄯᅢ ᄭᅩ부랑 할미ᄂᆞᆫ 오장을 토할드시 욕찌기를 ᄒᆞ며 기침을 하느라고 귀에 무슨 소리던지 들리지 아니ᄒᆞᄂᆞᆫ 모양이라

ᄀᆞᆼ동지ᄀᆞ 마누라를 쑥 찌르며 감안이 ᄒᆞᄂᆞᆫ 말이

의심ᄂᆞᆫ 일이 잇네
마누라ᄂᆞᆫ 입 싹 다물고 엇[잇] 게
마누라ᄀᆞ 그 말ᄃᆡ답을 ᄒᆞ랴고 ᄀᆞᆼ동지를 도라ᄃᆞ보니 ᄀᆞᆼ동지ᄀᆞ 손짓을 ᄒᆞ며 등피를 집어씨더라

1907년 3월 5일 (九三)

마당에셔 수군거리던 소리가 점점 가느러지ᄂᆞᆫᄃᆡ ᄒᆞᆫ참 동안은 사ᄅᆞᆷ의 ᄀᆡ척도 업ᄂᆞᆫ 것 갓더니 다시 절문 기집이 예ᄉᆞ말로 하ᄂᆞᆫ 목소리가 들린다
(절문 기집) 고만 방으로 드러갑시다
ᄒᆞ더니 절문 기집이 ᄋᆞᆸ헤 셔고 엇더ᄒᆞᆫ 남ᄌᆞ가 뒤에 셔셔 드러온다
키ᄂᆞᆫ 크도 죡도 아니ᄒᆞ고 몸집 통통ᄒᆞ고 억개 쎡 버러지고 눈이 두리두리ᄒᆞ고 구레ᄂᆞ룻 수선스럽게 ᄂᆞᆫ 모양이 아모가 보던지 만만히 볼 슈ᄂᆞᆫ 업게 ᄉᆡᆼ긴 자이라
ᄊᆡᆨ 드러셔면셔 방에 안진 사ᄅᆞᆷ을 휘휘 둘러보더니 제 방에 드러오ᄂᆞᆫ ᄉᆞᄅᆞᆷ갓치 서슴지 아니ᄒᆞ고 아ᄅᆡ목으로 쎡 쌔ᄀᆡ고 드러ᄀᆞᆫ다
그 아ᄅᆡ목에ᄂᆞᆫ ᄀᆞᆼ동지가 안젓던 터이라 ᄀᆞᆼ동지가 슬쩍 비켜안지며 그 마누라의 엽흘 쑥 지르며 쑥 미니 마누라가 동지를 흘김 도라다보며 운목편으로 다거안더라
본ᄅᆡ ᄀᆞᆼ동지가 그 절문 게집의 얼골을 아라보ᄂᆞᆫ 터이라
그러면 그 절문 게집도 ᄀᆞᆼ동지를 아라볼 듯 ᄒᆞ건마ᄂᆞᆫ 엇지ᄒᆞ야 못 아라보앗던가
ᄀᆞᆼ동지가 삼 녀[년] 전에 그 ᄯᆞᆯ 츈쳔집을 다리고 서울로 왓슬 ᄯᆡ에 김승지의 마누라가 ᄀᆡ를 버럭버럭 쓰며 전동 바닥이 ᄯᅥ나가도록 야단을 치ᄂᆞᆫ 서슬에 ᄀᆞᆼ동지가 츈쳔집을 다리고 계동 박참봉 집에 가셔 츈쳔집을

살인죄인 숨겨놋틋 ᄒᆞ고 잇슬 ᄯᆡ에 츈쳔집을 차지러와셔 살살 도라당
기면셔 이 방문 져 방문 여러보던 점순이를 ᄀᆞᆼ동지가 무심이 보앗슬리
ᄀᆞ 업ᄂᆞᆫ지라
그러ᄂᆞ 점순이ᄂᆞᆫ 츈쳔집을 찬ᄂᆞᆫᄃᆡ만 정신이 골돌할 ᄲᅮᆫ이라 박참봉집 ᄉᆞ
랑에 엇더ᄒᆞᆫ 손님이 잇섯던지 몃 ᄒᆡ를 두고 이져버리지 안토록 자세 보
앗쓸 ᄭᆡ달이 업다 그 ᄯᆡ ᄶᅩ부랑 할미ᄂᆞᆫ 기침은 겨우 긋쳣스ᄂᆞ ᄀᆡ운이 톨
진ᄒᆞ야 내친 거름에 저승길로 가려ᄂᆞᆫ지 금방 죽으려ᄂᆞᆫ ᄉᆞᄅᆞᆷ갓치 숨을 모
고 잇더라
점순이가 ᄀᆞᆼ동지의 마누라를 보며 말을 뭇ᄂᆞᆫᄃᆡ ᄀᆞᆼ동지ᄀᆞ 엽헤 안져셔 그
마누라를 쑥쑥 찌르니 그 마누라ᄂᆞᆫ 악ᄀᆞ 부탁 드른 말이 잇ᄂᆞᆫ고로 ᄃᆡ답
ᄒᆞᆯ 슈도 압[업]고 아니할 슈도 업셔셔 ᄀᆞᆼ동지만 흘금흘금 도라다보니 점
순이ᄀᆞ ᄒᆞᄂᆞᆫ 말이 그 늙은이 귀먹엇구 ᄒᆞ더니 다시 ᄀᆞᆼ동지더러 말을 무
르니 ᄀᆞᆼ동지ᄂᆞᆫ 얼빠진 ᄉᆞᄅᆞᆷ갓치 안젓다ᄀᆞ 숙ᄆᆡᆨ갓치 ᄃᆡ답을 한다
ᄀᆞᆼ동지ᄀᆞ ᄀᆞ평 잣두니 ᄉᆞ는 김첨지라 ᄒᆞ면셔 말 뭇던 ᄉᆞᄅᆞᆷ이 화증 날ᄆᆞᆫ
치 못싱긴 체를 ᄒᆞᄂᆞᆫᄃᆡ ᄀᆞᆼ동지의 마누라ᄀᆞ 그 눈치를 알고 귀먹은 체 ᄒᆞ
고 입을 다물고 잇더라

1907년 3월 6일 (九三(구삼) / 94회)

방안에 사ᄅᆞᆷ이 다섯이 잇ᄂᆞᆫᄃᆡ 늙은이가 셋이오 절문 거시 둘이라
ᄒᆞ날이 무심치 아니ᄒᆞ야 츈쳔집의 귀신이 ᄀᆞᆼ동지의 내외를 불러ᄃᆡ고 염
나ᄃᆡ왕이 점순이와 구레ᄂᆞ룻 ᄂᆞᆫ 자의 넉슬 ᄲᅦ고 최판관이 ᄶᅩ부랑 할미
입을 트러막고 잡아가ᄂᆞᆫ지 그 방에ᄂᆞᆫ 이상한 일이 ᄆᆞᆫ히 상겻더라
ᄶᅩ부랑 할미ᄂᆞᆫ 그 밤을 넝기기가 어려운 모양이오
ᄀᆞᆼ동지ᄂᆞᆫ 쳔연한 숙ᄆᆡᆨ 노늣을 ᄒᆞ고

ᄀᆞᆼ동지의 마누라ᄂᆞᆫ 열씌 업시 귀먹어리 힝세를 ᄒᆞ는ᄃᆡ 졀문 것들이 긔탄 업시 말을 한다

(점순) 에그 쐬돌 할머니 죽깃네

쑷돌[쐬돌]네 집에 가셔 알려야 ᄒᆞ깃구

(구레ᄂᆞ룻) 응 부지럽지

그적게 져녁에 궐녀를 다리고 갈 ᄯᅢ에 낼 얼골 본 사ᄅᆞᆷ이 만흔걸……

그럿케 죽게 된 로파를 다려가느라고 사ᄅᆞᆷ들이 들락날락ᄒᆞ면 순선스러워……

이 방에셔 늙은이 셋이 자게 ᄒᆞ고 우리ᄂᆞᆫ 전과 갓치 힝낭방에 불이ᄂᆞ 좀곰 ᄯᅦ고 자셰 ᄂᆞᄂᆞᆫ ᄉᆡᆯ[ᄇᆞᆯ]기 전에 ᄀᆞ깃네

(졈순) 누ᄀᆞ 보기로 엇덜 것 무엇 잇나……

이제야 무엇슬 그럿케 ᄶᅥ려……

(구레ᄂᆞ룻) 그러도 그렇치 안치 우리ᄀᆞ 황히도 ᄀᆞ거든 긔를 펴고 살세

그러ᄂᆞ 그 일은 다 잘 되얏ᄂᆞ

(점) 그럼 범연이 할라구

(구레ᄂᆞ룻) 그ᄯᅢ 말ᄒᆞ던 ᄃᆡ로……

(점) 그보다 더 잘 되얏스면 엇지할 터이오

ᄂᆡ가 욕심 ᄂᆡᄂᆞᆫ 거슨 우리 마님이 익기ᄂᆞᆫ 거시 업서

(구레ᄂᆞ룻) 그러면 이제ᄂᆞᆫ 남의 죵 아니로군

(점) 그럼

어제 속량 문셔 ᄒᆞ얏는데……

그러ᄂᆞ 최셔방 어제 밤에 왜 아니왓서 늣도록 기다럿는ᄃᆡ

(구레ᄂᆞ룻) 어졔 밤에ᄂᆞᆫ 거긔 가셔 더 잘 덥느라고 못왓셔

(점) 에그 다심도 ᄒᆞ지

근양 내버려두면 엇ᄃᆡ셔……

(구레ᄂᆞ룻) 그ᄅᆡ도 그렇치 안치
ᄒᆞ면셔 족기에셔 무어슬 ᄶᅥ내더니 점순의 압헤 툭 던지며 이것 잘 집어
두게 ᄒᆞᄂᆞᆫᄃᆡ 무어인지 ᄇᆡᆨ지에 싼 것인ᄃᆡ 쇠소리가 져르링 ᄂᆞᄂᆞᆫ지라 점순
이가 집어셔 펴보려 ᄒᆞ니 구레ᄂᆞ룻 ᄂᆞᆫ 자가 고개짓 ᄒᆞ며 펴볼 것 업시
잘 두라ᄒᆞ니 점순이가 상긋상긋 우스면셔 어듸 무어슬 ᄀᆞ지고 그리ᄒᆞ누
ᄒᆞ더니 슬젹 펴니 빈여와 ᄀᆞ락지라 점순이ᄀᆞ 돌고 보다ᄀᆞ 톡 집어던지며

(점) 에그 흉ᄒᆞ여라
그ᄭᅡ지 거슨 왜 ᄀᆞ져왓셔
ᄂᆞᄂᆞᆫ 그ᄭᅡ지 것 아니라도 빈여 ᄀᆞ락져 잇셔

(구레ᄂᆞ룻) 에그 유난스러워라 그만 두게 내일 파라셔 내ᄀᆞ 술이ᄂᆞ 먹깃네

ᄒᆞ더니 다시 집어셔 족기에 넛더라

1907년 3월 13일 (九四 / 95회)

ᄀᆞᆼ동지ᄂᆞᆫ ᄉᆞ벅ᄉᆞ벅 조ᄂᆞᆫ 신흉도 ᄒᆞ다가 이ᄅᆞᆯ 훔쳑훔쳑 잡아쥭이ᄂᆞᆫ 신흉
을 ᄒᆞ면셔 저 볼 거슨 다 보고 저 드를 거슨 다 듯고 안젓ᄂᆞᆫᄃᆡ 구레ᄂᆞ룻
ᄂᆞᆫ 자의 셩이 최가인 쥴도 알고 점순이와 최가가 둘이 부동ᄒᆞ야 츈쳔집
을 쥭여업신 눈치ᄭᆞ지 ᄃᆡᄀᆞᆼ 아랏스ᄂᆞ 분명한 일은 알지 못ᄒᆞ야 답답증이
더욱 심할 지경이라

조름을 참지 못ᄒᆞᄂᆞᆫ 모양으로 운목에 가셔 툭 쓰러저 자ᄂᆞᆫ 신흉을 ᄒᆞ니
ᄀᆞᆼ동지의 마누라ᄂᆞᆫ 원숭이 임ᄂᆡ ᄂᆡ드시 ᄀᆞᆼ동지 엽헤 가셔 마쥬 쓰러저
자ᄂᆞᆫ 신흉을 한다

ᄯᅩ부랑 할미ᄂᆞᆫ 쥭엇ᄂᆞᆫ지 사랏ᄂᆞᆫ지 잠이 드럿ᄂᆞᆫ지 긔진을 ᄒᆞ얏ᄂᆞᆫ지 알른

소리도 업시 ᄭᅩ부리고 드러누엇더라

점순이가 마루로 ᄂᆞ가더니 술병 ᄒᆞᄂᆞ 쥬전자 ᄒᆞᄂᆞ 찬합 ᄒᆞᄂᆞ를 가져다놋코 다 써져가ᄂᆞᆫ 화로불을 요리조리 모흐는ᄃᆡ 최가가 술을 보더니 찬 술을 두 번 셰 번 겁푸 ᄶᅡ라먹더니 입맛이 붓셕 당긔ᄂᆞᆫ지 좀 잘 먹을 작졍으로 더운 안쥬를 차지니 점순이가 ᄉᆡ로히 마루로 ᄂᆞ가더니 ᄉᆞᆺ불을 피고 더운 안쥬를 맨들다가 힝낭 부억에 장작을 집피느라고 얼는 드러오지 아니ᄒᆞ니 최가가 그동안을 못참아셔 점순이를 지촉한다

(최) 순돌 어머니 어ᄃᆡ 가셔 무어슬 ᄒᆞ고 잇셔

어셔 들어와

내가 빈 방 직키러 왓ᄂᆞ

아니드러올 터이면 ᄂᆞᄂᆞᆫ 갈 터이야

무슨 자미로 혼자 안젓셔

(점순) 에그 성품도 급하기도 ᄒᆞ지

힝넝방에 불 좀 집피고 곳 드러갈 터이니 잠간만 참으시오

(최) 불을 집펴 못엇 하게

요식 불 아니ᄯᅦ기로 못즐라구

(점) ᄂᆞ무 두고 넝방에셔 죨맛인ᄂᆞ 잠ᄭᆞᆫ만 참구려

(최) 참기도 만히 참앗굼은……

어셔 드러와셔 술이ᄂᆞ 먹셰

(점) 저럿케 보고시푸거든 어제 밤에도 올 일이지

인제 불 다 ᄯᅦ엇소

하더니 마루에셔 ᄯᅩ 지체를 한다

(최) 불을 다 ᄯᅦ엿스면 드러올 일이지 마루에셔 ᄯᅩ 무엇슬 ᄒᆞ고 잇셔

마루에ᄭᆞ지 불을 ᄯᅦᄂᆞ

(점) 그동안을 못보아셔 죽깃ᄂᆞ베 자– 인재 드러가오

ᄒᆞ면셔 방문을 열고 김이 무럭무럭 ᄂᆞᄂᆞᆫ 님비를 소반에 밧쳐들고 드러오더니 최가의 압헤 밧삭 드려노흐면셔 최가의 얼골을 처여보며 눈우숨을 엇지 긔이ᄒᆞ게 우섯던지 최가의 마음에 인ᄌᆞᆫ 힝낙이 ᄂᆞ뿐인듯 시푸더라

1907년 3월 14일 (九五 / 96회)

최가가 흥씸에 점순의게 술을 권ᄒᆞᆫ다

(최) ᄒᆞᆫ 잔 먹게

(점) 에그 망측ᄒᆞ여라 닉가 언제 술 먹습더닛가

(최) 압다 이렁케 얌젼ᄒᆞᆫ 체를 ᄒᆞᄂᆞ 두 말 말고 ᄒᆞᆫ 잔 먹게
　　먹고 죽으면 닉가 송장 처쥬지

(점) 송장 치기에 솜씨 낫군……

ᄒᆞ면셔 쌍긋 웃고 술잔을 밧더라

점순이가 본릭 셔너 잔 술은 먹던 터이라 그날은 별다른 날인지 최가의 권씸에 칠팔 잔을 바다먹고 얼골에 연지를 뒤집어씨흔드시 싀빨기지더니 옹송망송ᄒᆞ며 최가의 만수바지를 ᄒᆞᄂᆞᆫ딕 홍모란 한 포긔가 춘풍에 헛날려셔 너울 넙픈 논ᄂᆞᆫ 것 갓더라

ᄋᆞ릭목에ᄂᆞᆫ 절문 것들 셰상이라

팔간 용썩장 밋헤셔 전후 점빅이 비둘기 ᄒᆞᆫ 쌍 노듯 ᄒᆞ고

운목에ᄂᆞᆫ 늙은이 모듬이라 어물젼 좌판 우에 밧삭 마른 (大蝦) 식우 셰 마리를 느러노흔 것 갓치 ᄭᅩ부리고 누엇더라

아릭목에ᄂᆞᆫ 흥치가 무흔ᄒᆞ고 운목에ᄂᆞᆫ 정경이 가련ᄒᆞ다

원릭 몹시 ᄭᅩ부러진 ᄭᅩ부랑 할미ᄂᆞᆫ 저승 문턱을 거진 다 너머가게 된 사름이라 사름 수에 칠 것도 업거니와 ᄀᆞ동지의 닉외ᄂᆞᆫ 여ᄌᆞᆫ 절문 것들보

다 존장하리 비치게 근력 조흔 사ᄅᆞᆷ이라 흉중을 써느라고 ᄭᅩ부리고 헷잠
을 자ᄂᆞᆫᄃᆡ 먼 길에 빗처와셔 져녁밥도 굼고 음식 ᄂᆡᆷ시만 맛고 누엇스ᄂᆞ
길에 쎄처 곤ᄒᆞᆫ ᄉᆡᆼ각은 조곰도 업고 저녁 굴머 ᄇᆡ고픈 ᄉᆡᆼ각도 젼혀 업시
가슴을 어이ᄂᆞᆫ 듯ᄒᆞ고 오장이 녹ᄂᆞᆫ 듯ᄒᆞᆫ 그 마ᄋᆞᆷ이야 누가 알리오
점순이와 최가ᄂᆞᆫ 이 밤이 짜른 거시 걱정이오 ᄀᆞᆼ동지의 ᄂᆡ외ᄂᆞᆫ 이 밤이
기러셔 걱정이라
최가가 술을 먹다가 번열증이 ᄂᆞ던지 두루ᄆᆡ기와 족기를 버셔붓치고 술
만 부어라 부어라 ᄒᆞ며 퍼붓던 ᄎᆞ에 점순이가 점잔은 물건이 드러가더니
ᄀᆡ잡년의 소리를 흠부루 ᄒᆞ다가 별안ᄀᆞᆫ에 방안이 핑핑 도ᄂᆞᆫ 것 갓고 졍
신이 앗ᄯᆞᆨᄒᆞ야 최가의 무릅 우에 얼골울 폭 슈구려 업듸리더니 (鴻濛天地)
홍몽쳔지가 되얏더라
최가ᄂᆞᆫ 혀ᄭᅩ부러진 말소리로 점순이를 부르며 ᄆᆡᆨ이 푸러진 팔노 점순이
를 이르키며 힝낭에로 나가자마자 ᄒᆞ더니 그ᄃᆡ로 쓰러저서 ᄒᆞᆫᄃᆡ 엉크러
지며 (壺裏乾坤) 호리건곤이 되얏더라
강동지가 고ᄀᆡ를 드러서 기웃기웃 보다가 벌썩 이러ᄂᆞ더니 마누라를 쑥
쑥 질르니 마누라가 마저 이러안저셔 엇지 하라ᄂᆞᆫ 말인지 몰라셔 강동지
만 처어다보고 잇ᄂᆞᆫᄃᆡ ᄀᆞᆼ동지ᄂᆞᆫ 아무 소리 업시 아ᄅᆡ목으로 슬며시 가더
니 최가의 버셔노흔 죽[족]기를 집어다가 뒤젹뒤적 ᄒᆞ더니 ᄇᆡᆨ지에 싸서
씨흔 비녀 가락지를 쎄셔 ᄌᆞ긔의 힝전노리에 씨흐고 슬며시 이러ᄂᆞ셔 문
을 열고 ᄂᆞ가며 마누라의게 손짓을 ᄒᆞ니 마누라가 짜라나가더라
ᄃᆡ문 밧게 석 ᄂᆞ셔니
ᄒᆞᄂᆞᆯ에ᄂᆞᆫ 달빗이오
남산에ᄂᆞᆫ 솔그림ᄌᆞ이오
인ᄀᆞᆫ에ᄂᆞᆫ 닭 우ᄂᆞᆫ 소리ᄲᅮᆫ이라
ᄀᆞᆼ동지가 그 마누라를 다리고 남산 소나무 밋헤 가셔 ᄒᆞᆫ참 수군수군 ᄒᆞ

더니 그길로 계동 박참봉 집에 가셔 ᄃᆡ문을 두드리며 소리를 지른다 박참봉이 ᄌᆞ다가 이러ᄂᆞ셔 맨발에 신을 썰고 ᄂᆞ오더니 왼손으로 바지 고이침을 웅키여잡고 오른손으로 ᄃᆡ문 빗장을 쎄고 문을 열더니 눈을 부비고 ᄂᆡ다보며 왼 사ᄅᆞᆷ이야 뭇다가 ᄀᆞᆼ동지의 목소리를 듯고 쌈짝 놀라 반겨ᄒᆞ며 사랑에로 불러드리면셔 ᄀᆞᆼ동지의 마누라은 안방에로 다리고 드러가려ᄒᆞ니 ᄀᆞᆼ동지의 마누라가 ᄒᆞᆯ 말이 잇다 ᄒᆞ면셔 안방으로 아니 드러가고 동지를 짜라셔 사랑에로 드러ᄀᆞᆫ다

1907년 3월 15일(九五 / 97회)

박참봉이 몃달 젼에 츈쳔집을 가보앗던지 건ᄅᆡᄂᆞᆫ 자세한 소문도 못듯고 잇ᄂᆞᆫ 터이라 ᄀᆞᆼ동지가 드러안지며 인사 한 마듸 한 후에 그 쏠의 소식을 뭇ᄂᆞᆫ다

(ᄀᆞᆼ) 요ᄉᆡ ᄂᆡ 쌀 ᄌᆞᆯ 잇답씌가

(박) 응 ᄌᆞᆯ 잇지

(ᄀᆞᆼ) 요ᄉᆡ 어ᄃᆡ 잇소

(박) 도동 잇지
자네가 그 집 사든 후에 못가보앗던가

(ᄀᆞᆼ) 요ᄉᆡᄂᆞᆫ 김승지 ᄃᆡᆨ 마님인가 무엇인가 극성을 얼마ᄂᆞ 부리오

(박) 그것 침[참] 별일이야 그러케 ᄃᆡ단ᄒᆞ던 투긔가 다시ᄂᆞᆫ 투긔한다ᄂᆞᆫ
소문이 업고 지금은 자네 짜님의게 셕 ᄌᆞᆯ 군다데……

(ᄀᆞᆼ) 어- 그것 참 별일이오구려

(박) 내가 ᄌᆞᆨ년 겨울에 지ᄂᆡᄂᆞᆫ 길에 자네 짜님을 좀ᄀᆞᆫ 드러가 보앗네
그째 본즉 석 ᄌᆞᆯ 지ᄂᆡᄂᆞᆫ 모양일레 침모도 두고 죵도 부리고 세ᄀᆞᆫ

도 갓게 잇는 모양일셰

(궁) 종은 삿답던잇가

(박) 아니 김승지 틱 마님이 부리던 죵을 쥬엇다데

자네가 이번에는 셔울 왓다가 자미 보깃네 쏠도 맛느보려이와 외손자의 얼골은 처음 보지

참 줄 싱겻지 흡사한 외톡이야

입을 싹 다물고 쳔연이 안젓던 궁동지의 마누라가 그 소리를 듯고 목이 멧셔 울며 가슴을 쾅々 두드리다가 폭 곡구러지는디 궁동지의 눈이 실죽ᄒᆞ여지며 박참봉을 흘겨보더니 쥬먹으로 방바닥을 치며 소리를 지른다

(궁) 이 쥬먹 아릐 몃 년 몃 놈이 뒤여질지 모르겟구

박참봉부터 당장 더운 쥭엄을 아니ᄒᆞ려거든 어름어름ᄒᆞ지 말고 바른디로 말ᄒᆞ오

그 서슬에 박참봉이 간이 콩알만ᄒᆞ여지고 눈은 놀란 토기눈갓치 동구릐지며 왼 일이지도 모르고 벌벌 쩔ㅑㅁ[며] 곡절을 뭇는다

본래 궁동지가 목소리는 갈범 갓고 눈은 봉의 눈 갓고 키는 누가 보던지 처어다보게 큰 키라 나히 오십이느 되얏스느 츈쳔 바닥에셔 씨름판에 판미는 사름은 궁동지라 궁동지의 긔에 눌려셔

1907년 3월 16일 (九六 / 98회)

아무 죄 업시 싱겁이 느셔 이마에서 시근 쫌이 쏙쏙 써러지며 궁동지의 비위를 맛추려 ᄒᆞ는 모양이 가관이러라

(박) 여보게 령감 이거시 왼 일인가

내야 궁동지와 무슨 일 상관 잇슬 ᄭᅡ달이 잇느

필경 김승지 집과 무슨 상판[관]된 일이나 잇스면 잇셔지

그러ᄂᆞ 말이ᄂᆞ 좀 자세 드러보세 무슨 일 잇ᄂᆞ

하면셔 ᄋᆡ를 쓰고 잇ᄂᆞᆫᄃᆡ 그 녑헤 안저던 ᄀᆞᆼ동지의 마누라ᄂᆞᆫ ᄀᆞᆼ동지가 방바닥 치ᄂᆞᆫ 소리를 듯고 더욱 긔가 막혀셔 가슴을 쥬여뜻고 울다가 밤중에 남의 집에서 우름소리 크게 내기가 불안한 마음이 잇던지 소리ᄂᆞᆫ 크게 내지 아니ᄒᆞᄂᆞ 부듸 저 쥭을 드시 날ᄯᅱᄂᆞᆫ 모양은 참아 볼 수가 업더라

(ᄀᆞᆼ동지) 여보게 마누라 우지 말게 듯기 시려

울어셔 무슨 일이 된다던가

내가 사흘 안으로 내 ᄯᆞᆯ의 원수를 다 갑풀 터이니 그 원수 갑흔 후에 집에 가셔 실컷 울게

만일 그 젼에 내 압헤셔 쏙쏙 울다가ᄂᆞᆫ 화김에 ᄌᆞ네 먼저 마저 쥭으리

ᄀᆞᆼ동지가 본릐 말은 무지하고 상스럽게 하ᄂᆞ 말이 ᄯᅮᆨ ᄯᅥ러지면 집안 사ᄅᆞᆷ이 셜셜 긔ᄂᆞᆫ 터이라

ᄀᆞᆼ동지의 마누라가 그남의 말이 무섭기도 ᄒᆞ고 일변으로 원수를 갑ᄂᆞᆫ다 ᄒᆞᄂᆞᆫ 말에 귀가 번젹 씌여셔 벌ᄯᅥᆨ 이러안지며

(마누라) 여보 령ᄀᆞᆷ 내 ᄯᆞᆯ 길순이가 어ᄂᆞᆫ 구셕에셔 원통한 쥭엄을 ᄒᆞ얏ᄂᆞᆫ지 우리가 그 원순[원수]를 갑고 길순의 송장만 차저쓰면 ᄂᆞᄂᆞᆫ 그날 그 시에 쥭어도 한이 업깃소

여보 박참봉 나리 내 말 좀 드러보시오 내 ᄯᆞᆯ이 원통한 쥭엄을 ᄒᆞ엿소구려

내 자식이라고 츄이ᄒᆞᄂᆞᆫ 말이 아니라 츈쳔 솔ᄀᆡ동내셔 자라날 ᄯᅢ에 밉게 보ᄂᆞᆫ 사ᄅᆞᆷ은 ᄒᆞᄂᆞ도 업섯더니 그거시 셔울 와셔 남의 손에 몹시 쥭을 쥴 누가 아랏소

내가 열 발구락이 툴툴 터지게 부르튼 발을 적이 드듸여가며

산을 넘고 물을 건너 한양성에 다다를 ᄯᆡ에 누에 ᄃᆡᄀᆞᆼ이갓한

남ᄉᆞᆫ 봉오리를 보고 그 손을 쓰러안을드시 사랑스러운 마음이

ᄂᆞᆫ 거슨 내 쌀이 그 손 밋헤셔 ᄉᆞᆫ다ᄂᆞᆫ 말를 드른 곡절이라

그 산 밋을 도라가면 내 ᄯᆞᆯ의 손을 잡고 반게ᄒᆞ며 내 ᄯᆞᆯ의 속에

셔 ᄂᆞ온 내 손자를 안아보고 얼러볼 쥴 아랏더니 내 ᄯᆞᆯ의 집을

가셔 보니 내 ᄯᆞᆯ은 ᄀᆞᆫ 곳 업고 내 ᄯᆞᆯ 쥭인 원수만 안젓소구려

ᄋᆡ고 이를 엇지 ᄒᆞᄂᆞ

ᄒᆞ면셔 가슴을 두드리ᄂᆞᆫᄃᆡ ᄀᆞᆼ동지ᄂᆞᆫ 아무 소리 업시 안저셔 눈생울만 갓다왓다 ᄒᆞ다가 마누라의 그 말 ᄭᅳᆺ헤 응 소리를 지르며 쥬먹으로 방바닥을 ᄯᅩ 한 번 엇지 몹시 쳣던지 방고ᄅᆡ 한 장이 쑥 바지며 고ᄅᆡ 속의 먼지가 방안이 자옥ᄒᆞ도록 올ᄂᆞ온다

박참봉이 소수처 놀나셔 ᄋᆡ모한 둑겁이 돌에 치여 쥭ᄂᆞ보다 시푼 마음이 ᄂᆞ셔 얼골에 피긔 ᄒᆞᄂᆞ 업시 안젓ᄂᆞᆫᄃᆡ

사랑문이 왈칵 열리더니 녀편네 ᄒᆞᄂᆞ이 ᄯᅱ여드려오며 이거시 왼 일이오 소리를 지르ᄂᆞᆫᄃᆡ ᄂᆞ히 사십이 되락말락 ᄒᆞ고 얼골은 버례 먹은 삼입갓치 앙상ᄒᆞ게 상겻난ᄃᆡ 엇지 보면 남의게 인정도 잇셔보히고 엇지 보면 고싱쥬머니로 싱겻다 할만도 한 사ᄅᆞᆷ이라 너른 쇽것에 치마 ᄒᆞᄂᆞ만 두르고 ᄯᆡ가 닥지닥지 안진 ᄭᅡ막불에 버션도 아니신고 불고염체ᄒᆞ고 방 한가온ᄃᆡ로 드러오ᄂᆞᆫᄃᆡ 식벽녁 찬바ᄅᆞᆷ이 방고ᄅᆡ 빠진 곳으로 드리치더니 가ᄂᆞᆫ이 ᄶᅩᆨᄶᅩᆨ 드ᄂᆞᆫ 등피 업ᄂᆞᆫ 셕유등의 불이 톡 ᄭᅥ젓더라

1907년 3월 19일(九七 / 99회)

박참봉이 어둔 방에셔 셕냥을 차지려고 더듬더듬 ᄒᆞ다가 얼ᄂᆞᆫ 찻지 못ᄒᆞ

고 윗목에로 석량을 차지러 ᄂᆞ가던지 윗목으로 향ᄒᆞ야 가다가 창황즁에 정신 업시 구둘장 빠진 곳을 헷드듸여 빠지면서 에쿠 소리를 ᄒᆞᄂᆞᆫ듸 문 열고 뛰여드러오던 녀편네가 박참봉의 에쿠 소리를 듯고 박참봉을 누가 처죽이ᄂᆞᆫ 쥴로 아랏던지 사ᄅᆞᆷ 살리오 소리를 지르니 그 소리 지르ᄂᆞᆫ 사ᄅᆞᆷ은 박참봉의 부인이라

그 부인이 사랑에셔 왼 계집의 우름소리 ᄂᆞᄂᆞᆫ 거슬 듯고 자다가 뛰여ᄂᆞ 와셔 사랑문 박게셔 ᄌᆞᆷ아니 듯다가 ᄀᆞᆼ동지가 방빠닥을 처서 구둘장 빠지ᄂᆞᆫ 소리를 듯고 그 남편이 마저 쥭ᄂᆞᆫ 듯 십퍼셔 뛰여드러왓던 터이라

ᄀᆞᆼ동지 마암에 방안이 소요한 거시 도로혀 일에 방히가 될 듯ᄒᆞ야 몸에 진녓던 셩량을 거어셔 불을 켜며

(ᄀᆞᆼ동지) 박참봉 ᄂᆞ리 놀나지 마르시오

박참봉 ᄂᆞ리ᄂᆞᆫ 그 일에 참셥 업슬 쥴 짐작하깃소

그러ᄂᆞ 내 ᄯᆞᆯ이 처음에 셔울로 드러오던 날 ᄃᆡᆨ에 와셔 잇든 터이오 도동 집도 박참봉이 쥬션ᄒᆞ야 삿다 ᄒᆞ니 박참봉이 내 ᄯᆞᆯ의 일을 전혀 모른다 할 수도 업습닌다

하ᄂᆞᆫ 말 한 마듸에 박참봉 내외가 일변으로 마암을 노흐ᄂᆞ 일변으로 조심이 엇지 되던지 ᄀᆞᆼ동지 내외가 ᄒᆞ자ᄂᆞᆫ ᄃᆡ로 드를만치 되얏더라

본릐 ᄀᆞᆼ동지ᄂᆞᆫ 궁통한 사ᄅᆞᆷ이라 김승지와 박참봉은 츈천집 쥭은 일에 참셥 업슬 쥭을 알면셔 박참봉을 그럿케 몹시 혼을 쓰여노흔 거슨 ᄶᆞ달이 잇섯더라

ᄀᆞᆼ동지가 일편 정신이 그 ᄯᆞᆯ의 원수를 갑흐려ᄂᆞᆫ 일에 골돌ᄒᆞᄂᆞ 돈 한 푼 업시 싱소한 셔울 와셔 엇지할 수 업ᄂᆞᆫ 터이라 그런고로 박참봉의게 짐을 잔ᄯᅳᆨ 지흐려ᄂᆞᆫ 계교이라

박참봉이 실심으로 ᄀᆞᆼ동지를 위ᄒᆞ야 일을 의논ᄒᆞ고 ᄀᆞᆼ동지의 내외를 그 집 건넌방에 슈계두고 그 잇흔날 박참봉이 김승지 집에 가셔 츈천집의

말은 내지도 아니ᄒᆞ고 김승지를 다리고 오더니 안건넌방에셔 박참봉과 ᄀᆞᆼ동지의 내외가 김승지를 엇지 몹시 울럿던지 김승지가 죽을 지경이라 그중에 ᄀᆞᆼ동지의 마누라ᄂᆞᆫ 츈쳔집의 빈혀 가락지를 내노흐면셔 어제 밤에 점순이와 최가의 ᄒᆞ던 말과 ᄒᆞ던 모양을 낫낫치 말ᄒᆞᄂᆞᆫᄃᆡ 목이 텩텩 멧셔 말도 잘 못ᄒᆞᄂᆞᆫ 모양으로 보고 ᄀᆞᆼ동지ᄂᆞᆫ 눈이 두리두리 ᄒᆞ고 얼골이 시룩시룩 ᄒᆞ며 쥬먹에 심을 붓적붓적 쓰고 안졋고 김승지ᄂᆞᆫ 본ᄅᆡ 츈쳔집과 졍이 드럿던 사ᄅᆞᆷ이라 츈쳔집이 몹시 죽엇다 ᄒᆞᄂᆞᆫ 말은 증거가 분명치 못ᄒᆞ나 츈쳔집의 빈혀 가락지를 보니 츈쳔집을 보ᄂᆞᆫ듯한 ᄉᆡᆼ각이 잇ᄂᆞᆫ 중에 ᄀᆞᆼ동지 마누라의 ᄒᆞᄂᆞᆫ 모양을 보고 김승지가 마쥬 눈물을 ᄯᅥ러터인다

ᄀᆞᆼ동지 마누라의 마암에ᄂᆞᆫ 서른 사ᄅᆞᆷ은 ᄂᆞ ᄒᆞᄂᆞ뿐이어이 ᄉᆡᆼ각하ᄂᆞ [雲雨巫山에 楚襄王] 운우무ᄉᆞᆫ에 초양왕의 ᄭᅮᆷ을 ᄭᅮ고 (水綠山青에 唐明皇) 수록ᄉᆞᆫ청에 당명황의 근심ᄒᆞ듯 마암 얼인 김승지가 졍들고 그리던 계집이 원통이 죽엇다ᄂᆞᆫ 말에 창자가 ᄭᅳᆺ어지ᄂᆞᆫ 듯한 그 마암이 그 쳡 장모보다 더ᄒᆞ다 할 만도 ᄒᆞ더라

1907년 3월 20일 (九七 / 100회)

김승지가 벼루집을 좀 달나ᄒᆞ야 지페 이ᄇᆡᆨ오십 원 차질 표 ᄒᆞᄂᆞ를 써가지고 염낭에셔 성명 도장을 ᄭᅧ내셔 ᄭᅮᆨ 찍더니 박참봉을 보며 스르 죽어가ᄂᆞᆫ 목소리로 말을 한다

(김) 여보 박참봉

어렵소마ᄂᆞᆫ 심부룸 ᄒᆞᄂᆞ ᄒᆞ여쥬실 일 잇소

이 표를 가지고 종노 베젼 일방 ᄇᆡ의관의 전에 가셔 이 돈을 차저

다가 오십 원은 박참봉이 쓰고 이빅원은 ㄱ동지가 셔울 잇슬 동안 에 일용이나 ᄒᆞ게 쥬시오

박참봉이 박복ᄒᆞ기로는 계동 바둑에 첫지 가던 터이라 집안에 돈이 언재 드러와 보앗던지 이저버리게 되얏는ᄃᆡ 그 집안에 빅통 돈 두 푼은 몃 달 전부터 익섯더라 그 돈은 무슨 돈인고 못쓰는 사전이라 담빈가가로 몃 번을 나가고 반찬가가로 몃 번을 나갓다가 퇴박을 만나 드러왓는지 어ᄃᆡ로 내보내던지 박참봉 집 ᄯᅥ나기를 못잇처셔 빙빙 도라드러오던 사전 두 푼쌘이라 별안간에 지폐 오십 원이 싱기는 거슬 보더니 박참봉의 입이 ᄶᅧᆨ 버러저서 두 손을 쓺 내밀어 표지를 바드면셔

(박) 심부름이 다 무어시오닛가 이런 심부름은 날마다 시키셧스면 좃케습니다 그러나 ㄱ동지는 돈을 쥬시려니와 날ᄶᅥ지 왼 돈을 이럿케 마히 쥬심닛가

(김) 박참봉도 어려운 터에 ㄱ동지 내외가 와셔 잇스니 오쥭 폐가 되깃소 내 집에로 다리고 갓스면 조흘 터이나……

ᄒᆞ면셔 시로히 ᄀᆞᆷ창한 마음이 나던지 눈물을 싯고 이러나며

(김) 여보게 ㄱ동지

나는 자네를 보고 할 말이 업네 내가 지금은 몸도 괴롭고 심회도 좃치 못ᄒᆞ니 집에셔 좀 드러눕긴네

무슨 할 말 잇것든 박참봉의게만 말을 ᄒᆞ게……

여보 박참봉 박참봉의게 페는 되지마는 ㄱ동지의 내외를 좀 편이 잇게 ᄒᆞ여쥬오

ᄒᆞ며 나가는ᄃᆡ 처음에는 김승지를 가라마실드시 폭빅을 푹폭ᄒᆞ던 ㄱ동지의 마누라가 김승지의 슬퍼하는 긔식과 다정한 모양을 보더니 폭빅할 싱각이 죠곰도 업고 도로혀 눈물을 흘리면셔 김승지의 마암을 위로ᄒᆞ야 말을 하는ᄃᆡ ㄱ동지는 김승지가 드러와 안질 ᄯᅢ부터 나갈 ᄯᅢᄭᅡ지 아무

말 업시 안젓스니 그 속은 쳔 길이라 알 수가 업더라 김승지가 그 길로 자긔 집으로 가더니 그런 판관 사령갓한 김승지싼에도 그 부인의 ᄒᆞᄂᆞᆫ 모양이 사사이 의심이 ᄂᆞ고 이왕의 지닌 일도 낫낫치 괴상한 거슬 깨다랏더라

그러ᄂᆞ 그 부인의게는 무슨 말 드른 체도 아니ᄒᆞ고 의심ᄒᆞᄂᆞᆫ 눈치도 뵈지 아니하고 잇ᄂᆞᆫᄃᆡ 자ᄂᆞ깨ᄂᆞ 츈쳔집 모자의 일이 참 엇지 되얏ᄂᆞᆫ지 알고십고 보고십고 불상ᄒᆞ고 쳐량한 ᄉᆡᆼ각뿐이라

그날 밤에 사랑방에 혼자 안저셔 밤 열두 시 죵을 치도록 잠을 아니자고 담비만 먹다가 혀빠눌이 돗고 몸에 번열증이 ᄂᆞ서 안젓다가 누엇다가 이러ᄂᆞ셔 건니다가 다시 드러눕더니 잠이 얼염풋하게 들며 쑴을 쑤엇더라

1907년 3월 23일 (九七 / 101회)

문박게 신 소리가 자박자박 ᄂᆞ더니 사랑문을 흔들며 문을 여러달나ᄒᆞᄂᆞᆫ 거시 분명이 츈쳔집의 목소리라 김승지가 반겨 이너ᄂᆞ셔 문쏘리를 볏기려고 익를 무슈히 쓰ᄂᆞ 고리가 벗겨지지 아니ᄒᆞᄂᆞᆫ지라 츈쳔집이 문 열기를 기다리지 못ᄒᆞ고 도동으로 도로 ᄂᆞ간다 ᄒᆞ며 마당에로 ᄂᆞ려가ᄂᆞᆫᄃᆡ 비로소 문고리가 덜걱 열니ᄂᆞᆫ지라 김승지가 좃차ᄂᆞ가며 방으로 드러오라 ᄒᆞ니 츈쳔집이 어린아히를 안쏘 사랑방에로 드러오려고 돌쳐셔ᄂᆞᆫᄃᆡ 김승지의 부인이 어ᄃᆡ 잇다가 튀여ᄂᆞ오던지 치마짜락을 질질 썰고 좃차오더니 방망이로 츈쳔집 모ᄌᆞ의 ᄃᆡ강이를 쌍쌍 씨려셔 마당에 션지피가 긋득 쏘다지ᄂᆞᆫ 거슬 보고 김승지가 쑴에도 그리 빙충맛던지 그 부인의 방밍이 잡은 팔을 붓들고 ᄒᆞᄂᆞᆫ 말이 마누라가 좀 참우 이거시 무슨 힉거요 ᄒᆞ며 석석 비ᄂᆞᆫᄃᆡ 그 부인이 긔를 버럭 닉며 ᄒᆞᄂᆞᆫ 말이 무슨 염치에 츈쳔

집의 역셩을 들고 잇소 ᄒᆞ며 와락 쎠루치ᄂᆞᆫ 셔슬에 방ᄆᆡᆼ이 끗이 김승지의 아릐턱을 쳐셔 아릐이가 문쳥 다 빠지며 꿈을 깨엿더라

김승지가 그런 꿈을 꾸고 더옥 심회 산란ᄒᆞ야 그 밤에 다시 잠을 못이류엇더라

그 잇흔 날 김승지가 십젼ᄃᆡ보탕 ᄒᆞᆫ 제를 지여가지고 상노 아ᄒᆡ ᄒᆞᄂᆞ 다리고 문 밧 절로 약이ᄂᆞ 먹으러 ᄀᆞᆫ다고 ᄒᆞ고 광쥬 봉은사로 ᄂᆞ가니 그거슨 왼 일인고 사랑에 잇스면 손이 차저오고 안에 드러가면 마누라의 넉살 피ᄂᆞᆫ 거시 보기 시려셔 몃칠 동안에 공긔 조흔 절ᄀᆞᆫ에 가셔 죵용이 잇스려ᄂᆞᆫ 일이라

남문 밧게 씩 ᄂᆞ셔셔 왼손편 성밋 조분 길로 도라ᄂᆞ가ᄂᆞᆫᄃᆡ 그 길은 공교히 도동 동ᄂᆡ로 지ᄂᆡ가ᄂᆞᆫ지라

져긔 보히ᄂᆞᆫ 조 집이 츈쳔집 잇든 집이로구ᄂᆞ ᄒᆞᄂᆞᆫ 그 ᄉᆡᆼ각이 문뜩 ᄂᆞ며 다리가 무거워서 거름이 걸니지 아니ᄒᆞᆫ다

짜뜻ᄒᆞᆫ 봄바람에 풀풀 나라드ᄂᆞᆫ 복사쏫은 소리 업시 쩨[쩌]러지ᄂᆞᆫᄃᆡ 호랑ᄂᆞ뵈 한 마리ᄂᆞᆫ (莊周) 장쥬의 혼몽인지 (羽羽然) 허허연 ᄂᆞ라드러 김승지 압흐로 오락가락 ᄒᆞᆫ다

김승지가 혼ᄌᆞ말로

나ᄇᆡ야 쳥산 가ᄌᆞ 호랑ᄂᆞᄇᆡ야 ᄂᆞ도 가ᄌᆞ
구십츈광 다 보ᄂᆡ고 낙화시절 되얏스니 네 셰월도 그만이라
ᄂᆞ도 리별을 슬퍼ᄒᆞ야 (斷腸天) ᄃᆞᆫ장쳔에 너를 좃ᄎᆞ

ᄒᆞ던 말을 쑥 긋치고 귀 뒤에 옥관자가 붓그러운 ᄉᆡᆼ각이 잇셧던지 상노 아ᄒᆡ가 드럿슬가 염녀ᄒᆞ야 뒤를 도라다보니 아회ᄂᆞᆫ 근심 업시 뒤쩌러저셔 쏫 썩거 손에 쥐고 수양버들 가지 우에 처음 우ᄂᆞᆫ 쐬꼬리를 ᄯᆡ리려고 돌팔ᄆᆡ질만 ᄒᆞ고 셧더라

김승지가 그 아ᄒᆡ를 물ᄭᅳ름 보며 혼ᄌᆞ말로 사ᄅᆞᆷ은 저러ᄒᆞᆫ ᄯᆡ가 조흔 거

시라 저러ᄒᆞᆫ 아희들이야 무슨 걱졍이 잇슬가 ᄒᆞ며 탄식ᄒᆞ고 섯다가 다시 아희를 불러 지촉ᄒᆞ야 봉은사로 향ᄒᆞ야 가니 그 절은 정션릉 산속이라 고목은 굼트러지고 봄풀은 욱어젓ᄂᆞᆫᄃᆡ 김승지가 다리를 쉬흐려고 모고 밋헤 안젓더니 왼 갈가마귀 한 쎄가 ᄂᆞ라와셔 고목나무 휘여진 가지 우에 ᄂᆞ려안지며 깍깍 짓ᄂᆞᆫ 소리에 김승지의 귀가 소ᄂᆞᆫ 듯 ᄒᆞ더라

본릐 김승지ᄂᆞᆫ 그 부인의 치마 ᄭᅩ리 엽헤셔 구긔ᄒᆞᄂᆞᆫ 갓만 보고 녀편네와 갓치 구긔ᄒᆞ던 사름이라 ᄶᅡ마귀 소리를 듯고 무슨 흉ᄒᆞᆫ 일이나 싱길드시 시린 마음이 ᄂᆞ셔 ᄶᅡ마귀를 좃치려고 상노 아희를 부르더라

갑쇠야 내가 악가 쐬고리보고 팔믹질 ᄒᆞ엿지

듯기 조흔 쐬고리 좃지 말고

듯기 시린 ᄭᅡ마귀ᄂᆞ 좀 조치려무ᄂᆞ

작난을 ᄒᆞ랴면 신이 ᄂᆞ셔 펄펄 쒸는 갑쇠란 놈이 김승지의 말이 쑥 ᄶᅥ러지면셔 셰상이ᄂᆞ 만ᄂᆞᆫ드시 돌팔믹질을 ᄒᆞᄂᆞᆫᄃᆡ ᄂᆞ라가ᄂᆞᆫ ᄶᅡ마귀를 쳐어다보고 소리를 지르며 펄펄 쒸여 좃차가다가 두어 길이ᄂᆞ 되ᄂᆞᆫ 사턱골에 쑥 ᄶᅥ러젓더라

1907년 3월 26일 (九八 / 102회)

김승지가 깜짝 놀라 한거름에 쒸여와서 갑쇠 ᄶᅥ러지던 구렁텅이를 들여다보니 사턱 ᄂᆡ린 깁흔 골이 갑쇠가 ᄂᆡ리굴러 ᄶᅥ러저셔 인절미에 팟고물 뭇친드시 젼신에 황토칠을 벌거케 ᄒᆞ고 툭툭 썰고 이러ᄂᆞᄂᆞᆫᄃᆡ 그 밋헤ᄂᆞᆫ 무엇인지 나뭇가지를 척척 덥허노앗ᄂᆞᆫᄃᆡ 그 나뭇가지 틈에셔 파리쎄가 이러ᄂᆞᆫ다

(갑쇠) 어- 이 파리쎄 보게 왼 파리가 이리 만아

그 밋헤 무어시 잇게 파리가 이러캐 모혀드ᄂᆞ
이 경칠 놈의 것 ᄂᆡ가 좀 헷치고 보리라

ᄒᆞ더니 ᄂᆞ무가지를 이리저리 치여 놋타가 갑쇠가 그 ᄂᆞ무가지 ᄒᆞᄂᆞ를 번젹 들며 에그머니 저거시 무어시야 소리를 지르고 뒤로 물너셔는ᄃᆡ 그 우에셔 ᄂᆡ려다보던 김승지의 눈이 ᄯᅩᆼ구리지며 가심이 덜걱 ᄂᆡ려안는다

그 구렁텅이는 츈쳔집 모ᄌᆞ가 칼을 맛고 쥭은 송장을 집어느흔 구렁텡이라 츈쳔집이 쥭어도 석지 못할 원이 미쳐 그러ᄒᆞᆫ던지 쥭은 지 ᄂᆞ흘이ᄂᆞ 되얏스ᄂᆞ 얼골을 보면 지금 쥭은 송장갓더라

츈쳔집이 목애도 칼을 맛고 가슴에도 칼을 맛고 ᄇᆡ에도 칼을 마졋는ᄃᆡ 거북이는 셰 살 먹은 어린아희라 연ᄒᆞᆫ 쎠 연ᄒᆞᆫ 살을 비슈갓한 칼로 엇더케 몹시 ᄂᆡ리쳣던지 머리 우에셔부터 가슴ᄭᅡ지 ᄃᆡ ᄶᅩᄀᆡ지듯 ᄶᅩᄀᆡ진 어린 송장이 츈쳔집 가슴 우에 언쳣더라

그러케 참혹한 송장은 누가 보던지 소름이 ᄭᅵ치지 아니할 사름이 업슬 터이라 허물며 김승지의 눈으로 그 경상을 보고 그 마음이 엇덧타 형용ᄒᆞ야 말ᄒᆞ리오

김승지가 그 구렁텅이로 ᄂᆡ려가셔 츈쳔집 모자의 송장을 붓들고 우다가 갑쇠를 다리고 다시 ᄂᆞ무가지를 집어셔 그 송장을 덥허놓코 그길로 봉은사로 드러가셔 편지 ᄒᆞᆫ 장을 쓰더니 계동 박참봉 집에로 급쥬를 ᄯᅴ우더라

1907년 4월 2일 (九八 / 103회)

힝졀노리에 편지를 집어 지르고 저구리 고름에 갓모 차고 철ᄯᅴ 부러진 제량갓을 등에 질머지흔드시 제쳐쓰고 이미[마]에 (夕陽) 식[석]양을 이고 곰방담비ᄯᅴ 몰고 활긔짓ᄒᆞ며 한양ᄶᅩᆨ 남산을 바라보고 한거름에 ᄲᅧ여갈

드시 다라나는 거슨 김승지의 편지 가지고 가는 보힝삭군이라 편지는 무슨 편지인지 일은 무슨 일에 급쥬로 가는지 삭군은 알지 못하는 터이라 김승지가 심는흔 중에 보힝삭은 삭군이 달라는디로 쥬엇는디 그 삭군은 흥에 씌여셔 그날 밤 닉로 박참봉의 답장을 맛트서 회환할 작정이라 계동 박참봉 집에로 드러닥치며 하님을 부르는대 그날은 마참 박참봉이 츌입하고 업는 터이라 그 하인이 편지를 안으로 드려보닉면셔 하는 말이 급한 편지이니 어셔 답장을 하여 쥬셔야 김승지 령감게 갓다드리깃다 ᄒᆞ니 그 집안에셔 누구던지 김승지라 하면 귀가 번쩍 씌는 터이라 그 씨강동지는 무슨 경류을 하느라고 그리ᄒᆞ는지 죵일 꼼짝을 아니하고 박참봉 집 건넌방에 가마니 드러누어셔 (陳圖南) 진드[도]남의 잠자드시 헷잠이 드러엇고 강동지의 마누라는 본릭 시골셔 일 잘ᄒᆞ던 칠칠한 녀편네라 쥬인 박참봉의 마누라가 혼자 저녁밥 진는 거슬 불안ᄒᆞ게 녀겨셔 부억에로 닉려가셔 불도 씩여쥬고 그릇도 씨셔 쥬면셔 입으로는 쏠 기르던 니약이를 하고 잇던 터이라

(應問之童) 응문지동이 업는 박참봉 집에셔 편지 바드리려 나갈 사름은 강동지의 마누라이라 문딕깐에 나가셔 편지를 밧다가 김승지이니 무어시니 ᄒᆞ는 소리를 듯고 그 ᄒᆞ인과 만슈바지를 ᄒᆞ고 셧더라

(로파) 김승지 덕에서 왓소

(삭군) 아니오 나는 봉은사 절에셔 시[심]부름ᄒᆞ고 잇는 사름이오

(로파) 그러면 편지ᄒᆞ던 김승지 령감은 엇던 김승지란 말이오

(삭군) 엇던 김승지 령감인지 나도 자세이 모르깃소

오날 삼쳔동 사는 김승지 령감이라고 얼골 희고 키 죠고마한 냥반 ᄒᆞ나히 ᄂᆞ오더니 이 편지를 써쥬시면셔 게동 박참봉 덕에 가셔 얼른 답장 맛ᄒᆞ가지고 오라 하십듸다

답장을 얼른 ᄒᆞ여쥬셔야 어둡기 젼에 셔빙고강을 건너가깃소

안부억에서 박참봉의 부인이 궁동지의 마누라를 부른다

여보게 춘쳔 마누라

그 편지가 김승지 령감의 편지라 ᄒᆞ니 우리 일로 편지가 왓슬 리가 잇ᄂᆞ 자네네 일로 편지가 왓슬 터이니 그 편지를 자네 령감이 ᄯᅳ더보고 답장을 하여 보닋스면 죠컨네

남의 편지 ᄯᅳ더보ᄂᆞᆫ 권리 업ᄂᆞᆫ 쥴 아ᄂᆞᆫ 사ᄅᆞᆷ은 조션에ᄂᆞᆫ 남자에도 만치ᄂᆞᆫ 뭇[못]할지라 더구나 부인이 무ᄉᆞᆫ 경계를 아ᄂᆞᆫ 사ᄅᆞᆷ이 몃치ᄂᆞ 되리오 궁동지의 마누라가 박참봉의 부인의 말을 듯고 다힝히 녀겨셔 편지를 들고 건넌방으로 드러가며 궁동지를 부르ᄂᆞ 궁동지ᄂᆞᆫ 아무 ᄃᆡ답 업시 눈만 ᄯᅥ셔 보거놀 마누라가 그 편지를 북북 ᄶᅳ어셔 들고 궁동지를 보히ᄂᆞᆫᄃᆡ 편지 속에셔 엄ᄶᅡ 하나히 더러지ᄂᆞᆫ지라

1907년 4월 3일 (九九 / 104회)

궁동지의 마암은 철석갓치 궁ᄒᆞ나 돈을 보면 숙족비갓치 부드러지ᄂᆞᆫ 사ᄅᆞᆷ이라 김승지가 ᄯᅩ 돈이ᄂᆞ 보ᄂᆡ쥬ᄂᆞᆫ 쥴로 아랏던지 부스스 이러ᄂᆞ 안지며 편지를 바라보더라

김승지가 처량ᄒᆞᆫ 정경을 당ᄒᆞ야 가삼이 압푸고 ᄊᆞ린 중에 붓 ᄭᅳᆺ헤셔 말이 엇지 그리 구슬푸게 ᄂᆞ왓던지 정션릉 속에셔 보던 경상을 말ᄒᆞ엿ᄂᆞᆫᄃᆡ 두루마지 ᄒᆞᆫ 졀ᄶᅥᆷ 되ᄂᆞᆫ 조회쪽에 ᄶᅡ뭇ᄶᅡ뭇ᄒᆞᆫ 글ᄶᅡ 몃 자가 그리도 조화가 붓터던지 정션릉 고목 우에 ᄭᅡ마귀 소리가 들리ᄂᆞᆫ듯 ᄒᆞ고 갑쇠가 팔ᄆᆡ질 ᄒᆞ며 ᄶᅩ차가다가 낭ᄯᅥ러지기에 ᄯᅥ러지던 모냥이 보히ᄂᆞᆫ 듯 ᄒᆞ고 그 구렁텅이 밋헤 춘천집 모ᄌᆞ의 송장 잇ᄂᆞᆫ 모냥을 그린드시 말ᄒᆞ얏고 그 ᄭᅳᆺ헤ᄂᆞᆫ 박참봉더러 종노에 밋긴 돈이ᄂᆞ 좀 차저가지고 봉은사로 ᄂᆞ와셔

츈쳔집 모ᄌᆞ의 송장 감장이ᄂᆞ ᄒᆞ여달라ᄒᆞᆫ 편지라 년월일 밋ᄒᆡ 김승지의
일홈 쓰고 싼 줄 잡아 ᄀᆞᆼ동지 ᄂᆡ외의 말을 ᄒᆞ엿ᄂᆞᆫᄃᆡ 아즉은 츈쳔집 송장
차젓다ᄂᆞᆫ 말을 ᄒᆞ지 말고 박참봉이 봉은사로 ᄂᆞ온 후에 상의ᄒᆞ야 ᄀᆞᆼ동지
의 ᄂᆡ외가 마암 붓칠만치 ᄌᆡ물이ᄂᆞ 쥬어셔 안심시킨 후에 츈쳔집 모ᄌᆞ의
송장 차젓다ᄂᆞᆫ 말을 ᄒᆞᄂᆞᆫ 거시 조흘 쥴로 말ᄒᆞ엿더라
ᄀᆞᆼ동지의 눈은 남다른 눈이라
어려셔 젓 먹을 ᄯᆡᄂᆞᆫ 울기도 ᄒᆞ고 눈물도 낫슬 터이ᄂᆞ 철 ᄂᆞᆫ 이후에ᄂᆞᆫ
눈물 ᄂᆞ본 일이 업던 사ᄅᆞᆷ이라 누가 ᄯᆡ리면 압파셔ᄂᆞ 울던지 슬퍼셔ᄂᆞᆫ
우지 아니ᄒᆞ던 눈이라 그러한 눈으로 김승지의 편지를 보더니 눈물이 나
오ᄂᆞᆫᄃᆡ 오십 년 참앗던 문[눈]물이 한번에 다 나오던지 쏘다지듯 나오더라
강동지의 마누라ᄂᆞᆫ 무슨 ᄶᅡ달인지도 모르면셔 령감 우ᄂᆞᆫ 거슬 보고 청승
쥬머니가 툭 터지며 운다

(마누라) 여보 령감 왜 우르시오 말 좀 ᄒᆞ시구려
우리 길순이가 참 죽엇다ᄂᆞᆫ 소문이엇소

강동지가 ᄒᆞᆫ숨을 쉬ᄂᆞᆫᄃᆡ 그 암[압]헤 안진 마누라가 불려다라날드시 입
김을 ᄂᆡ부더니 김승지 편지 사연의 말을 간단히 니약이할 지음에 박참봉
이 드러왓더라

1907년 4월 4일 (百 / 105회)

박참봉이 김승지의 편지 왓단 말을 듯고 건넌방 문을 펄적 열고 드러섯
난ᄃᆡ ᄀᆞᆼ동지가 박참봉 드러오ᄂᆞᆫ 거슬 보더니 별안간에 쥬먹으로 방바닥
을 치며 소리를 벽력갓치 지른다

여보 이거시 원 일이오

ᄂᆡ ᄯᅡᆯ의 송장을 나 모르게 슈쇄ᄒᆞ자ᄂᆞᆫ 거시 ᄭᅡ달 잇ᄂᆞᆫ 일이요구려
박참봉이 본ᄅᆡ ᄀᆞᆼ동지의게 저려ᄯᅥᆫ 사ᄅᆞᆷ이라 영문도 모르고 싱으로 눈이 둥구ᄅᆡ지며

(박) 여보게 그거시 무슨 말인가 무슨 ᄭᆞ닥이 잇는 말이여던 날더러 말을 좀 ᄌᆞ세이 ᄒᆞ야 쥬게 그러ᄂᆞ 저거시 내게 온 편지인가

ᄒᆞ면서 ᄀᆞᆼ동지 압헤 노힌 편지를 집어보다가 박참봉이 무슨
혐의ᄶᅧᆨ은 일이ᄂᆞ 잇는드시 ᄶᅡᆷ작 놀ᄂᆞ며

(박) 어- 김승지도 ᄶᅡᆨᄒᆞᆫ 사ᄅᆞᆷ이로구

이런 일이 잇스면 ᄂᆡ게 편지ᄒᆞ기가 밧불 거시 아니라 강동지의게 먼저 알게 할 일인ᄃᆡ 무슨 ᄭᅡ닭으로 강동지의게ᄂᆞᆫ 아즉 이런 말을 ᄒᆞ지 말라 ᄒᆞ얏누……

여보게 ᄂᆞᄂᆞᆫ 참 자네 ᄯᅡ님 도라ᄀᆞᆫ 일을 자네의게 처음 드럿네 김승지 령감인들 혈마 자긔와 정드러 사던 별실과 귀ᄋᆡᄒᆞ던 외아들을 그 령감이 죽엿슬 리가 잇ᄂᆞ

그러ᄂᆞ 이 일이 여ᄀᆞᆫ 일이 아니오 범연이 죠쳐할 일이 아니니 오날 밤이라도 봉은사로 ᄂᆞ가서 김승지 령감과 상의하야 아모ᄶᅩ록 ᄌᆞ네 ᄯᅡ님의 원수 갑흘 도리를 ᄒᆞ여보셰

그 말 ᄭᅳᆺ헤 ᄀᆞᆼ동지의 마누라가
긔가 ᄆᆡᆨ혀 우니
ᄀᆞᆼ동지도 울고
박참봉도 낙루를 ᄒᆞᄂᆞᆫᄃᆡ 문 밧게셔 홀ᄶᅡᆨ홀ᄶᅡᆨ 우ᄂᆞᆫ 소리가 ᄂᆞᆫ다
그 소리ᄂᆞᆫ 참척 만히 보고 ᄌᆞ녀ᄀᆞᆫ에 아모 것도 업시 사십지년에 이른 박참봉의 부인이 ᄀᆞᆼ동지의 마누라가 우ᄂᆞᆫ 소리를 듯고 제 셔름에 우ᄂᆞᆫ 거시러라
우름 ᄭᅳᆺ헤ᄂᆞᆫ 공논이 부산ᄒᆞ더니 필경에 ᄀᆞᆼ동지의 말을 좃차셔 박참봉은

ᄂᆡ일 죵노에 돈 차저가지고 봉은사로 가기로 작정ᄒᆞ고 ᄀᆞᆼ동지의 ᄂᆡ외ᄂᆞᆫ
그날 밤으로 봉은사로 ᄂᆞ가더라

1907년 4월 5일 (百一 / 106회)

저문 봄 지ᄂᆞᆫ ᄭᅩᆺ은 바ᄅᆞᆷ에 불려 다 ᄯᅥ러저 가ᄂᆞᆫᄃᆡ 그 바람이 비를 비쳐
구만 리 장쳔에 구름이 모혀든다
남ᄃᆡ문 ᄂᆞ셜 ᄯᅢ에 ᄒᆡ가 ᄯᅥ러지고 셔빙고 강 건너갈 ᄯᅢ에 밤이 되고 이영
급이 쥬막에 지날 ᄯᅢ에 비가 부슬부슬 오기 시작ᄒᆞ더니 그 비가 쇠우쳐
오지도 아니ᄒᆞ고 긋치지도 아니ᄒᆞᆫ다
봉은사에셔 편지 가지고 오던 삭군은 지로승으로 압헤 셔고 강동지ᄂᆞᆫ 뒤에
셔고 마누라ᄂᆞᆫ 가온ᄃᆡ 셔셔 가ᄂᆞᆫᄃᆡ 삭군은 엇지 그리 잘 다라ᄂᆞ던지 몃
발자국 아니가셔 도라다본즉 강동지의 ᄂᆡ외ᄂᆞᆫ 뒤에 ᄯᅥ러저셔 못ᄯᅡ라온다

(삭군) 여보 마누라님 거동 좀 쌜리 거르시오
ᄂᆞᄂᆞᆫ 마누라님 기다리다가 옷 다 젓깃소

(ᄀᆞᆼ동지 마누라) 념여 마오 쌜니 거르리다

(삭군) 여보 마누라님은 쌜리 가시ᄂᆞᆫ 거름이 그러ᄒᆞ면 쳔쳔히 가시ᄂᆞᆫ
거름은 여드ᄅᆡ에 팔십 리도 못가시갓소

(ᄀᆞᆼ동지 마누라) 여부 왼 지축을 그리 몹시 ᄒᆞ오
비 아니라 벼락이 오더ᄅᆡ도 더 급히 갈 슈ᄂᆞᆫ 업소

(삭군) 압다 오거ᄂᆞ 말거ᄂᆞ ᄒᆞ시구려 ᄂᆞᄂᆞᆫ 김승지 령감게 삭 밧고 왓지
마누라님게 삭 바든 사ᄅᆞᆷ은 아니오

ᄀᆞᆼ동지가 그 소리를 듯더니 화ᄶᅵᆷ에 골이 엇지 몹시 낫던지 소리를 지르
면셔 삭군을 ᄶᅩ차ᄀᆞᆫ다

(ᄀᆞᆼ)이 ᄲᅡᆯ겨죽일 놈 거긔 좀 섯거라

저러ᄒᆞᆫ 놈은 다리를 부짓러 노아야 그ᄶᅡ짓 버르장머리를 아니ᄒᆞ지 삭군이 ᄀᆞᆼ동지가 ᄶᅩ차오ᄂᆞᆫ 거슬 보더니 핑계 좃케 다라나ᄂᆞᆫᄃᆡ ᄉᆞᆫ에셔 ᄇᆞᆯ시 익은 놈이라 다람쥐갓치 다라ᄂᆞ니 ᄀᆞᆼ동지ᄂᆞᆫ 제 심만 밋고 ᄶᅩᄎᆞ가다가 삭군은 ᄀᆞᆫ 곳 업고 ᄀᆞᆼ동지ᄂᆞᆫ 길을 이럿더라

ᄀᆞᆼ동지의 마누라ᄂᆞᆫ 령감을 부르고 ᄀᆞᆼ동지ᄂᆞᆫ 마누라를 부르고 길 업ᄂᆞᆫ 산빗탈로 도라당기면셔 소리소리 지르ᄂᆞᆫᄃᆡ 쇠우치ᄂᆞᆫ 비 소리에 사ᄅᆞᆷ의 소리ᄂᆞᆫ 어ᄃᆡ셔 ᄂᆞᄂᆞᆫ 듯도 ᄒᆞ고 아니 ᄂᆞᄂᆞᆫ 듯도 ᄒᆞ다

1907년 4월 6일 (百二 / 107회)

ᄋᆡ쓰고 고ᄉᆡᆼᄒᆞ기ᄂᆞᆫ ᄀᆞᆼ동지ᄂᆞ ᄀᆞᆼ동지의 마누라이ᄂᆞ 맛창가지언마ᄂᆞᆫ 긔골 조흔 ᄀᆞᆼ동지보다 마암 약ᄒᆞᆫ 마누라 더 긔가 ᄆᆡᆨ힐 지경이라

ᄀᆞᆼ동지의 마누라가 령감을 부르던 목이 싹 잠겨서 소리도 못지르고 독ᄀᆡ비의게 홀린 사ᄅᆞᆷ갓치 허둥거린다

올나가면 ᄉᆞᆫ봉우리오 ᄂᆡ려가면 ᄉᆞᆫ구렁텅이라

눈에 보히ᄂᆞ니 고목나무가 ᄒᆞ날에 단 듯 ᄒᆞ고 몸에 걸니ᄂᆞ니 가시덤불이 성을 싸흔 듯ᄒᆞ다

ᄒᆞᄂᆞᆯ에ᄂᆞᆫ 먹장을 가라부흔 듯ᄒᆞᆫ ᄉᆡᆨ검은 구름 속에서 먹물이 쏘다지ᄂᆞᆫ지 ᄉᆞᆫ도 검ᄭᅩ 나무도 검ᄭᅩ 흰 빗은 조곰도 업ᄂᆞᆫ 쌍ᄭᅡᆷᄒᆞᆫ 칠야이라

솔닙을 시치며 지ᄂᆞ가ᄂᆞᆫ 바람소리ᄂᆞᆫ 귀신이 우ᄂᆞᆫ 듯 ᄒᆞ고 (煤氣炭氣) ᄆᆡ긔탄긔에 발동되ᄂᆞᆫ (燐光) 인광은 무식ᄒᆞᆫ 사ᄅᆞᆷ의 눈에ᄂᆞᆫ 독ᄀᆡ비불이라 ᄒᆞᄂᆞᆫ 거시라 ᄀᆞᆼ동지 마누라의 귀에 들리ᄂᆞ니 귀신 우ᄂᆞᆫ 소리ᄲᅮᆫ이오 눈에 보히ᄂᆞ니 독ᄀᆡ비불믄 보히ᄂᆞᆫᄃᆡ 이 ᄉᆞᆫ골에셔도 [鬼哭聲] 귀곡성이 획획

저 ᄉᆞᆫ골에서도 귀곡성이 획획
이 ᄉᆞᆫ골에셔 독ᄀᆡ비불이 번쩍번쩍
저 ᄉᆞᆫ골에셔 독ᄀᆡ비불이 번쩍번쩍
ᄀᆞᆼ동지 마누라가 처음에ᄂᆞᆫ ᄀᆞᆫ이 녹는드시 겁이 ᄂᆞ더니 귀신 우ᄂᆞᆫ 소리를 드르면 ᄂᆡ ᄯᆞᆯ 길슌의 소리를 듯는 듯ᄒᆞ고 귀신의 불을 보면 ᄂᆡ ᄯᆞᆯ 길슌의 모냥을 보는드시 긔 ᄆᆡᆨ히고 반가운 ᄉᆡᆼ각이 드러셔 울며 길슌이를 부르고 도라ᄃᆞᆫ니다가 낭ᄯᅥ러지가 깁흔 골에 ᄯᅮᆨ ᄯᅥ러저 ᄂᆡ리굴럿더라

1907년 4월 9일 (百○三 / 108회)

몸은 얼쩍직은도 아니ᄒᆞᄂᆞ 마암에 이졔ᄂᆞᆫ 쥭을 곳에 ᄲᅡ졋다 시푼 ᄉᆡᆼ각ᄲᅮᆫ이라
셔을ᄯᅩ 긔ᄆᆡᆨ힌 즁에 악을 쓰며 우ᄂᆞᆫᄃᆡ 잠겻던 목이 다시 씌히며 쳥쳥ᄒᆞᆫ 우름소릐가 ᄒᆞ눌을 ᄯᅮᆯ코 올나가ᄂᆞᆫ 듯 하더라

ᄒᆞᄂᆞ님 맙시사
ᄂᆡ ᄯᆞᆯ이 무ᄉᆞᆫ 죄로 칼을 맛고 쥭엇스며 ᄂᆡ가 무ᄉᆞᆫ 죄로 여긔 ᄲᅡ저 쥭계ᄒᆞ오
하난님도 야속ᄒᆞ오
우리 ᄂᆡ외가 ᄯᆞᆯ의 송장을 차지려고 밤즁에 ᄉᆞᆫ을 픠여
ᄂᆞ오ᄂᆞᆫᄃᆡ 그거시 그리 미워서 이지러저가ᄂᆞᆫ 달빗을 감츄어두고 식검은 구름장에셔 창ᄯᅥᆨ갓ᄒᆞᆫ 비ᄆᆞᆫ 쏘다지ᄂᆞᆫ 거ᄉᆞᆫ 무ᄉᆞᆫ 심사오
ᄒᆞᄂᆞ님 그리를 ᄃᆞᆸ시사
우리가 사랏다가 ᄯᆞᆯ의 원슈ᄂᆞᆫ 못갑더릐도 쥭은 ᄯᆞᆯ의 신체ᄂᆞ 붓들고 ᄒᆞᆫ번 우러ᄂᆞ 보고 쥭엇스면 쥭어도 ᄒᆞᆫ이 업슬 터이오

ᄒᆞᄂᆞ님 ᄆᆞᆸ시사

발그신 ᄒᆞᄂᆞ님 아ᄅᆡ 이러ᄒᆞᆫ 일이 잇단 말이오

우리가 사랏다가 졈순이와 최가를 붓드러셔 토막을 툭々 처셔 죽이고 김승지의 마누라를 잡아셔 가랑이를 즉々 찌져지이고 그 자리에셔 우리도 죽으려 ᄒᆞ얏더니 ᄒᆞᄂᆞ님이 죄 믄ᄒᆞᆫ 년놈들을 위ᄒᆞ야 쥬느라고 우리를 죽이시ᄂᆞᆫ고나 ᄂᆞᄂᆞᆫ 여긔셔 죽거니와 우리 령감은 어ᄃᆡ 가셔 죽ᄂᆞᆫ고

범의계 물려 죽ᄂᆞᆫ지 곰의게 할쳐 죽ᄂᆞᆫ지 ᄒᆞᄂᆞ님이 죽이려 ᄒᆞ시ᄂᆞᆫ 사ᄅᆞᆷ이야 엇더케 죽이기로 못죽일라구……

이 골 쏙에ᄂᆞᆫ 무어시 잇누 짐승의 굴이여던 범이던지 곰이던지 얼른 쒸여ᄂᆞ와셔 날 잡아 먹어라

ᄒᆞᄂᆞ님 ᄆᆞᆸ시사 ᄒᆞᄂᆞ님이 어지시다 ᄒᆞ더니 어지신 거시 무어시오 썔그시다 ᄒᆞ더니 쌍감ᄒᆞ기ᄂᆞᆫ 왜 이럿케 쌍감ᄒᆞ오

ᄒᆞ며 소리소리 지르고 우ᄂᆞᆫᄃᆡ 별안간에 쳔동 한 번을 ᄒᆞ더니 ᄒᆞᄂᆞᆯ에셔 불이 철철 흐르ᄂᆞᆫ듯시 번ᄀᆡ롤 ᄒᆞᄂᆞᆫᄃᆡ

1907년 4월 10일 (百○四 / 109회)

번쩍ᄒᆞᆯ 뙤ᄂᆞᆫ [日草一木] 일초일목이 낫낫치 보히다가 쌈막할 뙤ᄂᆞᆫ 두억신이가 덥허눌러도 알 슈 업슬 지경이라

비ᄂᆞᆫ 쓰음ᄒᆞ고 바람소리도 잔잔ᄒᆞᄂᆞ ᄒᆞᄂᆞ님이 호령을 ᄒᆞᄂᆞᆫ드시 우루루 소리가 연ᄒᆞ여 ᄂᆞ며 구름 속에셔 무어슬 굴리ᄂᆞᆫ지 뚤뚤 굴러가ᄂᆞᆫ 소리가 ᄂᆞ더니 머리 우에 벼락을 내리ᄂᆞᆫ드시 쟉근쟉근 내려치ᄂᆞᆫ 소리가 ᄂᆞ니 ᄀᆞᆷ동지의 마누라가 ᄒᆞᄂᆞᆯ을 원망ᄒᆞ다가 쳔별[벌]을 입ᄂᆞᆫ듯 시픈 마암에 정

신이 앗득ᄒᆞ야 겁결에 혼자말로

에그 잘못ᄒᆞ얏습니다

ᄒᆞᄂᆞ님이 날을 벼락이ᄂᆞ 처서 죽어줍시사

ᄒᆞ며 푹 엎드리니 그 밋헤ᄂᆞᆫ 무엇인지 솔ᄶᅡ지를 척척 덥허노흔 거시 잇ᄂᆞᆫ지라 비린내가 코를 칵 지르ᄂᆞᆫ 듯 ᄒᆞ고 오장이 뒤집필드시 비위ᄀᆞ 거슬리거ᄂᆞᆯ ᄀᆞᆼ동지의 마누라가 의심이 왈락 ᄂᆞ며 몸이 덜덜 ᄯᅥᆯ린다 ᄯᅥᆯ리ᄂᆞᆫ 거슨 제가 죽을ᄭᅡ 념녀ᄒᆞ야 ᄯᅥᆯ리ᄂᆞᆫ 거시 아니라 그 밋헤 ᄯᆞᆯ의 송장이ᄂᆞ 잇ᄂᆞᆫ가 의심이 ᄂᆞ셔 분가운지 셔른지 겁이 ᄂᆞᄂᆞᆫ지 왼 셈인지 모르고 정신업시 ᄯᅥᆯ리다가 잠간 진정이 되며 다시 소리를 질러 운다

에그 이 밋헤 잇ᄂᆞᆫ 거시 무엇인가

여긔가 내 ᄯᆞᆯ 죽은 곳이ᄂᆞ 안닌ᄀᆞ

ᄒᆞᄂᆞ님 ᄒᆞᄂᆞ님 미련ᄒᆞᆫ 인ᄉᆡᆼ이 졔 죄를 모르고 ᄒᆞᄂᆞ님을 원망ᄒᆞ얏스니 그런 죄로 벼락을 칠지라도 내 ᄯᆞᆯ의 신체ᄂᆞ 믄ᄂᆞ보고 죽게ᄒᆞ여 줍시사 내ᄀᆞ 이ᄉᆡᆼ에ᄂᆞᆫ ᄀᆡ미ᄉᆡᆨ기 ᄒᆞᄂᆞ도 죽인 죄ᄀᆞ 업습니ᄃᆞ마ᄂᆞᆫ 필경 전ᄉᆡᆼ에 죄를 믄히 짓고 [殃及子孫] 앙급자손ᄒᆞ아 내 ᄯᆞᆯ 길순이ᄀᆞ 비명에 죽은 거시올시ᄃᆞ

우리 령감이란 사람도 ᄯᆞᆯ자식을 시집을 보내려거든 어ᄃᆡ로 못보ᄂᆡ서 본마누라가 눈이 둥구럿케 사라잇ᄂᆞᆫ 김승지의게 시집을 보ᄂᆡ고 덕을 보러 더럿스니 우리 내외ᄂᆞᆫ 죄 바더 싼 사람이올시다

ᄂᆞᄂᆞᆫ 전ᄉᆡᆼ에 죄를 짓고 우리 감령[령감]은 이 ᄉᆡᆼ에 죄를 지엿스니 눈압헤 악착ᄒᆞᆫ �을 보아�려니와 우리 길순이ᄂᆞᆫ 부모를 저 잘못 만ᄂᆞᆫ 죄로 □[이]럿케 죽ᄂᆞᆫ 거시 불상ᄒᆞ니 후ᄉᆡᆼ에ᄂᆞ 줄 되도록 졈지ᄒᆞ여 쥬옵쇼셔

ᄒᆞᄂᆞ님 ᄒᆞᄂᆞ님 비ᄂᆞ니ᄃᆞ 비나니다 ᄯᅩ ᄒᆞᆫ ᄀᆞ지 비ᄂᆞ니ᄃᆞ 이 세상에셔 궁흉극악을 모ᄃᆞ 부리던 김승지의 마누라란 년과 고 악독ᄒᆞᆫ 졈순이른

년과 그 흉측흔 텹셕부리 최구 놈은 엇더케 죄를 쥬시림닛구 그러흔 몹쓸 년 몹쓸 놈은 죽어 후싱에 [刀山] 도순에 쳔 년만 두고 지옥에 만 년만 두어줍시사

우리구 이싱에 원슈를 못갑드리도 불그신 흐느님이 낫낫치 굽어봅시사 흐느님 흐느님 이 밋헤 무어시 잇셔셔 비린내구 이럿케 남닛구

악짜 흐던 번개라도 흔츔만 더 흐여쥬십시사

흐며 경신업시 우는디 순골이 울니도록 욱욱 소리구 느는디 여긔셔 욱 저긔셔 욱 흐며 나무틈으로 불빗치 번석번적 흐더니 강동지 마누라의 우름소릭 느는 곳으로 모혀들며 구렁텅이 우에 머리 싹근 절문 중이 죽 느러셔셔 홰불을 들고 구렁텅이를 내려드보며 여긔 잇드 소리를 지른다

1907년 4월 11일 (百○五 / 110회)

그 뒤에는 김승지의 목쇼리도 느고 강동지의 목소리도 나는디 김승지가 강동지를 붓들고 구렁통이로 닉려오더니 그 밋헤 솔까지 덥흔 거슬 가르치며 이거시 츈쳔집 모즈의 신체라 흐니 근력 조흔 강동지가 척척 덥힌 솔까지를 덥석 집어 치여놋는디 츈쳔집 모즈의 신체가 쑥 드러느며 언덕 우에 섯던 홰쌀잡이들이 별쏠갓치 구렁통이로 닉러오더니 홰쌀의 [光線] 광션과 사름의 눈의 광선이 츈쳔집 모즈의 신체에 모혀드럿는디 그 광션 모힌 곳에 강동지의 마누라가 왈락 뛰여 달려들러 츈쳔집 신체를 으릇싸 온고

이거시 원 일니냐

이거시 닉 쌀 길순이룬 말이냐

닉 눈으로 보기 전에는 죵시 거진말로만 아랏더니 네가 참 이럿케 옵

　시 쥭엇단 말니냐
ᄒᆞ며 그 엽헤 잇ᄂᆞᆫ 어린아ᄒᆡ 신체를 산 아ᄒᆡ ᄭᅳ러ᄋᆞᆫᄯᅳ시 ᄭᅳ러다리면셔
　에그 ᄶᅡᆷ즉ᄒᆞ여라 이거시 ᄂᆡ 손자ᄅᆞᆫ 말니냐
　이거시 무슨 죄가 잇이서 이럿케 몹시 쥭엿든 말이냐
　여보 김승지 령감 이거시 왼 일이오
소리를 지르다가 긔가 칵 ᄆᆡᆨ혀셔 ᄒᆞᆫ참씩 질려다가 다시 악을 쓰며 우ᄂᆞᆫᄃᆡ
ᄀᆞᆼ동지ᄂᆞᆫ 우름을 잔ᄯᅳᆨ 참앗다가 별안ᄀᆞᆫ에 우름이 툭 터지ᄂᆞᆫᄃᆡ
갈범 우ᄂᆞᆫ 소리갓치 ᄉᆞᆫ골이 울리고 김승지ᄂᆞᆫ ᄀᆞᆼ동지 울기 젼ᄭᅡ지 눈물만 흘리고 셧다가 ᄀᆞᆼ동지 우ᄂᆞᆫ 셔슬에 ᄯᆞ라 운다
(慈悲)자비 만ᄒᆞᆫ 붓처님의 졔자 되ᄂᆞᆫ 봉은사 듕들이 그 경상을 보고 낙누 아니ᄒᆞᄂᆞᆫ 사ᄅᆞᆷ이 업더라
셰상이 괴괴ᄒᆞᆫ 밤중의 쇼리라 ᄉᆞᆫ이 울리고 골이 ᄯᅥᄂᆞ가ᄂᆞᆫ듯 ᄒᆞ더니 별안ᄀᆞᆫ에 ᄉᆡᆨ두가 셰 ᄲᅢᆷ씩이ᄂᆞ 되ᄂᆞᆫ 사ᄅᆞᆷ들이 풍우갓치 몰려오더니 우ᄂᆞᆫ 사ᄅᆞᆷ을 낫낫치 붓드러ᄀᆞ려 ᄒᆞᄂᆞᆫᄃᆡ

1907년 4월 12일(百〇六 / 111회)

김승지가 창피ᄒᆞ야 쥭을 지경이라 불호령을 ᄒᆞ자ᄒᆞᆫ즉 ᄂᆡ 본식이 드러ᄂᆞ고 마ᄌᆞᄒᆞᆫ즉 욕을 볼 지경이라 본식이 드러ᄂᆞ도 여간 슈치가 아니오 욕을 보고 잠자코 잇ᄂᆞᆫ 거슨 더구ᄂᆞ 말이 아니라
본ᄅᆡ 김승지가 밤중에 봉은사 중들을 다리고 나오기ᄂᆞᆫ 박참봉의게 편지 가지고 갓던 ᄒᆞ인이 답장을 아니맛타 가지고 온 곡절을 ᄭᅬ여 뭇ᄂᆞᆫᄃᆡ 담ᄇᆡ씨로 뒤웅박을 팔드시 잔소리를 ᄒᆞ니 그 ᄒᆞ인이 김승지의게 ᄭᅮ지람 아니듯도록믄 ᄃᆡ답을 ᄒᆞ느라고 ᄀᆞᆼ동지와 갓치 오던 말도 ᄒᆞ고 중노에서 ᄀᆞᆼ

동지가 ᄒᆞ인의 다리를 분질너 노흐리 말리 ᄒᆞ며 쪼차오는 서슬에 겁이 ᄂᆞ서 도망ᄒᆞ얏다 ᄒᆞ니 김승지가 그 말을 듯고 깜짝 놀라서 별 ᄉᆡᆼ각이 다 드는ᄃᆡ 제일 념녀되는 거슨 박참봉의게 편지ᄒᆞᆯ ᄯᅢ에 ᄀᆞᆼ동지 ᄂᆡ외의게는 츈쳔집 송장 차진 거슬 아즉 알리지 말라 ᄒᆞ얏더니 박참봉은 아니오고 ᄀᆞᆼ동지 ᄂᆡ외가 ᄂᆞ온다 ᄒᆞ니 편지 속에 말 마라 ᄒᆞ거시 업는 일을 장만ᄒᆞᆫ 듯도 시푸고 ᄯᅩ 편지 가지고 갓던 ᄒᆞ인이 중노에셔 혼자 도망ᄒᆞ얏다 ᄒᆞ니 ᄀᆞᆼ동지 ᄂᆡ외가 길 일코 고ᄉᆡᆼ할ᄭᅡ 념녀도 되거니와 ᄒᆞ인이 잘못ᄒᆞᆫ 일ᄭᆞ지 그 불은 김승지가 바들 듯 시푼 ᄉᆡᆼ각이엇스ᄂᆞ 엇지 ᄒᆞ면 조흘지 몰라셔 발을 구르며 이를 쓰고 잇는ᄃᆡ 봉은사 쥬장중이 보더니 걱정맙시사 ᄒᆞ면셔 죵을 치니 봉은사에 잇는 중이 낫낫치 모혀드난ᄃᆡ ᄀᆞᆼ동지는 어ᄃᆡ셔 죵쇼리를 듯고 절을 차저 드러ᄋᆞᆫ 터이라

그러ᄂᆞ ᄀᆞᆼ동지의 마누라는 어ᄃᆡ셔 고ᄉᆡᆼ을 ᄒᆞ는지 몰라셔 차지러 ᄂᆞ섯다가 공교히 츈쳔집 신체 잇는 곳에서 만ᄂᆞ서 ᄀᆞᆼ동지 ᄂᆡ외 우는 통에 ᄯᅡ라 우던 터이라

그 ᄯᅢ 정능 참봉이 시굴 ᄉᆡᆼ장으로 정능 참봉 초사를 ᄒᆞ더니 의정ᄃᆡ신이ᄂᆞ ᄒᆞᆫ드시 키가 놉ᄃᆡ서 잇던 터에 밤중에 능자ᄂᆡ에서 우름소리가 들린다고 능군을 풀어 내보내면셔 ᄒᆞ는 말이 막중ᄒᆞᆫ 능침 지건지쳐에서 방셩ᄃᆡ곡 ᄒᆞ는 놈이 엇더ᄒᆞᆫ 놈인지 분상무론ᄒᆞ고 잡아오라ᄒᆞᆫ 터이라 능군들이 먹을 슈ᄂᆞ 논드시 우름소리 ᄂᆞ는 곳을 차저가서 만ᄂᆞᄒᆞᆫ 중을 낫낫치 묵그려 ᄒᆞ니 중들은 홰불을 버리고 도망ᄒᆞ고 남은 사ᄅᆞᆷ은 김승지와 ᄀᆞᆼ동지 내외ᄲᅮᆫ이라

1907년 4월 13일(百〇七 / 112회)

정선릉 산중에셔 간밤에 오던 비ᄂᆞᆫ 비 슷헤 바ᄅᆞᆷ 니러 구만 리 장쳔에 겹겹이 싸힌 구름을 비로 쓸어버린드시 부러 훗치더니 그 바ᄅᆞᆷ이 다시 밧남샨으로 소리 업시 지ᄂᆡ가셔 삼각샨 밋흐로 드리치ᄂᆞᆫᄃᆡ 삼쳥동 김승지 집 안방 미닫이살이 부러지도록 드리친다

맛ᄂᆞᆷ샨 밋 도동서부터 바ᄅᆞᆷ을 지고 드러오ᄂᆞᆫ 졈순이가 김승지 집 ᄋᆞᆫ방문을 펼적 열고 드러서ᄂᆞᆫᄃᆡ 눈을 놀란 톡기 눈 갓고 얼골은 파ᄅᆞᆺ케 질녓더라

(점순) 마님 이를 엇지ᄒᆞᆷᄂᆡᆺ가

큰일 낫슴니다

(부인) ……

(점) 그 일이 탄로가 낫슴니다

(부) ᄐᆞᆯ이라니

누가 그 일을 아랏ᄃᆞᆫ 말이냐

(졈) 다른 사ᄅᆞᆷ이 아랏드릐도 소문이 퍼질 터인ᄃᆡ 다른 사ᄅᆞᆷ은 고사ᄒᆞ고 우리 ᄃᆡᆨ 령감게셔도 아르시고 ᄀᆞᆼ동지의 ᄂᆡ외도 알고 봉은사 중과 정션릉 릉속까지 다 아랏담니다

어제 밤에 령감마님게셔 ᄀᆞᆼ동지 ᄂᆡ외와 갓치 츈쳔 마마 신체 잇ᄂᆞᆫ 구렁텅이 속에셔 우르시다가 릉군들의게 욕을 보실 쌘 ᄒᆞ얏ᄂᆞᆫᄃᆡ 왼셰상에 소문이 썩 버러지게 되얏담니다

(부인) 이ᄋᆡ 걱정마라

츈쳔집의 송장을 차젓기로 그 년이 뒤여질 때문 누가 아니 보앗스면 그만이지 그럿케 겁날 것 무엇 잇ᄂᆞ냐

그러ᄂᆞ 령감게셔 ᄉᆞᆫ구렁텅이에 가서 우르시다가 릉군의게 망신할 번 ᄒᆞ얏다 ᄒᆞ니 망신이나 좀 ᄒᆞ시더면 조흘 번 ᄒᆞ엿다

그ᄅᆡ 그년 죽은 거시 그리 설어서 점잔으신 터에 ᄉᆞᆫ구렁텡이에 그러가셔 ᄀᆡᆨ々 우르신단 말이냐

(점) 에그 마님게셔ᄂᆞᆫ 그럿케 겁ᄂᆞ실 일이 업지마ᄂᆞᆫ 쇤네와 최가ᄂᆞᆫ 그럿치 아니ᄒᆞᆸ니다

ᄒᆞ며 그 젼젼날 밤에 왼 슈상ᄒᆞᆫ 늙은 사ᄅᆞᆷ ᄂᆡ외의게 빈혀 가락지 이러버리든 니약이를 낫낫치 ᄒᆞ면셔 그거시 정녕 ᄀᆞᆼ동지 ᄂᆡ외인가보다 ᄒᆞ니 부인도 눈이 둥구ᄅᆡ지며 벌벌 ᄯᅥ다가 다시 점순이를 보며

(부인) 이ᄋᆡ 정션릉에셔 어제 밤 지ᄂᆡᆫ 일을 네가 엇지 그리 자셰이 아ᄅᆞᆫᄂᆞ냐

(점) 령감게셔 무슨 ᄉᆡᆼ각으로 그리 ᄒᆞ시ᄂᆞᆫ지 오날 갑쇠ᄅᆞᆯ 서울로 심부름 시긔시면셔 ᄃᆡᆨ에ᄂᆞᆫ 들니지 말고 바로 오라 ᄒᆞ시더라 ᄒᆞ니 그거시 이ᄉᆞᆼᄒᆞᆫ 일이 아니오닛가 쇤네ᄂᆞᆫ 령감게셔 어졔 봉은사에 가신 쥴도 몰낫더니 오ᄂᆞᆯ 갑쇠ᄅᆞᆯ 길에셔 보고 자세ᄒᆞᆫ 말을 드럿습니다

(부인) 그러면 우리들 ᄒᆞ뎐 일이 다 드러ᄂᆞᆫ나보구나

네 ᄉᆡᆼ각에ᄂᆞᆫ 이 일을 엇더케 ᄒᆞ면 좃케ᄂᆞ냐

(점) 아무 슈 업습니다

쇤네ᄂᆞᆫ 최가를 다리고 어ᄃᆡ로 도망ᄒᆞᄂᆞᆫ 슈밧게 업습니다

쇤네와 최가ᄆᆞᆫ 업스면 강동지가 암ᄆᆞᆫ 지랄을 ᄒᆞ기로 쓸ᄃᆡ 잇습닛가

(부) 올치 네 ᄉᆡᆼ각 잘 드러갓다 ᄂᆡ가 너 먹고 살 만치ᄂᆞᆫ 쥴 터이니 어ᄃᆡ던지 흔적 업시 잘 가 사러리[라]

그 말 ᄭᅳᆺ헤 그 시로 점순이와 최가ᄂᆞᆫ 거처 업시 도망을 ᄒᆞ얏더라

1907년 4월 14일(百〇八 / 113회)

최가와 점순이가 다라ᄂᆞᆫ 뒤에ᄂᆞᆫ 츈쳔집 쥭인 일이 김승지의 부인의게ᄂᆞᆫ 증거가 업ᄂᆞᆫ 일이라

부인은 한숨을 휘 쉬히고

강동지의 마누라ᄂᆞᆫ 상성을 ᄒᆞ야 당기고

강동지ᄂᆞᆫ ᄃᆞᆰ 쏘ᄯᅳᆫ ᄀᆡ가 울만 쳐어다보고 잇듯 ᄒᆞᆫ다

본ᄅᆡ 김승지가 박참봉의게 편지할 ᄯᆡ에 강동지 ᄂᆡ외의게ᄂᆞᆫ 알리지 ᄆᆞᆯ고 츈쳔집의 장사를 지ᄂᆡ려ᄒᆞᆫ 거슨 김승지 ᄉᆡᆼ각에 ᄀᆞᆼ동지가 그 ᄯᆞᆯ의 신체를 보면 정녕 시친으로 원고되야 ᄀᆡ소할 터인즉 츈쳔집 모ᄌᆞ의 신체를 검시ᄒᆞ느라고 두 벌 쥭엄을 시키ᄂᆞᆫ 것도 갓고 ᄯᅩ 집안에 가화가 ᄂᆞᆫ 거슬 왼세상이 모다 아ᄂᆞᆫ 것도 조치 못ᄒᆞᆫ 일이라 츈쳔집 모자의 송장을 얼는 감장ᄒᆞᆫ 후에 집은 경가파산을 할지라도 ᄀᆞᆼ동지의 욕심치음이ᄂᆞ ᄒᆞ여쥬자ᄂᆞᆫ 작정으로 박참봉더러 봉은사로 나오라 ᄒᆞᆫ 거시러니 최가와 점순이가 다라ᄂᆞᆫ 후에ᄂᆞᆫ ᄀᆞᆼ동지의게 알리지 말라ᄒᆞᆫ 김승지의 편지가 증거물이 될믄치 되얏ᄂᆞᆫᄃᆡ ᄋᆡᆨ구진 박참봉은 지페 오십 원 어더 쓴 것도 후회가 나고 편지 한 쟝 바다본 것도 [朱雀] 쥬작 살이 ᄲᅢ친 쥴로ᄆᆞᆫ 여기고 잇ᄂᆞᆫᄃᆡ 김승지와 마쥬 안저셔 의논이 부산ᄒᆞ다

김승지의 부인은 졈순의 뒤를 ᄃᆡ여쥬느라고 잡ᄶᆞᆯᄒᆞᆫ 세ᄀᆞᆫ 낫츤 뒤로 다 돌려ᄂᆡ고 김승지ᄂᆞᆫ ᄀᆞᆼ동지의 마음을 덧드러ᄂᆡ지 아니할 작졍으로 기동ᄲᅮ리도 아니남을 지경이라

점슌의 잇ᄂᆞᆫ 곳은 ᄒᆞ날과 ᄯᅡᆼ과 김승지의 부인 밧게ᄂᆞᆫ 아무도 아ᄂᆞᆫ 사ᄅᆞᆷ이 업셧ᄂᆞᆫᄃᆡ 길은 쳔 리ᄂᆞ 되나 ᄂᆡ왕 인편은 죠석으로 잇ᄂᆞᆫ 경상도 부ᄉᆞᆫ이라 점순이가 박복ᄒᆞ야 그러ᄒᆞᆫ지 최가가 죄가 만ᄒᆞ 그러ᄒᆞᆫ지 부ᄉᆞᆫ으로 도망할 ᄯᅢ에 남ᄃᆡ문 정거장에셔 오후에 ᄯᅥᄂᆞ는 긔차를 ᄐᆞ고 ᄃᆡ젼 가서

낼엿는딕 엇더훈 주막으로 ᄀ던지 주목방이 뚜러지도록 사룸이 드렷거눌 ᄀ장 조심ᄒ느라고 이 쥬목 드러ᄀ보고 져 주막 드러ᄀ보고 이 방문 여러보고 져 방문 여러보고 빙빙 도라ᄆ 둔니다ᄀ 필경 드러가기는 두 번 셰 번 드러가보던 주목으로 되드러갓더니 그 방에 도적이 잇던지 도적을 마젓는딕 몃 푼짜리 못되는 보퉁이는 아니일코 지전 뭉텅이 집어너흔 ᄀ방만 이럿더라

긔차표는 아니 일흔고로 그 잇흔날 부산ᄭ지 닉려갓스나 돈 훈 푼 업시 꼼짝할 슈 업슬 지경이라 점순이ᄀ 썻던 ᄀ락지를 파라서 몃칠 동안에 쥬목에셔 묵으면셔 김승지 부인의게 편지를 부치려는딕 점순이와 최ᄀ난 낫 놋코 기역자 훈 자 모르난 위인들이라

1907년 4월 16일 (百○九 / 114회)

싱소훈 사룸더러 편지 딕셔를 써달라 ᄒ는딕 마음에 잇는 물을 다 ᄒ려한즉 편지 쓰는 사람의게 몰할 수 업는 일이오 그런 긴훈 물은 마ᄌ훈즉 편지ᄒ는 본의가 업는지라 포도청 변 쓰드시 딕강 몃 마듸만 ᄒ는딕 그 중에 분명훈 물은 중노에셔 도석[적] 마졋든 물과 당장에 돈 훈 푼 업시 잇스니 돈을 속히 좀 보닉달른 말과 우체이던지 전신이던지 환전 보닉는 법과 점순이가 슉식ᄒ는 쥬목집 통슈와 쥬목 쥬인의 이름ᄭ지 자셰이 적엇고 그 아릭 마듸는 강동지의 말을 무럿는딕 말이 엇지 모호ᄒ던지 편지 쓰는 사람이 이상ᄒ게 녀기는지라

본릭 점순이는 꾀가 비상훈 계집이라 김승지 집에서 도망할 공논할 ᄯ에 김승지의 부인과 두 가지 셰 가지 약죠가 잇셧더라

훈 가지는 졈순이가 김승지 부인의게 편지할 ᄯ에 제 이름을 졈순이라

쓰지ᄆᆞᆯ고 수슈하게 침모라고 쓰기로 약죠ᄒᆞ얏고
ᄒᆞᆫ 가지는 부인이 점순의게 편지할 ᄶᅢ에 깁흔 말을 ᄒᆞ지말기로 약죠ᄒᆞ얏고
한 ᄀᆞ지는 부인이 무슨 비밀한 말ᄒᆞᆯ 일이 잇슬 ᄶᅡ[ᄶᅢ]에는 부인의 심복
사람으로 전인ᄒᆞ기로 약죠ᄒᆞ얏스니 그거슨 점순이와 최가가 제 눈으로
편지를 못보는 ᄶᅡ달이러라
점순이가 김승지 집에 보낼 편지 ᄃᆡ서를 다 씨힌 후에 것봉은 편지 쓰던
사람의계 씨히지 아니ᄒᆞ고 어ᄃᆡ로 들고 ᄀᆞ더니 뉘게 것봉을 씨혓던지 편
지 쓰던 사람은 그 편지ᄀᆞ 뉘 집에로 ᄀᆞ는 편[편]지인지 몰랏더라
그럿케 은밀ᄒᆞᆫ 편지가 ᄂᆞᄂᆞᆫ듯ᄒᆞᆫ 경부 철도 즉힝ᄎᆞ를 ᄐᆞ고 ᄒᆞ로 ᄂᆡ에 셔
울로 드러닥치더니 우편국을 잠ᄀᆞᆫ 지ᄂᆡ셔 소문 업시 삼청동 김승지의 부
인의 손으로 드러갓더라
부인이 그 편지를 들고 무슨 ᄆᆞ암인지 손이 별별 ᄯᅥᆯ리고 ᄀᆞ슴이 울렁울
링 ᄒᆞ야 편[편]지를 얼른 ᄯᅳᆺ지 못ᄒᆞ고 편지 바다 드려놋턴 계월이를 처어
다보며 시향 업시 ᄆᆞᆯ을 뭇는다
　이ᄋᆡ 계월아 이 편지를 누가 가지고 왓더냐
　그ᄅᆡ 그 사ᄅᆞᆷ 발셔 ᄀᆞᆫ늬……
그러ᄒᆞᆫ 정신 업는 소리를 ᄒᆞ다ᄀᆞ 편지를 쑥 씌여보더니 ᄭᅡᆷ쪽 놀라면셔
무심중에 ᄒᆞ는 말이
　응 점순이ᄀᆞ ᄀᆞ다ᄀᆞ 도젹을 마져……

1907년 4월 17일(百十 / 115회)

상전의 흉은 죵의 닙에셔 ᄂᆞ는 법이오 ᄇᆡᆫᄒᆞ의 시긔는 갓흔 죵ᄭᅵ리 하는
거시라

김승지의 부인의 마음에는 ᄂᆞ 하는 일은 아모도 모르거니 녀기고 잇스ᄂᆞ ᄒᆞᆫ 닙 건너 두 닙 되고 ᄒᆞᆫ 귀 건너 두 귀로 전하는 말이 ᄂᆞ는드시 도라당긴다

김승지 집이 아무리 ᄂᆡ 쥬장으로 지ᄂᆡ던 집이ᄂᆞ 돈 ᄆᆡᆨ긴 거슬 차지려면 김승지의 도장 맛친 표가 업스면 찻지 못하는지라

이전 갓하면 부인이 김승지더러 무슨 핑계를 하던지 돈 쓸 닐을 ᄆᆞᆯᄒᆞ고 돈을 달라 ᄒᆞ면 김승지가 긴 ᄃᆡ답ᄒᆞ고 얼마가 되던지 차저다ᄀᆞ 밧쳣슬 터인ᄃᆡ 이번에 졈순의게 보ᄂᆡ려는 돈은 부인의 싼에도 김승지더러 달라 할 엄두가 ᄂᆞ지 아니ᄒᆞᆫᄃᆞ

ᄯᅩ 김승지는 봉은사에셔 아즉 드러오지도 아니ᄒᆞ고 강동지 ᄂᆡ외를 조상 성기듯 ᄒᆞ고 잇든 ᄆᆞᆯ을 드럿스ᄂᆞ 부인이 벙어리 ᄂᆡᆼ가슴 알틋 ᄒᆞ면셔 그 남편의게 호령 펀[편]지 한 장 붓치지 못ᄒᆞ고 잇는 터이라

그런 즁에 졈순의 편지를 보고 돈을 보ᄂᆡ쥬고 시푼 ᄉᆡᆼ각이 불갓흐ᄂᆞ 급히 보낼 도리ᄀᆞ 업셔셔 불광을 ᄒᆞ다ᄀᆞ 세ᄀᆞᆫ 그릇 속에 잇는 돈푼 싼 거슨 죵작 업시 ᄂᆡ다 파는ᄃᆡ 쳔 냥짜리는 ᄇᆡᆨ 냥도 밧고 ᄇᆡᆨ 냥짜리는 열량도 다 못밧고 파라다ᄀᆞ 우션 얼마던지 되는ᄃᆡ로 졈순의게 환젼을 붓치는ᄃᆡ 돈이 업슬 ᄊᆡ는 돈을 변통ᄒᆞ느라고 법셕을 ᄒᆞ더니 돈을 변통한 후에는 진고개 우편국에 ᄀᆞ셔 환젼 붓칠 사ᄅᆞᆷ이 업셔서 법셕을 한다

(부인) 이ᄋᆡ 계월아 너더러야 무슨 ᄆᆞᆯ을 못ᄒᆞ깃ᄂᆞ냐

졈순의게 돈을 좀 보ᄂᆡ쥴 터연ᄃᆡ ᄂᆡ ᄇᆞᆯ로 ᄀᆞ셔 붓치지 못ᄒᆞ고

엇지 할 슈ᄀᆞ 업고ᄂᆞ

네ᄀᆞ 그 돈을 좀 붓쳐쥴 수ᄀᆞ 잇깃ᄂᆞ냐

(계월) 졈순이가 어ᄃᆡ 잇슴잇가

(부인) 부ᄉᆞᆫ 초량에 잇든다

네- 얼른 진고개 ᄀᆞ서 좀 붓처고 오너라

(계월) 쇤네ᄀᆞ 그거슬 엇더케 붓침닛ᄀᆞ
(부인) 이ᄋᆡ 그러면 어린년이를 좀 불러라
그렁케 법석을 ᄒᆞ며 이 사ᄅᆞᆷ더러 부탁ᄒᆞ다ᄀᆞ 저 사ᄅᆞᆷ더러 부탁ᄒᆞ다ᄀᆞ 몃 사ᄅᆞᆷ더러 부탁을 ᄒᆞᄂᆞᆫ지 왼세상을 ᄯᅥ드러 부탁ᄒᆞ면셔 부탁ᄒᆞᄂᆞᆫ 곳마다 이 일은 너만 알고 잇고 다른 사ᄅᆞᆷ의게 말 ᄂᆡ지 마라 ᄒᆞᄂᆞᆫ 부탁은 번번히 ᄒᆞ더니 필경 돈은 잘 보ᄂᆡᆺ더라

1907년 4월 19일 (百十一 / 116회)

월남을 푸러너흔듯ᄒᆞᆫ 바닷물은 하늘에 단듯 하더니 기우러저가ᄂᆞᆫ 저녁 볏이 물 우에 황금을 ᄲᅮ려노흔드시 바닷물에 다시금 빗이 번적거리ᄂᆞᆫᄃᆡ 그 빗이 부산 쵸량 드러가ᄂᆞᆫ 어구 산모통이에 거진 다 쓰러저가ᄂᆞᆫ 외딴 집 흙벽에 드리빗쳣더라 그러ᄒᆞᆫ 거지 움속 갓ᄒᆞᆫ 집 속에 그런 죠흔 경치도 다압지 못ᄒᆞᆫ 일인ᄃᆡ 그 흙방 속에 드러잇ᄂᆞᆫ 집쥬인은 의복 ᄭᆡᆨ긋ᄒᆞ고 인물 쏙 빠지고 참ᄉᆡ굴레 씨흘듯ᄒᆞᆫ 계집이 안젓ᄂᆞᆫᄃᆡ 그 계집은 어ᄃᆡ셔 ᄉᆡ로 이사온 최셔방집 녀편네인ᄃᆡ 그 근본은 셔울 삼청동 사ᄂᆞᆫ 김승지 집 죵노릇 하던 졈순이라
졈순이가 쳔ᄒᆞᆫ 죵노릇은 하얏스ᄂᆞ 기와ᄶᅡᆼ골 밋헤셔ᄆᆞᆫ 자라ᄂᆞ던 사람이오 돈을 물 쓰듯 하ᄂᆞᆫ 것ᄆᆞᆫ 보고 자라나던 사람이라
일이 툴로가 되야 부산으로 도망ᄒᆞᆫ 후에 김승지의 부인도 세도하던 ᄡᆞᆨ지가 도랏던지 한 돈 푼[돈 한 푼] 쓸 수 업시 되얏ᄂᆞᆫᄃᆡ 점순이가 처음으로 붓치던 편지ᄂᆞᆫ 잘 ᄀᆞ고 회편에 돈 ᄇᆡᆨ 원이 왓스ᄂᆞ 졈순의 마음에ᄂᆞᆫ 이ᄆᆞᆫ 돈은 이후에 몃 번이던지 서울셔 붓처쥬러니 ᄉᆡᆼ각하고 부산 초량 갓ᄒᆞᆫ 번화ᄒᆞᆫ 항구에셔 최ᄀᆞ와 돌아ᄃᆞᆫ니며 구경도 하고 무어슬 사기도 하다ᄀᆞ

겨우 하로 동안에 돈이 반은 업서젓는지라 최ᄀ는 돈을 몃 문 원이ᄂ ᄀ 진드시 힛덥게 돈을 쓰려하는ᄃ 본릭 졈순이는 쥬밀ᄒ 사람이라 우션 옵 막사리집이라도 사셔 드는 거시 쥬믁방에 잇기보다 죵용하깃다 하고 방 한 간 부억 ᄒ[ᄒ] ᄀ 되는 집을 사서 드른 터이라 이젼 갓하면 점순이 갓ᄒ 위인이 그러한 집 ᄭ락시[서]니를 보면 졈순의 마음에 저 속에도 사 룸이 잇나 시푸던 점순이라 죄 짓고 톨로가 되야 망명하야 잇는 중인고 로 마지 못하야 잇스ᄂ 마음에는 지옥에 드러안진 겻 갓한지라

그러ᄒ 집 속에서도 돈만 잇스면 아무 근심 업슬 터이ᄂ 돈은 그 집 사고 부졍지속 장만하던 놀에 업서지고 다시 돈 구경을 못하얏더라

김승지의 부인이 마음이 변하얏는지 돈 빅 원을 보닌 후에 점순이ᄀ 쏘 돈을 좀 보닉달라고 편지를 두셰 번 하엿스ᄂ 돈은 고사하고 편지 답장 도 업스니 왼 일인지 궁굼증이 나셔 놀마다 문 박을 닉다보며 편지 오기 를 기다린다

1907년 4월 20일 (百十二 / 117회)

(졈순) 여보 최셔방 이런 변이 잇소

우리ᄀ 츈천집을 죽이면 김승지 덕 마님이 몸둥이 외에는 우리 의게 다 닉쥴드시 말하시더니 물과 일이 싼판이 되니 이런 밍낭 ᄒ 일이 잇소

츈쳔집 쥭은 후에 마님은 소원을 성취하고 우리는 목숨을 도망 하야 이 구셕에 와 잇스니 마님이 우리를 불상한 싱각이 잇슬 것 갓하면 엇더케 하기로 우리 두 식구 먹고 살 거시야 못보닉 쥴 터이 아니언마는 싱시침이를 뚝 쩌이고 잇스니 이런 무졍한

사람이 잇소

우리ㄱ 츈쳔집을 미워셔 쥭인 것도 매[아]니오 다믄 돈 하ㄴ 바라고 쥭인 터인ᄃ 돈도 보ᄂ쥬지 아니하고 편지 답장도 아니하니 이런 긔믹힐 일이 잇소 여보 최서방 이것 참 분하야 못살깃소구려

김승지 덕 마님이 저 직물을 혼ᄌ 먹고 쓰고 지는단 말이오 갓갑게 잇는 터 갓하면 밤중에 ㄱ서 김승지 덕 안방에 화약이ㄴ 텃더리고 십소

우리ㄱ 화약을 아니뭇기로

마님이 마옴을 그 ᄶ위로 먹고

복을 밧깃소

졈순이ㄱ 저는 ㄱ장 복바들 일이ㄴ 한드시 김승지의 부인을 악담도 하고 원망도 하며 독살이 ㄴ서 눌쒸던 ᄎ에 난ᄃ업는 판슈 하ㄴ이 지ㄴㄱ는ᄃ 시골서는 업던 소리라

무리수예-

소리를 청승스럽게 마듸를 ᄶ거서 목청 좃케 길게 쎄여 지르면셔 ᄃ집핑이를 쑤덕쑤덕 하며 점순의 집 압흐로 지ᄂㄱ는ᄃ 맛참 그 압흐로 왼 양복 입은 로인 하ㄴ히 지ㄴㄱ다ㄱ 판슈의 집팽이를 발밧던지 건듸렷던지 판슈ㄱ 집핑이를 놋치고 눈을 번적어리고 셔셔 집핑이 건듸리던 사람을 욕을 하니 양복 입은 로인이 판슈를 호령을 하거놀 판슈ㄱ 눈을 멀둥멀둥 하고 셔서 쥬머니를 훔척々々 하더니 손통을 ᄶᄂ들고 점을 치는 모냥이라 졈순이ㄱ 그 구경을 하러 문 밧게 ㄴㄱ 섯는ᄃ 양복 입은 사름은 판슈의 동졍이 이상하야 보고 섯는지 판슈를 물그름 보고 섯더라

(판슈) 응 괘씸한 놈이로구

이놈이 남의 돈을 싱으로 ᄶ여 먹으러드러

네 이놈 보아라 ᄂᆡᄀᆞ 입 ᄒᆞᆫ 번ᄆᆞᆫ 벙긋 하면 너ᄂᆞᆫ 그 돈 먹고 식
히지 못하고 좀 ᄃᆞᆫᄃᆞᆫ이 속을걸

양복 입은 로인이 깜작 놀라면셔 판슈의게 비ᄂᆞᆫ 모냥이라

여보 장님 내ᄀᆞ 잘못 하얏소
ᄂᆞ와 갓치 슐집에ᄂᆞ 가십시다

판슈ᄀᆞ 아무 소리 업시 무슨 ᄉᆡᆼ각을 하ᄂᆞᆫ 모냥이러니 ᄉᆡᆼ긋 우스며

(판슈) 그ᄆᆞᆫ 두어라 내가 네게 호령을 듯고 술 한 잔에 팔려셔 너를 ᄯᅡ
라가
네ᄀᆞ 그 돈을 ᄂᆞ를 다 쥬면 내 입을 봉할가……

양복ᄒᆞᆫ 로인이 집퓡이를 집어셔 판슌[슈]의 손에 쥐여쥬며 석셕 비ᄂᆞᆫᄃᆡ 판슈ᄀᆞ 집퓡이도 밧지 아니하고 산통을 들고 엄지 손ᄭᅡ락 손톱으로 첨ᄯᆡ어인 거슬 세면셔 눈을 멀뚱멀뚱 하며 섯거ᄂᆞᆯ 양복 입은 로인이 장님의 산통을 쑥 ᄲᅡ서들고 다라ᄂᆞ면서

(로인) 이놈 네ᄀᆞ 이 산통ᄆᆞᆫ 업스면 알기ᄂᆞᆫ 무어슬 아라
눈먼 놈이 눈 발근 놈을 조ᄎᆞ오ᄀᆡᆺ나냐
ᄂᆡ가 술집으로 ᄀᆞ자 할 ᄯᆡ에 술집에ᄂᆞ 갓스면 술잔이ᄂᆞᆫ 사셔 먹
엇지……
남의 돈을 다 ᄲᆡ슬 욕심으로……
이놈 무어시고 무어시야

하면셔 ᄶᆞᆯ막ᄒᆞᆫ 셔양 집퓡이를 휜들휜들 ᄂᆡ저면셔 뒤도 도라보지 아니하고 ᄀᆞ니 판슈ᄀᆞ 우둑허니 서셔 ᄒᆞᆫ자말로

1907년 4월 21일(百十三 / 118회)

허허 우순 놈 다 보깃구

ᄂᆡ가 산통 업스면 다시ᄂᆞᆫ 점 못칠 쥴 아나보구나

이놈 네ᄀᆞ 어ᄃᆡ로 다라ᄂᆞ기로 ᄂᆡ가 모를 쥴 알구……

ᄆᆞᆯ을 쑥 긋치고 장승갓치 ᄀᆞ만이 셧다ᄀᆞ 혼자 싱긋 우스며

참 용ᄒᆞ다

ᄂᆡ나 이런 거슬 알지……

이런 점괘 풀 놈은 업스녓다 셔울 삼쳥동 김승지 집안에셔 ᄂᆞ온 돈이로구 키 크고 다리 긴 양복 입은 사람은 판슈 졈칠 동안에 발셔 오리ᄂᆞ 되ᄂᆞᆫ 산모퉁이를 거진 다 지ᄂᆞᄀᆞ게 되얏는ᄃᆡ 석양은 묘묘ᄒᆞ고 사람의 형체ᄂᆞᆫ 점졈 자ᄌᆞ저서 ᄃᆡ푼짜리 옷뚝이ᄆᆞᆫ하여 보힌다

일 업고 근심 ᄆᆞᆫ ᄒᆞᆫ 졈순이ᄀᆞ 판슈와 양복 입은 사람과 싸오던 시초붓터 보고 서서 벌서부터 불너드려셔 점이ᄂᆞ 좀 처달나고 시푸ᄂᆞ 돈이 한 푼도 업ᄂᆞᆫ고로 못불너들엿더니 셔울 삼쳥동 김승지 집안 돈이니 무엇이니 ᄒᆞᄂᆞᆫ 소리에 귀ᄀᆞ 번젹 씌여서 엇던턴자[지] 그 졈 ᄒᆞᆫ 번 못처보면 즉성이나 풀니지 아니할 지경이라 그러ᄂᆞ 돈 업시 점 처달라고 부를 슈ᄂᆞᆫ 업ᄂᆞᆫ 터이라

점순이ᄀᆞ 판슈의 압흐로 ᄂᆞ오더니 집펑이를 짐어셔 판슈의 손에 쥐여쥬며 ᄀᆞ진 요악을 다 부린다

장님은 어ᄃᆡ 게신 장님이시오닛ᄀᆞ

엇던 ᄆᆞᆸ쓸 놈이 장님 집펑이를 쎄서 ᄂᆡ벌엿지요

에그 ᄀᆞ압서라 압 못보시ᄂᆞᆫ 터에 그런 ᄆᆞᆸ쓸 놈을 ᄆᆞᆫ나서……

장님 ᄂᆡ 집에 드러ᄀᆞ서 잠싼 쉬여나 ᄀᆞ시오

쐬ᄭᅩ리 갓ᄒᆞᆫ 목소리로 정이 쏙쏙 던ᄂᆞᆫ드시 ᄆᆞᆯ을 ᄒᆞ니

장님의 마음이 그리 검측측ᄒᆞ던지 점순의 목소리를 듯고 지퓡이를 맛ᄂᆞᆫ 체 ᄒᆞ고 점순의 손을 써셔 바드면셔 씩 운ᄂᆞᆫ다

(판슈) 응 복 바들 사람은 이러ᄒᆞ것다

넷날 박상의ᄀᆞ 뫼터를 공으로 잡아쥬엇다더니 이런 일이 잇섯던 거시로구나

여보 마누라님 ᄃᆡᆨ이 어ᄃᆡ요

ᄂᆡ가 잠ᄀᆞᆫ 드러ᄀᆞ서 신슈점이ᄂᆞ 하ᄂᆞ 처 드리리다

점순이ᄀᆞ 제 마음에 꼭 맛ᄂᆞᆫ 소리를 듯고 조아셔 상긋 우스면서 싱시침이를 ᄯᅱᆫ다

(점순) 점은 쳐셔 쥬시던지 마시던지 다리나 좀 쉬여 ᄀᆞ시오 자- 이리 드러오시오

우리 아버지벌이나 되ᄂᆞᆫ 장님의게 무슨 허물이 잇슬라구

자- 날만 붓들고 ᄯᅡ라오시오

장님이 씩 우스며

허- 셰월 다 갓구

ᄂᆞᆯ더러 아버지벌이니 할아버지벌이니 ᄒᆞ니 ᄂᆡ가 그럿케 늙어보히나 눈이 멀면 얼골에 나히 드러보히ᄂᆞᆫ 거시로구

ᄒᆞ면서 점순이를 ᄯᆞ라 드러ᄀᆞᄂᆞᆫᄃᆡ 그 집은 담도 울도 아무것도 업고 길ᄀᆞ에 순포막 짓듯한 길ᄀᆞ집이라 방에로 드러ᄀᆞᄂᆞᆫᄃᆡ 손으로 문씨방을 더듬더듬 ᄆᆞᆫ지며 씩 웃고 무슨 농담을 ᄒᆞ려다가 맛참 방에셔 남자의 목소리 나ᄂᆞᆫ 거슬 듯고 ᄭᅡᆷᄶᅡᆨ 놀라ᄂᆞᆫ 모냥이라

점순이ᄀᆞ 그 모냥을 보고 방긋 우스며 최ᄀᆞ를 보며 손짓을 살살 ᄒᆞ더니 장님을 붓드러 드리며 요악을 핀다

1907년 4월 23일(百十四 / 119회)

(졈) 여긔ᄀ 아릐목이올시다
이리로 안지시오
(판슈) 어- 의릐목 시려
ᄂ는 지금 박겻헤셔 왼 고약훈 놈을 문ᄂ셔 열이 잔뜩 ᄂ더니
각갑증이 ᄂ셔 아릐목 실쇼
(졈) 글셰 그 양복 입은 놈이 왼 놈이오닛ᄀ
(판슈) 응 그놈이 양복 입엇습더닛ᄀ
양복 입고 단기는 사름은 잡놈이 더 문컷다
(졈) 참 장님이 양복 입은 거슨 못보아
(판슈) 복식은 무슨 복식을 ᄒ던지 제 마암문 올케 먹고 잇스면 조흐련
마는 셰상 사름들이 눈이 벌기셔 당기는 것들이 마음 올캐 ᄀ지
고 잇는 사름을 닉가 못보앗서
우리는 님[남]의 압날이ᄂ 일러쥬고 복차ᄂ 바다먹고 사는 사름
이오
누ᄀ 우리갓치 남의게 젹션ᄒ야쥬고 먹고스는 사름이 어딕 잇서
자- 쥬인 앗씨게도 젹션으로 신슈졈이ᄂ ᄒᄂ ᄒ여드리고 ᄀ리다
(졈) 에그 참 돈이ᄂ 잇셧더면 장님게 신슈졈이ᄂ ᄒᄂ ᄒ여줍시사 할
거슬……
에그 닉ᄀ 낙지 이후에 이럿케 돈 한 푼 업시 사라본 젹은 업셧더니
오날 이리 될 쥴 누ᄀ 아라
여보 장님 말이 ᄂ 김에 닉 신슈졈 ᄒᄂ문 잘 ᄒ여쥬시구려
닉가 돈 싱기거돈[든] 얼마이던지 읫기지 아니ᄒ고 드리이다
(판슈) 닉ᄀ 돈을 바드려고 닉 입으로 졈을 ᄒ여드리깃다 ᄒ얏깃쇼

쥬인 앗씨ᄀ 너게 ᄒ도 고맙게 구르시는고로 그 신셰를 갑고 ᄀ
ᄌ는 거시지

ᄒ면서 산통을 차지려나는지

쥬머니를 훔척〻〻 ᄒ다ᄀ

(판슈) 어- 참 너 산통을 그놈이 뻬셔갓지
척전이ᄂ 하여볼ᄀ
여보 쥬인 앗씨 여긔 점돈 잇거든 좀 빌리시오

1907년 4월 25일(百十五 / 120회)

(점) 점돈이 장님의게ᄂ 잇슬 터이지 우리 집에 누가 점을 칠 줄 아라
야지 점돈이 잇지

(판슈) 그러면 엽젼에 조희ᄂ 불ᄂ셔 글ᄶ를 써쓰면 점돈 더신 쓰깃소

그ᄯ 점순의 집에는 녑젼 ᄒ 푼 업는 터이오 ᄯ 돈이 잇더리도 글ᄶ 쓸 ᄉ룸도 업는지라 점순이가 용ᄒ 판슈를 만낫스ᄂ 점도 칠 슈가 업슬 지경이라 답답ᄒ 싱각이 ᄂ셔 최가를 물ᄭ름 보며 쇽에셔 쇼사ᄂ는 말이 ᄂ온다

(점) 여보 최서방
우리 신셰가 이럿케 몹시 되얏단 말이오
지전을 물쓰듯 ᄒ던 사룸이 별안간에 녑젼 ᄒ 푼 못어더보게 되얏스니 이런 답답ᄒ 일이 어ᄃ 잇단 말이오
가진 음식을 시려서 아니먹든 우리들이 서 돈짜리 질솟을 붓처놋코 그 솟 쇽에 드러갈 쌀 ᄒ 줌이 업시 안젓스나[니] 여긔 와셔 굴머죽을 쥴 누가 아랏든 말이오

여보 최셔방 ᄂᆡ 몸둥이에 남은 거슨 빈혀 ᄒᆞᄂᆞᄡᅮᆫ이오
엣소 이 빈혀를 어ᄃᆡ 가셔 파라ᄀᆞ지고 드러오시오
장님 져녁 진지ᄂᆞ ᄒᆞ여 드립시다
여보시오 장님 ᄂᆡ 몸에 무슨 살이 잇던지 무슨 몹슬 거시 ᄯᅡ라ᄃᆞᆫ
니던지 ᄒᆞ거든 경이ᄂᆞ 일거서 살이ᄂᆞ 푸러쥬시오
ᄂᆞᆫ 장님을 뵈오니 우리 아버지 ᄉᆡᆼ각이 ᄂᆞ오
우리 아버지ᄀᆞ 로릐에 눈이 어두어셔 날더러 ᄒᆞ시ᄂᆞᆫ 말이 ᄉᆞᄅᆞᆷ이
일신 쳔 금을 치면 눈이 구ᄇᆡᆨ 금 엇치라 ᄒᆞ시던 일이 어제갓치 ᄉᆡᆼ
각이 ᄂᆞ는구려
우리 아버지ᄂᆞᆫ 압흘 아쥬 못보시ᄂᆞᆫ 터이 아니ᄂᆞ 그럿케 각갑ᄒᆞ게
녀기시ᄂᆞᆫ 거슬 보앗ᄂᆞᆫᄃᆡ 장님은 우리 아버지보다 더 각갑ᄒᆞ실 터
이지
여보시오 장님 ᄂᆞᆫ 장님을 우리 아버지갓치 알고 잇스니 장님은
나를 ᄯᆞᆯ로 아르시오

판슈ᄀᆞ 눈을 멀둥멀둥ᄒᆞ고 점순의 목소리 ᄂᆞᆫ 곳으로 귀를 두르고 감ᄋᆞᆫ
이 ᄋᆞᆫ젓다ᄀᆞ 씩 웃더니

(판슈) 응 걱정 마오 ᄂᆡ가 어ᄃᆡ ᄀᆞ던지 잇ᄯᆡᄭᅡ지 쥬인 앗씨갓치 ᄂᆡ게
고맙게 구ᄂᆞᆫ ᄉᆞᄅᆞᆷ은 못보앗서
점돈 업드ᄅᆡ도 점치려면 칠 슈 잇지
여보 쥬인 양반 어ᄃᆡ ᄀᆞ서 솔입 몃 ᄀᆡ만 좀 쏩아오시오

최ᄀᆞ의 ᄂᆡ외ᄀᆞ 솔입을 쏩아서 신슈점을 치ᄂᆞᆫᄃᆡ 판슈ᄀᆞ 그 점을 얼른 풀
어 말ᄒᆞ지 아니ᄒᆞ고 입맛을 쩍〻 다시고 잇다

1907년 4월 26일 (百十六 / 121회)

(점순) 여보 장님 점이 엇덧소
얼는 말 좀 ᄒᆞ오
(판슈) 어- 그 점 이상ᄒᆞ군
말ᄒᆞ기 어러[려]운결[걸]
(졈) ……
(판슈) 이 방에 다른 외인은 업소
아무 소리를 ᄒᆞ던지 겨관 업깃소
(졈) ……
(판슈) 그러면 말ᄒᆞ지
그러ᄂᆞ 이런 말을 하기 어려운 말린걸
쥬인 냥반 ᄂᆡ외분의게 원통이 쥭은 귀신이 ᄯᅡ라당기ᄂᆞᆫ구 그 귀신이 식파랏케 절문 녀귀인ᄃᆡ 히골 깨진 어린아희를 안고 날마다 밤마다 쥬인 앗씨 등 뒤에셔 쪽々 울며 이를 바드득 바드득 갈며 ᄂᆡ 목숨 살려ᄂᆡ여라 ᄂᆡ ᄌᆞ식 살려ᄂᆡ라 ᄒᆞ며 ᄯᅡ라당기니 쥬인 덕에ᄂᆞᆫ 아무 것도 아니 되깃소

그 소리 ᄒᆞᆫ 마듸에 점순이가 소름이 쪽々 ᄭᅵ치며 겁이 ᄂᆞ서 최가의 압호로 등을 둘너ᄃᆡ히고 다거안ᄂᆞᆫᄃᆡ 최가ᄂᆞᆫ 본ᄅᆡ 겁이 업다고 큰소리를 탕탕 ᄒᆞ던 ᄉᆞ롬이나 판슈가 엇지 그럿케 영졀스럽게 말을 ᄒᆞ얏던지 머리씃이 쥽볏쥽볏 ᄒᆞ던 ᄎᆞ에 점순이가 압흐로 다거안ᄂᆞᆫ 거슬 보고 등에 소름이 쥭 ᄭᅵ치면셔 겁결에 졈순이 보며 산목을 쓴다

(최) 요런 요럿케도 겁이 ᄂᆞ나
귀신이 다 무어시야
(판슈) 어- 그 냥반 점점 ᄒᆡ로을 소리만 ᄒᆞᄂᆞᆫ구

눈 ᄯᅳᆫ ᄉᆞ롬은 눈 먼 날만치도 못보ᄂᆞᆫ구

이 냥븐 ᄃᆡᆨ 등뒤에 셧ᄂᆞᆫ 조 녀귀가 겁이 아니ᄂᆞᆫ단 말이오

하ᄂᆞᆫ 셔슬에 최가가 겁이 더럭 ᄂᆞ셔 억기를 움츄린다

(졈) 여보 그거슨 다 무슨 소리오

하면셔 최가의 무릅흘 쑥 지르더니 다시 판수의게 빌붓ᄂᆞᆫ다

(졈) 장님

우리들의게 왼 몹쓸 녀귀가 잇셔셔 ᄯᆞ라단기단 말이오

장님 덕에 그 녀귀를 가두어 업시던지 못ᄯᅡ라당기게 살를 푸러 ᄶᅩᆺ

던지 할 도리가 업깃소

(판수) 어- 나ᄂᆞᆫ 그 점 못치깃구 사름을 쇠기러드니 이 점 칠 맛이 잇ᄂᆞ

여보 그 녀귀가 왼 녀귀인지 몰나셔 그ᄯᅡ위 소리를 ᄒᆞ오

그만 두오

ᄂᆞᄂᆞᆫ 가오

ᄒᆞ더니 벌덕 이러나 가려ᄒᆞ니

1907년 4월 30일 (百十七 / 122회)

졈순이가 판슈의 손을 턱 붓들며

여보 장님

졈은 ᄒᆞ시던지 아니 ᄒᆞ시던지 저녁 진지ᄂᆞ 잡숩고 가시오

(판슈) 어- ᄂᆞᄂᆞᆫ 가셔 ᄂᆡ 밥 먹지 여긔셔 밥 먹을 ᄭᅡ달이 잇ᄂᆞ

ᄒᆞ면셔 쥴곳이 가려고만 ᄒᆞ니 졈순이가 지셩으로 만류ᄒᆞᆫ다

(졈) 장님 저녁 진지도 아니 잡숩고 가시드ᄅᆡ도 ᄂᆡ 말이ᄂᆞ 좀 드러보고

가시오

ᄂᆡ가 장님을 쇠기러든다 ᄒᆞ시니 우리 그런 망년의 말ᄉᆞᆷ을 ᄒᆞ시오

귀신을 쇠기지 장님을 엇지 쇠길 ᄉᆡᆼ각을 ᄒᆞᆫ단 말이오

장님이 ᄂᆡ 말을 엇더케 듯고

ᄒᆞ시ᄂᆞᆫ 말ᄉᆞᆷ인지 모르깃소

노혐을 푸르시고 어셔 이리 안지시오

장님이 오늘 우리 집에 오신 것도 하ᄂᆞ님이 지시하야쥬신 터이오

ᄂᆡ가 장님게 평ᄉᆡᆼ 소회를 말ᄉᆞᆷᄒᆞᆯ 일이 잇소

무엇

ᄂᆡ가 말아니하기로 장님이 모르시ᄂᆞ

하며 엇지 붓침ᄉᆡ 잇고 앙그러지게 말을 하얏던지 판수가 씩 우스며

(판수) 귀신을 쇠기지 ᄂᆞᄂᆞᆫ 못쇠긴단 말은 너무 과한 말이야 그러ᄂᆞ 말이 낫스니 말이지

참 귀신을 쇠기지 ᄂᆞᄂᆞᆫ 못쇠길걸

져 쥬인 앗씨를 ᄶᅡ라당기ᄂᆞᆫ

녀귀ᄂᆞᆫ 강가성 녀귀앗다

조 어린아희 죽은 귀신은 김가성이야

여보 엇덧소 참 긔막히지

하며 씩 운는다

점순이와 최가ᄂᆞᆫ 서로 보며 혀를 홰홰 ᄂᆡ두른다

판슈ᄂᆞᆫ 그럿케 성이 ᄂᆞ셔 가려하던 위인이 무슨 마음인지 점순이가 요악부리기를 기다리지 아니하고 제풀에 푸러지ᄂᆞᆫ 신융을 한다

(판슈) 어- 점잔한 ᄂᆡ가 참지 일런 일에 젹션을 아니 하여 쥬고 엇던 일에 하야쥬게……

쥬인 앗씨가 쳐음에 ᄂᆞᆯ 쇠기러들기ᄂᆞᆫ 쇠기러드러것다

(점)……

(판슈) 아나[니]야 닉가 그거슬 그리 겁닉는 ᄉᆞ롬인가

1907년 5월 2일 (百十八 / 123회)

그러ᄂᆞ 다시는 그리하지 마오 우리는 성품이 겁겁한 사룸이라 남이 날을 쇠기려는 거슬 보면 싱열이 ᄂᆞ……

점순이와 최가는 죄를 짓고 도망하야 잇는 중에 쳔동소리만 드러도 겁이 ᄂᆞ난 터이라 중정이 그럿케 허흔 중에 리순풍 갓흔 점징이를 만ᄂᆞ셔 년놈이 그 장님이 죽어라 하면 쏙 죽지는 아니흘 터이ᄂᆞ 장님이 집평이로 후려 써릴 지경이면 네- 잘못하얏습니다 하면서 석석 빌만치는 되얏더라

점순의 닉외는 점점 공손하고

장님은 졈졈 거드름을 피운다

(최가) 여보 장님 참 용하시외다

다 알고게신 터에 우리가 말을 아니 하면 도로혀 우리의게만 히될 일이라 바른 딕로 말할 터이니 장님게셔

우리들 살 도리만 가르쳐 쥬시오

(판슈) 여보 눈 밝은 사룸이 걱정이 무엇이른 말이오

우리갓치 압 못보는 놈이 불상하지

ᄂᆞ 갓흔 놈은 만일 살인하고

도망을 하더릭도 필경은 잡혀 죽을걸

죄 짓고 도망하면 어딕로 가기로 아니 잡으러 오ᄂᆞ

등 뒤에 형ᄉᆞ 순검이 와 셧드릭도 눈이 잇셔야 보고 다라ᄂᆞ지

장님의 그 소리 한 마딕가 점순의 닉외의 귀구녁으로 쑥 드러가면셔 정신 보통이를 엇지 몹시 흔드러 노왓든지 겁이 펄적 ᄂᆞ더니 문 밧게셔 형

사 순검의 발자취 소리가 ᄂᆞ는 듯 ᄂᆞ는 듯하야 간이 콩만하여지며 얼굴에셔 찬 긔운이 돈다

(점) 장님

우리ᄂᆞᆫ 죽을 죄를 지흔 사롬이오

죽고 살기가 장님의게 달녓스니 죽어라 하시던지 사러라 하시던지 진작 말슴을 하야 쥬시오

(판슈) 응 진작 그럿케 말ᄒᆞᆯ 일이지

점괘에 다 드러낫지

자– 자셰 드러보시오

그러ᄂᆞ 쥬인이 돈이 잇ᄂᆞᆫ 터 갓흐면 이런 점은 복치 쳔 원을 ᄂᆡ도 싸고 만 원을 ᄂᆡ도 싸것다 여보 쥬인 앗씨 목숨 살고 돈도 싱기고 일평싱 마음 놋코 살게 되도록 일러쥴 터이니 그 돈 싱기거든 절반은 날 쥬어야 함니다

최가와 점순의 말이 쌍으로 ᄯᅮᆨ ᄯᅥ러진다

ᄇᆞᆫ이 무엇이오닛가

다라도 드리깃슴니다

(판슈) 응 ᄂᆞ중 일 싱각은 아니 하고 하ᄂᆞᆫ 말이로구

ᄂᆞᆯ 다 쥬면 무어슬 먹고 살려구 그런 소리를 하누

아니야 다 쥬면 ᄂᆡ가 다 바들 니가 잇ᄂᆞ

ᄇᆞᆫ도 과하지

자– 쥬고 아니 쥬기ᄂᆞᆫ 쥬인의 마음에 달린 거시지

ᄂᆡ가 ᄯᅩᆨ 바다먹으려ᄂᆞᆫ 것도 아니야

하며 씩 운ᄂᆞᆫᄃᆡ 상파ᄃᆡᆨ이에 욕심이 덕지덕지 하여 보힌다

1907년 5월 4일 (百十九 / 124회)

헷기침을 연하야 하며 무슨 말을 할듯々々 하더니 다시 아무 소리 업시 눈을 멀둥々々 하고 안젓스니 졈순이가 장님 턱 밋흐로 밧삭밧삭 다거안지며

(졈) 여보 장님……

(판슈) 응 감아니 좀 잇소

하더니 ᄯᅩ 한참을 아무 소리 업시 안젓스니 점순의 마ᄋᆞᆷ에ᄂᆞᆫ 장님이 돈을 바라ᄂᆞᆫ 욕심으로 그리 하ᄂᆞᆫ 쥴로 알고

(졈) 여보 장님

ᄂᆡ가 장님을 우리 아버지로

ᄋᆞᆫ다 하ᄂᆞᆫ 말이 진정으로 ᄂᆞ오ᄂᆞᆫ 말이오

ᄂᆞ를 ᄂᆞ흐시 니도 우리 부모오 ᄂᆞ를 살린 사ᄅᆞᆷ도 우리 부모만 못지 아니한 사ᄅᆞᆷ이니 ᄂᆞᄂᆞᆫ 참 장님을 우리 아버지갓치

알고 잇쇼

아버지 날 살려쥬오

(판슈) 응 정령 내 ᄯᆞᆯ노릇 하깃소 ᄂᆞᄂᆞᆫ 계집도 업고 ᄌᆞ식도 업고 아무도

업시 ᄂᆞ 한몸ᄲᅮᆫ이야

쥬인 앗씨ᄀᆞ ᄂᆞᆯ을 참부모갓치 알고 내 몸을 공양하야 쥴 지경이면 내가 쥬인 앗씨의 일을 내 일로 알고 내가 아ᄂᆞᆫ ᄃᆡ로 말하리다

(점순)……

(판슈) 그러면 오날부터 내 ᄯᆞᆯ노릇 ᄒᆞᆷ닌다

(졈순) ……

(판슈) 쥬인 최셔방은 내 사위노릇 할엿다

최가와 졈순이가 ᄂᆞ중에ᄂᆞᆫ 엇지 되얏던지 당장 점 칠 욕심으로 장님의

말이 써러질 시가 업시 딕답한다 장님은 우숨으로 판을 짜는 사름이라 또 씩 웃더니 참익비ᄂᆞ 된드시 셔슴지 아니하고 희리롤 한다

(장님) 이익 너의들 참 큰일 낫다

녀[너]의들이 셔울 삼청동 사는 김승지 쳡의 모자를 죽이고 이리 도망을 하여 왓지……

그후에 네ᄀᆞ 김승지 부인의게 편지한 일 잇지

그러훈딕 그 편지 회편에 돈 빅 원 왓지

그후에 네ᄀᆞ 또 편지 몃 번 부칫지

그 편지를 김승지 딕 죵 계월이ᄀᆞ 훔쳐내서 죽은 녀인의 익비를 쥬고 돈을 바다 먹엇고ᄂᆞ

오늘 그 편지ᄀᆞ 한성 지판소로 드러갓구ᄂᆞ

내일은 일요일

모레 낫 젼에 부산 지판소로 젼보ᄀᆞ 올 터인딕 그 젼보ᄀᆞ 오면 이리로 곳 잡으러 ᄂᆞ올걸……

그 말 긋치기 젼에 최가는 벌벌 썰고 온젓고 졈순이는 장님의 무릅 우에 폭 엎드리며 운다

(졈) 아버지 이를 엇지훈단 말이오

이제는 꼼짝 수 업시 죽엇소구려

(장님) 응 조흔 방위로 다라ᄂᆞ거라

(졈) 발로 ᄀᆞ기만 ᄒᆞ면 엇지 사오 돈 훈 푼 업시 어딕 가서 드러온젓스며 무엇을 먹고 산단 물이오

(장님) 응 조흘 도리가 잇지

ᄒᆞ며 또 말을 얼는 ᄒᆞ지 아니ᄒᆞ니 점순이는 아버지를 부르고 최가는 장인을 부르면셔 장님의게 살려달라고 떼거리를 쓴다

본릭 그 장님이라 ᄒᆞ는 사름은 점을 처셔 그 일을 온 거시 아니라 강동지

의 돈을 바다먹고 서울셔는 김승지의 부인을 쇠기고 부산 가셔 점순의 내외를 쇠기는 터이라 졈순의 내외를 살 길 가르처쥬는 거시 아니라 쥭을 길로 모라넌는다

1907년 5월 5일(百二十 / 125회)

(장님) 이익 최집아
　　너는 부르기가 그리 거북ᄒᆞ구나
　　최집이라 ᄒᆞ니 귀우비개 이쏘시개 너흔 최- 집 갓고
　　쌀아 부르면 너무 상스럽고
　　최셔방집이라고나 부를까
(점순) 아바지
　　너 이름이 졈순이오
　　시집간 ᄯᆞᆯ은 이름 못부르나
　　아버지는 내 이름 불러주
(장님) 점순이
　　졈순이
　　그 이름 이상하다
　　내가 졈을 잘 치는 사롬이라 점에는 리슌풍이 부럽지 아니하다
　　아마 리순풍갓치 점 잘 치는 사롬의 ᄯᆞᆯ이 될 팔ᄌᆞ로 점짜와 순짝[짜]로 이름을 지엿나 보다
　　이익 점순아
　　익쓰지 마라 날 갓흔 익비를 두고 혈마 그만 일이아……
하며 ᄯᅩ 씩 우스니 점순이와 최가의 마음에 이제는 산듯 시푸더라

(장님) 이이 졈순아 조흔 도리 잇스니 내가 이르는 딕로만 ᄒᆞ여라
네가 서울서 써날 써에 김승지의 부인더러 비밀한 일이 잇거던
젼인하라 ᄒᆞ얏지
너는 네 눈으로 편지를 못보는고로 그리 하얏스ᄂᆞ 김승지의 부
인의 심복되는 사름이 어딕 잇ᄂᆞ냐 처음에 네게 돈 빅 원 보닐
써에도 우편국에 보내서 돈 붓칠 사름이 업서셔 사름을 다리다
리 노아셔 일본말도 하고 우편으로 돈도 붓칠 쥴 아는 사름을
구하얏는딕 긋써에 돈 부처쥬던 사름은 악가 이 압흐로 양북[복]
입고 지ᄂᆞ가다가 ᄂᆞ와 싸오던 놈이 그놈이다
김승지의 부인이 네게셔 두 번쩌 붓친 편지를 보고 셰간 그릇에
돈픈 바들만한 거슨 잇는 딕로 다 파라서 돈을 몃 빅 원을 맨드
러셔 계월이 시켜셔 악가 그 양복한 놈더러 부쳐달라 하얏는딕
이번에는 우편으로 붓치지 말고 긔차를 ᄐᆞ고 부산으로 내려가
서 돈도 젼ᄒᆞ고 말도 좀 잘 젼하야 달나 하얏더니 그놈이 돈을
가지고 부산싸지 내려와셔 졸지에 적심이 ᄂᆞ셔 그 돈을 쎄여먹
으러 드는고ᄂᆞ
자- 우선 조흔 도리가 잇다
이이 최춘보야
네- 이길로 그놈을 쪼차가셔 그 돈을 쎽셔 오너라
그놈이 그 돈을 양복(포겟도)에 넛코 당긴다
그놈 잇는 곳을 가르처쥴 터이니 쌀니 ᄀᆞ거라

1907년 5월 10일(百二一 / 126회)

점순이와 최ᄀᆞᄂᆞᆫ 김승지 부인의 돈을 어더 먹으려고 쳔신문고 ᄒᆞ야 츈쳔
집을 쥭엿ᄂᆞᆫᄃᆡ 돈은 딴 놈이 ᄯᅦ여먹엇든 말을 듯고

열이 ᄂᆞ셔 죽을 지경이라

최ᄀᆞᄀᆞ 쥬먹으로 방바닥을 치며 웅장한 목소리로 혼자말이라

(최) 응 셰상에 참 별 놈 다 보깃구 내 돈을 ᄯᅥ여먹고 곱게 식여보게

그런 도젹놈이 잇ᄂᆞ 남은 쥭을 ᄋᆡ를 써서 버러노흔 돈을 그놈이

손ᄭᅳᆺ 하ᄂᆞ ᄭᅩᆷᄶᅡᆨ 아니하고 가루차 먹어……

여보 장님

앗차 참 말이 헷ᄂᆞ갓구

장인

일이 분하깃슴닛가 아니 분하깃슴닛가

(졈슌) 글셰

그런 복통할 일이 잇든 말이오

우리ᄀᆞ 그놈의 조흔 일 하여 쥬려고 그 ᄋᆡ를 쓰고 그 일을 하엿
든 말이오

ᄋᆡ쓸 ᄲᅮᆫ이오 오늘 이 고ᄉᆡᆼ이 다 어ᄃᆡ셔 낫소

그ᄅᆡ 그놈은 누어셔 ᄯᅥᆨ 바다먹듯 내게 오ᄂᆞᆫ 돈을 ᄯᅦ여먹ᄂᆞᆫ든 말
이오

여보 최서방 그놈을 붓들거든 ᄃᆡ미에 처쥭여버리고 돈을 ᄲᅢ서
오시오

(최) 아무렴

여부가 잇ᄂᆞ

그놈이 죽을 슈가 ᄲᅢ처서 우리 돈을 먹으러 드럿지

하며 년놈이 밧고 차기로 날쒸다가 최가는 장님의 지휘를 듯고 양복 입은 놈을 붓들러 쏘차가니 최가의 가는 곳은 동내 범어ᄉ이오 최가의 쏘차가는 양복 입은 사름은 ᄀ동지라

ᄀ동지가 서울 잇슬 써에 계동 북참봉을 식이에 넛코 김승지를 엇지 솜씨 잇게 잘 올녓든지 김승지의 직물을 욕심것 쎄앗고 사화ᄒ기로 언약하고 직판소에 긔송은 아니하얏스ᄂ 그 경영인즉 김승지의 직물에 욕심이 ᄂ서 그리한 거시 아니라 김승지 집 직물은 직물디로 쎄앗고 원슈는 원수디로 갑흐려는 경영이라

셔울서 구리 귀신 갓흔 판슈를 ᄃ리고 부샨으로 내려갈 써에 머리 싹고 양복을 입고 ᄂ려가니 본릭 최ᄀ와 점순이ᄀ ᄀ동지 ᄂ외 얼골을 도동 잇슬 써에 밤에 한 번 보앗스ᄂ 그 후에 ᄀ동지ᄀ 머리 싹고 양북[복]을 입으니 밤에 한 번 보던 사름은 얼는 아라볼 슈가 업슬지라 최ᄀ는 판슈의 꾀임에 싸저셔 양북[복] 입은 사름믄 쏘차가기에 정신이 골돌ᄒ야 민밋한 몽둥이를 썰고 쳔방지축 가는디 그날은 음력 사월 보룸늘 밤이라

1907년 5월 12일(百二二 / 127회)

십 리를 못가셔 날이 어두엇스ᄂ 달이 도다 낫갓치 밝은지라 최가가 몸에셔 바람이 ᄂ도록

서슬 잇게 거름을 거르면셔 무슨 홍이 그럿케 ᄂ던지 홍김에 혼ᄌ말이라

응 셰상에 참 우순 놈 다 보깃구

날을 누구로 알구

ᄂ 거슬 쎄여먹으러 드러

손 범에 눈셥을 쎄러들지언정 최춘보 이놈의 거슬 먹고 빅일 놈이 싱

겨낫든 말이냐
네 이놈 보아라 닉일 아참 써만 되면 너는 닉 손에 더운 쥭엄을 ᄒᆞ고
돈을 닉 손에 드러 올 거시다
그러ᄂᆞ 김승지 덕 마님의 돈 어더먹기 참 심든다
츈쳔집 모자를 쥭이고 또 한 놈 더 쥭여야 그 돈이 내 손에 드러온든
말이냐
딕체 이상ᄒᆞᆫ 일이지
지는 달 보름놀 밤에 츈쳔집 쥭일 써에 달이 붉더니
오놀 그놈을 쥭이러 가는딕
또 달이 붉아……
밤길 가기 참 좃타
밤시도록 가도 실치 아니ᄒᆞ깃구
최가의 마음에 판슈의 말딕로만 ᄒᆞ면 산에서 호랑이를 만ᄂᆞ도 쥭지 아니
할 쥴 알고 거름을 거르면셔 판수가 일러쥬든 말만 골돌이 싱각ᄒᆞ며 간다
그 말은 무슨 말인고 오놀 밤으로 범어사로 가노라면 길은 알 도리가 잇
스리라 ᄒᆞ얏고
오놀 밤중이라도 범어사에 드러가셔 자고 잇스면 내일 아참[침] 식후에
그 양복ᄒᆞᆫ 놈이 어딕로 갈 터이니 그 뒤만 짜라서면 얼마 아니가셔 호젓
ᄒᆞᆫ 곳을 만놀 터이니 그곳에셔 그놈을 쥭이라 ᄒᆞ얏는지라
제갈량의 금낭이나 바든드시 잔뜩 밋은 마음쑨이라
처음 가는 모르는 길에 가장 아는 길 가듯 큰 길로만 다라는다
밤은 적적ᄒᆞ고 힝인은 끈어젓는딕 엇더한 중 ᄒᆞᄂᆞ히 셰딕 삭갓을 쓰고
바랑 지고 집핑이 집고 최가의 압흘 향ᄒᆞ야 오다가 최가를 보고 허리를
꾸부리며
(중) 소승 문안드림니드

(최) 응 ᄃᆡ사 어ᄂᆞᆫ 뎐 중인고

(중) 소승은 동내 범어사에 잇슴니ᄃᆞ

(최) 올치 잘 ᄆᆞᆫ낫구

내가 지금 범어사에 가ᄂᆞᆫ 길이러니……

그ᄅᆡ 범어사가 여긔셔 얼마ᄂᆞ 되누

(중) 어- 길 잘못 드르셧슴니ᄃᆞ 이 길은 량손으로 가ᄂᆞᆫ 큰 길이올시ᄃᆞ

(최) 어- 그거 참 아니되얏구

ᄃᆡ사가 범어사 중이어던 ᄂᆞᆯ과 범어사로 갓치 가면 내일 상급이ᄂᆞ ᄆᆞᆫ히 쥬지

중이 상급 쥰ᄃᆞᄂᆞᆫ 말에 귀가 번적 씌여셔 ᄯᆞ라가ᄂᆞᆫ드시 저 갈 길을 아니 가고 최가의 지로승이 되얏ᄂᆞᆫᄃᆡ 그 중인즉 그ᄂᆞᆯ 양복 입고 점순의 집 압 ᄒᆞ로 지내든 ᄀᆞᆼ동지라

1907년 5월 14일 (百二三 / 128회)

중의 복ᄉᆡᆨ은 어ᄃᆡ 두엇다가 입고 나섯던지 손빈이가 마릉에 복병ᄒᆞ고 방연이를 기다리듯 ᄉᆞᆫ모퉁이 호젓ᄒᆞᆫ 길목쟁이에서 최가 오기ᄆᆞᆫ 기다리다가 최가 오ᄂᆞᆫ 거슬 보고 ᄯᅱ여ᄂᆞ션 터이라 ᄀᆞᆼ동지가 큰 길을 빗켜놓코 ᄉᆞᆫ빗탈로 드러셔니 최가ᄂᆞᆫ 그 길이 범어사로 드러가ᄂᆞᆫ 길로ᄆᆞᆫ 알고 ᄯᅡ라ᄀᆞᆫ다 ᄀᆞᆼ동지가 획 도라서더니

(ᄀᆞᆼ) 여보시오 셔방님은 어ᄃᆡ 게신 량반이시오닛가

(최) 응 ᄂᆞᄂᆞᆫ 서울 사네

ᄂᆡ가 갈 길이 밧부니 어서 가면셔 니약이 ᄒᆞ셰

(ᄀᆞᆼ) 네 걱정 맙시오

거진 다 왓습니ᄃᆞ

그러ᄂᆞ 소승이 서방님을 뫼시고 소승의 절로 드러가면

어ᄃᆡ 게신 량반님이신지 무슨 일로 소승의 절에 오시ᄂᆞᆫ지

알고 드러가야 뫼시고 가ᄂᆞᆫ 본의도 잇고 ᄯᅩ 서방님의 보실 일 거

힝도 잘 할 도리가 잇습니다

(최) 응 그도 그러ᄒᆞ깃네

오날 저녁 ᄯᅵ 범어사로 엇던 머리 깍고 양복 입은 ᄌᆞ ᄒᆞ나 ᄀᆞᆫ 것

보앗나

(ᄀᆞᆼ) 쇼승은 오늘 량ᄉᆞᆫ 통도에서 오ᄂᆞᆫ 길이올시다

(최) 응 그러면 ᄌᆞ네ᄂᆞᆫ 모르깃네

(ᄀᆞᆼ) 셔방님게셔 그 양복 입은 량반을 뵈히러 가시ᄂᆞᆫ 길이오닛가

최가가 무슨 말을 ᄒᆞ려 ᄒᆞ다가 아니ᄒᆞ니 ᄀᆞᆼ동지가 션듯 달려드러 최가의 손에 든 몽둥이를 쓱 쎄셔〻 획 집어내더지고 집펑이 ᄭᅳᆺ으로 최가의 가슴을 지르니 최가가 집펑이 ᄭᅳᆺ을 턱 붓들며 무슨 쇼리를 목 넙드려할 지음에 ᄀᆞᆼ동지가 집펑이를 와락 잡아다리ᄂᆞᆫᄃᆡ 칼이 쓱 ᄲᅡ지며 최가의 손에ᄂᆞᆫ 칼집ᄆᆞᆫ 잇고 ᄀᆞᆼ동지의 손에ᄂᆞᆫ 서리 갓ᄒᆞᆫ 칼ᄂᆞᆯ이 달빗에 번쩍 어린다

최가가 제 쑥심ᄆᆞᆫ 밋고 칼ᄌᆞ루를 들고 칼을 목으러드ᄂᆞᆫᄃᆡ ᄀᆞᆼ동지ᄂᆞᆫ 오른손에 칼을 놉히 들고 셧고 최가ᄂᆞᆫ 두 손으로 칼집을 쥐고 섯다

ᄀᆞᆼ동지가 소리를 버럭 지르며 칼로 ᄂᆡ리치니 최가가 몸을 슬적 빗키면서 칼집으로 ᄂᆡ려오ᄂᆞᆫ 칼을 밧ᄂᆞᆫ다

본ᄅᆡ ᄀᆞᆼ동지의 칼이 쎔 좁은 집펑이칼이라 ᄂᆡ리치ᄂᆞᆫ 심도 장사의 근력이오 올리밧ᄂᆞᆫ 심도 ᄌᆞᆼᄉᆞ의 근력이라 칼도 부러지고 칼집도 부러지니 최가가 부러진 칼집을 더[던]지고 와락 달려들며 ᄀᆞᆼ동지의 멱살을 웅키여쥐ᄂᆞᆫᄃᆡ ᄀᆞᆼ동지가 부러진 칼토막을 ᄂᆡ던지며

무쇠 갓ᄒᆞᆫ 쥬먹으로 최가의 팔둑을 내리치니 ᄀᆞᆼ동지의 옷깃이 문쳥 ᄯᅥ러지며 멱실[살] 쥐던 최가의 팔이 부러지ᄂᆞᆫ 듯ᄒᆞ야 ᄀᆞᆷ히 다시 ᄃᆡ적할 ᄉᆡᆼ의를 못ᄒᆞ고 겁결에 다라ᄂᆞᆫ다

본ᄅᆡ 최가ᄂᆞᆫ 몸이 부ᄃᆡᄒᆞ고 둔한 사람이오 ᄀᆞᆼ동지ᄂᆞᆫ 키가 크고 몸에 늑긔가 업ᄂᆞᆫᄃᆡ 몸이 열ᄉᆡ고 눈이 썩 밝은 사람이라

가령 두 사람의 심은 상적ᄒᆞ더ᄅᆡ도 ᄀᆞᆼ동지가 열신 것ᄆᆞᆫ 하여도 최가를 겁내지 아니할 ᄆᆞᆫ한 터이라 ᄯᅩ ᄀᆞᆼ동지ᄂᆞᆫ 몸만 열샐 ᄲᅮᆫ이 아니라 삼학ᄉᆞᆫ범을 만ᄂᆞ지 못한 것만 걱졍이지 만ᄂᆞ기만 하면 ᄯᅥ려잡을 듯 담녁이 잇ᄂᆞᆫ 사ᄅᆞᆷ이라

최가가 두어 ᄀᆞᆫ 동ᄋᆞᆫ이ᄂᆞ 다라ᄂᆞ도록 ᄯᅩ차가지 아니하고 션우숨 한 마ᄃᆡ로 허허 우스면셔

(ᄀᆞᆼ) 네가 다라나면 몃 ᄲᅡᆯ자국이나 가다가 붓들리깃ᄂᆞ냐

하더니 살갓치 ᄲᅡ른 거름으로

ᄯᅩ차가서 최가의 달이를 붓드러셔 엇지 몹시 메칫던지

캑 소리 한 ᄆᆞᄃᆡ가 ᄂᆞ면셔 최가가 ᄯᅡᆼ바닥에 가로 ᄯᅥ러저서

ᄭᅩᆷᄶᅡᆨ을 못한다

(ᄀᆞᆼ동지) 이놈

정신 좀 차려라

네가 엇지하야 죽는지 알고ᄂᆞ 죽ᄂᆞ냐

최가가 ᄀᆞᆫ이 ᄯᅥ러젓ᄂᆞᆫ지 염통이 ᄯᅩ다젓ᄂᆞᆫ지 아가리로 피를 펵펵 토하면셔 정신을 일치 아니한지라 겨우 입 밧게 ᄂᆞ오ᄂᆞᆫ 목소리로

(최) ᄃᆡ사님 사ᄅᆞᆷ 좀 살려쥬시오 ᄂᆞᄂᆞᆫ 아모 죄 업ᄂᆞᆫ 사ᄅᆞᆷ이오 몸에 아모 것도 업소

잇거던 잇는 딕로 다 가저가오

(ᄀᆞᆼ동지) 응 도적놈이라는 거슨 하릴 업는 놈이로구

졔 마음으로 놈의 마음을 짐쟉ᄒᆞ는구나

그만 두어라 너를 다리고 긴 말 할 것 업다

두 말 말고 네가 오날 밤에 츈쳔 ᄀᆞᆼ동지의 손에 쥭는 쥴만 알고 쥭어라

최ᄀᆞ의 귀에 ᄀᆞᆼ동지라 ᄒᆞ는 소리가 드러가면셔 혼은 쥭기도 전에 황쳔으로 다라난다

ᄀᆞᆼ동지가 철장씩 갓흔 팔을 쑥 내밀며 쇠스랑 갓하[한] 손ᄀᆞ락을 싹 버리더니 모호로 드러누흔 최ᄀᆞ의 갈비씩를 누르니 최ᄀᆞ의 갈비씩 부러지는 소리ᄀᆞ 고목나무 삭징이 썩는 소리ᄀᆞ 는다

ᄀᆞᆼ동지는 옷에 피 한 졈 아니뭇치고 최ᄀᆞ를 쥭엿더라

1907년 5월 18일 (百二五 / 130회)

깁흔 산 수풀 속에 밤식 소리는 그윽ᄒᆞ고 너른 들 원촌에는 돍의 소리가 꿈속갓치 들리는딕 ᄀᆞᆼ동지는 최가의 송장을 치으지도 아니하고 그길로 부산으로 내려근다

지식는 달빗은 서순에 걸려는딕 ᄀᆞᆼ동지는 열에 씩흔 사룸이라

잠 잘 쥴을 모르고 길만 가거니와 왼세상이 괴괴ᄒᆞ야 식벽 잠 열분 꿈속에 잇는 씩이라

부순 초량 드러가는 손모통이 외싼 집 든근방에 아릭목에는 장님이 누어 ᄌᆞ고 운목에는 졈순이가 누어 ᄌᆞ는딕 장님이 별안근에 소리를 버럭 지르며 벌덕 이러 안는 서슬에 졈순이가

에그머니 소리를 지르며 마쥬 이러 안는다

(점) 아버지 왼 잠ᄭᅩᄃᆡ를 그리 ᄃᆡ든이 하시오

ᄂᆞᄂᆞᆫ ᄭᅮᆷ자리ᄀᆞ 사ᄂᆞ와셔 ᄋᆡ를 무수히 쓰던 터인ᄃᆡ 아버지 잠ᄭᅩᄃᆡ에 혼이 나셔 ᄭᅢ엿소

(장님) 너ᄂᆞᆫ ᄭᅮᆷ을 엇덧케 ᄭᅮ엇ᄂᆞ냐

(점) ᄭᅮᆷ도 하 뒤숭숭하니 왼 ᄭᅮᆷ이 그러한지

ᄭᅮᆷ을 ᄆᆞᆫ히 ᄭᅮ엇스ᄂᆞ ᄭᅮᄂᆞᆫᄃᆡ로 이저버리고 ᄒᆞ나만 ᄉᆡᆼᄀᆞᆨ이 나오

(장님) 웅 무슨 ᄭᅮᆷ

(점) ᄭᅮᆷ에ᄂᆞᆫ 아버지가 우ᄋᆡ 날을 그리 미워ᄒᆞ던지 집ᄑᆡᆼ이를 들고 날을 처쥭이려고 ᄶᅩ차ᄃᆞᆫ니ᄂᆞᆫᄃᆡ 내가 ᄶᅩ쳐당기노라고 ᄋᆡ를 쥭도록 써소 무슨 ᄭᅮᆷ이 그럿케 이상하오

(장님) 네 ᄭᅮᆷ은 ᄀᆡᄭᅮᆷ이다

네가 ᄭᅮᆷ이 다 무어시냐

내 ᄭᅮᆷ이 참 영한 ᄭᅮᆷ이지

네- 좀 드러보아라

츈쳔집의 ᄋᆡ비 ᄀᆞᆼ동지가 오날 부ᄉᆞᆫ으로 내려와셔 부ᄉᆞᆫ ᄌᆡ판소 순검을 다리고 네[너]의들을 옴치고 뛸 슈가 업시 잡을 작졍으로 지금부터ᄂᆞᆫ ᄃᆡ문 밧 졍거장에 ᄂᆞ와 안저셔 첫 긔ᄎᆞ ᄯᅥᄂᆞᆫ 시ᄀᆞᆫ을 기다리고 ᄋᆞᆫ졋고ᄂᆞ

이ᄋᆡ 큰일 낫다

이 집에 잇다가ᄂᆞᆫ ᄂᆞᄭᅡ지 봉변을 ᄒᆞ깃다

어- 지금부터라도 어ᄃᆡ로 갈 일이로구

점순이가 긔가 ᄆᆞᆨ혀셔 장님을 붓들고 운다

(점) 아버지

그거시 무슨 말슴이오

ᄂ 혼ᄌ 붓들려 죽던지 마뎐지

1907년 5월 19일 (百二六 / 131회)

ᄂ버려두고 아버지 혼자 어ᄃ로 가신ᄃ 말이오
여보 마르시오
아무리 ᄂ은 ᄌ식이 아니기로 그렇케 무졍이 구르신ᄃ 말이오
아버지 혼ᄌ 어ᄃ 가서 잘 사르시오 ᄂ 혼ᄌ 집에 잇다가 잡혀가셔 죽으면 아버지 마음에 조흘 터이지
점순이가 야속ᄒ야 ᄒ는 말갓치 ᄒᄂ 실상은 장님의게 붓침시 엇[잇]게 ᄒ는 말이라
(장님) 응 네가 말귀를 잘 못아라듯고 ᄒ는 말이다
내야 실상 아무 상관도 업는 일에 붓들리기로 무슨 탈 당할 것 무엇 잇ᄂ
어셔 밧비 너를 다리고 가셔 피란을 시키잔 말이다
두 말 말고 날 ᄯ라셔 범어사로 가자
늣게 가면 최춘보가 그 절에 아니 잇기 쉬우니 도망하는 사름이 ᄀᄀ 헤져셔는 못스ᄂ니라
하며 부스럭 부스럭 이러ᄂ니 점순이는 겁에 잔ᄯ 씌힌 사름이라 산도 설고 물도 선 곳에 와셔 미들 곳은 장님 하ᄂ뿐이라
이불도 업시 등걸잠 자던 몸이 서늘한 식벽 긔운에 한데로 ᄂ셔니 너른 바다애셔 몰려드러오는 바람이 산을 무느지를드시 후리쳐 부는ᄃ 사월 보름게라도 ᄒ풍에는 싼 치위라
점순이가 벌ᄼ 떨며 장님을 ᄯ아 ᄂ가는ᄃ 서순에 지는 달이 우중충하기

는 장님의 마음과 갓한지라 장님은 밤이ᄂ 낫이ᄂ 못보기는 일반이라 집팡이 ᄒᆞᄂ만 압세우면 아무데 던지 것침식 업시 든이는 거슨 장님이라 장님은 압헤 셔고 졈순이는 뒤에 서셔 손빗탈 좁은 길로 이리저리 드러가는ᄃᆡ 날은 밝아오나 손은 깁허간다
먹바지 저구리 입고 세ᄃᆡ 삭갓 쓰고 손모퉁이에서 쑥 ᄂ서며 장님의게 인사하는 거슨 늙은 즁이라

1907년 5월 21일 (百二七 / 132회)

장님이 집팡이를 뚜덕뚜덕 하며 발을 더듬々々 하며 눈을 휘번젹어리며 거듸 건 목소리로
거 누구
누가 날도 식기 전에 이 산즁에를 드러올 사람이 잇담
하면서 제 힝식 수상한 거슨 싱각도 아니하고 남을 의심하는 것갓치 말을 하니 점순이는
민망한 마음이 잇스나 장님의게 눈짓할 수도 업고 딱한 싱각뿐이라
(즁) 여보 장님
무슨 말를 그리 이상하게 하시오
닉가 도젹놈인듯 십소
내 눈에는 장님이 수상하오
왼 절문 앗씨를 다리고 밝기도 전에 남의 절 근처로 오시니 참 이상한 일이오
(장님) 응 모르는 사람은 그렇케 보기도 고히치 아니하지
ᄂ는 쌀을 다리고 사위의게로 가는 사이야

수상할 것 업지
(중) 네 그러하시오닛가
소승이 말슴을 좀 잘못하얏습니다
(장님) 응 겨관 업서 모르고 그럿케 말하기 녀사지
그러ᄂᆞ 딕사 어ᄂᆞᆫ 절에 잇서
(중) 소승은 동내 범어ᄉᆞ에 잇슴니다
(장님) 범어ᄉᆞ에 잇셔
내가 지금 범어ᄉᆞ로 가ᄂᆞᆫ 터인딕……
그릭 붉기도 전에 어ᄃᆞ로 가오
(중) 오날 식벽에 소승의 절에셔 무슨 일 좀 싱겨셔 소승이 그 일로 인연ᄒᆞ야 어딕로
좀 가ᄂᆞᆫ 길이올시다
(장님) 일은 무슨 일
내가 범어ᄉᆞ로 좀 놀러가ᄂᆞᆫ딕 절이 과히 분쥬치ᄂᆞ 아니할가
(중) 절이 분요도 홈니다
어졔 밤에 왼 손님 두 분이
싸홈을 하야 하ᄂᆞᄂᆞᆫ 쥭도록
어더맛고 하ᄂᆞᄂᆞᆫ 어딕로 도망을 하얏ᄂᆞᆫ딕 씌리고 도망한 자ᄂᆞᆫ 양복 입은 사룸이오 맛고 드러누흔 자ᄂᆞᆫ 구레ᄂᆞ루가 만ᄂᆞᆫ 사룸인딕
만일 쥭고 보면

1907년 5월 22일 (百二八 / 133회)

소승의 절은 탈이올시다

그럿케 몹시 맛인 쥴 아랏더면 절에서 양복 입은 자를 붓드러 결박을 하야 두엇슬 터인딕

그놈을 놋첫스니 소승의 절에셔는 살인정범을 도망이ᄂᆞ 식힌드시 그 허물은 절에서 뒤집어쓸 터이올시다

그런고로 소승의 절에셔는

그 구레ᄂᆞ룻 난 ᄌᆞ가 죽기 전셔 부산 지판소에 가서 정하고 양복 입은 ᄌᆞ를 밧비 근포하여야 되깃습니다

장님게셔 오시는 길에 혹 못보셧슴잇ᄀᆞ

에그 참 장님은 그놈을 맛낫기로 알 수ᄀᆞ 잇ᄂᆞ

황송한 말슴이올시다마는 저긔 게신 앗씨게셔는 혹 그런 사름을 보셧는지오

점순이는 그 말을 듯고 속이 타서 날쒸는딕

장님은 쳔연히 셔셔 입맛을 다시며 제 걱정만 하고 섯다

(장님) 어- 내 손통은 아쥬 이럿구

그 몹쓸 놈 내 산통이ᄂᆞ 두고 다라날 일이지

정녕 ᄀᆞ지고 가슬엿다

하는 소리ᄀᆞ 점순의 귀에 드러ᄀᆞ며 졈슌이ᄀᆞ 긔ᄀᆞ 목혀셔 말이 아니 ᄂᆞ올 지경이라

그 곳은 어딕인지 과히 깁흔 손도 아니ᄂᆞ 호젓하기는 그만한 곳이 업슬 만치 되앗더라

그 손 넘어는 층암 절벽에 나라ᄀᆞ는 식도 발 붓칠 수 업는 곳인딕 그 밧게서는 망망딕히라 그 손 넘어서는 오는 사름 잇슬 싸달이 만무하고 압흐로는 너른 들이 내다보히는딕 그 손에 올러오는 사름이 잇슬 지경이면 오리 밧게 오는 사람을 미리 보고 잇는 터이라

그 손에는 수목도 업는 고로 나무군도 아니 당기는 곳이오 다만 봄 한철

에 나물 뜻는 계집이ᄂᆞ 당기던 곳이라 졈순이가 아무리 약고 똑々한 게집이ᄂᆞ 셔울셔 싱장한 거시라 장님의게 속아셔 그곳에 들온 터이라

(장님) 어- 다리 압하

여긔 좀 안저 쉬여가야

하면셔 이슬에 젓인 풀 우에 털석 안지니 점순이가 참다 못하야 말을 넙듣다

(점순) 여보 장님

엇지할 작정이오

(장님) 응 그러홀엿다

아쉬면 아버지 아버지 하고

볼 것 업슬 쎄는 장님이니 눈먼 놈이니 하는구

졈순이가 말딕답을 하려 ᄒᆞ는딕 중이 달려드러 점순의 손목을 쌔니 졈순이는 골이 잔득 낫든 터이라 손목을 뿌르치며 만만한 중의게 포달을 부리니 중이 점순의 쌤을 치면셔 남의 일홈은 언제 아랏던지

(중) 요년 점순아

눈 좀 바루 쪄보아라

네가 나를 몃 번지 보면셔 몰라보니 념라국에셔 네 혼은 다 쎄서 갓ᄂᆞ보구ᄂᆞ

하는 소리에 점순이가 중을 처다보니 에[어]졔 양복 입고 졈순의 집 압헤셔 장님과 싸홈하던 사룸이라

어제는 서로 싸오던 위인들이 오날은 장님과 중이 왼 의가 그리 좃턴지 중이 허허 우스면셔

(중) 여보 장님

밤시 평안하오

(장님) 응 이거 누구야

아– ᄀᆞᆼ동지가 여긔를 엇지 왓나

중이 장님의 말ᄃᆡ답은 아니하고 장님 엽헤 가셔 턱 온지며 점순이를 부르다

1907년 5월 23일 (百二九 / 134회)

졈순이가 옴치고 ᄯᅱᆯ 수 업시 ᄀᆞᆼ동지 손에 죽을 터이라 못된 ᄭᅬᄂᆞᆫ 아무리 만홀지라도 섭々 약질의 계집이 범갓치 ᄀᆞᆼ한 원수를 맛낫스니 비러도 쓸ᄃᆡ 업고 울어도 쓸ᄃᆡ 업고 ᄀᆞᆼ동지의 쥬먹 아ᄅᆡ 죽ᄂᆞᆫ 것 밧게 수ᄀᆞ 업다 사ᄅᆞᆷ이 죄ᄂᆞᆫ 잇던지 업던지 죽ᄂᆞᆫ 것 설어하기ᄂᆞᆫ 일ᄇᆞᆫ이라 점순이ᄀᆞ 얼골은 파랏케 질리고 몸은 사시나무 ᄯᅥᆯ 듯하며 ᄀᆞ도 오도 못하고 섯다 ᄀᆞᆼ동지ᄀᆞ 벌덕 이러ᄂᆞ서 졈순의 압흐로 향하야 ᄀᆞ니 점순의 마음에 인제ᄂᆞᆫ 죽ᄂᆞ보다 시푼 ᄉᆡᆼᄀᆞᆨᄲᅮᆫ이라 ᄀᆞᆫ이 살살 록는ᄃᆡ ᄀᆞᆼ동지ᄀᆞ 쳔연한 목소리로

(ᄀᆞᆼ) 이ᄋᆡ 겁내지 말고 저리 좀 ᄀᆞ자

너더러 무러볼 일이 잇다

하면서 점순의 손목을 잡아ᄭᅳᆯ고 장님 안진 엽흐로 ᄀᆞ다ᄀᆞ 점순이를 도라다보며

(ᄀᆞᆼ) 이ᄋᆡ 너도 변하얏고ᄂᆞ

ᄯᅩ ᄲᅮ르치지 아니하늬

제가 절에 ᄀᆞᆫ ᄉᆡᆨ씨지

허허허

우스면셔 졈순이를 붓드러 안치고 김승지 부인의 말을 가지ᄀᆞᆨ식으로 뭇ᄂᆞᆫ다

무를 말 다 뭇고 할 토죄 다 한 후에

(ᄀᆞᆼ) 요년 더 할 말 업다
너 그만 죽어보아라

하더니 부스스 이러ᄂᆞ니 점순이가 제 죄는 ᄉᆡᆼ각지 아니하고 죽기 실은 마음에 악이 ᄂᆞ셔 장님을 보며 포달을 부린다

(졈) 이 몹슬 놈
사름을 그럿케 몹시 쇠긴ᄃᆞᆫ 말이냐
내ᄀᆞ 네게 무슨 왼수를 지엿기에 날을 썰고 이 곳에 와셔 죽게 한ᄃᆞᆫ 말이냐
죽이려거든 내 집에서ᄂᆞ 죽일 일이지……
에그 이 몹쓸 놈아
이 자리에셔 눈ᄶᆞᆯ이ᄂᆞ 빠저죽어라

(장님) 조런 못된 년 보앗나
갓득 못보는 눈을 ᄯᅩ 빠지란ᄃᆞᆫ 말이냐
여보 ᄀᆞᆼ동지 내 쳥으로 고년 쥬동이 좀 짓찌여쥬오

ᄀᆞᆼ동지ᄀᆞ 호령을 쳔동갓치 하면셔 달려드더니 점순의 쪽진 머리채를 웅키여쥐고 널석ᄒᆞᆫ 분석 우흐로 끌고 가더니 번젹 드러 메치ᄂᆞᆫ딕 푸른 익기가 길길이 안진 바위 우에 홍보를 펴노흔드시 피빗ᄲᅮᆫ이라

ᄀᆞᆼ동지가 한숨을 휘 쉬면셔 도라다보니 ᄒᆡ면에 아침 안ᄀᆡ가 거드며 오육도에 ᄒᆡ가 도다 붉것더라

1907년 5월 24일 (百三十 / 135회)

ᄀᆞᆼ동지가 장님을 다리고 그길로 부산으로 내려가서 첫 긔차를 기다려 타

고 셔울로 올라ᄀᆞᆫ다 풍우갓치 ᄲᅡ리 가ᄂᆞᆫ 긔차ᄀᆞ 쳘리 경셩을 ᄒᆞ로에 드러가ᄂᆞᆫᄃᆡ 그 긔ᄎᆞᄀᆞ 경셩에 ᄀᆞ갑게 드러갈수록 삼쳥동 김승지 부인의 ᄲᅧ마디ᄀᆞ ᄌᆞ리ᄌᆞ리ᄒᆞ다

시앗이 잇슬 ᄯᅢ에ᄂᆞᆫ 시앗만 업스면 셰상에 걱정될 일이 업슬 것 갓더니 시앗이 죽은 후에 쳔ᄒᆞᆫ 근심은 다 내 몸에만 모혀든 것 갓다

판관 사령갓든 김승지도 그 마누라ᄀᆞ 츈쳔집 모자를 죽인 쥴 안 후로ᄂᆞᆫ 잠을 자도 사랑에셔 자고 밥을 먹어도 사랑에셔 내다먹고 부인이 무슨 말을 무르면 ᄃᆡ답도 아니ᄒᆞ고 사랑으로 나가니 그 부인이 밋칠 지경이라 무당을 불러서 살도 푸러보고 판슈를 불러서 경도 일거본다

본ᄅᆡ ᄀᆞᆼ동지가 김승지의 돈을 ᄲᅦ셔서 그 돈으로 김승지 집 게집종들의게 푸러먹이ᄂᆞᆫᄃᆡ 김승지의 부인이 손ᄭᅡ락 하ᄂᆞ만 ᄭᅩᆷ작하야도 ᄀᆞᆼ동지가 알고 잇고 졈순의게셔

편지 한 장만 와도 그 편지가 ᄀᆞᆼ동지의 손으로 드러오고 김승지의 부인이 답장을 ᄒᆞ면 그 편지가 우체통으로 드러가지 아니ᄒᆞ고 쏜살갓치 ᄀᆞᆼ동지의 손으로 드러온다 졈순의게 ᄀᆞᄂᆞᆫ 편지 한 장만 ᄀᆞ저다ᄀᆞ ᄀᆞᆼ동지를 쥬면 돈 빅 원도 집어쥬고 오십 원도 집어쥬니 부인이 졈순의게 편지 두어 번 한 거시 한 장도 졈순의게ᄂᆞᆫ 못갓더라

부산 가셔 졈순이를 쇠기던 판수ᄂᆞᆫ 김승지 부인의게 불려가셔 츈쳔집의 귀신을 잡아ᄀᆞ두려고 경 익든 장판수라 ᄀᆞᆼ동지ᄀᆞ 그 소문을 듯고 장판수를 차져가서 김승지 부인의 돈을 잘 ᄲᅦ슬 도리도 가르쳐쥬고 ᄯᅩ ᄀᆞᆼ동지ᄂᆞᆫ 김승지의 돈을 문쳥문쳥 ᄲᅦ셔다ᄀᆞ 장판수를 쥬니 장판슈ᄂᆞᆫ ᄀᆞᆼ동지가 죽어라 ᄒᆞ면 죽ᄂᆞᆫ 시늉이라도 할 지경이라

장판슈가 김승지의 부인을 엇지 요리잇게 쇠겻던지 판슈의 말은 낫낫이 시힝이라

그 쇠기던 말은 장황하ᄂᆞ 일은 ᄃᆞᆫ 두 가지ᄲᅮᆫ이라

한 가지는 자긱을 사셔 강동지 내외를 쥭이면 원슈 갑흘 놈이 업다 하고 돈을 만히 쎄셔내엿고 한 가지는 장판슈가 부산을 내려가서 점순이를 다려다가 제 집 건넌방에 곰츄어두깃다 ᄒᆞ고 치힝할 돈도 쎄섯더라

1907년 5월 25일(百三一 / 136회)

부산을 내려가서 최가와 점순이를 쐬여다가 무인지경에셔 ᄀᆞᆼ동지 손에 쥭게 ᄒᆞ고 서울로 올러오던 그 잇흔늘 김승지의 부인의게 통긔 ᄒᆞ얏스되

ᄀᆞᆼ동지 내외는 자긱의 손에 쥭엇다 하얏고

졈순이는 다려다가 제 집 건넌방에 곰츄어두엇다 하얏고 자세한 말은 오늘 밤중에 점순이가 가셔 뵈올 터이니 사람을 물리치고 부듸 혼ᄌᆞ 게시라 하얏더라

부인이 장님의 통긔한 말을 듯고 점순이를 만ᄂᆞ보려고 밤 되기를 기다려셔 초저녁부터 게집종들은 힝낭에로 다 내쏘ᄶᅩ 딕문과 중문은 지처만 두고 안생에 혼ᄌᆞ 안져 기다린다

문풍지 써는 소리만 드러도 점순이 오ᄂᆞ냐

싀앙쥐가 밧삭 하는 소리만 드러도 점순이 오ᄂᆞ냐

하며 안젓는딕 종노 보신곡에셔 밤 열두 시 치는 죵소리가 텡々 ᄂᆞ도록 소식이 업스니 김승지 부인이 퉁々쩡이 ᄂᆞ셔 혼ᄌᆞ말이라

고 빅라먹을 넌 오려거든 진작 좀 오지 무엇 하노라고 잇써써지 아니 오누

ᄂᆞ는 이렇케 기다리는딕 고년 ᄂᆞᆯ 보고시픈 싱각도 업담

고년은 무슨 일이던지 좀 시연시연ᄒᆞᆫ 쏠을 못보아

이렇케 죵용한 쎡에 아니오고 언제 오려누

요년 오늘 밤에 아니오려는 거시로구
올 갓[것] 갓하면 불서 왓지
하면셔 실셩한 사룸갓치 중얼거리다가 옷 입은 치로 골김에 드러누엇더라
부인의 마음에 졈순이를 보면 눈이 빠지도록 우지질 작졍이라 식로 한 졈을 짱 치면셔 창 밧게셔 사룸의 불자취 소리가 느니 부인의 마암에는 올치 인제 졈순이ㄱ 오거니 녀기고 누엇는딕 늣게 오는 거시 괘씸한 싱각이 잇셔서 잠도 아니든 눈을 곰고 누엇는딕 방문 여는 소리가 펄젹 느니 본릭 김승지의 부인이 참을셩 업는 샤룸이라 눈을 번젹 쩌서 보니 키ㄱ 구쳑 장신의 남즈이라

1907년 5월 28일(百三二 / 137회)

서리빗 갓한 삼 쳑 장검을 쑥 쎄여 번쩍 들고
(남자) 이년 네가 쑬걱 소리를 질럿다가는 뒤여지리라
(부인) 에그 살려쥬오
흐며 벌벌 썰고 쏨짝을 못한다
(남자) 이년 네가 직물이 중하냐 목숨이 중하냐
(부인) 직물은 잇는딕로 다 가져가더릭도 목슴[숨]만 살려쥬오
(남자) 그러면 무슨 말이던지 닉 말딕로 듯깃나냐
(부인) 아무 말이던지 드를 터이니 살려쥬오
흐면서 칼을 처다본다
그 놈즈가 부인 압흐로 밧삭 다거오더니
(남자) 그러면 내가 네 직물도 실코 네게 탐느는 거시 잇스니 그 말만

드를 터이면 너를 살리다 ᄲᅮᆫ이ᄭᅵᆺᄂᆞ냐

(부인) 무슨 말이오

(ᄂᆞᆷ자) 응 그만 하면 알 일이지

내가 너를 탐을 내셔 이럿케 드러온 사람이라 만일 내 말을 아니드를 지경이면 이 칼로 네 목을 칠 거시오 내 말을 드르면 내가 이 밤에 너를 다리고 자고 갈 ᄲᅮᆫ이라 네 재물 가지고 갈 리가 만무하다

네가 ᄂᆞᆯ을 누구인지 ᄌᆞ셰이 알 것 갓하면 네가 그만한 은혜ᄂᆞᆫ 갑흘 만도 하니라

(부인) 누구란 말이오

(ᄂᆞᆷ자) 응 ᄂᆞᄂᆞᆫ 장판순[슈]의 부탁을 듯고 츈천 샤ᄂᆞᆫ ᄀᆞᆼ동지 내외를 내 손으로 죽엿다

ᄀᆞᆼ동지를 네가 죽여달라 하얏지

자- 이제ᄂᆞᆫ 네 걱정 될 일은 아모 것도 업스니 마음을 노아라

내가 ᄀᆞᆼ동지 내외를 죽일 ᄯᅢ에 그ᄭᅡ지 돈푼을 바라고 사ᄅᆞᆷ을 둘이나 죽엿ᄭᅵᆺᄂᆞ냐 너갓치 곱게 자라ᄂᆞᆫ 게집에 탐이 ᄂᆞ서 그럿지

부인이 겁결에 ᄀᆞᆼ동지를 죽인 사ᄅᆞᆷ이라 하ᄂᆞᆫ 소리를 듯고 겁ᄂᆞ던 마암이 좀 풀녓던지 얼골에 웃ᄂᆞᆫ 빗치 ᄂᆞ며 말을 뭇ᄂᆞᆫ다

(부인) 여보 ᄀᆞᆼ동지를 참 죽엿소

(ᄂᆞᆷ자) 네가 마암에 못미더우냐

(부인) 아니오 못미더서 하ᄂᆞᆫ 말이 아니오……

(ᄂᆞᆷᄌᆞ) ᄌᆞ- 밤 드럿스니 긴 말 할 것 업다 내 말을 정녕 듯지

(부인) 누가 아니 듯ᄂᆞᆫ다고 무엇이라 합더닛가

그러ᄂᆞ ᄀᆞᆼ동지 죽이든 니약이 좀 ᄌᆞ셰 하구려

(ᄂᆞᆷᄌᆞ) 너ᄂᆞᆫ 죵시도 내가 ᄀᆞᆼ동지를 아니 죽이고 죽엿다ᄂᆞᆫ 쥴로 아ᄂᆞ냐

(부인) 아니오 의심하ᄂᆞᆫ 말이 아니오

(놈ᄌᆞ) 오냐 강동지 죽이던 모냥 좀 보아라

이럿케 죽엿다

하면서 칼로 부인의 목을 치ᄂᆞᆫᄃᆡ 원ᄅᆡ 그 놈ᄌᆞᄂᆞᆫ ᄀᆞᆼ동지라 ᄀᆞᆼ동지의 심은 장사이오 칼은 비수 갓한지라 번ᄀᆡ갓치 ᄡᅡ른 칼이 번ᄶᅥᆨ 하며 부인의 목이 ᄭᅮᆨ ᄯᅥ러젓다

1907년 5월 30일 (百三三 / 138회)

ᄀᆞᆼ동지가 칼을 턱 놋코 한숨을 휘 쉬히더니 김승지 부인의 목을 흘겨보며 토죄를 한다

이년 네가 시앗을 업시고 너 혼자 얼마ᄂᆞ 호ᄀᆞᆼ을 하려고 그런 흉악한 일을 ᄒᆞ엿더냐

내가 내 ᄯᆞᆯ을 다리고 서울로 왓슬 ᄯᆡ에 네가 극성을 엇더케 불엿ᄂᆞ냐

이년 이 ᄀᆡ잡년아

네가 슉부인

슉부인지 ᄭᅲᆨ부인지

ᄲᆡᆼᄯᅥᆨ 부인이라도 너 갓한 잡년은 업깃다

이년 이 망한년

네가 걸핏하면 냥반이니 염소반이니 하며 너ᄂᆞᆫ 고소ᄃᆡ갓치 놉흔 사ᄅᆞᆷ이 되고

내 ᄯᆞᆯ은 상년이라고 그년 그년 그ᄶᅡ진년 남의 쳡년 ᄀᆞᆼ동지의 ᄯᆞᆯ년 죽일년 살일년 하며 너 혼자 셰상에 다시 업ᄂᆞᆫ ᄭᆡ긋한 냥반의 녀편네인 체 ᄒᆞ던 년이 그럿케 쉽게 몸을 허락한단 말이냐

이년 네 마음이 어름갓치 깨긋하고 칼랄갓치 독할 지경이면 남의 칼을 무서워ᄒᆞ며 네 목숨을 익긴든 말이냐
이년 너갓치 망한년이 안생 구셕에 갓처 드러안젓지 아니하얏스면 엇더한 잡년이 되얏슬런지 모를 거시다
오냐 내가 네 소원을 푸러쥬려고 내외 업는 저승으로 보내준다
져승에 가거든 소원ᄃᆡ로 서방질이ᄂᆞ 실토록 하여라

하더니 칼을 다시 집어들고 죽어잡바진 송장을 후려치고 돌처ᄂᆞ가니 그날은 사월 열이례날이라 누루수룸한 달은 서쳔에 기우러젓고 장안은 적적한 깁흔 밤이라
ᄀᆞᆼ동지가 칼을 품고 김승지 집에 잇던 계동 침모의 집으로 향하야 ᄀᆞᆫ다

1907년 5월 31일 (百三四 / 139회)

본리 ᄀᆞᆼ동지가 졈순이를 죽일 ᄯᅢ에 젼후 죄상을 낫낫치 초사밧는ᄃᆡ 졈순이가 츈쳔집 죽이던 일에 침모도 참섭이 잇는 쥴로 말한지라
ᄀᆞᆼ동지가 서울로 올라오던 길로 침모의 잇는 곳을 아라보니 침모는 계동 ᄆᆡᆨ바지 집에서 그 어머니와 갓치 랑ᄃᆡ 과부 세ᄀᆞᆫ사리를 하고 잇다 하는지라
ᄀᆞᆼ동지가 하로죵일토록 단니면셔 삼청동 김승지 집과 계동 침모의 집을 자셰히 보아두엇다가 그날 밤에 삼청동 가서 김승지의 부인을 죽이고 피가 ᄯᅮᆨᄯᅮᆨ ᄯᅥ러지는 칼을 씨치지도 아니하고 두어 번 홰々 ᄲᅮ려 칼집에 ᄭᅩ잣는ᄃᆡ 칼에셔는 찬 바롬이 ᄂᆞ고 ᄀᆞᆼ동지는 열이 ᄉᆡᆨ두ᄭᅡ지 올랏더라
계동 ᄆᆡᆨ바지에 죽은 비부장 집 뒤담을 훌쩍 너머 드러섯더라
비부장집이라 하는 거슨 즉 침모의 집이라 ᄀᆞᆼ동지가 칼을 쎄여들고 비부장 집 안생으로 쏜살갓치 드러가려 하다가 발을 멈치고 긔척 업시 서서

그 집 동졍을 보며 무슨 싱각을 한다

침모를 쥭일 써에 그 어미 되는 로파가 깨엿거던 그 어미까지 쥭이고
그 어미가 모르고 자거든 침모만 쥭이리라

하는 싱각이 누서 그 안썡 뒤문 밧게셔 방안에 잇는 사룸들이 잠이 드럿
누 아니 드럿누 엿듯는다

방안에서 긔침소리가 누더니 늙은 로파의 목소리가 는다

(로파) 이이 아가 옷 벗고 자거라
우왜 옷도 아니 벗고 등걸잠을 자누냐 감긔 들라

운목에셔 기지기를 부드득 키는 소리가 누면셔 절문 녀편 목소리가 는
거슨 침모이라

(침모) 응 관계치 아니하여 가만이 내버러두오

(로파) 이이 졍신 좀 차려셔 이러누 옷 벗고 이불 덥고 드러누어라

침모가 잠이 번쩍 깨여 벌덕 이러누며

(침모) 에그머니 오날은 내가 날마다 하던 일을 이젓네 어머니는 우이
진작 좀 깨여쥬시지 아니하고 잇써써지 내버려 두엇든 말이오

하면서 방문을 열고 안마당으로 누가더니 무엇슬 하는지 긔척이 업는지
라 궁동지가 발자취 소리도 업시 안마당으로 도라가는디

* 아래는 단행본에 추가된 부분임.

침모는, 누가 오는지도 모르고, 마당 훈가온디에, 돗자리 훈닙 펴고, 소반
우에, 졍완수 써놋코, 침모는 북두칠셩을 향후야, 소반 압헤 납쥭 업드려
서, 무어슬 비는 모냥이라

(침모) 칠셩님

칠셩님께, 빔니다

미련훈 인싱이, 마음을 잠깐 잘못 먹고, 후마트면, 점슌의 꾀임에, 빠저서, 츈쳔집을, 쥭일번 후얏슴니다. 느는 우리 어머니가, 어지신 마음으로, 어지신 경를, 후여쥬서々, 못된 꾀임에, 빠지々 아니 후얏스니, 니 신상에는 편후느, 고 몹[몹]슬 점슌이란 년이, 츈쳔집을, 참 쥭일까, 념녀되야, 못견듸깃슴니다

칠셩님々々々

어지신 칠셩님이, 츈쳔집을 도아쥬서々, 비명에 쥭지 말게 후여쥽시스

죄 업는 츈쳔집과, 쳘모르는 거북이가, 고 몹슬 점슌의 손에, 쥭으면, 그런 불상후고, 악착훈 일이, 어듸 잇깃슴니까

칠셩님이 굽어보시고, 살펴보서々, 제발 덕분, 도아쥽시사

후면서, 정신업시 비는듸, 강동지가, 장승갓치 짝서々, 훈참 동안을, 듯다가, 기침 훈 번을 컥후니, 침모가 깜짝놀라, 이러느며, 에그머니 소리를 후거늘, 강동지가 허々 우스면서, 놀라지 말라 후고, 방에로 드러가자 후니, 침모가 겁이 느서, 듸답도 못후고, 벌々 썰고 셧는듸, 본릭 눈먼 사람이, 귀는 남달리 붉은 터이라, 방 안에 누엇던, 로파가 그 소리를 듯고, 그 쏠을 부른다

이의, 거긔 누가 왓느 보구느

누구런지 방으로 다리고, 드러오려무느

가[침모가] 그 어머니 소리를 듯고, 방에로 드러가며, 일변 불을 켜니, 강동지가 짜라 드러가서, 운목에 안지며, 조흔 긔식으로 말을 후난듸, 느는 츈쳔집의 익비라는 말과, 그 쏠 츈쳔집 모자가 쥭은 일과 그 원수, 갑흔 일과 침모까, 지 쥭이러 왓다가, 침모가 츈쳔집을 위후침모야[위후야], 졍완슈를 써놋코, 비는 거슬 보고 침모의 어진 마음이 잇는 쥴 알고, 이런

니약이ᄂᆞ, ᄒᆞ러 드러왓다는 말을, 낫〻치 ᄒᆞ면서, 벼루집을, 빌리라 ᄒᆞ더니, 김승지의게, 편지 ᄒᆞᆫ 장을 써놋코, ᄂᆞ가는ᄃᆡ, 침모의 마음은, 저승문턱에로, 드러갓다, ᄂᆞ온 것갓ᄒᆞᆫ지라

그 편지에 무슨 말이 잇는지 모르ᄂᆞ, 조심되는 마음에, 아니 젼할 수가 없서〻, 그 후 십여 일 만에, 침모가 그 편지를 가지고, 김승지 집에 가서, 김승지의게 젼ᄒᆞ니, 김승지가, 그 편지를 쓰더보는ᄃᆡ, 침모와 갓치 보라는, 언문편지라, 그 사연을 자셰이 본즉, 김승지를 원망ᄒᆞᆫ 말은, 조곰도 업고, 강동지 제가, 두 가지, 후회ᄂᆞ는 일을 말ᄒᆞ얏는ᄃᆡ, ᄒᆞᆫ가지는 그 ᄯᆞᆯ을 남의 시앗될 곳으로, 보ᄂᆡᆫ 거시으[오], ᄒᆞᆫ가지는, 그ᄯᆞᆯ을 다리고, 셔울 왓슬 ᄶᅥᆨ에 김승지의 부인이, 그럿케 투긔ᄒᆞ는 거슬 보면서, 그 ᄯᆞᆯ을 츈쳔으로, 도로 다리고 가지 아니 ᄒᆞᆫ 일이라, 편지 끗헤 ᄯᅩ 말ᄒᆞ엿스되, ᄶᅵᆨ적은 말갓ᄒᆞᄂᆞ, ᄂᆡ ᄯᆞᆯ이 불상ᄒᆞᆫ 마음이 잇거든 이 침모를 ᄂᆡ ᄯᆞᆯ로 알고, 다리고 살라 ᄒᆞ얏는ᄃᆡ, 김승지도, 눈믈[물]을 씻고, 침모도 낙누를 ᄒᆞ며, 츈쳔집의 말을 ᄒᆞᆫ다

김승지도 평싱에, 홀ᄋᆡ비로, 지ᄂᆡ려 ᄒᆞ는 작정이오, 침모도 평싱에, 과부로 지ᄂᆡ려ᄒᆞ는 작정이잇더니, ᄀᆞᆼ동지가 그런 편지ᄒᆞᆫ 거슬 본즉, 김승지와 침모의 마음에, 죽은 츈쳔집의 모자도, 불상ᄒᆞ거니와, 산, ᄀᆞᆼ동지의 ᄂᆡ외를 더 불상ᄒᆞ게 녀겨서, 김승지와 침모가, ᄂᆡ외되야, ᄀᆞᆼ동지 ᄂᆡ외 일평싱에 고싱이나 아니ᄒᆞ고, 죽게 ᄒᆞ자는 의논을 ᄒᆞ얏스나, 강동지는 김승지 부인을 죽이고, 침모의 집에 가던 그날 식벽에, 그 마누라를 다리고, 남문밧 정거장 압헤가 안젓다가, 경부쳘로, 첫 긔차 ᄶᅥ나는 거슬, 기다려 타고, 부산으로 ᄂᆡ려가서, 부산서 원산 가는 ᄇᆡ를 타고, 함경도로 ᄂᆡ려가더니, 몃칠 후에 ᄒᆡ삼위로 ᄀᆞᆺ는ᄃᆡ 종적을 알 수 업더라

김승지와, 침모가, 강동지 ᄂᆡ외 ᄀᆞᆫ 곳을 차지려 ᄒᆞ다가, 못찻고, 츈쳔집 모자의 뫼를, 츈쳔 삼학산에로, 면례를 ᄒᆞ는ᄃᆡ, 신연강으로, 청농을 삼고,

남ᄂᆡ면 솔기동ᄂᆡ로 향을 삼앗더라

그 뫼 쓴 후에, 삼학산 깁흔 곳에, 츈삼월 ᄭᅩᆺ필 ᄯᅢ가 되면, 이상ᄒᆞᆫ ᄉᆡ쇼리가 ᄂᆞᄂᆞᆫᄃᆡ, 그 ᄉᆡᄂᆞᆫ 봄에 우ᄂᆞᆫ ᄉᆡ라, 무심이 듯ᄂᆞᆫ 사람ᄋᆞᆫ, 무ᄉᆞᆫ 소린지, 모르지마ᄂᆞᆫ, 유심이 드르면, 너무 영절스럽게 우니, 말직이가, 그 ᄉᆡ소리를 듯고, 츈쳔집의 원혼이, ᄉᆡ가 되얏다 ᄒᆞᄂᆞᆫᄃᆡ, ᄃᆡ쳬 이상ᄒᆞ게 우ᄂᆞᆫ 소리라

　시얏되지 마라
　시얏, 시얏
　시얏되지 마라
　시얏, 시얏

시얏ᄉᆡᄂᆞᆫ 슬프게 우ᄂᆞᆫᄃᆡ, 츈쳔 건처에 시얏된 사람들ᄋᆞᆫ, 분을 되ᄉᆡᆨᄀᆞᆺ치 바르고, ᄭᅩᆺ ᄯᅥ러지ᄂᆞᆫ 봄바람에, 시얏ᄉᆡ 구경을 ᄒᆞ러, ᄉᆞᆷ학산으로 올라가니, ᄉᆡᄂᆞᆫ 죽엇ᄂᆞᆫ지, 다시 우ᄂᆞᆫ 소리 업고, 적々ᄒᆞᆫ 푸른산에 풀이 욱어진 둥구런 무덤, ᄒᆞᄂᆞ 잇고, 그 엽헤ᄂᆞᆫ 조고마ᄒᆞᆫ, ᄋᆡ총 ᄒᆞᄂᆞᄲᅮᆫ이더라 (죵)

간행사 _ 근대 한국학총서를 내면서

새 천 년이 시작된 지도 벌써 몇 해가 지났다. 식민지와 분단국가로 지낸 20세기 한국 역사의 와중에서 근대 민족국가 수립과 민족 문화 정립에 애써온 우리 한국학계는 세계사 속의 근대 한국을 학술적으로 미처 정리하지 못한 채 세계화와 지방화라는 또 다른 과제를 안게 되었다. 국가보다 개인, 지방, 동아시아가 새로운 한국학의 주요 대상이 된 작금의 현실에서 우리가 겪어온 근대성을 다시 한 번 정리하고 21세기에 맞는 새로운 모습으로 탈바꿈시키는 것은 어느 과제보다 앞서 우리 학계가 정리해야 할 숙제이다. 20세기 초 전근대 한국학을 재구성하지 못한 채 맞은 지난 세기 조선학 · 한국학이 겪은 어려움을 상기해 보면, 새로운 세기를 맞아 한국 역사의 근대성을 정리하는 일의 시급성은 아무리 강조해도 지나치지 않다.

우리 근대한국학연구소는 오랜 전통이 있는 연세대학교 조선학 · 한국학 연구 전통을 원주에서 창조적으로 계승하고자 하는 목표에서 설립되었다. 1928년 위당 · 동암 · 용재가 조선 유학과 마르크스주의, 그리고 서학이라는 상이한 학문적 기반에도 불구하고 조선학 · 한국학

정립을 목표로 힘을 합친 전통은 매우 중요한 경험이었다. 이에 외솔과 한결이 힘을 더함으로써 그 내포가 풍부해졌음은 두말할 나위가 없다. 연세대학교 원주캠퍼스에서 20년의 역사를 지닌 매지학술연구소를 모체로 삼아, 여러 학자들이 힘을 합쳐 근대한국학연구소를 탄생시킨 것은 이러한 선배학자들의 노력을 교훈으로 삼은 것이다.

이에 우리 연구소는 한국의 근대성을 밝히는 것을 주 과제로 삼고자 한다. 문학 부문에서는 개항을 전후로 한 근대 계몽기 문학의 특성을 밝히는 데 주력할 것이다. 역사 부문에서는 새로운 사회경제사를 재확립하고 지역학 활성화를 위한 원주학 연구에 경진할 것이다. 철학 부문에서는 근대 학문의 체계화를 이끌고 사회과학 분야에서는 학제 간 연구를 활성화시키며 근대성 연구에 역량을 축적해 온 국내외 학자들과 학술 교류를 추진할 것이다. 이러한 연구들은 일방성보다는 상호 이해와 소통을 중시하는 통합적인 결과물의 산출로 이어질 것이다.

근대한국학총서는 이런 연구 결과물을 집약적으로 정리하기 위해 마련한 총서이다. 여러 한국학 연구 분야 가운데 우리 연구소가 맡아야 할 특성화된 분야의 기초자료를 수집·출판하고 연구성과를 기획·발간할 수 있다면, 우리 시대 연구자들뿐만 아니라 학문 후속세대들에게도 편리함과 유용함을 줄 수 있을 것이다. 새롭게 시작한 근대한국학총서가 맡은 바 역할을 충분히 할 수 있도록 주변의 관심과 협조를 기대하는 바이다.

2003년 12월 3일

연세대학교 원주캠퍼스 근대한국학연구소